国家社会科学基金重大招标项目"延安文艺与20世纪中国文学研究"成果

"十三五"国家重点图书出版规划项目

国家出版基金项目

陕西省委宣传部重大文化精品项目

教育部人文社会科学研究项目

陕西省社会科学基金项目

陕西师范大学中国语言文学世界一流学科建设成果

"十三五"国家重点图书
出版规划项目

延安文艺与20世纪中国文学研究

赵学勇 李继凯 主编

世界视域中的延安文艺

王鑫 著

陕西师范大学出版总社

图书代号　SK21N0941

图书在版编目(CIP)数据

世界视域中的延安文艺 / 王鑫著 .—西安：陕西师范大学出版总社有限公司，2021.6
（延安文艺与20世纪中国文学研究 / 赵学勇，李继凯主编）
"十三五"国家重点图书出版规划项目　国家出版基金项目
ISBN 978-7-5695-2231-0

Ⅰ.①世… Ⅱ.①王… Ⅲ.①文艺—史料—中国—现代 Ⅳ.①I209.6

中国版本图书馆CIP数据核字（2021）第102666号

世界视域中的延安文艺

SHIJIE SHIYU ZHONG DE YAN'AN WENYI

王　鑫　著

出版统筹 /	刘东风　雷永利
责任编辑 /	梁　菲
责任校对 /	刘存龙
出版发行 /	陕西师范大学出版总社
	（西安市长安南路199号，邮编710062）
网　　址 /	http://www.snupg.com
印　　刷 /	中煤地西安地图制印有限公司
开　　本 /	710mm×1000mm　1/16
印　　张 /	28.5
字　　数 /	446千
版　　次 /	2021年6月第1版
印　　次 /	2021年6月第1次印刷
书　　号 /	ISBN 978-7-5695-2231-0
定　　价 /	128.00元

读者购书、书店添货或发现印装质量问题，请与本公司营销部联系、调换。
电话：（029）85307864　85303629　传真：（029）85303879

总　序

延安文艺是20世纪中国文学历史进程的重要节点。自1940年代至今，延安文艺及其相关问题的研究不断拓展深化，并于不同的历史语境及研究者的身份立场中呈现出有别甚至迥异的话语阐释与纷争局面，成为中国现当代文化史、文学史上难以绕开的学术研究领域。如果说20世纪的延安文艺研究更多为外在的各种（政治的、文化的、文学的）力量所推助，那么在拨开意识形态的迷雾后，新世纪以来的延安文艺研究则更加彰显出延安文艺自身的丰富内涵与持续性研究的宽阔空间，并不断促使延安文艺研究向更加深广的领域拓进。

延安文艺研究的重要价值和意义，首先由延安文艺本身的价值和意义所决定。在中国现当代文学的发展中，延安文艺上承五四、左翼时期的文学传统，下启"十七年"、"文革"及新时期至今的文学路向。这一承前启后的文学历史的"坐标"意义及其影响巨大而深远。其次，延安文艺是一种特殊空间范畴的文艺形态，它完成了将战时特殊的区域化文学实践与一般意义上的民族／国家文学的创构目标相联结的巨大的文化实验。因此，认识中国现代文化与文学，以至认识现代中国革命与社会，认识当代中国诸多文化与文学的现实问题，都离不开对延安文艺的不断认识和解读。

延安文艺研究的价值还在于其在当代中国文学话语中的元叙事作用。一方面，它所建立的文学规范显性地呈现为一种话语权威，支撑起新意识形态下文艺体系中的文学组织方式、生产方式的合法性运转；另一方面，它隐性地内化为当代文学所具有的特殊文艺传统和精神品格——作为极为重要的中国经验的组成部分，不断地渗透于中国文化建设的各个层面。

此外，延安文艺研究的价值无疑还在于其鲜明的当下性指向。作为吸收、鉴取和凝聚了中国传统民间智慧与外国文艺理论及艺术形式的大众文艺形态，延安文艺以其"新鲜活泼的、为中国老百姓所喜闻乐见的中国作风和中国气派"的艺术样式，真正意义上践行了文学与社会现实、与广大民众密切结合的时代诉求，具有鲜明的先锋性、民族性与现代性特征。新世纪以来，面对大众文化的崛起、底层书写的兴盛、民间资源的流失、全球化与本土化的对峙等中国文学亟待解决的问题，重新爬梳并清醒认知延安文艺的历史经验及其创造性转化的价值和意义，无疑能够为当代人民文艺的健康发展提供借鉴与审思的契机。

强调以历史意识和史学视角切入研究，亦即本着贴近历史语境的原则，对延安文艺做出历史的、社会的及美学的阐释和评价。历史与现实视域是评价延安文艺应持守的基本态度。坚持历史的实事求是的学术精神，注重对历史的多重把握与透视，在理解与阐释中触及历史的真实；重视现实的客观中肯的研究方法，尝试探索具有当下延伸意义的理论路径，并着力针对历史文化现象做出科学的阐释。这是本课题研究的基本出发点。

"延安文艺与20世纪中国文学研究"书系，是其同题国家社会科学基金重大招标项目的终期研究成果。课题组成员力图从新的理论视界，对延安文艺本体形态与中国新文学的历史关联和发展、延安文艺的重大历史价值和影响、延安文艺的马克思主义文艺理论的中国化理论和实践、延安文艺之于中国现当代文学精神的经验借鉴、延安时期及对后来产生广泛影响的作家作品、延安文艺的中外传播及世界影响等重要议题，进行深入、系统的研究。书系主要包括对延安文艺的文学史价值重估、本体研究、文本细读、史料钩沉等方面，且延展至对延安文艺所纳含并有突出贡献的戏曲、电影、书法等多种艺术门类作品的再读与评价，亦触及对女性主义、传播生态、族裔书写、文人心态等相关重要理论命题及实践层面的探讨。由此构成了整一的"延安文艺与20世纪中国文学研究"课题的内容结构。

深入系统地研究延安文艺与20世纪中国文学的广泛联系及深远影响，对重新认识中国现当代思想史、社会史、革命史、文化史、文学史具有重大的学术价值和意义。在每部著作的内容和结构中，最值得反复强调的是，站在学术的时代前沿，审慎地、科学地重估延安文艺的价值，着力建构延安文艺史料学与延安文艺学术史，在作家新论的基础上探究延安文学的经典化历程，在广阔的社会文化视野中考察延安文艺的发生、特征及影响，探索精英文化与民间文化的融合、新型文艺形态的创构，等等。这些都是本课题的创新和亮点。

作为马克思主义文艺理论与中国本土文艺实践和历史语境相结合的综合性、创造性转化成果，延安文艺以鲜明的时代性诠释了马克思主义理论与中国文化传统和实践经验的融合、生发与创新，成为马克思主义中国化的成功方案。延安文艺本身也以其丰富性、多样性和创新性不断地诠释、发展和丰富着马克思主义文艺理论中国化的内涵。延安文艺思想中的人民主体文艺观、革命功利主义文艺观、文学艺术源泉论、中国民众喜闻乐见的民族形式论、文艺舞台上人民群众主角论，都包含了文论方面的独特创造，充分体现了其话语体系的实践性特征。因此，正视和总结马克思主义文艺理论中国化的经验，无疑有着重大的现实意义与理论价值。

延安作家的书写行为及特殊战时环境中延安文人形象的塑造，其精神内涵丰富且意味深长，对研究现代中国知识分子的生命历程及精神史有极为重要的价值。因此，在关注延安文艺的本质特征、艺术价值、珍贵史料之外，更直接地从文艺制度、文人处境、文人性格、作家精神气质、日常生活场景、民间文化资源等层面入手，探讨延安文艺的创作经验及其在之后文学发展中的赓续与转化问题，不失为延安文艺研究中突破政治与文学的二元对立模式，凸显革命政治文化与文学文化之间的互文，积极尝试重构一种文人与政治、政治与文学之间相互独立、相互融通、相互创造关系的研究范式，有意想不到的发现。

延安文艺传播的成功经验，建基于传播主体与受众间密切且灵活的联系，既汇聚了集体智慧共同参与文艺创作，更扩展了艺术与生活的边界，在良性的深度互动中呈现出包容性、广泛性与渗透性的文艺传播效果。而域外作家的延安书写及域外延安文艺学术史的研究，使得延安文艺与20世纪中国文学研究的视野更加开阔，眼界更具开放性、包容性及参照比较的特点，对中国当代文学具有积极的书写经验的镜鉴意义。延安文艺的世界性传播，引发了海外汉学界的关注与研究。面对海外汉学界某些偏颇的批评观念，给予理性的符合历史情境的回应，且进行深刻的自我审视与反思，在融汇本土视角与国际视野的研究视域下，开启对文化身份认同、国际形象建构与世界文学追求等方面的积极探索，具有重要的理论价值。

不断深化延安文艺与20世纪中国文学的历史发展研究，旨在形成一种必要的更加宏阔的研究视野，以此拓宽认识20世纪后半叶及新世纪的中国文学、文化、艺术对延安文艺精神的继承、发展与创变，以及随之收获的历史资源和经验教训。其学术价值的重点在于，对当下文学、文化和艺术的广泛观照与深刻反思。通过考察新的历史条件下，毛泽东《在延安文艺座谈会上的讲话》与习近平《在文艺工作座谈会上的讲话》之间的精神联系，探索并回应社会主义文艺的重大问题，如世界文化发展趋势与中国经验的兼容性内涵，社会主义文艺观的当代性发展，弘扬革命文艺传统与坚持社会主义文艺的前进方向，等等。强烈的当代意识和当下观照是本课题研究的鲜明特色。

可以看到，有关延安文艺的研究目前正不断地朝着更加学理化、纵深化、精细化、历史化的方向拓进。这一研究课题的再深化，对整个20世纪中国文学话语资源及范式的清理、反思、再认识及重塑，于学科层面而言具有十分重要的意义。与此同时，在中国文化软实力全球化推进的背景下，延安文艺的相关研究亦可对当下所倡扬的"中国经验""中国智慧"进行丰富的更深意义上的补充。因而，在此基础上，我们期待一个更加开放的、深化的、互通的延安文艺研究的新局面。

赵学勇

2020年10月6日

目　录

导　言 / 001

第一章　延安文艺在世界的传播与研究综论
　　第一节　延安文艺的世界译介与交流纵览 / 016
　　第二节　延安文艺的世界研究概览 / 036

第二章　延安艺术在世界的传播与研究
　　第一节　延安戏剧在世界 / 054
　　第二节　延安电影在世界 / 069
　　第三节　延安美术在世界 / 087
　　第四节　延安音乐在世界 / 103

第三章　域外作家在延安
　　第一节　书写延安的域外视角与基本现状 / 131
　　第二节　美国作家的延安书写 / 135
　　第三节　多元化的域外延安书写 / 153
　　第四节　不同时空的域外延安书写 / 165
　　第五节　域外延安书写的文化意蕴 / 174

第四章　从延安走向世界的丁玲

第一节　丁玲作品的国内外研究概观 / 191

第二节　域外丁玲研究涉及的主要问题 / 227

第三节　梅仪慈的丁玲研究 / 257

第四节　域外丁玲研究空间的扩展 / 272

第五章　重要延安作家的域外研究

第一节　赵树理研究在世界 / 296

第二节　周立波研究在世界 / 341

第六章　域外延安文艺研究的反思

第一节　域外延安文艺研究的价值与意义 / 357

第二节　域外延安文艺研究的损耗与局限 / 369

第三节　域外延安文艺研究的思考与回应 / 385

结　语 / 403

参考文献 / 408

附　录 / 427

后　记 / 446

导 言

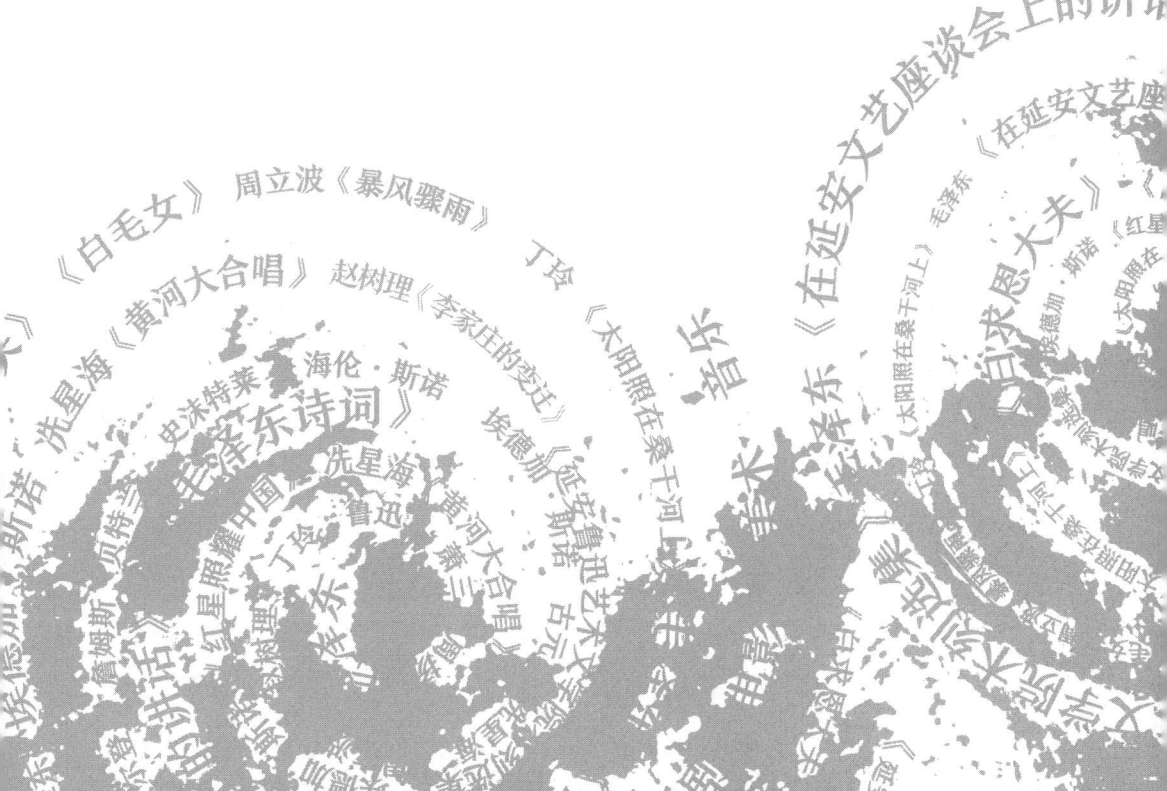

马克思、恩格斯在《共产党宣言》中指出："各民族的精神产品成了公共的财产。民族的片面性和局限性日益成为不可能，于是由许多种民族的和地方的文学形成了一种世界的文学"①。在此，马克思、恩格斯所言的"世界的文学"，涵盖了艺术、哲学、科学等诸多方面，文学无疑是包含在内的。对世界文学的展望，在今天世界文学的频繁交流与深入互动中显得尤为突出。不仅如此，在时隔近半个世纪的延安时期，延安文学与世界文学就通过多元互鉴的方式，在中国文学的民族性与世界性发展路向中进行了积极的尝试，并为之后当代文学的发展提供了极为有益的资源。延安文学与此前左翼文学的理论话语，在中国传统文艺理论之外，深受马克思主义文艺理论与社会主义文艺理论的深刻影响。加之延安时期，中国文学与世界文学在文艺交流与创作实践上开启了一个新阶段，在文学实体的双向译介行为之外，扩展出"文学旅行"或"观察笔记"等表现形式的"域外作家的延安书写"②新路径，形成了从20世纪40年代中后期展开的延安文学作品对外输出的新高潮。故此，我们可以说，延安时期开启了中国文学与世界文学之间的双向、多元、平等的文学交流新历程。

延安文艺在世界文学与文化的舞台上，打破了中国曾经以引进为主的交流形态，不仅以民族性文艺传统给予战后日本文艺界新的启发，更在与俄苏文学的相互学习中强化了中国现代文学独特的人民文艺审美风貌与价值内涵。伴随着政治制度、科学技术等方面的发展，中外学界在文艺理论与文学创作领域的互动较之

---

① 马克思、恩格斯：《共产党宣言》，中共中央马克思恩格斯列宁斯大林著作编译局译，人民出版社1972年版，第27—28页。
② 域外作家的延安书写，指"20世纪三四十年代书写延安的外国作家，他们是一个群体，比较有代表性的有斯诺、史沫特莱、海伦·斯诺、詹姆斯·贝特兰、杰克·贝尔登等"，"他们的文学实践成就了国际社会第一次大规模进行自觉主动地靠近中国、书写中国的历史景观"。参见赵学勇、王鑫：《域外作家的延安书写（1934—1949）》，载《中国社会科学》2018年第4期。

以往更为频繁。延安时期形成的世界文学交流活动，很好地解决了20世纪30年代之前中国文学作品对外输出较为单一（以鲁迅的作品为主）的问题。其在延续对鲁迅、郭沫若、茅盾、巴金、老舍等著名作家作品的译介与研究的同时，开始翻译介绍延安作家的小说、诗歌以及戏剧、音乐、美术、电影等作品。另外，延安时期引发了域外作家以"文学旅行"或"观察笔记"等形态进行延安书写文学实践。在特殊的时代环境中，域外作家以其文学与政治的激情，开拓了以延安文艺与延安精神为书写对象和创作重心的世界文学维度，为延安文学与世界文学的多元交流做出了贡献。

世界的文化与文学交流归根结底是处在相互影响之中的。首先，继承了左翼文学传统的延安文艺，与世界性的无产阶级文学思潮存在着理论思想上的密切联系；其次，延安文艺的理论话语基础在相当程度上借鉴了苏联社会主义文艺理论；再次，中国新文学的发展是以日本文学为中介，学习西方文学以及苏联文学的现代小说创作手法、文艺思潮与理论资源，所以延安的多数作家可以说是深受世界文学的影响。种种现实吸引了学界对世界文学在中国这一话题的广泛关注与深入研究，然而中国文学尤其是延安文学在世界的研究确乎显得较为单薄。但是在近半个多世纪以来的文学发展中，域外学者围绕延安文艺所进行的跨文化研究热度是不容小觑的。以大致与延安文学创作同步的苏联学者的热情注视与研究为起点，加之20世纪50年代前后战后日本文学界所广泛讨论的延安文学、人民文学等现象，再经由70年代前后，以华裔学者为主要队伍构成的美国的中国现代文学研究界，在特殊的政治时代环境中开始建构延安文艺评价体系，在80年代以来蔚为大观且收获颇丰的海外中国现代文学研究中，域外学者们纷纷对中国左翼文学、延安文学及其延伸之下的新中国十七年文学的革命历史题材作品与红色经典进行充分反思，以别样的问题意识切入研究。鉴于上述延安文艺在世界的接受与研究概况，是时候对世界文学的延安文艺观进行适当清理、重新反思与有效回应，进而在文化文学的互动与交汇中，重启对延安文艺的跨时空与跨文化研究，以期对中国当代文学的话语资源有所助益。

近年来，学界对延安文艺投注越来越多的目光，取得了较为丰富的研究成果，但整体来看还存在局限。如此现状首先受限于研究者的重视程度，其次在于尚未打开更为广阔的研究视域，同时受一些相对陈旧的研究观念的影响。就学界目前的研究视角而言，对延安文艺的研究着重于中国本土，将延安文艺整体放置在域外视角与中外文化交流之中进行考察的成果相对较少。目前已有不少研究者对延安作家的域外研究状况做了个案性、阶段性、国别性的梳理与分析，但尚未形成显著的问题意识与整体观，一定程度上缺乏从域外研究视野观照延安文艺的自觉性。同时，作为延安文艺的重要组成部分，并承载延安文化精神的重要艺术形式，延安时期的戏剧、电影、美术、音乐等领域，碍于学科门类的壁垒，尚未进入延安文艺的整体视域，从而欠缺对延安文艺观的系统性研究。故此，我们还需要扩展延安文艺与世界文学之间交流互动的新空间，从整体性、系统性上继续推进与深化研究。

域外延安文艺研究的再研究，可视为延安文艺研究的一种方法，将域外文学理论、文学现象、文学思潮作为一个整体视域，导向当今中国本土延安文艺研究的宏观探讨与新的参照。本书第二章着重讨论延安时期孕育的多样艺术作品，诸如戏剧、电影、美术、音乐，在域外学界的研究中所焕发的民族性价值。在域外视野与世界眼光的参照下，考察延安文艺的多元艺术形态与丰富艺术成就，可以清晰映现出艺术的民族性是在何种程度上具有辐射作用的。

跨语际、跨族际的研究，将"民族"所指涉的狭窄的地域概念扩展为一个具有象征意味的、普遍适用的"大民族"概念。民族性开始强化出一种核心内涵，即艺术思想与艺术形式在历史、政治、国家的实际需要中，从民族共同体、人民凝聚力、国民性情感等意义上抽象出共有的民族性，也正是在这个层面上，其时处在世界文化艺术舞台之中的戏剧与电影《白毛女》、木刻艺术作品与《黄河大合唱》等音乐作品，以其真挚且浓烈的情感力度、恢宏且激昂的时代情绪，在世界观众与听众那里收获了情感上的共鸣，并在很大程度上引领了东南亚部分地区的文艺思潮、日本战后的文艺走向，以及欧美民众对战争历史深层创伤的体悟、苏联文艺界的强烈认同感，等等。从这个角度看，考察域外视野中的延安艺术形态，无疑洞开了延安文艺的民族性的话语维度与理论向度，这对延安文艺资源与价值的重估是一个十分必要且极具意义的方法。

延安文艺在与世界的交流中，出现了一个形式与内容上更为丰富的历史现象，它为中国文学与世界文学的互动带来了双向、多元、平等的新形态。本书第三章以埃德加·斯诺、海伦·斯诺、詹姆斯·贝特兰、史沫特莱、杰克·贝尔登等域外作家为中心，他们在亲身前往、自觉创作、实地观察与研究中，从现实层面突破了译介行为的文本限制，以现场性与浸入性的方式参与了延安文艺向世界传播的整个阶段。这不仅突破了延安文艺在世界传播中的固有路径，更在特殊的时代背景中，积累了延安所象征的中国新形象。同时，这批域外观察者往后的人生轨迹显示了延安精神对他们的文学观、历史观乃至世界观的某种重塑意义。由此观之，域外延安文艺研究的再研究课题，超越了文本内部的交流，达到了影响甚至塑造部分世界作家思想意识的新高度，进而以一种精神性的世界影响力介入当下的研究，由此形成延安文艺超越本土的世界历史景观与精神凝聚力。

从文学作品的译介与研究成果出发，引出本书第四章与第五章的内容，延安作家域外研究的再研究是"世界视域中的延安文艺"论题的核心内容。第四章以丁玲作品的域外研究为考察对象，简要梳理半个多世纪以来的丁玲作品评价史，为与域外丁玲研究进行对比研究做准备。20世纪30年代与50年代前后的中国本土丁玲研究中的重要观点，在深刻影响着中国本土丁玲研究格局的同时，很大程度上也影响了不少域外丁玲观的形成。域外丁玲研究所涉及的三大主要问题、域外丁玲文学研究专家梅仪慈的研究成果，以及域外丁玲研究的新尝试与新拓展，是第四章丁玲研究的三个主要方向，整体上覆盖着比较的眼光，针对域外学界的研究观点做出了回应性的探讨，并时时参照中国本土学界的丁玲研究发展进程。丁玲作为最具世界影响力且收获的研究成果最为丰硕、研究历程最长的延安作家，域外丁玲研究的再研究是支撑本论题论述深度的关键，也是延安文学与世界文学从文学文本的层面上达成联结的典型个案。故此，本章始终从文本出发，就丁玲域外研究中所出现的问题与局限做出有力回应，同时大力发掘并辩证看待域外丁玲研究的新思路与新方法，以此拓宽并活跃中国本土的研究视域，进一步推动学界迈入丁玲作品研究的新阶段。

考察赵树理与周立波的域外研究,是第五章的任务。就美国、日本、苏联学界跨越近半个世纪的研究历程,在文学文本与文学思潮层面,与域外学界进行一种立足于文学创作主题与创作态度的对话。周立波小说在域外的研究程度与热度虽然远远不及丁玲与赵树理的小说,但域外学者对他的小说显现出不同甚至矛盾的观点,这是颇具研究价值的,也是我们重新看待延安文艺成就的入口,并能够以此反思作家创作的主体性问题。同时,战后日本学界的赵树理研究是一个典型话题,从这里进入赵树理域外研究的再研究,可以联结赵树理的小说媒介研究,用以开拓其文学创作主题与创作态度上的新空间,将赵树理文学创作的重估与重评放在人民文艺的宏观视野之中,这不仅有助于我们理解赵树理小说在日本与苏联文学界产生重要影响的原因,更有利于我们反思其在新时期以来中国文学中的独特位置,还原一位跨越时空的"文化自信"守护者赵树理。同时,这样一个作者形象可以直接贯通文学创作的民族性与大众性,以人民文艺的整体观辐射域外,进而支撑起延安文艺与世界的深层关联。

对延安文艺域外研究的再研究,要从多样艺术作品、文学交流实践、作家作品研究三个方面展开讨论,尤其着重分析域外研究者为延安文艺研究所提供的理论创新,并针对域外研究中存在的不足做出理论性探索,力图进行一种理论性回应,是第六章尝试解决的问题。竹内好、王德威等研究者的中国现代文学研究在涉及延安文艺的论述中,分别提出了文学的"回心型传统"与"抒情传统",这在理论创新的同时触及了延安文艺研究中的某些误区。而这些误区恰好引出了中国本土与域外的延安文艺研究的局限,如延安文艺的现代性问题,以及政治与文学二分的观点,等等。

面对域外学界的种种质疑,如果从研究者的文化语境来看,诸如时代的隔离、历史与社会环境的差异,都可能在缺乏敬恕态度的研究者那里累积为误解。社会文化意识的深刻渗透造成了域外研究者难以理解延安文艺具有崇高色彩与艺术光晕的原因,而这可以从一个崇高的作者形象那里得到映现。西方文论中作为文学作品评价体系的崇高理论,在这里被运用为一种作用于从事艺术创作的作者形象的概念，指向一个在文学创作中走向自我崇高的作者形象。其中，历史、战争、革命、政治等话题所带来的沉重感，在诸如丁玲、赵树理、周立波等作家以及周扬、张庚、冼星海、古元等艺术家的创作之中，逐渐被历史的现场感、个人的偶然性、朴素的革命追求解构了。从一个强大的作者形象出发，为我们重新看待延安作家提供了一个角度，也为彰显着伟大情感力度与精神强度的延安文艺增添了一种研究方式。

由此观之，对于延安文艺的有效研究应该是以规避价值判断为前提，将延安文艺研究从政治的唯一背景中解脱出来，积极扩宽研究视野与理论思路，力图重启延安文艺与世界之间的对话性研究，进而以外部视域作为有益参照，重新认识延安文艺为20世纪中国文学带来的民族情感资源与精神文化价值。

"世界视域中的延安文艺"这一论题，主要指包含文学作品、文艺理论、文艺思潮，以及戏剧、电影、美术、音乐在内的延安文艺实践，在全世界范围内的传播、研究与影响，以世界眼光观照延安文艺，涉及译者与译介行为，以及打破译介行为的实地造访与往来，乃至更为深入的文学交流现象。实际上，在"中外文学交流"这一研究课题中，学界对外国文学在中国的研究极其成熟，针对中国文学在世界的学术研究则相对薄弱。同时，就中国文学在世界这一课题而言，延安文艺在世界的研究，与中国新文学在世界和新时期文学在世界的研究热度相比，更是被广泛忽略的一环。

"世界视域中的延安文艺"论题中最被重视且取得不俗研究成果的首推《毛泽东诗词》与《在延安文艺座谈会上的讲话》（以下简称《讲话》）的域外传播与影响。《毛泽东诗词》与《讲话》所带来的迅速、广泛、深入的域外传播成果，不仅在于中国本土译者、学者的热情介绍，更是域外学界试图认识新中国的第一步，故此域外学者主要通过毛泽东文艺理论及诗词作品来考察中国革命史、战争史与思想史等等。而从文学内部出发，分析毛泽东诗词在中国文学史中的地位及对新中国文学的影响研究则较为少见。同时，域外学界对毛泽东文艺思想的研究更多的是将其作为一种研究背景进行影响研究的实践，而真正做到深刻探究的成果则有限。故此，本书对于域外学界延安文艺研究的再研究，并不是对域外学界的毛泽东诗词及文艺理论进行讨论,而是将延安的多元艺术领域、文学文化交流、文学研究成果等方面的中外交流作为研究对象。

近二三十年,具有代表性的作家如丁玲、赵树理等的域外研究文献相继出版,同时,域外学者书写的中国文学研究论文集出版了多部中译本,其中出现了若干篇针对延安文学作品的研究文章。不过,对域外学者的延安文学研究成果进行深入的学术研究与再探讨,目前还存在较大的缺失。延安文学作为中国文学历史嬗变的重要内容之一,对其域外传播与研究的再研究,并没有引起学界的广泛重视,研究成果也是远远不够的。本书主要试图以本土文学的域外传播为基点,探讨延安文艺与世界的交流与对话,将延安文艺的历史定位与国际影响这个亟待扩展与深入的研究课题作为论述的重心与关键,重新思考域外延安文艺研究中将政治与文学相孤立的认知分野,并着重从文学文化的观察视域切入,对延安文艺作品及理论的世界性资源进行反思。"世界视域中的延安文艺"这一论题,不单开掘了延安文学的研究视域,丰富了延安文学的价值与内涵,也对汲取域外新质和保有本土传统二者的重整进行了积极的探索,更为中国当代文学的创作理路提供了有益的经验。

上文已从马克思主义文艺理论中展望了世界文学的未来。而歌德首次提出的"世界文学"概念,是在文学的范围与意义层面对其进行界定。1827年1月31日,歌德在家里与艾克曼博士讨论一部中国小说时谈到,"中国人在思想、行为和情感方面几乎和我们一样,使我们很快感到他们是我们的同类人,只是在他们那里一切都比我们这里更明朗,更纯洁,也更合乎道德。在他们那里,一切都是明智的,中庸的,没有强烈的情欲和独有诗意的激愤","我愈来愈深信,诗是人类共有的精神财富","民族文学在现在算不了什么,世界文学的时代已快来临了";歌德同时提及,面对本土文学的困境,一定不要据守在一种文学的内部,或者将某种外国文学奉为典范,而是要回归传统与古典,充分汲取可资借鉴的资源。[①]这样世界文学不仅成为一个认识世界的窗口,更是一个民族文学可以屹立

---

① 艾克曼:《歌德谈话录》,洪天富译,译林出版社2002年版,第219、221页。

世界并被奉为经典的价值体系。

面对原本来自多元文化与多元场域、时序坐标的文学作品，如何看待文学经典、世界文学的问题显得越发重要。大卫·丹穆若什对世界文学的思考为我们提供了极大的启发。他认为，我们在看待世界文学的时候，往往被同化与断裂的两级支配，摇摆不定的同时将思路陷于其中，即"要么是先前遥远的作品反映出同我们一样的观念，要么是无可言喻的陌生，而对这种异质的好奇最终并没有告诉我们什么，唯独强化了我们对自身独特身份的意识。但是，我们为什么不得不在以自我为中心建构的世界与极端去中心化的世界之间选择？"他认为，这两者就形成了一个由两个焦点形成的椭圆形，遥远的认同感与周边的异质性两者间产生的张力便成为我们阅读的中心。①

文学本身的世界性、经典性，在于我们看待它的方式、我们所身处的文化场域与时序，故此，没有所谓永恒的世界文学。将文学作品孕育诞生的文化语境与文学研究者自身的语境坐标相贯通，以这样的研究视域作为前提，才可能客观确定并成功赋予一部绽放光彩的文学作品以光晕，这部跨越时空的文学作品才能成为一种广义上的"世界文学"。在这个意义上，延安文艺虽对于不少处在注重形式主义、倾向精英文学的时空语境而言，很大程度上缺乏高蹈的智性狂欢，但是，对于其时苏联与日本文学界的现实需求，以及20世纪30年代世界左翼文学思潮，与当下中国文学注重书写一己悲欢、杯水风波、脱离大众、脱离现实的状况而言，延安文艺的文学理想与精神追求已经跨越时空界限，在中国与世界之间展开了多维对话。

同时，本书所讨论的文学之世界性，来自一种对于客观事实的观照，延安文艺在世界的传播及所收获的研究成果，在不同时空中予以考察，可焕发出多种多样的风采。延安文艺所承载的延安精神、人民文艺与中国气派，以别样的方式在不同的文化土壤中得到移植，进而实现精神性的延续与传承，这为我们今天重新看待延安文艺提供了一个现实的角度，也从事实出发印证了作为本土文学与世界

---

① 大卫·丹穆若什：《什么是世界文学？》，查明建、宋明炜、黄德先等译，北京大学出版社2014年版，第150页。

文学的延安文艺所发挥的跨越历史和语境的文化文学价值。

  本书在探讨延安文学领域的域外研究视野之外，还涉及延安文艺的多元文化样态，诸如戏剧、电影、美术、音乐等形式的作品为世界所提供的独异价值。另外，对文学与艺术的对外传播这一路径进行扩展，开始引入域外作家所参与书写的世界视域中的延安文艺与延安精神，以20世纪三四十年代前来延安与各解放区的域外作家创作的延安文本为考察对象，探讨他们的文学创作为世界视域中的延安文艺传播与研究做出的积极准备与积累的宝贵经验。同时，本研究以多元场域与多元时序为线索，分别考察延安文艺在世界的翻译情况与研究成果，纵观20世纪30年代至今的延安文艺传播与接受状况，着重考察延安文艺整体及以丁玲、赵树理、周立波为典型个案的作家研究现状，并对世界视域中的延安文艺研究进行再研究，以期廓清延安文艺在世界文学中的位置以及对域外学界现存误解的反思与回应。

第一章 延安文艺在世界的传播与研究综论

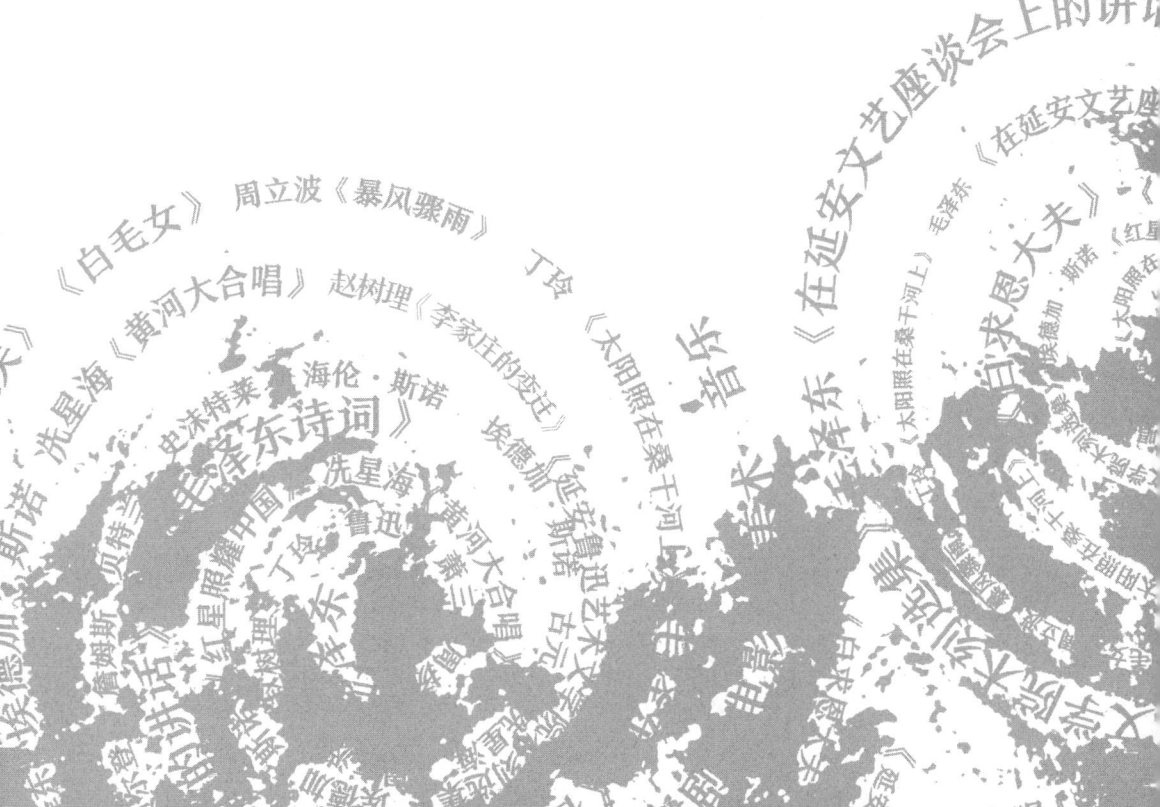

长期以来，世界视域中的延安文艺翻译与研究已经取得可观的成果，如今回首延安文艺在世界的传播与交流及其为世界文学所提供的有益经验，可以说是一个必要且恰当的时候。由此，本章主要就延安文艺在世界的传播与研究情况进行概述，并涉及中国本土译者对延安文学对外传播的推进作用和延安作家与世界作家的文学交流经历，同时对域外学界所收获的中国现代文学史著作做一简要介绍。

第一节

延安文艺的世界译介与交流纵览

延安文艺在世界的翻译与介绍,与作品的创作同时起步并延伸至21世纪,一贯为世界汉学家所关注。现以时空线索切入延安文艺的域外译介概览,进而考察延安文艺在世界文学界的传播与接受情况,并将中国译者与中国左翼文学、延安文学的对外传播作为主要内容,以观早期延安文艺在世界的交流状况。

一、延安文艺作品的世界译介概况

延安文艺的世界传播与研究的整体发展状况,大致与本土学界同步,世界各地区文艺界对延安时期文学、文艺理论、文艺思潮与其他文艺形式的翻译、介绍、研究,在国际左翼活动的勃兴、第二次世界大战的时代背景、共产主义同盟国的政治文化同感等诸多客观条件的影响之下,在全世界范围内得到了不同程度的发展。从整体上看,经过20世纪30年代的起步阶段,到50年代的繁荣阶段,以及80年代的回潮阶段,直至21世纪以来的持续阶段,世界文化各界对延安文艺与延安文化传统一直保持着关注。下面以世界各地区对延安文艺的译介的不同层次,概述延安文艺在世界文学视野中的接受情况。

20世纪30年代,中国青年知识分子为学习苏联的政治思想与文化制度,在苏联与中国文化界之间建构起极为深入的艺术交流通道。同时,中苏文化界的交往,是在中国对苏联的政治理论思想与文艺理论资源的学习借鉴中得以实现的,尤其在文学、美术、音乐、戏剧、电影等多个领域相互译介。从第二次世界大战结束的40年代中后期开始,苏联与中东欧地区的保加利亚、匈牙利、罗马尼亚、斯洛文尼亚、捷克、波兰、南斯拉夫、阿尔巴尼亚等国，由于政治文化彼此认同、俄语语言的亲缘关系易于转译等原因，对延安文艺作品的传播起步较早，20世纪40年代末期就收获了一些延安作家作品译作，如保加利亚索菲亚工会出版的丁玲小说，匈牙利布达佩斯西克拉出版社与雷依瓦出版社所出的丁玲与赵树理的长篇小说，波兰华沙书籍与知识出版社出版的丁玲长篇小说译本，捷克作家出版社出版的赵树理小说译本，等等。①苏联对延安文艺的关注与研究成果颇丰。西班牙语世界中，聂鲁达在与中国文学界的交流与对话中，为延安文学的域外传播做出了显著贡献。但总体而言，西班牙语地区对中国文学作品的介绍多依赖英语转译，相对滞后，影响较小。

其中，捷克斯洛伐克汉学家普实克是欧洲早期汉学的主要奠基人，对中国现代文学研究颇深。他在20世纪30年代来中国之际结识了鲁迅、茅盾、郭沫若、冰心等著名作家。萧乾还曾在北京教授普实克中文。后来普实克出版了北京回忆录《中国——我的姐妹》一书，可见他与中国现代文学的渊源之深。普实克曾在国际汉学研究组织的活动中与中国作家建立了深厚友谊，如1949年参加原定在巴黎而后于布拉格举办的世界和平大会、1950年身为捷中文化学会主席率代表团前来中国访问等，在将延安作家向世界的介绍与宣传方面做出了突出贡献。同时，他对六七十年代美国的中国现代文学研究中出现的偏差有所反拨，曾在夏志清的小说史出版之际，第一时间撰写长文驳斥夏著中的偏颇论断。普实克撰写的研究论文较多，对中国现代作家作品的研究颇见功力。另外，捷克汉学家奥古斯丁·帕拉特，中文名为白利德，翻译了《太阳照在桑干河上》《白毛女》等作品，以及兹德涅克·赫尔德里奇卡，中文名为何德理，奥尔特瑞克·克拉尔，中文名为克拉尔等，也曾翻译中国现代小说。②

1993年，捷克与斯洛伐克联邦共和国正式分离，后者成为一个独立国家。高利克是斯洛伐克重要的中国现代文学研究学者，茅盾研究是他的硕士与博士论文

---

① 宋绍香：《中国新文学20世纪域外传播与研究》，学苑出版社2012年版，第102—103页。
② 丁超、宋炳辉：《中外文学交流史·中国-中东欧卷》，山东教育出版社2015年版，第277—365页。

题目，20世纪80年代以来，出版了多部中国文学研究著作。波兰翻译家奥尔格尔德·沃伊塔谢维奇，中文名为魏德志，1955年与人合作翻译了《郭沫若选集》。匈牙利翻译家高洛·安德烈，中文名为高恩德，1961年翻译了《白毛女》，同年，与人合作编译了《中国现代诗歌选》。尤饶·山多尔，中文名为尤山度，1959年与人合译了《毛泽东诗词》。罗马尼亚学界也在50年代开始通过苏联转译大量延安时期的重要作家作品，如《太阳照在桑干河上》（1950）、《李有才板话》（1951）、《暴风骤雨》（1952）、《原动力》（1952）、《艾青诗选》（1988）等等。[①]

保加利亚对延安时期作品的译介主要集中在五六十年代，诸如1950年翻译了《李家庄的变迁》，1951年翻译了《小二黑结婚》，1957年翻译了《三里湾》，1953年翻译了《暴风骤雨》，1987年翻译了艾青诗选《永恒的旅程》等。同一时期，阿尔巴尼亚也展开译介，取得了以下成果：1953年翻译了《王贵与李香香》，1954年翻译了《暴风骤雨》，1955年编译了《中国短篇小说集》，1955年翻译了《郭沫若短篇小说和戏剧选》等。70年代末期，延安时期作家作品的译介之风逐渐趋于冷淡。另外，立陶宛作家、翻译家安塔纳斯·温茨洛瓦随苏联作家一同于1954年访华，他在旅程中与中国作家郭沫若、茅盾、巴金、丁玲、赵树理、艾青等建立了友谊，推进了延安文学进入立陶宛读者视野的进程。[②]

朝鲜与东南亚地区的新加坡、马来西亚、泰国等地，由于20世纪30年代左翼文艺活动的高涨、反抗侵略的共情感、华裔作家与华文文学的鼓舞等因素的推动，延安文艺思潮发展蓬勃，产生了极大的影响。新中国成立后，朝鲜等国相继出版了丁玲的《太阳照在桑干河上》等重要作品。

日本文化界的情况则较为特殊。日本文化界对中国现代文学整体的重视，伴随着20世纪20年代末期中国革命浪潮的发展而来，由此展开了两国无产阶级文学

---

① 丁超、宋炳辉：《中外文学交流史·中国－中东欧卷》，山东教育出版社2015年版，第367、371、377—379页。
② 丁超、宋炳辉：《中外文学交流史·中国－中东欧卷》，山东教育出版社2015年版，第387—391页。

交流的序幕。其时最早且持续在日本文学界产生影响的首推鲁迅的作品,郭沫若等作家的作品也广受关注。然而,延安文艺进入日本研究界的视域,起源于战后日本的特定社会语境。鉴于一衣带水的文化亲缘心理以及对中国革命文学、人民文学的积极学习与借鉴等种种因素,日本学界开始了引进、研究延安革命与文艺的成功经验,以及新中国文艺文化道路的高潮。中国与日本文化界间展开文学译介工作的时期,是中国作家将左翼文学向日本介绍的20世纪30年代。谢冰莹、任钧、叶以群等创立的"左联东京特别支部"和日本的普罗作家联盟开展交流互动,当时日本创办的《普罗文学联盟》杂志刊登过署名"谷非"的胡风的文章,向日本文学界介绍中国左翼文学的发展情况。①但随着日本无产阶级运动的日趋溃退,无产阶级文化最终失去了活动空间。

日本对中国文坛的介绍,从政治社会科学著作、文艺理论至诗歌小说作品等无所不包,如毛泽东的论著《实践论》《矛盾论》《新民主主义论》《在延安文艺座谈会上的讲话》与诗词作品,以及鲁迅、郭沫若、茅盾、老舍、张天翼、丁玲、赵树理、周立波、艾青、李季等诸多作家作品。从研究机构上看,相继创立依托于大学、科研机构的研究所与研究学会;从翻译与研究队伍上看,组织起小野忍、鹿地亘、竹内好、冈崎俊夫、武田泰淳等学者;从文学思潮上看,因中国延安文艺的刺激,提出的"人民文学"理论思潮开始兴盛于战后四五十年代的日本学界。

韩国文化界开始译介延安时期的文学作品的尝试则极为晚近,20世纪70年代末期才开始。法国、英国与美国等国家的现代汉学经历了由早期商人与传教士所注重的经济、宗教、语言等领域,转变为20世纪以来介绍与研究中国文化、民俗、政治、文学等领域。1936年7月,美国记者、作家埃德加·斯诺编译的中国现代作家短篇小说选集《活的中国》(*Living China: Modern Chinese Short Stories*)在英国出版。该书选录了十七篇作品,分别为柔石的《为奴隶的母亲》、茅盾的《自杀》与《泥泞》、巴金的《狗》、丁玲的《水》与《消息》、沈从文的《柏子》、林语堂

---

① 严绍璗、王晓平:《中国文学在日本》,花城出版社1990年版,第395页。

的《忆狗肉将军》、田军（萧军）的《第三枝枪》与《大连丸上》、张天翼的《移行》、郭沫若的《十字架》、沙汀的《法律外的航线》、郁达夫的《茑萝行》、萧乾的《皈依》、孙席珍的《阿娥》以及佚名（杨刚）的《日记拾遗》。①1946年，英国学者罗伯特·白英与袁嘉华翻译编辑的《当代中国短篇小说选》，收入了姚雪垠的小说《差半车麦秸》，以及鲁迅、杨振声、老舍、沈从文、张天翼、卞之琳、端木蕻良的小说。②姚雪垠的小说《差半车麦秸》，于1938年发表不久便由叶君健翻译为英文并登载于英国的文学刊物《新作品》。③

从20世纪30年代前后开始，美国在世界左翼文化的浪潮中逐渐展开了对中国左翼作家的关注，开始进行少量的作品译介，但尚未进入自觉的文学研究层面。也正是在这样的政治环境与左翼文化的推进下，1927年，哈佛大学成立哈佛燕京学社与中国学图书馆，美国开始成规模地建立其区别于传统欧洲汉学的中国学研究体系。1928年，美国国会图书馆的东方部筹备完成。④其后，40年代中后期，在中国渐趋走向独立自主与人民解放道路之际，美国开始从政治层面对中国的自主发展产生警惕。由于美国国家政策的需要，其汉学研究一定程度上做出过"服务"性的研究，并充当了提供"情报"的军事政治功能。及至费正清的直接带领，1947年，哈佛大学在苏联等区域研究的基础上，开始实行专门的中国区域研究的规划，逐渐开设了以中国为研究对象的东方文化课程，中国学的专门化研究开始步入新阶段。之后的美国文化界又在冷战思维中将对中国现代革命文艺的研究方向推到了一个极为尴尬、极端且狭窄的境地。四五十年代以来的中国现代文学在美国，除却鲁迅、丁玲与林语堂等作家的作品之外，其他作家较少进入学界的视野。

正是在这样的政治氛围中，1932年曾在中国与史沫特莱共同主编对外英文刊

---

① 葛桂录：《中外文学交流史·中国-英国卷》，山东教育出版社2015年版，第204页。
② Yuan Chi-hua and Robert Payne, eds.&trans.,*Contemporary Chinese Short Stories*, London&New York: Noel Carrington Transatlantic Arts Co.Ltd.,1946.
③ 陈辛仁主编：《现代中外文化交流史略》，中国书籍出版社1997年版，第453页。
④ 周宁、朱徽、贺昌盛等：《中外文学交流史·中国-美国卷》，山东教育出版社2015年版，第243页。

物《中国论坛》的美国记者、作家哈罗德·艾萨克斯（Harold R. Isaacs），又名伊罗生，于20世纪40年代就完成了早年间在鲁迅与茅盾的帮助下编选的中国短篇小说集《草鞋脚》（*Straw Sandals: Chinese Short Stories, 1918—1933*）的编译工作，但迟至1974年方在美国麻省理工学院出版社出版，选集译介了诸如鲁迅、茅盾、郁达夫、张天翼、丁玲、楼适夷、叶圣陶、草明等多位作家的作品。另外，1963年，由美国记者西里尔·贝契编写的《共产党中国的文学》论及了赵树理等延安作家；1964年，印第安纳大学出版社出版了由迪尤翻译的《猫城记》的英译本。1974年末，美国学术团体理事会和社会科学理事会在纽约召开了一个"关于优先考虑中国研究的规划会议"，旨在将今后美国的汉学研究转向中国现当代文学方向。此后，美国汉学界便开始涌现毛泽东诗词的译介作品，以及老舍、茅盾、巴金、萧红、赵树理等作家的作品译本。①20世纪70年代末期，美国汉学界才进入相对客观、视野开放的新里程，由此发展起来的美国的中国新文学研究是世界汉学界收获最大、成就最高的，不仅引领了世界汉学界的发展方向，更在很大程度上引起了中国本土学界的关注与互动。

在上述国家与地区之外，世界汉学界如德国、意大利、葡萄牙、加拿大、印度，以及阿拉伯各国、希伯来语世界等，对延安文艺的翻译大体上迟至五六十年代甚至80年代之后。1947年来到中国的希伯来女诗人克拉拉·勃鲁姆，定居中国后改名朱白兰。50年代，她将李季的《王贵与李香香》翻译成德文出版。②葡萄牙的延安文学研究一方面极其滞后，几乎迟至80年代，另一方面受制于语言的边缘性，依赖于英文转译，故而在翻译作品对象的选择上仅仅来自美国、英国的英文译本，没有取得可观的成果。印度对延安文学的翻译工作开始较早，50年代初就翻译出版了丁玲的《太阳照在桑干河上》《我在霞村的时候》、赵树理的《李家庄的变迁》《李有才板话》等作品。③而加拿大开始关注中国现当代作家作品

---

① 宋绍香：《中国新文学20世纪域外传播与研究》，学苑出版社2012年版，第39—40页。
② 齐宏伟、杜心源、杨巧：《中外文学交流史·中国-希腊、希伯来卷》，山东教育出版社2015年版，第202—203页。
③ 宋绍香：《中国新文学20世纪域外传播与研究》，学苑出版社2012年版，第103页。

是在80年代之后，主要有不列颠哥伦比亚大学、维多利亚大学、埃尔伯塔大学的胡志德（Ted Huters）、杜迈可（Michael Duke）、王仁强（Richard King）、穆思礼（Stanley Munro）、梁丽芳等学者，如女性主义视野中的丁玲研究——杜迈可主编的《当代中国女作家的评价》等，当代文学视野中的革命文学研究——胡志德的著作《百花齐放和争鸣：后毛泽东时期中国文学》与穆思礼的译作《革命的起源：中国现代短篇小说选本》，以及梁丽芳的著作《后毛泽东时期小说中的青年形象》等。另外，缘于白求恩与中国的情谊，50年代之后，加拿大学者开始撰写白求恩传记，追忆白求恩在延安的革命岁月，如泰德·阿兰与西德尼·戈登合作的《手术刀就是武器：白求恩传》（1952）等。[①]

下面就延安文艺在世界文学界传播的具体情况与译介的代表性成果做一大致梳理。20世纪二三十年代旅居苏联，为中苏文学交流做出巨大贡献的萧三，于1932年由A.罗姆翻译，在国家文艺出版社出版诗集《萧三诗集》。萧三诗歌的传播是在作者自译和苏联学者翻译介绍的共同努力下，进而在苏联文学界产生较大影响。他是苏联读者眼中最负盛名的中国诗人。同一时期，美国的乔治·肯尼迪将丁玲的小说《某夜》翻译发表在1932年第21期的《中国论坛》上。1933年，苏联《国际文学》第3期发表丁玲执笔撰写的《中国作家为恢复中苏两国外交关系的致电》。1933年，东南亚地区国家的报纸也纷纷刊载丁玲的相关消息。是年，法文报纸《上海日报》的《当今中国文学》专栏译载了徐仲年翻译的丁玲小说《水》。1934年，莫斯科国际出版社出版了史沫特莱编选的《中国短篇小说选》，其中编选了丁玲的作品《某夜》。1935年，莫斯科国家文艺出版社出版了由A.罗姆翻译的萧三作品选集《血书》。1935年第10号的《日本评论》刊载了中西均一的译本《水——问题小说》。1936年，由埃德加·斯诺编辑的《活的中国》在英国出版，其中收录丁玲的《消息》等作品。1937年10月出版的《山田文学》第10号，刊载了奥野信太郎翻译的丁玲小说《松子》。由此，以萧三、丁玲的作品翻译与研究为开端，揭开了域外延安文学作品译介的序幕。

[①] 梁丽芳、马佳、张裕禾等：《中外文学交流史·中国-加拿大卷》，山东教育出版社2015年版，第80—81、330页。

与文学作品及其他艺术形式不同，在东南亚地区产生广泛影响的是延安文艺思潮。在中国抗日战争的鼓舞下，新加坡、马来西亚文艺界在1937—1942年掀起了抗日救亡运动，追随中国文艺活动，进而在新加坡《星中日报》副刊《星火》、马来西亚槟城《光华日报》副刊《槟风》以及泰国华文报刊等，刊载抗战故事、报告文学（素描、速写、访问记等）、诗歌、短评、木刻、连环画等紧贴中国文艺动向的作品。中国抗战期间，新马文艺界为使抗战文艺向民间深化，举办了一场"什么是新形式"座谈会，与会人员深入学习中国文艺大众化的经验，引用了周扬与茅盾有关文艺大众化的文章。其后，新马学界相继涌现了文艺通讯运动、抗战救亡文学，以及泰华学界的抗战文学、国防文学与大众文学的论争，汉字拉丁化论争，等等，可见新马文艺思潮"正在追随着中国抗战文艺运动的方向"。[1]

延安文艺作品在域外的翻译与研究总体上呈现高涨态势是四五十年代，以苏联和日本学者的持续关注为主要表现。苏联与中东欧地区国家翻译大量延安文学作品，日本学者也秉持反思意识对延安作家作品极其重视。这一时期，集中译介了《我在霞村的时候》《太阳照在桑干河上》《李有才板话》《李家庄的变迁》《暴风骤雨》等，并且涌现出费德林、西维特洛夫、乌克伦节夫，以及鹿地亘、小野忍、竹内实等研究延安文学的学者。

除却延安作家作品在域外出版单行本之外，许多域外学者很早就开始大量翻译介绍萧三等的作品，也时有作品选集在域外出版。1936年，萧三的《毛泽东》译文分别登载于苏联的《青年近卫军》和《十月》杂志。这一时期的文学作品编选活动极为活跃，苏联学界希望为读者尽快地集中展示延安文学的整体面貌及创作主题。1940年，苏联翻译家М. 先加列维奇翻译了萧三创作的多篇作品，集结的《中国短篇小说》由国家文艺出版社发行。1944年，国家文艺出版社再次发行了两部中国短篇小说选集，分别是由И. 奥沙宁翻译的《林家铺子》与В. 罗果夫编译的《中国短篇小说集》，后者编选了茅盾、老舍、姚雪垠、端木蕻良、张天翼、萧红、司马文森的作品。1950年，草明的中篇小说《原动力》在莫斯科

---

[1] 郭惠芬：《中外文学交流史·中国-东南亚卷》，山东教育出版社2015年版，第251—277页。

外国文学出版社发行单行本，由А. 罗加切夫翻译并作序，Н. 维托什金校对。同年，苏联出版了一部由В. 罗果夫编译的《中国作家短篇小说集》，其中包括丁玲、赵树理的小说，以及刘白羽（《政治委员》）、孙犁（《芦花荡》）、赵熙（《改造的开端》）、秦兆阳（《幸福》）、李纳（《煤》）、束为（《第一次收获》）、俞林（《家和日子旺》）、马烽（《三年早知道》）和思基（《生长》）等作家的小说。

莫斯科外国文学出版社于1950年出版了一部由М. 卡皮查编辑、Н. 帕霍莫夫作序、З. 波特波夫校对的《中国短篇小说集》，选录了赵树理、邵子南、刘白羽、孙犁、鲁煤、草明、康濯、束为、王若望等作家的作品，以及一部中国人民解放军战争故事小说选《我们胜利了》。由М. 卡皮查编译并作序，莫斯科军事出版社发行，收录了刘白羽、朱丁、曾克、西虹等的小说，译者分别为М. 卡皮查、Г. 巴奇宁、К. 鲁季科夫、Н. 谢宁、Н. 帕霍莫夫以及В. 斯维特洛夫等。另有多部小说选于1950年出版，分别为侧重儿童题材的《政治委员/回家》（选录刘白羽等作品）、《地雷战》（А. 彼特罗夫翻译，选录邵子南等作品），以及《激荡的十年》（黄艾著，莫斯科外国文学出版社出版，В. 索罗金等翻译）等。

从1951年开始，苏联学界着力介绍延安时期重要作家的创作，力图在一个由短篇小说选集所建立起来的延安文艺整体观之上，为苏联读者提供延安文学创作的代表与典型。由此，郭沫若、刘白羽、欧阳山、马烽等作家的小说译本单行本逐渐进入苏联文学界的视野。1951年，郭沫若作品《女神》由费德林翻译，在莫斯科外国文学出版社出版。1951年，欧阳山的小说《高干大》节译版由Н. 帕霍莫夫翻译并作序，在外国文学出版社出版发行；《高干大/前程似锦》合集由国家文艺出版社出版，译者有Н. 帕霍莫夫与В. 斯拉勃诺夫，М. 切尔卡索娃作序。同年，柯蓝作品《红旗呼啦啦飘》由А. 贾托夫翻译并作序，在国立伊尔库茨克出版社发行。刘白羽的小说《火光在前》由С. 伊凡科与В. 帕钠秀克翻译，Н. 帕霍莫夫作序，Ю. 卡拉谢夫校对，在外国文学出版社出版。同年，《新儿女英雄传》（П. 扎罗夫与Б. 沃洛金翻译）与《吕梁英雄传》（А. 罗加切夫和В. 斯佩兰斯翻译，В. 罗扎诺夫校对）也在外国文学出版社出版。1952年，В. 罗果夫翻译的

《白毛女》由外国文学出版社出版单行本。

苏联翻译家在开展延安文学作品翻译的同时,注重将延安文艺与中国新文学相联系,使其作为一个整体为读者带来完整的中国革命文学观,进而开始编选一批中国现代作家作品的选译本,一并介绍鲁迅、郭沫若、茅盾、老舍、丁玲、赵树理等作家的小说。如1952年,国家文艺出版社发行了一部《中国作家短篇小说集》,由B. 帕钠秀克与B. 鲁德曼翻译,费德林作序,选入马烽、鲁煤等的作品。1953年,国家文艺出版社发行了一部由费德林主编的《郭沫若文艺作品选集》,其中包括诗歌、小说、剧作、论文等。同年,费德林再次任主编,在国家文艺出版社发行了《中国作家短篇小说集》,选入鲁迅、郭沫若、茅盾、老舍、张天翼、丁玲、赵树理、刘白羽、魏巍等的作品。同年,外国文学出版社发行了由Ю. 卡拉谢夫编辑、C. 伊凡科作序的《中国中短篇小说集》,选入周立波、马烽、袁静、孔厥等的作品。同年,莫斯科的国防部军事出版社发行了一部小说集《描写新中国的短篇小说》,由P. M. 马马耶夫编译。

1950年在莫斯科出版的《中国短篇小说集》由M. 卡皮查编选,所选作品均为解放区作家所创作,如赵树理、邵子南、刘白羽、孙犁、康濯、鲁煤、草明、王若望、束为等十几位延安代表作家。1955年,瞿秋白创作的《列宁:红色的十月》发表于苏联《外国文学》杂志第5期。同年,《郭沫若选集》再次由国家文艺出版社发行。张天翼的小说集也在同年由国家文艺出版社发行,译者为Л. 切尔卡斯基。同年,刘白羽的小说选集由外国文学出版社出版,C. 伊凡科等编译。1956年,《艾芜短篇小说集》由国家文艺出版社发行,译者为B. 谢马诺夫。次年,由Л. 切尔卡斯基翻译的《张天翼选集》由国家文艺出版社发行。1958年,由费德林主编的《郭沫若文集》三卷本,由国家文艺出版社发行。①

日本学界对中国左翼文学的关注几乎与苏联学界同步,然而,从翻译介绍中国左翼作家作品所涉及的广度上看,日本学界较之苏联学界的译介视域无疑更为宽广。同时,由于中日文化界的民间交流相对密切,日本学者对中国左翼文学

---

① 宋绍香:《中国新文学俄苏传播与研究史稿》,学苑出版社2017年版,第34、46—65页。

的译介呈现出明显的自觉性与体系性。从20世纪30年代初开始，日本著名学者竹内好与其长一级学长、著名翻译家冈崎俊夫，与同届学人、翻译家武田泰淳等，成立了中国文学研究会。它在解散了东京外国语汉语小组之后，立即开始筹备中国文学翻译与研究，较早从事中国现代文学的日本引进工作。①日本反战学者、左翼活动家、华侨等对延安文艺极为重视，翻译与研究的尝试几乎与中国本土同步，并取得了颇具学术价值的成果。1947年，日本战败后的第二年，东京帝国大学改名为东京大学，"支那文学系"也改名为"中国文学系"。1949年，日本文化界创立了中国文学研究会，初始会员达246人。研究会刊性杂志为每年一期的《日本中国学会报》，激起了许多读者、学者对中国文学与文化的研究热情。1955年，著名翻译家、学者小野忍作为助理教授开设了近现代文学讲座。②

延安文艺作品的对日译介工作，在新中国成立前便通过沈阳的民主新闻社的工作，持续了数年时间，翻译成果颇丰，包括1949年八木宽翻译的毛泽东《在延安文艺座谈会上的讲话》、1950年由森茂翻译的胡可著作《战斗里成长》、1952年由鲍秀兰即伊藤克翻译的陈登科著作《活人塘》、1953年由森茂翻译的柳青著作《铜墙铁壁》、1952年出版并于次年再版的鲍秀兰翻译的白朗著作《为了幸福的明天》。③这些著作均陆续进入日本，并和身居日本的翻译家一道推动了中国延安作家作品的传播事业。战后日本翻译家三好一陆续翻译出版了多部延安文艺作品，如1951年与宇田礼合译的草明著作《原动力》在哈脱书房出版，1951年在三一书房出版了马烽与西戎合著的《吕梁英雄传》（书名改译作《白桦天皇行状记》），1953年由三一书房再次出版《吕梁英雄传》（书名改译作《东洋鬼军败亡记》）等。④

1951年，由岛田政雄翻译的周而复作品《白求恩大夫》在东京青铜社出版。

---

① 藤井省三：《日本人对现代中国的解读——20世纪中国文学阅读史》，贺昌盛译，载《扬子江评论》2010年第4期。
② 藤井省三：《日本人对现代中国的解读——20世纪中国文学阅读史》，贺昌盛译，载《扬子江评论》2010年第4期。
③ 严绍璗、王晓平：《中国文学在日本》，花城出版社1990年版，第411页。
④ 严绍璗、王晓平：《中国文学在日本》，花城出版社1990年版，第412页。

同年，周而复的《八路军》由春日明翻译在三一书房出版。是年，由冈崎俊夫、岛田政雄、牧浩平编译的《新中国短篇小说选》在日中友好协会出版。1952年，由冈崎俊夫翻译的李广田小说《引力》在岩波书店出版。①这部小说令日本读者深受感动，中岛健藏曾表示，《引力》可谓当时日本文学界的"苦口良药"，在"茅盾的《腐蚀》翻译出版之前，许广平的《夜记》和郭沫若的《亡命十年》等作品尚未翻译的时候"，在日本文化界引起了极大的震动。②1956年，日本学者仓石武四郎着手编辑了《现代中国文学全集》，其中第15卷《人民文学篇》介绍了多位延安作家的作品，诸如张天翼、萧三、李季、田间、艾芜、康濯、马烽、胡可、马凡陀、邵子南等。③

纵观域外文学界对延安文艺的译介情况，可以发现延安诗人艾青、李季、李广田、田间的诗作备受域外学者的关注，其中，艾青的域外研究跨度最大，20世纪40年代到80年代受到世界学者的持续关注。较早的诗作选译本为1936年伦敦出版的阿克顿与陈世骧合译的《中国现代诗选》。阿克顿在北京大学任教期间，与李广田、卞之琳、陈梦家建立了深厚友谊，此诗集的编译正是在诗友的帮助下完成的。作为较早面向世界读者的诗歌选译本，此书收录了郭沫若诗作三首、李广田诗作四首、何其芳诗作十首、林庚诗作近二十首，另收入陈梦家七首、周作人四首、废名四首、徐志摩十首、卞之琳十余首、戴望舒十首、闻一多五首、俞平伯两首、沈从文一首，以及邵洵美、孙大雨的部分诗作。④1947年，在西南联大从事研究工作的英国记者、诗人罗伯特·白英，在闻一多的帮助下编译了《当代中国诗歌选》（*Contemporary Chinese Poetry*），由伦敦的乔治·劳特利奇父子有限公司（George Routledge&Sons,Ltd.）出版发行。闻一多在阅读了田间的解放区诗歌之后十分赞赏，此诗选收录了艾青、田间等的诗歌作品，导论还专门对编选

---

① 严绍璗、王晓平：《中国文学在日本》，花城出版社1990年版，第413页。
② 中岛健藏：《中国现代文学在日本》，李芒译，载《世界文学》1959年第9期。
③ 严绍璗、王晓平：《中国文学在日本》，花城出版社1990年版，第405页。
④ Harold Acton and Chen Shih-hsiang, Trans., *Modern Chinese Poetry*, Oxford: Kemp Hall Press, Ltd., 1936.

作品的诗人有所简评。①

　　苏联的许多翻译家在接触郭沫若、艾青、田间等的诗作之后，很早就展开了诗歌译介活动，主要是以郭沫若、艾青等著名诗人的诗作译本单行本以及延安重要诗歌作品选译本同时进行的方式，在力图还原延安诗歌宏观面貌的同时，希望苏联诗人与延安诗人早日进入相互学习的新阶段，也让苏联读者与研究界认识到延安诗歌创作的高度。1948年，由学者П.科马罗夫翻译的《中国诗选》在苏联出版，分别选入郭沫若、艾青、田间等诗人的优秀诗作。50年代以来，此类中国现代诗歌选集在苏联多次出版，更多翻译家开始从事延安文艺的译介工作，收获的翻译成果渐趋丰富。1950年，《星》杂志第1期刊载A.基托维奇翻译、B.彼特罗夫作注的多部诗作，如毛泽东、艾青、邵燕祥等的诗歌作品。苏联《新世界》杂志1950年第9期刊载《中国诗人作品选》专辑，收录了严辰、臧克家、田间等的诗作，由Л·艾德林翻译。苏联《星》杂志1950年第12期，再次译介多篇中国现代诗作，同样由A.基托维奇翻译，B.彼特罗夫作注，译载了毛泽东、沙鸥、王亚平、艾青等的诗歌作品。

　　1951年，苏联多家杂志社登载中国革命诗歌专辑，分别为《中国诗人诗歌》（载《星》1951年第2、3期，选入邵子南、白刃等的诗作，由C.贝托沃伊与Б.克荣合译），《献给朝鲜兄弟——新中国诗人诗歌》（载《星》1951年第5期，选入田间、严辰、王雪波、高兰、吕剑等的作品，由C.鲍特文尼克翻译，B.彼特罗夫作注），《自由中国青年诗人诗歌》（载《苏联沿海》1951年第10期，选入艾青等的诗作，由B.萨巴诺夫、Г.哈利列茨基、B.图尔金翻译）等。1951年出版的两部中国诗人诗集，分别为《东方红》与《解放了的中国的诗歌》。前者收录了毛泽东、贺敬之、臧克家、田间、柯仲平、邹荻帆、吕剑、严辰等的诗歌作品，译者为C.鲍特文尼克，由青年近卫军出版社发行；后者收录了毛泽东、艾青、田间、端木蕻良、邵燕祥、沙鸥等的诗作，由A.基托维奇翻译，B.彼特罗夫作注与序言，由作家出版社发行。

---

① 葛桂录：《中外文学交流史·中国-英国卷》，山东教育出版社2015年版，第202页。

苏联文学界对延安诗人作品的译介工作在持续进行中。1952年，苏联杂志多次发表中国诗人的诗歌专辑，如《新世界》当年第1期登载的《中国当代诗人诗歌》（由А.基托维奇翻译的朱德、柯仲平、艾青等的作品），《苏联沿海》是年第14期登载了《中国诗人作品选》（由В.图尔金翻译的艾青、田间等的作品）；另外出版了一部艾青诗歌集单行本《黎明的通知》（由А.基托维奇翻译，В.彼特罗夫作序，选入作品《北方》《欢呼》《黎明的通知》等，在莫斯科外国文学出版社发行），以及一部诗歌集《中国和朝鲜现代诗人诗歌》（由А.基托维奇翻译，В.彼特罗夫作注，此诗集为每位诗人作小传，由列宁格勒出版社发行，选入艾青、田间、柯仲平、臧克家、萧三、邵燕祥、沙鸥、王亚平等的作品）。由费德林主编的《新中国诗人诗集》再次于1953年出版，该诗集增加了郭沫若、艾青、袁水拍、臧克家、李伯钊、黄药眠、魏巍、王希坚、沙鸥、吕剑等的诗篇。1954年，田间诗歌选在苏联《旗帜》杂志发表专辑，选入了由Л·切尔卡斯基与В.卢戈夫斯基、З.伊奥德科夫翻译的《预言》《抗战诗抄》《不屈的人》《钢都——鞍山》以及《祖国颂》等诗篇。

苏联文学界在延安诗歌作品的热情译介工作中收获了极具分量的诗歌选集，这些作品为苏联读者带来了鉴赏与研究延安诗歌的兴趣，在苏联文化界产生了深远的影响。1954年，由Л.切尔卡斯基编译的《中国之声：中国诗人诗篇》与中国诗人选集《中国在述说》，由赤塔出版社发行。同年，还出版了萧三自译、И.弗连克利校对的《萧三诗选》，由外国文学出版社发行。1957年，由费德林编辑的四卷本《中国诗选》由国家文艺出版社发行。1959年，在费德林的主编下，出版了《中国新诗集》（1919—1958），收录了毛泽东、朱德、刘伯承的诗作和萧三、柯仲平、蒲风、何其芳、卞之琳、贺敬之、田间、李季、戈壁舟、阮章竞、郭小川、力扬、王亚平、严辰、张志民等诗人的作品。①

对于延安诗歌作品在世界的介绍情况而言，得到多样形态介绍的当属李季的《王贵与李香香》。这部诗篇在域外引发了最为广泛的传播与介绍，除却诗歌在

---

① 宋绍香：《中国新文学俄苏传播与研究史稿》，学苑出版社2017年版，第49—64页。

后来收获的多国语言译作之外,早在1946年,美国友人李敦白在延安新华社工作时,就深受吸引进而通过广播向世界介绍此诗的英文译作;1953年10月,罗马尼亚西部城市莱米什瓦拉上演中国歌剧《王贵与李香香》。①1953年,由坂井德三编译的《中国解放诗集》在东京哈脱书房出版。②1954年,由Л.切尔卡斯基翻译并发表于苏联《西伯利亚之火》杂志第4期。③

而世界文化界对延安著名诗人艾青的关注保持着极大热度,这不仅表现在20世纪40年代末期以来苏联学界的译介热情及数量可观的译本,更以艾青诗篇译介在世界所经历的较长时间跨度与较广地域跨度,显示出延安诗歌作品在世界文学界所具有的极大影响。苏联对艾青的诗歌介绍不仅时常出现在延安诗人的诗歌选集之中,而且译介活动历时较长,从上文介绍的50年代的繁盛时期直至80年代,均相继出版多部诗选译本。由Л.切尔卡斯基翻译并作序,在国家文艺出版社分别出版了《五更天:30—40年代中国抒情诗》(1975)与《40位诗人:20—40年代中国抒情诗》(1978)两部诗歌选集。1981年,由Ю.索罗金翻译并作序的《艾青抒情诗选》在莫斯科的青年近卫军出版社发行。1982年,Л.切尔卡斯基编译的《中国诗歌集》在国家文艺出版社发行。1983年,再次由Л.切尔卡斯基编译出版了《蜀道难:50—80年代中国诗选》两卷本,选译了五十五位中国诗人的百余首诗歌,在莫斯科的虹出版社发行,1987年再版。1985年,Л.切尔卡斯基又编译了《艾青历时诗选》,由国家文艺出版社发行。④另外,葡萄牙以澳门为中介,1987年,由澳门文化司署翻译出版了《艾青诗选》等译作,这是中国现当代诗人作品首次被翻译为葡萄牙文,译者为金国平,葡萄牙著名诗人韦博文校对并润色。其时,艾青携夫人应邀访问澳门时,参加了此书的发行仪式。1987年,澳门的《文化杂志》登载艾青的《我的创作生涯》与《吹号者》《大堰河,

---

① 丁超、宋炳辉:《中外文学交流史·中国-中东欧卷》,山东教育出版社2015年版,第382—383页。
② 严绍璗、王晓平:《中国文学在日本》,花城出版社1990年版,第413页。
③ 宋绍香:《中国新文学俄苏传播与研究史稿》,学苑出版社2017年版,第58页。
④ 宋绍香:《中国新文学俄苏传播与研究史稿》,学苑出版社2017年版,第72—74页。

我的保姆》等诗歌,该刊创刊号还撰文呼吁提名艾青角逐诺贝尔文学奖。①拥有悠久诗歌传统的葡萄牙与现代中国诗歌的相遇,成就了以澳门为窗口向葡萄牙读者传播艾青诗歌的机缘。

较之苏联学界,日本对延安诗歌作品的翻译介绍相对迟滞,而其译介也是先以延安诗歌选译本的形式与读者见面。日本学者秋吉久纪夫主要研究中国现代诗歌与文艺史料,著有《现代中国诗人论——变革期的诗人们》一书,研究中国诗人闻一多、胡风、冯至、何其芳、艾青、臧克家、李季、田间、闻捷等创作的诗歌作品。他编选了多部介绍中国诗歌和史料的著作,如《现代中国诗集》于1962年由饭塚书店出版,《中国现代文学选集》于1963年由平凡社出版,《解放后中国文学论争资料》于1964年由中国文学评论社出版,《江西苏区诗歌运动资料》于1968年由中国文学评论社出版,《中国文学运动的发展资料》两卷本于1969年至1970年由中国文学评论社出版,《华北根据地的文学运动》于1976年由中国文学评论社出版等。②

域外学者对延安文艺作品的翻译与研究内容广泛,主要以小说、报告文学、诗歌等文学作品为主,同时涉及延安文艺理论与思潮,兼及电影、音乐、美术、戏剧等多种艺术形式。电影方面,主要有1938年8月抵达延安的瑞士记者沃尔特·博斯哈德拍摄的纪录片《通往延安之旅》、1939年5月抵达延安的苏联记者罗曼·卡尔曼拍摄的两部纪录片《中国在战斗》与《在中国》,以及荷兰纪录片导演伊文思拍摄的《四万万人民》。在伊文思的器材援助下,1938年秋,延安的八路军总政治部成立了延安电影团,该电影团在袁牧之、吴印咸的组织下拍摄了《延安与八路军》《白求恩大夫》《南泥湾》等多部纪录片。

音乐方面,1939年,苏联作曲家克利曼蒂克基马利夫编译了中国抗战歌曲十五首,其中数首制成留声机唱片,行销甚广,《义勇军进行曲》与《救亡曲》最受欢迎。1954年,美国米高梅公司根据美国作家赛珍珠的小说《龙种》拍摄的电影中采用了《义勇军进行曲》作为配乐。美术方面,中国木刻艺术在美国艺术

---

① 姚风:《中外文学交流史·中国-葡萄牙卷》,山东教育出版社2015年版,第220、224页。
② 严绍璗、王晓平:《中国文学在日本》,花城出版社1990年版,第442—444页。

界反响较好。延安戏剧的域外评价，散见于部分域外记者、学者亲临延安后所写下的纪实文学作品。从50年代开始，《白毛女》在苏联与中东欧地区部分国家的剧院相继演出，收获了不俗的评价。

缘起于50年代且为人称道的艾青与聂鲁达之间的文交，是延安诗人与世界诗人亲密交往中值得珍藏的宝贵财富。1951年，聂鲁达为接受世界和平委员会授予的国际列宁和平奖来到中国，在艾青的关切与陪同下，他此行遍览北京文化名胜。几日的交往，便使彼此心怀知遇之感。之后，艾青为此情缘赋诗《给巴勃罗·聂鲁达》。1956年，接到聂鲁达与智利众议院邀请，艾青与萧三等多位中国诗人前往智利圣地亚哥访问，并祝贺聂鲁达的五十岁寿辰。当时，苏联、东欧国家与南美洲部分国家的著名诗人、作家等文艺界人士云集圣地亚哥，而艾青和聂鲁达之间也加深了真挚的友谊。聂鲁达在其自传中深情追忆了自己与艾青的诗友情缘，他认为艾青是"一个在国内外早已闻名的名字"，是一位具有"敏捷的才思"和"东方古老传统的诗人"，"在诗中柔情似水，在政治上坚强如钢"。①

1957年，聂鲁达开启了二次赴华的旅程，他携夫人与巴西小说家亚马多夫妇一行前往云南。艾青前去昆明迎接，并与聂鲁达一行乘船游历四川一带，其间和四川文艺界人士共同举行了一场诗歌座谈会。途中，聂鲁达与艾青一起在船上庆祝了自己的生日，最后抵达北京。此次旅行结束后，聂鲁达创作了"中国大地之歌"。②这段与中国诗人的情谊是聂鲁达极其看重的，为此他曾撰写组诗《亚洲之风》。不仅如此，艾青亲赴南美探访故友与文化考察之旅，也激发了他久违的创作热情，回国后相继创作诗歌十余首，如《一个黑人姑娘在唱歌》《黑人居住的地方》《在世界的这一边》《礁石》《珠贝》《在智利的纸烟盒上》等。

二、中国译者与延安文艺的世界传播

除却域外译者对中国早期左翼文学作品的传播与译介之外，部分中国译者也在国外从事中国文学的外语译介工作，为延安文学打开世界视野奠定了前期基

---

① 巴勃罗·聂鲁达：《聂鲁达自传》，林光译，东方出版中心1993年版，第286、294页。
② 艾青：《艾青全集》（第5卷），花山文艺出版社1991年版，第308—312页。

础。其中诸如蒋希曾、王际真、萧乾等所翻译的中国左翼文学作品，在英语世界文化界产生了较大的社会反响。20世纪二三十年代向美国介绍中国左翼文学作品的蒋希曾（H. T. Tsiang），曾编译出版作品《中国革命诗》，不仅从事中国左翼文学的宣传工作，也致力于以中国革命与美国华人革命事业为主要题材的文学创作。据学者考证，蒋希曾是"第一个美华左翼文学家"[1]。

1941年，美国哥伦比亚大学出版社出版了一部由王际真翻译的鲁迅作品选集《阿Q及其他》，收入鲁迅小说十一篇，为美国出版的第一部中国现代作家作品的专门译本。1943年，王际真再次于美国出版了一部《中国现代小说选》，其中收录鲁迅的两篇小说，即《端午》《示众》。[2]1944年，王际真于美国哥伦比亚大学出版社再次出版一部《中国当代小说选》，其中收录鲁迅、张天翼、老舍、巴金、沈从文、凌叔华、茅盾、叶圣陶、杨振声等的作品，并附作家小传。[3]同年，王际真编译的《现代中国语文选本》也于哥伦比亚大学出版社出版，收入鲁迅、蔡元培、郭沫若、殷夫等的小说。[4]1947年，哥伦比亚大学出版社出版了由王际真编译的《战时中国小说》，其中收录了郭沫若、茅盾、老舍、张天翼、卞之琳、姚雪垠、端木蕻良等的小说。[5]

20世纪30年代初期，萧乾在读书期间就参与中国现代文学的对外译介工作。1931年，萧乾协助威廉·安澜创办英文周刊《中国简报》（*China Brief*），开始向世界介绍中国现代文学作品，译介鲁迅、郭沫若、茅盾、郁达夫、沈从文、闻一多等的小说。此刊是向世界介绍中国现代小说的第一个外文刊物。1932年，应辅仁大学英文系主任雷德曼神父之邀，萧乾参与创办《辅仁杂志》英文月刊，通过这个杂志向世界介绍左翼诗人、剧作家如郭沫若、田汉、熊佛西的

---

[1] 赵毅衡：《西出洋关》，中国电影出版社1998年版，第21页。
[2] 周宁、朱徽、贺昌盛等：《中外文学交流史·中国-美国卷》，山东教育出版社2015年版，第245页。
[3] Chi-chen Wang, Trans., *Contemporary Chinese Stories*, New York: Columbia University Press, 1944.
[4] Chi-chen Wang, ed., *Readings in Modern Chinese*, New York: Columbia University Press, 1944.
[5] Chi-chen Wang, ed., *Stories of China at War*, New York: Columbia University Press, 1947.

作品。①1936年,萧乾协助斯诺编译《活的中国》,介绍了鲁迅以及柔石等多位左翼文学家的作品。在驻欧洲战场时期,他将鲁迅的作品、萧军的《八月的乡村》、姚雪垠的《差半车麦秸》、张天翼的《仇恨》、巴金的《狗》等作品推向国际,以文学文化的窗口向世界讲述中国。

萧乾于20世纪40年代用英文撰写的一部中国题材作品集《千弦琴》,于1944年在英国伦敦出版,颇受当时英国文化界的欣赏与好评。1940年4月,参加国际笔会的萧乾,在会议上发表演讲"战时中国文艺",也就是后来的著作《苦难时代的蚀刻——中国当代文艺的一瞥》,此书在两年后由伦敦的乔治·安澜联合出版公司(George Allen&Unwin Ltd.)出版,其后还被瑞士翻译为德文译本出版。该书出版后在欧洲文化界引起较大反响,对中国新文学在世界的传播起到了重要的推动作用。②30—40年代,在中国的世界形象建构方面,萧乾无疑是最具主动性的中国作家、记者,他在国外出版多部作品,包括中国现代文学译作与介绍中国文化的著作,在欧洲甚至美国文化界产生了极大的反响。③

另外,就俄语世界而言,20世纪20年代旅居苏联的中国诗人萧三,俄文署名为埃弥·萧。早在20世纪初叶,他就加入革命队伍,成为中国较早的一批共产党员,先后在法国、苏联参加革命活动。20年代末,他进入远东大学与莫斯科东方学院任教,后任苏联《国际文学》中文版主编,1939年回国并前往延安参与文化工作。在苏联时期,萧三使用俄语创作的诗集《诗歌》《拥护苏维埃中国》《湘笛集》《萧三诗选》等纷纷出版,同时为在巴黎发行的《救国时报》撰文,从中国之外迂回发出中国共产党的真实声音。1932年起,萧三的作品便在苏联出版,如由A. 罗姆翻译、国家文艺出版社发行的诗集,分别为1932年的《萧三诗集》和1935年的《血书》诗集。萧三署名埃弥·萧撰写的文章《中国革命文学》,刊载于《文学批评家》1935年第4期。萧三先后在《青年近卫军》和《十月》1936年第

---

① 葛桂录:《中外文学交流史·中国-英国卷》,山东教育出版社2015年版,第206—207页。
② 葛桂录:《中外文学交流史·中国-英国卷》,山东教育出版社2015年版,第207、446页。
③ 乔治·奥维尔:《评萧乾编的〈千弦琴〉》,左丹译,见鲍霁编:《萧乾研究资料》,北京十月文艺出版社1988年版,第550页。

6期登载随笔《毛泽东》俄译文,而后,该文发表于《红色处女地》1938年第12期。萧三创作的随笔《朱德》,发表于《国际文学》1938年第11期。其后,萧三还创作文章《抗战文学在中国》与《英雄中国的文学与艺术》,分别发表于《批评家》与《新世界》1938年第7期。1939年,萧三创作的随笔《毛泽东·朱德》由青年近卫军出版社发行单行本。

另外,萧三署名埃弥·萧撰写的多篇鲁迅研究文章,在苏联的重要报纸与刊物上发表,分别为《鲁迅》(载《真理报》1935年9月5日)、《纪念鲁迅(1881—1936)》(载《文学报》1936年10月30日)、《纪念伟大的中国作家鲁迅(1881—1936)》(载《国际文学》1936年第12期)、《关于鲁迅的记载》(载《在边关》1937年第3期)、《伟大的中国诗人鲁迅》(载《文学批评家》1937年第8期)、《鲁迅》(载《消息报》1937年10月9日)、《纪念鲁迅》(载《文学报》1938年10月20日)等等。

20世纪40年代以来,萧三的两部著作在苏联出版译本,分别为M. 先加列维奇翻译的《中国短篇小说集》(国家文艺出版社)和A. 罗姆翻译的《湘笛》(列宁格勒国家文艺出版社)。1954年,由萧三自译、И. 弗连克利校对的《萧三诗选》,在外国文学出版社出版。同年,萧三编辑校对的中国民间故事选集《刘氏兄弟》,由古比雪夫出版社发行。同时,苏联汉学家在20世纪40年代至60年代编选的中国现代诗集,多次收录萧三的诗歌作品,如1959年由费德林编辑的《中国新诗集》(1919—1958)由国家文艺出版社出版,选入了萧三的诗作。研究方面,1933年列旺京评述《萧三诗集》的文章,更是开苏联的中国现代文学研究风气之先。①

---

① 宋绍香:《中国新文学俄苏传播与研究史稿》,学苑出版社2017年版,第111—113、225—228页。

第二节

延安文艺的世界研究概览

世界学者的延安文艺研究工作，经历了半个多世纪的积累，已经取得较为丰厚的研究成果。世界文化界不仅出版了延安作家的生平论述、评传专著，也发表了数量众多的作品专论文章。下面主要以区域和时间的维度介绍世界视域下的延安文艺研究成果及其重要观点，并简要介绍域外学者撰写的中国文学史著作。

一、延安作家作品在世界的研究成果

对延安时期重要作家的感性认识，散见于部分域外记者、作家创作的纪实文学作品，诸如埃德加·斯诺、史沫特莱、海伦·斯诺、冈瑟·斯坦因、杰克·贝尔登、费正清等，其中史沫特莱与斯诺曾编译中国现代文学作品选集。这些文学创作、交流与译介行为使域外作家的延安书写成为一个重要话题。域外作家对延安文艺的文本叙述主要是从主观层面入手，由于有亲历体验，他们以自传、日记等纪实文学为形式的文本书写存在着相对纷杂的头绪，这正是这一文学创作群体所具有的话语空间与叙述张力。

域外文学界对中国现代作家作品的研究，已经不仅仅停留在作为窗口的译介层面，而是通过文学研究进行更为深刻的自我审视与文学反思，例如日本战后文学界对中国现代文学的研究；从实用主义的需要出发，开掘他国文学文化所带来的新资源与新思维，如对延安文艺关注较多的中国周边亚洲国家，以及俄苏及其影响下的一些欧洲国家；也存在基于国家政治格局与时代征候，受制于意识形态的固有思维，以文学研究为本国的政治政策做出服务性的指导，这主要指冷战思维制约下的美国学者对中国革命文学的研究。当然，如此文学研究的出发点，在20世纪80年代末期开始逐渐呈现为开放、自由的发展趋势，国家间的文学研究愈发走向学理化。

延安时期诗歌与小说创作的研究文章及专著，苏联、日本的作家与学者的成果在数量上还是走在前列的，从研究产生的时间阶段来看，也是处在较早的奠基期。基于各自不同的原因，苏联与东欧国家和日本学界对延安文艺的研究极为重视。苏联学者的研究文章不仅发表于文艺期刊，更是常常登载于官方报纸与主流媒介，在苏联以及东欧国家的读者间得到了广泛的传播与较为深入的认识。这不仅来自苏联文化界人士的热心关注，也与政治热度、意识形态亲缘关系、读者的审美习惯等因素息息相关。日本学界主要是基于"有用"的自觉引进与研究，希望能以此廓清战后日本文化界的混沌头绪，振兴业已破灭的文学理想。由此，日本学界、读者均处在一种对中国人民文学的极度渴望与自觉学习的热潮之中，故此，延安文学作品在日本被译介出版后，其研究便相继涌现出来。

世界的延安文艺研究，主要集中在延安作家的个案研究，以及以跨学科视野观照中国现代文学的研究。其中，以丁玲与赵树理的研究最为丰富，艾青与周立波的研究则相对集中地出现在俄苏文艺界。美国与欧洲部分国家的研究者，将延安文艺作为研究重点，则出现得相对迟滞。丁玲是延安时期作家中，在美国最早出现译作、关注与研究长期处于热点并收获研究成果较多的作家。丁玲是从"五四"走进延安的作家。域外学者的研究对其左翼文学作品直至新中国成立初期的创作，均表现出浓厚的兴趣。同时，因为丁玲的创作历程最长，所以汇聚的域外学界的关注度与成果，较之赵树理的域外研究而言，更受瞩目且数量可观。

域外学界的丁玲个案研究，主要集中在以下几个问题。丁玲研究中长期存在一个中国本土与世界均较为关注的问题，即丁玲小说的真实性问题与其文学创作的转向研究。这两个话题实际上都是着重于对比丁玲文学生涯的复杂历程及思想在作品中的呈现状态，域外学界的这方面研究还尚未取得学理性较强的成果，更多集中在浮光掠影的层面。同时，丁玲的女性身份为域外研究界开启了更多的解读空间，这主要在于其小说、随感等文字所流露的复杂情感，以及从女权主义与对女性主义的再认识层面研究丁玲。梅仪慈作为美国丁玲文学研究的重要学者，其《丁玲的小说》堪称域外丁玲研究的拓展性专著。她以作家历时性的文学创作为轴，对丁玲的作品进行了客观中肯的评价。另外，丁淑芳以文学心理学研究为理论参照，分析了丁玲的文学创作生涯及心理变迁；布乔治的博士学位论文则是从作家传记研究的角度探讨丁玲及其所处的时代。

赵树理蛰伏于中国民间勤耕，浸染着浓厚的中国古典文脉的血液，长期在创作信仰与开放变通之间徘徊。域外学者对赵树理的作品褒贬参差，一方面以"新的""人民文学"著称，因其农民语言、民间艺术在文学创作中所彰显的魅力得到较高评价；另一方面由于其作品缺乏人物的塑造意识与西方现代的文学理念等，深受部分域外学者的诟病。苏联学者费德林、谢列兹涅夫与日本学者釜屋修、萩野脩二等的研究，推进了域外赵树理研究的进程。周立波的长篇小说《暴风骤雨》、丁玲的《太阳照在桑干河上》以及《白毛女》三部作品，从在苏联斩获斯大林文艺奖而备受域外学者关注，其中，克里弗佐夫、艾德林等的研究文章，均对周立波的创作持较高评价。世界文学界也在艾青、草明、李季等的作品研究方面颇有收获，相继发表或出版了评论文章与论述著作。下面，主要从时间维度对延安重要作家作品的域外研究成果做一概览。

苏联文学界以对萧三创作的研究为起点，开启了对中国左翼作家与延安作家的研究热潮，并在新中国成立后持续关注且收获了较多颇具价值的研究专著。最早引发苏联文学界关注的是中国著名诗人萧三。苏联学者对萧三诗歌的研究与译介是同步的，《萧三诗集》俄文译本1932年在苏联出版后，列旺京就发表了评论文章，刊载于苏联的《艺术文学》杂志1933年第5期。П. 涅兹纳莫夫评论萧三作品的文章，刊载于《艺术文学》1935年第5期。

同时，苏联学界对中国文艺思潮与文学发展方向一直给予极大的关注，对中国文艺界的重大事件与文艺现象较为敏感，文艺理论方面的译介文章常常见诸重要刊物。如钦杰克的文章《中国的国防文学》，就发表于《国际文学》1939年第11期。Е. Л. 施耐德的文章《中国人民的伟大作家》与В. 洛西耶夫的文章《利用中国的文学形式》同时发表于《国际文学》1940年第1期。1940年，该杂志第3—4

期刊载了B. 罗果夫的文章《民族解放战争时期的文学》。同年，苏联出版的《中国》一书中收辑了彼特罗夫的文章《中国的新文学》。同年，《莫斯科晚报》发表《现代中国文学》一文，对抗战以来中国文学的大众化与人民性追求给予了高度评价，体现了苏联文化界对中国革命文学的热情赞颂与高度认同，文中写道："中国作家与剧作家，在为民族解放而斗争之年代中，已产生之文艺作品，无论在形式上，风格上与技巧上均不亚于中国古代名著。现代作家之著作，实代表真正人民文学，此点尤足珍贵。中国今日之文学，大致以民族战争为主题。此乃理所当然。盖英勇之中国人民，拥有悠久文化之人民，为其民族解放而战争，几已三年矣。中国作家在此种战争中至为活跃。中国文学家均与其人民密切联系而不可分离。彼等均以民众之语言，描写民众，并供民众阅读。"[1]

其后，Л. 艾德林发表文章《中国文学期刊〈文学月报〉论苏联文学》，刊于《国际文学》1941年第5期；文章《在民主中国的文学中的新人形象》，发表于《旗帜》1948年第8期。О. Л. 菲什曼的文章《论中国新文学的发展》发表于《列宁格勒大学学报》1949年第7期。费德林的文章《论中国文学》发表于《布尔什维克》1949年第19期。Л. 艾德林的《发展中的中国文学》刊登于《文学报》1949年10月12日。М. 乌克拉英采夫与Ю. 斯维特洛夫合作撰写的文章《描写中国农村的中篇小说》发表于《新时代》1949年第30期。В. 托克马科夫的文章《两部描写新中国的书》发表于《西伯利亚之火》1950年第1期。В. 彼特罗夫的文章《新中国的文学》发表于《星》1950年第2期。О. Л. 菲什曼的文章《作为反映民主势力同反动势力斗争的中国新文学》发表于《列宁格勒大学学报》1948年第8期。

日本学界从战后文化环境中求索，希冀在中国革命运动与革命文学的经验中汲取养分，由此，在着力译介延安文艺的同时，以人民文学的整体视野与理论资源开展深度研究，取得了极具价值的研究成果。1948年，日本学者冈崎俊夫最早开始研究延安文学。几乎同时，以"人民文学"命名的中国文学思潮在日本学界悄然兴起，冈崎俊夫的文章《战后的中国〈人民文学〉》，发表于1948年11月

---

[1]《莫斯科新闻界对现代中国文学之赞论》，载《中苏文化》1940年第3期。

的《世界文学研究》杂志。同年,日本学界刊发了多篇研究中国现代文学的文章,都是以学习与借鉴为初衷而进行的延安文艺研究。如冈本隆三于11月发表的《中国文学研究的方舟》(载《桃源》)、竹内好于12月发表的《中国文学和人道主义》(载《人间》)。1949年9月,岛田政雄的文章《一面旗帜——延安的劳动英雄》发表于《中国研究》杂志;10月,他再次发表文章《中国文艺的新阶段——中华全国文学艺术工作者代表大会召开》于《新日本文学》。这段时间,日本学界将研究目光转向人民文学的创作实例,多以丁玲、赵树理、周立波等作家的作品为研究对象。1950年,岛田政雄发表的文章《法捷耶夫和中共作家的文学对话》,介绍了苏联著名作家对新中国文学的热情关注情况,该文登载于3月的《人间》杂志。同年5月,《天理大学学报》登载服部隆造的文章《抗日战争时期的中国文学》;6月,竹内好的文章《现代中国文学的史的概观》登载于《文学》杂志;10月,武田泰淳的文章《中国的小说和日本的小说》发表于《文学》杂志等。①

进入20世纪50年代,苏联学者对延安文艺的研究热情持续高涨,这首先表现为即时性期刊上登载的研究文章数量呈明显的增长态势。《在边关》1950年第3期登载了鲁德曼撰写的文章《中国的民主文学》。同年,B. 克里弗佐夫撰写的文章《描写新中国人的短篇小说》发表于《太平洋之星》杂志。1950年,Γ. 康德拉舍夫撰写的文章《描写中国人民斗争的真实小说》发表于12月31日的《列宁格勒真理报》。B. 克里弗佐夫的文章《新中国战士和建设者的形象》刊登于《远东》1951年第1期。费德林的文章《中国文学的新作品》登载于《真理报》1951年4月15日。Γ. 帕弗洛夫的文章《伟大的中国人民的声音》发表于《红星》1954年10月3日。同年,B. 彼特罗夫的文章《生活的真实》登载于《莫斯科真理报》10月12日。1959年,国家文艺出版社发行论文集《人民民主国家作家》,收入H. 巴拉绍夫与李福清合作的文章《刘白羽的创作》。B. 索罗金撰写的《〈中国作家短篇

---

① 刘庆澄辑译:《日本研究中国文学目录索引(一)》,见刘柏青、张连第、王鸿珠编:《日本学者中国文学研究译丛》(第1辑),吉林教育出版社1986年版,第265—267页。

小说集〉俄译本序言》,收录于1959年由国家文艺出版社发行的研究文章选集。

20世纪50年代之后,日本的人民文学研究进入高潮期,学者们纷纷以丁玲、赵树理、周立波等作家的作品为研究对象,以个案研究与全面纵论的方式着重分析延安文学与新中国文学创作的独特之处,从人民文学的视角挖掘延安文艺深层的精神主题与重大价值。此外,还展开了《白毛女》等戏剧研究、艾青与何其芳等诗人的诗作研究等。1951年5月,冈崎俊夫的文章《中国的人民文学》发表于《思想》杂志,《天理大学学报》登载志贺正年的文章《中国新文艺的断想》,高仓克己的《人民文学的现阶段》发表于《华侨文化》杂志;10月,岛田政雄的《中国革命和中国文学》发表于《人民文学》;其后,竹内好的文章《日本对中国文学研究的现状》发表于《文学》杂志,论著《现代中国论》由河出书房出版。1952年6月,冈崎俊夫的文章《现代中国文学的动向》发表于《文学》杂志;7月,波多野太郎的文章《1951年的中国文学研究》发表于《横滨大学论丛》;10月,《中国公论》刊载佐佐木基一的文章《中国文学——战后海外文学的展望》。1953年,天理大学出版部出版了《中国语学研究会论集》,收入冈本隆三的文章《中国新文学研究的方法论的建立》。1954年9月,桧山久雄的文章《中国文学的新动向》发表于《文学》杂志。同年,日本出版了两部研究专著——《新中国的创作理论》与《现代中国的作家们》,前者由中国文学艺术研究会编辑、未来社出版,后者由冈崎俊夫等撰写、和光社出版。1955年8月,竹内好的文章《翻译文学四十年——以中国文学为中心》刊载于《文学》杂志;9月,岩上顺一的文章《苏联和中国如何培养年轻作家》发表于《文学》杂志;10月,《天理大学学报》刊载志贺正年的文章《中国现代民歌试探——主要谈谈〈信天游〉》,日本爱知大学国际问题研究所出版的《新中国和过渡期的总路线》收入相浦杲的文章《中国现代文学中的社会主义现实主义——〈人民文学〉发展的情况》。①

---

① 刘庆澄辑译:《日本研究中国文学目录索引(一)》,见刘柏青、张连第、王鸿珠编:《日本学者中国文学研究译丛》(第1辑),吉林教育出版社1986年版,第266—274页。

苏联学界在展开中国现代文学研究之初，因郭沫若的诗歌与戏剧创作及其在文艺理论与文学研究方面的建树，吸引了大量学者的普遍关注与深度研究，其中费德林与郭沫若就因屈原研究而结缘。20世纪40年代，费德林的博士学位论文《屈原的生平与创作》，就是在郭沫若的直接帮助下出色完成的。由此，在以郭沫若作品为中介的中苏文学交流之外，费德林与郭沫若也展开了以文学研究为媒介的密切互动。正因此情谊，费德林的洞见在苏联的郭沫若研究者中独树一帜，成就极高，引领了苏联学界的郭沫若研究之风。苏联学术界对郭沫若的关注与研究表现出持续热情，郭沫若与不少作家、学者的密切书信往来与联系，推进了两国的文学理论互动。如1941年12月20日，苏联作家罗可托夫致信郭沫若的原文，就在《新华日报》刊载；1941年11月2日，苏联学者P.巴甫连珂的致信，同样载于《新华日报》；1943年12月30日，苏联作家卡尔曼的致信于《新华日报》刊载；1946年3月18日，苏联对外文化协会的致信也登载于《新华日报》；等等。此外，苏联学者米克拉舍夫斯基、凯缅诺夫与潘友新分别在1941年11月16日发来纪念郭沫若先生创作生活二十五周年贺柬，均刊载于《新华日报》特刊。苏联的郭沫若研究队伍，主要围绕着著名汉学家、郭沫若的友人费德林先生以及多位著名文学研究学者而形成。1944年，费德林的研究文章《屈原》刊载于《文艺生活》杂志第2期。1953年，《西伯利亚之火》登载了B.托克马科夫的文章《俄语译品中的郭沫若》。苏联《十月》杂志1954年第7期发表P.伊茨评的文章《郭沫若文艺作品选集》。郭沫若的创作专论——C.Д.马尔科娃创作的《郭沫若的诗歌创作》，1961年由莫斯科东方文学出版社发行。①同时，苏联出版的部分中国文学研究专著，论及五四时期、抗战文学、新诗创作、文艺理论思想、文学翻译活动、社会与学术活动的内容，均无法绕开有关郭沫若的论述。

在日本，郭沫若同样是中国现代文学研究者关注的重要对象。日本文学界对郭沫若的关注较早，1949年4月就发表研究文章，如《国文学解释和鉴赏》登载了鱼返善雄的文章《郭沫若与林语堂》。1950年6月，田中岩发表文章《郭沫若

---

① 宋绍香：《中国新文学俄苏传播与研究史稿》，学苑出版社2017年版，第115、126页。

的戏剧》登载于《汉文学纪要》;7月,猪俣庄八的文章《某个时期的郭沫若》登载于《中国语杂志》。1951年9月,《近代文学》杂志登载了斋藤秋男的文章《郭沫若》。1953年10月,佐藤一郎撰写的文章《郭沫若论序说》发表于《三田文学》杂志。1954年2月,服部隆造的文章《郭沫若的小说》发表于《天理大学学报》;3月,阵之内宜男的文章《关于郭沫若的〈女神〉》发表于《东洋文学研究》;等等。①

此外,延安诗人艾青一贯是苏联学者的研究热点,有关艾青的研究成果在数量与历程上均取得可观的收获。艾青的诗歌创作在苏联研究者看来,代表着延安诗歌创作的高峰,也对苏联读者与文化界产生了极为深远的影响。艾青,以其诗歌作品闻名于世,他与聂鲁达的文交也为世人称道。在许多蕴含着深厚诗歌传统的国家与地区,学者对艾青的诗歌研究保持着关注与重视,如日本、苏联等国家。日本翻译家岛田政雄撰写的文章《艾青的诗》,发表于《世界文学研究》1948年第2期。②苏联学者的艾青诗歌研究在前期取得的研究成果数量可观,如苏联的《夜列宁格勒》1952年7月23日登载了评论艾青的文章《和平与自由的诗人》(Б. 利西查作),《文艺报》1953年2月5日登载了由B. 叶尔莫拉耶夫创作的评论文章。1954年,著名学者B. 彼特罗夫在莫斯科出版了《艾青评传》。Л. 切尔卡斯基撰写了多部艾青研究专著,不少也论及艾青诗歌,如《中国20—30年代新诗》(1972)与《中国战争年代的诗歌(1937—1949)》(1980)中对艾青的诗歌给予了热情评价。Л. 切尔卡斯基在1993年由东方文学出版社出版的艾青论著《艾青:太阳的使者》,为世界艾青研究领域收获的最为重要的作品之一。

另外,费德林等的评论文章对域外的艾青研究有所扩展,如《远东问题》杂志1984年第4期发表的文章《艾青:生平与时代》等。费德林曾评价艾青的诗歌作品"充盈着清新的泥土色彩和气息",其作品的审美呈现是"独具一格的",

---

① 刘庆澄辑译:《日本研究中国文学目录索引(一)》,见刘柏青、张连第、王鸿珠编:《日本学者中国文学研究译丛》(第1辑),吉林教育出版社1986年版,第265—271页。
② 宋绍香:《中国新文学20世纪域外传播与研究》,学苑出版社2012年版,第79页。

并同样注重以现实主义的手法"干预生活",具有极高的美学价值与现实意义。①而索罗金认为,艾青的诗歌传达出一种强烈的生命意识与力量感,其抒情诗的视野具有超越民族的人类共同感与天地境界,这是由其"表现'生命源流'的诗体形式"和"语言的自然性"真切再现的。②由于艾青的诗歌在汉学界的整体评价极高,不少研究者将艾青安放于中国现代诗人的至高位置,将艾青与世界级诗人聂鲁达和纳兹·希克梅特并举,并认为艾青诗歌的艺术性超越了国别,以其美与精神的显现唤醒了世界视域中延安文艺的生机。③

艾青研究专家Л.切尔卡斯基在研究专著中指出,艾青在延安时期创作的诗歌"形成一种'太阳崇拜'的诗风",饱含着充沛的希望,在献身主题之下,发现近在眼前的"通向太阳的道路"。在研究者看来,这是艾青"天生就赋有这种崇高感情"。④Л.切尔卡斯基认为,就艾青的出身来看,其诗歌属于"知识分子式"的,但其诗作中早已将创作"与大众结合",这体现出艾青作为一位诗人在艺术上的"成熟及其平民化风格",同时"证明了其诗神缪斯的远见卓识与高瞻远瞩"。Л.切尔卡斯基评价道:"艾青的作品已成为世界文化的不可分割的一部分。"⑤

延安时期的重要诗人诗作,除艾青之外,也吸引着世界文学研究界的浓厚兴趣,相继涌现出不少研究文章与著作,这主要集中在苏联与日本学界的延安文学研究。与延安诗人有着密切往来与文学交流的苏联学者B.彼特洛夫,与殷夫、萧三、艾青,以及田间、柯仲平、李季、严辰等诗人都有过文学交往,对延安时

---

① 宋绍香:《中国新文学俄苏传播与研究史稿》,学苑出版社2017年版,第108、145、251页。
② Ю.索罗金:《"我对这土地爱得深沉……"——〈艾青抒情诗选〉俄译本代序》,见宋绍香译编:《中国解放区文学俄文版序跋集》,中国文史出版社2004年版,第281页。
③ Л.切尔卡斯基:《〈太阳的话〉(诗选)俄译本序言》,见宋绍香译编:《中国解放区文学俄文版序跋集》,中国文史出版社2004年版,第299页。
④ Л.Е.切尔卡斯基:《艾青:太阳的使者》,宋绍香译,中国文史出版社2007年版,第112—113页。
⑤ Л.Е.切尔卡斯基:《艾青:太阳的使者》,宋绍香译,中国文史出版社2007年版,第109、283页。

期的诗歌创作极为重视并给予了较高评价。Л. 切尔卡斯基在对艾青展开文学研究的同时，将目光投射于解放区的著名诗人整体，如萧三、何其芳、田间、柯仲平、李季、阮章竞、蒲风、王亚平等，他认为："中国诗歌已成为世界文学交往中的积极参与者，它与东西方各国文学的直接和间接的联系在加紧扩大和深化，因而得到了迅速发展"①。1952年，费德林在苏联《文学报》上就李季的《王贵与李香香》发表评论文章《中国的新人》。1953年，费德林主编的《新中国的诗人》一书，由莫斯科青年近卫军出版社发行。紧接着，A. 扎罗夫撰写的文章《中国诗歌集》发表于《文学报》1954年2月22日。同年9月8日，《真理报》登载了C. 希帕切夫的文章《人民中国的诗人》。同年，И. 弗连克利撰写《〈萧三诗选〉俄文版前言》。1959年，编辑《中国新诗集》的著名汉学家费德林在诗集出版前言中高度评价了解放区的诗歌作品，对萧三、何其芳、贺敬之、田间、李季、柯仲平等诗人的文学成就给予了颂扬。《殷夫——中国革命的歌手》一书由 H. Ф. 马特科夫创作，于1962年由莫斯科大学出版社出版。1980年，苏联国家文艺出版社出版的著作《中国战争年代的诗歌（1937—1949）》，由东方文学主编，Л. 切尔卡斯基等撰写。1982年，国家文艺出版社出版的《中国诗歌集》，由Л. 切尔卡斯基撰写序文。②由此观之，苏联学界对延安诗歌的研究持续了近半个世纪，不仅涌现出以艾青为研究对象的力作，也在域外视野中的延安诗人整体研究方面做出了极具延伸性和系统性的尝试。

日本学者对延安时期的诗歌创作同样投以热切的目光并开展深入研究，研究者所涉及的作家作品宽广度较之苏联的研究成果显得较为狭窄。同时，日本学者对延安诗人的关注时间较短，随着人民文学思潮的落幕而沉寂，总体上仅活跃了十年左右。1951年6月，《中国语杂志》登载志贺正年的文章《读〈王贵与李香香〉》；1951年11月，宇田礼的《中国人民诗歌的沿革》发表于《诗和诗人》；1953年10月，诸桥辙次先生古稀祝贺纪念会出版的论文集收入了仓田贞美的文章

---

① H. 费德林：《中国文学研究与翻译在苏联》，宋绍香译，载《岱宗学刊》2000年第2期。
② 宋绍香：《中国新文学俄苏传播与研究史稿》，学苑出版社2017年版，第91、125、127、143—146页。

《关于臧克家的诗》；1954年2月，《天理大学学报》登载志贺正年的文章《中国新诗歌的形成和发展》；1954年11月举办的中国文艺座谈会上，日本学者秋吉久纪夫发表文章《中国的现代叙事诗》。①秋吉久纪夫还撰写了研究何其芳诗歌作品的文章《何其芳的诗论》，发表于《现代中国》1964年第5期。②

对于中国早期共产党员的文学创作，除却上文在诗歌层面介绍的苏联学者撰写的殷夫作品研究成果之外，瞿秋白的小说在苏联出版译本之后，立即引发学界的关注，主流报纸登载了研究文章若干篇。这位中国共产党员的文学创作，收获了诸多研究专论与文章。如由施奈德撰写的《瞿秋白——革命者、作家、战士（1899—1935）》，由苏联《知识》杂志社出版；《瞿秋白（1899—1935）的创作道路》一书，于1964年由莫斯科国家文艺出版社发行。1975年，苏联百科全书出版社的《简明文学百科全书》第8卷收入"张天翼"词条。1977年，莫斯科大学出版社出版的《现代东方文学》一书，由E.齐宾娜等著，其中部分章节讨论了中国左联时期与抗日战争时期、民族解放战争时期的文学创作情况。在政治意识形态亲缘关系的影响下，苏联学界的延安文学研究呈现出一种明晰的整体性意识，即将左翼文学到延安文艺的发展自觉地视作一个文学整体。在此文学观的指导下，苏联学者的视域必然较之日本学者更为开放。

有关草明、李广田等作家的研究，曾得到苏联与日本学界的热情关注。A.罗加切夫为草明小说《原动力》的俄译本作序，对小说的题材与艺术风格做了详尽介绍。1951年，有关草明短篇小说《原动力》的研究文章在《新时代》杂志第49期登载，有 П.扎罗夫创作的《描写中国工人的中篇小说》。③李广田的长篇小说《引力》在日本翻译出版后，引起了极大的关注。1955年，日本召开中国文艺

---

① 刘庆澄辑译：《日本研究中国文学目录索引（一）》，见刘柏青、张连第、王鸿珠编：《日本学者中国文学研究译丛》（第1辑），吉林教育出版社1986年版，第268、271—272页。
② 宋绍香：《中国新文学20世纪域外传播与研究》，学苑出版社2012年版，第79页。
③ 宋绍香：《中国新文学俄苏传播与研究史稿》，学苑出版社2017年版，第43—44、133、136、141页。

座谈会,诸井耕二发表文章《李广田的〈引力〉》。①据统计,《引力》一书自1952年冈崎俊夫译本在岩波书店出版,直至1959年,共再版十一次之多,同时日本学者出版的多部文学史著作均对此展开了细致分析。②从这里可以看出,日本学者的研究导向是从中国文学创作的主题出发。也正因此,延安文艺研究在日本因其实用性需要而呈现出骤起骤落的发展形态,这主要表现在日本人民文学研究热潮前后延安文艺研究的不同境遇。

二、现代中国文学史的海外出版

出于一种自觉的文学史整体观,苏联学者一贯热衷于从中国文学发展的宏观视角切入研究,这是域外学界中最早从文学史全局意识出发导向延安文艺研究,也是在理论分析中着力进行文学创作与思想意识的对比研究,以此看待延安文艺乃至中国现代文学的发生与发展。苏联学界在研究中时时渗透史性眼光,这在整个域外延安文艺研究中起步最早。在如此思想意识的影响下,涌现了不少从文学史视野来研究延安文艺的文章,诸如《亚非人民》1962年第2期登载了В. И. 谢马诺夫的文章《关于东方文学中的"新时代"问题》。该杂志同年第3期登载了费德林的文章《中国文学史的分期问题》。同年,国家文艺出版社发行了《中国文学简论》一书,由В. 索罗金与Л. 艾德林撰写。1963年,莫斯科出版了《现代文学相互影响之问题》一书,由И. Г. 涅乌波科耶娃撰写。1965年,苏联科学出版社发行《民族传统与社会主义现实主义的起源》一书,收入了著名汉学家李福清的文章《中国说书与韩起祥的创新》。③当然,长时间的延安文艺引进与研究工作,促使研究者意识到深入研究中国文学的紧迫性,在中国积极学习苏联文艺理论的同时,有助于推进苏联学者从延安文艺中获取养分与资源。1973年,费德林

---

① 刘庆澄辑译:《日本研究中国文学目录索引(一)》,见刘柏青、张连第、王鸿珠编:《日本学者中国文学研究译丛》(第1辑),吉林教育出版社1986年版,第272页。
② 李岫:《20世纪文学的东西方之旅》,人民文学出版社2004年版,第237页。
③ 宋绍香:《中国新文学俄苏传播与研究史稿》,学苑出版社2017年版,第111—120、127、132—136页。

的著作《苏联对中国文学的研究》在国家文艺出版社出版；他还发表《中国文学研究的问题与任务》一文，收入《苏联中国学问题》。1986年，费德林在《远东问题》第4期发表文章《中国文学研究与翻译在苏联》。①

苏联学者研究中国现代文学时，常渗透着文学史的视野，研究初期就收获了有关中国现代文学史的著作。苏联之外的海外学界，撰写并出版中国现代文学史著作的热情也颇为高涨。海外出版的现代文学史著作首推夏志清的《中国现代小说史》（*A History of Modern Chinese Fiction*），以及日本学者小野忍的《现代的中国文学》与德国汉学家顾彬的《二十世纪中国文学史》等，都是各具特色的论著。另外，韩国学界在1949年便出版了首部中国现代文学研究专著，即庆熙大学尹永春教授撰写的《中国现代文学史》。此后，首尔大学的车相辕、车柱环、张基槿合作的文学史著作《中国文学史》也出版发行。②

以出版时间为线索，笔者将对作品中有关延安文艺总论、延安作家论述的内容进行梳理。苏联与日本的中国现当代文学研究界较早出现文学史观与文学史书写的自觉意识。苏联汉学家费德林推出了《中国文学、中国文学史略》，日本学者小野忍撰写了《现代的中国文学》，其中涉及延安时期重要作家赵树理的评述研究。此外，华裔汉学家夏志清的中国现代文学史专著，是美国与欧洲文学界较早出现的研究延安文艺的文学史著作，而后相继涌现了汉学家李欧梵、顾彬等撰写的文学史著作。但是，纵观海外的延安文艺研究整体，有关中国现当代文学的史性宏观研究还不多见，更多的研究成果仍以单篇论文与作家专论的小体量、零散化形式出现。

苏联学者在20世纪50年代至80年代的三十年间，创作中国文学综合研究专著逾二十部。例如，费德林于1935年创作《中国现代文学概论》，1955年创作《中国札记》，1956年出版专著《中国文学》，1974年出版《中国文学研究的问题》。彼特罗夫在1940年于莫斯科出版著作《中国的新文献：〈中国〉文集和

---

① 宋绍香：《中国新文学俄苏传播与研究史稿》，学苑出版社2017年版，第140—145页。
② 刘顺利：《中外文学交流史·中国-朝韩卷》，山东教育出版社2015年版，第289、295页。

〈历史、经济、文化〉著作》。①Л.艾德林在1955年创作《论当代中国文学》，С.Д.马尔科娃于1958年创作《抗日战争时期的中国诗歌（1937—1945）》，В.索罗金与Л.艾德林于1962年合著《中国文学简论》，Л.切尔卡斯基分别于1972年、1980年创作《中国20—30年代新诗》和《中国战争年代的诗歌（1937—1949）》两部著作。这些专著对于世界的延安文艺研究而言，是一个极为重要的知识来源、沟通中介、研究指导。例如美国在20世纪70年代末翻译出版的苏联学者谢马诺夫的《鲁迅及其前驱者》一书，虽非苏联延安文艺研究专著，但为美国洞开了中国文学的研究动向与理论新质。费德林《中国文学》的第十至十五章，分别介绍了中国现代作家鲁迅、郭沫若、茅盾、老舍、艾青以及赵树理等作家作品。

日本学者菊地三郎著有《中国现代文学史——革命与文学运动》一书，1953年由青木书店出版。②日本著名翻译家、学者、中国文学研究会创办人之一小野忍，在中国现代文学研究领域取得了极为重要的研究成果。他于1958年获得东京大学文学博士学位，他的学位论文《中国现代文学的研究》为日本的中国文学研究代表作之一。其后，他又出版了多部中国现代文学史著作，如1958年的《现代的中国文学》（每日新闻社版）、1972年的《中国现代文学的足迹》（东京大学出版社）等。

延安文艺在世界的译介与研究现状，是笔者在大量阅读文献资料的基础上整理的，以时间与地域的传播情况为轴分别进行了简要论述，结合小说、诗歌等不同的体裁，从整体上考察延安文艺在世界的接受状态。同时，简述本土译者对延安文艺作品对外翻译工作所做的贡献，介绍了域外学者所书写的中国现代文学研究著述。本章主要从宏观上对延安文艺的世界传播现状做一轮廓勾勒，为域外延安文艺研究的再研究进行基础性铺垫。需要说明的是，毛泽东诗词与文论在世界的传播，一贯走在前列，也收获了丰厚的成果。故此，本书所考察的域外延安文

---

① 宋绍香：《中国新文学俄苏传播与研究史稿》，学苑出版社2017年版，第111、114、128、129、141页。
② 严绍璗、王晓平：《中国文学在日本》，花城出版社1990年版，第412页。

艺研究，注重多元艺术样式、文学文本、作家个案等方面的讨论。本章所梳理的中国文学域外译介与研究史料，是在前辈学者多方探索的文献材料的基础之上，从特定的时间背景与研究需要出发而进行的重新整理与归纳。文中借鉴的大量文献材料出自翻译家宋绍香的专著特别是译作[①]，钱林森与周宁主编、山东教育出版社出版的丛书《中外文学交流史》，严绍璗与王晓平合著、花城出版社出版的《中国文学在日本》，以及刘庆澄辑译的《日本研究中国文学目录索引》（参见刘柏青、张连第、王鸿珠编的《日本学者中国文学研究译丛》）等。

[①] 编译作品有宋绍香译编的《中国解放区文学俄文版序跋集》（中国文史出版社2004年版），Л.Е.切尔卡斯基著、宋绍香译的《艾青：太阳的使者》（中国文史出版社2006年版），费德林等著、宋绍香译的《前苏联学者论中国现代文学》（新华出版社1994年版）；专著如宋绍香的《中国新文学20世纪域外传播与研究》（学苑出版社2012年版）、《中国新文学俄苏传播与研究史稿》（学苑出版社2017年版）。

第二章 延安艺术在世界的传播与研究

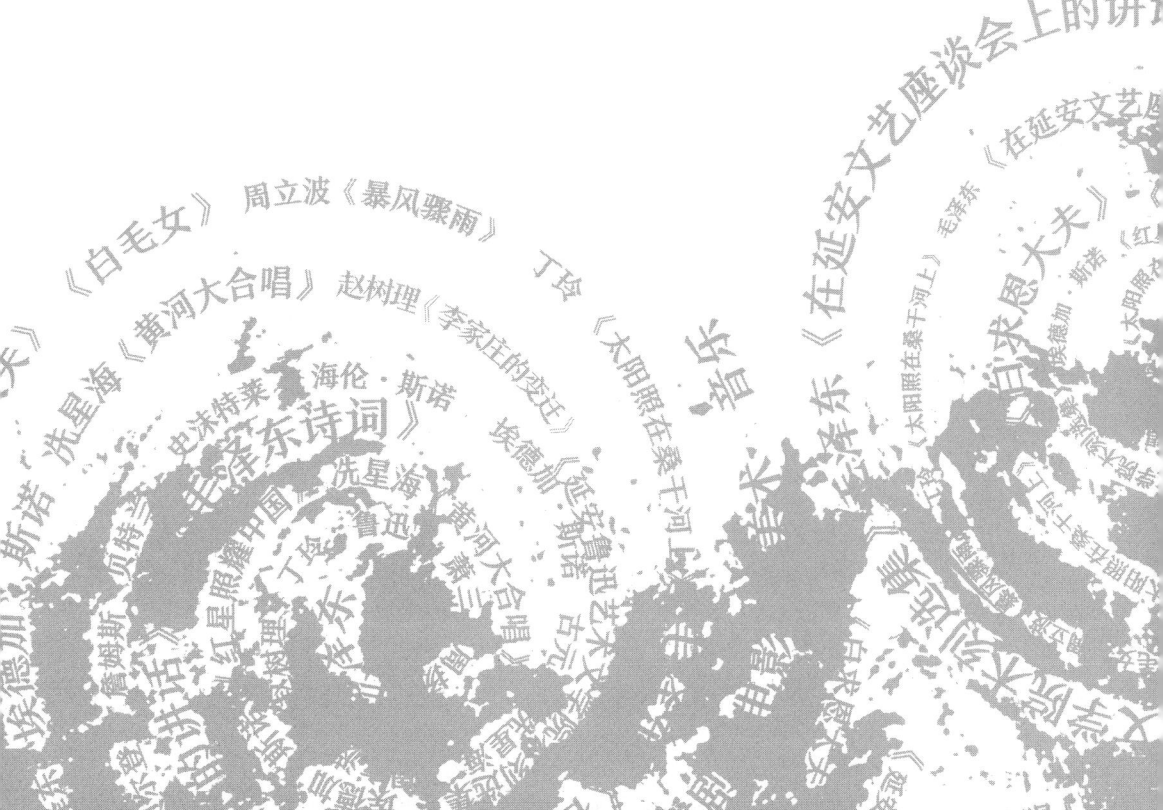

戏剧、电影、美术、音乐四个领域的延安艺术，以早期井冈山革命根据地为温床，并在延安及各解放区的迅速发展中，积累了丰富的实践经验与历史成就。其中，电影艺术虽然在最初得益于早期城市的优良技术条件，在延安的发展是相对滞后的，但是，人民电影正式参与广大农村地区工农兵的文化生活是在延安电影团展开工作之后，其电影表现题材与艺术风貌也由此奠定。延安艺术与文学的大众化道路，突破了艺术门类的壁垒，其交叉共存的艺术源泉均立足于传统文化的扩展与改进、群体参与的口头呈现形式、适应新时代新需要等方面的深度融合。戏剧、电影、美术、音乐等种种人民艺术的重要收获，是成熟于延安、塑形于延安的人民艺术的历史创造，它引领着新中国文艺的基本方向，为世界文艺的发展提供了新的可能。

第一节
延安戏剧在世界

延安戏剧是各种艺术门类与传播媒介中,与中国农民关系最为密切、交流最为久远、意义最为重大、形式最为丰富的艺术形式复合体。它在复杂的历史演变中,融入了传统戏曲中京剧、秦腔、眉户、花鼓等艺术元素,借用秧歌等民俗娱乐形式与说书历史剧等民间口头表演形式,以扎根人民、锐意革新为前提,创造了新秧歌剧、新歌剧等新兴艺术形式,并在群体性的创作、表演、观看中,最大限度地践行着大众化与人民性的基本要求。其中,新歌剧《白毛女》便是解放区戏剧成果中的卓越之作,也是最具艺术感染力与生命力的上乘之作。笔者将以形式与内容均达到极高成熟度的《白毛女》为窗口,考察中国共产党带领下的戏剧发展与变革历程,以及它对域外观众与学者所产生的影响。

一、20世纪30—40年代中国戏剧的发展与变革

中国古典戏剧的现代化转变,缘于19世纪末西方文化对传统艺术的冲击,开始于文化界各个领域的谋求革新。戏剧体裁的现代转变,伴随着五四新文化运动中学生群体的参与以及反封建反压迫革命思想的渗透,逐渐迈入学生演剧与文明新戏等实验性的现代戏剧萌芽阶段[①],开始在戏剧作品的思想内容、表现形态、艺术技巧等方面汲取新的资源。

作为新文化运动阵地的《新青年》,十分关注戏剧改革的进展,陈独秀、

---

① 陈白尘、董健主编:《中国现代戏剧史稿》,中国戏剧出版社1989年版,第10页。

钱玄同、胡适、欧阳予倩、刘半农等曾发表大量文章，讨论中国戏剧对西方戏剧艺术资源的借用问题，进而在文化界开始了介绍与翻译西方戏剧的潮流，易卜生的《玩偶之家》在戏剧界的流行正是契合了中国传统戏剧变革的迫切需要。这一时期的戏剧创作在抛弃旧剧才子佳人、朝臣官宦等题材之后，主张干预社会，出现了批判社会黑暗、反抗封建压迫、关注底层人民生活等主题的作品，如洪深的《赵阎王》、叶绍钧的《恳亲会》、钱杏邨的《农民的悲哀》等。20世纪20年代的中国戏剧随着革命运动的发生，逐渐孕育出反映工人革命情绪与劳苦人民生活的剧作，田汉、柔石、丁西林、郑伯奇等的创作实践，均切实发挥着动员革命、参与社会的现实作用。

1930年，中国左翼作家联盟成立，中国文化各界正式进入了革命文艺发展的新阶段。1929年6月5日成立的上海艺术剧社，"开始了中国共产党对现代戏剧运动的直接领导，第一次提出了'无产阶级戏剧'的口号"[1]，指明了中国戏剧界的发展方向，无产阶级戏剧创作蔚然成风。在左翼文化思想运动的推动下，戏剧界社团之间走向联合与协作。1930年3月18日，上海戏剧运动联合会创立，同年8月1日，中国左翼剧团联盟成立，均在中国共产党的直接指导下，正式开展并推进无产阶级文艺运动的发展。

自中国共产党1927年10月建立井冈山革命根据地以来，红色戏剧开始在江西苏区蓬勃发展。在战时的客观条件下，产生了一批短小精悍的歌舞、演唱、戏剧等成果，如《活捉萧家璧》《毛委员的空城计》等。[2]这些作品大多根据农村真事改编而成，是早期戏剧创作题材创新的成果。为了顺应革命宣传的迫切需要，当时的戏剧作品仍拘泥于乡村的封建思想，偏重政治宣传，致使戏剧作品的艺术与审美价值相对薄弱。经过长期的实践与摸索，江西苏区相继成立了若干部队剧团，如战斗剧社与战士剧社，以及红军学校创办的正式剧团，如八一剧团等。剧团致力于丰富红军战士的娱乐生活，展示红军战士的英勇形象，宣传中国共产党的斗争力量，为苏区军民创作并演出了《打土豪分田地》《八一暴动》《杀上庐

---

[1] 陈白尘、董健主编：《中国现代戏剧史稿》，中国戏剧出版社1989年版，第287页。
[2] 陈白尘、董健主编：《中国现代戏剧史稿》，中国戏剧出版社1989年版，第651页。

山》《为谁牺牲》等剧目。

苏区的戏剧活动发展蓬勃。1932年9月，在工农红军学校政治部领导下成立了工农剧社，它是"工人、农民、红军、苏维埃职员等研究革命戏剧的组织，以发展戏剧战线上的文化革命斗争，赞助苏维埃革命斗争的艺术运动为宗旨"①。工农剧社作为专门的戏剧工作指导部门，它的成立"标志着苏区戏剧运动发展……进入到有组织、有领导的、艺术水准较高的剧团演剧形式"。1934年底，在党中央的支持和瞿秋白等文艺领袖的积极指导下，"苏区戏剧进一步走上了革命化、群众化和规范化的道路"。②此后，苏区文化部门着重培养文艺工作者的戏剧理论与实践教育能力，提高剧本创作艺术水平。直至红军北上长征，瞿秋白等留守苏区的文艺领袖及部分剧团，仍深入前线参与战斗，顽强坚守在文化战线的宣传与动员岗位上。

由苏区工农剧社发展而来的陕北早期文艺组织人民抗日剧社，使亲赴保安的斯诺在观看演出之后感慨道："在共产主义运动中，没有比红军剧社更有力的宣传武器了，也没有更巧妙的武器了。由于不断地改换节目，几乎每天变更活报剧，许多军事、政治、经济、社会上的新问题都成了演戏的材料，农民是不易轻信的，许多怀疑和问题就都用他们所容易理解的幽默方式加以解答。红军占领一个地方以后，往往是红军剧社消除了人民的疑虑，使他们对红军纲领有个基本的了解，大量传播革命思想，进行反宣传，争取人民的信任。"③

延安时期的戏剧活动，最初围绕人民抗日剧社总社展开工作，鲁迅艺术学院创立后，开始大力吸收和培养文艺队伍，储备文艺工作团队，积极建设文艺团体。毛泽东《讲话》发表后，延安戏剧工作开始在大众化与民族化的道路上探索，从民间文艺形式的矿藏中汲取养分，逐渐创作出了代表文艺大众化实践水平的经典之作。延安戏剧的现代性变革，在音乐、舞蹈、文学、美术等领域为延安乃至新中国的戏剧发展指明了方向。其中，1945年于延安公演的歌剧《白毛

---

① 《工农剧社简章》，见汪木兰、邓家琪编：《苏区文艺运动资料》，上海文艺出版社1985年版，第24页。
② 陈白尘、董健主编：《中国现代戏剧史稿》，中国戏剧出版社1989年版，第653—654页。
③ 埃德加·斯诺：《红星照耀中国》，董乐山译，新华出版社1984年版，第102页。

女》，在艺术样式、思想高度、主题意涵、社会影响等方面取得了很高的成就，并经过延安时期的歌剧、新中国拍摄的电影以及革命文艺样板戏、芭蕾舞剧等艺术形式的变迁，成为解放区戏剧中评价最高、流传最广的经典之作。

《白毛女》的故事原型源于20世纪30年代中期河北的民间传说，依据这一传说而改编的艺术表现形式纷繁多样。早前晋察冀边区的记者李满天撰写了相关的新闻报道，并以此传说为原型创作题为《白毛仙姑》的报告文学，以及名为《白毛女人》的短篇小说。在河北等地演出的西北战地服务团于1944年回到延安，同时带回了"白毛女"的故事，希望能以此为蓝本创作戏剧作品。在周扬的支持下，鲁艺工作者开始积极筹备改编"白毛女"戏剧。最先由邵子南执笔创作诗剧《白毛女》，但因其缺乏表演性等原因而被否决，故而重新组织团队创作剧本。在贺敬之、丁毅、张庚、马可、张鲁、瞿维、王滨、王昆、陈强等的集体合作之下，歌剧《白毛女》得以诞生，成为一部运用新兴艺术体裁进行创作、凝练着时代题旨和现实意义的高水平作品，并成为向1945年中国共产党第七次全国代表大会献礼的经典之作。从延安到张家口，再到北平、上海，歌剧《白毛女》以真人表演的方式，在中国各地的农村与城市中，在整个解放战争时期，对激起农民的反抗热情、推进中国的全面解放起到了相当重要的宣传与传播作用。

歌剧《白毛女》是中国舞台戏剧形式的最高标准，它不仅可以调动观众的全部感官系统，而且经由高架的戏台、陌生感的演员装扮增添了浓厚的仪式感，进而承载并积淀了观众的集体经验和群体智慧。但是，因真人表演的不可复制性，它在信息传播和宣传动员方面，与电影、音乐、绘画等媒介手段相比存在局限，这就造成了歌剧形式的《白毛女》难以引发域外观众的广泛关注，无法跨越空间的界限，进而难以发挥更大的传播效力。

二、域外作家笔下的延安戏剧

活跃在延安的多种艺术形式，向域外传播的主要渠道基本是主动对外输出和域外文化人译介两种方式。从传播方式与特征来看，延安时期孕育的形式多样的艺术作品，可分为可机械复制和不可机械复制两类。其中，电影、木刻版画、音乐均通过物质性的拷贝、拓印、乐谱等方式和载体而具备广泛传播的前提。不同的是，戏剧的舞台表演属于不可复制的艺术作品，传播方式较为单一，要求欣赏者亲历艺术作品的生成，需要剧团成员共同创作和演出，需要调动观众的参与，才能使作品产生更大的意义与价值，助推作品的流传。总体来说，延安时期纷呈的艺术作品，彰显了战争时期中国革命文艺表现方式的多种可能性，在对外传播与域外接受方面也收获了一定的成果。

舞台戏剧作为一种不可机械复制的艺术作品，可以运用瓦尔特·本雅明提出的"讲故事的人"概念进行分析。在本雅明看来，"一个讲故事的人总是扎根于人民的"，而讲述一个流传于世的经典故事则基于"一种集体经验"。[①]解放区戏剧作品，以扎根于民间的故事题材作为根本，在保留其民俗伦理观念、神秘文化的崇拜意识、贴合生活真实的要求等前提下，结合人民的集体经验与智慧，经由观众的传播得以广泛流传并参与历史。切身的参与和亲历的体验，限制了戏剧艺术的传播渠道，致使解放区的戏剧作品在世界的传播领域有限、产生的影响较小。但是，20世纪30年代中期开始，域外观察者的足迹开始进入中国各民主根据地，他们不仅成为观看戏剧的观众，还有人作为表演者参与其中。延安时期的戏剧创作高峰首推鲁艺工作者共同完成的歌剧《白毛女》，它不仅奏出了中国农民反抗压迫的最强音，更在现实层面上推进了动员群众革命、实现社会变革的历史进程。同时，《白毛女》的较高艺术审美价值，让当时身居民主根据地和被解放的北平、上海等城市的域外作家，创作了不少有关《白毛女》的评介文章。

20世纪30年代开始涉足中国共产党民主根据地的域外观察者，不论是自觉前来还是被邀前往，观看戏剧表演都是他们必要的日程之一。戏剧作为最受中国百姓喜爱的娱乐活动，其意义无须赘言。它不单是一项娱乐活动，更是一种长期弥漫于人民生活中的文化气氛，可以说它承载着人民心中中国民族传统精神的文化记忆。在延安戏剧发展的前期摸索阶段，出现了大量杂糅着陈旧传统与革新元素的实验性成果。经历了革新思想和更新技法的艰难蜕变过程，于时代的变迁中顺

---

① 瓦尔特·本雅明：《讲故事的人——尼古拉·列斯科夫作品随想录》，张耀平译，见陈永国、马海良编：《本雅明文选》，中国社会科学出版社1999年版，第308—309页。

应社会需要，戏剧在本土民间源泉与现实政治指导之间不断调整自身。解放区的戏剧作品在战时中国的革命史中，发挥了精神性和社会性的双重功能。作家逐步创作了在艺术形式上自足自洽，足以代表延安戏剧现代性价值的作品。

延安的戏剧作品与国际文化语境的接轨，是经由20世纪三四十年代前来延安的域外作家而实现的。域外作家对延安戏剧的观照，可以成为我们洞悉戏剧变革经验及历程的有益视角，诸如埃德加·斯诺、海伦·斯诺、毕森等在30年代中后期对延安前期戏剧的介绍和评价，哈里森·福尔曼、冈瑟·斯坦因等外国记者团成员在40年代中期所看到的变革中的戏剧。凡此种种都可以成为我们分析延安戏剧发展历程及社会与文化价值的参照。

1936年6月初，第一位前往中国共产党革命根据地的域外观察者美国记者埃德加·斯诺，带着无数的疑问抵达保安。在一个周末的晚上，他和倾城出动的群众共同欣赏了人民抗日剧社的表演。当晚所表演的节目历时三个小时，分别为歌唱、舞蹈、短剧和类似"一种杂耍表演"的哑剧。①中国共产党工农红军抵达陕北后成立的第一个戏剧团体，是1935年春创立的列宁剧团，后更名为工农剧社，1936年1月再次改名为人民抗日剧社。②就斯诺当时所观看的节目可见，陕北的戏剧发展处于草创时期，一方面因文艺工作者短缺，另一方面由于战时的紧张环境，戏剧创作活动受限，尚未出现结构完整、思想成熟、艺术水平较高的作品。

在斯诺看来，这次"演出生气勃勃，幽默风趣，演员和观众打成一片"③的文化氛围是十分吸引人的。在短剧的表演中，观众时常会迸发哄堂笑声，借用滑稽戏元素的戏剧演出，缓和了沉重社会题材带来的苦涩之感。在斯诺的观察中，解放区文化氛围的复杂性正是在这种"严肃"与"活泼"的悖论感中被凸显出来，由此，得以"发现"边区革命精神中所蕴藏的"乐感文化"。"情本体是乐感文化的核心"，这里的"情"是情感，也是情境。④战时中国的客观条件促使

---

① 埃德加·斯诺：《红星照耀中国》，董乐山译，新华出版社1984年版，第97页。
② 艾克恩主编：《延安文艺史》（上），河北教育出版社2009年版，第98页。
③ 埃德加·斯诺：《红星照耀中国》，董乐山译，新华出版社1984年版，第97页。
④ 李泽厚：《实用理性与乐感文化》，生活·读书·新知三联书店2005年版，第55—56页。

中国共产党人对中国传统精神核心中的乐感文化进行现代性的转化,进而将其发展为延安精神的内在品格,成为域外作家与延安达成内在契合的情感纽带。

斯诺写到,在演出之间,观众们叫喊着请其他人即兴表演,所有人都是真挚且热烈地参与其中,最后,他自己也被大家邀请表演唱歌。这种愉快、轻松的交流,全然不像是战事紧张的环境中该有的状态。前线硝烟弥漫的景象,充斥战场的暴力叙事,均被边区的乐观积极与勃发生机调和了。边区军民通过观看戏剧演出,将内心的恐惧、未知与不安予以驱散,在集体中寻得鼓舞和信心。作为域外观察者,斯诺也经由观看戏剧内容、观察欣赏演出的观众状态,对中国共产党的精神风貌有了深入的认识。且不论处于初创阶段的剧团演出在艺术技法与审美价值层面给予观众何种程度的精神升华,仅就其为解放区军民生活所提供的精神舒缓、文化娱乐、宣传教益以及斗争激情作用,便足以看出,戏剧是内蕴着文化革命精神的一个符号,也是让域外观众理解、亲近甚至信服中国共产党的文化交流渠道。

1943年10月抵达延安的英国学者班威廉夫妇在回忆录《新西行漫记》中,将延安的戏剧演出称作"盛会"。①分别于1944年6月和7月到达延安的中外记者团中的域外记者与留驻延安的美军观察组迪克西使团成员等,均在留存的文字资料中对延安的戏剧表演着墨较多。身为美军情报收集人员的日裔进步人士有吉辛治就曾写到,每周六晚上在谷仓式的礼堂中举行的戏剧表演和舞会②,是他们在延安最轻松愉悦的记忆。1946年6月,任教于西南联大,讲授英美文学课程的英国学者罗伯特·白英,从昆明前往延安采访,并在解放区观看了歌剧《白毛女》等戏剧作品。他将自己1944年到1946年的日记——那段身处昆明、延安、张家口等地的经历——编撰成《觉醒的中国》(*China Awake*)一书,于1947年在纽约出版。该书在海外社会各界引发了一定的反响。白英认为在解放区,"戏剧作品曾

---

① 班威廉、克兰尔:《新西行漫记》,斐然、何文介、吴楚译,新华出版社1988年版,第305—306页。
② Hugh Deane, ed., *Remembering Koji Ariyoshi: An American GI in Yenan*, Beijing:Foreign Language Press, 2004, p.29.

具有极其特殊的重大意义，中国最好的新戏剧就是在这里创作而成，其中，最优秀的作品首推歌剧《白毛女》"①。

三、杰克·贝尔登笔下的《白毛女》

曾遍览中国共产党民主根据地的美国记者杰克·贝尔登，在1948年妇女节前后，途经太行山一带的彭城时，当地正在举行庆祝活动，当晚上演了歌剧《白毛女》。据贝尔登回忆，初春时节的山间乡村，农民们在露天环境中翘首期盼演出，当时的观众至少有两千人，大家都被演员的真挚表演和充沛感情感染了，观众中号啕大哭、低声啜泣、捶胸顿足者不在少数。《白毛女》的艺术呈现与情感表达圆融，令观众在松弛的观剧体验中，建立起"信任"的心理前提，从而在感同身受中达到忘我的理想审美境界。

正如贝尔登所说，《白毛女》是他所看过的解放区戏剧中"最好的，大概也是最负盛名的"。并且在观剧中，他"自己也同那些妇女一样，被这出戏（或者说被观众的反应）感动得几乎要哭了"。他说，"的确，共产党的戏剧作品都是感人至深的"。②

贝尔登对《白毛女》的评价极高，认为它代表了解放区文工团戏剧创作与表演的最高水平。该剧饱含了情感的力度、民间伦常的温度，内蕴着人类普遍适用的心理触动，与这种强烈的情感张力相比，剧本中显在的政治动力被贝尔登忽视了。的确，《白毛女》中抽象出来的政治题旨并非程式化与教条化的，它所带来的情感力量具备跨越民族与语言的强大吸引力。在乡间上演的歌剧《白毛女》的演员装扮和舞台设置，都与剧作的朴素情感完全契合，在形式、内容与思想上有感染观众、净化人心的作用。在贝尔登那里，歌剧《白毛女》被理解为一部西方诗学领域的悲剧。在这个意义上说，他对《白毛女》的评价，基本是沿着引发观众的怜悯与恐惧，进而激起感情的宣泄和疏导，最终实现精神的崇高与净化这一

---

① Robert Payne, *China Awake*, New York: Dodd, Mead and Company, 1947, p.341.
② 杰克·贝尔登：《中国震撼世界》，邱应觉、杨海平、胡代岗等译，北京出版社1980年版，第254、255页。

体系发展而来，如此观照视角侧重剧作情感空间的探究，而非革命性故事结局所引申的政治意味。

作为一位世界知名的战地记者，杰克·贝尔登于20世纪30年代初期在轮船上做海员，之后来到中国，和广大城市底层人民与农民有过长期的深入接触交流。美国的中国学家欧文·拉铁摩尔说，贝尔登"所熟悉的主要是那些文盲或文化水平不高的老百姓的语言，而不是文人和政客的语言"①。这种生活经历，使得贝尔登与下层劳动人民之间的心理距离较近，情感上更加亲近，容易对劳苦大众的惨痛遭遇感同身受。同时，从外部原因观之，珍珠港事件后，贝尔登曾跟随被派往中国战区的史迪威将军一同在缅甸的丛林中作战，真切体验过战场上的生死瞬间。这种经历促使贝尔登更加理解中国人民所遭受的压迫，从而超越了浅层的同情与怜悯，导向他对个人和祖国未来命运的怀疑、审视甚至恐惧。正如亚里士多德所说，悲剧所模仿的"是能引发恐惧和怜悯的事件"②。从这个角度观之，《白毛女》的故事带给域外观众的不仅是情节层面的震撼与怜悯，更是借由悲剧的力量使观众摆脱对未来的恐惧，通过在观剧过程中的情感宣泄，以及故事结尾的政治寓言，令观众真正收获内心的净化。

四、德克·博迪笔下的《白毛女》

歌剧《白毛女》的域外评价中，与杰克·贝尔登注重悲剧的情感价值相异的，是从戏剧的艺术形式和技巧入手的审美体系考察，例如20世纪40年代末身处北平，作为美国富尔布赖特计划成员的美国学者德克·博迪的评价。歌剧《白毛女》于1949年2月初在北平上演时，华北大学文工团于16日开始了第一场演出，观众是傅作义将军所率的部分军官以及许多民主人士。之后，在北平接连上演三十场，市民纷纷排队购票，每场都座无虚席，歌剧中"北风那个吹，雪花那个飘"

---

① 杰克·贝尔登：《中国震撼世界》，邱应觉、杨海平、胡代岗等译，北京出版社1980年版，序第1页。
② 亚里士多德：《诗学》，陈中梅译注，商务印书馆1996年版，第82页。

的曲调,成为当时街头巷尾最为流行的旋律。①

其时,德克·博迪也观看了《白毛女》的演出,他在日记中曾谈及观剧感受。博迪在谈到《白毛女》中所保留的戏剧表演的程式化痕迹时,认为这是来自西方戏剧理论中的"第四面墙"概念。"这出戏又是传统的,运用了一个看不见的'第四面墙'的概念,来将观众和台上室内隔开,那些演员不管是进还是出,通向这堵墙的无形的门一直在做开和关的动作,而且演员还把脚抬高,似乎是为了跨过那些无形的门槛。"②"第四面墙"概念由法国舞台剧导演安图昂明确提出,指运用自然主义流派的手法,将演出舞台的台口看作构成演员表演封闭环境的第四面透明的墙,追求极致布景与细节真实,旨在营造出观剧中的移情与幻象状态,即"舞台上是生活,观众就像透过一堵墙看到人家屋子里发生的情景"③。

为反拨古希腊舞台戏剧中夸张、刻意的表演方式而出现的"第四面墙"的理论,是用以形成相对封闭的环境,拉近舞台与观众的心理距离,进而易于导向观众的情感投射,甚至出现真假难辨的幻象。然而,这种先入为主的观念,使博迪开始机械套用西方戏剧理论,误解了《白毛女》歌剧演出中所沿袭的平剧表演形式。博迪作为一位美国学者,对中国传统戏曲的表演方式不甚熟悉,故而放大了《白毛女》舞台表演中作为表明演员动作目的、延伸表演内容的某些程式化规范。中国传统戏曲中程式化的动作,"产生于生活动作的舞蹈化,即把普通的生活动作变成舞蹈,变成节奏化",进而在长期的舞台表演中逐渐"形成一套节奏化或舞蹈化的动作,这就产生出程式来"。④这原本是本土舞台艺术审美中的一种风格化的外化表演方式,而域外观众却容易将其看作一种离间舞台与观众心理距离的生硬之举。

---

① 黄仁柯:《鲁艺人——红色艺术家们》,中共中央党校出版社2001年版,第186页。
② 德克·博迪:《北京日记——革命的一年》,洪菁耘、陆天华译,东方出版中心2001年版,第148页。
③ 郑国良:《西方舞台设计史——从古希腊到十九世纪》,上海人民美术出版社2016年版,第198页。
④ 张庚:《戏曲艺术论》,中国戏剧出版社1980年版,第120页。

博迪将表演中的程式化痕迹与芭蕾舞的演出相提并论，认为这与他观念中的话剧表演"格格不入"，由此可见，他对《白毛女》的讨论几乎是沿着故事的外围，以戏剧形式为中心，侧重其艺术技巧层面而非情感向度的分析。正如张庚对中国戏曲和话剧之分别的深刻认识："话剧尽可能模仿生活中的动作，让人感到舞台上存在一种真实生活的幻觉；而戏曲则并不直接将生活中的动作搬到台上，而是经过高度加工之后才搬上台去。"①中国的戏剧不是为全盘表现生活的真假，而是"要神似，不单求形似"，同观众有一个默契是其前提，即不计较细节是不是真的，而是追求"表现的内容是不是真的"，这方为中国戏剧的核心，而非西方近代舞台艺术的要求。②

《白毛女》作为延安时期戏剧创作中最为重要的收获，是延安文艺作品中大众化追求最为成功的经典戏剧作品。观众若以一种置身事外的距离、标举全然的形式审美标准，来观照脱胎于中国传统民间艺术资源、在国家救亡图存的时代背景中孕育的《白毛女》，必然会产生思想内涵的隔阂和艺术形式的误解，无法领会中国民间艺术的独特魅力。

五、歌剧《白毛女》的世界传播

在刚解放不久的上海，美国记者雷德曼夫妇在剧院观看了歌剧《白毛女》的演出，其回忆录《红色中国剪影》中描写了他们观看《白毛女》表演时剧场出现了前所未有的场面，原本谈笑风生、吃喝玩乐的观众席，"突然听不见了吃西瓜、喝茶、说悄悄话、咳嗽、笑声、吐痰等各种声音"，所有的观众都被剧中人物的情绪带动，不论观众来自哪个阶级。雷德曼夫妇专门提到观众的阶级分类，认为观众中有各个阶级的人，城市底层如佣人、来自乡下的农民、青年学生、工人，以及生活在城市中体面的妇人、长者，等等。③

值得注意的是，德克·博迪也曾写到，被剧情感染的"观众的行为实际上与

---

① 张庚：《戏曲艺术论》，中国戏剧出版社1980年版，第127页。
② 张庚：《戏曲艺术论》，中国戏剧出版社1980年版，第145页。
③ 山田晃三：《〈白毛女〉在日本》，文化艺术出版社2007年版，第20—21页。

戏剧本身一样有趣。他们挤满了所有的座位,甚至走廊。在一个小时的等待开场的时间里一些人大声唱革命歌曲"。他认为,年轻的士兵和学生以及没有接受教育的工人构成了戏剧的大部分观众。①雷德曼夫妇和博迪,均采用观剧受众的阶级层次来看待这部戏剧的接受情况与其成功的原因。他们专意提及剧场观众的阶级分布,并非是思路的巧合,而是缘于对马克思主义思想的粗浅认识。

  域外观察者所倾向的这种以受众的阶级层次来分析戏剧接受情况的方式,与电影《白毛女》在日本放映时,许多日本学者的理论选择是颇为相近的。暂不谈这种方法本身是否具有文艺理论价值,仅就此方法所分析的对象来说,就存在着对《白毛女》诞生土壤的理解偏差。这种方法用来探讨不同阶级的日本观众在观看电影时的不同反应尚具有一定的合理性,但是博迪、雷德曼夫妇等借此考察中国观众对这部戏剧的接受情况,必然是无效的。延安时期创作的革命文艺作品《白毛女》,不仅是一部农民的革命史,更是映射着整个中国的革命史,是在民族国家救亡图存的大背景下书写的人民的革命史,所以,中国的观众群体对其存在着普遍的情感共鸣。

  解放战争时期,在各解放区活跃着的文艺工作者中也有域外人士。在苏联军队运送日本俘虏前往西伯利亚的车上逃出了一位日本士兵武村泰太郎,中文名为武军,他此前在齐齐哈尔的日本关东军燃料分厂做通信所长,日军投降后被苏联军队逮捕。逃到东北的武军,没有选择回归日本,自愿成为东北民主联军的一员,因精通乐器和绘画而进入文工团。在他随军参与解放区土地改革的过程中,为顺利推进土改,最大限度地发动群众,文工团成员开始排演歌剧《白毛女》,武军在其中担任演奏工作。②另外,日本宣布投降之后,大约一千五百名生活在中俄边界鹤岗的日本遗留人员,和中国人一起从事矿业工作。这批日本人成立的鹤岗剧团,于1952年成功排演了歌剧《白毛女》,受到了当地中国人民的

---

① 德克·博迪:《北京日记——革命的一年》,洪菁耘、陆天华译,东方出版中心2001年版,第150页。
② 武村泰太郎:《一个日籍老兵的回忆》,姜鹤译,黑龙江人民出版社1992年版,第103页。

认可。①

1949年7月前后的第一次文代会期间，中共中央决定，遴选代表团成员前往匈牙利首都布达佩斯参加第二届世界青年与学生和平友谊联欢节。作为新中国派遣的第一个和平代表团体，他们在布达佩斯进行了多场文艺演出，并收获了此次联欢节的最高奖项。代表团团长李伯钊率领下的文艺工作者，充分还原人民文艺的外在特征，服装扮相均是依照延安时期的风格，头戴白毛巾，腰系英雄结，再现了中国普通劳动人民的精气神，也是对民间文化样式和本土造型艺术的集中展示，从而引起了世界青年对中国文艺的关注。②

匈牙利学者杰尔基·索姆留在观看歌剧《白毛女》后，将其称为具有"高度水平的""可以被认为是经典著作的作品"，是一部成功运用民族形式的"伟大作品"。③他对《白毛女》艺术价值的评价相当中肯，对中国革命文艺的理解也颇为深刻，认为作品艺术性地立足于中国民间文艺传统、大众化文艺理论追求以及强烈涌动的革命意志三者之上，方才取得了巨大成功。在作品的艺术表现手法上，他注意到，演员的歌唱与曲调的配合不仅是艺术审美的重要部分，更应被看作作品内容的延伸。在布达佩斯的演出中，域外观众作为欣赏者，需要排除语言的障碍去感受作品所传达的饱满情感。所以，歌剧中演员们各自的唱腔和曲风设计，在丰富作品艺术技法的同时，恰巧成为域外观众理解剧情的符号。

1951年7月，周巍峙带领青年文工团二百余人，赴柏林参加8月举行的第三届世界青年与学生和平友谊联欢节。而后，前往苏联与民主德国、匈牙利、波兰、罗马尼亚、保加利亚、阿尔巴尼亚、捷克斯洛伐克、奥地利九国共九十七个城市交流巡演，历时十三个月，演出了歌剧《白毛女》等剧目，以及歌唱、舞蹈、演奏、杂技、魔术等表演，共计四百余场，观众约二百四十万人。④此次《白毛

---

① 山田晃三：《〈白毛女〉在日本》，文化艺术出版社2007年版，第79页。
② 黄仁柯：《鲁艺人——红色艺术家们》，中共中央党校出版社2001年版，第186—187页。
③ 杰尔基·索姆留：《"白毛女"——中国青年文艺工作团在布达佩斯的首次歌剧演出》，杜黎均译，载《人民文学》1952年Z1期。
④ 周巍峙：《我们再次相聚》（代序），见文化部党史资料征集工作委员会编：《当我们再次相聚——中国青年文工团出访9国一年记》，文化艺术出版社2004年版，代序第2页。

女》在国外的演出,虽然存在语言障碍,演员台词仅能通过字幕翻译,但是演员的充沛情感与音乐舞美的独特风格感动了域外观众,甚至为了深入讨论学习被要求加场。

1951年,歌剧《白毛女》荣获斯大林文艺奖二等奖。此后,该歌剧便在其他社会主义国家文化界产生了广泛影响,这些国家积极筹备翻译与上演。1951年6月间,苏联作家协会举行会议讨论歌剧《白毛女》,并给予很高的评价,决定由著名艺术家格拉西莫夫担任导演,于莫斯科的瓦赫坦戈夫剧院上演。[1]1951年,《白毛女》被译为捷克斯洛伐克语,由军人剧院在捷克斯洛伐克多地上演。[2]1952年10月,北京隆重举行亚太和平会议,各国代表于4日晚上观看了歌剧《白毛女》的演出。[3]1952年10月,为庆祝中国国庆节,蒙古的剧院首次上演了歌剧《白毛女》,演出逾三十场。[4]1955年,阿尔巴尼亚首次上演了歌剧《白毛女》。[5]1955年11月,苏联吉尔吉斯伏龙芝的国立话剧院,上演了译作吉尔吉斯文的歌剧《白毛女》。[6]1959年12月,锡兰首都科伦坡上演了歌剧《白毛女》僧伽罗语剧本。[7]

1953年末,日本松山芭蕾舞团辗转从中国戏剧协会主席田汉处得到《白毛女》的剧本、曲谱、舞台剧照等资料,在中国秧歌剧、戏剧、歌剧、电影的基础上改编完成了芭蕾舞剧《白毛女》。1954年10月,日本演集剧团在名古屋上演歌剧《白毛女》。[8]1954年12月,日本东京未来社出版了《白毛女》剧本,由岛田政雄、坂井照子等集体翻译。1955年2月12日和18日,清水正夫与松山树子的松山芭蕾舞团,将《白毛女》成功改编为芭蕾舞剧,在东京日比谷会堂首演。[9]此

---

[1] 《苏联作家赞扬〈白毛女〉歌剧》,载《新华社新闻稿》1951年第387期。
[2] 林洛:《捷克上演中国名歌剧〈白毛女〉》,载《人民戏剧》1951年第2期。
[3] 山田晃三:《〈白毛女〉在日本》,文化艺术出版社2007年版,第25页。
[4] 《蒙古演出〈白毛女〉招待中国文化代表团》,载《新华社新闻稿》1957年3月7日。
[5] 《阿尔巴尼亚首次上演〈白毛女〉》,载《新华社新闻稿》1955年3月9日。
[6] 《苏联吉尔吉斯上演〈白毛女〉》,载《中国戏剧》1956年第1期。
[7] 山田晃三:《〈白毛女〉在日本》,文化艺术出版社2007年版,第27页。
[8] 山田晃三:《〈白毛女〉在日本》,文化艺术出版社2007年版,第119页。
[9] 山田晃三:《〈白毛女〉在日本》,文化艺术出版社2007年版,第5、140、141页。

后，日本芭蕾舞改编演出的团队主创，在1955年6月，以及1958年、1964年、1966年直至20世纪90年代，多次前来中国交流学习。

需要补充的是，在20世纪60年代日本掀起反日美"安全条约"运动高潮的同时，文化界人士对中国歌剧《刘三姐》表现出极大的兴趣。1960年随访华剧团在武汉观看《刘三姐》之后，日本导演千田是也便决心将这部歌剧搬上舞台。1961年开始筹备工作，由华侨梁梦廻翻译，诗人岩田宏修订，音乐家林光改编乐曲，日本著名剧团演员演出，次年2月在东京上演，而后赴大阪演出，在日本文化界引起了不小的轰动。①投身自由独立运动之中的日本无产阶级群众，通过《刘三姐》在日本的大规模上演，看到了中国妇女与命运抗争的顽强精神，这无疑给予斗争中的日本人民以莫大的鼓舞。1963年，日本多地上演了中国歌剧《刘三姐》，并组成《刘三姐》公演团在全国巡回演出，一年中公演场次达二百场之多，在日本群众间收获了不俗的反响。②

---

① 北鸥：《〈刘三姐〉在日本》，载《中国戏剧》1962年第3期。
② 张十方：《战斗中的日本进步音乐》，载《世界知识》1965年第1期。

第二节

延安电影在世界

延安电影基于左翼电影在城市地区的发展而逐步走向成熟，最初的拍摄队伍与组织机构成员均为来自上海等地的左翼电影人。由于技术层面的广泛交流，中国抗战电影得以较早进入世界观众的视野。在中国电影事业的发展队伍中，也可以时常看到域外电影人的身影。一些热心中国抗战和革命的域外导演前来中国拍摄纪录电影，其中有国际知名导演所拍摄的成熟作品，也有不少域外摄影师、记者通过摄影机捕捉的真实历史瞬间与珍贵影像片段。电影艺术领域的中外交流始终处在密切的互动中，新中国成立后，以《白毛女》等电影作品的海外输出为窗口，将电影所承载的新中国人民的精神风貌与革命的成功实践向世界观众、学者、电影人予以呈现，人民电影的典型作品进入了世界电影的历史舞台。

一、20世纪30—40年代中国电影的变迁

夏衍将中国电影的发展分为五个时期。从中国第一部京剧纪录片《定军山》于1905年问世，到左翼电影事业步入轨道之前的1931年为第一个时期；1932年到1949年新中国成立，左翼电影蓬勃发展，战争题材纪录电影走向高潮，并以抗日战争胜利后茁壮成长的人民电影为标志，这是中国电影的第二个时期；接下来的三个时期分别为1949年到1966年的振兴期，1966年到1978年的荒芜期，以及1979

年后的复苏与重振时期。①据统计，20世纪20年代中期，中国的电影公司已多达一百七十多家，截至30年代初期，中国制作的短故事片数量已超过八百部。②20年代以来，中国电影市场开始发展，不仅中国本土，而且包括东南亚地区、南美洲部分地区以及美国等地，华人影院的数量也颇多，甚至存在小规模的影片制作活动。题材上，中国电影在发展的初期仍未脱出封建观念、迷信思想、风花雪月的窠臼，多以故事片为主。渐渐地，上海等城市的文学审美和文化氛围便开始融入电影。

和新文化运动在文学界的震动相比，中国电影的道路尚未出现明显的扭转，在日本侵华背景下，中国文化界左翼力量的声势逐渐增强，思想意识的变化也开始渗透到电影发展方向之中。1930年，中国左翼作家联盟和中国左翼戏剧家联盟于上海相继成立，在这样的社会背景下，中国共产党支持的电影小组成员如夏衍、阿英、凌鹤、王尘无、司徒慧敏等逐渐开始展开活动。1933年，中国电影文化协会正式成立，全面开启了对中国电影题材与思想的引领，掀起了中国战争电影的摄制热潮。左翼电影人纷纷着手翻译与介绍苏联电影的理论著作，尤其是普多夫金等电影人的作品，如夏衍、郑伯奇、陈鲤庭等翻译的《电影导演论·影脚本论》《电影演员论》等。③20世纪30年代开始，导演蔡楚生、袁牧之、许幸之，编剧于伶、阳翰笙、夏衍、郑伯奇等，一定程度上吸取了日本左翼文艺的创作理论与苏联电影艺术理论的资源，创作出一系列反映底层民众和社会现实的电影，如《渔光曲》《迷途的羔羊》《马路天使》《春蚕》《风云儿女》等等。

20世纪三四十年代，中国影坛的抗日战争题材电影收获颇丰、广受欢迎且影响较大，如蔡楚生作品《孤岛天堂》、李铁作品《火窟出兰》以及罗志雄作品

---

① 夏衍：《电影》，见中国大百科全书总编辑委员会《教育》编辑委员会、中国大百科全书出版社编辑部编：《中国大百科全书·电影》，中国大百科全书出版社1991年版，第1—5页。
② 黄文达：《世界电影百话》，汉语大词典出版社2004年版，第65—66页。
③ 周斌：《融合中的创造——夏衍与中外文化》，复旦大学出版社2003年版，第111页。

《小老虎》等,这些电影在东南亚地区的华人聚集区也十分卖座。①诸如《十九路军血战抗日——上海战地写真第一集》《上海之战》《暴日祸沪记》《十九路军抗日战史》《十九路军光荣史》《上海浩劫记》《淞沪血》等,都是抗日影片的代表作品。②来自世界各地被压迫的人民,以及许多同情和援助中国的进步人士,多是通过这批电影作品中所呈现的中国反抗精神和人民意志来认识现代中国与人民的。这些表现旧中国黑暗现实的影片,对中国本土底层民众与知识分子的影响更为深入和巨大,例如蔡楚生与郑君里指导的电影《一江春水向东流》,将战争中家庭的离散、社会的凋敝、当局的腐败等社会真实情形进行再现,在深刻的控诉中激起了观众的呐喊和反抗。同时,黄佐临改编自苏联作家高尔基的作品《在底层》的电影《夜店》,是处于三四十年代的中国电影人在题材选择、艺术表现方式等方面做出成功尝试的重要作品。

1938年,来自香港的摄影记者、电影人一行来到延安,在中国共产党的支持下,赴延安筹备、拍摄逾两个月,而后回到香港制作完成了短纪录片《西北线上》。其中,延安的自然风貌与军民的精神面貌均被充分展现,毛泽东等领导人和身居延安的作家丁玲等的演讲场面也被记录下来,对延安的学校和教育情况均有所介绍,延安青年知识分子和革命战士的蓬勃朝气被呈现出来,也有延安农民的普通生活与军队的日常操练等图景。③影片在1941年6月更名为《延安内貌》,在香港公映,是中国第一部反映延安生活、教育、战斗等场面的纪录影片。

中国电影从早期的摄制到随后的发展壮大,题材问题一直是关键。作为一项通过复制得以广泛传播的媒介艺术,在战争时代的中国,电影的社会实用价值被推到了很高的位置。正如英国历史学家霍布斯鲍姆所说,20世纪以来,"新闻文学和摄影这两种互相关联的手段","使普通人的世界也可以记载和呈现"。④

---

① 乔治·萨杜尔:《世界电影史》,徐昭、胡承伟译,中国电影出版社1982年版,第547—548页。
② 高维进:《中国新闻纪录电影史》,中央文献出版社2003年版,第26页。
③ 高维进:《中国新闻纪录电影史》,中央文献出版社2003年版,第51—52页。
④ 艾瑞克·霍布斯鲍姆:《极端的年代》,马凡、赵勇、李霞译,江苏人民出版社2010年版,第196页。

新闻和电影这两种呈现方式，与20世纪以来世界变幻的局势和现实进行结合，得以成为再现历史、记录真实、书写时代的必然选择，由此，中国电影的现实主义发展迈入正轨。战争时代的电影作品不单成为中国真实历史发生的参照，更在对现实的深入参与之下，激励着人民，预示着未来。中国共产党在电影领域的发展，自20世纪30年代上海的左翼文艺工作者展开活动始，就着力培养摄影人才和电影技术人员，充分发挥电影媒介的宣传作用。同时，在多处战场取景，诸如上海、东北、热河和绥蒙前线等地战况，力图全方位呈现和保存抗日战争的真实进展，中国共产党的形象和斗争战果也通过电影向全中国人民进行了展示。

二、抗战电影的域外传播

电影作为一种技术手段，起源并勃兴于发达资本主义国家，战争时期被引入中国，故电影在我国的发展，从全世界取得的成果来看，是相对滞后且缓慢的，因此较难跻身世界电影发展史的主流。然而，电影作为一种信息媒介的传播载体，其表现的内容和题材得到了人们的广泛关注，电影的可复制性加快了信息传播的速度且拓宽了信息传播的渠道，故而，中国的战争题材电影，不仅是国际社会了解战事战局的窗口，更是认识一个国家与人民的最为真实且直观的方式。中国的战争纪录片正是在这个层面上为世界电影人所关注，并在一定程度上促成了国际社会对中国的共情，甚至直接导向了实际的援助活动。

以战争为背景的纪录电影是20世纪30年代以来的中国电影的典型代表，由于相似的社会处境、远东利益和同盟战线，以及亲近的革命思想等原因，主要在东南亚、美国与苏联等地传播，并产生了一定的影响。据史料显示，《中国反攻》这部纪录片在英国的六千多家电影院上映，仅在伦敦就接连放映逾四百场。《广州遭轰炸》与《抗战特辑》系列电影在欧洲许多地区放映，纪录电影中的真实场面激起了海外观众的愤怒，并引发民众的自发捐助活动。[1]此时，中国战争题材纪录电影的摄制工作如火如荼，这类电影一方面因其倾注的革命热情而鼓舞人民

---

[1] 参见"军事委员会政治部中国电影制片厂扩充电影宣传工作计划书"，原件存于南京史料整理处。转引自方方：《中国纪录片发展史》，中国戏剧出版社2003年版，第93页。

的反抗意志，一方面被视作对外展示、宣传战时中国真实情况的桥梁。

战争局势的风云变幻和新闻媒体地位的攀升，使电影的宣传作用被发挥到极致。电影不仅是再现和记录真实历史的载体，更出现了利用影像的视觉直观感对史实进行粉饰甚至歪曲的现象。日本侵华期间，新闻摄影的传播媒介被军方垄断，他们鼓励甚至培养了一支完全服务于日本军国主义、以迷醉娱乐离间抗日声势的新闻电影队伍，如在伪满洲建立的"株式会社满洲映画协会"的电影创作团队。①影像资料的摄制甚至被作为一种"国家宣传机器"而着力发展，1936年4月，《日本电影》杂志的创刊词由当时日本著名的文化界人士菊池宽所作，将电影明确定位为一种武器，其中写道："大日本电影协会的工作，是以群众为对象的。因此，无论如何必须拥有强有力的宣传机器。……现在创办的《日本电影》杂志，就是为了使它成为本协会的宣传机器。"②在这种情况下，中国电影工作者为电影注入更多的社会任务和使命意识，从而支持了大批国防电影的拍摄。抗日战争全面爆发前后，中国电影界纷纷撰文，围绕"国防电影"的口号展开激烈讨论，如烟桥的《国防电影与电影国防》、郁文的《国防电影的题材问题》、吕平的《电影与国防》、灵犀的《电影救国》、凌鹤的《国防电影小论》《电影的国防动员》、蔡楚生的《国防电影》、谭友六的《国防电影的量与质》等等。③

除却身居中国的域外友好人士，有关南京大屠杀真实情况的报道是由大批关注日本军队的域外记者发出的，来自《密勒氏评论报》《纽约先驱论坛报》《芝加哥每日新闻》等美国媒体的记者，纷纷被派遣前往南京，试图了解日本军队的暴行。他们冒着生命危险将日本的历史罪证拍摄下来，对外传播日军非人的残暴行径，并留存了大量新闻报道、回忆实录等文字资料与照片、纪录电影等影

---

① 佐藤忠男：《炮声中的电影：中日电影前史》，岳远坤译，世界图书出版公司北京公司2016年版，第88—96页。
② 转引自岩崎昶：《日本电影史》，锺理译，中国电影出版社1963年版，第149页。
③ 文章分别载《明星》1936年第2期、《明星》1936年第2期、《绸缪月刊》1936年第3期、《明星》1936年第6期、《国防周刊》1936年第1期、《读书月刊》1936年第9期、《华商报》1941年第5期、《华商报》1941年第19期。

像资料。①约翰·鲍威尔、蒂尔曼·窦丁、阿契·斯蒂尔等记者的报道,在国际社会引发了较大的震动。其中,《曼彻斯特导报》的驻上海记者英国人田伯烈,将他所收集到的亲历者口述实录以及新闻采访编写成一部题为《外人目睹中之日军暴行》的纪实作品,当年便翻译出版中译本。②此书完成后的一年时间里,便相继在英国、美国、丹麦、法国等国家出版,激起了社会各界的热烈讨论。③另外,当时身处南京的域外友好人士也采取实际行动保护了一部分受难人民,如时任德国公司商务代表的约翰·拉贝被南京的外国友人推举为南京安全区国际委员会主席,他在著名的《拉贝日记》中,详细记载了日军残害南京人民的行径。在中国出生的传教士乔治·菲奇,也以南京安全区国际委员会总干事的身份,赴美国为中国抗战争取物资和援助,并将传教士约翰·马吉所摄日军践踏下的中国难民照片在美国多地的教会活动中公开,希望促进国际社会的干预,援救中国人民。

中国的战争电影得以走向世界,为国际电影作品创作所采用、传播,出现了诸多传播方式,如自觉对外输出影片、域外友好人士为援助中国积极奔走等。其中,亲历南京大屠杀的一些域外人士,便是推进中国电影走向世界的一支力量。身处南京的美国圣公会南京德胜教堂牧师、国际红十字会南京分会主席约翰·马吉,同时任南京安全区国际委员会委员与警察委员。他运用摄影机在安全区内的金陵大学附属教会医院鼓楼医院等地,拍摄到了日军的残暴行为,用真实的影像纪录,驳斥了日本军方设计的粉饰罪行的摆拍。约翰·马吉拍摄的这部纪录影片后被命名为《南京暴行纪实》,他还为影片配写了引语和解说词。④1938年2月,该电影被送往上海冲印,许多西方国家的驻华使馆工作人员向约翰·马吉表示,

---

① 朱成山主编:《侵华日军南京大屠杀史研究成果交流会论文集》,安徽大学出版社1999年版,第49页。
② 田伯烈编著:《外人目睹中之日军暴行》,杨明译,国民出版社1938年版。
③ 朱成山主编:《侵华日军南京大屠杀史研究成果交流会论文集》,安徽大学出版社1999年版,第57页。
④ 参见章开沅编译:《天理难容——美国传教士眼中的南京大屠杀(1937—1938)》,南京大学出版社1999年版,第223—251页。

希望能够在海外广泛放映。《南京暴行纪实》这部影片是有关南京大屠杀真实历史的唯一的影像文献资料，其拷贝版在欧洲与美洲等多国公开放映，也被带往日本秘密放映，是最早通过电影的形式向域外社会传播南京大屠杀史实的文献资料。①约翰·马吉的纪录电影中许多镜头被新闻媒体翻拍，多处画面也为随后拍摄的历史电影所借用，在世界许多国家的官方与民间均引发了强烈反响，从而超越了文献的历史价值，在一定程度上影响了历史的发展与战争的进程。

1938年3月，乔治·菲奇前往美国，在檀香山当地的华侨团体活动中公开放映了南京大屠杀的纪录影片，随后在美国多地的侨胞中举行宣讲会、放映会、捐助会，一路将美国民间舆论中有关援助中国的话题推向高潮。而后，乔治·菲奇在华盛顿为国会的外事委员会和情报部门放映了在南京所拍摄的纪录影片②，将电影镜头记录的真实历史呈现在国际社会的视野中，使电影的视觉冲击力与社会影响力联系了起来。利用这种较之信件、报道、日记等文字形式的历史描写更为直观、震撼的影像方式表现历史画面，虽然在一定程度上限制了观众的想象空间，但镜头中映现的内容会引发观众更多的信任感和共情感，更加利于信息的传播，从而在社会意义上真正将抗战电影的现实价值发挥到极致。

三、域外电影人在延安

抗日战争期间，来自美洲、欧洲等地的记者纷纷前来中国。这些域外记者大多将自己在中国的见闻和经历用文学文本的方式记录下来，其中也有不少人运用影像的手段来表现中国、书写战争，从而出现了一些域外记者所创作的纪录电影作品。从第一位亲赴解放区的域外记者埃德加·斯诺开始，许多前来边区的域外记者为我们留下了宝贵的影像资料。1936年11月初，从保安归来的斯诺，在北平的美国公使馆所举行的记者招待会上，和各国记者们分享了自己在解放区的所见

---

① 经盛鸿：《西方新闻传媒视野中的南京大屠杀》（上册），南京出版社2009年版，第289—300页。
② 王晓华、孙宅巍主编：《抗战中的国际友人》，河南文艺出版社2015年版，第366—367页。

所闻。①次年2月初，斯诺在燕京大学的临湖轩为北平的学生放映了他在边区拍摄的画面，观众中有后来在延安鲁艺戏剧改革中大放异彩的陈波儿等。影片时长为二十分钟，记录了毛泽东等中国共产党领袖工作与生活的状态，以及士兵操练、剧团演出的镜头。②随后，他又奔走于多个集会交流活动，通过所摄照片与影片，将中国共产党的真实情况和军民形象对外予以展示。影像传播带来的视觉真实，其可信度和影响力是巨大的。斯诺不仅通过文学作品的方式向世界宣传中国共产党，更以最为直观、在场、真切的影像记录使国际社会对解放区有所认识。

同时，多位域外记者拍摄了取材于中国解放区和中国共产党的纪录电影，例如：美国摄影师哈利·邓汉姆在中国拍摄的纪录片《中国要给予还击》；瑞士记者沃尔特·博斯哈德在延安拍摄的黑白无声纪录片《通往延安之旅》；苏联记者罗曼·卡尔曼的两部纪录片《中国在战斗》《在中国》，以及电影手记《在中国的一年》；国际著名导演尤里斯·伊文思创作的《四万万人民》；伊文思导演的摄影助理、匈牙利战地摄影师罗伯特·卡帕与荷兰人约翰·弗尔汉的作品；等等。

其中，最为著名的首推荷兰纪录片导演尤里斯·伊文思。纵观伊文思导演的一生，他曾在全世界的二十余个国家，拍摄了八十余部电影，用手中的摄影机追索现实、追寻理想，"从一位电影诗人转变为革命者和建设者"③。他拍摄了不少优秀纪录影片，如取材于苏联社会主义建设的《英雄之歌》、表现西班牙保卫战争的《西班牙的土地》和反映比利时人民反抗斗争的《布里纳其矿区》等。尤里斯·伊文思在中国拍摄的第一部纪录影片，是1938年4月前往武汉开始筹备，且历经约八个月拍摄的影片《四万万人民》。为顺利前来中国拍摄，伊文思与几位进步的美国友人如露薏丝·蕾娜、李琳·海尔曼、汉门·希姆林等，一同成立了临时组织"当代历史家"影片公司（Contemporary Historians），并决定用影片

---

① 张文琳：《国际友人与中国革命和建设纪年（1919.5.4~1937.7.7）》，中国文史出版社2008年版，第592—593页。
② 高维进：《中国新闻纪录电影史》，中央文献出版社2003年版，第56页。
③ 孙红云、胥弋、基斯·巴克主编：《伊文思与纪录电影》，吉林出版集团有限责任公司2014年版，导言第1页。

收入向中国人民捐助药品等物资。①影片于1939年3月在美国与欧洲等地公映,并在同盟国间广泛放映,在国际上产生了一定的影响,鼓舞了其他被侵略国家人民的意志,也让全世界认识到中国的团结和斗争力量。

这部影片以台儿庄战役为中心事件。伊文思于1938年4月3日抵达台儿庄,5日战争打响,他抓住了这个机会。伊文思运用此前拍摄《西班牙的土地》所积累的战争题材纪录片的创作经验,在影片中真实再现了台儿庄战役的爆发和胜利,战争的惨烈和反抗的激情一并冲击着观众。《四万万人民》这部影片的成功,也在一定程度上提升了中国共产党的国际影响力。由于国民党的阻挠,伊文思一心前往陕北共产党驻地的计划流产,致使其中有关中国共产党的片段非常有限。电影中八路军武汉办事处军事会议的场面,以及周恩来、朱德等中国共产党领袖的形象都成为珍贵的历史瞬间。同时,影片选择了慷慨激昂的《义勇军进行曲》作为配乐。值得注意的是,《四万万人民》这部电影表现中国共产党的画面虽然极其有限,但是思想上倾向左翼的伊文思,出于偶然或是心领神会般地捕捉到的场面,不是随机性的日常工作镜头,而是能够在很大程度上集中展示中国共产党的精神面貌和战事指导的画面。影片中出现的会议场景,"是全国抗日总参谋部的最高军事会议",镜头中叶剑英参谋长所指示的军事地图,是贯彻毛泽东持久战方针而设计的。会议中,周恩来、董必武、吴玉章、博古等领导人,正在详细叙述中国共产党的抗日情况。②短短几个镜头,将中国共产党领导下的人民军队的士气,以及对战争局势的敏锐判断与有力指挥,均鲜明地呈现在观众面前,也正因此,电影《四万万人民》在国民党辖区禁止公映。

其后,伊文思还与美国知名导演拍摄了以八路军开展的游击战争为题材的纪录短片《中国的还击》。③伊文思从中国共产党在陕北初步立足时期便怀着对共产主义的信仰,对中国共产党的实力和前途充满信心与希望,新中国成立以后

---

① 程季华主编:《中国电影发展史》(第2卷),中国电影出版社1963年版,第31—33页。
② 鲁明:《中国电影七十载:亲历·实录》,中国电影出版社2012年版,第37页。
③ 孙红云、胥弋、基斯·巴克主编:《伊文思与纪录电影》,吉林出版集团有限责任公司2014年版,第286页。

仍热心关注我国的发展建设，致力于向全世界介绍与传播中国精神，以纪录片的艺术形式、影像材料的传播方式在国际认知中奠定了中国共产党的战斗形象与精神价值。作为伊文思与中国共产党友谊见证的摄影机和两千米胶卷，由伊文思赠送，被辗转移交延安，成为延安电影工作团的第一批摄影设备。①20世纪50年代，伊文思来到全面发展建设的新中国拍摄纪录电影，接连拍摄多部影片，如1958年的《早春》，以及70—80年代拍摄的《愚公移山》和《风的故事》。

苏联记者罗曼·卡尔曼受斯大林的指派，担任苏联《消息报》的特派记者并承担拍摄新闻纪录片的任务，旨在集中报道中国的抗日战况。1938年秋到1939年，他以官方外交官员和战地记者的身份投身中国抗战前线，手持摄影机忙碌地奔走于中国各地。1939年5月14日，他抵达延安并访问了毛泽东等中国共产党领袖，在苏联《消息报》上发表长篇通讯《中国在战斗》与《毛泽东会见记》。7月23日，纽约《星期日工人报》发表卡尔曼所发的《中国最伟大的战略家谈抗日战争问题》电讯，向世界人民传播与介绍中国共产党的战斗决心和延安的精神风貌。②

回国后，卡尔曼将一年来的拍摄素材剪辑为两部纪录片《中国在战斗》（1939）和《在中国》（1941），并根据拍摄经历写作出版电影手记《在中国的一年》。③在纪录电影中，延安军民的日常生活被真实展示出来，毛泽东面对镜头的笑容成为其中最为传神的经典一幕。卡尔曼以其摄影记者的敏感，用人物眼神充分传达出精神与情感，将毛泽东等中国共产党领导人真实、自然的生活气息用脸部特写的方式呈现出来。卡尔曼镜头中出现的日本战俘在延安接受改造与再教育后，其眼神的波动流露出他们的自信和自尊，没有想象中俘虏的那种恐惧、回避的眼神，而是怀着对和平未来的希望，以饱满的热情和积极的情绪参与反战工作。

1937年春，美国摄影记者哈利·邓汉姆来到民主根据地，拍摄了许多电影素

---

① 沈庆林：《中国抗战时期的国际援助》，上海人民出版社2000年版，第288页。
② 任文主编：《国际友人在延安》，陕西师范大学出版总社2014年版，第191、198页。
③ 朱纪华主编：《外国记者眼中的中国共产党人》，上海锦绣文章出版社2015年版，第265—275页。

材,如边区军民的生活气氛,红军士兵的纪律、任务和训练,毛泽东等领导人演讲的场景,等等。①他所拍摄的纪录片《中国要给予还击》,是与美国进步电影公司——边疆影片公司合作拍摄,由其在中国解放区所摄的数百英尺素材剪辑制作而成的,其中包含了多位域外学者、剧作家与电影工作者的共同努力。②影片中介绍中国共产党的篇幅不多,但延安的战斗实绩和热情仍被较大程度地呈现出来,通过影像记录的方式表达创作团队对根据地军民战斗力量的积极肯定,为提升延安与中国共产党的国际认知和影响发挥了重要的作用。

供职于纽约黑色之星图片社的先锋派摄影师、瑞士记者沃尔特·博斯哈德在史沫特莱的帮助下,于八路军武汉办事处见到了周恩来。③由于他是中立国家公民,周恩来当即签发通行证,并安排他跟随美国的物资运输车队,前往他心目中的"麦加圣城"——延安。1938年8月,他与美国记者斯蒂尔一同抵达。博斯哈德拍摄了时长为二十一分四十九秒的黑白无声纪录片《通往延安之旅》,展现了延安生活的部分片段,包括毛泽东等中国共产党领袖、边区百姓、学生、士兵等诸多真实场景,将延安艰苦的交通条件与边区军民和领袖充满热情的斗争情绪、生产劳动、踏实学习等状况进行对比,衬托出中国共产党人的勃勃生机和精神风貌。这部纪录片是欧洲记者前往延安拍摄的第一部影片,也使世界人民第一次从影像资料中目睹延安。博斯哈德在报道中评价毛泽东"像一个古典时期沉思的哲人"④,较早以真实直观的方式再现了毛泽东的形象。在中国共产党战略决策、民主制度、改革热情、边区教育、经济政策等方面的国际认知提升之后,博斯哈德以优秀的专业文学功底和丰富的摄影经验,为延安与中国共产党的国际形象又注入了冷峻、理智的质素,同时借助纪录电影的形式传达出延安生活质朴、真实的气息。

---

① 高维进:《中国新闻纪录电影史》,中央文献出版社2003年版,第56页。
② 丁亚平、商容编:《延安文艺档案·延安影像作品》,太白文艺出版社2015年版,第405页。
③ 保罗·法兰奇:《镜里看中国:从鸦片战争到毛泽东时代的驻华外国记者》,张强译,中国友谊出版公司2011年版,第243页。朱纪华主编:《外国记者眼中的中国共产党人》,上海锦绣文章出版社2015年版,第227页。
④ 朱纪华主编:《外国记者眼中的中国共产党人》,上海锦绣文章出版社2015年版,第239页。

和荷兰导演伊文思一同来华拍摄纪录片的匈牙利战地摄影师罗伯特·卡帕，为减轻经济压力，在摄影工作之余为美国《生活》等杂志供稿。他们拍摄的《四万万人民》以台儿庄战役为表现核心，将在战争前线收集的第一手消息发往美国，向世界人民介绍中国抗日战争的最新进展。在台儿庄战役胜利之后，卡帕曾向《生活》杂志发去实地报道："历史上作为转折点的名字有很多——滑铁卢、凡尔登，今天又增加了一个新的名字——台儿庄，一次胜利已使它成为中国最知名的村庄。"①

一种新兴的艺术创作为延安的国际形象打开了一个更为立体与直观的窗口，即以影像传播为载体的艺术形式。纪录电影与真实生活在空间与民族、时间与历史、世界与人民之间所呈现的张力，通过强大的现实力量得到了最大程度的彰显。纪录电影和纪实文学这两种艺术形式，在叙述延安故事、书写中国故事的表述姿态上达成了默契，这种自觉自发的艺术合力，使世界反法西斯同盟国认知中的延安形象得到了提升。

四、延安电影的发展

中国文艺协会在延安成立之后，文化界、音乐界、戏剧界、美术界等开始筹备分会，电影领域的活动也日趋活跃。1937年8月，延安计划成立陕甘宁边区抗敌电影社，商定高郎山、沙可夫、王若飞等为筹备委员。1938年4月1日，电影社正式成立。1938年8月，一同前来延安的袁牧之和吴印咸，创建了延安八路军总政治部电影团，即延安电影团，是中国共产党领导的第一个电影机构，由总政副主任谭政兼任延安电影团团长。1939年1月，吴印咸与袁牧之等率领电影团成员，深入华北抗日民主根据地，拍摄了解放区的第一部纪录电影《延安与八路军》。其间，吴印咸随加拿大白求恩大夫的医疗队在战地生活了两个月，创作了摄影作品《白求恩大夫》与同名纪录电影。②1941年，延安电影团在南泥湾取

---

① 陈晓卿、李继锋、朱乐贤：《一个时代的侧影：中国1931—1945》，广西师范大学出版社2005年版，第199页。
② 顾棣、方伟：《中国解放区摄影史略》，山西人民出版社1989年版，第9—10、61—63页。

景,拍摄了以大生产运动为题材的纪录电影《生产与战斗结合起来》,即影片《南泥湾》,随后拍摄了《陕甘宁边区第二届参议会》《中国共产党第七次全国代表大会》等影片。

为拍摄影片《边区劳动英雄》,宣传以吴满有为代表的边区劳动模范、群众英雄的形象,1946年8月,成立了延安电影制片厂。这部影片是中国共产党拍摄故事片的首次尝试,是配合宣传大生产运动中涌现的劳动英雄和边区所取得的丰硕实绩。[1]1946年10月,晋察冀根据地成立了晋察冀军区政治部电影队,1948年更名为华北军区政治部电影队,即华北电影队,以拍摄影像史料、纪录电影为主要工作。

1946年10月1日,东北电影制片厂(简称"东影")由吴印咸、陈波儿等领导的延安电影团成员建成,舒群为厂长,张辛实为副厂长,袁牧之为顾问。它的前身为1945年10月1日成立的东北电影公司,后于1955年2月改称长春电影制片厂。于1937年8月在长春成立的"株式会社满洲映画协会"(简称"满映"),是为日本政府制造舆论、伪饰暴行的半官方宣传机构。日本投降后,"满映"原理事长自杀,协会随之垮台。为顺利接收"满映"留下的器材和技术人员,在中国共产党组织下成立的东北电影技术者联盟与东北电影演员联盟两个团体合并的东北电影工作者联盟,经过和国民党的纷争与斡旋之后,和日本遗留的工作人员反复谈判,终于出面接管了"满映"电影厂。经过考察和选拔,电影厂中四分之一的日本技术人员,"大概200到250个日本员工被采用",继续为新成立的东北电影公司服务,参与新中国电影技术发展的初期工作,也辅助了电影人才的培养和锻炼。[2]1947年10月,"东影"摄制完成了《皇帝梦》,为新中国第一部木偶片,是在华君武漫画的基础上创作的,其中日本动画技师池勇担任了此片的动画设计等工作。1949年4月,在吴印咸等的组织下,于敏编导、王滨导演拍摄了新中国第一部长篇故事片《桥》,随后创作出《中华儿女》《百万雄师下江南》《新英

---

[1] 钟敬之:《影片〈边区劳动英雄〉拍摄前后》,见艾克恩编:《延安文艺回忆录》,中国社会科学出版社1992年版,第280—281页。
[2] 山田晃三:《〈白毛女〉在日本》,文化艺术出版社2007年版,第60页。

雄儿女传》等影片。

1949年，北平电影制片厂和上海电影制片厂相继成立。新中国成立的第一年，上海、北京、长春三个电影制片厂共摄制电影五十余部，其中多数为纪录电影，是新中国战争历史留下的宝贵影像资料。延安时期开始从事解放区文艺创作的文工团，吸收了中国左翼时期就活跃于上海的戏剧、电影工作者，如导演袁牧之、王滨，同时培养了大批优秀的无产阶级文艺工作者，如编剧贺敬之等。经过十余年的艺术积淀和技术巩固，中国电影的数量和水平，在新中国成立之后开始呈现蓬勃发展的总体态势，其中，在全世界收获极高赞誉，并跨越时代得以经典化的电影首推酝酿于延安时期的《白毛女》。

五、电影《白毛女》的世界传播

新中国成立之初，《白毛女》再次以电影的形式呈现在观众面前。东北电影制片厂于1950年，由王滨、水华、杨润身改编，田华、李百万、陈强等主演，共同创作完成了《白毛女》故事片。随后，该片在全国各地甚至全世界上演，将新中国的全新面貌和人民的顽强精神对外传播。从传播力和影响力来看，电影所引发的社会效应显然大于歌剧，虽然歌剧形式的《白毛女》奠定了其故事得以经典化的重要基础，也是在全国范围内积聚人民情感、激发反抗热情的重要载体，但是，涉及域外的文化影响力，电影的可复制性必然蕴含更为广阔的国际传播的潜力。在苏联与其他社会主义国家、日本以及东南亚等地的观众心中，电影《白毛女》代表了解放以来我国对外输出影片的高峰，记载了中国劳动人民斗争与反抗的创业史，更是域外观众得以认识新中国的最为直观的窗口。

在1951年举办的第六届国际电影节中，电影《白毛女》斩获了特殊荣誉奖。在苏联艺术家鲁柯夫为电影节所撰写的文章中，评价《白毛女》为"举世瞩目"的"成功影片"。他认为，这部电影的艺术魅力主要来自其切实反映人民真实生活的现实题材，以及在题材之上将高度的思想性与政治性艺术化地渗透其中。[①]

---

① Л·鲁柯夫：《为和平而斗争的电影艺术——在国际电影节的银幕上》，志刚译，载《世界电影》1952年第1期。

新中国成立后的第一个十年里,电影《白毛女》在世界各地相继上映,从亚洲直至南美洲,从中东直到冰岛。《白毛女》在印度的上映场次和观影人数为中国影片之最,是当时最受欢迎的中国电影。这部电影不单是在社会主义国家、像印度这样寻求解放与独立的国家取得了极大的成功,收获了当地观众的共鸣,而且在美国与欧洲一些国家引发了一定的社会反响。一位美国律师在观影后认为,和美国的商业电影相比,中国电影风格特殊,具有深远的意义。法国进步影评界指出,《白毛女》作为在巴黎公映的第一部现代题材的中国电影,不仅是"伟大的、抒情美丽的",而且是足以被"列入世界十大名片中的作品"。①一些法国媒体也认为,影片的情感抒发十分自然、真实,具有极强的感染力。当然,也有部分域外影人对《白毛女》的艺术表现手法提出了改进意见,如"节奏太慢""场景拖拉""对话太多,故事性不强"等。如此建议,主要还是与资本主义国家成熟的电影环境及体系化、规范化,甚至制式化的电影表现方式相关。中国故事片发展初创期的粗糙技法,以及中国文艺表达中注重营造意境、情境,倾向含蓄、铺陈、迂回的情感流露,都恰恰与西方的文艺表达方式形成了迥异的对照。

值得注意的是,日本文化界对电影《白毛女》的介绍与接受,在新中国成立初期便已开始,在日本进步政治活动家的努力之下,进而在日本民众间产生了较大影响。1952年5月,日本政治家帆足计、高良富、宫腰喜助作为第一批访问中国的日本人,获得中方赠予的新中国电影,即《中国民族大团结》和《白毛女》。影片在他们返回日本时被海关扣留,经过反复协商,最终仅得到小范围非公开放映的许可。随后,影片被转交至日中友好协会,相继在日本各地开展《白毛女》上映会,引发了极大的社会反响。②随后日本芭蕾舞剧团对《白毛女》的改编演出正是由于其主创人员喜儿的扮演者松山树子观看电影《白毛女》后得到了启发。③

自1952年9月13日《白毛女》在日本文化各界放映后,直至10月23日,共放

---

① 振淦、志刚:《中国影片在国外》,载《电影艺术》1959年第4期。
② 山田晃三:《〈白毛女〉在日本》,文化艺术出版社2007年版,第3—4页。
③ 《芭蕾舞剧〈白毛女〉在日本上演》,载《中国戏剧》1955年第5期。

映二十八场,观影人数达八千七百三十人,与同时引进的电影《中国民族大团结》放映三场计四百名观众相比,可见其在日本观众中引起的热潮。①1952年底,电影《白毛女》在日本多地上映,从北海道到九州,放映近三百场次,观众人数计十二万。②截至1955年6月,观影人数已达两百万人。1955年12月6日起,电影《白毛女》开始在日本多地影院首次公开放映。该电影已由日本演员重新配音,并制作了日文字幕。③

需要说明的是,早期日本放映《白毛女》的几个基本情况。首先,引进这部电影的大背景,正是日本文化界积极关注中国无产阶级文学的五六十年代,当时日本的中国文学作品与理论的翻译、研究,以及戏剧作品的介绍、翻演活动风行一时,文化界的这一浪潮无疑影响着日本民众接受心理的复杂变化。当然,战后日本社会环境中还存在更为微妙的暗潮,这里暂且不谈。其次,如此观影规模已是在被要求小范围非公开放映的前提下形成的,并非如商业电影般投入宣传。再次,当时的电影是中国的拷贝版,不存在任何中日文字幕和日文配音,故在日本放映时偶有通晓中文的观众自发地在现场进行实时翻译,如著名的中国文学研究者竹内实就有这样的经历。④

但是,语言文字的障碍对日本观众的接受情况而言,较之其他国家相对特殊。虽然《白毛女》在日本各地私下放映时,多半没有现场即时口译员,但是电影情节、演员的表情与肢体表演,会与电影中出现的汉字、佛像形成强烈的冲突。在这一点上,日本观众更能领会"积善堂"的牌匾、佛像前的香烛、黄母手中的佛珠等意象的含义。在"佛堂施暴"场景中,除却电影情节的表达以外,"神灯""佛像""大慈大悲"与"积善堂"的牌匾⑤,这些镜头不断穿插于电影之中,这里运用的蒙太奇手法所传达出的强烈讽刺意味,将香烛映照下处于黑

---

① 久田京子:《〈白毛女〉到了日本》,陈笃忱译,载《大众电影》1952年第14期。
② 《〈白毛女〉影片在日本》,载《保卫和平》1953年第23期。
③ 山田晃三:《〈白毛女〉在日本》,文化艺术出版社2007年版,第110—111页。
④ 山田晃三:《〈白毛女〉在日本》,文化艺术出版社2007年版,第103—104页。
⑤ 文中引用的电影剧本内容来自水华、王滨、杨润身改编的《白毛女》,中国电影出版社1959年版。

暗之中的喜儿悲惨的处境和个人无力反抗的宿命感彻底暴露出来。正是基于对这些中国汉字符号、文化符号的理解，喜儿的形象更能在日本观众内心激起强烈的共鸣感与代入感，电影《白毛女》在日本的接受也随之更为广泛和深入。

久田京子曾发文介绍《白毛女》在日本文化界的盛行之风。久田京子将观众阶级身份分类，采访了学生、教师、政府人员、知识分子的代表，他们均表示内心深受震动，并对电影持极高的评价。①由于此次放映尚限于日本文化界人士，所以这里的受众接受分析不具备普遍意义。1953年，日本学者久松公运用接受理论讨论日本民众对《白毛女》的反响。经过对多场放映会的观察，久松公罗列了演出过程中的许多故事细节，不同身份阶层人群的不同反应，以及不同城市观众的不同反应。这里只举其中一例。在喜儿最终逃出山洞的瞬间，久松公观察到，城市知识分子与工人对此反应漠然，而乡村农民则表现得十分激动。②

这里所涉及的接受反应批评，基本上是以简化的阶级层次作为参照，进而分析受众心理并反作用于作品本身。汉斯·罗伯特·尧斯在20世纪70年代前后确立了接受美学，在《作为向文学科学挑战的文学史》一文中明确表示了他对接受理论的再思考是来自"马克思主义方法与形式主义方法的争论"，不同的是，他的接受理论不是建基于马克思主义的接受理论，而是在将其简化为生产消费与阶级分层的两个维度之后，提出要"消除文学和历史、历史认识和美学认识之间的鸿沟"。③

这里，尧斯对马克思主义接受理论的理解是极具代表性的，上述20世纪50年代分析《白毛女》受众心理的日本学者久松公便是落入了这种误区。他将文艺作品受众机械地分作资产阶级与无产阶级，也将艺术作品放在消费与生产这组观念之中，进而满足某种理论预设，这就忽视了文艺作品接受的流动性与变化性。

---

① 久田京子：《〈白毛女〉到了日本》，陈笃忱译，载《大众电影》1952年第14期。
② 久松公：《"白毛女"合評会のメモ》（《〈白毛女〉座谈会上的笔记》），载《ソヴエト映画》1953年1月号，第24—25页。转引自山田晃三：《〈白毛女〉在日本》，文化艺术出版社2007年版，第112页。
③ 中国艺术研究院马克思主义文艺理论研究所外国文艺理论研究资料丛书编委会编：《读者反应批评》，文化艺术出版社1989年版，第141页。

马克思的《〈政治经济学批判〉导言》中说，"生产直接是消费，消费直接是生产"，"同时在两者之间存在着一种媒介运动。生产媒介着消费"，"消费也媒介着生产，因为正是消费替产品创造了主体，产品对这个主体才是产品。产品在消费中才得到最后完成"。①这说明，生产与消费之间相互促进的关系才是文艺作品接受活动的内容和关键。对电影受众的简单化、割裂性分析，无疑会反作用于作品本身，可能造成将电影《白毛女》理解为一部反映二元对立的意识形态的社会性作品，从而弱化了影片艺术技法、审美价值和丰富思想方面的成就。

1951年7月，在捷克斯洛伐克举行的第六届卡罗维·发利国际电影节上，电影《白毛女》获特别荣誉奖。②1952年5月29、30日，中国驻瑞典大使馆放映了电影《白毛女》，许多进步人士、工人与华侨一同观看了电影。虽然未制作外文说明书介绍影片，但观众仍为之动容。③

1952年，为庆祝朝鲜解放七周年，中国志愿军携电影《白毛女》去朝鲜人民军某团慰问。电影中劳苦人民的遭遇，使同样深受阶级压迫的朝鲜官兵感触良多，同时，中国人民的斗争精神激励了他们英勇抗敌。④1953年1月，罗马尼亚首都的七家电影院放映电影《白毛女》。⑤1953年至1954年冬，《白毛女》电影在越南的一个酝酿土地改革的乡村放映时，激起了当地农民的反抗热情。⑥1956年，电影《白毛女》在加拿大三个城市放映，受到当地华侨的热烈欢迎。⑦1957年1月，柬埔寨金边中南电影院上映了电影《白毛女》。⑧

---

① 董学文编：《马克思恩格斯论美学》，文化艺术出版社1983年版，第115页。
② 山田晃三：《〈白毛女〉在日本》，文化艺术出版社2007年版，第24页。
③ 《影片〈白毛女〉在瑞典演出》，载《大众电影》1952年第8—9期。
④ 王丕振：《朝鲜人民军看〈白毛女〉》，载《大众电影》1952年第15期。
⑤ 《罗七家影院放映〈白毛女〉》，载《新华社通讯稿》1953年1月16日。
⑥ 梅禄：《〈白毛女〉鼓舞了越南农民斗争的意志》，兰定节译，载《大众电影》1954年第1期。
⑦ 《〈白毛女〉影片受到加拿大华侨热烈欢迎》，载《新华社通讯稿》1956年5月21日。
⑧ 《影片〈白毛女〉轰动了金边》，载《新华社通讯稿》1957年1月19日。

第三节

延安美术在世界

解放区美术作品在世界的传播主要以木刻作品为主。中国抗战时期的木刻作品展览会,以直观的视觉形象及所带来的黑白冲击,向世界传达了解放区的革命热情与抗争精神。抗战木刻所刻画的延安形象与延安精神,以图像传播为媒介,在世界其他受压迫地区人民心中建构起顽强不屈的中国形象,为世界美术界与文化界带来了解放区美术艺术的丰富资源。

一、中国共产党美术事业的发展

中国共产党早期美术事业的发展,主要是依托报刊内附的革命漫画等美术作品,如1920年前后在上海、北京、广州等地共产党创办的杂志《劳动界》《劳动音》《劳动者》上,图文并茂地介绍并宣传无产阶级革命思想与马克思主义理论。著名散文家、漫画家丰子恺,青年时期十分关注中国共产党的革命活动,积极创作绘画作品,参与革命思想的宣传工作。他曾为邓中夏、恽代英、萧楚女主编的《中国青年》5月的《五卅纪念专号》与11月的杂志进行封面设计。[①]

为推进农民革命运动的深入发展,毛泽东于1926年在广州组织筹办农民讲习所,专事农运干部的培养工作。在实际教学中,毛泽东设立了美术教育课程,将此科目命名为"革命画"课程,引进专业美术编辑黄焯华等担任教员。通过吸引、培育革命绘画人才,积极组建革命画创作队伍。中国共产党在革命事业的深

---

① 黄可:《中国新民主主义革命美术活动史话》,上海书画出版社2006年版,第16、24—26页。

化中，日趋重视美术作品的现实革命意义。上海文艺界的左翼美术活动，开始于1926年12月成立的漫画会。1928年5月，北平成立爱国漫画团体五三漫画社，鲁迅与柔石等在上海成立朝花社。1930年7月，中国左翼美术家联盟于上海成立。美术界人士的活动由此走向高潮。其中，朝花社致力于外国进步木刻的介绍与出版工作。鲁迅曾在文章中写道："设立朝华社"，"目的是在绍介东欧和北欧的文学，输入外国的版画"，"扶植一点刚健质朴的文艺"。[1]由于鲁迅的影响和推动，中国革命木刻的发展日渐壮大，同时，在中国左翼美术家联盟成立后，相继出现了上海一八艺社研究所等形式多样的美术团体，积极开展左翼美术思想的介绍以及创作实践活动。[2]

从朝花社的创办开始，鲁迅持续关注国外木刻界的新动向，木刻艺术开始逐渐在中国兴起。鲁迅认为："所谓创作底木刻者，不模仿，不复刻，作者捏刀向木，直刻下去。""和绘画的不同，就在以刀代笔，以木代纸或布。"[3]取材的便捷，是木刻艺术在现代中国得以蓬勃发展的主要原因。"当革命时，版画之用最广，虽极匆忙，顷刻能办"[4]。创作版画"乃是画家执了铁笔，在木版上作画"。与其他绘画艺术的不同之处在于，它要在"逼真""精细"之外，呈现出一种"有力之美"，故而"有精力弥满的作家和观者，才会生出'力'的艺术来"。[5]由此，"新的木刻是刚健，分明，是新的青年的艺术，是好的大众的艺术"[6]。中国现代木刻的发展，正是在与革命结合之后，才充分释放出它的现实

---

[1] 鲁迅：《为了忘却的纪念》，见《鲁迅全集》（第4卷），人民文学出版社1981年版，第482页。
[2] 黄可：《中国新民主主义革命美术活动史话》，上海书画出版社2006年版，第30、32、220、235页。
[3] 鲁迅：《〈近代木刻选集〉（1）小引》，见《鲁迅全集》（第7卷），人民文学出版社1981年版，第320页。
[4] 鲁迅：《〈新俄画选〉小引》，见《鲁迅全集》（第7卷），人民文学出版社1981年版，第345页。
[5] 鲁迅：《〈近代木刻选集〉（2）小引》，见《鲁迅全集》（第7卷），人民文学出版社1981年版，第332、333页。
[6] 鲁迅：《〈无名木刻集〉序》，见《鲁迅全集》（第8卷），人民文学出版社1981年版，第365页。

力量,"实在是正合于现代中国的一种艺术"①。中国的革命木刻应"采用外国的良规,加以发挥,使我们的作品更加丰富是一条路;择取中国的遗产,融合新机,使将来的作品别开生面也是一条路","这也都是中国的新木刻的羽翼"。②

中国现代木刻,正是在鲁迅筹办世界版画展览会、吸纳海外人才教授技法的讲习会等活动之后,得以在全国兴起,成为中国现代革命文艺中力量最强者、国际影响最大者、民间接受与传播最广者。在战时中国的特殊背景下,现代革命木刻作品感染并汇集了许多爱好美术的青年,他们在日后成为中国革命木刻界的中坚力量。以木刻为中介,鲁迅在引入世界进步木刻的创作思想与现代技法,为中国版画发展注入新资源的同时,更为中国和世界在革命文艺创作经验之间建立了学习交流的桥梁。

中国共产党转战江西苏区后,开始日渐重视美术作品对农民的革命思想所发挥的积极作用。当时苏区的美术作品主要是以壁画、标语画、传单画、插图、画报为主。1933年10月,《红色中华》报社出版《革命画集》一书,选编了五十幅优秀的美术作品。此书序言《写在〈革命画集〉前面》,叙述了当时美术绘画在中国革命中起到的作用:"在艺术中间,画是最形象的。如果我们能够利用线条,或色彩来表现我们的力,我们的动作,那么,这是我们最好的宣传鼓动武器之一,因为画是最通俗的,因之,也是最能接近大众。"③

苏区的红军干部培养学校——瑞金中国工农红军学校,即后来的红军大学,在军事课程之外的文化生活中,十分重视美术活动的开展。在苏区红军转战各地期间以及后来的长征途中,美术工作者总是作为先头部队,早一步进入村庄进行形象生动的宣传壁画创作,为革命思想与农民工作的深入贯彻奠定了群众基础。红军长征中创作的绘画作品,在时任红军总政治部宣传部副部长黄镇的创作与保存下,集结二十四幅优秀作品组成《长征画集》。该画集在1938年改名为《西行

---

① 鲁迅:《〈木刻创作法〉序》,见《鲁迅全集》(第4卷),人民文学出版社1981年版,第609页。
② 鲁迅:《〈木刻纪程〉小引》,见《鲁迅全集》(第6卷),人民文学出版社1981年版,第48页。
③ 转引自王静:《苏区美术活动简述》,载《美术研究》1959年第4期。

漫画》，由阿英在沦陷区时创办的风雨书屋出版。①

长征胜利到达延安之后，基于文化界对革命思想的宣传需要，中国共产党在延安创办了鲁迅艺术学院（简称"鲁艺"），最初下设戏剧、音乐、美术三个专业，分别由张庚、吕骥、沃渣担任主任，全面开始了在各文艺领域的建设工作。鲁艺的美术活动，是由一批早年活跃在左翼美术界的青年奔赴延安而形成，1936年到1940年，温涛、胡一川、沃渣、江丰、马达、陈铁耕、张望、力群、王式廓、王曼硕、刘岘等青年相继抵达。②他们在延安构建了革命美术创作的有力队伍，并培养出彦涵、罗工柳、古元、夏风、戚单等优秀学生。

和在文学界、戏剧界所引发的强烈震动一样，鲁艺美术界也面临着文艺形式的改造问题，在经由"马蒂斯之争"的发展与演变之下，毛泽东发表《讲话》之后，美术工作者开始重新思考民族形式的核心问题，进而出现了脱胎换骨的转变。延安时期的革命木刻，正是随着文化下乡、文艺大众化的演进，逐步成为边区影响最大的美术创作。解放区的木刻作品切实反映了人民普通生活、军队操练等场景，并将革命斗争思想贯彻其中，进而在边区文化界真正起到了现实引导作用。木刻作品欣赏过程的直观性、可复制性，漫画壁画欣赏过程的代入感、流动性，使得边区的美术创作队伍不断扩大。白求恩大夫曾经在解放区参与过抗日绘画活动，在延安街头加入大型壁画的创作，于墙壁上绘出英勇抗日的八路军形象。同时，他在晋察冀边区前线工作之余，也创作了多幅抗日宣传画作。③现代中国木刻的总体发展，是在左翼美术工作者的参与之下建立起的一系列引领时代精神、沟通全国人民革命意识的文艺组织。1938年6月12日，在文艺、戏剧、电影等各界纷纷成立抗敌协会之后，中华全国木刻界抗敌协会成立了，它是中国木刻界最早的全国性组织，周恩来与郭沫若派遣田汉等文艺工作者作为代表出席了成立大会。在随后几年中，中华全国木刻界抗敌协会一直因战局的深入而辗转多

---

① 黄可：《中国新民主主义革命美术活动史话》，上海书画出版社2006年版，第77—88页。
② 周爱民：《延安木刻艺术研究》，河北教育出版社2009年版，第42页。
③ 黄可：《中国新民主主义革命美术活动史话》，上海书画出版社2006年版，第135—136页。

地建立分会。皖南事变后于1941年3月中旬，该协会被国民党当局撤销。[①]1942年1月3日，王琦、刘铁华、丁正献、罗颂清、邵恒秋五人，在重庆成立了中国木刻研究会，开始在解放区与国统区之间的木刻交流中产生中介与沟通的作用。[②]抗战胜利后，中国木刻界人士计划筹备大型木刻展览会，为了适应当时的国内政治环境，便于开展工作，中国木刻研究会决定于1946年正式改名为中华全国木刻协会，王琦、李桦、陈烟桥、野夫、麦杆任常务理事。[③]

二、中国美术作品的域外传播

1934年3月14日至29日，中国的美术作品在法国VU周刊（译作《看》或《观察》）任职的美国记者绮达·谭丽德的邀请下，以"革命的中国之新艺术"为名，由法国的革命作家与艺术家协会协办，在巴黎的比利埃-皮埃尔·沃姆斯画廊展览，展出油画、素描、中国画、木刻等作品计九十件，其中的五十八幅木刻作品由鲁迅亲自筹集、编注。随展出版的一本说明书，为主办方撰写的简介，以及进步记者安德烈·维奥利执笔的序言。此次展览在法国收获热烈的反响，观众十分踊跃，同时，"巴黎各种倾向的报刊大部分都表明了对来自中国反对国民党统治的各人民阶层的作品所怀有的兴趣"[④]。安德烈·维奥利所作序言，被《人道报》部分转载，并在《世界报》周刊全文转载，进而引发了更为广泛的社会效应。

《巴黎午报》专栏作家撰文，高度评价了中国革命美术作品所取得的成绩；《艺术》杂志发表文章充分肯定了这批作品；《艺术与装饰》对此进行了报道，

---

① 丁正献执笔：《中华全国木刻界抗敌协会回忆片断》，见李桦、李树声、马克编：《中国新兴版画运动五十年 1931—1981》，辽宁美术出版社1982年版，第352、353、360页。
② 王琦：《从"中国木刻研究会"到"中华全国木刻协会"》，见李桦、李树声、马克编：《中国新兴版画运动五十年 1931—1981》，辽宁美术出版社1982年版，第389、390页。
③ 王琦：《抗战八年木刻展及其它——〈艺海风云〉回忆录之二》，载《新文化史料》1998年第3期。
④ 皮埃尔·沃姆斯：《鲁迅与麦绥莱勒》，薇君译，载《世界美术》1981年第3期。

认为木刻作品的技法缺乏创新；《法国信使报》上的文章，对中国革命木刻的看法较为偏激，认为脱离传统就是消隐了艺术。此外，《当代人物》的专栏作家写道："比利埃·沃姆斯画廊向我们展示出一批中国革命青年艺术家的感人至深的作品。现代中国贫困不堪、苦难深重的生活，正是在这些作品中，以朴实无华而又雄辩服人的技巧被表达了出来。"①《艺术与艺术家》《强硬派》《小巴黎人》《喜剧》《巴黎周报》等报刊，均对此次展览撰文介绍并评论。同时，《辩论报》登载了由保罗·菲埃朗所撰的文章，敏锐地发现这批中国青年木刻者与比利时木刻家弗朗·麦绥莱勒的关联，但是因为其不知晓早期中国木刻界的特殊环境、有限资源等情况，认为有麦绥莱勒珠玉在前，中国青年作者的成果则显得"一味模仿"、缺乏乐趣和生命。②这种观点尚未考虑到中国青年木刻者与麦绥莱勒之间的精神联系，或者说是误解了新近入门的木刻者对其欣赏的木刻家的致敬之意。较之这种误解更为遗憾的是，是年4月14日至5月29日，展品在法国里昂的凯德蓬迪宫展出，然而，这批作品在从里昂返回巴黎之后，却不幸散失了。

中国与苏联在美术领域的正式交流起步较早，主要集中在抗日战争题材作品的对外传播。经过广泛征集抗日美术作品，1938年3月在苏联举办了"中国抗战漫画展览"，这是中国与苏联之间较早进行的正式的抗战文艺交流的尝试。③1939年夏，中苏文化协会筹集了几百幅抗战木刻作品，赴莫斯科与列宁格勒等地展出，在两国木刻界艺术思想的深深共鸣之下，引起了苏联多地民众与文化界人士的重视，他们在表达广泛赞誉的同时，对木刻创作技法提出了中肯的建议。④

而后，中国古代、近现代的艺术品在莫斯科东方博物馆以"中国艺术展览会"为名于1940年1月3日开幕，其中包括中国现代木刻作品以及古文物、油画水

---

① 皮埃尔·沃姆斯：《鲁迅与麦绥莱勒》，薇君译，载《世界美术》1981年第3期。
② 皮埃尔·沃姆斯：《鲁迅与麦绥莱勒》，薇君译，载《世界美术》1981年第3期。
③ 黄宗贤编著：《抗日战争美术图史》，湖南美术出版社2005年版，第111页。
④ 王琦：《中苏木刻艺术之交流》，载《文联》1946年第4期。

彩、民间艺术品等。展览会吸引了苏联社会各界人士的踊跃参观，"据不完全统计，到2月7日，参观者达二万五千余人次"①。此次展览规模盛大，包括世界著名作家托尔斯泰在内的苏联文化界与科学界人士纷纷到场，苏联人民委员会艺术部副会长索洛多夫尼可夫致开幕词，高度评价了此次展览作品的艺术价值。1月3日的苏联《真理报》撰文称，现代中国的展品表现出"中国青年艺术家底充满了鲜明的色调，欣欣向荣的，青年力量的和追求自由的作品"②。

此次文艺展览历时两年，在莫斯科与列宁格勒等各大城市巡回展出。展览会开幕一年以来，"参观展览会的，约有十万人之多"，莅临展会的参观团体达约一千五百个，专门评论会达一千一百一十七个。③中国艺术交流展会，作为中苏两国之间首次举行的大型艺术展览会，在苏联掀起了中国文艺的热潮。与中国古典艺术作品与出土文物等一并参展的抗战木刻作品，代表着中国的革命精神与年轻朝气，是此次展会中无法替代的新兴艺术典型。

此次展览后，苏联批评家特尔诺菲茨在《艺术》杂志上撰文评介中国抗战文艺作品。他写到，中国的抗战绘画是"在和中国人民英勇斗争最密切的联系中，产生了新的艺术，有目的的，充满着斗争热情的艺术，接近人民，理解人民的艺术"；他认为中国的抗战版画家，将凯绥·珂勒惠支创作的农民形象注入了中国的斗争意识，将现代中国的抗战版画变为"接近民众和理解民众的作品，利用它来作为解放祖国而斗争的有力号召"。④

抗战时期的中国艺术家，纷纷以他们的艺术创作为武器，动员群众，支持抗日。擅长画动物的中国画家张善孖，以对虎狮形象的再创作，表达抗日的决心。张善孖创作的《中国怒吼了》大型国画，以威虎的形象抒发中国人民的抗日激情。1939年统一战线期间，在周恩来的支持下，张善孖以国民政府赈济委员的身份赴美国与法国，在美国纽约、费城等各大城市与法国国家博物馆举办绘画展

---

① 胡淑敏：《1940年"中国艺术展览会"在苏联纪实》，载《中国博物馆》1991年第2期。
② 《中国艺展在苏联的盛况及其崇赞》，载《中苏文化》1940年第3期。
③ 《莫斯科中国艺展的成就》，长林译，载《中苏文化》1941年第2—3期。
④ 特尔诺菲茨：《评莫斯科中国艺展中的抗战绘画》，苏凡译，载《中苏文化》1941年文艺特刊。

览。此行历时二十一个月，举行百余场演讲和画展，展出以国画为主的一百八十余幅作品。此次画作巡展，在美国引发较大的社会反响。美国总统罗斯福接见了张善孖，张善孖特创作了一幅《中国怒吼了》的巨型老虎图赠予罗斯福。随后，张善孖还赠予美国空军上校陈纳德一幅《飞虎图》。约两年后，陈纳德率领支援中国抗日战争的美国空军志愿队也得名于此。①

三、抗战木刻在世界

鲁迅曾写道："仗着作者历来的努力和作品的日见其优良，现在不但已得中国读者的同情，并且也渐渐的到了跨出世界上去的第一步。虽然还未坚实，但总之，是要跨出去了。"②经过长期发展，中国的革命木刻作品通过全国性的协会、研究会的积极活动，不仅促成了解放区与国统区文艺工作者的通力创作，而且与国际木刻界有了频繁互动、深入交流，以展览会的形式，在中国与世界文艺界间展开交流、相互观摩、汲取养分。正如李桦所说："今天的中国木刻确实在苏、美、英、印四个友邦里获得了很好的评价，甚至认为木刻可以代表中国战时的艺术"③。中国革命木刻的国际传播与影响，是通过两次大型展览会逐步实现的，即1942年在重庆举办的木刻展览会与1946年在上海举办的"抗战八年木刻展览"。

1942年在重庆，中国木刻研究会举办了三次大型木刻展览，2月展出了二百六十件作品，5月展出了二百七十件作品，10月10日展出了二百五十五件木刻作品与五十一种书刊。其中，5月间举办的展会为中苏文化协会主办，展会历时三天，参展观众逾一万五千人，来自解放区的木刻作品深受中外人士的好评，展出了包括延安木刻家如古元、王式廓、力群、陈叔亮等的作品。陕甘宁边区的木刻作品首次展出后，当时身处重庆的画家徐悲鸿等也到会场参观，徐悲鸿"边看边评论，都是赞词居多"。他在延安木刻家古元作品前驻足甚久，欣赏《割

---

① 黄可：《中国新民主主义革命美术活动史话》，上海书画出版社2006年版，第377页。
② 鲁迅：《〈木刻纪程〉小引》，见《鲁迅全集》（第6卷），人民文学出版社1981年版，第47页。
③ 李桦：《抗战期间的木刻运动》，载《新中华》1946年第18期。

草》《哥哥的假期》等作品时洋溢着惊喜的神色,连说:"真了不起!真好!"徐悲鸿表示定要收购它们。①之后,徐悲鸿应王琦之邀为展览会撰文,他认为,解放区的木刻版画为中华民族的新美术创作打开了新路,盛赞延安木刻家古元是"中国艺术中一卓绝之天才","乃是他日国际比赛中之一位选手,而他必将为中国取得光荣",同时认为古元的作品《割草》,"可称中国近代美术史上最成功作品之一"。②

中国木刻研究会的此次大型展会,出版两种特刊与一部送予苏联的木刻版画集,版画集包含中国木刻发展与运动史料、中国木刻研究会致苏联全国人民书,以及来自中国四百余位木刻作者致苏联木刻作者信与多幅木刻版画作品。作品送往苏联后,在莫斯科举办了展览,此次木刻展品给苏联艺坛带来不小的震动,激起了巨大的波澜,"苏联的一百多位艺术家,特地自各地赶会到莫斯科来作了一次盛大的集会"。为了表示对中国美术家的感谢,全苏艺术联盟组织委员会主席格拉西莫夫向中国木刻界致信,并将苏联艺术家的木刻作品、铜刻石刻粉笔画等作品,计二百余幅,悉数赠予中国。1943年2月16日到22日,中苏文化协会为此举办了展览会,展会历时七天,观众逾五万人。③

针对此次筹集的二百多幅木刻作品,苏联对外文化协会即刻组织评议会。1943年3月3日,苏联艺术家协会莫斯科分会木刻部举行的扩大会议中,对中国木刻作品做出分类评议。在扩大会议上,苏联对外文化协会驻渝代表L. M. 米克拉什夫斯基与A. 苏沃罗夫以及苏联木刻家、木刻研究者与艺术批评家等共同参与评议,与会人员计百人以上。会后,苏沃罗夫根据会议记录,将全体评议意见撰写为《苏联艺术家评中国现代木刻艺术》一文,以此致信中国木刻研究会。苏联木刻家们对中国抗战木刻作品所传达的战斗精神赞赏不已,认为,"他们的作品都是一种纯朴的人民心中荡漾着的情感与思想的直接表现","充满了伟大的热情

---

① 王琦:《从"中国木刻研究会"到"中华全国木刻协会"》,见李桦、李树声、马克编:《中国新兴版画运动五十年 1931—1981》,辽宁美术出版社1982年版,第396页。
② 徐悲鸿:《全国木刻展》,见孙新元、尚德周编:《延安岁月:延安时期革命美术活动回忆录》,陕西人民美术出版社1985年版,第514、515页。
③ 王琦:《中苏木刻艺术之交流》,载《文联》1946年第4期。

与真诚"，具有一种"年青，直爽之气"。他们对古元的连环木刻最为激赏，认为这套木刻作品"是有十二分的表现力的，都是动人的，这是木刻艺术中的伟大的宝库"；"这是一位非常有希望的作家！""我们要由衷地感谢这位木刻家。这种作品是值得感谢的！"①作为抗战时期与中国文化界的互动最为密切的国家，苏联的艺术家与中国抗战木刻家达到了思想意识上的契合，他们对中国木刻的发展和方向理解深入，将其他国家认知中中国木刻的粗糙技法上升到了革命精神境界的高度。如此频繁与默契的文化交流，为中苏两国革命文艺的发展提供了相互学习与汲取养分的渠道。

中国抗战木刻作品在美国传播广泛，尤其在太平洋战争爆发之后，美国文化界对这种具有强烈社会干预意义的艺术更为关注。根据著名木刻家王琦所掌握的材料，美国记者白修德与贾安娜"是首先把中国现代木刻介绍到大洋彼岸的美国人"②。1942年美国特使威尔基访华时，记者白修德建议中华全国美术会征集一批抗战木刻作品，由威尔基带到美国展览。木刻作品于11月6日在美国纽约博物馆首次展出，参展作品五十余幅。由于筹备征集的时间仓促，此次展出的木刻作品并非上乘之作，但仍在美国文化界获得了极高的评价。③个中原因主要在于美国的木刻是以装饰美学为思想基础发展而来的，相比中国战时的抗战木刻作品难以避免的技术粗糙、手法粗粝等现象，美国文化界人士更为重视木刻作品的现实意义。

1944年，中国木刻研究会遴选了百余幅木刻作品以及一部《中国新兴木刻画集》，一同赠予美国。美国《时代》等杂志刊登了中国抗战木刻作品，并发表专辑介绍中国木刻的发展。由延安鲁艺美术部及其美术研究室，以及美术系的师生创作的美术作品，编辑成《延安鲁迅艺术文学院木刻选集》一书，共拓印五十册，用宣纸手工拓印，马兰纸做衬纸。1944年夏，前来并留驻延安的美国军事观

---

① A. 苏沃罗夫：《苏联艺术家评中国现代木刻艺术》，郁文哉译，载《中苏文化》1944年第8—9期。
② 王琦：《白修德、贾安娜与中国木刻——对两位美国友人的怀念》，见《美术笔谈》，河北美术出版社1992年版，第249页。
③ 王琦：《中美木刻艺术之交流》，载《文联》1946年第6期。

察组迪克西使团,希望能够将抗战木刻作品送往美国展览,故而延安赠予十多册木刻选集,由美国记者白修德等送往美国与欧洲的一些国家。这些作品很快在美国杂志上发表,古元等的木刻作品受到了很高的评价。1945年4月9日,中外记者团成员将木刻作品带往美国,美国《生活》杂志上发表的文章介绍了中国的木刻成就,并刊登了十四幅作品,其中八幅来自解放区的木刻家之手,分别为古元的《冬学》《儿童艺术院》《八路军在生产中》、彦涵的《抢粮斗争》《卫生院》《村选》等。中国抗战木刻作品在美国文化界产生了较大的影响,许多木刻家对此感触颇深,美国专事木刻技法研究的著名画家琼斯教授,曾向中国木刻家表示由衷的欣赏。他认为中国木刻风格独异,希望能够与美国的绘画艺术相互观摩、增进交流。①

中国木刻作品在国外出版的第一部选集,是由美国亚洲出版公司于1945年12月选印的一部《中国木刻集》(*China in Black and White*)。②选入了四十多位作家的八十二幅木刻作品,其中包括解放区木刻家如古元、力群、李桦、陈叔亮、王式廓等的作品,画集有赛珍珠作的序,她对中国木刻作品有一定的研究,且颇为赞赏。对赛珍珠而言,"研究并论述这些木刻,既是一种愉快,且在这本书上介绍它们,还是一种光荣"。她认为"这些作品吻合艺术底要求",是在于其成熟的技巧与真实的感情。③史迪威将军曾在回复史沫特莱的信中谈到,感谢她赠予的《中国木刻集》,并在信中写道:"我很愿意印行一本集子题名《国民党被打得紫肿》(*Kuomintang in Black and Blue*)。今天中国的人民已经用行动来应验了"④。

中国抗战文艺木刻作品曾在英国举办过两次展会。其一,中国赠予的百幅木刻参与1941年伦敦和爱登堡举办的中国艺展;其二,1945年12月12日在伦敦皇家水彩画陈列馆举行,由英国文化委员会联合主办"现代中国木刻展"。在印

---

① 王琦:《中美木刻艺术之交流》,载《文联》1946年第6期。
② 刃锋:《中国的木刻运动》,载《文艺春秋》1947年第5期。
③ 赛珍珠:《谈中国木刻——〈中国木刻集〉序》,白澄译,载《文联》1946年第6期。
④ 转引自爱波斯坦:《作为武器的艺术——中国木刻》,王琦译,见李桦、李树声、马克编:《中国新兴版画运动五十年 1931—1981》,辽宁美术出版社1982年版,第450页。

度，反映抗日战争的中国木刻作品举办过三次展览，分别为1942年加尔各答的东方艺术展览会、1944年在加尔各答中国大厦开幕的展览会和1945年在孟买举行的国际艺术展览会。其中1944年，中国木刻研究会征集的作品赠予了印度国际大学，并在加尔各答举行了隆重的赠予仪式，作品于翌日公开展览并收获广泛好评。①1946年6月，英国学者罗伯特·白英在延安与木刻家古元进行了交流。白英在日记中曾评价古元为"中国木刻家中名气最大的青年，几乎无疑是最优秀的木刻艺术家"②，认为古元的木刻作品不但熟稔西方木刻技法，而且真正融合了中国本土的农村生活与精神风貌。

1946年9月18日，"抗战八年木刻展览"在上海开幕，展出了一百一十三位木刻家的八百九十七件作品，将全面抗战八年期间的木刻创作分为四个时期予以布置，以木刻艺术的方式，雕刻出抗日战争的艰难岁月与历史光影。展览结束后，出版了十六开本的《抗战八年木刻选集》大型精装图书，于1946年9月由上海开明书店出版，并面向海内外发行。书中选入了延安木刻家夏风的《瞄准》、古元的《向吴满有看齐》（套色）、力群《劳动英雄》、彦涵的《移民图》、罗工柳的《马本斋将军的母亲》、王流秋的《年节劳军》等反映解放区生活与战斗题材的大量作品。此书扉页上写着"谨以此书纪念木刻导师鲁迅先生逝世十周年"之文，以此向致力于推动中国木刻发展的鲁迅致敬。选集封面为延安木刻家庄言的版画作品《北方姑娘》。全书涵盖了七十五位木刻艺术家的一百零三件作品，所有木刻家均有中英文的作者小传。③

此次"抗战八年木刻展览"引起了国内外媒体的争相报道，许多中外文化界人士亲临现场参观。展览结束后，一百八十二幅版画作品被遴选，远赴英国伦敦于次年展出；法国巴黎的展览会上，也有二百幅抗战木刻作品参展。④另外，在美国、加拿大举办的展会也展出了几百幅抗战木刻作品。1946年春，应邀访苏

---

① 王琦：《中国与英印木刻艺术之交流》，载《文联》1946年第5期。
② Robert Payne, *China Awake*, New York: Dodd, Mead and Company, 1947, p.372.
③ 黄可：《中国新民主主义革命美术活动史话》，上海书画出版社2006年版，第388—394页。
④ 刃锋：《中国的木刻运动》，载《文艺春秋》1947年第5期。

的茅盾,携带了一批木刻作品与一封致苏联木刻家的信前去苏联。1948年夏,前去香港之际,委托中外文艺联络社,送了一批木刻作品到新西兰进行展览,同时出版特刊一本。①抗日战争结束后,美国记者贾安娜与时任南京美国大使馆文化专员的费慰梅致木刻家王琦的电报中提及邮寄百幅木刻作品在纽约举办展览的愿望,并代表纽约市博物馆表示愿收购王琦的木刻作品。这批作品在纽约收获了极大反响,其时美国最著名的木刻家洛克威尔·肯特特为此撰文,对中国革命木刻作品给予高度评价。②

新中国成立后,中国革命木刻作品在世界广泛传播,影响深远。木刻与文学、电影等艺术作品一同走向世界,其中交往最为频繁的主要集中在苏联及其他欧洲国家。如1955年8月28日,由波兰对外文化合作委员会主办的中国木刻展览会,在卢布林博物馆开幕。③1955年10月1日,布达佩斯举行了木刻展览会。④1957年,"中国现代版画展览会"先后于南斯拉夫、苏联、印度尼西亚等国举办,并选送作品参加在南斯拉夫举行的第二届国际版画展览会和在印度举行的第三届国际造型艺术展览会等艺术交流活动。1957年,来自墨西哥、苏联、罗马尼亚、巴西等许多国家的文艺界人士前来中国进行观摩与切磋。⑤

四、中国革命木刻对日本的影响

在鲁迅生前好友内山完造的积极活动之下,中华全国木刻协会的陈烟桥等遴选出百余幅抗战木刻作品,于1947年2月促成了"中国木刻展览会"首次在东京银座三越百货公司举行会展。次年,中国木刻全日本流动展览开始公开巡展。据东京中日文化研究所统计,截至1948年底,中国木刻在日本各地举办展览超过

---

① 王琦:《从"中国木刻研究会"到"中华全国木刻协会"》,见李桦、李树声、马克编:《中国新兴版画运动五十年 1931—1981》,辽宁美术出版社1982年版,第403页。
② 王琦:《抗战八年木刻展及其他——〈艺海风云〉回忆录之二(续)》,载《新文化史料》1998年第4期。
③ 《波兰卢布林举办中国木刻展览会》,载《新华社新闻稿》1955年第1914期。
④ 《中国木刻及民间剪纸展览会在布达佩斯开幕》,载《新华社新闻稿》1955年第1949期。
⑤ 萍君:《1957年中外版画艺术交流》,载《版画》1958年第1期。

二百次，收获了日本群众的热烈欢迎，并激起日本木刻家的广泛关注。在日本东京中日文化研究所、神户新集体版画协会以及日本湘南木刻画协会、日本版画运动协会等组织的影响下，美术界立即开展"'人民木刻'运动，主张用木刻为争取民主的武器，提出'向中国木刻看齐'的口号"，并创办《版画运动》月刊，出版《中国现代木刻散辑》《中华人民木刻集》《中国木刻集》《中国木刻论文集》以及《中国木刻》等多部单行本。同时，日本文化界刮起了中国革命木刻欣赏与学习热潮，先后举办了多场研究会，如"中国木刻座谈会""人民木刻讲习会""中国人民木刻演说会"等。①

时任神奈川近代美术博物馆馆长的土方定一，为在日本出版的《中国木刻集》作序。他将中国革命木刻发展的起源追溯至鲁迅，从鲁迅对木刻的扶持、援助工作谈起，更从鲁迅与木刻的相遇洞悉木刻发展的革命归宿与鲁迅之间存在的深层关联。他认为："鲁迅晚年对木刻所以倾注了如此的热情，我推测这正是他想通过这个大众画种为美术革命作准备的一种热情。""鲁迅之所以不断地提倡基本技法、素描、以及民众习见的形式，其原因不仅在于绘画必须有坚实的基本技法做后盾，而且也是企图通过这些，把民众旧有的艺术眼光"，"改变为新的现实主义的绘画的眼光。这当然是一种美术革命"。②此番见解无疑是极具洞察力的。木刻的发展、转向与鲁迅关系紧密。为壮大青年木刻队伍，鲁迅广集各方资源立社、办刊、建学，这些是显在的推动力量，而隐现的指引力则在为何选择木刻以及域外木刻作品的译介选择等方面发挥作用。

鲁迅为各种木刻选集所作序文，已经明确表达了木刻艺术对战时中国的实际意义。同时，木刻作品的黑白分明、执刀为笔恰可作为一个隐喻、一种预言，彰显其较之其他美术艺术的力与美。从鲁迅对域外木刻家的介绍可见，他已为中国青年木刻者指出了一条清晰的道路。例如大多出身木雕家的美国木刻家，其创作在当时是向审美装饰的方向倾斜，所以绝少能够成为鲁迅为中国早期木刻人选择的学习对象。而凯绥·珂勒惠支所刻的农民、苏联木刻家雕刻的母亲等形象，以

---

① 《中国木刻在日本的影响》，载《美术杂志》1950年第3期。
② 土方定一：《中国的木刻（节译）》，任秉义译，载《美苑》1980年第2期。

及麦绥莱勒作品所呈现的简略却粗粝的画风,这些都能够对中国革命木刻在形象与场景选择、思想表达与力度以及技法的追求等方面,发挥深层的指导意义。作为中国木刻界的导师,鲁迅继文学界的革命战士之后,再次引领了木刻界革命,从纷杂中发现、指认并再造了这一脱胎于文艺传统,又适应着时代需要的艺术样式,进而使抗战木刻作品达到足以代表中国民间艺术与革命艺术在世界艺术画廊中所期望的高度。

新中国成立以来,中国木刻作品在日本的传播,是通过举办第二届中国美术展开始介绍新历史阶段的中国木刻作品,并在日本多地组织中国版画展、读书会,进而掀起了师法中国木刻、促进日本人民木刻运动的潮流。①

战后的日本与新中国的文艺交流,是以日本文化界的主动引进为主要方式,从中国革命木刻的视阈以观战后日本文艺界思潮的发展与变迁,是一个颇为有效的窗口。日本文化界将抗战以来的中国革命文学称作"人民文学",在木刻界同样如此,战后中日木刻交流中,日本木刻界称中国革命木刻作品为"人民木刻"。1953年10月20日至23日,神户外国语大学中国语研究会举办了一场"现代中国美术展览会",展品含木刻、年画、民间剪纸等,计一百六十六件,其中有古元的《人民英雄刘志丹》《毛主席在延安》、彦涵的《为人民而战斗》、力群的《送马》《丰衣足食》,以及李桦、荒烟、陈烟桥等的木刻作品共七十七幅。此次展览举办的时间,正是日本官方严厉打压左翼文化与无产阶级文艺的黑暗时期,面临政府的反宣传之声,展览当天仍人潮拥挤,参展人数超出预售展券的五倍之多。②

1947年华文科毕业的小野田耕三郎,于1952年加入了由竹内好、武田泰淳、冈崎俊夫等成立的"中国文学研究会",开始撰写文章并从事翻译工作。在研读鲁迅著述期间,他对中国木刻作品逐渐产生兴趣。1972年,由他翻译、编注,中

---

① 新居广治:《增强日中友好运动的中国版画》,李平凡译,见李桦、李树声、马克编:《中国新兴版画运动五十年 1931—1981》,辽宁美术出版社1982年版,第453—455页。
② 《日本神户外国语大学中国研究会举行"现代中国美术展览会"》,载《美术》1954年第1期。

国版画家邹雅、李平凡编辑的《中国解放区木刻》在日本未来社出版。而后，他又相继编辑、翻印了《李平凡画集》《鲁迅收藏中国木刻集》《徐匡版画选》《莫测版画选》以及《古元小画集》等作品在日本出版。小野田耕三郎长期研究鲁迅与中国木刻，1975、1976年接连翻译出版了《鲁迅美术论集》上下两卷，于未来社出版。该论集是唯一在日本出版的中国现代美术论集。书后附有鲁迅美术活动年表和小野田耕三郎撰写的长篇后记。[①]小野田耕三郎在中日美术交流活动中的辛劳付出，使他成为新中国成立以来用功甚勤的日本学者之一，他的工作与研究，为推动中国解放区木刻与鲁迅美术理论的海外接受奠定了坚实的基础。以木刻作品为中介的中日两国民间交往，给身处战后日本的普通民众以抗争的信心，在舆论界掀起了讨论新中国文化思想的高潮，日本文艺界人士也借中国人民文学的思想理论与艺术资源，对战后日本文化的气氛与走向进行了反拨。

---

① 齐凤阁：《小野田耕三郎与中日版画交流》，载《外国问题研究》1987年第3期。

第四节

延安音乐在世界

延安音乐作品在世界的传播，主要以域外友好人士前来延安实现作品的对外流传，另外，音乐作品在新中国建立初期于国际舞台上演奏也是一种重要方式。以《黄河大合唱》为典型代表的延安音乐作品在世界音乐家、艺术家那里收获了极高的赞誉。同时，中国的抗战歌咏运动与革命歌曲，在世界其他受压迫国家的人民中起到了鼓舞人心的积极影响，故此使延安音乐艺术在世界得到热情关注与广泛传播。

一、中国共产党音乐事业的发展

中国共产党的音乐创作，不仅表现在独立的曲目演奏与合唱，还作为伴奏出现在电影、戏剧等艺术形式，以及诸多文艺团体的创作和演出之中。本节所论及的音乐，主要集中在独立音乐的范畴，以音乐为主要内容的创作、演出、群众歌咏与思潮是讨论的重点。中国共产党的音乐活动，最早以瑞金为中心所创建的赣南、闽西、湘鄂赣苏区为开端，伴随着党领导的文化宣传工作逐渐发展起来，结合左翼文化影响下的全国遍地开花的抗日救亡歌咏运动，在延安鲁迅艺术学院音乐创作团队的努力之下，形成了新中国民族音乐的作风与气派。

1927年10月，红军为开展文化娱乐活动，成立了军人活动室等组织，通过演讲、歌咏、演剧的形式初步建立起文化宣传团体，然而，系统地进行有意识、有组织的文化传播工作尚未开始。1929年底，于福建省上杭县古田镇召开了中国共产党第四军第九次代表大会，史称"古田会议"，会议围绕教育和整训部分军事干部与农民中滋长的错误思想等问题展开讨论。会议决议案针对红军宣传工作中存在的问题，提出了改进意见与具体政策，为日后中国共产党的文化发展道路指明了方向。决议指出："红军的宣传队，是红军宣传工作重要的工具"；"红军宣传工作的任务，就是扩大政治影响争取广大群众"，这"是红军第一个重大工作"；"全军宣传队，受军政治部宣传科指挥"；"宣传队用费，由政治部发给，须使之够用"；"从各部队士兵中挑选优秀分子（尽可能不调班长）为宣传员"；"各政治部负责，征集并编制表现各种群众情绪的革命歌词"。①

此项决议从文化教育的角度参与军队纪律的整肃和管理，通过宣传画、革命歌谣、演剧等多种文艺形式，向劳苦群众宣传中国共产党的主张。日后发布的《工农剧社简章》《苏维埃剧团组织法》《红军中俱乐部列宁室的组织与工作》《儿童俱乐部的组织和工作》等文件，继续深化与扩展了音乐活动的宣传作用，制定了更为系统全面的文化工作方针，歌咏活动成为团结民众、宣传教育的有力武器之一。在苏区的文艺活动团体中，革命音乐作品更是层出不穷地涌现出来，如《八月桂花遍地开》《最后胜利终归我们》等。苏区相继出版的报纸和刊物中，设有专事革命音乐领域专栏的报刊主要是《红色中华》《青年实话》《红星报》《时刻准备着》《列宁青年》等，这些报刊以音乐专栏为园地，便于革命歌谣的收集整理工作，也为苏区军民的歌曲创作提供了自由的交流空间。

此后，革命歌谣与民族乐曲收获颇丰，自1930年开始，苏区相继编印了《革命歌曲》《红军歌曲集》《红军歌集》《儿童歌唱集》以及《革命歌集》等，改编并创作了大量革命歌曲。②苏区的音乐在革命宣传工作的需要中成长为吸引与团结工农的文艺基础。故此，党中央与各级组织均对音乐团体、音乐创作极其重视。在与革命文化、民间歌谣的结合过程中，实现了红色音乐与歌咏活动的现实价值，由此，中国共产党领导下的音乐创作开始在大众化与革命化的追求中寻得发展。

---

① 汪木兰、邓家琪编：《苏区文艺运动资料》，上海文艺出版社1985年版，第3、6、7页。
② 凌绍生：《中央苏区革命音乐活动大事记》，见李凌、赵沨主编：《音乐艺术博览》（一），中国文联出版公司1988年版，第1—16页。

而就全国音乐发展而言,抗日救亡歌咏活动开始在九一八事变爆发后,于学生间零星出现,在左翼文化的催化下,大众与音乐的结合中,歌咏活动在群众间开始逐渐酝酿并兴起。起初,上海国立音乐专科学校师生组成了抗日歌咏队伍,在青年学生中吹响救亡图存的号角。随后,在音乐家聂耳、王旦东、李元庆等的组织下,1932年秋成立了北平左翼音乐联盟,1934年春成立了左翼戏剧家联盟音乐小组。抗日救亡音乐便开始随着左翼电影、左翼戏剧的广泛传播,逐渐以城市为中心铺展开来。1935年,在左翼文化工作者的组织下,青年学生成立了民众歌咏队与业余歌咏队等团体,刘良模、吕骥等音乐家积极参与领导,动员各阶层群众加入歌咏活动,并在一二·九运动中达到高潮。随后,全国各地相继成立音乐组织,吕骥、冼星海、塞克、贺绿汀、周巍峙、张寒晖、麦新、孙慎等后来在延安绽放异彩的文艺家均参与其中,涌现出《松花江上》《救亡进行曲》《打回老家去》《保卫国土》等流传深远的优秀歌曲,并出版了《民众歌集》《中国呼声集》《大众歌声》《大家唱》《抗战歌集》等多部救亡歌集。①

著名记者陆铿在其回忆录中曾谈到自己青年时期融入"抗日歌声响边城"激流的那段经历。他当时身处边城家乡(云南保山),这一视角与其他作品多呈现城市人民的精神状态不同,有助于我们理解音乐旋律、咏唱行为中所承载的强大的集体性革命力量。陆铿组建并率领县中的学生进行抗日宣传,通过革命歌曲的歌咏演唱、活报剧演出、抗日图文展览、抗日演讲比赛等活动,立即团结了原本偏安一隅的青年群体,并影响了整个保山县的文化教育界。陆铿在回忆录中描绘了一个动人的回忆,即在他正活跃于抗日歌曲咏唱活动时,突然有人告诉他久病的祖母逝世的噩耗,当即他手里不到二两的指挥棒,"竟有千钧重的感觉",整个人"呆若木鸡","如梦初醒"。②投身抗日歌咏活动中的陆铿,在国家救亡运动中忘却了久病的祖母,从小家出走进入革命队伍,这样的情况绝非一例。我们从这些深情、无奈却坚定的细节中,不仅可以发现中国青年在救亡活动中所担

---

① 河南省教育厅关心下一代工作委员会、河南省教育发展基金会编:《纪念抗日战争胜利70周年歌曲集》,河南文艺出版社2015年版,第1—4页。
② 陆铿:《陆铿回忆与忏悔录》,时报文化出版企业股份有限公司1997年版,第33页。

任的积极的宣传者、先锋的带领者、坚实的组成者等重要角色，而且能够理解战时中国特殊环境中的革命歌曲歌咏活动在突破了文化程度与边缘地域的障碍后所发挥的聚合性、吸纳性、感召性的精神与物质力量。

著名左翼作曲家聂耳为电影《风云儿女》创作的主题歌《义勇军进行曲》，在歌咏活动中唱遍整个中国。1932年，最初投身中国音乐界的少年聂耳，以革命的姿态挑战上海影坛与乐坛。他与田汉、许幸之、孙瑜等合作的歌曲，是中国现代音乐领域首次将无产阶级形象作为表现对象的作品。通过模仿外在的苦难社会，与同样身为无产阶级的音乐创作者极具共情感的内在模仿，创作并奠定了音乐作品中的无产阶级形象。聂耳为左翼电影《大路》创作的乐曲《大路歌》《开路先锋》，以及《风云儿女》的插曲《铁蹄下的歌女》，《新女性》的主题曲《新女性》等一系列开创性作品，为革命歌曲的创作开风气之先。日本学者中岛健藏准确评价了聂耳在中国音乐界的独异价值："单单称为先驱者显然是不够的，不可忘记的是：聂耳和他的战友们所开辟的道路一直延续至今，形成中国革命音乐发展的路线，成为中国革命音乐发展的基础。"[①]他所谱写的曲子，是全然脱胎于人民大众的，乐曲中存在作为伴奏的劳工号子（《大路歌》）和传统民歌旋律与乐器（《卖报歌》）等等。正如著名音乐家马思聪所说，"他所创作的旋律是深深地植根于民歌之上的，是从人民丰富的语言材料里吸取的。他的歌子不论在曲调上、节奏上都能确切地表现内容"[②]。聂耳谱写的铿锵澎湃的乐章和如怨如诉的救亡凄鸣，是用音乐书写的中国人民低吼的受难史与激越的革命史，为抗战歌曲的大众化与革命化奠定了基调。这些抗战名篇广泛流传，神州大地久久回荡着"前进，前进，前进进"。

丰子恺曾发表文章指出，面对音乐的大众化倾向不应感到悲观。他认为，古代封建观念中的"曲高和寡"已经不再适应现今的大众，如今的现实社会要求"曲高和众"。打动人心的音乐是最为可贵也是最具价值的，能够激发遭受日本侵略者残酷压迫的中国青年团结起来、反击日军的歌曲，才是最能代表人民共同

---

① 中岛健藏：《写在聂耳纪念碑重建之时》，载《吉林艺术学院学报》1981年第1期。
② 马思聪：《纪念聂耳、星海》，载《人民音乐》1955年第10期。

情感的作品。古诗云:"此夜曲中闻折柳,何人不起故园情。""旧人唯有何戡在,更与殷勤唱渭城。""不知何处吹芦管,一夜征人尽望乡。""辽东小妇年十五,惯弹琵琶解歌舞。今为羌笛出塞声,使我三军泪如雨。"……中国古典诗歌中常有以乐曲抒发情感之作,同时,情感在歌咏、传唱中赋予人们感染力与凝聚力,离别、怀古、望乡等个人抒情都是从咏唱中走向集体。正如丰子恺所说,"浅易"并不等于"低劣",能够使人们皆受感动的音乐,才是"曲高和众"之作。①

张寒晖的一首《松花江上》,让万千中国人不再嗟叹宿命,团结抵抗日军。1937年12月31日,周恩来在武汉大学为学生们所做的讲演中感慨道:"成千成万的青年人无家可归,无学可求,尤其是东北的青年朋友,一再地飘泊流浪,一再地尝受人世间的惨痛。一支名叫《松花江上》的歌曲,真使伤心的人断肠。"②张寒晖曾与人谈到曲调的创作灵感,其中的曲风设计和曲调组织缘于生活体验和创伤记忆。黄存林在其回忆文章中说:"张寒晖说:'我把北方娘们在坟头上哭丈夫、哭儿子的那种哭声,变成《松花江上》的曲调,动员人民起来为祖国而战。'"③大众化与革命化融为一体的乐曲,可以将感召人心的情感共鸣转化为集体抗争的行动力量。正如萧军为张寒晖写下的悼词:"春暖寒晖下夕阳,松花江水去潺潺;心声岂止三千万,一曲哀歌动地天。"④抗日战争时期,中国群众口中咏唱的救亡歌曲无疑承载着全体人民的苦难记忆,在释放实际作用的同时,书写着中华民族的革命精神史诗。

随着战争局势渐趋扩大,文学、电影、戏剧、美术与音乐等各界人士,纷纷提出"国防"与"抗战"的口号,抗日救亡歌咏活动开始全面深入地铺展开

---

① 丰子恺:《大众艺术的音乐》,载《新中华》1934年第7期。
② 周恩来:《现阶段青年运动的性质和任务》,见《周恩来选集》(上卷),人民出版社1980年版,第88—89页。
③ 黄存林:《人民艺术家张寒晖》,见《河北风物志》,河北人民出版社1985年版,第361页。
④ 中国人民政治协商会议陕西省凤翔县委员会文史资料委员会编:《凤翔文史资料选辑》(第10辑),1991年,第261页。

来。萧友梅、陶行知、赵元任、钱学森、徐志摩、贺绿汀等著名文化界人士均发表文章，歌曲杂志《音乐教育》一改往日着重音乐教育与理论译介的办刊方针，在1936年第11期刊登《救亡歌曲特辑》，编选《长城谣》《前进》《民族战歌》《奋斗》《战歌》《中国人》《中华儿女》《上前线》《抗敌》等多首抗战救亡歌谣。①同一时期，音乐家吕骥撰写长文《中国新音乐的展望》，发表于《光明》月刊1936年8月号；在《读书生活》1936年第9期发表《音乐的国防动员》一文；为配合"国防音乐"的口号，发表歌曲《不做亡国奴》《示威歌》等，并在其主编的杂志《生活知识》上发表文章《论国防音乐》等。②在左翼音乐家与文化界人士的共同推动下，抗战音乐大潮逐渐兴起，音乐界形成了"国防音乐"的民族呼声，社会各界高扬抗日救亡歌咏的旗帜。同时，在抗日前线进行音乐文艺动员的吕骥、刘良模等，奔赴绥远、山西等地，与官兵一同举办歌咏会、联欢会。七七事变后，中国进入全面抗战，各地文艺工作者投身文化宣传组织，相继创作出《武装保卫山西》《游击队之歌》《打回东北去》等名曲。

  1937年初，吕骥活跃在抗日前线。10月，到达延安后他立即投身抗战歌曲的创作，和凯丰共同完成了《抗日军政大学校歌》，又和成仿吾一同创作了《陕北公学校歌》，③并发表《抵抗》《我们需要战争》等歌曲。而后，集合戏剧、美术、音乐等方面人才成立了鲁迅艺术学院，音乐部主任由吕骥担任，他与沙可夫共同创作了《鲁迅艺术学院院歌》。1938年2月发布的《鲁迅艺术学院创立缘起》，由毛泽东与周恩来等共同起草，提出"艺术——戏剧、音乐、美术、文学是宣传鼓动与组织群众最有力的武器。艺术工作者——这是对于目前抗战不可缺少的力量。因之培养抗战的艺术工作干部，在目前也是不容稍缓的工作"④。在

---

① 作品分别由陈子展与陆华柏、杨槐与何安东、高滔与老志诚、何安东与荷子、陈田鹤与陈伯吹、萨利凡与赵元任、王冥鸿与包恩珠、陈洪、江定仙与亢心栽完成。
② 吕品、张雪艳：《延安文艺档案·延安音乐·延安音乐史》（第14册），太白文艺出版社2015年版，第135—136页。
③ 作品分别发表于《新学识》1937年第1期、《新学识》1937年第6期。
④ 《鲁迅艺术学院创立缘起》，见北京大学、北京师范大学、北京师范学院中文系中国现代文学教研室主编：《文学运动史料选》（第4册），上海教育出版社1979年版，第22页。

中国共产党文艺政策的指导下，延安的歌咏活动与音乐创作如火如荼地展开了。随后，在冼星海等优秀音乐家的参与下，延安所谱写的革命乐章走向高潮，并突破了一二·九运动以来中国新音乐运动发展的瓶颈。

一二·九运动中学生们发起的抗日救亡歌咏运动，与左翼电影、戏剧、文学的交织，推进了中国新音乐发展的进程，聂耳的乐曲正是中国新音乐运动收获的首个最重要的突破。从聂耳作品的广泛流传开始，到七七事变，大城市接连遭遇轰炸，相继失守，中国新音乐运动开始陷入瓶颈期。赵沨于1940年发表的文章明确指出，围绕城市青年大众发展起来的新音乐运动似乎出现了退潮现象。他认为，退潮现象表现在三个方面：“环境影响，活动减少”；"歌曲的类型化"；歌曲中出现"诗歌的口号化"。①的确，《义勇军进行曲》出现以后，音乐创作以进行曲式、号角式铺排全曲的现象十分显著，歌曲风格、基调、曲调组织等方面类似；同时，"冲""杀""上"等语汇频繁出现。从这个角度看，延安时期的最重要的音乐成果《黄河大合唱》，在多个层面上突破了新音乐运动发展的瓶颈，一定程度上规范并指引了中国现代音乐的发展路径，开启了延安音乐艺术思潮在全国乃至世界的深远影响。

二、《黄河大合唱》的域外传播

延安时期创作的歌曲，在世界流传最广、评价最高者，首推光未然作词、冼星海谱曲的《黄河大合唱》。冼星海早年在巴黎国立音乐学院艰苦求学，回到上海后一直寻觅为人民创作的机会，而后在延安的时光几乎是他潜心乐曲创作最为安静的时期。他虽深受西方音乐艺术的熏陶，精通西洋乐器，但是内心执守着创作中国大众与革命音乐的愿望。1937年末，仍在上海的冼星海在致母亲的信中剖白了自己音乐道路的初心。"我是一个音乐工作者，我愿意担起音乐在抗战中伟大的任务，希望把宏亮的歌声震动那被压迫的民族，慰藉那负伤的英勇战士，团结起那一切苦难的人们。""我不是一个自私自利、自高自大的音乐家，我要做

---

① 赵沨：《中国新音乐运动史的考察》，原载《新音乐》1940年第3期，见汪毓和、胡天虹编著：《中国近现代音乐史（1901—1949）》，人民音乐出版社2006年版，第161页。

个生在社会当中的一个救亡伙伴,而且永远地要从社会的底层学习。""我常常感到民众的力量最伟大,民众对音乐的需要,尤其在战时,那使我不能不忍痛地离开你而站立在民众当中。"[①]由此观之,冼星海的创作思想与延安文艺思潮是深度契合的。同时,他谱写的许多革命乐章在一定程度上代表了延安音乐创作的高度。

《黄河大合唱》于1939年春写成,在延安礼堂首次公演后,周恩来特为此题词。冼星海日记中也写道:"毛主席、王明、康生都跳起来,很感动地说了几声'好'"[②]。从此,《黄河大合唱》成为延安接待宾客的必备表演,而且是当时唯一一部真正源于民族与大众文化的原创作品。那么,《黄河大合唱》何以受到如此赞誉,何以被称为首创性作品?同时,它又与国统区渐已退潮的新音乐作品有何区别,高下之分表现在哪里?

回答上述问题,可以从歌曲本身入手,从曲调的排列设计、多重组合,以及曲词内蕴的文化意涵、政治美学,包括器乐上的改进与创新等方面寻得解答。仅以第一乐章《黄河船夫曲》[③]为例便可窥得一二。乐曲最初是一段配乐朗诵,背景为钢琴模仿奔涌澎湃的黄河流水,配乐演奏全然表现主题和环境氛围,这样的表演形式吸引了听众的全部注意力,进而营造出聚精会神、信任松弛的欣赏状态。"朋友!你到过黄河吗?你渡过黄河吗?你还记得河上的船夫,拼着性命和惊涛骇浪搏战的情景吗?如果你已经忘掉的话,那末你听吧!"寥寥几句不仅清楚交代了故事背景,也暗示了深层的关系,即船夫与渡过黄河、青年与圣地延安、中国人民与抗日战争胜利甚至全国解放在逻辑上必然的顺承关系。这里的"黄河"跨越了地理的概念,象征意味丰富,渐渐成为一种符号,如《白毛女》中大春渡过"黄河"追随革命队伍……

---

① 《冼星海全集》编辑委员会编:《冼星海全集》(第1卷),广东高等教育出版社1989年版,第319页。
② 《冼星海全集》编辑委员会编:《冼星海全集》(第1卷),广东高等教育出版社1989年版,第275页。
③ 文中引用的《黄河大合唱》全部曲谱来自光未然词、冼星海曲:《黄河大合唱》(修订本),人民音乐出版社1978年版。

接着出现了男女齐呼的急促号子——"咳哟！划哟！划哟！划哟！划哟，冲上前！划哟，冲上前！"这里，作为无产阶级、劳动人民的船夫，不再像《大路歌》与《码头工人》中"哼呀咳嗬咳！咳嗬咳！哼呀嗬咳吭！嗬咳吭！"与"搬哪！搬哪！唉咿哟嗬！唉咿哟嗬！"①那样哀叹，那是经历着受难与反抗转折的无产阶级所发出的呻吟般的号子。这里的船夫，已经"划"入高昂的情绪；这里的无产阶级已经显示出更强的先进性，完成了由外在刺激产生反抗意识的过程。另外，曲终情感力度、音乐节奏的变化极具意味。歌曲中的船夫，经历了由划船渡河到渡过黄河的过程，但并非结束于胜利的喜悦之中，曲末再次出现渡河的号子，乐曲在号子中逐渐远去、沉寂。这种设计用冼星海的解释来说，它意在"最后的两句，象征斗争的不断性。整个的歌曲，写出了一个斗争的运动过程"②。自发的革命意识让劳动人民形象直接进入革命状态，突破了线性情绪的二元限定，将划船象征的革命/战争过程引向另一个通向未来的革命场景，甚至揭示出不断革命的历史预言。

紧随其后的是一段铿锵沉着的进行曲式曲调，三字一顿，男声独唱与男女齐唱为一组，表现了船夫一人高呼众人相和的团结场面，以及集体渡河的勃勃生机。其间穿插着划船号子与一声呐喊（"拼命哪"），以及男女轮唱，进而迎来了渡河胜利。胜利情绪具体表现为，乐曲方面钢琴配乐的演奏力度、乐曲的全音域设计，以及演唱方面重叠出现的男声在情绪饱满地开阔大笑。但是登岸大笑之后，乐曲急转直下，低谷盘旋，情绪进入舒缓、整顿的状态，接着便是曲调再次回落，为不断革命开始了蓄力的准备。整首歌曲极具画面感，不仅具备充沛的革命热情，同时颇具中国艺术文化的写意感。

第三乐章《黄河之水天上来》，全部以配乐诗朗诵的形式表现，全曲以民族乐器三弦为主，这种搭配灵感，冼星海明确说明了其来源："欧洲有一种歌词与

---

① 文中引用的曲谱与歌词来自《聂耳全集》编辑委员会编：《聂耳全集》（上卷·音乐编），文化艺术出版社2011年版。
② 冼星海：《我怎样写〈黄河大合唱〉》，见曾刚编：《山高水长——延安音乐回忆录》，太白文艺出版社2001年版，第22—23页。

伴奏相互独立的歌唱，由于华尔夫（Wolf）的提倡而完成。"①三弦与欧洲乐曲表现形式的结合，新颖且具有首创性，这正是致力于中国乐曲改良的冼星海成功引入西方创作形式的典型作品，这个尝试为中国新音乐运动的发展提供了成功的实践案例与广阔的艺术资源。同时，第五乐章《河边对口曲》运用民间音乐中的对唱形式与山西方言曲调，轻松欢快的整体氛围中交织着"河边流浪受孤凄"与"家乡八年无消息"的呜咽呻吟，以及曲末合唱"一同打回老家去"的号角式曲调。全曲均采用民族乐器，呈现出与方言、民歌曲调相契合的浑然设计。

延安的现实物质条件，为冼星海进行乐器改良提供了一个前提。"全延安没有一架钢琴，除了能够携带的西乐器（如提琴手风琴之类）外，只能数中乐器了。我现在正在研究中乐器的特点，想利用它们的特长以补目前的缺陷。"②经过反复试验，鲁艺音乐人用半截煤油桶做低音设备，没有琴弦就以羊肠代替，试奏起来竟也浑厚低沉。③另外，细看《黄河大合唱》的缘起便知，此次歌词的写作素材，是光未然在晋西吕梁游击区坠马后辗转回延安时，涉渡黄河的实际观察所得，他原想根据一年有余的真情实感创作一首《黄河吟》的长诗。④故此，歌词的文学性自不必说，作为文学家的张光年（即光未然）通过将歌词文字表达适当陌生化、散文化，便与其他抗日救亡歌曲歌词高下立分。同时，歌词的文学色彩没有让歌曲脱离大众，正如冼星海所说，"《黄河》的歌词虽略嫌文雅一点，但不会伤害它的作风。他有伟大的气魄，有技巧，有热情和真实，尤其有光明的前途"，"还充满美，充满写实，愤恨，悲壮的情绪"，"歌词本身已尽够描写

---

① 冼星海：《我怎样写〈黄河大合唱〉》，见曾刚编：《山高水长——延安音乐回忆录》，太白文艺出版社2001年版，第23页。
② 冼星海：《到了新天地》，见曾刚编：《山高水长——延安音乐回忆录》，太白文艺出版社2001年版，第3页。
③ 莎莱：《回忆星海同志》，见中国艺术研究院音乐研究所、广州音乐学院编：《冼星海专辑》（4），广东省高等教育出版社1983年版，第69页。
④ 光未然：《〈黄河大合唱〉的写作故事》，见曾刚编：《山高水长——延安音乐回忆录》，太白文艺出版社2001年版，第25页。

出数千年来的伟大的黄河的历史了"。①

冼星海在1939年的日记中,记录了前来延安的域外观察者在延安礼堂观看《黄河大合唱》之后特来拜会的场面。②冼星海音乐创作的跨际性,在给予中国人民感同身受的心灵触动外,也让域外观众为乐曲中直抵人心的穿透力感慨连连。1944年,跟随中外记者团前来延安的美国记者哈里森·福尔曼,在延安欣赏了鲁艺音乐系主办的音乐会。当晚演奏了四国国歌、联合国之歌等乐曲后,合唱队表演了《黄河大合唱》的第一个乐章《黄河船夫曲》。③1939年9月,再次来边区的斯诺,在延安与毛泽东共同观看了《黄河大合唱》的演出,结束后毛泽东问他:"你觉得这个表演怎么样?"他回答:"好极了。自从燕京大学演唱《弥赛亚》以来,这是我在中国听到的最好的合唱。"④1946年,罗伯特·白英来解放区采访并观看了《黄河大合唱》,被冼星海的天才深深触动。他感慨,《黄河大合唱》"是战争时期创作出来的最具伟大天赋的作品","把冼星海所拥有的才能的力量展现给观众以及中国人民","是第一部由中国人创作的利用西方乐器进行演奏的严肃音乐艺术作品"。⑤他认为,这部献给黄河以及黄河两岸人民的大合唱,以激昂和乐观的情绪驱散了战争环境的悲凉,得以成为中国人民在战争中的凯歌。如此看来,《黄河大合唱》早在当时便俨然成为延安音乐艺术与世界交流的名片,代表了民族乐曲与西方技法相融合的中国新兴音乐创作之经典,也开启了中国民族交响乐之风。

1940年5月,冼星海随纪录电影《延安与八路军》制作团队赴苏联进行后期配乐,但由于长期积劳成疾,病逝于克里姆林宫医院。冼星海在苏联的时候,常常与苏联音乐家畅谈切磋,以乐会友,交流学习。在德国突然袭击苏联时,冼星

---

① 冼星海:《我怎样写〈黄河大合唱〉》,见曾刚编:《山高水长——延安音乐回忆录》,太白文艺出版社2001年版,第22页。
② 《冼星海全集》编辑委员会编:《冼星海全集》(第1卷),广东高等教育出版社1989年版,第254、262、264、271、275页。
③ 哈里森·福尔曼:《北行漫记》,陶岱译,新华出版社1988年版,第91页。
④ 洛易斯·惠勒·斯诺编:《斯诺眼中的中国》,王恩光、申葆青、许邦兴等译,中国学术出版社1982年版,第181页。
⑤ Robert Payne, *China Awake*, New York: Dodd, Mead and Company, 1947, p.343.

海接受季米特洛夫的邀请,创作乐曲赠予战争中的苏联人民,一首《神圣之战》的交响乐建立起苏联音乐界与冼星海的深厚友谊。同时,冼星海在延安创作的《黄河大合唱》,对苏联音乐界产生了极大的影响。苏联音乐家科尔其马略夫作曲、马图索夫斯基作词,于1950年创作的清唱剧《自由中国》,正是以《黄河大合唱》作为范例完成的。①作品谱写了中国人民战争的胜利史诗,是向冼星海、光未然等中国音乐工作者致敬,并献礼新中国成立的作品。《自由中国》在1951年荣获斯大林二等奖金。

1941年末,冼星海被聘请到库斯坦斯基分院的国立爱乐管弦乐团工作,在此期间创作了多篇名作。其中,创作了以哥萨克民族英雄故事为主题的《阿曼该尔达》。经过研究人物传记,去哥萨克村庄体验生活,汲取哥萨克民族文化资源,冼星海的这部作品在库斯坦斯基剧院举行的纪念阿曼该尔达晚会上演了。这部作品获得了极大的成功,观众从冼星海的乐曲中看到了他们心中的英雄,产生了强烈的民族共鸣感,为之沸腾。同时,担任小提琴演奏的冼星海,以其精湛的技艺、澎湃的情感投入,令场内的每个人都叹为观止。作品收获如此轰动的反响,对此,冼星海激动地说:"我非常愉快你们能了解我。我们彼此了解了,而这对于一个艺术家正是最高的奖励。"②苏联音乐家科伊什巴耶夫也记录了音乐会中冼星海精彩纷呈的小提琴演奏:"他的柔和的手指富于细致的音乐感,演奏得非常神妙。他的表演一向是受听众欢迎的。"③

除卓越的演奏技艺以外,冼星海为中国音乐发展做出的重大贡献,在于他的乐曲创作思想。苏联音乐家穆杰拉里眼中的冼星海——"一位光辉的,天才的中国作曲家"。据穆杰拉里回忆,在一次与苏联作曲家们的座谈会上,冼星海弹奏并演唱了自己的部分创作,得到了苏联同行极高的评价。穆杰拉里表示,这些作

---

① 杜马舍夫:《他们将永远活在人民的心里——纪念中国卓越的人民音乐家聂耳(1912—1935)和冼星海(1905—1945)》,马稚甫译,载《人民音乐》1956年第2期。
② 黄循:《冼星海在苏联》,见中国音乐学院中国音乐研究所:《冼星海专辑》(2),1962年,第312—313页。
③ М.科伊什巴耶夫:《回忆杰出的作曲家冼星海同志》,见中国音乐学院中国音乐研究所:《冼星海专辑》(2),1962年,第329页。

品都是"好听的、旋律优美的歌曲,大部分都是有魄力的、进行性质的。五音音阶的原则具有莫大的特色和突出的表现力"[1]。冼星海以他深厚的音乐积累与知识背景,借助西方技法的运用,得以突破中国古典音乐中的某些局限性并将其再造为新的中国音乐资源。

其中《黄河大合唱》给苏联音乐家穆杰拉里留下了难以磨灭的印象。"我还记得这部作品以它那眩耀的题材描绘着中国伟大的河流……歌颂着中国的劳动人民,人民和历代奴隶者的斗争……他很有把握地掌握了复音音乐,使他能够克服中国调性的狭窄的圈子,并创作出雄壮的合唱插句,饱含着动作和情绪的表现力……冼星海是中国第一位掌握了现代作曲技术的全套工具,并利用西洋写法在中国民族的基础上创作出大幅的音乐作品的作曲家。"[2]冼星海无疑是延安音乐家中,在苏联与日本等国家听众间收获至高赞誉的作曲家,《黄河大合唱》代表着延安音乐作品中能够将民族音乐内容与西方现代创作技巧达成完美圆融的最高音乐创作成就。在国际社会文化界人士的认知中,《黄河大合唱》足以代表新中国音乐发展水平的高峰,象征新中国文化艺术整体的基调。它以昂扬豪迈的风格、宏大开阔的题材,以及本土原发的艺术资源,规范了延安以来的音乐艺术创作风貌。

穆拉杰里这样评价冼星海的音乐:"战斗歌曲雄壮而又通俗,很富有旋律性。这些歌曲的内容有着乐观主义的精神。"他认为,《黄河大合唱》是一部"深刻、庄严并且充满丰富的感情和美丽的诗意的音响的作品"。[3]穆拉杰里作为杰出的苏联音乐家,是大众化与革命化的苏联人民音乐的先行者,他在冼星海借用西方交响乐形式与技法创作的音乐作品中,敏锐地辨认出其中贯穿的艺术思想。冼星海的民族交响乐创作成就,超越了在雄浑曲风的选择、民歌曲调的组织、积极昂扬的情感渗透等层面的民族化追求,其音乐传达的是民族精神。

冼星海援引西方技法,以此弥合中国传统音乐的局限,并于1940年着手谱

---

[1] 穆拉杰里:《冼星海——中国天才的作曲家》,乌兰汗译,载《人民音乐》1950年第2期。
[2] 穆拉杰里:《冼星海——中国天才的作曲家》,乌兰汗译,载《人民音乐》1950年第2期。
[3] 穆拉杰里:《回忆中国作曲家冼星海》,陈锦译,载《人民音乐》1955年第11—12期。

写具有中国作风与中国气派的民族乐章①，创造中国民族交响乐的范式，成功地将延安文艺大众化思潮运用于音乐创作，为新中国建立以来的民族音乐事业发展奠定了坚实的基础。聂耳、冼星海等革命音乐家，如习近平总书记《在文艺工作座谈会上的讲话》所指出的那样，在中华民族处于生死存亡之际，不仅以他们的一腔民族激情投身革命事业，更从中华文化的精神传统中汲取养分，延续着中华文明的血脉与文脉。"每到重大历史关头，文化都能感国运之变化、立时代之潮头、发时代之先声，为亿万人民、为伟大祖国鼓与呼。中华文化既坚守本根又不断与时俱进，使中华民族保持了坚定的民族自信和强大的修复能力，培育了共同的情感和价值、共同的理想和精神。"②

三、延安革命歌曲在世界

中国本土作家笔下的青年，一直是被咏唱的中心，五四运动的文化意义也为青年赋予了一种社会革命力量的符号化意涵。延安作家所创作的诗歌中，青年往往被作为抒情的客体来完成作家主体的情感表达。如何其芳创作的《我为少男少女们歌唱》、胡代炜的作品《儿子的歌》、胡乔木的作品《青春曲》《青年颂》、柯仲平的作品《延安与中国青年》，以及李木庵的古体诗《儿女离延北征，诗以壮之》。师田手创作的《延安》，其中有大量诸如"唱歌""沉醉""喜悦""欢谈"③等乐感语汇。同时，歌咏的主体不仅局限于人，也拟人化作高山流水、耕牛飞鸟、风箱纺车的"咏唱"行为，强化了延安的音乐氛围，更是革命队伍中的人民精神状态的别样书写。

延安的歌咏活动不是仅仅存在于作家创作之中，而是真实的常态，正如何其芳所写："延安的人们那样爱唱歌，大概由于生活太苦。然而我错了，刚刚相

---

① 《冼星海全集》编辑委员会编：《冼星海全集》（第1卷），广东高等教育出版社1989年版，第123页。
② 习近平：《在文艺工作座谈会上的讲话》，载《人民日报》2015年10月15日。
③ 师田手：《延安》，见刘润为主编：《延安文艺大系·散文卷》，湖南文艺出版社2015年版，第154—155页。

反地,是由于生活太快乐。"①1938年秋抵达延安的冼星海曾说:"延安始终是活跃的,外间称延安为'歌咏城',我想是不为太过份。"②鲁艺的音乐工作者不仅是延安城歌咏运动的中心,"从影响上说,也许还是全国歌咏运动的中心吧"③。这些作品在复现"青春"修辞的同时,也将延安空气与青春氛围之间的契合感表达了出来。咏唱,在此成为一种表达的方式,以作家自己默契般地推及众人,进而在咏唱中实现集体普遍的精神寄托和内心表达。

1936年前来保安的埃德加·斯诺,在他的作品《红星照耀中国》中,对中国共产党人和边区军民的生活气氛,多处着墨,反复刻绘,力图还原充满歌咏激情的真实生活细部。斯诺写到,红军战士们"几乎全体都遭遇过人生的悲剧",但是,"在我看来,他们相当快活,也许是我所看到过的第一批真正感到快活的中国无产者","这意味着对于生存有着一种自信的感觉"。④一般认为,残酷的战场体验会给士兵带来创伤记忆,历经生死的战士内心会滋长对生命的绝望感与虚无感。这种心态在大批征募而来的士兵中普遍存在,他们的参战行为多来自社会与家庭的被动选择,或是磨炼自身意志的个人诉求。但是,中国共产党领导下的青年战士的选择,是承担着失学之苦、失亲之痛与家国之殇的绝地反抗,是置之死地而后生的革命选择。基于这种九死一生、向死而生的心理共鸣,中国青年所汇聚的斗争力量必然会用斗志昂扬的高歌来划破黎明前黑暗的长空,穿透敌人的进攻,铸就铜墙铁壁,保卫家园。

斯诺在前往保安的途中,与红军旅伴一路同行,不禁被行军队伍中洋溢的乐观情感感染,并且发现歌咏的传染力正在军队与农民之间形成隐形的纽带,进而在艰苦的战争岁月中,将这种集体无意识再造为抗日的有形力量。"他们在路

---

① 何其芳:《我歌唱延安》,见刘润为主编:《延安文艺大系·散文卷》,湖南文艺出版社2015年版,第58页。
② 《冼星海全集》编辑委员会编:《冼星海全集》(第1卷),广东高等教育出版社1989年版,第118页。
③ 冼星海:《到了新天地》,见曾刚编:《山高水长——延安音乐回忆录》,太白文艺出版社2001年版,第2页。
④ 埃德加·斯诺:《红星照耀中国》,董乐山译,新华出版社1984年版,第58—59页。

上几乎整天都唱歌，能唱的歌无穷无尽。他们唱歌没有人指挥，都是自发的，唱的很好。只要有一个人什么时候劲儿来了，或者想到了一个合适的歌，他就突然唱起来，指挥员和战士们就都跟着唱。他们在夜里也唱，从农民那里学新的民歌，这时农民就拿出来陕西琵琶。"①斯诺多次描写红军与农民自发的共同歌咏行为，这是精神层面上中国共产党得以建立人民军队、团结动员全体人民的原因之一。

和斯诺一样，许多亲访延安的域外作家均发现，这里的兵民充沛着歌咏与斗争的热情。七七事变前夕抵达延安的托马斯·阿瑟·毕森，在其回忆录中记载了延安精神的强大吸引力与感召力。观看演出结束后，毕森和他的同行者收到了唱歌的邀请，他们一行四人便和延安的青年士兵即兴演唱，所有人都被热烈的气氛感染着，"整个晚会非常轻松，几乎就是一场狂欢"。毕森写道："对延安的第一印象是出乎意料的，不知怎么在猝不及防中就抓住了我们"，"这第一印象是难以描述的，这种体验只能凭感觉。延安具有极大的吸引力，并且使我们越来越着迷"。②这份不可名状的情感体验，在斯诺那里被表述为一种"幻觉"。

斯诺认为，能让观众在欣赏过程中置身一种亦假亦真、如梦似幻的境界，这样的作品"为观众带来了生活的幻觉"，"从广义来说，这就是艺术"。惨遭欺凌、飘零各方的中国人民，在抗战歌曲的回荡中重燃了"打回老家"的希望。面对西方艺术审美观念对中国"艺术宣传"的质疑，斯诺指出："如果说这是一种简单的艺术的话，那是因为它所根据的活的材料和它作为对象的活的人在对待人生的问题上也是简单的。对中国的人民大众来说，艺术和宣传是划不清界限的。"③救亡乐章中所倾诉的民族苦痛映射在全体人民的心灵深处，生存不再是处于哲学范畴的终极诘问，而是现实中的民族宿命。

在延安生活场景中，作为一个文化符号的歌咏使域外作家纷纷表示惊叹，他

---

① 埃德加·斯诺：《红星照耀中国》，董乐山译，新华出版社1984年版，第59页。
② 托马斯·阿瑟·毕森：《抗日战争前夜的延安之行》，张星星、薛鲁夏译，东北工学院出版社1990年版，第16页。
③ 埃德加·斯诺：《红星照耀中国》，董乐山译，新华出版社1984年版，第102页。

们认为这种精神面貌似乎与未卜的战事相悖。毕森在文章中谈到，三日的延安光景中最难以忘怀的回忆，"与其说是我们所看到的那些活动，不如说是延安人所表现出的精神面貌"[①]。的确，这种通过歌咏行为、外化情绪所高扬的乐观斗争精神，正是许多域外作家试图捕捉的。"当时和以后所有的外国访问者，都提到过延安的气氛"[②]，这种气氛裹挟着情感的记忆，通过音乐旋律埋藏于人们的内心。从延安向世界传播的抗日歌曲，借由域外作家的笔力，对追求自由的中国青年与援助中国抗战的域外支持者，产生了更大的吸引和召唤力量。由此，延安精神影响下的中外青年用他们的实际行动，谱写出具有现实意义的革命乐章。

在苏联，著名音乐家克利曼蒂克基马利夫于1939年9月，编译中国抗战歌曲达十五首，苏联著名诗人沙诺夫·阿尔托森等翻译歌词，并将其中多数歌曲制为留声机唱片，《义勇军进行曲》《救亡曲》等歌曲深受群众欢迎。同时，因为《义勇军进行曲》在战时中国民众间传唱度最高，在国际文化界人士眼中最能代表当时的中国形象。故而，1954年美国米高梅公司根据赛珍珠作品《龙种》拍摄电影时，便采用《义勇军进行曲》作为配乐。[③]

新中国成立后，延安时期创作的音乐作品打破了域外观察者主动前来交流的局面，中国音乐工作者携革命音乐作品开始走向世界。中国音乐文化自觉向世界输出的第一个高潮是20世纪50年代开始，中国与世界社会主义国家之间在音乐思想与创作方面的交流；第二个高潮，是以中国抗日救亡歌咏运动为具体实践的中国革命音乐思潮对世界的影响，主要集中在朝鲜、东南亚地区与战后的日本民众间；第三个高潮是20世纪80年代以来，中国红色革命歌曲在欧美西方国家的频繁演出，以《黄河大合唱》《东方红》等作品为主。

第一次全国文代会前后，新中国受邀，将一批活跃在解放区的文艺队伍组成青年文工团，派赴布达佩斯参加第二届世界青年与学生和平友谊联欢节。文工

---

① 托马斯·阿瑟·毕森：《抗日战争前夜的延安之行》，张星星、薛鲁夏译，东北工学院出版社1990年版，第79页。
② 托马斯·阿瑟·毕森：《抗日战争前夜的延安之行》，张星星、薛鲁夏译，东北工学院出版社1990年版，第79页。
③ 陈辛仁主编：《现代中外文化交流史略》，中国书籍出版社1997年版，第466页。

团团长李伯钊带领成员七十余人,在海外巡回演出历时一个多月,演出节目为大型秧歌、腰鼓、歌剧以及民歌演唱与音乐演奏会。其中,在声乐比赛中,郭兰英所唱的《妇女自由歌》,荣获三等奖。联欢节过后,文工团到苏联参观巡演。1951年到1954年,政府连续派音乐舞蹈团体赴捷克斯洛伐克参加"布拉格之春"国际音乐节。1951年5月,首团成行,由音乐家马思聪任团长,与英国、法国、意大利、瑞士、瑞典等十八国的音乐工作者共同参与演出。中国代表团的演出,包括民乐演唱与乐曲演奏,其间演唱了《东方红》《兰花花》《夫妻识字》等作品。①此次演出以音乐交流为主,中国音乐代表团体在与海外乐团、演奏家的相互学习中,提高了演唱与演奏技巧,并以高水平的中国民族音乐作品令海外音乐界叹为观止。

新中国成立以来规模最大、历时最长的文工团海外演出活动是,1951年7月在周巍峙团长的带领下,参加于柏林举办的第三届世界青年与学生和平友谊联欢节,而后辗转苏联等国参观演出。文工团此次准备的节目种类丰富,形态多样,在歌剧、民间舞蹈、声乐与器乐等类别斩获多个奖项。在中捷、中罗文化合作的计划下,于1954年7月3日成行的中国人民解放军歌舞团,在总政文化部长陈沂的带领下,共约二百七十人组成的文艺队伍相继参观访问了捷克斯洛伐克、罗马尼亚、波兰、苏联四个国家,计五十九个城市,巡回演出历时约半年,观众达一百一十多万人。由于此次歌舞团是军队文艺团体,其节目的选择多为战争题材,如《陆军腰鼓舞》《佩刀舞》《藏民骑兵舞》《行军休息舞》等。②此次演出结合了中国民间文艺形态与现代军队元素,是中国共产党的军人形象与军事力量的体现,演出在各国均收获热烈的反响。此后,我国接连派遣文艺团体赴蒙古、缅甸、印度等地访问巡演,不仅加深了中国与周边国家的文艺交流,更以传统文艺与革命文艺相结合的新中国文艺,激励与鼓舞世界各地劳苦大众团结反

---

① 宋天仪:《中外表演艺术交流史略(1949—1992)》,文化艺术出版社1994年版,第2—3页。
② 宋天仪:《中外表演艺术交流史略(1949—1992)》,文化艺术出版社1994年版,第4—5页。

抗，向世界人民传达新中国文艺的现实价值与精神力量。

四、延安音乐思潮对日本的影响

延安音乐思潮，是在延安文艺思潮范畴中，体现音乐创作领域的一种艺术与社会、政治文化交织的发展路径，承继五四文化运动以来的文艺大众化追求与抗日救亡运动中的革命化要求，进而在延安文艺思想的整合之下形成的音乐思潮。它不仅为新中国音乐发展提供了宝贵的资源，更在国际音乐界产生了较大的影响，主要集中在朝鲜、东南亚地区与战后的日本文化界。其中，朝鲜、东南亚地区所接受的中国音乐思潮传播是即时发生的，所以，更多的音乐影响来自中国抗日救亡歌咏运动。日本是在战后自觉引进延安革命歌曲与歌咏形式，支援日本群众的反抗斗争，因此，延安音乐思潮的影响相对深入。

中国抗日救亡歌咏运动在抗日战争全面爆发之后，传入新加坡、马来西亚等地，这些地区是海外社会中最早感应到革命音乐思潮的地区之一。1939年以后，当地华人侨胞纷纷组建合唱团，演唱《救亡进行曲》《大刀进行曲》《打回东北去》等抗日歌曲。① 《民族呼声歌集》传入新加坡之后，在群众中引起了巨大的轰动，并在工厂与农村广泛流传，一年的时间里成立了多个歌咏团体，建立了马华歌咏救亡统一战线，通过歌咏活动鼓舞士气，组织募捐，支援中国抗日战争。此次歌咏运动随着世界战局的复杂化而沉寂，历时较短。而借由这次东南亚地区社会各界的深度参与，中国革命歌曲得到了广泛的传播，并在海外产生了一定的影响。1941年，光未然、李凌、赵沨等在缅甸开展歌咏活动，演奏了许多中国革命歌曲，激起了当地侨胞与人民的抗战热情。②

"每一种艺术形式的发展史都有危机时期，在这样的时期，该形式所迫切追求的效果只能随着技术水准的变化，即在新的艺术形式中，才能自然产生。"③

---

① 章英：《武汉合唱团给我们带来了什么》，见方修编：《马华新文学大系》（八），星洲世界书局有限公司1972年版，第458—463页。
② 陈辛仁主编：《现代中外文化交流史略》，中国书籍出版社1997年版，第471页。
③ 本雅明：《经验与贫乏》，王炳钧、杨劲译，百花文艺出版社1999年版，第285页。

当国家与社会面临危机，来自本土的艺术形式已经不能满足斗争需求时，人们便会将眼睛瞄向国际，试图以其他国家的成功革命经验扭转现状。基于这样的前提，战后日本普通民众在面临美国大肆建造军事基地、要求签署日美"安全条约"等危机时，转而借鉴中国抗日救亡歌咏运动，形成了各界高举反抗旗帜、掀起革命运动的外在条件。生活于日本侵华战争时期的几代日本人，尚存对中国的补偿心理和负罪心理，他们对中国文艺发展极其关注，这种现象在文学、戏剧、电影、美术以及音乐领域都有明显的表现，这是日本文化界借鉴新中国文艺的内在条件。

延安音乐思潮对日本音乐界产生的影响，最初是在进步音乐家的组织下，以东京为中心，举办大规模的延安革命音乐演奏会。随后，在全日本无产阶级群众的参与和推动下，形成极具声势的日本"歌声"运动。日本的"歌声"运动出现在20世纪40年代末期，日本进步音乐家关鉴子等领导了革命歌曲演奏会与合唱团演唱活动。[1]较早在日本音乐界产生影响的中国左翼作曲家，是1935年于日本逝世的聂耳。日本刊物《歌唱吧年轻人》曾对聂耳、冼星海的生平及作品有所介绍。1952年，延安时期创作的经典作品《黄河大合唱》，由坂井德三将完整歌词翻译为日文，曲谱之后附有歌曲的创作故事与相关说明，大阪青年音乐协会出版了该歌谱。[2]

大阪青年音乐协会合唱团于1952年10月30日——冼星海逝世七周年纪念日演出《黄河大合唱》全部乐章，小代义雄任指挥。演出时，合唱团全员着中国服装，场面甚为庄严肃穆，现场观众深受感染，激情澎湃。关鉴子指导下的东京中央合唱团，也演出了《黄河大合唱》全部乐章。1953年夏，东京广播交响乐团相继演出了冼星海创作的《中国狂想曲》、马思聪的《思乡曲》、贺绿汀的《晚会》以及马可的《陕北组曲》。[3]上述日本音乐界对中国革命歌曲的演出与歌咏活动，仅是公开场合进行的大规模演出，而延安时期创作的革命歌曲在日本民间

---

[1] 《日本人民的歌声——1960年日本音乐界的斗争活动》，载《人民音乐》1961年第4期。
[2] 金继文：《日本的进步音乐活动》，载《人民音乐》1953年第12期。
[3] 金继文：《日本的进步音乐活动》，载《人民音乐》1953年第12期。

则更为流行。革命歌曲在日本的传播,不单限于曲目的流行,也表现在中国抗日救亡歌咏运动思潮对战后日本群众的巨大影响,加上左翼力量的引导,日本终于展开了如火如荼的"歌声"运动。

伴随着战后日本文化界掀起的歌咏运动,中国的抗日救亡歌曲与苏联的人民音乐在日本群众间广为传播,而后,革命歌曲歌咏会相继出现。1953年8月间,东京浅草公会堂中传出的激昂歌声划破了日本沉重的天际,发出了日本人民的反抗之声。日本东部地区举行的"东部的歌声"大型音乐会,动员劳工、学生、妇女群体广泛参与。同年11月,东京举行了盛大的"日本的歌声"音乐会,自此日本歌咏运动开始在全国沸腾起来。紧接着,"京都的歌声""九州的歌声""北海道的歌声"等区域性群众集会纷纷举行,集结起日本无产阶级的强大力量,号召民众投身"保卫和平""反对使用原子武器"的活动。日本劳苦大众在歌咏会上不仅演唱和平颂歌,也歌唱中国与苏联的革命歌曲,如《东方红》等曲目。其中,惨遭原子弹轰炸的广岛受难民众,更是积极参加和平集会,组建"广岛合唱团"等革命组织,并举行"广岛的歌声"集会。广岛人民的参与对日本歌咏运动的发展具有现实的推进意义。此次歌咏活动的高潮,是于东京连续举办三日的"不准使用原子弹、一九五四年日本的歌声"大型集会,演唱了日本人民创作的歌曲《东京——北京》等革命曲目,仅来自日本各地的演出者就达四千二百多人,观众更是无法计数。①此次发出的轰动日本的和平呼声,正是深受中国遍地回荡的歌咏之声的启发,通过演唱《东方红》《秧歌》《歌唱祖国》《草原情歌》《阿拉木汗》《坦克兵和拖拉机手》等中国红色歌曲,以及《黄河大合唱》《英雄战胜大渡河》等大型合唱歌曲,激起了日本群众的奋起反抗。②

楼适夷翻译的日本进步诗人与普通群众创作的反抗诗歌选集的前记中写道:"在日本人民群众中,正在开展着盛大的歌声运动,他们用诗歌向自己的敌人发出愤怒的叫吼,用诗歌向祖国与世界的人民诉述所遭受的苦难,用诗歌歌颂人民

---

① 张十方:《日本的进步歌咏活动》,载《人民音乐》1955年第3期。
② 井上赖丰:《歌声与斗争同在——日本歌咏运动中的音乐创作》,瞿麦译,载《人民音乐》1961年第11期。

队伍中的战斗的英雄,激发人民爱祖国爱和平的热情,号召人民投入当前的强烈的斗争中去!"①呼吁和平、抵抗与人道主义的战后日本人民,运用吟咏诗歌与歌曲的方式,抒发他们控诉政府、反抗压迫的声音。当时,日本民间流行的中国与苏联文艺作品为弱小的底层民众提供了革命精神与文艺资源,这是中国革命文化的根本力量,借由日本的传唱,将抗争命运的精神渗透于战后日本人民内心。坂井德三创作的诗歌《北平的孩子五宝那一天看见了什么》,借由孩子的视角将新中国胜利的喜悦、人民的欢乐生活展现在日本的苦难群众眼前。中国人民战争的精神史诗,流传于日本民间,动员起人民的反抗。在日本左翼文化人的引领之下,新中国的和谐景象也反映了日本群众的革命理想。正如诗人伊势木道夫所吟咏的:"北京/我们的眼睛向着你/北京/我们的心为你跳跃","中国/这个不可估量的阔大的胸膛/中国/这个不可估量的人民的智慧/中国/这个不可估量的保卫和平的力量"。②

日本民众发起的歌声运动对当局与美国方面的影响较大,东京世界音乐节和基督教十字军传道会的召开③,就是日本政府与民间高涨的左翼文化之间的抗衡。为了便于中国革命歌曲的传播,1964年日本编辑了《中国歌集》第一集,由日本的中国音乐研究会与燎原合唱团出版。歌集中择取了中国革命歌曲十五首,诸如《全世界人民心一条》《社会主义好》《红色娘子军》等,也包括日本音乐家创作的《中日友好序曲》等曲目,每首歌曲均附有创作故事简介。④在中国红色革命音乐的鼓舞之下,音乐的穿透力量被充分释放,无产阶级的斗争性也在压迫中被激发,日本群众的音乐运动进而在新中国革命血液的给养中发展壮大。

1963年,神户日本勤劳者音乐协议会(简称"劳音"),在大型纪念集会

---

① 《愤怒吧,富士——日本斗争诗抄》,楼适夷译,作家出版社1956年版,前记第1页。
② 伊势木道夫:《和平的歌——为亚洲太平洋地区和平会议作》,见《愤怒吧,富士——日本斗争诗抄》,楼适夷译,作家出版社1956年版,第123、125—126页。
③ 北条哲:《日本民主音乐运动的飞跃发展——回顾1961年的音乐界斗争》,冻青节译,载《人民音乐》1962年第3期。
④ 张十方:《日本刊行〈中国歌集〉》,载《人民音乐》1964年第5期。

上演唱了《黄河大合唱》，由外山雄三指挥，汇集三个合唱团一起演唱。《赤旗报》报道了此次演出，评价《黄河大合唱》在二十多年后仍如此动人心魄，正是因为"它既具有民族性，同时又具有普遍性，不仅如此，我们还不能忽视冼星海所生活的时代和日本今天所处的情况有着共同性"；歌唱家们在演出后说："现在可明确了自己前进的方向，通过歌唱，我懂得了在争取到解放以前，有着多少艰难困苦……"①在战后日本社会中，《黄河大合唱》的演奏为两国间建立音乐交流的同时，令日本普通人民借此重新反思日本军国主义的侵略历史，具有重要的社会价值和现实意义。

  以戏剧、美术、音乐为代表的艺术形式，早在文学实践之前，便于20世纪20年代末期在中国共产党所在的井冈山革命根据地开始孕育，而后伴随着抗战形势的推进与革命工作的日趋成熟，中国共产党的文艺队伍在文艺大众化的追求中，在各个领域的艺术方面取得了多元突破和发展，也积累了丰富的实践与传播经验。正如李泽厚所说："整个抗战文艺是发达的，特别是像《黄河大合唱》等昂扬的大众歌曲、黑白版画和立足于民间文艺基础的西北剪纸和《兄妹开荒》等秧歌剧等等。它们或以悲愤高亢传达出广大人民的抗战心声，或者以拙朴浑厚呈现着中国民族的雄强气派。"②秧歌剧等舞台戏剧，木刻等图像呈现，大合唱等音乐作品，种种艺术形式纷纷涌现出来，这都是在延安的广阔农村地带创造出的为农民群众所喜闻乐见的艺术形式及其实践。戏剧、美术、音乐与大众化的文学一道，借助真人表演、群体参与、口头文艺，以及木刻艺术独特的非机械可复制性，为中国本土的延安文艺传播树立了一个前所未有的范式，更以别样的方式与实际经验，在世界范围内发挥着现实的影响。其中，电影艺术需要技术层面的支持，首先在上海等城市发展起来。后来，延安筹建了电影厂，先后拍摄了一批纪录电影，延安电影创作逐渐整合戏剧、美术、音乐、摄影与文学等艺术领域的元素，将延安文艺的精髓以影像的方式传播开来，进而在全中国的群众心中铸就以大众化为核心的延安文艺的历史内容、整体风貌以及创作形式。延安艺术的世

---

① 卞立强编译：《日本神户劳音演出〈黄河大合唱〉》，载《人民音乐》1963年第12期。
② 李泽厚：《中国现代思想史论》，生活·读书·新知三联书店2008年版，第261页。

界形象，是在域外观察者从延安向世界进行的共时性的、主动的传播中形成的。延安艺术作品与人民文艺实践所具有的别具一格的魅力，激发了域外观察者的浓厚兴趣。新中国成立之后，艺术领域的活动迈向了国家层面的频繁交流与互动阶段，这为延安文艺的世界传播提供了更为强大的推动力。

第三章 域外作家在延安

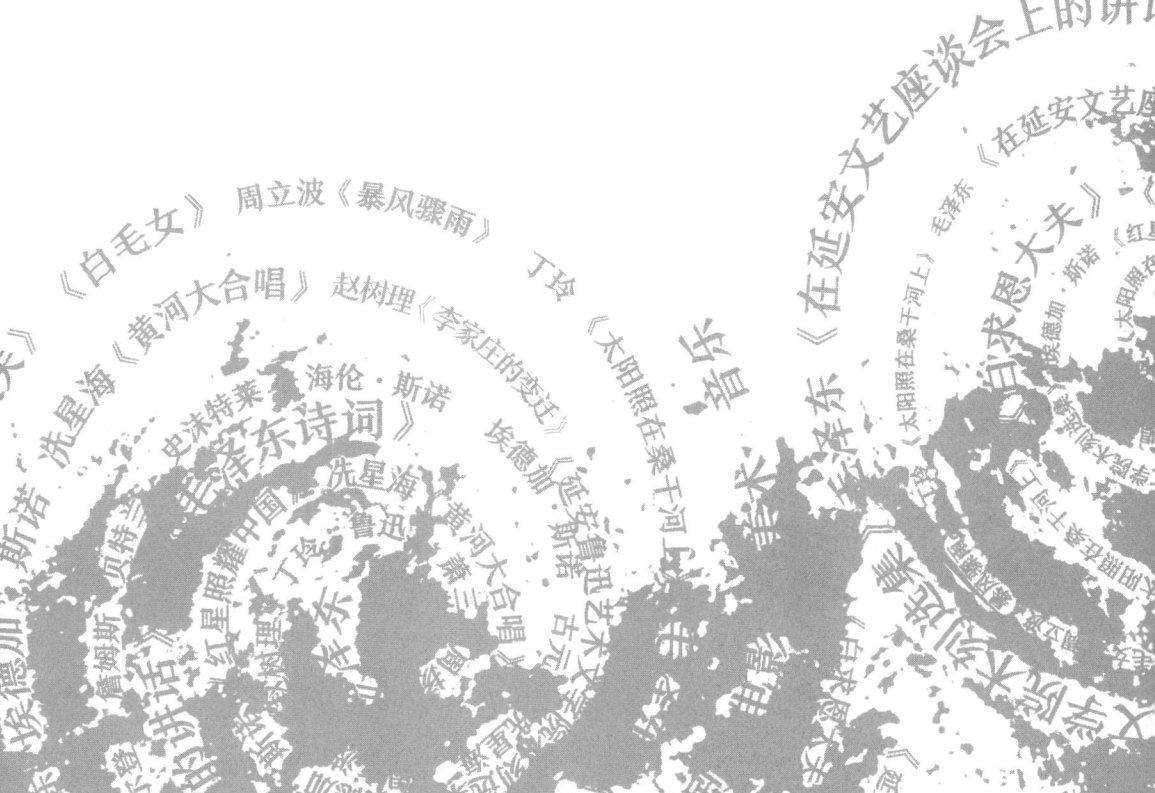

20世纪三四十年代亲赴延安的域外作家，形成了一个很大的群体。这些跨越国际、族际、语际的域外作家，是相对于中国本土延安作家而言的外部观察者。这里所借用的"域外"含义，来自鲁迅的《拟播布美术意见书》一文："且决定域外著名图籍若干，译为华文，布之国内。"①书写延安的域外作家中，最为重要者当属美国记者埃德加·斯诺、海伦·斯诺、史沫特莱、安娜·路易斯·斯特朗、杰克·贝尔登，以及英国学者林迈可、德国学者王安娜、新西兰记者詹姆斯·贝特兰等。从1934年红军长征到1949年中华人民共和国建立，大批域外记者前来中国并探访延安，其作品多为纪实文学，以独立的创作姿态与反思意识书写亲身经历，向全世界读者讲述延安、宣传延安，从而建构了充满现代性、世界性的延安形象。

以往的延安文学研究，侧重本土作家作品，然而，从文学文化的角度分析延安形象建构，探讨大批走向延安的域外作家作品则几乎是一个空白。运用全球化的视野回顾红色中国的建构历史，我们有必要对域外作家的延安书写进行更有深度的研究。域外作家的延安文本体现着多学科的交叉渗透，凸显了文本内蕴的学术价值。它的史料价值，为立足于政治学、历史学的海外学者所倚重；国内学者往往将其作为新闻学案例和历史学材料，取得了丰硕的研究成果。注重在场性和真实性的域外作家的延安书写，以事实材料为基础，辅以合理的情感想象与戏剧化的情节安排，在不失文献与新闻价值的前提下，最大化

---

① 鲁迅：《拟播布美术意见书》，见《鲁迅全集》（第8卷），人民文学出版社1981年版，第48页。

地发挥其文学意味。以《红星照耀中国》为例,随着时间的推移而逐渐褪去新闻特性的域外延安书写,其深远的世界影响力和超越时代的生命力,是它们文学价值的最佳证明。"寄生于现实的虚构的世界",不单是想象的,更是窄小的。①战争背景下的纪实文学作品,借助文学及其之外真实世界的介入与共鸣,具有虚构文学所无法企及的现实力量。以下,笔者将从时间与国别、身份等层面分别讨论域外作家所创作的延安作品。

---

① 安贝托·艾柯:《一位年轻小说家的自白:艾柯现代文学演讲集》,李灵译,广西师范大学出版社2014年版,第102、104页。

第一节

书写延安的域外视角与基本现状

以《马可·波罗游记》为例，文学文本成为人类认识世界的主要媒介。战争年代渐趋繁荣的报业和战地记者群体的出现，使报告文学充分发挥了它的现实意义。李欧梵将上海的报业及出版业看作五四运动发生的重要背景，他指出，1896年，梁启超创办《时务报》，为"最先把报纸作为逐步灌输新思想及推动社会和政治变革的最强有力的媒介"①。可见，中国知识分子在救国图存的现实诉求中，以报纸为载体，开启了文人论政之风。近代以来，域外传教士、记者在华创办报纸与刊物，发表通讯与著述，客观上参与了中国形象的"自述"。20世纪30年代中期被"发现"的延安，因其反抗意识和革命精神，成为面向世界的域外作家自觉书写与阐释的对象。

有学者分析，中国的世界形象沿着两个方向发生了历史性的回返，即乌托邦化与意识形态化，前者经历了器物、制度、思想三个阶段，分别以大汗的大陆、大中华帝国、孔夫子的中国为代表②，后者则呈现为停滞、专制、野蛮③三个层面。这两个方向的中国形象在20世纪中期发生过一次转折④，即"红色圣地"形

---

① 李欧梵：《中国现代作家的浪漫一代》，王宏志等译，新星出版社2010年版，第3—4页。
② 周宁：《天朝遥远：西方的中国形象研究》（上），北京大学出版社2006年版，第75页。
③ 参见周宁：《跨文化形象学》，复旦大学出版社2014年版，第83页。
④ "1750年前后，西方的中国形象"经历了"从现代社会乌托邦期望转入意识形态"，即发生在18—19世纪之间与20世纪中叶的两次转折，出现了孔教理想国、中国情调与红色圣地三种中国形象类型。参见周宁：《天朝遥远：西方的中国形象研究》（上），北京大学出版社2006年版，前言第7页。

象的出现。国际视野对中国的"红色圣地"想象，蕴含着许多亟待厘清的纷杂头绪。在20世纪中期的复杂背景下，此处的"红色圣地"与彼时的"红色威胁"两种中国观①，织就了延安国际形象的历史语境。"红色威胁"在某种意义上承接了意识形态化中国形象中的"黄祸论"，所以，这一时期的中国形象形成于乌托邦化的中国与意识形态化的中国之间的"缝隙"。世界的中国形象"缝隙"，形成于第二次世界大战的特殊历史背景下，中国对欧洲、美洲诸多国家所投射的认知镜像中藏匿着相互断裂的"两个中国"世界观现象。战争年代的国际传播媒介与载体的参与程度较高，20世纪以来，信息技术的发展日趋成熟，这些客观条件拓宽了现代以来的国家形象研究场域。由此，探讨以延安为代表的中国（共产党）的国际形象，具有显在的历史价值与现实意义。

埃德加·斯诺、史沫特莱等域外作家的延安书写蔚为大观，多以报告文学、回忆录等形式出现。自捷克记者基希的报告文学实践及创作理念传入中国以来，或被称为速写②、特写的报告文学便在战争背景下的中国发展壮大。纪实文学与虚构文学是文学的两大文类③，在文本创作原则上具有根本区别，即纪实与虚构的不同。当文学艺术与审美对象的距离较近时，可能造成对其文学价值的质疑，并引发低估作品流传性等现象。加之，革命与战争背景中，报告文学创作成果较多，为战后的读者留下了审美疲劳的后遗症；由于报告文学创作时间短、材料多，实绩显著，难免鱼龙混杂，以致当代学者对这一文体的存在价值存有疑问。由此，以报告文学为代表的纪实文学便受到广泛的诟病和排斥。结果，在面对界定诸如斯诺等域外作家的文学创作时，学者纷纷弃用"报告文学"，启用了"非虚构文学"这一技术性概念④。"报告文学"与"非虚构文学"均是舶来的文学

---

① 姜智芹：《西镜东像》，中央编译出版社2014年版，第3—11页。
② E. 基希：《论报告文学》，贾植芳译，泥土社1953年版，第73页。
③ 余音：《纪实文学革命论》，载《浙江师范大学学报》（社会科学版）2006年第4期。
④ 非虚构文学，来自英文"Non-fiction"，文学界普遍认为，它得名于20世纪60年代美国作家杜鲁门·卡波特的作品《冷血》。笔者认为，这一概念的技术性在于其避重就轻，它的提出仅仅是针对文学创作原则和创作态度，回避了文学体裁的分类初衷，没有解决文体命名所面临的实际问题。

概念，非虚构文学并未挥去文学界加于前者的过时性和时事性等迷雾，也不比前者具有更多的文学价值。在梳理了域外延安文学叙述的理论视点，以及其与延安国际形象建构的关系，并界定其书写的文类特征之后，笔者将主要讨论域外延安文学创作的三个维度与研究概况。

延安形象的经典化过程，主要来自三方面的建构，即延安的中国共产党人、到访延安的国统区记者和访问延安的外国作家。国共两党统一战线建立之前，国民党对延安实行消息封锁，当时的延安书写与传播主要通过内外两种方式进行。其一，通过国统区的报刊与海外的报刊对中国共产党与延安的各方面进行间接介绍，在世界范围内宣传延安。巴黎的中国共产党机关刊物《救国时报》[1]是主要的渠道。另外，共产党员假借国民党员身份在国民党的报刊上发表文章也是一种方式。其二，延安的共产党员撰写回忆长征的文章，以及身居延安文化工作者开展多样化的文娱活动、艺术实践、文学创作等。

中国国民党辖区将延安的真实消息予以封锁并进行肆意污蔑，但其中也存在相对客观的延安书写。一方面，统一战线初期，出于两党合作的需要，国民党报刊逐渐开始登载有关延安的通讯文章[2]，宣传延安，为共同抵御外辱进行舆论准备；另一方面，国统区不乏清醒理智者，如范长江、赵超构等对延安持中肯评价的记者，其文笔间不仅流露出对共产党的肯定态度，更暗含着对延安的期待。

以国际视野的角度观照延安形象的建构，则以外族裔作家对延安精神思想内涵的分析、延安形象的提升以及宣传为主要方式。从1934年红军长征到1949年中华人民共和国建立，域外记者、作家、社会活动家、科学家、艺术家、军事家、传教士、共产党员、医疗救助人员等的访问延安活动从未中断，即使在国共关系最为紧张的时期，也有外国人涉险前来。这批海外作者通过发表新闻通讯、创作诸多非虚构性作品等方式，以独立的视角书写自己在延安及边区的亲身经历，向全世界读者介绍延安、宣传延安，从而建构了充满现代性、国际性的延安形象。

目前学术界对域外作者的延安形象建构，主要立足于新闻学、国际关系、

---

[1] 吴玉章：《吴玉章回忆录》，中国青年出版社1978年版，第179页。
[2] 陆诒：《延安进行曲》，载《新华日报》1938年1月20日。

党史等领域，海外汉学界往往侧重史学价值与政治意义的发掘，而国内学术界常以新闻学、历史学的角度分析其文献价值。其实，域外作家的延安书写对延安精神的阐释各有侧重，具有丰富的文学性与美学性，对建构延安的国际形象与文化遗产的传承具有重大意义。从文本分析入手梳理和提升有助于建构延安精神，彰显延安气派。在研究对象的选择上，学术界主要集中在以来自单一国家作者的文本为例，解读延安精神，分析延安形象。本书打破国别文学的局限，涵盖美洲、欧洲诸国与日本，涉及自发奔赴延安的域外作家与入侵中国的被俘日本军人，多角度阐释延安精神的丰富性与复杂性。大批域外观察者留下的书写中国共产党与延安的文本成为建构延安精神的重要文献。首先，观察者共时性地参与历史，将他们的笔记与采访材料第一时间在海外发表，其中大部分的延安书写被翻译成中文，以报道、文章和纪实类作品等形式出现；其次，部分域外观察者回国后出版了大量回忆文章、自传与日记等，其中大多文本对历史的回望饱含深情，但由于时局的变迁，不少亲历者的记忆被有意改写，甚至其写作动机也值得怀疑；最后，部分域外作家，运用第二手材料对中国共产党与延安精神进行提炼与升华，创作了大批具有反思性与未来意识的著作。这些域外作家的延安文学创作具有极强的史料价值与文学价值，对建构延安的国际形象与传承中国文化具有重大意义。

第二节

美国作家的延安书写

战争期间,美国记者在中国活动频繁。笔者以他们的延安文本为研究对象,主要基于四点原因。第一,首次将延安及边区的真实情况介绍给全世界的记者来自美国。访问延安的国外记者中,美国人数最多且较为频繁,影响巨大。第二,日本偷袭珍珠港之后,美国被迫彻底卷入第二次世界大战,和中国的处境存在共鸣。出于对自身利益的考虑,美国向延安派出了记者团和军事观察组。第三,在国际上处于显著地位的美国,在亚洲的势力逐渐增强,其政治立场对延安的国际地位有极大的影响。第四,这一时期,美国在政策与经济上一贯支持国民党,和中国共产党关系微妙,两者间的理解和误解相互扭结,体现了美国对中国的理想和想象。由此,美国作家的延安书写具有重大的历史价值与现实意义。

一、第一阶段:1936—1939年

关于中国共产党的信息在国民党的污蔑和歪曲之下显得越发神秘,吸引了全世界许多国家的记者前来访问考察,斯诺成为他们中的先行者,首次向世界发出了来自中国共产党的真实声音。斯诺的到来不是偶然的,马克思主义的知识积累[①]使他能够理解中国共产党的思想内涵,记者的职业素养和青年猎奇、冒险的

---

① 海伦·斯诺:《旅华岁月——海伦·斯诺回忆录》,华谊译,世界知识出版社1985年版,第53页。

心理诉求，加之与宋庆龄素来的交往①，使他得以在地下党员的安排与帮助②之下，开始了1936年7月初的保安之旅。他对延安生活的自由、快乐、俭朴等进行细致描写，书写了红军的自尊、独立、团结，以及中国共产党领袖的诚实、智慧、风度，这一切构成了延安国际形象的基调。后来他数次来到延安及民主根据地，写下了诸多再现中国共产党人顽强斗争与不屈奋斗的作品。他的延安文学创作对延安精神流露出欣赏与钦佩之情，这体现在他所描绘的边区自然景象。他将陕北连绵的山丘和荒凉的地貌比作无味如乔伊斯的长句，但转而又将其比作毕加索的画作，几笔便写就了民主根据地自然环境的冷峻与神秘，将原始、粗犷的生态环境与中国共产党人的质朴、坚韧充分结合起来，既满怀深情又节制持重的笔触勾勒出中国共产党的文化气息。在此，自然风貌被纳入时代气候，中国共产党驻地的独特自然景观被创构为文化象征符号。他的延安书写向全世界介绍了中国共产党的真实情况，这些作品纪实色彩浓厚，具有新闻文体的准确性、客观性，将国民党散布的谣言逐一击破，帮助世界认识真实的延安与中国共产党人。斯诺首次将红军长征的情况介绍到世界，为中国共产党正名，在延安国际形象的建立与塑造方面做出了巨大贡献。同时，他的作品激励了无数海外自由人士和国内爱国青年奔赴延安，甚至美国总统罗斯福也在和他首次会面时说，自己是通过《红星照耀中国》认识了他，并且将他的文本列为战争时期美国海外的非官方情报来源之一。③他在作品中一贯持中肯、客观、冷静的写作姿态，影响了大批域外作家的延安文学创作，也引领了域外延安文学创作的潮流。

斯诺注重通过人物语言反映现实背景、社会认知以及人物的个性特点，这一倾向不仅体现在文学创作的形式上，也贯穿于其文学艺术的审美中。在他编辑中国现代作家作品集《活的中国》时，将文章中"有无对话和对话中所表现人物的

---

① 伯纳德·托马斯：《冒险的岁月：埃德加·斯诺在中国》，吴乃华、魏彬、周德林译，世界知识出版社1999年版，第113页。
② 路易·艾黎：《在中国的六个美国人》，徐存尧译，新华出版社1985年版，第43—44页。
③ 伯纳德·托马斯：《冒险的岁月：埃德加·斯诺在中国》，吴乃华、魏彬、周德林译，世界知识出版社1999年版，第210页。

艺术性"①作为文章艺术考量的重要方面。斯诺通过合理安排语言节奏与话语信息剪辑，在不失真实性的基础上，借去往红都瑞金途中所遇到的普通农民之口，将他和中国农民对中国共产党的态度进行了最初的定位。斯诺有意将红军表述为"土匪"，引导火车上的老人开口，倾吐最真实的广大农民的心声。②这不单是斯诺作为记者的采访策略，也是运用一贯缄默的中国农民来传达这更有分量与价值的中国声音。如同斯诺的传记作者所观察到的，斯诺"通过别人的眼睛看世界"③，同样，他也一贯通过他人之口来讲述世界。

忆及和周恩来漫步于"安静的乡间田埂"时他写到，周恩来"似乎是一点也不象一般所描绘的赤匪。相反，他倒显得真的很轻松愉快，充满了对生命的热爱，就象神气活现地仿佛一个大人似的跟在他旁边走的'红小鬼'一样，他的胳膊爱护地搭在那个'红小鬼'的肩上。他似乎很象在南开大学时期演戏时饰演女角的那个青年——因为在那个时候，周恩来面目英俊，身材苗条，象个姑娘"。④作者寥寥数笔，将革命激情场面置换为极具浪漫气息的恬静乡村，将革命领袖置换为充满延伸感、怀旧感的少年与书生形象。这种强烈的镜头意识凸显出他对叙述焦点的自如切换，令读者感受到蒙太奇艺术的独特体验。对过去的回望，正预示了对未来的遥想。与革命情绪形成反差的，正是这象征了革命者的归属与中国革命前途的田园风光，是具有想象性的失真和颇具代入感的视觉真实的统一。

斯诺的《红星照耀中国》通过真实而又饱含情感的叙述，刻画出毛泽东的生活侧面，如在回忆湖南因饥荒而引发的大米暴动中农民的悲惨处境时，"他的眼睛是润湿的"⑤；当斯诺描述卓别林《摩登时代》中的喜剧场面时，"他笑得

---

① 马汝邻：《和斯诺相处的日子》，见刘力群主编：《纪念埃德加·斯诺》，新华出版社1984年版，第116页。
② 埃德加·斯诺：《红星照耀中国》，董乐山译，新华出版社1984年版，第10页。
③ 约翰·汉密尔顿：《埃德加·斯诺传》，柯为民、萧耀先等译，辽宁大学出版社1990年版，第157页。
④ 埃德加·斯诺：《红星照耀中国》，董乐山译，新华出版社1984年版，第48—49页。
⑤ 埃德加·斯诺：《红星照耀中国》，董乐山译，新华出版社1984年版，第66页。

哭起来"①；斯诺在和毛泽东长谈的深夜，看到一只飞蛾在烛边死去，他们"高兴地叫起来"②，毛泽东还把这片可爱的彩色的薄纱羽翼夹入书页中……在书写毛泽东和他初次见面的场景时，作者对人物语言进行充分调遣，将叙述场面营造为具有冲突感的气氛，呈现了真实有趣的历史画面，同时暗示了对中国革命前途的预感和对毛泽东智慧谋略的叹服。斯诺先将毛泽东的重要观点予以引述，铺陈严肃而又庄重的气氛，毛泽东说，共产党"永远不会放弃社会主义和共产主义的目标"。接着辅之以他对毛泽东这种"奢求"的看法，认为这比甘地企图用爱征服英国人更为幼稚。然后他把笔锋转向毛泽东其人的外部描述，将会谈场面的庄严感与戏剧感奇妙地交织并述。"他坐在那里，穿着两条布裤子，他的军队只是少数装备很差的年轻人，他们在最穷困的地区过着朝不保夕的生活。然而，他那说话的神态就象是他的党对全中国的'工人和农民'已经有了毋庸置疑的权威。"③斯诺将视觉上、主观上和想象上的冲突，引入对毛泽东的外部刻画，直观的场景描述和戏剧性的言语编辑，非但没有稀释此次会谈的肃穆之感，反而使读者惊异于作者的艺术创造力，人物细部的洞察与场面的感性气氛完美交融，这样的真实感和震撼力是读者在虚构文学作品中难以得到的阅读体验。

由于斯诺的鼓舞和支持，不甘平庸的海伦决定奔赴延安，并在此生活了四个月，采访了众多革命领袖和共产党人，其作品《续西行漫记》成为第一部再现延安生活和斗争精神的著作。《续西行漫记》在文风上向《红星照耀中国》靠拢，将采访所得资料充分利用，有闻必录，但作者疏于冷峻和理智的思考，倾向于再现一切烦冗的细节和情节。作者在延安多次采访妇女党员干部，注重将美国女性的社会地位和延安女性的真实处境相类比，这成为她延安文本中较为重要且颇具价值的部分之一。她在行文中，常常自诩"女童子军式的天真"，又将这份天真延续到了政治观和人生观上，体现出不乏幼稚与理想化的政治观念。她的著作中多次出现对中国事态格局的揣摩与干预，囿于自己有限的知识背景和无限的主观

---

① 埃德加·斯诺：《为亚洲而战》，新民节译，新华出版社1984年版，第240页。
② 埃德加·斯诺：《红星照耀中国》，董乐山译，新华出版社1984年版，第90页。
③ 埃德加·斯诺：《复始之旅》，宋久、柯南、克雄译，新华出版社1984年版，第193—194页。

想象，从而和真实的中国传统肌理与内在变化渐行渐远。她对中国的评价具有私人化、个人化的特点，并不时流露出对中国的偏见和误解。[①]诸多的个人因素侧面反映了历史的偶然性，同时因为有海伦这样偶然的人物承担如此重大的书写历史的责任，延安真实的局部细节才得以保留，在枝蔓的头绪中再现复杂的历史场景，使得原本沉重的历史书写有了逸出严肃边界的轻松与自由。而她在创作中则表现出更为明显的主动性。和其他作者的隐秘参与不同的是，在看似温和的态度之下，思想立场在随波逐流中显露出强烈的个人风格，即文本叙述中随处可见的个人主观意识。这种主导性控制了文本，也隐晦地显示了作者的表达自由和个人野心。所以，海伦的创作立场和斯诺不同，即她的作品更多是表达她对自己的期待，或者说她对所代表的群体的期待，作品在此仅成为她的言说方式或载体。

史沫特莱在刘鼎的邀请下[②]，于1937年1月12日抵达延安。在延安，她致力于医疗救助、扩建外文部图书馆、改善人民物质与精神生活、解放妇女思想、提升生理卫生和节育意识等诸多工作，从实际处着手，改善延安生活的各个方面。她在对中国共产党注入浓烈情感的把控上，显得较为开放与自由。信仰共产主义且持自由主义立场的史沫特莱，毕竟是相对封闭与内敛的中国文化传统的他者，她的极端个人爱憎与热切的革命意识，流露于文本创作之中。她的延安文学叙述风格较之斯诺的文风有所不同，常常运用合逻辑、合情绪的想象与联想等艺术加工方式，塑造革命领袖的伟岸形象。怀着对中国共产党的深切共鸣，她多次申请加入中国共产党，后来在陆定一的劝说之下，决定以党外的有利身份为中国共产党的国际处境与前途奔走。长期投身国际自由主义事业的史沫特莱享有很高的声誉，史迪威、费正清、拉铁摩尔以及众多海外记者、激进革命者、女权主义者等都和她有密切往来。由于史沫特莱的吁请，包括白求恩在内的大批医生、记者等来到根据地、解放区，为中国的革命事业贡献力量。史沫特莱的个人魅力与高尚的人道主义精神，为延安的传统文化观念涂上了一抹亮色，增添了独特的现代

---

① 尼姆·威尔斯：《续西行漫记》，陶宜、徐复译，解放军文艺出版社2002年版，第36—38页。
② 简妮丝·麦金农、斯蒂芬·麦金农：《史沫特莱传》，江枫、郑德鑫、陈凤丽等译，辽宁人民出版社1991年版，第229页。

感,为延安迈向世界奠定了一定的基础。

欧文·拉铁摩尔于1937年6月来到延安并停留四天,和他同行的是《美亚》杂志的主编菲利普·贾菲及其妻子艾格尼丝·贾菲,与时为美国外交政策协会远东问题专家的毕森。①拉铁摩尔自小在中国长大,对中国的社会和政治有很深的理解,当时的他身为美国《太平洋事务》杂志主编,从无党派人士与中国问题专家的立场与专业角度出发,对延安的认知与理解十分深刻。他将根据延安经历所撰写的两篇文章分别发给《星期六晚报》和《泰晤士报》,但均因接下来发生的七七事变而撤稿,文章后来被收入《中国和东南亚社会史研究》(1970年英国出版)并产生了一定的反响。因为他对国际格局与政治风云颇有洞见,文章和政论收获广泛影响,在罗斯福总统提名下,于1941年任蒋介石的政治顾问一职。即使处于如此位置,他仍然对蒋介石的政见充满失望,对其行事作风持保留态度。但对延安与以周恩来为代表的中国共产党革命领袖,他却满怀好感与敬意。他认为,延安民主实践是中国"趋向民主的政党迄今为止所采取的最积极的步骤"②,他对此印象很深。拉铁摩尔一直从事中国边疆问题的研究,到延安后,他得以采访少数民族,并用蒙古语向蒙古族人询问其对延安的态度,得知他们在延安受到了从未有过的、身为人的尊重,这和他们以往的处境与地位存在极大的差异。③拉铁摩尔遗憾地表示,由于采访时间紧张,未能向全世界介绍延安的民族团结与包容,延安精神并非局限于地理范围之内,而是涵盖全中国全民族的凝聚力和号召力。

一同前来的毕森在美国《远东观察》杂志发表长文《中国在盟国战争中的地位》,详细叙写了在延安的所见所闻。④其创作的《抗日战争前夜的延安之行》(1973年美国出版)一书,包含延安见闻的日记、边区军民访谈录以及当时发往

---

① 任文主编:《国际友人在延安》,陕西师范大学出版总社2014年版,第273页。
② 拉铁摩尔:《亚洲的决策》,曹未风等译,商务印书馆1962年版,第70页。
③ 矶野富士子整理:《蒋介石的美国顾问——欧文·拉铁摩尔回忆录》,吴心伯译,复旦大学出版社1996年版,第55页。
④ 金紫光、靳思彤主编:《外国人笔下的中国红军》,陕西人民出版社1996年版,第733—744页。

美国的新闻报道等。毕森的延安采访记以访问毛泽东、朱德、周恩来、博古等同志的谈话录，以及参观抗大、参加集会、观看演出等部分活动为主要内容。他细致地描写了延安的文娱演出，强调了延安生活的丰富与热情，这种情感交流活动的频繁举行，在改善边区乏味斗争生活的同时，具有很强的社会动员意义和实用的教育意义。毕森的延安书写以侧面描写为主，通常借助第三者的评价，抒发和阐明自己的思想倾向和立场，在看似审慎的创作原则之下，用具有独特意味的语言描写洞察延安精神的整体性与象征性。先后帮助海伦与拉铁摩尔一行前来延安的瑞典机械师埃菲·希尔评价毛泽东："我同各种各样的人都打过交道，有商人、军阀、知识分子、国民党政客。但是，他是我所见到的唯一能够统一中国的中国人。"[1]这实际上也传达了作者毕森对中国共产党的真实态度。作为远东问题专家的毕森，在访问延安后对中国共产党人的理解有所加深，通过在代表美国政府舆论的《美亚》杂志上发表大量文章，为中国共产党声援的同时，帮助美国人民正确认识中国的民主革命事业。

埃文斯·卡尔逊是首位亲赴延安的美国军人。1935年初，他驻守总统别墅，后担任海军陆战队的卫队长。1937年夏，他被派遣前往上海考察，其间与罗斯福总统保持密切联系，每周通信不断，及时汇报中国的抗日战争进展。他于1937年11月底出发前往红都瑞金，亲身探究中国共产党的抗日战争情况。卡尔逊通过斯诺介绍，并在得到美军司令批准、获得国民党政府军用许可证之后方才成行，沿途探访抗日民主根据地。1938年，他再度启程，并于5月顺利抵达延安。两次巡游历经十八个月，足迹遍及五个省。[2]通过实地考察中国共产党抗战实力，卡尔逊对中国抗日战争的态势做出了准确的估计。军人出身的卡尔逊高度评价了前线战斗中采取的游击战术，其活动性、运动性等特点在战场上被充分施展，指挥官和游击队员的默契配合与实战经验是游击战术成功的关键。由此，他看到了人民

---

[1] 托马斯·阿瑟·毕森：《抗日战争前夜的延安之行》，张星星、薛鲁夏译，东北工学院出版社1990年版，原序第4页。
[2] 埃文斯·福代斯·卡尔逊：《中国的双星》，祁国明、汪杉译，新华出版社1987年版，第284—296页。

的拥护对于革命武装取得胜利所具有的重要意义，并就延安与抗日根据地考察的真实所见，感慨中国共产党执政理念中所强调的人民意志。为驳斥国民党方面掩人耳目的不实谣言，他曾邮寄"共产党缴获的一些日军文件、一本日记和一件军皮衣"①给罗斯福总统，并表示"援助共产党人将有助于打败日本，并获得中国最生气蓬勃和最进步的政治组织的友谊"②。回到汉口的卡尔逊立刻召开记者会，热情介绍了延安的抗战情况和自己的见闻，接着《纽约时报》和芝加哥的《每日新闻》便发表专讯报道中国共产党的战争实绩。正是因为他有延安学习与观察游击战术的经历，太平洋战争爆发时被罗斯福总统重用，而他亲手打造的美国"海上奇袭队"在抗击日军中战功赫赫。③《中国的双星》是他根据延安经历所著，出于职业的原因，作品详细描写了战争和战术的情况，分析精妙、准确，敏锐地认识到了人民之战的核心力量，即军民团结的凝聚力。中国共产党人的革命精神震撼了他，成为其人生抉择和军事生涯的转折点。通过他对中国战局的专业分析，以及对战斗力量的客观评价，中国共产党在美国军事界与人民大众心中的形象得到了巩固与提升。

这段时期，服务于美国媒体的记者展开了活跃的延安访问工作，不过因战时简陋的通信条件，能够保留下来的延安书写是十分有限的。纽约《先驱论坛报》的记者维克多·基恩于1937年3月摆脱国民党的阻挠来到延安，并在美国的报刊上发表了许多中国共产党抗日斗争情况的文章。他的报道在国际上引起了极大反响，他被日军列为危险分子，并于1939年被捕入狱。④1937年4月前后，美国合众社记者厄尔·里夫（Earl Leaf）访问延安。1938年2月，西北游击队后援会派友好代表团采访八路军司令总部，其中美国传教士查尔斯·希金斯等从山西前往

---

① 巴巴拉·塔奇曼：《史迪威与美国在华经验（1911—1945）》（上册），陆增平译，商务印书馆1985年版，第243页。
② 迈克尔·沙勒：《美国十字军在中国：1938—1945年》，郭济祖译，商务印书馆1982年版，第24页。
③ 张文琳：《国际友人与"红色中国"》，甘肃人民出版社2000年版，第647页。
④ 肯尼思·休梅克：《美国人与中国共产党人》，郑志宁、黄际英、高二音等译，吉林文史出版社1989年版，第60页。

延安，访问了毛泽东等领导人。代表美国合众社的记者王公达于1938年2月访问延安。美联社的记者哈尔多·汉森在敌后根据地工作人员的陪同下，穿越日军封锁，途经冀北抗日根据地，跟随在河北与山西战斗的八路军一同于1938年3月抵达延安，采访了毛泽东。国际青联访华代表团于1938年6月29日抵达延安。代表合众社的记者罗伯特·马丁于1939年2月抵达延安，采访了毛泽东等领导人。毛泽东在和他的谈话中强调："中国需要民主才能坚持抗战，不单需要一个民选的议会，并且需要一个民选的政府。""中共在中国实行的纲领，是根据中国的需要，而不是共产国际对中共的统治。"①美国各教派教会对华救济委员会所派记者乔伊·荷马于1938年末到1939年末访问延安，并在山西和陕西进行考察，访问了中国共产党领导人和抗日根据地军民。

1936年到1939年，美国记者主动前往延安访问主要基于三个原因。其一，中国共产党的真实消息一贯处于封闭状态，这种状况下的延安旅程充满着未知与危险，身怀人道主义理想且极具冒险精神的美国人，一方面对延安充满好奇，企图揭开迷雾，另一方面，他们中的多数人对共产党不乏敬意，希望为延安正名。其二，《红星照耀中国》的出版，让全世界刮起了"红色中国"的旋风，斯诺的经历启发与激励了许多美国作家，延安这个新世界满足了他们的革命浪漫主义想象，也有人视延安经历为实现个人价值的途径。其三，许多活跃的国际主义者和人道主义者在延安感受到了革命的艰苦，从而生发出对延安的付出意识、牺牲意识甚至献身意识，他们不单单是与中国的战争处境、人民颠沛流离的生活产生共鸣，更是在中国感到自己被需要、被期望，所以越来越多的活动家带着对被压迫者的同情与对中国共产党人积极抗日的敬重纷纷来到延安。

这一阶段中，美国作者的延安文本在介绍长征、革命领袖与延安的教育制度、女性觉醒等颇具现代性价值的基础之上，建构了延安的独立、自由、诚恳、包容、现代、团结等现代国家意义和初步显露的民主思想等精神内涵。意识形态的差异，使当时的美国政府没有考虑将中国共产党作为他们的援助对象，共产主

---

① 中共中央文献研究室编：《毛泽东年谱（1893—1949）》（中卷），中央文献出版社2013年版，第112页。

义与资本主义两者的立场成为延安与美国的天然屏障。由于上述诸多原因,美国政府与中国共产党的初步交往尚未开始。

二、第二阶段:1940—1949年

中国共产党与美国政府的首次接触,以太平洋战争爆发为历史背景。1944年,罗斯福总统派副总统华莱士到中国与苏联访问,并和蒋介石谈判接下来美国军事观察组入驻延安的事宜。中外记者团于1944年6月启程前往延安,并居住了两到六个月不等的时间。①这个记者团中的六名外国成员分别是美国合众社与《泰晤士报》记者哈里森·福尔曼、美联社与《基督教科学箴言报》记者斯坦因、《时代》杂志与《纽约时报》的记者爱泼斯坦、路透社与《多兰多明星日报》记者M.武道②、《天主教信号杂志》与《中国通信》的记者夏南汉神父、塔斯社记者普金科③。外国记者通过国外报刊发出了不少延安声音,介绍了延安的民主制度参议会等,以及中国共产党积极领导抗战的态度。因为早期共产党对在华海外神职人员的态度还不够成熟,边区人民的不理解与一些传教士的不端行为使两者间的关系较为紧张,海外传教士对中国共产党长期心存怀疑。这次记者团中的夏南汉可以说就是国民党的有意安排,即便如此,夏南汉神父还是恪守宗教教义的律己精神,客观看待他在延安的所见所闻,他看到国统区报纸上的不实消息时忍不住说"报上指斥共产党的那些事,我在延安没有看到"④。作为当时国民党宣传部顾问的武道根据延安经历撰写的文章《我从陕北归来》发表于《大美晚报》⑤,他对延安的战斗精神和生产氛围进行了描述,也对民主制度的实践给予了很高的评价。1944年7月1日的《纽约时报》刊登了外国记者发表的文章《中

---

① 鲁登、爱泼斯坦等:《外国记者眼中的延安及解放区》,历史资料供应社1946年版,第1页。
② 肯尼思·休梅克:《美国人与中国共产党人》,郑志宁、黄际英、高二音等译,吉林文史出版社1989年版,第139页。
③ 金城:《延安交际处回忆录》,中国青年出版社1986年版,第202页。
④ 陈敦德:《接触在1944:美军观察组》,解放军文艺出版社2004年版,第84页。
⑤ 鲁登、爱泼斯坦等:《外国记者眼中的延安及解放区》,历史资料供应社1946年版,第25—31页。

共领导下的军队是强大的》,对中国共产党领导下的军队、游击队的实力和成绩进行了高度肯定,认为延安的教育工作成果显著,生产的积极性很高,是反法西斯战线中有价值的盟友。[①]由此,延安的军事武装不仅是中国抗日斗争的中坚力量,更是被充分认可的世界反法西斯斗争的强大力量,在肯定其民族性价值之后,提升了其跨民族性、去国别意义的革命与文化价值。

中外记者团中的福尔曼此次已是第二次来陕西。七七事变前夕,他前往贺龙将军司令部采访,7月7日当晚就在司令部营地,亲历了这个重要的时刻。[②]福尔曼秉持记者的审慎立场与客观态度,给世界读者带去了真实的延安生活和斗争场面。他的作品《北行漫记》最具独特价值的是对日军俘虏的着重描写,介绍了日本人民解放协会和日本工农学校的情况,书写其成立缘起、机构设置、日程安排和任务实践等诸多方面。他采访日军中被俘的少将军官、士兵,以其口述的第一手材料侧面流露出对边区人民的人道主义精神的敬重和钦佩。日军俘虏在延安接受了再教育,并为抗日战争出力,在日军驻扎地附近接入信号,给有劝降可能的将士打电话,讲述他们的俘虏待遇与心理变化,规劝日军投降。俘虏们成立呐喊团,向日军驻扎的碉堡喊话,倾吐良心所受的苦痛,唤醒他们被蒙蔽的人性,呼吁他们洗清罪孽,积极救赎,早日归家。这一战术对日军打击很大,许多伪军与日军纷纷在扫荡时专意寻找游击队员,希望被俘并为中国共产党的抗日斗争服务。日军开始以培养间谍作为对策,日军将领教授他们容易被俘的方法,希望他们潜入中国共产党武装内部之后再反击抗日军队,但是,一方面日本发动非正义战争不得民心,另一方面日本军队内部等级森严、欺压严峻,被培养的间谍均利用这个机会自觉转向对日作战。中国共产党人在感化、改造俘虏的举措与成就,美国作者的延安文本均有所涉及,但细节的展示与剖析、饱含人道主义深情的描写并不多。《北行漫记》中涉及了日本共产党领袖野坂参三,以及军官、士兵等各个群体,全方位显示了战争中由于身份的不同所引发的战争态度与复杂心理,

---

① 鲁登、爱泼斯坦等:《外国记者眼中的延安及解放区》,历史资料供应社1946年版,第53页。
② 哈里森·福尔曼:《北行漫记》,陶岱译,新华出版社1988年版,第140页。

真实呈现出被俘日军的思想改造、心理变化，触及了人性的深度异化和规训意义，真实描写出延安之光对阴暗角落的照耀，并将这份延安独有的俘虏改造与利用经验向全世界予以介绍，进而成为全人类的革命遗产之一。

美国的军事观察活动从1944年7月22日开始，到1947年3月全部成员离开延安为止，以1946年4月为界分为前后两期，使团前期被称为"延安观察组"，后期则改为"延安联络组"。①第一批抵达延安的包瑞德上校向周恩来明确表示，观察组此行的任务不具备外交能力，更没有权力向延安提供帮助，反而具有很强的情报性质和考察性质。即便如此，他们还是受到了革命领袖和延安军民的热烈欢迎，并给予尊重、配合及优待。虽然这种交往关系并不对等，但初步显露了美国政府对延安态度的转变。出生于成都的美国外交官谢伟思②，自小在中国成长，能够理解深刻的中国问题，对中国共产党的处境和精神充满同情和敬佩。在延安生活与考察期间，他和毛泽东多次谈话，延安的抗日决心和务实淳朴都令他赞叹不已，并且在中国共产党与美国间尽力加强沟通与理解。美国外交官，时任魏德迈将军总部政治顾问的鲁登，于1945年4月23日向美国新闻处华盛顿发送电文《中国共产党及其军队深得人民拥护爱戴——在华府记者招待会上报告中共真相》。文章强调，中国共产党军队与游击队"受到当地人民极高的敬爱"，同时在共产党区域广泛实行"自由的选举"，"是沿着民主的道路走的"。③他的文章帮助美国政府认识了真正的延安，在舆论界产生极大的反响。美军使团的到来，很大程度上证明了延安在国际社会中受到的重视，延安的国际声望也有所提升，它是全世界反法西斯战争中最值得争取的中国力量。观察组成员发往美国的消息，使延安的形象建设得到了系统的建构，并且借助他们的军人身份，世界范围内的延安书写从此获得了正统性、官方性的绝对认可。美军观察者关于延安民主性与战

---

① 卡萝尔·卡特：《延安使命：1944—1947美军观察组延安963天》，陈发兵译，世界知识出版社2004年版，第17页。
② 约翰·斯图尔特·谢伟思：《美国对华政策（1944—1945）》，王益、王昭明译，中国社会科学出版社1989年版，第185页。
③ 鲁登、爱泼斯坦等：《外国记者眼中的延安及解放区》，历史资料供应社1946年版，第1—5页。

斗精神等方面的态度对巩固中国共产党的国际影响有所助益，延安精神的内涵也在一定程度上得到了深化与丰满。

《时代》与《生活》杂志记者白修德于1944年10月22日抵达延安。①在《延安印象记》一文中，他提到"共产党的基本的外交政策是倾向美国的"，是"可以直接配合美国作战的力量"，"共产党所宣布的对美国的友谊，现在是真诚的，而如果他们的友谊能够得到相同的友谊的话，可能成为一种长久的友谊"。②记者白修德，具有敏锐的政治眼光和冷峻的政治立场，他曾因揭露河南饥荒的真实情况令国民党不满，又在毛泽东与赫尔利的首次接触时与双方均产生摩擦。③访问延安后，他与美国记者贾安娜合撰《中国的惊雷》一书，以其独到的理解力，对延安政策与时局进行了深度解读与诠释，将延安精神推向一定高度的同时，做出了多个角度的理解。④正是因为他对延安模式的介绍，延安经验在美国与全世界得到了较大范围的认识，这既在相当程度上消除了不少美国民众的误解甚至敌意，还将延安的民主制度推向国际，更使延安精神与中国气派获得较大范围的接受和认可。

美国记者斯特朗曾六次来华，晚年在中国定居，其作品《中国人征服中国》在美国产生了较大的影响。1940年，她在重庆与周恩来有过谈话，被授意可以在适当的时候向全世界公布国民党的暴行。周恩来说："如果蒋（介石）进一步发动更严重的进攻"，"我们希望掌握在可靠的人手中的材料能够在国外发表"。⑤皖南事变后，斯特朗便在美国纽约将消息发出。1946年6月，她来到延

---

① 卡萝尔·卡特：《延安使命：1944—1947美军观察组延安963天》，陈发兵译，世界知识出版社2004年版，第90页。
② 鲁登、爱泼斯坦等：《外国记者眼中的延安及解放区》，历史资料供应社1946年版，第22、23页。
③ 白修德：《探索历史：白修德笔下的中国抗日战争》，马清槐、方生译，生活·读书·新知三联书店1987年版，第188页。
④ 白修德、贾安娜：《中国的惊雷》，端纳译，新华出版社1988年版，第266—267页。
⑤ 斯特朗：《中国人征服中国》，傅丰豪、王厚康、吴韵纯译，新华出版社1988年版，第220页。

安,后来她将毛泽东提出的"纸老虎"论①首次向全世界发表。斯特朗注重充满生机的延安生产运动、独具情调的窑洞生活体验、凉爽干燥的气候等细节描写。她认为延安生活富于情致,毛泽东却对她说,共产党人是被迫离开鱼米之乡,在这个偏僻又极其贫困的延安扎根,"这个地方不是我们选的"②。斯特朗笔下充满浪漫情调与美学情致的延安虽然与真实的物资匮乏、长期信息封闭的延安存在距离,不过这种将贫苦生活美化、侧重描写精神审美和革命浪漫情怀的笔触想必更加切合美国读者对中国斗争与革命的遥想。同时,这种富于美学意蕴的浪漫化书写与精神富足的延安生活也存在着几分契合,将延安的日常生活美学与政治美学相统一,不仅使延安在全世界范围内更具精神感召力,而且令延安具备了蓬勃生机和审美价值,体现出丰富的现代性、浪漫感和历史意味。

在斯特朗的介绍下,于1946年9月底从联合国慈善救济总署离开的美国人李敦白抵达延安,开始协助中国共产党与外界建立电信联系,直至新中国成立前夕。③在延安新华广播电台工作的李敦白,为新华社编撰英文广播稿,并对发自美国的电讯进行监听,知名报社、电台如《圣路易斯邮电报》与《人民世界》等均采用过李敦白发出的电讯稿。④1946年9月,《解放日报》发表小说《王贵与李香香》,李敦白读后颇为赞赏,请示组织后将这篇文章译成英语,在延安的新华广播电台向全世界播送。此后,李敦白将延安时期创作的许多优秀的文学作品翻译并进行域外传播,成为以电讯的方式与世界文学界达成互动与传播的先行者,这不仅打破了传统的传播媒介限制,而且丰富了延安的国际形象。延安精神的内涵和价值在原来的基础上有所提升,延安不但是世界反法西斯战争的主力军、世界新兴力量的集结场,也是激进革命氛围与卓越改革成绩的实验田、普遍民主制度和教育实践的示范区、先进治房方法与经验的先驱。如今,需要从文化与文学

---

① 斯特朗:《中国人征服中国》,傅丰豪、王厚康、吴韵纯译,新华出版社1988年版,第252—253页。
② 斯特朗:《中国人征服中国》,傅丰豪、王厚康、吴韵纯译,新华出版社1988年版,第249页。
③ 任文主编:《国际友人在延安》,陕西师范大学出版总社2014年版,第256—263页。
④ 张文琳:《国际友人与"红色中国"》,甘肃人民出版社2000年版,第530—531页。

的角度让世界认识延安,使延安真正成为全方位的中国中心与核心。

还有部分短暂访问延安的美国记者,由于笔者掌握的材料有限,他们的作品和文本还需要继续发掘。美国新闻评论家爱金森于1943年秋来到延安,并访问了博古,参观了解放日报社与中央印刷厂。①他采访了印刷工人,感动于他们在简陋的条件下仍积极工作的热情和团结合作的凝集力。②1944年下半年,《纽约时报》记者布鲁克斯·阿特金森经国民党政府批准后,前往延安。③由于美军观察组的进驻,延安与外界的航班增多,许多美国记者在这段时间有机会来延安访问,如《读者文摘》的记者弗雷达·阿特丽,太平洋关系学院的罗伦斯·罗辛格,他也是《外交政策汇报》《新共和》杂志的特约撰稿人,《纽约时报》的提尔曼·都丁,美联社的约翰·罗德里克,以及美国战略情报局观察员,如为收集日军俘虏情报而来的有吉辛治。④美国著名记者斯蒂尔及自由主义出版家泰耳于1946年9月21日抵达延安,9月29日,毛泽东和他们进行会谈,提到美国援助国民党的问题时表示,"很怀疑美国政府的政策是所谓调解"⑤,并由斯蒂尔的文章向外界宣布国共合作的结束,以及延安对美国干预中国内政的不满态度⑥。斯蒂尔在延安居住十日,对延安的教育成绩和民主制度有很高的评价。⑦斯蒂尔的著作《美国人民与中国》于1966年在英国、加拿大与美国出版。1946年10月,美国畜牧专家阳早即欧文·恩格斯特来到延安,1949年,物理学家寒春即琼·辛顿抵达延安。⑧美国花旗银行经理马特尔·霍尔在太平洋战争爆发后,由中国共产党人帮助,身着八路军军装,途经五台山最终抵达延安。他在提交给美国的备忘录中写道:"在边区逗留的全部时间中,没有听到经济贪污或男女关系方面的丑闻"。正如费正清说的那样,"延安中国共产党的蓬勃朝气并非做作的平均

---

① 任文主编:《国际友人在延安》,陕西师范大学出版总社2014年版,第283页。
② 郑生寿主编:《国际友人在延安》,陕西旅游出版社1992年版,第130—131页。
③ 任文主编:《国际友人在延安》,陕西师范大学出版总社2014年版,第225页。
④ 凌青:《从延安到联合国——凌青外交生涯》,福建人民出版社2008年版,第45—47页。
⑤ 李长久、施鲁佳主编:《中美关系二百年》,新华出版社1984年版,第129页。
⑥ 凌青:《从延安到联合国——凌青外交生涯》,福建人民出版社2008年版,第52页。
⑦ 张文琳:《国际友人与"红色中国"》,甘肃人民出版社2000年版,第534页。
⑧ 任文主编:《国际友人在延安》,陕西师范大学出版总社2014年版,第296、298页。

主义,并非由于埃德加·斯诺所著《西行漫记》一书而出名。所有到过延安的人",都证实了这里的确"令人向往"。①

美国记者1944年前后的延安书写,提炼出民主、独立、自由等价值核心,全面提升了延安作为中国共产党政治中心的地位,使其成为中国的重心。这一阶段的作品体现了四点共性。首先,作品侧重描写边区武装斗争的战斗决心,细致分析游击战的种种细节与策略,具有强烈的情报性质。在国民党对日作战节节败退的背景下,美国开始与中国共产党建立友好联系,并期望国共再次合作,一致抗日,将中国抗日战争的成果汇入全世界人民的战争胜利。其次,尽管国民党采取军事封锁长达五年,但延安在战争装备、医务条件、物资储备诸方面均短缺的情况下,军民全力发展生产,积极开展各项生产运动,推行"变工队"政策,真正做到了自给自足。国民党方面在拥有多方国际援助的前提下渎职、腐败、懒散、独裁,中国共产党则迅速收获了国际各界和世界人民的敬意。再次,美国作为资本主义大国,在意识形态领域和共产主义追求有极大出入,这种差异致使美国对中国共产党怀有戒备之心。但是,得到美国官方许可前来的记者团与在美国政府支持下驻扎延安的美军使团发回国内的诸多消息,如延安的"三三制"原则、优待俘虏政策与坠落美国空军的所见所闻等,令美国人对中国共产党领导中国的实力与能力充满信心。最后,如同福尔曼所言:"对于美国人,共产主义一直是恶魔。"②苏联长期被美国视为威胁,中国共产党与苏联相同的马克思主义指导思想与政治追求同样令美国焦虑。美军观察组的任务之一便是收集与汇报中国共产党与苏联的各种联系,但他们的延安文本中并未出现任何相关表述,却认为延安的"民族主义比共产主义还重要"③,这使美国开始相信中国共产党。

《美国人与中国共产党人》一书将美国作家有关延安书写的总体风貌与精神内核归纳为四点特征:出类拔萃的人,穿草鞋的勇士,"五无的地域",不安定

---

① 费正清:《中国之行》,赵复三译,新华出版社1988年版,第118—119页。
② 哈里森·福尔曼:《北行漫记》,陶岱译,新华出版社1988年版,第196页。
③ 鲁登、爱波斯坦等:《外国记者眼中的延安及解放区》,历史资料供应社1946年版,第54页。

事业中的忠实伙伴。①这些评价总体上相对公允,域外作家的延安书写在延安国际形象的塑造和延安精神气度的传播等方面发挥了积极作用。长征胜利到达延安之后,国际社会对延安充满未知,美国记者将地理符号之上的延安精神进行了广泛传播,从而奠定了国际视野中延安的生机、自由、独立等元素。随着美国与中国共产党人之间的深入理解和交流,这些精神核心也得到了扩展与提升,美国作家引导的国际舆论为延安的形象提供了有力的支持。

  博爱、自由、民主的美国国际形象,在中国却有着别样的理解。形成这种差异性的传播与接受的根源最初或许是双方看待美国门户开放政策的立场。美国作者的延安文本显示出他们意识形态上的统一,从官方的对华政策与实际援助以及外事交往与干涉态度来看,他们以利益为基本前提。虽然美国在1944年后开始将目光转向中国共产党,但其当局并没有在官方层面对延安表示过任何有实际意义的态度。他们意识到,中国共产党正在逐步成为一个强大的精神与战斗力量,他们在中国必将从延安走向世界的认识上达成了统一的态度,延安早期"实验区"②般的存在已被打破,成了一个"准国家"③的所在。鉴于中国共产党国际地位的提升和延安精神的世界影响力,美国派出代表官方却没有实际权力的军事使团驻扎延安,如同费正清所言,新中国成立之前的中美关系,"不是一种平等的关系,毫无疑问,我们那时喜欢这种关系,正因为它是不平等的"④。中国共产党的独立精神与顽强意志令一直缺乏了解的美国民众愕然。即便此前不少美国记者的报道已经为中国共产党在世界奠定了舆论基础,但以非西方的方式在国际上立足的延安,从不被认可的偏僻一隅向现代国家的转变,这是美国始料不及的,强大与自主的中国力量将他们因袭的中国幻象彻底击碎,从延安起,中国的国际形象进入了一个新的阶段。中国从延安逐步走向世界的过程是多方合力的结果,

---

① 肯尼思·休梅克:《美国人与中国共产党人》,郑志宁、黄际英、高二音等译,吉林文史出版社1989年版,第158—199页。
② 赵超构:《赵超构文集》(第2卷),文汇出版社1999年版,第761页。
③ 巴巴拉·塔奇曼:《史迪威与美国在华经验(1911—1945)》(上册),陆增平译,商务印书馆1985年版,第220页。
④ 费正清:《美国与中国》,张理京译,世界知识出版社1999年版,第303页。

国际认可与接受的全新的中国形象，一方面来自中国共产党人对革命理想的追求，另一方面来自边区军民所凝聚的政治文化价值，这无疑彰显了中国共产党对外传播的自觉性与主动性。同时，阐释与发扬延安精神的内涵与实质的权威终究来自中国共产党本身，来自中国内在力量的自主建构。

第三节

多元化的域外延安书写

20世纪三四十年代,美国以外的其他国家的作家到访延安,创作出大量作品,他们大多是专业记者、科学家、自由主义者等,以各自不同的立场书写延安。他们的创作具有以下三个特点:第一,亲自奔赴延安的个人经历令他们创作的延安文本充满真实可触的质感,同时,延安经历指引他们反思、追索历史,作品往往有现实和理想之间的深刻剖析;第二,相同的叙述对象为创作增添了难度,但职业差异使他们的作品具有很强的风格化倾向,在描写和再现延安风貌的过程中表现出不同的创作个性;第三,他们的延安文本以多样化的文学类型呈现,文类的限制提高了作品的文献性和纪实性,为逝去的历史提供了诸多细节,也为延安国际形象的建构、延安精神的传承拓宽了道路。

一、域外记者的延安书写

常被误认为来自英国的新西兰记者詹姆斯·贝特兰[1],牛津大学毕业后进入新闻界,并于1936年来华,先后任《每日先驱报》《曼彻斯特卫报》驻华特派员,1941年任英国驻重庆大使馆新闻专员[2]。在斯诺的鼓励下,他于1936年12月27日到达西安,滞留四十四天[3],并协助同在西安的史沫特莱通过广播电台向

---

[1] 詹姆斯·贝特兰:《在战争的阴影下:贝特兰在抗日战争中的经历》,周苓仲译,中国和平出版社2001年版,第2页。
[2] 詹姆斯·贝特兰:《中国的新生》,林淡秋译,新华出版社1986年版,第265—266页。
[3] J.M.贝特兰:《一个西方记者眼中的西安事变》,林淡秋译,东方出版中心2000年版,第212页。

世界报道西安事变真实发展情况的英文电讯。①他第一时间发布了西安事变的消息，引起了很大的轰动，并在其后创作出长篇报告文学《中国的新生》（1937年、1938年分别在英国、美国出版）。"尽管路透社攻击吉姆·贝特兰搞'宣传'——这位唯一愿意致力于直接采访任何事实"②的记者仍义无反顾地再次踏足陕西。1937年10月，他前往延安，与毛泽东同志进行亲切谈话③，随后创作作品《华北前线》（1939年英国出版，同年在美国出版时改名为《没有被征服的人：在华北战斗农民中间一年惊险生活的日记》）。贝特兰的作品第一次将边区抗日前线的情况向全世界介绍，并且描写了和延安政策一致的边区，认为中国共产党领导下的地区是"进步的实验区"，延安是一派"首府气象"。④共产党早期对待国外传教士的态度几乎等同于对地主的态度，但随着思想教育的提高，对待西方传教士的态度有所扭转，渐渐开始对他们予以客观看待与理解尊重。贝特兰采访了多位西方传教士，询问他们对中国共产党的真实态度，而答案均是对边区军队与人民的赞许，甚至认为基督教和共产党有很多共同之处。正如他自己所言："在华教士的赞语是有点价值的，因为他们是在华外人社会中非为贸利的唯一的部分。"⑤延安的风光在他的笔下充满诗意："延安城河以外的青山，晨雾未消，山峰隐现，一座宝塔矗立在山巅，被阳光照耀着。任何银幕导演也不会设计出这样美观的革命的背景吧。"⑥这和其他作品中的贫苦、荒凉印象形成了强烈反差。作者在虚写景物的同时，实写延安革命与斗争的整体风貌，迷雾未消、尚不澄明的延安象征着中国如今面临的威胁，国家正遭入侵，但"阳光照耀着"宝塔、"阳光照耀着"中国。共产党一向被资本主义国家用"赤色分子""赤

---

① J.M.贝特兰：《一个西方记者眼中的西安事变》，林淡秋译，东方出版中心2000年版，第129页。
② 《旅华岁月——海伦·斯诺回忆录》，华谊译，世界知识出版社1985年版，第211页。
③ 《毛泽东选集》（第2卷），人民出版社1991年版，第373—385页。
④ 詹姆斯·贝特兰：《华北前线》，林淡秋等译，新华出版社1986年版，第129、98页。
⑤ 詹姆斯·贝特兰：《华北前线》，林淡秋等译，新华出版社1986年版，第173页。
⑥ 詹姆斯·贝特兰：《华北前线》，林淡秋等译，新华出版社1986年版，第101页。

潮"等词语形容，斯诺的书名与美军观察组的代号（迪克西使团）①均用"红星"、太阳般"照耀"等词语指代延安与中国共产党，所以，即使延安并非鱼米之乡、风景如画，但革命性、战斗性一定是它最具代表性的标志，其地位不可取代。

  生于柏林的犹太人冈瑟·斯坦因，在希特勒上台之后迫于压力前往英国，进入新闻界，1934—1937年任《新闻记事》《旁观者报》《金融新闻》等报的驻东京记者，并创作出版了反映日本侵略恶行的著作《日本制造》与《远东在骚动》，后被日本当局建议离开。1938—1941年，他担任香港《中国空邮》刊物的编辑，并加入英国国籍。斯坦因来华后代表美联社、《基督教科学箴言报》与英国《曼彻斯特卫报》《新闻时事报》随中外记者团访问延安与晋绥解放区，其作品《红色中国的挑战》（1945年在英国、美国出版）影响巨大。他的著作体现出客观、独立的个人观点，没有大而化之的陈调，而是坚持对一切寻根究底，并用自己的眼睛留心观察，体现了自主、中肯的独立见解。他在书中对中国共产党关于战争、赋税、民主等方面的专有术语均做出详细解释，同时带着质疑的眼光审视一切固有制度与既存观念。在跟随国民党选派记者一同访问延安时，他敏锐地意识到他们对延安蓬勃气象隐含的羞涩②与骄傲的情绪，一种党派间的紧张立场与矛盾观点被民族性和爱国心的强大力量冲决了；相对的，他们中不免有人对共产党十分惧怕，极端心理使他们备受孤立，不被信任。斯坦因从延安的群众集会、演剧、秧歌等活动的舞台中抽象出政治性③，而他的这种想法，或许缘于西方社会群体意识中的广场。广场的民间集会性、社会政治性为群众提供了文化交际的场所、政治舆论的集散地以及发泄个人与集体情绪的场所。在以群众为主体，唱歌和演讲为形式，交流和学习为目的等方面，延安的民间舞台和西方的教堂，均经由广场实现了文化生活的丰富性与人民性。他在文章中提及毛泽东一再

---

① 迪克西使团的代码为Dixie Mission。迪克西为英文音译，指美国南部各州，出自美国南北战争后流传的歌颂南部的流行歌曲，其中一句歌词为："那是一个阳光永远照耀之地，人们说的关于迪克西的事情是真的吗？"
② 斯坦因：《红色中国的挑战》，李凤鸣译，新华出版社1987年版，第10—11页。
③ 斯坦因：《红色中国的挑战》，李凤鸣译，新华出版社1987年版，第6页。

重申的态度:"批判的接受中国历史遗产和外国思想","中国人必须以自己的头脑来思想,并决定什么东西能在中国土地上生长起来"。①由此,毛泽东提出将马克思主义的理论与中国优秀的、被改造的、适应现代的传统文化遗产相结合,这才是正确运用马克思主义理论思考问题的成果与实践,"马克思主义已经中国化了"②。斯坦因将中国化的马克思主义理解为,"爱国主义比起马克思主义来是延安意识形态更重要的特点",认为"中国共产党人是民族主义者"。③延安模式所形成的延安意识,符合延安时期抗日民主根据地的客观条件,体现了一定的权宜性,并非中国共产党一以贯之的方针政策,而这种民族性大于共产主义的观念被域外作家广泛接受。这些反思的、灵活的、独立的思考与指导让域外记者充分理解了中国共产党在延安时期思想上、政策上的第一要义,避免了将延安的中国共产党与其他共产主义社会活动机械对等的现象,向全世界介绍并宣传了延安模式的成功经验,一定程度上也清除了资本主义国家对中国共产党的误解与警惕。

波兰华沙出生的爱泼斯坦④,与代表伦敦《每日电讯报》和加拿大一些出版单位邱茉莉夫妇均是国际知名记者。早年随父母逃离沙皇的统治来到中国的爱泼斯坦在中国接受教育,对中国人民感情至深,也对中国共产党充满同情。爱泼斯坦不仅活跃于中国抗日前线,也是宋庆龄与国际友人所成立的爱国组织的会员。他关注中国的抗战情况,并以中国为其创作的唯一主题。他根据战地记者的亲身见闻,撰写了反映中国抗日前线的作品《人民之战》(1939年英国出版)。1938年,爱泼斯坦还协助尤里斯·伊文思导演在台儿庄拍摄纪录电影《四万万人民》。⑤专业记者出身的爱泼斯坦跟随中外记者团于1944年来到延安和解放区访

---

① 斯坦因:《红色中国的挑战》,李凤鸣译,新华出版社1987年版,第31页。
② 斯坦因:《红色中国的挑战》,李凤鸣译,新华出版社1987年版,第57页。
③ 斯坦因:《红色中国的挑战》,李凤鸣译,新华出版社1987年版,第56、309页。
④ 伊斯雷尔·爱泼斯坦:《见证中国:爱泼斯坦回忆录》,沈苏儒、贾宗谊、钱雨润译,新星出版社2015年版,第2页。
⑤ 尤里斯·伊文思:《摄影机和我》,中国电影出版社1980年版,第145页。

问[①]，恪守记者职业操守，将他在延安的真实所感向欧美发出，正如他在八分区司令部欢迎大会上所讲的那样："我们是新闻记者，我们不单要将所见的事实告诉世界人民，并将对这些战斗意志也要告诉他们。"[②]他的作品《中国未完成的革命》（1947年英国出版）细致描写了采访跳伞至根据地的美国飞行员的真实经历以及他们对中国共产党的评价[③]，对美国政府与舆情的态度导向产生了积极的影响。他的作品体现了新闻文体简练、客观、准确等特点，对中国共产党与延安的评价也十分中肯，绝无陈词与断语，是世界范围内延安文本接受度最广的作品之一，这也是他后来成为唯一被许可的宋庆龄传记作家的原因之一，他的延安书写使延安的国际形象和世界影响得到了极大推进。

苏联塔斯社记者普金科于1944年6月启程前往延安，在时居延安的苏联情报部情报员孙平的介绍下，得到了单独会见毛泽东同志的机会，详谈了关于党的组织、教育、发展等多方面问题。[④]加拿大记者马克·盖因在回忆文章中提到，他于1947年2月抵达延安，毛泽东等领导人和他有过亲切谈话。[⑤]

二、国际友人的延安书写

曾积极参与反法西斯活动的德国人王安娜，因革命事业两次入狱，此经历坚定了她的革命立场与信念。王安娜与中国共产党党员王炳南在德国结婚，于1936年来到中国。1937年3月初，她前往"红色麦加"[⑥]——延安，她在作品《中国——我的第二故乡》（1973年德国出版）中评价道："延安是现代中国革命精

[①] 伊斯雷尔·爱波斯坦：《我访问延安：1944年的通讯和家书》，张扬、张水澄、沈苏儒译，新星出版社2015年版，第1页。
[②] 鲁登、爱波斯坦等：《外国记者眼中的延安及解放区》，历史资料供应社1946年版，第140页。
[③] 伊斯雷尔·爱波斯坦：《中国未完成的革命》，张立程、付瑶译，新星出版社2015年版，第309—310页。
[④] 任文主编：《国际友人在延安》，陕西师范大学出版总社2014年版，第51页。
[⑤] 张一心、王福生编：《巨人中的巨人》，中共中央党校出版社1993年版，第189页。
[⑥] 王安娜：《中国——我的第二故乡》，李良健、李希贤校译，生活·读书·新知三联书店1980年版，第120页。

神的象征。"①出于她与中国共产党人相通的革命热情，对政治理论政策理解较为准确，认为"毛泽东的理论基础，是他的实践经验"，"中国革命最后终于回复中国式的特性，证明了他的理论的正确性"。②她重视毛泽东理论中的人民性与民族性等核心思想，在历史中见证了独立自主的革命成长方向和以中国的方式实现的社会主义的革命道路。从她的著作、经历以及对中国共产党的舆论宣传与实际援助中可以看到一位利用自己德国国籍的身份为战时中国边区的武装队伍筹备募集物资，奔走于中国沦陷区、国统区与解放区的各民族与党派之间的国际自由主义者，她为中国共产党革命事业的推进与国际形象的塑造做出了巨大贡献。由于她并未供职于任何新闻机构，其言论均是发自内心的真实感受，加之王炳南的关系使她与许多革命领导人和工作人员熟识，她的书写还原了许多真实的细节与场面，多角度地再现了领袖人物斗争精神的各个方面。她并非专业记者，作品具有强烈的个人风格，表现出对中国的深情。她的作品颇具叙述的温度，在书写人物语言时注重人物个性侧面的展现，具有域外延安书写中难得的温暖的亲切感与扑面而来的真实感。这种真实并非来自准确、客观的新闻性文本的冰冷文字，而是满怀炽热情感与真挚共鸣的柔软文字。她在中国从事反法西斯战争的运动，和中国人民一道，将自己的革命热情与反战激情熔铸于中国抗日战争的洪流。她在回忆录中将长征比喻为一部无与伦比的奥德赛史诗，将长征精神进一步予以提升，开阔了延安的国际形象建构。

毕业于牛津大学的燕京大学经济学教授、英国人林迈可，与来自山西离石的燕京大学学生李效黎结婚，并一直致力于援助中国共产党抗日斗争的工作。由于林迈可在无线电领域的专长，从1938年开始，他便利用暑假深入八路军驻地五台山，并在那里结识了国际著名胸外科专家加拿大医生白求恩。在校工作的林迈可经常帮助八路军制作、修理无线电设备，购买医药物资。在妙峰山，他涉险与

---

① 王安娜：《中国——我的第二故乡》，李良健、李希贤校译，生活・读书・新知三联书店1980年版，第124页。
② 王安娜：《中国——我的第二故乡》，李良健、李希贤校译，生活・读书・新知三联书店1980年版，第147页。

八路军频繁接触,将各种物资交予军队。他最初是通过无线电波与中国共产党取得联系的,而同样的方式却永远联系不到国民党方面①,这让他看到了边区的抗日积极性和战斗性,并决心切身开展实际支援工作,动员燕京大学教授参与中国共产党的抗战队伍,并最终与班威廉一家奔赴抗日根据地与延安。他一路上帮助各根据地安装无线电设备,开设课程培养了大批无线电专业人才,夫人李效黎则从事英语教育工作。在延安,林迈可主持安装了大型收发报设备,并参与新华社的英语新闻材料的编辑工作,为延安与英语世界取得更好的联系做出了巨大贡献。在延安居住了十八个月的林迈可将延安与前方根据地进行对比,就延安工作效率相对较低等问题撰写了报告《延安有什么问题?》并向边区领导反映。林迈可秉持学者的严谨求实、认真务实的工作作风,收获了延安军民一致的尊重,他也是首次以书面的形式正式向延安提出建议的外国人之一。抗日战争胜利后,林迈可与李效黎于1945年11月离开延安返回英国,并在《泰晤士报》刊登了大量介绍中国共产党的文章②,出版了《抗战中的红色根据地》(1975年英国出版)一书。辗转回国的林迈可与时任英国情报局主任哈摩上校有过交谈。在延安时,林迈可收到了通过包瑞德上校转交的来自哈摩上校的信件,表达了他代表英国访问延安的愿望,但后来未能成行。原因在于,即使1944年以来飞往延安的航班较为频繁,代表英国的官员也被美国强制阻止,且假托飞机超载避免延安与美国以外的西方国家有外交往来。美国赫尔利将军曾向英国外交大使哈瑞士·西摩爵士询问,听说哈摩上校不听他的命令要去延安。③尽管英国早已今非昔比,但碍于美国在国际上的绝对地位,面对美国的"命令"也只能软弱忍受,这也是造成战争时期美国势力干预战时中国,以及美国成为有限的延安外交对象的根本原因。大批美国记者得以成功奔赴延安,这里存在一个基于特殊国际环境的客观条件。美

---

① 李效黎:《延安情——燕京大学英国教授林迈可及其夫人李效黎的抗日传奇》,肃宣译,上海远东出版社2015年版,第42、48页。
② 李效黎:《延安情——燕京大学英国教授林迈可及其夫人李效黎的抗日传奇》,肃宣译,上海远东出版社2015年版,第285页。
③ 林迈可:《抗战中的红色根据地》,杨重光、郝平译,解放军文艺出版社2005年版,第214页。

国记者纷纷前往延安、美国官方代表军事观察组进驻延安,与诸多其他国家记者与官员希冀访问延安而不得的实际状况形成了强烈的反差,美国傲慢专断的对华外交政策便显露无遗。即使在如此并不平衡的国际外交生态环境之下,延安仍吸引了诸多国际友人前来,可见延安在世界的关注度。

  来自英国的物理学家班威廉和妻子二人同在燕京大学任教,在林迈可一家的帮助下从北平出逃,以他们平日常去野餐的西山为出口,前往地下游击队员活动的地带,抵达抗日根据地并最终到达延安。班威廉和妻子合著的作品《新西行漫记》(1948年英国出版)深入剖析了出走的深层原因,身居高校的他们虽然为战时中国的教育事业做出了贡献,但仍然自卑于未在中国加入抵御外辱的实际工作,包括他们的同胞也在英国参与反法西斯战争,这加剧了他们逃离北平校园的"空虚"工作与"和平安乐"生活的想法,"升华"并践行了支援中国抗战的斗争。[①]在与中国共产党领导下的军队和联络员等初步接触时,他们最先感受到了中国共产党人温和有礼、团结融洽、无拘束、无猜忌的态度。[②]在抗日根据地以自身所长从事高等物理学、微积分与理论电磁学教授工作的班威廉夫妇,对边区的战斗精神有了一定的认识,跟随游击队反"扫荡"转移和目睹对日作战的经历,更加深了他们对抗日的信心与期待。他们根据自己的学术背景,将中国共产党抗日的战斗效率用直观且新颖的数学公式来表达,即"用'军队装备'乘上'人民的负担'去除'战斗力'而得的商数"来表达军队效率,从而得出结论:中国共产党的军队效率"可以说已打破一切纪录"。[③]班威廉夫妇一路从日占区北平周边小范围的游击区与华北抗日根据地到达延安革命根据地,对中国共产党人有了切身的认识与理解,在写作过程中注重对精神文化中的人民性与斗争性的挖掘。这两点精神核心说明,战争时期的中国人民所涌动的强烈民族意识,使他

[①] 班威廉、克兰尔:《新西行漫记》,斐然、何文介、吴楚译,新华出版社1988年版,第5—6页。
[②] 班威廉、克兰尔:《新西行漫记》,斐然、何文介、吴楚译,新华出版社1988年版,第38、87页。
[③] 班威廉、克兰尔:《新西行漫记》,斐然、何文介、吴楚译,新华出版社1988年版,第391页。

们在对精神实质的理解上出现了一定的偏差。文中写道:"这次战争与解放运动所产生的最重大的变迁之一",是"家族观念的崩溃","家族的界限是被突破了"。①中国乡土社会的传统是以地缘为中心的差序格局②为范围,以宗族和士绅为核心的权力统治。作者忽略了一个重点,即中国的地缘家族与地域民族是同构的,这是泱泱中国孔家传统因袭的治国策略之一,即分而治之且权力统一、"被集中"的固有家国观念。这种家国同构意识在战争阶段表现得更为强烈,外国人常误解其为强烈的民族意识甚至民粹主义,以致掩盖了中国共产党的指导思想马克思主义理论。

路易·艾黎,出生于新西兰土著毛利人领袖家庭③,1927年踏足中国④。由于有早年在中国工商局工作的工业考察经验⑤和在上海马克思主义小组学习的思想理论基础,他不仅与中国共产党人有着政治理想和革命信念上的契合,而且利用个人所长服务于战时中国的工业建设事业。他从20世纪30年代初期就和中国共产党建立了联系,利用职务之便巧妙地向抗日前线运送救济粮,还多次去阎锡山驻地涉险为战斗中的中国共产党军队筹集资金。1939年春,他开始为宋庆龄与国际共产党支持的对外宣传的英文刊物《中国呼声》撰稿⑥,向世界人民宣传中国共产党的抗日斗争、延安真相,抨击蒋介石腐败政府等,由此和革命领导人、左翼作家保持着友好往来并建立了密切联系。艾黎于1939年12月到达延安,边区领导大力支持他和斯诺等的"工合"设想与实践,并欢迎他在边区开展"工合"事业。在中国各地奔走考察一年归来的艾黎,开始了全面的工业合作运动,涉及轻工业、重工业,以及配合工业生产的文教与医疗事业,不仅在世界华人圈募得大量资金,更在国际上得到了许多实际援助。面对国民党的打压,"工合"始终

---

① 班威廉、克兰尔:《新西行漫记》,斐然、何文介、吴楚译,新华出版社1988年版,第154页。
② 费孝通:《乡土中国》,生活·读书·新知三联书店1985年版,第24页。
③ 詹姆斯·贝特兰:《在战争的阴影下:贝特兰在抗日战争中的经历》,周苓仲译,中国和平出版社2001年版,第21—22页。
④ 艾黎:《艾黎诗选》,王央乐译,人民文学出版社1984年版,第1页。
⑤ 田森:《艾黎的春秋》,华中工学院出版社1983年版,第7页。
⑥ 黎利:《艾黎在中国》,新华出版社1986年版,第8页。

顽强发展并吸引了全世界诸多自由主义者，包括献身中国的英国牛津大学毕业生①、《卫报》自由撰稿人②乔治·何克等大批海内外优秀人才。在甘肃山丹创立的培黎工艺学校③，为此后中国的社会建设培养了许多工业技术人员，也向延安革命事业提供了大量物资援助。艾黎热爱中国文化与古典诗词，并对杜甫等诗人颇有研究，翻译了十一部诗集，创作了三十余部关于中国的著作与诗集。④在真实且热切的注视下，艾黎持续且满怀深情地将中国成功的革命经验与全世界人民分享。

黎巴嫩裔的美国医生马海德早在1936年便和斯诺一同来到边区，从事医疗救助工作。朝鲜共产党员金山（另译吉姆）和曾在延安的海伦交往甚密，海伦为他创作了《阿里郎之歌》一书⑤。贝特兰在延安时也和金山有过接触。⑥1938年3月，受加拿大与美国共产党派遣，白求恩医生率领的加美援华医疗队抵达延安。⑦1938年6月，国际青联访华代表团和八路军办事处取得联系，在冯文彬的陪同下于29日抵达延安。⑧1939年2月12日，由印度共产党领袖尼赫鲁派遣的由五位医生（爱德华、卓克华、柯棣华、巴苏华、木克华）组成的医疗队伍抵达延安，其中的巴苏华医生回国后出版了著作《还有一个没有回来》与日记《延安的召唤》，并与印度导演合作拍摄电影《柯棣尼斯大夫永垂不朽》。⑨生于德国的医生汉斯·米勒于1939年9月到达延安，和日本战败后在民主根据地从事医

---

① 路易·艾黎：《从牛津到山丹——乔治·何克的故事》，段津、高建译，北京出版社1984年版，第2页。
② 保罗·法兰奇：《镜里看中国：从鸦片战争到毛泽东时代的驻华外国记者》，张强译，中国友谊出版公司2011年版，第244页。
③ 中国人民对外友好协会路易·艾黎研究室、中国建设杂志社编：《路易·艾黎》，中国建设出版社1988年版，第22页。
④ 田森：《艾黎的春秋》，华中工学院出版社1983年版，第48页。
⑤ 海伦·斯诺：《旅华岁月——海伦·斯诺回忆录》，华谊译，世界知识出版社1985年版，第176页。
⑥ 詹姆斯·贝特兰：《华北前线》，林淡秋等译，新华出版社1986年版，第133页。
⑦ 郑生寿主编：《国际友人在延安》，陕西旅游出版社1992年版，第201—203页。
⑧ 金城：《延安交际处回忆录》，中国青年出版社1986年版，第40—41页。
⑨ 中国人民对外友好协会、中国社会科学院南亚与东南亚研究所编：《中印友谊史上的丰碑：纪念印度援华医疗队》，世界知识出版社1988年版，第79—81、122、128、163页。

疗救助的日本医生中村京子结婚，两人一直在中国从事医疗事业。[①]生于奥地利的共产党员、医生弗莱，1941年底在晋察冀根据地从事医疗工作，并于1944年抵达延安。[②]1942年5月11日，苏联外科专家安特烈·阿洛夫[③]奉命来到延安，在延安中央医院工作[④]。逃离北平的荷兰工程师布朗杰斯特、名为当舒的法国人、在叙利亚参加过法国海军的乌尔曼，三人同于5月28日动身前往延安。[⑤]6月中旬，银行经理霍尔和德国女士布兰尼克一同前往延安，途经民主抗日根据地[⑥]，于7月中旬到达延安[⑦]。1943年5月底，一位印度尼西亚人和日本共产党领袖野坂参三一道启程前往延安[⑧]，他早先在共产国际工作，后另起名王大才[⑨]；而野坂参三在延安从事改造日本战俘的工作，取得了巨大的成绩。据包瑞德回忆，他初抵延安时见到了一位在珍珠港事件之后从北平来延安的南斯拉夫人叶尔泰奇，在延安从事机械修理工作。[⑩]1946年10月28日，英国援华总会会长克利浦斯夫人及其女儿，与总会秘书密勒夫人一行来到延安，《解放日报》发表文章表示欢迎。[⑪]还有几位朝鲜人在延安及民主根据地学习与工作，如从事美术工作的张振光[⑫]，致力于音乐教育与创作的郑律成，医生方禹镛[⑬]，以及参加长征的中

[①] 中村京子口述，沈海平撰文，中国福利会编：《两个洋八路的中国情缘》，东方出版中心2015年版，第39页。
[②] 江国珍编著：《我的丈夫傅莱——一个奥地利人在中国的65年》，中国电影出版社2015年版，第21页。
[③] 郑生寿主编：《国际友人在延安》，陕西旅游出版社1992年版，第119页。
[④] 李效黎：《延安情——燕京大学英国教授林迈可及其夫人李效黎的抗日传奇》，肃宣译，上海远东出版社2015年版，第238页。
[⑤] 李效黎：《延安情——燕京大学英国教授林迈可及其夫人李效黎的抗日传奇》，肃宣译，上海远东出版社2015年版，第92—112页。
[⑥] 李效黎：《延安情——燕京大学英国教授林迈可及其夫人李效黎的抗日传奇》，肃宣译，上海远东出版社2015年版，第112—113页。
[⑦] 张文琳：《国际友人西北行记》，陕西人民出版社1993年版，第403页。
[⑧] 《野坂参三选集·战时篇 一九三三年——一九四五年》，人民出版社1963年版，第199页。
[⑨] 凌青：《从延安到联合国——凌青外交生涯》，福建人民出版社2008年版，第18—19页。
[⑩] D.包瑞德：《美军观察组在延安》，万高潮、魏明康等译，济南出版社2006年版，第156页。
[⑪] 郑生寿主编：《国际友人在延安》，陕西旅游出版社1992年版，第178—182页。
[⑫] 郑生寿主编：《国际友人在延安》，陕西旅游出版社1992年版，第89—91页。
[⑬] 沈庆林：《中国抗战时期的国际援助》，上海人民出版社2000年版，第271—272页。

国共产党员毕士悌等①。还有参加长征，在延安从事教育工作并最终被授予中国人民解放军少将军衔的中国共产党员，越南人洪水。②他们虽然没有留下可观的文字遗产，但在国际主义或共产主义的指引下，奔赴延安投入实际救助工作，参与中国共产党的抗日战争与解放战争，成为中国甚至国际具有人道主义精神的英雄人物群像。

---

① 钟文、郑艳霞编著：《见证长征的外国人》，军事科学出版社2004年版，第161—205页。
② 钟文、郑艳霞编著：《见证长征的外国人》，军事科学出版社2004年版，第125—160页。

第四节

不同时空的域外延安书写

探讨域外作家的延安书写，在空间上，不应局限于地域的延安，由于延安的革命策源地意义，它已成为象征中国共产党的势力所及的整个范围，即中国共产党领导下的一切武装部队进行军事活动与思想建设的区域；在时间上，也不应狭隘地理解为延安时期，而应打通延安时期的源与流，以中国共产党从创建时期发展到建立中华人民共和国的成熟阶段为考察对象。由此，域外作家的延安书写不仅涵盖延安、各抗日根据地、解放区，同时容纳从长征初期到新中国成立之前的军事活动与思想建设。域外作家的延安创作以报告文学、新闻报道、会谈记录、回忆录、口述史、自传、日记等纪实文学的形式出现，如同中国本土形式多样的延安文艺创作，域外艺术家也以纪录电影的方式真实再现了延安精神，在扩宽艺术创作方式的同时，丰富了延安的文化价值。

一、各民主根据地与解放区的域外书写

杰克·贝尔登1933年来华，1937年担任《时代》与《生活》杂志记者，随后深入华北解放区与河南游击区等地采访，1939年代表《大美晚报》访问新四军[①]后将采访报道出版单行本《成为时局中心的新四军》，证明了中国共产党抗日斗争的斗争性与积极性，扩大了新四军等武装军队的国际影响力。1946年，贝尔登

[①] 保罗·法兰奇：《镜里看中国：从鸦片战争到毛泽东时代的驻华外国记者》，张强译，中国友谊出版公司2011年版，第247页。

目睹了中国解放战争,创作巨著《中国震撼世界》(1949年美国出版)。[1]为求得全方位、全景式地再现中国解放战争,贝尔登的足迹跨越华北与东北,视角遍及全国,以1947—1949年的中国共产党和国民党之间的战争与两党所辖区域的政权组织、经济赋税情况、文教事业发展、人民生活和思想状况等更多方面为叙述对象。初到北平,贝尔登感慨中国解放战争的社会气氛,遥想北平的昔日辉煌,对比当下凋敝肃杀的现实状况。[2]他运用合理的想象,将中国古今勾连,隐晦地抒发了自己对中国共产党挖掘中国文化价值与主导国际地位复兴的愿望与期待。如果说抗日战争时期域外作家的延安书写,在理解马克思主义指导下的共产主义与民族主义时往往存在误区,那么贝尔登的著作则彻底解读了延安精神一以贯之的内在价值——人民性。抗日背景下,中华民族抵御外侵的民族情感被激发了,民族主义在此被彰显;而解放战争背景下的国共内战,取代民族主义的正是共产主义与人民解放的革命诉求。正因为贝尔登充分认识到了中国共产党与人民的关系问题,加之记者的职业素养,他从实际出发,采访大量的普通百姓,片段式地细致描写各种人物经历,使得中国民间力量的巨大潜力跃然纸上。贝尔登通过对人物外貌的刻画,将长期备受苦难的中国人民的面貌形象化、直观化,以其饱经沧桑的脸部特写、佝偻蹒跚的身形步伐,渲染出战争与压迫下的人民形象。但支持中国共产党的人民群众对解放战争的胜利充满信心,人物情绪的抒发通过语言描写与合理的艺术加工,表现出人民对生活的美好憧憬与无限希望。贝尔登在描写中国社会矛盾激化所引发的悲剧时,秉持沉着冷静的创作态度,与叙述对象和叙述内容保持距离,以"横站"的姿态和"超然"的立场,将群众对战争创伤和反抗压迫的宣泄表现出来。[3]面对由反抗汉奸地主的激情所点燃的一幕幕血肉模糊的场景,贝尔登绝少流露出个人的情感温度,以极其节制的情绪把控再现了中

---

[1] 朱纪华主编:《外国记者眼中的中国共产党人》,上海锦绣文章出版社2015年版,第184—197页。
[2] 杰克·贝尔登:《中国震撼世界》,邱应觉、杨海平、胡代岗等译,北京出版社1980年版,第15页。
[3] 杰克·贝尔登:《中国震撼世界》,邱应觉、杨海平、胡代岗等译,北京出版社1980年版,序第7页。

国解放战争的社会阵痛。

  生于波兰的德国共产党员汉斯·希伯，是国际知名的记者、政论家，一直关注中国的革命事业，并于1926年来华。1938年春，在武汉八路军办事处的安排下，希伯抵达延安，见到毛泽东同志，并对广大群众与干部进行了采访。为支持新四军抗战，他和夫人秋迪二人到处购买募集药品等医疗物资，化装成医务人员前往敌占区的新四军交通站。①1939年2月，他到达皖南新四军军部，与周恩来、叶挺将军亲切交谈②，并聆听了周恩来同志的报告，就此在《美亚》杂志上发表文章《周恩来论抗日战争的新阶段》③。皖南事变后，他在《美亚》杂志上发表《叶挺将军传》，披露国民党震惊世界的恶行，在国际上引起了极大的轰动。1941年秋，他到达山东解放区，在一次反"扫荡"中英勇牺牲。他常以"亚细亚人"为笔名发表文章，将新四军与中国共产党的抗战情况向全世界发送。1939年第3期《美亚》发表了希伯《长江三角洲的游击战》一文，他说，"这支军队忠诚于抗日统一战线"，利用人民的力量，"已经超出了游击战的狭小形式，并在较大范围内向正规战过渡"。④1941年9月出版的《美亚》发表希伯的《重返新四军占领区》，他评价"新四军是抵抗日本侵略，最得人心的中国军队"⑤。在苏北的两个月内，他写就了长达八万字的《中国团结抗战中的八路军和新四军》，并在山东的一个月中，写作了两部长篇报告《八路军在山东》和《为收复山东而斗争》。在中国斗争前线的希伯，向全世界介绍中国共产党抗战情况的真实消息，同时鼓舞了前线武装军队的战斗热情。他一手拿笔在战地采访，一手拿枪在前线战场上参与实际战斗。他的新闻稿件多发表于在美国政界最有影响力的刊物之一《美亚》杂志，以其具有斗争性和真挚感情的文字向世界人民宣传积极斗争、军民和谐的中国共产党武装部队。

---

① 黎军、王辛编：《抗日战争中的国际友人》，中央文献出版社2005年版，第59—60页。
② 山东省中共党史人物研究会编：《希伯文集》，山东人民出版社1986年版，第468页。
③ 王晓华、孙宅巍主编：《抗战中的国际友人》，河南文艺出版社2015年版，第36页。
④ 山东省中共党史人物研究会编：《希伯文集》，山东人民出版社1986年版，第380、385页。
⑤ 山东省中共党史人物研究会编：《希伯文集》，山东人民出版社1986年版，第409页。

在希伯的影响下,奥地利医生罗生特于1941年3月经新四军军部卫生部长沈其震介绍,前往苏北敌后根据地从事医疗卫生工作,并于1942年加入了中国共产党。①他虽为医生却留心观察战争事态和军队情况,向美国民主报刊撰写了连载文章《旧金山,请看并请听,山东和江苏的实情!》等。②罗生特医生一直想写一部有关中国自然、社会、战争观察的著作,收集并创作了大量文章,将中国共产党的民主制度、经济政策、赋税情况和政权结构进行详细记录。③1942年4月11日的《盐阜报》发表了他的诗歌《我们是中国青年》,1944年的《大众日报》发表了他回忆纳粹集中营经历的文章《喂!喂!9615说话了》(9615为他的囚衣编号)。④同时他撰写了大量反映战争前线的通讯,将他在部队中感受到的大家庭般的温馨氛围和真挚情感融入新闻报道的写作。罗生特医生的通讯与文章体现出很强的连贯性和成长性,他十年间不断创作,笔耕不辍,一手拿手术刀一手拿笔,参与抗日斗争,以一位战斗者的姿态参与战争。他的文章具有高昂的战斗情绪,加之真实的经历,在国际社会取得了一定的反响,并在抗日战争中起到实际的医疗救援与精神鼓舞等积极作用。

20世纪40年代,在解放区采访的记者较多,如美国记者葛兰恒、爱德华·罗尔波、赫伯特·安布德,苏联记者维克·斯尼尔逊,澳大利亚记者迈克尔·基恩等。⑤1939年来华的英国记者布鲁斯,采访新四军军部并写下多篇报告中国共产党抗战情况的文章。⑥活跃于战争前线的是苏联塔斯社记者、《真理报》撰稿人

---

① 马祥林:《蓝眼睛 黑眼睛:国际友人援华抗日纪实》,解放军文艺出版社1995年版,第217页。
② 格·卡明斯基主编:《中国的大时代:罗生特在华手记》,杜文棠、李传松、柳叶等译,中国社会科学出版社2003年版,第112页。
③ 格·卡明斯基主编:《中国的大时代:罗生特在华手记》,杜文棠、李传松、柳叶等译,中国社会科学出版社2003年版,第5页。
④ 格·卡明斯基主编:《中国的大时代:罗生特在华手记》,杜文棠、李传松、柳叶等译,中国社会科学出版社2003年版,第233—238页。
⑤ 葛兰恒等著,陈秀霞编:《解放区见闻》,麦少楣、叶至美译,新华出版社1993年版,第1—4页。
⑥ 沈庆林:《中国抗战时期的国际援助》,上海人民出版社2000年版,第261页。

弗拉迪米尔·罗格夫。①日本自由主义者绿川英子在华多年从事反战宣传,在东北民众抗日救亡总会从事《反攻》半月刊的编辑工作。致力于反战宣传与左翼活动,担任反战同盟总部在华日本人反战革命同盟会会长的日本人鹿地亘,创作话剧《三兄弟》等宣传作品,配合中国共产党的治俘政策和抗日斗争,在国统区的舆论界产生了很大的影响。②日本著名政论家、中国问题研究专家尾崎秀实和西园寺公一共同创办《时事画报》,曾刊登关于斯诺与长征的文章,以及毛泽东同志的自传。③他和史沫特莱及中国左翼作家均有往来,最终被日本当局以间谍罪名处以绞刑。④贵族出身的西园寺公一年轻时一直投身反战活动,并在中华人民共和国成立后致力于中日两国的和平与贸易往来工作。

二、延安时期前后的域外书写

1934年秋,在中国贵州一带传教的瑞士人薄复礼,被开拔西征的工农红军第六军团扣留。除了他之外被扣留的海曼牧师及其家人与薄复礼妻子露茜被相继释放,而薄复礼则跟随红军长征达十八个月。在他重获自由之前,红军在贵州石阡扣留了一名德国神父凯尔纳。⑤薄复礼于1936年4月离开红军,在昆明短暂停留之后便回到英国,创作了两本关于长征的书——《抑制的手》(1936年、1937年在英国、瑞士出版)与《舵手》(1974年英国出版)。由于薄复礼接触的红军还处于马克思主义理论思想尚未成熟阶段,所以从他的真实经历可以侧面反映红军形象的雏形以及这一时期红军的成长与成熟。早期的中国共产党人对海外来华传教士较为抵触,认为宗教是一种文化入侵。大部分欧美传教士的对华态度中都夹杂着"家长式"的观点,往往向中国投注不对等的俯视与静止的目光。从薄复礼

---

① 保罗·法兰奇:《镜里看中国:从鸦片战争到毛泽东时代的驻华外国记者》,张强译,中国友谊出版公司2011年版,第244—245页。
② 沈庆林:《中国抗战时期的国际援助》,上海人民出版社2000年版,第283—284页。
③ 任文主编:《国际友人在延安》,陕西师范大学出版总社2014年版,第155页。
④ 《红色贵族春秋——西园寺公一回忆录》,田家农、庄林、孙华民译,中国和平出版社1990年版,第140页。
⑤ 薄复礼:《一个被扣留的传教士的自述》,张国琦译,昆仑出版社1989年版,第103页。

的文字中也可以看到其言语间暗含的宗教教义指导下的上帝"选民"般的救世主观念与使命意识,但没有强烈的贬损中国人民与规训中国社会意识形态的狂妄幻想。他相对客观且真实地描写了红军当时的精神风貌,也写出了早期中国共产党工农武装部队部分战士对宗教信仰的错误理解与刻板印象,例如红军攻克沿途镇市后打出各种反蒋、反地主、反帝国主义的口号,以及弘扬马克思主义的标语,同时不乏反对传教的口号——"宗教是麻醉人民的鸦片!"[①]他在作品中详细描写了红军中绝无吸食鸦片与赌博的现象以及团结互助、作风正派、救民爱民的精神核心。薄复礼在1936年回国探亲时举办了演讲集会,用自己的真实经历驳斥了英国舆论界的不实言论。[②]薄复礼将中国共产党的道德要求与伦理观念安放在处理与广大人民之间的关系之中,以此作为基础成就了延安精神的底色,他说:"如果农民们对共产党人的真正面貌是了解的话,我想是没有人会逃离自己的家园的。"[③]和多数域外延安文本不同的是,因自发性的创作缘起与因缘际会的被动性,作者尝试理解并叙述延安时代以前的共产党人形象,强化了正向的精神基础与残存的封建观念。中国共产党人在长征中深受磨难,无数同志为此牺牲,继续革命成为红军共同的信念,为逝去的同志而战的使命感激发了共产党人的献身精神与苦行意识,经过长期的心理积淀,这些构成了早期中国共产党人共同的思想基础。

有吉辛治出生于夏威夷甘蔗种植园的工人家庭,沉重的家庭负担使其早年便致力于开展为劳动人民争取平等权利、地位、物质生活的活动,较早萌生斗争意识,后来他在美国西海岸联合会左翼力量的领导下成为其激进会员。日本突袭珍珠港时,他因日裔身份而被美国军方囚禁于加州的曼察那集中营,但他在集中营表现出了领导才能,为争取权利而斗争。因为需要精通美日双语的人为战争服务,他随即入伍,被派往中缅印战区从事情报工作。由于延安的战俘改造成果显

---

① 薄复礼:《一个被扣留的传教士的自述》,张国琦译,昆仑出版社1989年版,第51—52页。
② 钟文、郑艳霞编著:《见证长征的外国人》,军事科学出版社2004年版,第255页。
③ 王安娜:《中国——我的第二故乡》,李良健、李希贤校译,生活·读书·新知三联书店1980年版,第153—154页。

著,他于1944年10月22日抵达延安①,采访了日本工农学校②。在延安,他感慨于用度节制、自由独立、坚强战斗、团结凝聚、内心富足的延安军民,和当时同在延安的美军观察组和记者们称这里为"香格里拉"③和"麦加"④。1946年7月,他回到美国,活跃于民主远东政策委员会的活动,成为为中美两国人民友好协会工作的先行者,反抗美国干涉中国内战和在亚洲其他地方的革命和民族运动。他投入大量时间写作关于延安经历的著作,但在麦卡锡势力的攻击之下出版计划被迫搁浅。不过,他以自己在延安亲历的日本人民解放同盟的活动见闻为素材撰写了大量文章,发表在《檀香山纪事》《檀香山星报》等刊物上。加之他个人的领导力、号召力,文章一经发表便在美国民众中产生了积极的影响。谢伟思在有关有吉辛治的纪念著作序言中谈到,他具有顽强勇气、坚定忠诚与温和谦逊等品格,并且为中美关系的友好往来做出了突出贡献。⑤爱泼斯坦曾评价,有吉辛治的品质来自多重根源,有日本劳动群众的坚韧,有为美国少数族裔人民权利而战的斗争意识,以及坚持革命与奉献的延安精神。⑥有吉辛治的革命意识和群众意识,在根本上与延安精神的内在核心相通,质疑权威与权力、领导与解放人民的斗争精神使他和中国共产党之间存在天然的默契与共鸣。有吉辛治自发的战斗意识为延安精神的力量所感召,并把延安的成功革命经验推行且实践于世界被压迫人民的反抗斗争之中。

史迪威将军行伍出身,作为驰骋中缅印战区的四星上将,他一方面为提高

---

① 卡萝尔·卡特:《延安使命:1944—1947美军观察组延安963天》,陈发兵译,世界知识出版社2004年版,第90页。
② 香川孝志、前田光繁:《八路军内日本兵》,赵安博、吴从勇译,解放军出版社2015年版,第28—29页。
③ Hugh Deane, ed., *Remembering Koji Ariyoshi: An American GI in Yenan*, Beijing: Foreign Language Press, 2004, pp.18-19.
④ Hugh Deane, ed., *Remembering Koji Ariyoshi: An American GI in Yenan*, Beijing: Foreign Language Press, 2004, p.61.
⑤ Hugh Deane, ed., *Remembering Koji Ariyoshi: An American GI in Yenan*, Beijing: Foreign Language Press, 2004, p.xiii.
⑥ Hugh Deane, ed., *Remembering Koji Ariyoshi: An American GI in Yenan*, Beijing: Foreign Language Press, 2004, p.xiii.

国民党军队实力努力，另一方面对中国共产党投去关怀的目光。在蒋介石将他潜心训练的精兵用于驻守延安边区时，他痛心不已。在考察中国共产党的战斗实力之后，提出对共产党抗日提供物资援助，被蒋介石拒绝，并要求美国召回史迪威。即将卸任的史迪威，给朱德与彭德怀将军写信，对他们营救美国飞行员的人道主义行为表示感谢。①他在日记中质疑蒋介石做戏、不真诚、玩弄权术，令国民党军队处于低迷、颓败的战争情绪。他在日记中谈及，根据所见而言，中国共产党秉持一贯的纲领是"减税，减租，减息"，"提高生产和生活水平"，"参与管理"并且"实践诺言"。史迪威长期在中国工作，对中国文化与语言十分精通，对中国人民抱有好感，"对中国士兵和中国人民怀有信心"，认为他们"诚实，节俭，勤劳，快乐，独立，容忍，友好，谦恭"，"本质上是伟大的，讲民主的，但受到了不当的管理"，②而这管理不当者无疑指向蒋介石。他曾"不讲策略地直率表示他看不起这个委员长"③。但对于中国共产党，他曾在笔记中写道："他们的情报工作搞得很好。组织健全，战术高明。""有些外国人在国内时本来会认为共产党人是一种十分邪恶的威胁，可是到了中国就认为他们是中国由来已久的灾难的产物，是想有所作为的改革者"。④史迪威对国共两党态度迥然，在美国对中国共产党的态度与决策上，他的言论起到了极大的积极作用。作为蒋介石全部武装部队的总指挥，史迪威尽力为延安争取国际援助与舆论支持，为中国共产党的战斗实力与热情正名，使延安的国际地位得到了显著提升。

中国共产党以极大的包容之心与人道主义立场，在对待、教育、改造战俘等方面成绩显著，为世界治俘工作贡献了最为成功的经验。以日本工农学校为代表的一系列再教育活动，清理了日本人心中根深蒂固的对华蔑视、敌视与仇视的

---

① 伊斯雷尔·爱泼斯坦：《历史不应忘记：爱泼斯坦的抗战记忆》，沈苏儒、贾宗谊等译，五洲传播出版社2015年版，第164页。
② 史迪威：《史迪威日记》，林鸿译，北方文艺出版社2014年版，第300—301页。
③ 巴巴拉·塔奇曼：《史迪威与美国在华经验（1911—1945）》（上册），陆增平译，商务出版社1985年版，第5页。
④ 巴巴拉·塔奇曼：《史迪威与美国在华经验（1911—1945）》（上册），陆增平译，商务出版社1985年版，第218、219页。

心理，将黩武主义的余毒改造为助力中国人民抗日的战争资产。1944年，美国政府派遣美国驻日大使和收集战俘改造情报的代表来延安学习，延安的成功经验通过向美国传授进而被推广运用。1944年，在日本共产党领袖野坂参三和八路军政治部主任王稼祥的磋商之下①，决定将各根据地日俘聚集于延安，成立日本工农学校进行思想教育。大量来自日本战俘的回忆录在战后出版，书写他们在延安的真实见闻与经历。他们侧重在延安所受待遇（津贴、伙食）、教育（政治、经济、社会、时事、日本问题、马克思主义理论）②、娱乐（扑克、围棋、象棋、棒球）等方面的描写，对日军所开展工作的介绍，如发传单、发慰问袋③、打电话、呐喊团、武装宣传队、播送"夜间广播"等④，以及为延安军民编演的娱乐活动，如《樱花歌》、剧目《前哨》、日本舞《花笠舞》、反战剧《岛田上等兵》、日本民谣《八木小调》等⑤。如此种种，不仅体现在思想政治教育对清理"天皇赤子"、封建意识与军国主义思想等方面所取得的成果⑥，提高了他们对马克思主义、社会主义的世界观的认识，甚至将日本男尊女卑的观念扭转，进而转变为延安男女平等的现代意识。同时，通过参与反日斗争工作，使战俘从自卑走向救赎，又从救赎走向平等自信，在同延安军民的生活与娱乐中，产生了强烈的自信心、荣誉感与认同感，被没有歧视与偏见的延安接纳了。他们用自己的方式将这种友爱反馈于中国共产党，以自身为例向全世界人民证明延安的先进性、感召力与国际主义精神。

---

① 《野坂参三选集·战时篇 一九三三年——一九四五年》，人民出版社1963年版，第205页。
② 刘国霖、铃木传三郎：《一个"老八路"和日本俘虏的回忆》，刘国霖译，学苑出版社2000年版，第95页。
③ 《从鬼子兵到反战斗士》，张惠才、韩凤琴译，中国文史出版社2005年版，第156页。
④ Hugh Deane, ed., *Remembering Koji Ariyoshi: An American GI in Yenan*, Beijing: Foreign Language Press, 2004, p.23.
⑤ 香川孝志、前田光繁：《八路军内日本兵》，赵安博、吴从勇译，解放军出版社2015年版，第84、85页。
⑥ 小林清：《在中国的土地上——一个"日本八路"的自述》，解放军出版社1985年版，第7页。

第五节

域外延安书写的文化意蕴

域外作家将个人的身份认同和延安的文化认同相融合，将文本外的作家生活转轨与文本内的中国革命进程相并置，呈现出作家个人与文学创作的互文关系，和中国作家一样，开启人、文互证之路。斯诺、史沫特莱、海伦·斯诺、詹姆斯·贝特兰、杰克·贝尔登等域外作家的纪实文学，将革命性、现代性的精神价值融入延安的国际形象，并为延安文学遗产注入包容性与世界性。

一、域外延安书写的创作缘起

1936年后，世界范围内涌现出的大批书写延安的域外作家创作，在国际上产生极大影响的同时，一定程度上为战争背景下的中国共产党吸引了许多国际主义知识分子。延安经历和延安影响在域外作家的文本创作中表现为社会背景与意识形态的共同建构，其中的默契和共通缘于延安的独特性和新兴力量的感召力，也可以从中窥见延安作为域外作家进行延安文本创作的外在动力与域外作家创作纷繁的内在动力两者之间的嬗变与交织。

域外作家的延安文本创作立场至少来自以下四个层面。首先，作家本人世界观、价值观和延安文化价值的共通。1934—1949年，域外作家对中国共产党的书写，因其个人的不同生活背景与遭际呈现出不同的创作立场。考察前来延安或关注延安的域外作家创作，可以梳理出个人化写作立场的四种表现形态。第一，失落的漂泊者。第二次世界大战期间，德国等国家的排犹恶行使许多轴心国及其势力范围内的犹太人受到迫害，一部分生存空间备受威胁的犹太人来到中国，并和革命、反抗中的中国共产党建立联系。一部分创作延安文本的域外作家来自犹太民族，他们的创作形式以新闻报道、纪实作品与自传等方式为主，如医生汉斯·米勒、弗莱、罗生特，记者斯坦因、爱泼斯坦、希伯等。以新闻报道为媒介的延安书写，利于作者在延安国际形象创构中注入及时性、专业性、民族性与斗争性等特点。纪实性的延安书写，如斯坦因的作品与爱泼斯坦的著作、自传等，利于强调延安的民族包容性与国际主义归属感。犹太民族知识分子民族特性中的超国别、超民族的自豪感，使他们消解了一种漂泊意识。一方面中国革命吸引他们加入反战活动，另一方面唤醒了他们内心的归属感。另外，日军俘虏在延安的境遇，让这些军国主义的受害者、武士道精神的弃儿，得到了关怀尊重与马克思主义理论教育，在逐步自我认可的同时实现了个人价值，融入中国共产党的抗日斗争。第二，共产主义的同路人。信仰共产主义并加入共产党的一部分域外作家，如日本共产党员野坂参三、奥地利共产党员弗莱、德国共产党员希伯、印共分裂前的党员巴苏华、秘密日本共产党员西园寺公一以及加拿大共产党员白求恩等，他们出于共同的政治信仰，对革命的中国共产党事业全力支持且深有共鸣。在国际共产主义追求的指引下，他们以自己的方式投入延安创作，唤起了域外信仰共产主义的国际人士对延安的关注与支援。第三，人道主义的践行者。对中国共产党进行实地支援的域外作家，怀抱崇高的人道主义和国际主义理想，用实际行动支持抗日战争，如林迈可、班威廉夫妇、路易·艾黎、乔治·何克、王安娜等。人道主义的个人追求与西方国家基督教义浸淫的使命意识、拯救意识等奉献精神，成为他们最初决定援助延安并书写延安的出发点。第四，精神上的追随者。这部分作家对共产主义和马克思主义的理解并不透彻，但为延安军民顽强的革命精神所折服，欣赏甚至崇拜中国共产党军民、军事指挥人才与领袖个人等。涉及具体的书写行为时，大多是四种写作立场的交织交错、和谐共生与相互影响，逐步生发出作家个人的创作热情。

其次，国别或族际的意识形态与延安思想文化的差异，引发作家对双方敌对与契合相交织的跨文化、跨意识形态张力的探究愿望。第一，美国人的延安之行，体现出涉奇的初衷和上帝"选民"意识，以及美国的政治追求与在华利益等问题。第二,德国的赴华作家,在反法西斯的政治立场上与中国共产党的反抗斗争具有思想上的相通性,在一致抵抗威胁的追求下,他们选择支援中国共产党的实际工作,自觉肩负起书写、解读最具反抗与斗争力量的中国共产党与延安的神圣使命。第三,英国、澳大利亚、新西兰等国作家往往持中肯、客观的写作姿态,以审慎的视角观察边区的战争情绪,书写真实的抗战情况。他们从实际出发,以"横站"的姿态,帮助世界理解真实的中国共产党。

再次,国际视野统摄下的域外作家的延安文本创作冲动。域外作家从国际视野的角度,以不同的距离,从不同的方位来审视延安,延安坐标与世界认知的误区与贴合呈现出延安诠释的多种面目。第一,当延安被认为是共产主义营地时,世界多数国家的立场一致,即"竹幕"[①]彼端的延安隐含着共产主义的威胁。第二,当延安被放在东方古国的位置之上,延安的中国共产党被认为是民族主义者。域外作家以中国历史变迁的阵痛,置换延安政治理想上的本质追求,即认为中国共产党起源于深受苦难的中国人民的自救行为,是古老中国革命与解放的必然现象。中国人民的处境是延安力量崛起的内在原因之一,在西方观念映照下,中国人民长久以来的沉痛经历是成就延安的必然原因,但是这里忽视了马克思主义在中国共产党政治理论中的重要意义。他们用西方现代化理论将共产主义理想误解为自发的民粹主义或者民族主义表征。第三,被安放在西方国家以宗教作为文化输出的历史进程中的延安,其民主实践被认为是他们规训与改造中国意识形态的成果。然而,延安的民主制度很大程度上来自中国共产党的人民性追求,一方面是以人民为战斗主体的战时中国,一方面是以人民为本的立党之源,两者结合便成就了延安模式,成功实践了新民主主义,这和西方认知中的民主主义是有极大区别的。第四,当延安被置于反法西斯战线之中,延安书写就具有实用主义价值和现实意义,这种观点指导下的域外创作体现出战时、务实的创作立场。在前三个层面上,世界大部分国家对中国共产党有先入为主的警惕与误解,鉴于

---

① 竹幕是1949年之后西方世界用来描述资本主义国家与亚洲社会主义国家之间的意识形态差异的词语。司徒雷登:《在华五十年》,常江译,海南出版社2010年版,第221页。

此，域外作家一方面怀着认识延安、理解延安的个人表达愿望，向世界大多数国家的刻板印象发起挑战，一方面通过他们书写的延安故事、中国故事，帮助世界认识中国共产党。

最后，以创作行为本身为出发点的写作立场。第一，鉴于域外作家延安文本的文类特点，作家主体的创作具有读者意识。域外作家的创作，一方面是以采访、参观、收集资料为前提，结合个人主观理解之后进行的创作实践，另一方面创作之初便设定的读者群即本国人民甚至世界人民，从整理资料、内化信息中确定其写作对象和叙述方法。第二，域外作家的延安之行，常常伴随着疑问与谜团，而延安经历帮助他们解开意识形态的迷雾。由于政治形态的差异，他们对中国共产党指导思想的理解存在偏差，往往带着因袭的观念对延安进行主观揣测，表现在延安书写中，是他们创作立场的先验性与预设性。第三，这批域外作家的延安文本创作面临两大困境，一是写作对象均为1934年至1949年的延安及各民主根据地、解放区，二是真实客观的非虚构、纪实性创作原则。被写什么和怎么写束缚了手脚的域外作家，根据各自不同的创作立场无意识地将个人元素融汇于作品之中。他们的延安文本以非虚构纪实性文学，如报告文学、新闻报告、回忆录、口述史、自传、日记等方式呈现，而这几种文本类型是在主观意识观照下，作者力量干预叙述对象与叙述方法的文本形式，具有较为个人化的特点。以真实再现为创作原则的非虚构作品几乎杜绝了读者的想象空间，除却部分合时性与合政策性的文本之外，纪实类作品的叙述内容表现出强烈的选择性与主观性。和小说创作的读者主导不同的是，这类纪实性、非虚构的创作文类体现了作家主体意识的主导作用。

延安视野、延安经历引发的延安书写，意在讲述延安故事，提升世界的延安意识和延安影响，以作者的书写冲动与创作欲望成就了多重力量集结下的延安文学。域外作家的延安文学创作缘起主要表现在以下几个方面：首先，域外作家文本创作的介入心理。域外作家在进行文学创作之前须面对一个重要问题，即作家本人判断叙述对象的真实性，判断其真实与否以及在多大程度上真实。小说的虚构性与被动性将读者推向很高的位置，这也是"作者死了"这种结论产生的原因，而域外作家的非虚构、纪实性作品自选取叙述内容起便掌握了主动性。如此具有强大介入性的文类，提供了作家安放个人意识、干预意识、先验意识的叙述空间，在这个意义上讲，域外作家的创作动机中夹杂了许多私人化、利益化、政治化、时代性、崇高感等复杂心理。其次，客观讲述中国共产党的写作诉求与创作旨归。当延安的国际认知被笼罩在迷雾之下，各种传言纷起时，秉承冒险精神的记者来到延安，他们坚持实地观察的原则和客观严谨的态度。域外作家创作延安文本的主要功能是传递或传播信息，而信息的真实性来自作家的判断，这种巨大的叙述权力使大批域外作家产生了阐释欲望。再次，帮助世界认识延安的终极目标。延安与传统中国、国民党政府和世界之间存在大量的异质性因素，许多方面又是同构的，在理解延安问题上存在差异，于是域外延安书写成为时代必然与历史见证。最后，考察延安之后的表达冲动。大批海外人士在结束延安之行之后往往收获了一个新的身份，他们以观察者的初衷来到延安，访问边区领袖、参观边区学校等教育机构时感触颇深，萌生了强烈的表达欲与创作欲，从而形成最初的写作动机。

　　正如热奈特所说，一部非虚构性文本"完全可以引起读者的审美反映，引起读者反映的不是形式，而是文本的内容"[①]。由于文类的限制，域外作家的延安书写大多是以时序为线索进行历时性的叙述和以片段式插入的共时性叙述两者相互交融的方式呈现，这也是以客观真实为创作原则的延安书写的最佳叙述方式。作家以在延安的采访、观看文艺演出、观察与交际活动等真实见闻为叙述时间，间或穿插场面描写，多角度、多层次地再现延安生活。叙述者本身是个闯入者。域外作者所观察的生活是延安的常态，这种平静的日常生活成为他们笔下最有价值的叙述对象，所以他们的叙述往往是匀速的和相对静止的。这种静态的平稳叙述节奏被作者情感的积累所打破，鲜有波动的日常叙述和逐渐加深的认识，域外作家的延安书写和延安精神诠释的方向呈稳步上升的总体态势。域外延安文学创作在平静中渗透着循序渐进的情绪积淀，这成为延安书写的一种整体化倾向，由

---

① 热拉尔·热奈特：《热奈特论文集》，史忠义译，百花文艺出版社2001年版，第106页。

此表现出延安文化价值的强大生长性与增值性。域外作家在访问延安、认识延安的过程中,加深了对中国共产党人的理解和认知,情绪上也是一个逐渐走向饱满、不断升华的过程,延安文学创作同时给作家们提供了一个抒发感受、整理思绪、冷静反思、创构范式、寻找共鸣的机会。

以时序创作的延安文本,在思考沉淀、精神提炼等方面呈现出渐进性、发展性的特点。延安经历与延安创作的时间差,一方面令原本日渐模糊的记忆在材料整理与内化中,渐渐生发出沉淀后的深刻理解,另一方面从被时间拉长的审美距离与写作距离的角度看,域外作家的延安文本贯穿着冷峻的审视和未来意识。

被局限了叙述对象与叙述原则的延安文本,在创作上营造出一种空间感,具体表现在延安与中国现实状况、延安与中国文化传统、延安与国际交往关系等方面。这几组对应关系存在着两者间的紧张与敌对,但是现实不是抽象的,现实中的文本创作空间是这几组关系的堆叠与扭结,其中的驳杂与混乱是非虚构性延安域外文本对叙述对象的真实再现。

二、域外延安书写的文学与文化价值

以时间为序的域外延安文学创作,在人物群像的展现中将具有典型性的人物描写平行插入,贯穿于匀速的静态叙述,打破了原本稳定的叙述节奏。以报告文学形式出现的域外延安文学创作,在人物典型性的表现上多以"小鬼"、八路军、勤务兵、游击队员、革命领袖、文艺工作者为刻画对象,从中选取典型人物,描写其个人经历、思想状态、精神气质等方面,以人物间对话与作者采访手记为素材,剖析延安精神总体建构与个人的内在联系。作者截取的具有典型性的人物语言,如斯诺笔下名字特别的"小鬼"潜意识的自我认同感,海伦通过描写"小鬼"对牺牲的理解阐发自己对延安集体意识的看法,均是以典型人物语言透视一种具有典型性的精神思想状态。域外作家的延安文学创作从具有典型性的人物对话切入,借以表现具有典型性的时代气息、社会风貌、思想观念与精神内核。

域外作家在描写真实人物的外貌时,如同绘画艺术般敏锐地捕捉到他们的独特性，渲染其最具独特性的一处，点染出贴切的、立体的人物全貌。例如，史沫特莱笔下朱德同志农民性的朴素、淡泊、亲切与随和等个性特征，这种外貌描写在有限艺术想象的辅助下，在深切的钦佩之情指引下，也是通过将朱德的外貌与其个性联系起来，朱德的个人精神气质升华为集体精神，甚至塑造为时代精神。再如，王安娜作品中关于毛泽东同志的外貌刻画，即"嘴唇就象一弯新月，很女性化"[1]。这里运用象征和对比的手法，将新月和中国共产党的前途联系起来，而女性化的外貌一方面来自作者的真实看法，另一方面以观念中的女性形象侧面烘托毛泽东柔和、坚韧的一面，同时将女性的阴柔气质与抗日热情的阳刚气概进行对比，呈现出反差美。在人物群像描写与典型性刻画的交错中，沉淀出作者鲜明的情感线索，并在文本创作中有意强化这种累积的、正向的、生长的、历时性的时间意识。域外作家的延安文学创作以自觉的时间意识介入叙述，在描写延安军民日常生活的场景中呈现个人与时代的联系。域外作家的延安文学书写，使文学性与真实性达成和谐统一，在美学意蕴上，体现出生活美学、叙述美学与艺术美学的完美交融。

从域外作家延安文学创作中诸多的风景描写可以透视出生态意味与象征意识。真实的景物描写中暗含着作家本人的时代性审美倾向，以及从生态观念向社会文化观念的移情。延安的地缘格局与地理风貌客观上表现出边缘性和贫瘠，作家从对延安的初步印象入手，将真实艰苦的延安环境和有限的国内国际认知，与延安革命的先进性、前沿性、时代性相联系，成功建构起延安地理意义之外隐含的革命意识、进取精神等文化价值。真实的延安是地貌沟壑纵横，气候干旱，暑寒温度极端，这些劣势造成了人民生活水平较低、生产条件较差。自然条件恶劣的延安处于生态文化的边缘地带；地缘文化上的延安处于西北内陆地区，是政治文化的边缘地带；经济文化上的延安处于半农耕半游牧地区，是以中原农耕文明为核心的边缘地带。重重艰难之下的延安，却以中国共产党的崛起逐渐成为战时中国的政治、经济、文化中心。域外作家对延安精神的渲染，以延安风景的描写

---

[1] 王安娜：《中国——我的第二故乡》，李良健、李希贤校译，生活·读书·新知三联书店1980年版，第144—145页。

作为参照，政治思想上的新旧对比，经济发展上的颓兴对照，文化教育上的愚智对应，反面衬托出边区的革命与更新意识。作家用象征的手法，以太阳、阳光、红色、红星等有温度的元素和色调，象征延安文化价值的同时，增强了域外延安文学作品的文学性与审美性，使政治美学与叙述美学在文学创作中达到了和谐统一。作家在自然描写中，融入了个人的时代审美意识，比如初到延安的作家多数以城市化、现代化、市镇经济文化为参照，对延安的贫瘠感到失落。作家的时代审美作为生态描写在第一阶段出现，随后的生态意识往往为政治的强大力量所颠覆，运用社会政治的文化价值自觉或强力干预自然生态观，表现了自然风貌和现实状况的互文。这种景物描写的人格化与时代化，是非虚构性文学作品在创作中一贯运用的艺术方式，体现在域外延安文学的书写中，便是将延安生态环境与经济状况的荒凉与滞后，和以社会文化为出发点的古朴、原始、神秘相结合，塑造具有特定文化价值的延安。

奔赴延安和民主根据地的域外作家多数来自美国与欧洲，或者曾在美国与欧洲接受教育，部分作家为犹太民族，他们的自由意识、独立意识在中国抗战中被置换为一种国际主义精神和社会意识；部分作家笃信基督教义，将博爱、崇高的拯救意识与使命意识倾注于中国。延安素朴、清苦的生活方式，淡泊、务实的物质需要，迫切、真挚的精神追求等，和美国早期的清教徒教义存在着某种精神元素的相似性。这也是斯诺等在作品中介绍延安生活时常用"清教徒气质""斯巴达主义"等词语形容延安精神的原因。这种清教意识是由欧洲人传播至美国的，所以，在宗教思想上两者接近同源。成立之初的美国，深受英国清教影响，他们继承并发扬了清教教义，并以此形成美国文化根基的一个分支与传统。"清教徒都是笃信加尔文教的新教徒，奉行上帝的诫令和律法，遵守严格的宗教和道德原则，恪守粗衣淡食的生活"[①]。欧洲与美国作家来到延安之后，将乐观面对艰苦生活、满怀信心投入战争的延安军民和清教徒的生活追求相联系，进而形成了最初对共产党人的亲近与吸引。再者，基督教义浸淫下的欧洲与美国，秉持着上帝

---

① 姜智芹：《美国的中国形象》，人民出版社2010年版，第4页。

"选民"的意识，满怀使命感与拯救感，"崇高的想象力和感情变成美国对华政策的根本动力"①。正如司徒雷登所说，"美国人做事，总是一面拥有真诚高尚的目的，一面又强烈维护自己的利益"②。崇高的拯救意识、利益驱使的责任意识与家长式观念交织，形成了域外作家延安文学创作的社会意识。

域外作家的延安经历对他们理解中国左翼文化与革命文化有积极作用，他们在作品中含蓄地表达了批判意识，包含国际间的意识形态批判、中国党派间的政治文化批判以及日本侵略者的畸态价值批判。怀着对边区俭朴条件的敬意、延安精神的敬佩、马克思主义理论的粗浅理解，他们尝试在延安文学创作中，以真实所见的、相形之下的腐败、独裁、依附、无作为的国民党政府为批判对象，反衬延安的号召力与凝集力。美国记者白修德在其作品《探索历史》中，显露出超越意识形态的批判意识，质问美国政府出于利益的对华政策和内政干预。③美日两国的军火交易，抗战时期美国对中国的外交垄断，国共内战时美国对国民党的纵容与援助，百年来美国利用宗教在生活方式、意识形态、物质精神观念等方面的文化输出，日本投降后美国对战败国的独自强占，新中国成立后美国在国际环境中向中国注入的外交真空等方面，都成为域外作家延安文学创作中的批判对象。对美国霸权的批判与反思不单体现在美国作家的延安文本中，其他国家的作家对美国的作为也表示了不满。对于日本侵略者的暴行，域外作家在文学创作中表现出最强的批判性。从明治维新开始，日本进入西方现代化思维，以大隈重信的"东西文明融合论"④和福泽谕吉的"脱亚入欧论"等为代表的思想对日本影响极大，渐渐开始以丑化中国的方式树立日本的国民自我认同感与自豪感，进而从文明论、现代性的角度排斥中国。军国主义的日本，致使国民道德观堕入畸形与异变，从而在中国犯下了非人的罪行，对此，域外作家的延安文本对日军的残

---

① 邹谠：《美国在中国的失败：1941—1950》，王宁、周先进译，上海人民出版社1997年版，第4页。
② 司徒雷登：《在华五十年》，常江译，海南出版社2010年版，第152页。
③ 白修德：《探索历史：白修德笔下的中国抗日战争》，马清槐、方生译，生活·读书·新知三联书店1987年版，第177页。
④ 野村浩一：《近代日本的中国认识》，张学锋译，中央编译出版社1999年版，第7页。

暴罪行进行了痛彻的控诉。如同马克思所指出的:"批判的武器当然不能代替武器的批判,物质力量只能用物质力量来摧毁;但是理论一经掌握群众,也会变成物质力量。"①文学对社会的批判力量有限,它在文化社会领域中能发挥积极作用,而不可能取代其他物质性批判方式。同时,以小说为主的虚构文本,往往在现实表现上侧重局部真实与本质真实,而在读者的接受与解读上,常常出现耽于想象、意识发散的广泛性与混乱感,在落实批判意识的集中性与整体性上存在落差。非虚构性的纪实类文学艺术形式,借助现实的巨大向心力和共鸣感,必然会对读者乃至社会产生无可替代的冲击力和批判力。正如多数评论家所说的,优秀的报告文学作者是最有社会责任意识的知识分子。②诚然,以域外作家的延安文学为代表的对延安精神文化价值与遗产的书写,不仅体现出文学的实用主义价值,更体现了其在艺术语言、艺术手法、艺术联想、艺术意境、叙述学以及美学意蕴等方面的范式作用。

所谓的延安国际形象无疑是指延安时期,和中国共产党互动较为活跃的国家及地区对延安的集体想象。以延安为想象对象的形象建构过程,有诸多国家参与,时间跨度较大,由此,延安形象不断发生着变化。伴随着超越的乌托邦想象、信仰认识的迷思以及意识形态的先验观,作为想象对象的延安被多种意识叠加,其中有契合与理解、误解与敌对、仇视与钦佩等"层累"③的堆积。

从国际形象建构的被动性来讲,延安的精神内涵与国际声望是相辅相成的,域外作家的延安文学创作在一定程度上建构了延安的国际形象。延安形象作为现代中国国际形象的一个节点,其独特性在于颠覆了欧洲与美国观念中对中国的认知。世界的中国形象,成体系且影响较大的是来自早期欧洲与美国对古老中国的遥想,他们想象中国的方法主要有停滞、专制、野蛮三个层面。④欧洲人与美国

---

① 中共中央马克思恩格斯列宁斯大林著作编译局编:《马克思恩格斯选集》(第1卷),人民出版社1972年版,第9页。
② 赵学勇主编,郑国友编选:《中国新时期报告文学研究资料》,山东文艺出版社2006年版,第74页。
③ 顾颉刚编著:《古史辨》(1),上海古籍出版社1982年版,第60页。
④ 周宁:《跨文化形象学》,复旦大学出版社2014年版,第83页。

人观念里的中国形象大致呈现为两种倾向,以大月氏人为幻想的赛里斯人、门多萨构建的中华大帝国,以及伏尔泰等观念中以孔教乌托邦为主线的中国正面形象;以蒙古人、中国佬、傅满洲博士为代表的"黄祸论"[①],和猪尾奴、满大人等消极形象。清朝以来的负面印象使中国处于极低的国际地位,中国共产党的出现又将中国的国际认知从"黄祸论"转向了"红色威胁"。[②]虽然,对于国际形象的建构伴随着想象与幻想、理想与误解、混杂与演变,但国家形象的建构无疑代表着国家自身的国际地位和国际影响,以及通过国家形象而形成的自我认可与民族自豪感,甚至于自我想象的方式。大批域外作家形成的蔚为大观的延安书写,自发地成为扭转世界的中国观的桥梁,他们对延安的解读使现代以来世界的中国观渐渐趋于客观化与合理化。这种再认识或者颠覆性认识,逐渐产生了渗透性效应。中国共产党将中国文化传统与马克思主义理论相结合,并逐渐发展出新的中国思维,这必将对世界的中国观产生影响。

从建构国际形象的主动性来讲,延安形象的生成、延安地位的上升极大程度上来自中国共产党对域外观察者的主动吸引态度、组织与工作效率,以及边区人民的精神团结和革命凝聚。中外记者参观团来延安采访前,周恩来曾指示交际处的工作人员,要以外国记者为工作重点,以"强调宣传坚持抗日、坚持民主、坚持团结"[③]为工作核心,反映了中国共产党处理对外关系的主动性与积极性,并在开展对外工作中体现出系统性与组织性。于1940年1月发表的《新民主主义论》,主张以民族的、科学的、大众的文化为建设原则与重点,成功地开创了符合社会实际状况的"延安模式",新民主主义的提出在国内的边区建设、军民团结以及国际延安形象的巩固与提升等方面,体现了中国共产党的卓越智慧与发展眼光。

延安广泛收获国际赞誉与影响,以非西方的、独立的方式建立中华人民共和国,迈入现代国家之林,从而在颠覆传统认识的基础上进入了国际世界对华钦

---

① 周宁:《龙的幻象》,学苑出版社2004年版,第47页。
② 姜智芹:《西镜东像》,中央编译出版社2014年版,第3—11页。
③ 金城:《延安交际处回忆录》,中国青年出版社1986年版,第201页。

佩阶段。在西方，延安精神的建构不仅表现为亲历者的见闻与回忆，甚至引发了西方汉学界对中国共产党的延安形象进行学理性的研究。海外汉学界对延安成功经验的解读，一方面丰富了国际学术界的汉学研究成果，另一方面客观地肯定了延安经验作为人类宝贵遗产的重要地位。这类学术著作涵盖了延安的经济、赋税、教育、军事、政治、思想、文化等诸多领域，将延安的时间范围扩大到苏区建设经验、长征精神遗产、毛泽东时代及其后中国建设事业等各个阶段。中国共产党人的能力与其在延安精神建设、文化价值塑造等方面体现的领导才能、卓越品质、民族气质，激起了世界人民对中国共产党的叙述热情与自觉书写。近代以来，中国的国际形象日渐衰微，而中国共产党在对外关系的互动与交流中，显露出积极和自信态度的同时，保持着不卑不亢的国家风度，其中深刻渗透着中国共产党的文化认同和文化自信。中国作风和中国气派不仅展示了延安思想文化的整体风貌，更向世界传达了中国精神与中国文化，这也在客观上吸引着域外作家书写延安精神、讲述中国故事。

第四章 从延安走向世界的丁玲

丁玲于20世纪20年代中后期开启文学创作道路，在其初登文坛之际便如同一颗明星，光照其时在黑暗中的中国社会，创造了一批反抗宿命、自我解放的女性形象，如梦珂、阿毛、莎菲等。在与革命相遇之后，丁玲开始创作诸多揭露时代阴暗与政治暴力的作品，并在当时的中国与世界文学界发挥了较大的影响，这一时期的创作思想奠定了丁玲此后文学作品的基本路向。奔向延安的丁玲开始了文艺思想的去芜期与沉淀期，并在其心灵与肌体的革命趋向中，以长篇小说《太阳照在桑干河上》拥抱并献礼新中国。其后，丁玲在50年代中期的政治风云中跌落，从此步入长达近二十年的沉寂期。在文化与文学开始复苏的70年代末，丁玲重返文坛，虽不具曾经的文艺领导位置，但她笔耕不辍直至生命的最后一刻。漫长的文学生涯，丰富并不断推进着丁玲的文艺思想与文学创作高度，这也是本书为丁玲专辟章节，详述她在中国本土与域外文学界的独特存在，以及她的创作为中国文学乃至世界文学所提供的文学资源、文学创造的主要原因。

笔者从四个方面讨论丁玲的文学作品。首先，从历时性角度对丁玲研究的本土研究成果进行梳理与重点分析，为后文讨论中国本土的丁玲文学研究史对域外丁玲研究界的影响提供知识框架与认识前提。其次，以域外丁玲研究的诸多共性入手，结合丁玲文学创作在域外的接受环境，从历时性与共时性相结合的角度，为域外丁玲文学研究历程进行阶段分期与译介情况的全面介绍。同时，将问题意识作为进入域外丁玲文学研究之再研究的通道，从整体上把握其研究的共性与差异，分别以真实性问题、两极断裂论与情感研究方向为论述重点。再次，以域外丁玲研究中华裔学者梅仪慈的代表性成果为研究个案，一方面，凸显她为丁玲研究所洞开的新视野与新观点，如较早地从疾病的隐喻视角对丁玲作品进行解读；另一方面，将她有关意识形态方面的再认识作为对一些域外中国现代文学研究方法与路径的反诘、扩展与延伸。最后，考察域外的丁玲文学研究为中国学界提供的新的可能性，诸如女性文学研究、作家传记研究与人文心理学研究等，在文学研究视野与方法上相对拓宽并深化了域外的丁玲研究成果。

第一节

丁玲作品的国内外研究概观

丁玲的文学创作生涯，不仅可以勾勒出中国现代文学的发展路径，而且作为一个无法被绕开的作家，其作品在中国现代政治文化与时代进程的重要节点中发挥着文学与文化建构的重大意义。笔者将详述中国本土学界的丁玲研究史，以历时性的本土研究成果为线索，分析中国学界的丁玲文学接受史，并以此作为基础，概述丁玲文学的域外接受与研究状况，为进行域外丁玲研究的深入探讨与再研究提供一个整体传播面貌与认知基础。

一、丁玲作品的本土研究述评

五四运动爆发前后，豆蔻之年的丁玲，已经在母亲的影响下出落为思想先进的活跃分子，走向学校与社会的革命浪潮之中。1922年，求学于上海平民女校的丁玲，成了"叛逆的青年女性"[①]之一。20年代中期，丁玲身处北洋军阀混战的北京，将自己的郁郁苦闷倾注于文学创作，孕育出其成名作《梦珂》，以及随后发表的《莎菲女士的日记》。两部作品甫一出版便引起文坛的关注。然而，丁玲崭露头角的文坛，在当时对女性作家的包容度与认可度还是相当欠缺的。

1928年，张若谷在《真美善》杂志编选了一期《女作家专号》，选辑了冰心、陈学昭等女性作家的作品。此刊引起了当时社会各界极大的抵触，用张若谷的话说，各界人士"不是冷嘲，便是热骂，也有肉麻的捧场，也有无聊的污

---

① 茅盾：《女作家丁玲》，载《文艺月报》1933年第2期。

蔑，更有严辞斥责"，截至三个月后的1929年1月，据张若谷统计，公开发表的讨论文章超过三十篇。[①]当时祝秀侠的一篇文章，虽被编辑张若谷认为其见解陈旧，偏见重重，但是其中对丁玲小说的认识还是相当准确的。他写道："丁玲的作品，这本所谓'女作家号'是缺如的。无论如何说，丁玲总是一位超出一般女作家之上的新进的作者。她长于心理的描写，她的作品是流露着浓烈的情感的。"[②]由此看来，在弥漫着对女作家的反感空气的文坛，能够在客观上跳出陈见实属难得，令评论者敢于发出违和之声的勇气，正是来自丁玲的创作道路与其小说的艺术高度。正如五十年后，丁玲回忆自己拒绝《真美善》杂志以优厚稿酬组稿"女作家号"的时候，曾向编辑直言"我卖稿子，不卖'女'字"[③]，其中或傲气或矜持，都显示出她清晰的创作方向与严肃的为文追求。

革命文学批评家钱杏邨曾撰文称，要运用"Marxism的社会学的分析的方法"，将屠格涅夫、易卜生等伟大作家"回炉"，"为着青年的读者，为着我们对于时代的任务，也是为着无产阶级文艺的前途"，重新估定与批判一番。[④]如此观点，来自20年代末中国文学批评界中李初梨、钱杏邨等所倡导的革命文学，它受苏联拉普（俄罗斯无产阶级作家联盟，音译）的影响较大。"由于把文艺理解为'阶级的实践的意欲'的表现，所以他们普遍地过分强调文艺的宣传作用，并以宣传效果的好坏来衡量文艺的价值高低，结果放逐了文艺的审美要素。"[⑤]钱杏邨的评论文章《〈在黑暗中〉——关于丁玲创作的考察》，登载于1929年第1期的《海风周报》。此文对丁玲的首部小说集《在黑暗中》[⑥]评价较低。钱杏邨从人物的阶级立场出发，讨论作品的立意，认为作品中的人物"陷于颓废，厌世的状态，轻视生命，拼命享乐"，是"小资产阶级的个人主义者的思想，有着无

---

① 张若谷：《关于女作家号》，载《真美善》1929年第1期。
② 祝秀侠：《读过"女作家号"以后》，载《海风周报》1929年第5期。
③ 张炯主编：《丁玲全集》（8），河北人民出版社2001年版，第125页。
④ 钱杏邨：《关于文艺批评——〈力的文艺〉自序》，载《海风周报》1929年第9期。
⑤ 陈国恩：《"拉普"和中国左翼文学批评的历史反思》，载《重庆三峡学院学报》2004年第5期。
⑥ 《在黑暗中》为丁玲于1928年出版的第一部短篇小说集，收录作品《梦珂》《莎菲女士的日记》《暑假中》《阿毛姑娘》。

政府主义的倾向"；作者本人"微微的具有世纪末的病态"，以致作品全然笼罩"在黑暗中"。①

将作品反映的情感挣扎与矛盾看作是完全追求灵与肉的观点，影响并逐渐塑形了此后丁玲研究的某种取向。同时，正是部分地基于如此观点，导向一种认识，即丁玲得以在30年代以来跃居文坛要位，其关键在于此，认为《莎菲女士的日记》所突破的不是别的，而是大胆的女性情爱描写，这无疑是对当时文坛真实情况的盲视。钱杏邨所坚持的这种文艺批评观——"Marxism的方法去从事于过去的文艺的检讨"，从20年代末期便开始践行，而后日渐贯彻于他对丁玲以及其他作家的评论，极大程度上忽略了作家创作思想的复杂性与深刻性。这种向着"无产阶级文艺的前途"而走出的正是一条极端"左"倾的文艺道路，留待后人"观瞻""效仿"，甚至跨越时空，"幽灵"般地在50年代中期以来评判丁玲的文章中"复活"，成为有些人所祭起的"武器"。

1930年，毅真的文章首次将丁玲与活跃已久的女性作家冰心、凌叔华、冯沅君等并举，认为"丁玲女士是一位新的一鸣惊人的女作家"。毅真评价说，当时《梦珂》《莎菲女士的日记》《暑假中》《阿毛姑娘》等多部小说在《小说月报》发表后所引发的反响，"好似在这死寂的文坛上，抛下一颗炸弹一样，大家都不免为她的天才所震惊了"。其作品深刻剖析了女性的个人意识与独立性格，"这些率直的女性的心理的描写，真是中国新文坛上极可骄傲的成绩"。②此文对丁玲作品的评价客观、全面，充分认识且首次准确地定位了丁玲作品的出现之于文坛的意义，围绕在丁玲作品之上的"天才""心理分析"等关键词从此被固定下来。

钱杏邨曾在其《现代中国女作家》一书中，再次将丁玲笔下的"Modern Girl"形象放置在"世纪末"颓废美学的思潮中，将其作品纳入个人罗曼史的框架，这和他此前发表的文章观点如出一辙。③但是，这一时期丁玲的创作多围绕

---

① 钱杏邨：《〈在黑暗中〉——关于丁玲创作的考察》，载《海风周报》1929年第1期。
② 毅真：《几位当代中国女小说家》，载《妇女杂志》1930年第7期。
③ 钱谦吾：《丁玲》，见袁良骏编：《丁玲研究资料》，天津人民出版社1982年版，第226页。

知识女性的社会处境与沉郁内心，在大胆直露的情感书写中，也对现代人思想意识的开掘有所深化。同时，注重作品深刻的思想性与现代性的启发意义，是丁玲创作一以贯之的独异之处。也正因如此，令丁玲的作品在时间的淘洗中仍绽放光彩，隐没了书写大胆情爱较之《莎菲女士的日记》更为先锋的《隔离》等作品，由此预示着丁玲创作视野导向社会现实与革命意识的一种必然性。

丁玲创作思想的社会化转变，见诸1928年以来书写的序、跋等零散文字之间。她在收辑了《梦珂》等初期作品的小说集《在黑暗中》的跋中写道："自从刚到上海，知道有人肯印这本书之后，就涌起了许多感想，觉得非向读者说说不可。然而，时间一拖下来，到现在，我懂得这是不必要的。我不愿我只能写一些只有浅薄感伤主义者易于了解的感慨。""所以我再找不到我曾有过的来写这书的序文的热情。"[①]王剑虹、瞿秋白、冯雪峰、胡也频等的影响，使丁玲的创作方向出现了鲜明的变化，她走出了早期关注自我意识的狭小空间，《一九三〇年春上海》《从夜晚到天亮》等小说的出现就是她进入思想转折的过渡时期。1931年胡也频被捕罹难，是丁玲思想意识扭转的关键性契机，尤其是在左联成立以来积极参与左翼文化活动的过程中，她坚定了从事无产阶级革命的信念，进而被党组织任命为左联机关刊物《北斗》的主编，真正从文学革命迈入了革命文学的道路。

1931年5月，丁玲为光华大学学生所做的演讲，已经明确道出了其思想意识的革命化倾向。谈及此前发表的《韦护》等小说，她认为："我现在觉得我的创作，都采取革命与恋爱交错的故事，是一个缺点，现在不适宜了。不过那是去年写成的，与现在的环境大大不同了。"[②]1931年，贺玉波在发表的文章《中国女作家》中认为，丁玲早期作品塑造了物化与病态的女性形象，以及使她们走向"一种带着奢侈性和虚荣心的女性堕落"[③]的黑暗社会。评论者着意将丁玲放置在女性文学的范畴之内，对其作品深层意涵的认识存在局限性。

---

① 张炯主编：《丁玲全集》（9），河北人民出版社2001年版，第3页。
② 张炯主编：《丁玲全集》（7），河北人民出版社2001年版，第2页。
③ 贺玉波：《中国女作家》，载《现代文学评论》1931年第3期。

在任《北斗》主编期间，丁玲组织过题为"创作不振之原因及其出路"的征文活动，鲁迅、茅盾、郁达夫、张天翼、叶圣陶、陶晶孙、郑伯奇等均撰文寄给丁玲，她对此发表总结文章《对于创作上的几条具体意见》，从文学与社会的实际关系入手，明确了当时的文学创作方向。"所有的理论，只有从实际的斗争工作中，才能理解得最深刻而最正确。所有的旧感情和旧意识，只有在新的，属于大众的集团里才能得到解脱，也才能产生新感情和新意识。"创作出新的作品，需要"到广大的工人、农人、士兵的队伍里去，为他们，同时就是为自己，大的自己的利益而作艰苦的斗争"。同时，劝诫作家放弃书写小资产阶级知识分子的狭窄世界，认为"这些又追求又幻灭的无用的人，我们可以跨过前去，而不必关心他们，因为这是值不得在他们身上卖力的"。[1]这一时期诞生的《一天》《水》《田家冲》《某夜》《法网》《多事之秋》《消息》等短篇小说，即是在革命文学理论指导下创作而成的，它们不仅有力地控诉了国民党白色恐怖下的残暴行为，而且细腻地书写了无产阶级革命者的不屈精神以及革命斗争的艰难困境。

钱杏邨在评述1931年中国文坛情状的文章中，谈及丁玲的作品《水》，认为这是"左翼文艺运动一九三一年的最优秀的成果"，同时指出了其小说语言上存在的不足。钱杏邨认为，"作者所有的农民的语汇是很缺乏的，全书仍多智识分子化的语句"。[2]这一时期，丁玲的创作视野开始转向社会现实的重大题材，并将眼光放置在九一八事变之外。1931年发生了祸及十六省的大水灾事件，丁玲以此为素材而创作的《水》是其时文坛出现的首部以大水灾为题材的小说。实际上，纵观丁玲的创作历程可见，描刻真实现实是其一贯秉持的写作重心，不论是早期剖白个人意识与情感世界的作品，还是全然转向社会题材的小说，均以或只鳞片爪或史诗叙事的方式再现社会的真实景象。《水》作为作者尝试转换创作题材的关键性作品，其书写农民形象的笔力尚缺乏有血有肉的丰腴与力度，语言也欠浅白通俗。此时丁玲的创作虽不能说是转型时期，但在题材的选择上的确经历

---

[1] 《创作不振之原因及其出路》，载《北斗》1932年第1期。
[2] 钱杏邨：《一九三一年中国文坛的回顾》，载《北斗》1931年第1期。

了改头换面的艰难过程。所以，作为知识分子的丁玲，缺乏对农民生活体验的切身感受和深入理解，与农民的真实情状相疏离，这必然会成为其创作难以克服的隔膜。但是，丁玲以其独到的眼光捕捉社会现实，注重思想意识的深度开掘，这使其作品得以在时代的变迁中仍焕发着勃勃生机。

冯雪峰认为："《水》的最高的价值，是在最先着眼到大众自己的力量，其次相信大众是会转变的地方。"[①]这种观点指出了作品为服务于现实主义题材所借助的劳苦大众的斗争力量。《水》是一部较早的将劳苦大众作为一支自发、主动、大规模的革命力量主体的作品，肯定了人民在革命斗争中的主体性价值，一定程度上扭转了以往文学创作中底层劳动人民被俯视、被讲述的境遇，在反抗群体的选择上，尝试了由知识分子让位于人民大众的根本性转变。同时，作品将劳动人民群体作为叙述的散点形象，未明确聚焦于一个或若干劳动者的领导作用，而以群像的方式描写反抗命运、反抗压迫的集体选择，如此设计有所突破但也存在局限性。一方面可以凸显出革命力量的洪流式散播，另一方面却忽视了劳动人民形象的典型性塑造，弱化了革命斗争的力度与强度。

经历了社会革命思想蜕变的丁玲，在文学研究界的认知也逐渐脱离女性作家的窠臼，跻身30年代文坛的革命作家的前列，茅盾在1933年发表的文章确立了丁玲在中国文坛中的位置。自《莎菲女士的日记》一文发表以来，丁玲的小说便"满带着'五四'以来时代的烙印的"，"莎菲女士是心灵上负着时代苦闷的创伤的青年女性的叛逆的绝叫者"；而30年代初期创作的《水》，"各方面都表示了丁玲的表现才能的更进一步的开展"，"不论在丁玲个人，或文坛全体，这都表示了过去的'革命与恋爱'的公式已经被清算！"[②]从《在黑暗中》这部小说集所收录的作品以及《韦护》来看，单以知识女性的叛逆、郁闷，以及"革命加恋爱"的公式去看待这批文本，或许有失公允。作家所书写的个人内在的狭窄世界，无外是现实世界真实写照的一种表现形态，小世界无疑是内在于大世界之

---

① 何丹仁：《关于新的小说的诞生——评丁玲〈水〉》，见袁良骏编：《丁玲研究资料》，天津人民出版社1982年版，第247页。
② 茅盾：《女作家丁玲》，载《文艺月报》1933年第2期。

中，同时，书写个人的叙述选择是基于特殊社会环境的产物，如若革命道路是显在地存在于社会之中，多数作家定会纷纷执起革命文学的大纛，奔向现实革命的出口。丁玲曾深刻表白自己的写作初衷："我那时为什么写小说，我以为是因为寂寞，对社会不满，自己生活无出路，有许多话需要说出来，却找不到人听，很想做些事，又找不到机会，于是便提起了笔，要代替自己给这社会一个分析。""所以《在黑暗中》，不觉的染上一层感伤。社会的一面是写出了，却看不到应有的出路"。①因了寻找出路而创作的个人化书写，诚然是作为社会的一面而体现着苦闷抑郁的知识青年典型形象，作家从剖析内心到反映现实的某种向外转历程，并非来自一种思想意识上的断裂，而是更多地基于一种逻辑上的顺承发展关系，即从寻求出路的冲撞内心到寻得出路的坚定革命意识。

另外，以"革命加恋爱"的公式来理解丁玲的部分作品，或许陷入了对30年代创作思潮的简化认识，并在某种程度上窄化了丁玲作品的丰富思想价值。就《韦护》而言，其故事首先就是取材于瞿秋白与丁玲女友王剑虹的真实爱情，作品中让评论家们感到熟悉的革命与爱情的二元矛盾，正是亲历者的个人情感体验。丁玲曾披露此文的写作初衷，是当时瞿秋白"曾向我说过他们的事情。他说，'我们的事情，正是一个很好的小说'"。瞿秋白当时因为爱情，"心中充满了矛盾，他看重他的工作甚于爱她。他每日与朋友热烈地谈论一切问题，回家时，很希望他的爱人能关心他的工作"，"但她对此毫无兴趣"。"他老老实实对我这样说过。我很希望我能把它完全笔之于书。"但是由于种种耽搁而滞后，最后只作为"一件历史叙述"而发表。②"好些人看到出版的日期，硬拿来作为普罗文学批评，我真觉得冤枉。因为我没有想把韦护写成英雄，也没有想写革命，只想写出在五卅前的几个人物。"但是，待作品发表之后，却"发现这只是一个很庸俗的故事，陷入恋爱与革命冲突的光赤式的陷阱里去了"。③来自真实事件的作品的滞后发表，一定程度上造成了作品认知的偏移，甚至长久地将作品

---

① 张炯主编：《丁玲全集》（7），河北人民出版社2001年版，第15—16页。
② 张炯主编：《丁玲全集》（7），河北人民出版社2001年版，第3页。
③ 张炯主编：《丁玲全集》（7），河北人民出版社2001年版，第16页。

的解读坐标固定于某种习见之中，忽略了其中的复杂思想价值。这种现象不仅隐没了一部短篇小说，甚至以"公式"之名大笔挥就了一众作品，被命名与被标签化的同时，更意味着作品失去了更具个性化解读的机会。

"革命加恋爱"题材的作品，因其中裹挟着爱情的力度与冲动，故而存在一个现象，即多为匆忙写就之作，艺术上不够圆融。其外在原因至少有两个：其一，社会混乱、战事四起、白色恐怖的创作环境之下，作家完全不具备精雕细琢的艺术创作前提，同时，出版环境有极大的局限性，这本身就反映了时代的特殊背景。其二，战争环境中的作家创作，是要与社会现实紧密交织的，作用于读者的同时要作用于社会，故而要求作家缩减其创作周期。但是，来自作家本人创作心理的深层原因更值得关注。仓促写就的文章，难免显露出作者为社会潮流、革命激情所昂扬着的内心，一些不吐不快的心绪和深受震动的感触急于倾吐并与读者交流，这便造成了情感冲动支配下创作的幼稚化倾向或程式化样式。在具有普泛意义的爱情中书写革命的激情，在大胆的爱情描画中影射斗争选择的革命性姿态，故而形成了浓烈直露的爱情与不惧压迫的反抗，两者之间的革命性意涵呈现出某种同构关系。作品中所葆有的真挚情感与思想触动，无疑较之艺术语言、艺术形式的极致追求更能抵达精神的高度，从而具有久远的价值。

1933年5月被捕之后的三年，丁玲在国民党的监视下创作了几篇短篇小说，如《松子》《陈伯祥》《一月二十三日》《团聚》等，收入《意外集》，这些作品多聚焦社会底层人民的生活情状，借以抒发作者身处的悲苦境遇和焦虑内心。丁玲曾在小说集的序言中陈述这段时间的创作心态，以及她对这批作品菲薄的自我评价。她写道："我在这极不安和极焦躁中勉强写了一些"，为规避自己的思想倾向而审慎地写了一些，"我要告诉人这是我自己最不满意的一个集子"，它创作于"痛苦"与"压迫"之中，创作环境备受煎熬，创作"心境不调和"，"这一本呢，我很不舒服，简直不愿看第二次"，"这不是一个好的收获"，汇集成册权且"作为我自己的一个纪念"。[①]或许是这几篇小说已由作家本人盖棺

---

① 张炯主编：《丁玲全集》（9），河北人民出版社2001年版，第25页。

论定，亦或许是此前与之后的创作更为夺目，致使研究者对作家这一时期的创作心理不够重视，虽然也涌现出若干评论文章①，但是，对作品价值与作家创作心理的再挖掘，尚缺乏独具深度的研究成果。丁玲被捕后生死未卜的一段时间，出版界开始出版她的未完成小说，如《母亲》《夜会》等。同时，文学界相继发表大量追忆丁玲的文章，出现了一些研究其左联活动期间创作的作品，如《法网》等②，这些散文与评论为丁玲研究提供了许多重要史料。

重获自由的丁玲辗转前往中国共产党根据地保安，开始了随军行旅与前线劳军的颠沛生活，其创作在体量、题材、思想上进入了一个新的阶段。报告文学与纪实散文的尝试，是丁玲深入农民、触摸生活的前期基础，之后，她创作了《入伍》《我在霞村的时候》《在医院中》《夜》等短篇小说。实际上，作家内心早早就坚定了信念——"到广大的工人、农人、士兵的队伍里去"③，只是缺乏对生活的体验与把握，故而那时的丁玲发出这样的感慨："我也不愿写工人农人，因为我非工农，我能写出什么！"④故而，丁玲的随军与下乡生活，正是她与工农大众密切融合的机会。虽然，大众化语言仍是丁玲难以翻越的高岭，但是深刻的思想性以及人物塑造的个性化的创作理路使其区别于概念化、程式化的人物书写，具有更高的艺术价值。这一时期创作的《我在霞村的时候》与《在医院中》等作品，细腻地刻画了知识分子的内心独白，以及个人与环境之间复杂的互涉关系，这种颇具反思与启发性的眼光，在延安作家中是独树一帜的。《我在霞村的时候》《入伍》等作品，在延安的《中国文化》（1940）刊物上发表不久，便分别被《学习生活》（1942）、《北方文化》（1946）与《七月》（1941）杂志转载，在解放区之外也收获了极大的反响。

王燎荧在1942年撰文评论主人公陆萍的塑造问题，敏锐地发现了"作者相当地熟悉她的主人公，她细腻地刻画着陆萍的心理，她喜欢的和讨厌的，她希望的

---

① 苏茹：《意外集》，载《是非公论》1936年第27期；张炯、王淑秧：《丁玲〈意外集〉散论》，载《齐鲁学刊》1986年第3期。
② 梁新桥：《读丁玲的〈法网〉》，载《出版消息》1933年第18期。
③ 《创作不振之原因及其出路》，载《北斗》1932年第1期。
④ 张炯主编：《丁玲全集》（7），河北人民出版社2001年版，第4页。

和不愿意的，她接近的和隔离的，甚至她的一点微小的感情，一点对于事物的小小的反映"，"作者对于她的人物，是有着同情和责备的"。①的确，丁玲大约写于1942年的草稿中，对《在医院中》的创作初衷有所表白："我已经意识到我的女主人公，我所肯定的那个人物走了样，这个人物是我所熟悉的，但不是我理想的，而我却把她做为一个理想的人物给了她太多的同情……我是同情她们的，甚至觉得她们与我血肉相关……使我不能续下去的是我已经看到故事的发展将离开我的愿意……我曾经想用生产的集体行动来克服，又觉得那力量不够"，随后便"不得不放弃……不再思索它们了"。半年后，丁玲在仓促催稿中，将她所缅怀的梦秋同志"塞上去，做为了小说的结尾，用了还愿的心情把稿子送到印刷厂，连清样都没有勇气看"，以一种沉重和负疚的心情，完成了这部自认为留有遗憾的小说。②被丁玲视作的遗憾，在作品中被体现为人物与环境间关系不甚清晰的处理思路，个人与集体之间的矛盾体现过于尖锐，造成作品中革命思想的呈现并不成熟。丁玲在塑造这个脱胎于熟悉感的陆萍的形象时，习惯性地将其叛逆的姿态、个人的独立意识予以充分渲染，加之作者描画人物所处环境的气氛，无疑强化了某种来自集体的阴暗与淡漠之感。同时，在两者的对立关系中，作者没有寻得一条解决的出路，仅仅仓促地将陆萍的前路诉诸未来，让她离开医院，再去学习，如此设计并未真正解决其所提出的问题。

王燎荧认为："作者对于她的主人公的描写，是促其前进的，是动的；而对于环境的描写，是静的，不变的，没有前途的。"③用作者自己的话说便是，"文章失败是在我对于陆萍周围环境的气氛描写"④。但是，丁玲是在清楚延安的"粗犷朴直""亲切之感"，以及"阶级的最大的友爱"之后，仍然坚持尝试着披露"延安还不能根除自由主义，和极少部分人死守住的阴暗心理，不免有一

---

① 燎荧：《"人……在艰苦中成长"——评丁玲同志的〈在医院中时〉》，见袁良骏编：《丁玲研究资料》，天津人民出版社1982年版，第275页。
② 丁玲：《关于〈在医院中〉》（草稿），载《中国现代文学研究丛刊》2007年第6期。
③ 燎荧：《"人……在艰苦中成长"——评丁玲同志的〈在医院中时〉》，见袁良骏编：《丁玲研究资料》，天津人民出版社1982年版，第278页。
④ 丁玲：《关于〈在医院中〉》（草稿），载《中国现代文学研究丛刊》2007年第6期。

些喊喊嚓嚓"的现象。所以，当丁玲意识到《在医院中》氤氲着消极气氛之后，坦率表示，"环境之所以写得那末灰色，是因为我心里有灰色，我用了这灰色的眼镜看世界，世界就跟着我这灰色所起的吸受与反射作用而全换了颜色"。"所以我老实说，假如我真的把环境改了，我心里一定会不痛快的，一个人连在……对自己创作的领域里还在说假话是最困难的。"①即便丁玲是一位无产阶级革命者，但她也是一个独立的知识分子，在她那里，革命永远是孤独的。倘若因为解放区是革命的中心而使作家们转向全然的拥护，那么就意味着他们放弃了革命的姿态。

40年代初期，丁玲创作了若干杂文，如《干部衣服》《我们需要杂文》《"三八"节有感》等，这时恰逢毛泽东《讲话》发表，作家便因其杂文中存在直露的批判性质询与诘问，遭遇了一定程度的思想改造、意识规训。丁玲的《在医院中》以及部分杂文作品发表后所引发的某些批评，以及日后所招致的祸患，其症结主要在于作品营造的环境与作家存身的环境之间不容置疑的强行重叠关系。革命集体所存身的环境是一个公开的甚至不证自明的场域，当作家对这个场域进行反向的再创造时，无疑是在挑战场域内部所有读者的认知。革命场域中的读者，对革命的认识不是建立于陆萍这类革命的个人，而是内在于革命的集体。但是，这恰好昭示出革命姿态与现代性两者逻辑深处的契合，它们都指涉一场不断自我否定与蜕变的旅程。"现代性为这样的观念所支配，即思想的历史是一种进步的'启蒙'，它永远是通过对其自身的'基础'的完全挪用和重新挪用而得以发展。"②丁玲保持着她显在的革命姿态，不论身处何种环境，都如同"飞蛾扑火，非死不止"③。从这个角度上看，丁玲的小说不仅以革命的姿态从政治的中心突围，同时执着地以个人化的独立思想反哺其文学创作，如此既不迎合政治也不弃绝政治的作品，正是延安时期文学创作的突破之作。

---

① 丁玲：《关于〈在医院中〉》（草稿），载《中国现代文学研究丛刊》2007年第6期。
② 詹尼·瓦蒂莫：《现代性的终结——虚无主义与后现代文化诠释学》，李建盛译，商务印书馆2013年版，第54页。
③ 张炯主编：《丁玲全集》（6），河北人民出版社2001年版，第58页。

但是，人物与环境的极端关系也某种程度上造就了人在革命中的坚定性与持续性，故而，王燎荧提炼的《在医院中》的主题可谓是恰当合宜的："这篇小说是要告诉给读者的是'人'经过磨炼，遭受'艰苦'，遇着'荆棘'，而不被它们（'磨炼'、'艰苦'、'荆棘'）所'消溶'，继续地前进、'生长'，只有这样的人，才会'真正有用'。"①这里对"人……在艰苦中成长"主题的提炼，大致合于丁玲将环境与人物相对立的设计初衷，作者认为，陆萍"应该有坚定的信心和方向，而且有思想，有批判自己的勇气……经过许多内心的斗争，直到很健康的站立着……因此她的生活最好是比较差些，工作的岗位比较艰苦而不适宜于发展。环境不大能了解她。那末当我要烘托这样一个人物时，我便不得不把环境写得不利于她"。文章中出场的其他人物都"不能是很好的人，因为那样就不能显陆萍的理性和客观，然而也不能太坏，假如真的是很坏，那末陆萍就没有主观了，就用不着她的理性和内战……我的确是以为只有把周围写得更多荆棘，我的女主人公才能有力量"。②极端环境中的个人，在披荆斩棘、千锤百炼、个人荣枯之中成长，文章最后作结的"没有脚的害疟疾病的人"，或许是出于弥补陆萍个人力量的单薄而安排的一股力量，他对陆萍"解释着，鼓励着，耐心的教育着"。③这个人物的设计正是丁玲为读者憧憬革命远景、坚定革命信念所安设的具体想象，他作为一束火光穿透了这"灰色世界"。

捕捉心中的熟悉感，用以模仿人物、贴近人物的方法，是丁玲所创作的形象中呈现的潜在共性。丁玲在1955年电影剧本讲习会上的讲话中明确指出，熟悉感在某种程度上讲，是她塑造人物的核心之一。她认为，作家所着力描述的人物，应该是"我们熟悉的人，写脑子里面原有的人"，"写自己发生过感情的人，以这样的人作为创作的模特"。④而这种出于作家生活体验与思想意识长期积累的熟悉感，无疑会执拗地隐性存在于日后的创作之中，以某种情节场景、性

---

① 燎荧：《"人……在艰苦中成长"——评丁玲同志的〈在医院中时〉》，见袁良骏编：《丁玲研究资料》，天津人民出版社1982年版，第274页。
② 丁玲：《关于〈在医院中〉》（草稿），载《中国现代文学研究丛刊》2007年第6期。
③ 张炯主编：《丁玲全集》（4），河北人民出版社2001年版，第252、253页。
④ 张炯主编：《丁玲全集》（7），河北人民出版社2001年版，第423页。

格元素、景致气氛或心理剖白等形式出现。丁玲明确指出,《在医院中》的主人公"陆萍正是在我的逻辑里生长出来的人物。她还残留着我的初期小说里女主人公的纤细而热烈的情感,对生活的憧憬与执着"①。"我的作品中的人物,是渐渐在改变的。像莎菲这样的人物,看得出慢慢在被淘汰。因为社会在改变,我的思想有改变。""我虽说变了,但这种类型的人物,从我后来的作品中,还是找得到他们的痕迹。像《我在霞村的时候》里的女主角","精神里的东西,还是有和莎菲相同的地方"。②实际上,丁玲塑造人物时一贯是注重思想性的开掘,而非程式化的一味拔高,因此,其作品在呈现出反思意味的同时,会被研究者认为,作者的思想意识中存在着令人不安、模棱两可的缝隙,这成为丁玲作品处于被批判的危险境地的原因之一。

抗日战争胜利后,丁玲又在新的题材中得到了创作生涯的重要收获。她随军北上途经张家口时,因交通中断被困,故而前往河北怀来、涿鹿地区参加土地改革工作队,最终以温泉村为背景,于1948年创作完成了中国第一部反映农村土地改革的长篇小说《太阳照在桑干河上》。在这部小说中,丁玲首次尝试书写宏大的历史题材,作品人物众多、关系复杂、思想深刻,在海内外收获了极高赞誉,并荣获1951年度的斯大林文艺奖金。作品发表之初,研究界出现了数篇评论文章,但伴随着作品的获奖,中肯地评价这部长篇小说的文章却越来越少,加之50年代中后期至70年代末期文艺界对丁玲的指摘笔伐,连带其作品也无法得到公允看待。新时期以来,深受西方文艺思潮影响的文坛,开始对所谓宏大叙事、革命历史题材、斯大林文艺奖殊荣之作甚至延安文艺表现出显在的拒斥态度,致使文学研究界对包括《太阳照在桑干河上》在内的丁玲作品的文学价值缺乏充分与深度的研究。

在作品收获殊荣之前,陈涌于1950年发表了较早论述《太阳照在桑干河上》的文章。研究者高度评价了丁玲所潜心挖掘的"农村阶级斗争的复杂性,注意到

---

① 丁玲:《关于〈在医院中〉》(草稿),载《中国现代文学研究丛刊》2007年第6期。
② 张炯主编:《丁玲全集》(7),河北人民出版社2001年版,第432页。

了农村复杂的阶级关系"①。《太阳照在桑干河上》中没有简单化、概念化的形象，地主李子俊、江世荣、钱文贵三者涵盖了革命斗争对象的普遍性、复杂性与特殊性，尤其是其中拥有强大隐性势力、善于在各方力量间斡旋的钱文贵，为这场革命设置了重重的艰难。同时，文中提出了一个处在土改工作前期尚未注意到的富农成分划分问题，这在丁玲的笔下，以富农顾涌的归宿引发了读者的思考。另外，作为党组织在农村中培养的农民革命带头人，如雇农张裕民、村农会主任程仁，以及曾为党员的贫农刘满，他们都在不同层面存在着模糊的局限性。区委会的土改工作组同样代表了一股并不成熟的革命外力，组长文采脱离群众、夸夸其谈，真实反映了革命工作中少数知识分子在某个阶段可能存在的思想问题，以及县宣传部长章品那"的确还没有学会耐烦的和各个人详细商量的工作的作风"②等。农村中"藏污纳垢"的形象，如女巫白娘娘、地主狗腿的教员任国忠等，作为勾连村中的地主阶级与反抗阶级的纽带，均在作者笔下被鲜明透彻地展现出来。同时，作品中女性形象的刻画十分出彩，如地主李子俊的妻子、妇联主任董桂花、地主侄女黑妮，甚至仅仅出场两三次的副村长赵德禄衣不蔽体的妻子等。陈涌认为，人物塑造与情节关系的复合性设计"是符合解放区农村的基本情况的"，虽然作者笔下土地改革的复杂矛盾在很大程度上被激化，将阶级斗争放置在"一种严肃、紧张而微妙的气氛下加以描写"，但是，这样"一部正面反映土地改革的作品所要求的这个重心是没有被作者模糊的"，也由此独具别样的真实。③

　　1952年，冯雪峰评论这部长篇小说时认为："正是钱文贵，才是地主阶级几千年来的统治权力的缩影；同时也正是他，才是一条还没拔除的、通到国民党反动政权去的蔓藤的根。这个缩影和这条根，就是农民们的种种个人的顾虑、变天思想、宿命论观念的现实根据"。作者"着重地从地主阶级权力在人们心理上的这种影响来看问题"，"这是这部小说及其人物写得成功的重要的原因之

---

① 陈涌：《丁玲的〈太阳照在桑干河上〉》，载《人民文学》1950年第9期。
② 张炯主编：《丁玲全集》（2），河北人民出版社2001年版，第233页。
③ 陈涌：《丁玲的〈太阳照在桑干河上〉》，载《人民文学》1950年第9期。

一"。①但是，在黑妮这里，"作者的注意力似乎有一点儿偏向，好象存有一点儿先入之见，要把这个女孩子写成为很可爱的人以赢得人们……的同情"，黑妮的性格没有和她的成长环境联系在一起。②在这一点上，丁玲本人持不同的看法，她曾坦言："虽然这个人物在作品中不占重要地位，可是读者很喜欢她，因为这里面有东西。我收到读者的信，最多的是询问黑妮。虽然作者不注意她，没有发展她，但因为是作者曾经熟悉过的人物，喜欢过的感情，所以一下就被读者所注意了。"黑妮的原型，是作者亲见的一个从地主家门内走出来的真实的女孩子，她当时投向丁玲的一瞥，其中的复杂情感成为作家源自生活、读解生活的创作素材。虽然这样的特殊人物难以处理，以至于丁玲将"为她想好了的好多场面去掉了"，但是作家的情感"赋予了这个人物"，③从而无须在革命进程中成长，在作品的情感线索的发展中便得到了自然的成长。

但是，丁玲创作中的一个暧昧感或者说批判性的问题，在《太阳照在桑干河上》中依旧存在。因为丁玲的创作一贯以深刻的思想性见长，书写英雄人物、图解政治固然安全，但无法彰显出作家本人的创造性价值，所以，在处理现实环境与文学场域的关系上，处于历史现场中的作家便往往会陷入难以把握当下社会状况的境地。另外，陈涌认为，在叙述形式层面，丁玲的长篇小说较之《吕梁英雄传》《新儿女英雄传》而言，缺乏故事色彩；在语言艺术层面，《太阳照在桑干河上》较之《暴风骤雨》的生动农民语言稍显逊色。④一方面，《太阳照在桑干河上》所蕴含的严肃与持重色彩来自土地改革这一题材。书写人民内部阶级反抗斗争的这一激烈冲突，再现真实的同时，对现实发生效用，甚至作为正在发生的土改运动的某种参照，故此赋予土地改革运动某种传奇性元素似乎并不合宜。另一方面，叙事形式的选择或许来自作家的坚持。从"五四"走来的知识分子作家的严谨态度，似乎与故事化、戏剧化的文学创作风格迥异。但是行文中的确存在

---

① 冯雪峰：《〈太阳照在桑干河上〉在我们文学发展上的意义》，载《文艺报》1952年第10期。
② 冯雪峰：《〈太阳照在桑干河上〉在我们文学发展上的意义》，载《文艺报》1952年第10期。
③ 张炯主编：《丁玲全集》（7），河北人民出版社2001年版，第433页。
④ 陈涌：《丁玲的〈太阳照在桑干河上〉》，载《人民文学》1950年第9期。

人物众多，性格难以展开的问题，故事的发展进程由此显得过于缓慢。同时，作品的高下不应以其故事性或可读性为评判标准。不过，这种庞大开篇和仓促收尾的原因，更多地来自作家的早期创作规划。这部土改题材的作品"原计划分三个阶段写，第一段是斗争，第二段是分地，第三段是参军"，但由于作家在战时的工作调动与土地改革实际发展情况等种种限制，这一创作计划搁浅。①虽然作家日后披露了自己的创作计划，但是与读者交流的是作品本身，指出作品结构的平衡感存在局限性是完全必要的。不过，从总体上看，丁玲的这部长篇小说，确如冯雪峰所说，是"一部艺术上具有创造性的作品，是一部相当辉煌地反映了土地改革的、带来了一定高度的真实性的、史诗似的作品"②。

新中国成立以来，丁玲在繁重的文艺领导工作之余，创作了一批散文、杂感，以及评论文章、演讲等，出版有《欧行散记》《粮秣主任》等作品，同时不间断地写作《太阳照在桑干河上》续作《在严寒的日子里》，但作品尚未完成便在1955年遭到批评，开始了长达二十余年的下放劳动与监狱生活，直至1979年方得平反。此后，她笔耕不辍，发表小说《杜晚香》、早年囚禁生涯的回忆录，以及行旅散记、缅怀故人的文章等。这一阶段的丁玲研究，经历了《太阳照在桑干河上》所带来的中肯评价与赞誉殊荣之后，在以《人民日报》与《文艺报》为阵地所回荡的批判声中，也开始陷入极端的评价体系。王燎荧的《丁玲的小说——〈在医院中时〉的反动性质》《〈太阳照在桑干河上〉究竟是什么样的作品？》③等，这类特殊语境中的批评话语，随着丁玲的平反而沉潜。1979年，《清明》杂志的创刊号首发丁玲的《在严寒的日子里》，第2期发表陈登科、肖马所写的《信念：访丁玲》，《延河》杂志1979年第12期发表冯夏熊的《丁玲的再现》，从此，丁玲的身影再次出现在文坛，同时揭开了其作品重读的序幕，开启了文学界丁玲研究的正常化与开放化。最早涉及丁玲作品重读的研究文章，有季成家的《丁玲及其〈太阳照在桑干河上〉》、袁良骏的《褒贬毁誉之间——谈

---

① 张炯主编：《丁玲全集》（9），河北人民出版社2001年版，第45页。
② 冯雪峰：《〈太阳照在桑干河上〉在我们文学发展上的意义》，载《文艺报》1952年第10期。
③ 上述文章分别发表于《文艺报》1957年第25期、《文学评论》1959年第1期。

谈〈莎菲女士的日记〉》、吴小美的《丁玲和她的〈奔〉》、赵园的《也谈〈太阳照在桑干河上〉》、严家炎的《现代文学史上的一桩旧案——重评丁玲小说〈在医院中〉》、黄彩文的《重评〈我在霞村的时候〉》等。①

台湾与香港地区对丁玲的创作也十分关注,海外华人与域外学者发表的研究文章数量颇为可观。香港地区的《中华月报》1978年第695期发表了由夏志清作、董保中译的研究文章《蒋光慈、丁玲、肖军》。台湾地区的《淡江评论》1974年第1期刊载了由加里·卞洛撰写的丁玲小说《〈莎菲女士的日记〉介绍》的评介文章。1976年,香港《明报》第1期刊载了由保尔·巴端作、罗意译的文章《中国文学在法国》。1978年,夏志清撰写的《〈中国三十年代作家评介〉序》发表于香港《明报》第5期。1979年,华裔作家聂华苓作文《一段漫长、漫长的岁月》刊载于香港《七十年代》第10期。②香港《抖擞》杂志1982年第48期登载了程步奎的文章《读〈丁玲近作〉》。《文艺理论与批评》2000年第3期发表了新加坡华侨作家骆明的文章《我们眼中的丁玲》。③

同时,中国港台地区不少学者在他们的中国现代文学史著作中,将丁玲的创作放置于较高的位置。台湾地区的长歌出版社1977年出版了由周锦撰写的专著《中国新文学史》,其中的第四章第七节"新文学的第二期的小说创作"着重介绍了丁玲的作品。④不过著者对作为无产阶级文学家的丁玲的认识观点较为狭隘偏激,学理性薄弱。学者司马长风的文学史著作《中国新文学史》,由香港昭明出版社于1978年出版,有关丁玲的评述出现于第四编第二十一章、第五编第二十六章。司马长风着重研究作家的文学语言与文学形式,对丁玲的创作持较高

---

① 上述文章分别发表于《西北师大学报》(社会科学版)1979年第4期、《十月》1980年第1期、《甘肃文艺》1980年第3期、《芙蓉》1980年第4期、《钟山》1981年第1期、《河北师院学报》(哲学社会科学版)1980年第3期。
② 孙瑞珍、王中忱编:《丁玲研究在国外》,湖南人民出版社1985年版,第556—557页。
③ 杨桂欣编:《观察丁玲》,大众文艺出版社2001年版,第261—267页。
④ 周锦:《〈中国新文学史〉(节录)》,见袁良骏编:《丁玲研究资料》,天津人民出版社1982年版,第517—518页。

评价。①

二、丁玲作品的域外传播述略

丁玲作品的域外译介起步较早，以她1933年被捕之后，中国文坛通过海外报纸发布讨伐国民政府的檄文，以及其短篇小说英译本的出现为肇始。被域外学者广泛译介的丁玲文学创作，涵盖其长短篇小说、散文、杂文、创作谈等；其域外接受群体主要集中在美国、法国、德国、日本，以及苏联与其他东欧国家；其域外译介与研究行为在时间跨度上处于解放区作家的前列，30年代以来到新时期，甚至在丁玲作品于中国文坛销声匿迹的50年代末期到70年代末期，域外学者仍持续关注其遭遇与作品。丁玲作品之上所汇聚的种种接受现象，使其成为解放区作家创作中起步较早、接受较广、时间跨度最大、研究评述最为丰硕的域外译介与研究成果。

丁玲作品在域外翻译、介绍与研究方面的收获，居于解放区作家之首；其域外研究队伍遍及日本、美国、法国、苏联等国；其研究历程跨越了半个世纪有余，大致从30年代首次与世界文艺界发生联系的丁玲被捕事件、《太阳照在桑干河上》的完成及发表，以及70年代末到80年代初丁玲重回国际文学交流舞台，可划分为三个历史时期。

第一，域外丁玲译评的起步与前期发展阶段。上海的《大美晚报》与期刊《中国论坛》②，率先向海外披露了丁玲被捕的消息。1932年初，以美国记者伊罗生的名义创办的英文期刊《中国论坛》，是在史沫特莱帮助下，在海外为中国共产党与左翼文艺活动发声的阵地。左联烈士罹难后，《中国论坛》创刊号便刊

---

① 司马长风：《中国新文学史》（中、下），昭明出版社1978年版，第109—170、71—140页。
② 1931年1月13日，史沫特莱与美国记者伊罗生在上海创办英文周刊《中国论坛》，后改为半月刊，1934年初停刊。《中国论坛》停刊后，宋庆龄指派史沫特莱物色人选，创办新刊物以替代《中国论坛》。而后，在史沫特莱的吁请下，美国共产党领袖白劳德派遣他的秘书格蕾丝·格兰尼奇和她的丈夫曼尼来中国编辑英文半月刊《中国呼声》（*The Voice of China*），此刊于1936年3月15日创刊，次年11月1日停刊。

登了左联五烈士的照片以及纪念殉难一周年的文章，而后发表了五烈士的部分文学作品，同时，鲁迅、茅盾、丁玲、应修人、楼适夷等左联作家的文章在此纷纷发表。①其中，丁玲以胡也频等的此次遭难为背景创作的短篇小说《某夜》于《文学月报》1932年第1期发表后，1932年7月，《中国论坛》登载了由乔治·A.肯尼迪翻译的《某夜》英译本②，为丁玲小说的首部外文译本。1933年第6期的《中国论坛》刊登文章《抗议作家丁玲之被捕》、《丁玲之被绑》（*Ting Ling Kidnapped*）；第7期发表《丁玲与潘梓年被绑　应修人被杀的真象》（*Ting Ling Kidnappers Exposed by Witness*）、《中国左翼作家联盟为丁潘被捕反对国民党白色恐怖宣言》，转载此前于《文艺月报》发表的茅盾的文章《女作家丁玲》，英译本*Ting Ling-Girl Herald of the New China*，并刊登消息《丁玲何在？》（*Ting Ling Whereabouts Still Unknown*）；第8期发表《丁玲死矣》（*Ting Ling Murdered*），登载丁玲的创作随笔《我的创作生活》（*My Creative Work Life*）。

同时，苏联《国际文学》1933年第3期第一次刊登了丁玲的文章《中国作家为恢复中苏两国外交关系的致电》③，该刊还发表消息《丁玲失踪》与《丁玲小传》。日本《改造》杂志1933年第8号发表了井上红梅的文章《上海蓝衣社的恐怖事件——丁玲的失踪和杨诠的暗杀》。④捷克汉学家雅罗斯拉夫·普实克于1934年在捷克《创作》杂志上发表了谴责白色恐怖的文章。⑤1933年，法文报纸《上海日报》的《今日中国文学》专栏，译载了由徐仲年翻译的丁玲小说《水》。⑥

随着丁玲被捕的消息在国外期刊报纸上的发表，丁玲的《水》《消息》等小说也纷纷被国外学者译介，斯诺、史沫特莱等域外作家在中国文学作品的对外传

---

① 陈辛仁主编：《现代中外文化交流史略》，中国书籍出版社1997年版，第303页。
② 宋绍香：《中国新文学20世纪域外传播与研究》，学苑出版社2012年版，第39页。
③ 李明滨、查晓燕：《中外文学交流史·中国-俄苏卷》，山东教育出版社2015年版，第264页。
④ 王中忱、孙瑞珍：《半个世纪以来的国外丁玲研究》，载《外国问题研究》1985年第1期。
⑤ 孙瑞珍、王中忱编：《丁玲研究在国外》，湖南人民出版社1985年版，第89—90页。
⑥ 宋绍香：《中国新文学20世纪域外传播与研究》，学苑出版社2012年版，第102页。

播中做出了贡献。自1937年斯诺的《红星照耀中国》在英国出版直至1949年贝尔登《中国震撼世界》在美国出版，这批域外作家的作品中大多描述了他们与解放区作家相遇的场景，以及他们对中国作家的观点。新中国成立以来，域外学界对丁玲作品的译介主要集中在苏联、日本、美国与法国，域外对丁玲作品的接受首先是以左翼文学家身份作为前提，所以最初是译介左联时期的作品，而后涉足作家的早期小说以及部分囚禁幽居时期的创作。

1934年，丁玲的短篇小说《某夜》被收录于史沫特莱编选的英文选集《中国短篇小说集》，由莫斯科国际出版社出版；1935年，由波兹德涅耶娃据英文版转译的丁玲小说《水》，发表于《国境线上》杂志第11—12期。1933年至1937年，苏联相继译载了丁玲的小说《某夜》《水》《消息》等共八篇。① 由斯坦贝尔格根据英文转译的丁玲小说《某夜》，刊载于1936年第2期的苏联《青年文艺》杂志。1936年，《中国文学选集》一书由哈尔科夫出版社编译，并于莫斯科国家文艺出版社出版，其中收录了丁玲的《从夜晚到天亮》。1937年，由萨维丽耶娃根据英文转译的丁玲小说《消息》，发表在第9期的《国境线上》。1937年，《外国文学》杂志第11期刊载了伊万娜翻译的丁玲小说《礼物》，以及介绍作为"反法西斯主义的和平作家"的文章《丁玲》。② 苏联《青年无产者》1936年第18期刊载了丁玲作品的评介文章，由B.鲁德曼与霍夫合作撰写的《中国革命中的女作家》。③

1935年10月，日本的《日本评论》杂志第10号译载了由中西均一翻译的丁玲小说《水》，日译本题为《水——问题小说》，译本附录了茅盾的评论文章《女作家丁玲》的摘译，文章评价《水》的部分全部译出。1935年1月，日本学界撰写的丁玲评介文章出现，日本作家德永直等创办的杂志《文学评论》上，署名原胜的文章《中国革命和女作家丁玲》在第1期发表。同年，上田永一撰写的《支

---

① 李明滨、查晓燕：《中外文学交流史·中国-俄苏卷》，山东教育出版社2015年版，第264页。
② 宋绍香：《中国新文学俄苏传播与研究史稿》，学苑出版社2017年版，第45—46页。
③ 宋绍香：《丁玲作品在俄苏：译介、研究、评价》，载《现代中文学刊》2013年第4期。

那作家评传(茅盾、丁玲、张天翼)》由日本文艺春秋社出版。1936年,日本《朝鲜及满洲》杂志第344期刊载辛岛骁的文章《现代中国小说——丁玲的〈母亲〉》。同年,日本《中国文学月报》第19期刊载文章《丁玲的再现》。1937年10月出版的日本《三田文学》杂志刊载了奥野信太郎翻译的丁玲被囚禁期间创作的小说《松子》。同年,村田孜郎撰写的《中国女人谈》在日本古今社书房出版,对丁玲有所介绍。同年,津留贺住人的文章《活跃在残暴中国背后的中国共产党的真面目》发表于《报知新闻》7月18日,中国文学研究会编写的《现代中国文学事典》于日本《文艺》第12期发表,以上文章均对丁玲进行了评介。随后,日本学者冈崎俊夫编译的丁玲小说集《母亲》于1938年由东京改造社出版,另收录小说《莎菲女士的日记》《阿毛姑娘》和《水》,为丁玲选集最早的外文译本。1939年,日本松山房出版的《现代支那的文化和艺术》,其中《中国的闺秀作家》一文介绍了丁玲的文学创作情况。1939年,日本的今日问题社出版一部由大宅壮一主编的《中国事情辞典》,其中介绍了丁玲、郁达夫、郭沫若等作家和中国文学思潮的情况。同年,奥野信太郎撰写的讨论丁玲、冰心文学创作的文章《中国童谣谈》,发表于日本《文艺春秋》第24期。1939年及1940年,日本《支那语》第8卷多期杂志介绍了中国现代著名作家及其作品,涵盖了鲁迅、田汉、胡适、丁玲、周作人、郁达夫、张资平多位作家。同年,日本中华法令编印馆出版了由桥川时雄编写的《中国文化界人物总鉴》,其中收录作家丁玲。日本学界对丁玲收于《意外集》中的小说有浓厚的兴趣,早在30年代,日本学者武田泰淳就撰文介绍丁玲的短篇小说《团聚》。1937年1月的《支那》杂志刊登了武田泰淳的文章《昭和十一年中国文坛的展望》,其中谈及丁玲的若干短篇小说与未竟的长篇小说《母亲》等。①40年代伊始,日本文学界在译介丁玲左翼文学作品之余,开始广泛关注其《意外集》所收小说以及延安时期的作品。波多野乾一撰写的《延安水浒传——中国共产党领袖群像》,在《大陆》杂志1940年第9期发表,其中对丁玲的创作有所介绍。是年,日本东成社出版了《现代中国文学全

---

① 野泽俊敬:《〈意外集〉的世界》,王保群译,见孙瑞珍、王中忱编:《丁玲研究在国外》,湖南人民出版社1985年版,第253—254页。

集》,其中第9卷"现代中国女作家集",收入了丁玲的小说《他走后》与《松子》,分别由武田泰淳与奥野信太郎翻译。1940年,武田泰淳的评论文章《书评〈记丁玲〉》发表于日本《中国文学》第66期。1941年,洲之内彻撰写的文章《丁玲的家》在日本的《四国文学》第66期发表。同年,由小田岳夫与武田泰淳创作的《扬子江文学风土记》在日本龙吟社出版。1942年,日本光风馆出版的《支那的发现》一书中收录了文章《冰心和丁玲》。1945年,京都印书馆出版了由近藤春雄撰写的《现代支那文学》,其中《现代中国女流文学》一文中介绍了丁玲的创作。1946年,日本学者入矢义高翻译的丁玲的早期作品《自杀日记》发表于日本《世界文学》第3期。同年,武田泰淳创作的《中国作家》一文发表于《人间》杂志第6期。1946年12月,日本《别册文艺春秋》登载了由奥野信太郎翻译的《一月二十三日》。1947年,日本文艺春秋社出版了《太阳钟风光》,其中收录了文章《丁玲失踪前后》。同年,冈崎俊夫翻译的《我在霞村的时候》发表于日本《人间》第2期;《人间》第4期发表了小田切秀雄的文章《书评〈我在霞村的时候〉》;10月5日出版的《朝日周刊》登载了冈崎俊夫撰写的《充满热情的人间描写——〈我在霞村的时候〉》;12月,《读书周刊》发表了冈崎俊夫的文章《黑暗面的暴露——茅盾、丁玲的热情和批判》;日本《新中国》杂志第14期刊登了冈崎俊夫的介绍文章《丁玲》。1949年,近藤春雄的作品《现代中国作家和作品》在日本新泉书房出版,奥野信太郎的文章《丁玲》在日本《文学界》第11期发表,《妇女画报》第12期登载了竹内好撰写的《丁玲所走的道路》。①

1935年10月,美国《亚洲》杂志第35卷第10号发表了丁玲小说《水》。②1935年,伦敦的马丁·劳伦斯出版社(Martin Lawrence)出版了由史沫特莱与Cze Ming-Ling翻译的《中国短篇小说集》(*Short Stories from China*),其中收录丁

---

① 孙瑞珍、王中忱编:《丁玲研究在国外》,湖南人民出版社1985年版,第535、558—562页。
② 周宁、朱徽、贺昌盛等:《中外文学交流史·中国-美国卷》,山东教育出版社2015年版,第247页。

玲的《某夜》（*Night of Death, Dawn of Freedom*）。[1]1936年7月，埃德加·斯诺编译的中国现代作家短篇小说选集《活的中国》，收录了丁玲的小说《水》。美国《新创作》杂志1938年第5期，译载了丁玲小说《一天》。[2]美国学界对丁玲的关注度较高，曾前来延安的记者厄尔·里夫创作的《丁玲——新中国的女战士》发表后，立即翻译中译本，并出版了至少两种三个版次的中文版，分别为叶舟翻译、光明书局1938年出版，以及步溪所译的《丁玲——新中国的先驱者》，收入海外丁玲介绍选集《女战士丁玲》单行本（由每日译报社于1927年出版，1938年再版），同时收录了由正明翻译、朱正明（笔名为L. Insun）撰写[3]的《丁玲在陕北》。伊罗生编译的中国短篇小说集《草鞋脚》，由麻省理工学院出版社于1974年出版，译介了诸如鲁迅、茅盾、郁达夫、张天翼、丁玲、楼适夷、叶圣陶、草明等多位作家的作品，其中收录了丁玲的小说《莎菲女士的日记》和《水》。[4]

丁玲在延安时期创作的大量作品在印度得到了系统的介绍。1945年，丁玲的小说集《我在霞村的时候》英文版，由龚普生翻译[5]，在印度普纳库塔伯出版社出版，收录了作家在解放区时期创作的小说《我在霞村的时候》《新的信念》《压碎的心》《入伍》《夜》。此为丁玲在国外译介出版的第二部作品选集。[6]

第二，域外丁玲译介与研究的高潮时期。新中国成立后，丁玲的域外译介迎来了第二个成长期，以长篇小说《太阳照在桑干河上》为主要对象。同时，域外丁玲研究得到了很好的发展，涌现出许多译本序跋、评论文章，以及丁玲研究专著。此后，丁玲的域外传播渠道也有所扩展，随着作家的外出访问以及中国与国外文化交流活动的频繁，丁玲作品的外文译本越来越多。丁玲的长篇小说引起了许多国家学者的译介活动，相继出版了德文、波兰文、捷克文、匈牙利文、罗马

---

[1] 苏真：《如何营救丁玲：跨国文学史的个案研究》，熊鹰译，载《山东社会科学》2014年第12期。
[2] 宋绍香：《中国新文学20世纪域外传播与研究》，学苑出版社2012年版，第39页。
[3] 朱正明：《关于〈长征记〉和毛泽东赠丁玲词的情况》，载《新文学史料》1982年第1期。
[4] Harold R. Isaacs, ed., *Straw Sandals: Chinese Short Stories, 1918-1933*, London: The MIT Press, Cambridge, Massachusetts, 1974.
[5] 张炯主编：《丁玲全集》（9），河北人民出版社2001年版，第54页。
[6] 王中忱、孙瑞珍：《半个世纪以来的国外丁玲研究》，载《外国问题研究》1985年第1期。

尼亚文、朝鲜文、丹麦文、巴西文等多种译本①，如1950年丹麦基尔林达书店的译本、1951年朝鲜国家文学出版社的译本、1952年德国柏林狄慈出版社的译本、1956年巴西里约热内卢出版社的译本等②。

1948年11月，丁玲前往布达佩斯参加第二届世界民主妇女代表大会。12月她在苏联进行参观访问，和苏联文学界重要作家法捷耶夫、西蒙诺夫等有过文学交流。同时，借此次机会带去了她的作品《太阳照在桑干河上》，以及《李有才板话》《无敌三勇士》《光荣属于勇士》《白毛女》《暴风骤雨》《血泪仇》等十多本书，还有古元、彦涵的版画作品与画家小传③，这些作品日后均被翻译且公开发表。

1949年，苏联的《旗帜》杂志第5—7期，发表了由波兹德涅耶娃翻译的《太阳照在桑干河上》。同年，莫斯科外国文学出版社与玛加达的苏维埃摇篮出版社，分别出版了波兹德涅耶娃翻译的《太阳照在桑干河上》单行本，《矿工小说报》第9—25期还连载了此译本。11月7日，苏联的《文学报》还登载了丁玲的文章《牢固的友谊》。11月11日，苏联的《真理报》《消息报》《共青团真理报》《红星报》，刊载了丁玲的文章《中国人民学习苏联的榜样——在苏联对外文化协会记者招待会上的讲话》。11月23日，苏联《文学报》发表了丁玲的文章《为新中国而斗争》。11月30日，《真理报》发表了丁玲的《新中国的文学》一文。12月4日，《汽笛》发表了丁玲的《伟大的榜样》一文。12月5日，《夜报》发表了丁玲的《指路星》一文。④

苏联出现的第一篇重要的丁玲研究论文，是1949年10月12日发表于《文学报》，由著名汉学家Л.艾德林撰写的《发展中的中国作家》。从这篇文章开始，苏联文学界的丁玲研究逐渐开展起来。同年10月22日，苏联《消息报》登载论文《当太阳升起的时候》，由M.谢苗诺夫创作；《文学报》于10月26日发

---

① 王中忱、孙瑞珍：《半个世纪以来的国外丁玲研究》，载《外国问题研究》1985年第1期。
② 孙瑞珍、王中忱编：《丁玲研究在国外》，湖南人民出版社1985年版，第534、542—543页。
③ 张炯主编：《丁玲全集》（5），河北人民出版社2001年版，第355页。
④ 宋绍香：《中国新文学俄苏传播与研究史稿》，学苑出版社2017年版，第49—50页。

表了P.基姆的文章《伟大的转变——评〈太阳照在桑干河上〉》;《文化与生活报》于10月31日第30期刊出了M.切察诺夫斯基评论《太阳照在桑干河上》与《李家庄的变迁》的文章《两本中国作家的书》;11月17日的《布尔什维克》刊载了文章《会见中国女作家丁玲》;12月5日,法捷耶夫撰写的丁玲会谈随感《在自由的中国》发表于《真理报》;《布尔什维克》第19期刊载了论文《论中国文学》,由著名汉学家费德林撰写;《火花》第26期发表记录丁玲文学活动的文章《中国文化活动的记述》;《新时代》第30期刊载C.乌克伦杰夫的研究论文《描写中国农村的小说》。随后,《西伯利亚火花》《苏维埃军事》《远东》以及《加里宁格勒真理报》等杂志相继刊载了B.托克马科夫、E.苏尔科夫、Б.阿克辛斯基以及H.彼特罗夫等的丁玲作品评论文章计六篇。①如此集中的关注,无疑为丁玲的长篇小说在苏联斩获1951年度的文艺殊荣掀起了社会舆论与专业研究领域的热潮。

1950年,丁玲的长篇小说《太阳照在桑干河上》由莫斯科国家文艺出版社再版。同年,罗果夫编译出版了《中国作家短篇小说集》,收录了丁玲的小说《夜》。1951年,丁玲的文章《为和平而斗争的中国作家》,由契乌翻译并发表于《旗帜》杂志第1期。同年,丁玲的长篇小说《太阳照在桑干河上》于苏联《小说报》第5期刊载。5月8日的《文学报》发表了丁玲的文章《心中的呼唤》。5月16日,《喀山真理报》刊载了丁玲等中国作家致朝鲜人民的信《为和平而斗争的进步人物》。是年,第6期《苏维埃妇女》发表了丁玲的文章《新中国的女英雄》。②新中国成立后,东欧国家相继开始翻译中国解放区文学作品,其中丁玲的长篇小说《太阳照在桑干河上》分别于1949年由保加利亚索菲亚工会出版社出版,1950年由匈牙利布达佩斯的西克拉出版社出版,1950年由波兰华沙书籍与知识出版社出版。③

1952年,丁玲的长篇小说《太阳照在桑干河上》获得斯大林文学奖金之后,

---

① 宋绍香:《丁玲作品在俄苏:译介、研究、评价》,载《现代中文学刊》2013年第4期。
② 宋绍香:《中国新文学俄苏传播与研究史稿》,学苑出版社2017年版,第49—55页。
③ 宋绍香:《中国新文学20世纪域外传播与研究》,学苑出版社2012年版,第102—103页。

欧洲其他社会主义国家开始争相介绍这部人民史诗，并相继出版诸多译本，作品的国际社会影响力大大增强。丁玲研究在苏联的发展历程也逐渐成熟，这一时期出现了《文学报》社论《社会主义现实主义文学的新成就》、彼特罗夫的文章《丁玲》、Л.阿尔奇米耶夫的《评〈太阳照在桑干河上〉》、И.叶尔马雪夫的《丁玲及其长篇小说〈太阳照在桑干河上〉》、Л.艾德林的《描写伟大改造的长篇小说》等十六篇文章①，为俄苏丁玲研究的高潮阶段。

1952年3月26日，《苏联艺术》登载了丁玲文章《力量的源泉——祖国》。同年，丁玲的文章《中国的春天》分别被第5期的《苏维埃妇女》与6月21日的《文学报》登载。苏联杂志《火花》第13期发表了丁玲的文章《侵略者撕下面具，制止侵略者的罪行！》。同年，波兹德涅耶娃译本的丁玲长篇小说《太阳照在桑干河上》由莫斯科外国文学出版社再版。苏联的乌德摩尔梯图书出版社出版了由伊热夫斯克翻译的乌德摩尔梯语和维吾尔语的《太阳照在桑干河上》。1953年，丁玲的短篇小说《消息》由鲁德曼翻译并发表于苏联《东方之星》杂志第4期。同年，由费德林主编的《中国作家短篇小说集》，在莫斯科国家文艺出版社出版，其收录了丁玲等的小说。苏联的阿拉木图"新生活"出版社出版了哈萨克语、拉脱维亚语、摩尔达维亚语译本的《太阳照在桑干河上》，苏联塔什干"克兹尔-乌兹别克斯坦"和"东方真理报"联合出版社出版了乌兹别克语的节译本，以及巴库出版社出版了阿塞尔拜疆语、阿美尼亚语、塔吉克语、土库曼语的译本。1954年，丁玲的文章《文学与作家》，由戈洛夫涅夫翻译并发表于苏联《新世界》杂志第5期。同年12月18日，苏联《文学报》刊载了丁玲的《答〈文学报〉问》。这一年，丁玲的长篇小说《太阳照在桑干河上》再次被译为白俄罗斯语，由白俄罗斯国家出版社出版。同时，《丁玲选集》由莫斯科外国文学出版社出版，其中收录了《梦珂》《田家冲》（В.帕钠秀克译），《莎菲女士的日记》《诗人亚洛夫》（亚舒拉文、斯拉勃诺夫合译），《庆云里中的一间小房里》《过年》《消息》《奔》（茨维特科夫译），《水》《某夜》《一颗未出膛

---

① 宋绍香：《丁玲作品在俄苏：译介、研究、评价》，载《现代中文学刊》2013年第4期。

的枪弹》《给孩子们》《入伍》(帕霍莫夫、马林合译),《我在霞村的时候》(斯拉勃诺夫译),《夜》(戈洛夫涅夫译)。1955年,由沃斯克列先斯基和施奈德合译的丁玲评论文章《演员的命运》(节选),发表于苏联《接班人》杂志第12期。同年,费德林主编的《中国作家短篇小说集》由莫斯科国家文艺出版社出版,辑录了丁玲的作品《梦珂》等。是年,丁玲的长篇小说《太阳照在桑干河上》由梯比利斯格鲁吉亚国立出版社出版了格鲁吉亚语译本,由布里亚特蒙古语出版社出版了蒙古语译本。[1]此后,由于丁玲受到国内文艺界的批判,在苏联与其他社会主义国家的中国文学译介名单中,其名字便逐渐销声匿迹。直至1974年,费德林主编的《雨:中国20—30年代作家小说集》由莫斯科国家文艺出版社出版,其中选编了丁玲的小说《梦珂》,打破了近二十年的冰封而使其得以与国外读者见面。1977年,瓦卡翻译的《在医院中》刊载于苏联《译丛》第8期。[2]而80年代以后,苏联文化界更多关注当代以来中国作家的新作品,丁玲的小说译介因之趋缓。

随着美国当局对共产党的政策变化,美国的丁玲作品译介出现了长时间的沉寂。新中国成立初期,美国文学界对丁玲小说的译介与30年代相比较少。美国的《生活与文学》1949年第137期登载丁玲的短篇小说《入伍》,由G. 别格雷翻译。1954年,丁玲的随笔《生活与创作》在美国的《中国文学》杂志第3期被译载。同样受中国文坛形势之影响,在丁玲被错划为"右派"期间,美国文艺界也存在长达近二十年的丁玲作品译介空白期。直至1974年5月,劳·约瑟夫翻译的丁玲《莎菲女士的日记》方在美国出版。同时,伊罗生编辑的《草鞋脚》也因此滞后四十年出版。美国华裔学者梅仪慈在70年代伊始就开始关注丁玲的创作,发表研究文章与专著《丁玲传》(1975)、《文学的用途:丁玲在延安》(1978)以及《丁玲的小说:现代中国文学中的思想性和记叙体》(哈佛大学

---

[1] 宋绍香:《中国新文学俄苏传播与研究史稿》,学苑出版社2017年版,第54—62页。
[2] 宋绍香:《中国新文学俄苏传播与研究史稿》,学苑出版社2017年版,第72页。

出版社1982年版）。①

1976年，美国侠尔泊出版社出版了由约翰·伯宁豪森、泰特、赫特合编的《中国的革命文学》一书，其中收录了丁玲的小说《一天》。1979年出版的《中国现代文学通讯》1/2期，发表了黄炳伟、李欧梵合译的《某夜》。同年，美国《迹象》杂志第2期发表了龚普生翻译的《我在霞村的时候》。②丁玲研究的课题也出现在美国学者的学位论文选题之中，如加里·约翰·布乔治获得美国威斯康辛大学博士学位的论文《丁玲的早期生活与文学创作（一九二七——一九四二）》等。1978年9月，柏林举行了国际学术会议，会议以中华人民共和国的文学理论与文学批评为议题，来自西德的沃尔夫根·顾彬提交了文章《丁玲延安时期的短篇小说〈夜〉》，美国华裔学者梅仪慈等也提交了有关丁玲研究的论文。③80年代初，美国学界相继发表与出版了包括《莎菲女士的日记》《在医院中》《我在霞村的时候》《太阳照在桑干河上》等共计十五种译本。与此同时，欧美国家的丁玲翻译与研究持续发展。此外，1980年6月，百余位欧美汉学家参加在巴黎举行的"中国抗战文学国际研讨会"，其中涉及解放区文学的专题达四个，分别为"延安的大作家""向丁玲致敬""文学里的抗战、革命与民族主义""诗人们：向艾青致敬"。④美国知名学者白露（Tani E. Barlow），为此次会议发表了丁玲研究论文《〈"三八"节有感〉和丁玲的女权主义在她的文学作品中的表现》。⑤

此次会议后，欧美学界引发了译介与研究中国解放区文学的高潮。1980年，美国印第安纳大学出版社出版了白露翻译的《太阳照在桑干河上》节译本。1981年，美国哥伦比亚大学出版社出版的"现代亚洲文学研究丛书"之一的《中国现

---

① 宋绍香：《中国新文学20世纪域外传播与研究》，学苑出版社2012年版，第39、102—103、216页。
② 孙瑞珍、王中忱编：《丁玲研究在国外》，湖南人民出版社1985年版，第544页。
③ 王中忱、孙瑞珍：《半个世纪以来的国外丁玲研究》，载《外国问题研究》1985年第1期。
④ 宋绍香：《中国新文学20世纪域外传播与研究》，学苑出版社2012年版，第39、48、103—104页。
⑤ 王中忱、孙瑞珍：《半个世纪以来的国外丁玲研究》，载《外国问题研究》1985年第1期。

代小说选 1919—1949》，由劳·约瑟夫、夏志清、李欧梵等编选，收录了丁玲的作品《我在霞村的时候》《在医院中》等。同年，哥伦比亚大学出版社出版了由聂华苓编译的《太阳照在桑干河上》节译本。1980年，德国的热尔坎普出版社出版了《莎菲女士的日记》德文译本；法兰克福的苏尔卡姆普出版社出版了由柏林自由大学东亚研究所选编的《春天的希望》文集，收录了丁玲的《莎菲女士的日记》《夜》《在医院中》，分别由沃尔夫根·顾彬与苏萨纳·维格林翻译；苏尔卡姆普出版社出版的由博尔舍、乌利希·米勒－施威费编的《妇女在这个世纪》，收录了《莎菲女士的日记》。同年，法国弗拉马里翁出版社出版了由尚塔尔·格雷西埃与阿苏合译的《大姐：丁玲选集》，其中收录了《梦珂》《水》《新的信念》《我在霞村的时候》《夜》等八篇作品。[1]

这一时期，国外出版的许多大型文学工具书中，作家丁玲的词条相继出现，如《苏联大百科全书》（1972）、苏联的《简明文学百科全书》（1978）、美国的《二十世纪世界文学百科全书》（1975）等等。[2]1975年，英国的《新左翼评论》杂志第92卷登载了由格韦格·本腾翻译的《"三八"节有感》。1979年，由S. R. 芒罗编译的英文版《革命的创始：中国现代短篇小说集》，在新加坡的海涅曼教育书店出版，其中丁玲的《莎菲女士的日记》作为附录出现。[3]

同时，丁玲研究在日本学界悄然展开。1950年，冈崎俊夫的文章《粗浅介绍——丁玲近作〈桑干河上〉》于3月15日在日本《读书新闻》杂志上发表。1951年，岛田政雄撰写的《丁玲——人民作家的形象》一文登载于日本《中国研究》，尾坂德司的《丁玲备忘录——日本最初所发表的丁玲文学的全貌》发表于日本《中国语杂志》第4—6期，斋藤秋男的评论文章《书评〈太阳照在桑干河上〉》发表于6月出版的《中国事情》，千田九一撰写的《书评〈太阳照在桑干河上〉》发表于日本《文学》杂志第9期，冈崎俊夫的《丁玲论》刊载于日本《近代文学》第6期。同年，丁玲的长篇小说《太阳照在桑干河上》在东京鸽子

---

[1] 孙瑞珍、王中忱编：《丁玲研究在国外》，湖南人民出版社1985年版，第544—546页。
[2] 王中忱、孙瑞珍：《半个世纪以来的国外丁玲研究》，载《外国问题研究》1985年第1期。
[3] 孙瑞珍、王中忱编：《丁玲研究在国外》，湖南人民出版社1985年版，第534、543页。

书房出版,由坂井德三翻译,此译本于1953年再版;由日本中国友好协会出版的《新中国短篇小说选》,收录了丁玲的《新的信念》;冈崎俊夫编译的丁玲小说选《我在霞村的时候》由日本四季社出版,另收入了小说《县长家庭》《新的信念》《夜》,以及作为附录的文章《一个真实人的一生——记胡也频》。1951年4月,冈崎俊夫将《一个真实人的一生——记胡也频》发表于日本《人间》杂志第4期。同年,岛田政雄将《太阳照在桑干河上》的节译文章《翻身大爷》刊载于日本《中国研究》第11期。1951年河出书房、1963年普通社、1964年劲草书房分别出版了竹内好的作品《现代中国批评》,其中收录了文章《妇女运动——丁玲走过的道路》。1952年,东京鸽子书房出版了岛田政雄的《中国新文学入门》,包含文章《丁玲的〈我在霞村的时候〉、〈桑干河上〉和〈暴风骤雨〉》;竹内好等撰写《中国现代文学》一书中,讨论了赵树理、丁玲、老舍的作品;日本《中国文艺》第1期刊载了芦田茂幸的文章《自杀日记(作品梗概)》《母亲(作品梗概)》《莎菲女士的日记(作品梗概)》《丁玲经历年表》,同期杂志还发表了长浜由子的《桑干河(作品梗概)》、桑原治平的《水(作品梗概)》、桥川润的《一九三〇年春上海(作品梗概)》、山本肇的《一个真实人的一生(作品梗概)》《我在霞村的时候(作品梗概)》、梅田和男的《丁玲小论——以〈太阳照在桑干河上〉为中心》、金子二郎的《丁玲的文学》;日本《中国事情》第29期刊登了评论文章《丁玲的侧影》;日本《华侨文化》第45期刊载了中川浩的文章《丁玲女士的〈太阳照在桑干河上〉在文学上的价值》;日本《中国文艺》第13期发表了岛田政雄的《〈桑干河上〉与〈暴风骤雨〉为什么获得斯大林奖?》;冈崎俊夫翻译的《文学与生活》于日本青铜社出版,收录丁玲的十四篇杂感,如《创作与生活》《关于立场问题我见》《谈谈普及工作》等,其中《谈"文学修养"》一文又发表于日本《新日本文学》第3期;丁玲的文章《要为人民服务得更好》,由西田稔翻译并发表于日本《中国文艺》第2期,此文后收入于1953年东京鸽子书房出版、中国文学艺术研究会编译的《毛泽东思想和创作方法》一书;东京青木书店出版的菊地三郎所著的《中国现代文学史》,其中用较大篇幅评介了丁玲的小说;奥野信太郎撰写的《北京留学》由读卖新闻社出版,其中《文学地图的一角》谈及丁玲的作品。①高畠穰在1954年第1期的《北斗》上发表文章《过渡时期的丁玲与报告文学》;《现代中国文学全集月报》1955年第12期发表了高畠穰的《丁玲年谱》《丁玲与欧洲小说》。1953年,日本青木书店出版了尾坂德司的研究专著《丁玲入门》,此为国外丁玲研究界较早出现的专门性研究专著。②1953年,日本青木书店出版《丁玲作品集》,由尾坂德司与冈本隆三合译,收入开明书店版本的作者自序以及《莎菲女士的日记》《一九三〇年春上海(之一)》《水》《某夜》《我在霞村的时候》《夜》等。1953年,日本创元社出版了由黎波翻译的《访问记》,收入了丁玲的文章《华沙和平节》。1954年,日本骏台社出版《为了文学、艺术的繁荣——中国文学艺术工作者第二次代表大会报告集》,其中收入丁玲的文章《到群众中去落户》。1954年,日本《中国文艺座谈会笔记》第1期登载了小西升的介绍文章《我在霞村的时候》;冈崎俊夫在《出版新闻》第6期发表了《丁玲及其思想和作品》一文。1955年,冈崎俊夫翻译的《生活、思想与人物》在《新日本文学》第7期发表。1955年至1956年,丁玲的《太阳照在桑干河上》日译本由坂井德三与三好一合译,在东京青木书店分两卷本出版。东京的河出书房于1955年出版了《现代中国文学选集》,其中第9卷的"丁玲篇"收入了由冈崎俊夫翻译的《太阳照在桑干河上》《新的信念》《我在霞村的时候》《夜》,以及译者后记和丁玲著作翻译书目。1956年,日本新潮社出版的《现代世界文学全集》第42卷收入了冈崎俊夫翻译的《夜》《新的信念》和《我在霞村的时候》;冈崎俊夫翻译的丁玲选集《我在霞村的时候》在日本岩波书店出版,收入了其早期作品《阿毛姑娘》《莎菲女士的日记》以及延安时期的作品;《我在霞村的时候》由相浦杲翻译,于日本江南书院出版;江南书院还出版了《太阳照在桑干河上》,由左藤典子、门胁昶子合译。1956年,日本《中国文学报》发表了岛田久美子的《论〈太阳照在桑干河上〉》,小田切秀雄的《新中国与恋爱》刊登于《妇人公论》第418期,重

---

① 孙瑞珍、王中忱编:《丁玲研究在国外》,湖南人民出版社1985年版,第536—537、561—566页。
② 王中忱、孙瑞珍:《半个世纪以来的国外丁玲研究》,载《外国问题研究》1985年第1期。

定纪久子的《关于丁玲〈我在霞村的时候〉》载于日本《冈山县汉文学会报》第1期。1958年,大学书林出版了六角恒广翻译的《我在霞村的时候》。《日本文学》1958年第2期登载了由尾坂德司翻译的《"三八"节有感》。①

丁玲在中国文坛的遭际传入日本,也引发了一些日本文学研究界前沿学者的讨论,出现了若干评论文章,如竹内实所写的《丁玲评价的变迁》与《关于丁玲批判》、冈崎俊夫所撰的《丁玲批判的问题点》,以及高畠穰的文章《丁玲批判杂感》《丁玲转向考》等。②60年代伊始,在日本出版的几种《中国现代文学选集》和《世界短篇文学全集》多卷本,均辑录了丁玲的作品译本及其评价文章。1962年,日本平凡社出版了由竹内好编的《中国现代文学选集·抗战文学集》,其中收录了分别由高畠穰和冈崎俊夫翻译的丁玲小说《水》《多事之秋》与《我在霞村的时候》;《中国的革命与文学》第5卷收录了丁玲的《水》和《我在霞村的时候》。1963年,日本集英社出版的《世界短篇文学全集》第15卷"中国文学"中收录了奥野信太郎翻译的《松子》。③丁玲作品于1970年在日本河出书房出版的《中国现代文学》第5卷的"丁玲、沈从文文集"中部分出现,收辑了由高畠穰翻译的《太阳照在桑干河上》。1971年,河出书房出版了由竹内实编的《中国现代文学》第12卷"评论、散文集",辑录了由竹内良雄翻译的《"三八"节有感》。1972年4月出版的日本《熊本商大论集》第36期,发表了丁玲的文章《一个真实人的一生——胡也频传略》,由鹤田义郎翻译。1973年,日本《有瞳》杂志第2期发表北冈正子的丁玲研究文章《丁玲早期文学与〈包法利夫人〉的关系》。1976年至1982年,日本翻译出版了丁玲作品《"三八"节有感》(小说选集,西顺藏编,1976年岩波书店出版;阿克亚马·有高翻译,收入其日文专著《丁玲——被清洗的女权运动鼓吹者》,1978年东京出版社出版)、《庆云里中的一间小房里》(见日本《季节》1977年第5期,古窪敏行译)、《"牛棚"小品》(见1980年1月出版的《朝日杂志》,田畑佐和子翻译)、

---

① 孙瑞珍、王中忱编:《丁玲研究在国外》,湖南人民出版社1985年版,第566—577页。
② 王中忱、孙瑞珍:《半个世纪以来的国外丁玲研究》,载《外国问题研究》1985年第1期。
③ 孙瑞珍、王中忱编:《丁玲研究在国外》,湖南人民出版社1985年版,第540页。

《杜晚香》（见1980年2月出版的日本《海盗》杂志第306期，福家道信翻译）、《悼念茅盾同志》（见1981年10月出版的《东亚》杂志第172期，阿赖耶顺宏译）等。1979年，秋吉纪久夫的《近代中国文学运动研究》于日本九州大学出版会出版，其中有丁玲文学道路的详细介绍。1980年，松井博光的《迎接暮春的老作家》登载于日本《东风》第10期。1982年，日本朝日新闻社出版了由中岛碧编译的《丁玲的回顾》作品选，收入了《悼雪峰》《胡也频》等随笔，《我怎样来陕北的》《风雨中忆肖红》等散文，以及一些序跋文字共计十七篇文章。[1]

1937年至1982年，日本文化界对丁玲的小说极为关注，共翻译出版其作品约五十种，以50年代的丁玲译介与研究为高潮，仅译作达二十二种。总体上说，半个世纪以来的日本丁玲译介与研究活动频繁，其中《我在霞村的时候》共出版八次，《太阳照在桑干河上》共出版五次、四个译本。[2]

第三，域外丁玲研究的重新出发。80年代以来，丁玲开始活跃在世界文学交流活动中，与国际文化界人士展开了较为频繁的访问与学习。由此，许多国外研究者与文化学者纷纷撰文记述访问文章与杂感，如聂华苓、李黎，法国的苏珊娜·贝尔纳等，以及日本人田畑佐和子等。[3]如田畑佐和子于1980年在日本杂志《记录》第10—14期发表了《丁玲会见记》，李黎的文章《"今生辙"——访丁玲》发表于《集萃》杂志1981年第4期，聂华苓的文章《林中·炉边·黄昏后——和丁玲一起的时光》发表于《文汇》1983年第9期，苏珊娜·贝尔纳的文章《会见丁玲》发表于法文版《中国文学》1984年第2期。同时，这一时期涌现出一批丁玲小说的研究文章。田畑佐和子的丁玲研究文章《与纯真的情感写下的狱中记——〈"牛棚"小品〉解说》，发表于1980年1月25日的《朝日杂志》。1980年12月1日出版的法国《文学半月刊》，发表了法国学者马蒂娜·瓦莱特-埃姆丽的文章《从革命浪漫主义到无产阶级文学》。1981年1月22日，法国《罗讷·阿尔卑

---

[1] 孙瑞珍、王中忱编：《丁玲研究在国外》，湖南人民出版社1985年版，第541—542、579页。
[2] 宋绍香：《中国新文学20世纪域外传播与研究》，学苑出版社2012年版，第72、104、108页。
[3] 王中忱、孙瑞珍：《半个世纪以来的国外丁玲研究》，载《外国问题研究》1985年第1期。

斯日报》发表了居伊·勒克莱克的文章《巴金的〈复仇〉，丁玲的〈大姐〉》。1981年1月31日，法国《工人斗争》报发表了加斯东·德沃的文章《丁玲的〈大姐〉》。①1981年1月，日本学者野泽俊敬在《北海道大学文学部纪要》第1期发表文章《〈意外集〉的世界》。②80年代以来，日本学者高畠穰致力于撰写著作《丁玲传》，现已取得颇为丰硕的阶段性成果③。中岛碧撰写的《丁玲论》发表于日本《飙风》杂志1981年第13期④。1982年，日本学者高畠穰的作品《丁玲与夏衍》于日本道鼓社出版。1983年9月26日，意大利《国家晚报》发表意大利学者维尔玛·科斯坦蒂妮的文章《丁玲和她的"女权"》。1983年10月11日的泰国《中原日报》发表了学者黄元的文章《读丁玲的〈我的生平与创作〉》。同年11月2日，《中原日报》发表金兆的介绍文章《丁玲的代表作》。⑤1989年，美国学者白露与布乔治合作编译的《我自己是女人：丁玲作品选》，于美国波士顿的灯塔出版社出版。⑥2002年在纽约出版的美国华裔学者丁淑芳的专著，现已出版中译本《丁玲和她的母亲——人文心理学研究》。⑦

50年代苏联汉学家撰写的若干中国文学研究著作，对新中国成立初期的中国文学发展产生了一定的影响。对中国现代文学颇有研究的汉学家费德林、艾德林、切尔卡斯基、齐宾娜、李福清、波兹德聂耶娃等所撰写的作品，涵盖了中国文学史研究与单个作家的专门研究，成果颇丰。其中，费德林在1956年莫斯科国

---

① 孙瑞珍、王中忱编：《丁玲研究在国外》，湖南人民出版社1985年版，第329—341、405—451、458—467页。
② 韩日新：《半个世纪的脚印——1936年至1989年国外丁玲研究巡礼》，载《中国现代文学研究丛刊》1993年第2期。
③ 王中忱、孙瑞珍：《半个世纪以来的国外丁玲研究》，载《外国问题研究》1985年第1期。
④ 中岛碧：《丁玲论》，袁蕴华、裴峥译，见袁良骏编：《丁玲研究资料》，天津人民出版社1982年版，第526—554页。
⑤ 孙瑞珍、王中忱编：《丁玲研究在国外》，湖南人民出版社1985年版，第360—362、452—457、468—512、557页。
⑥ Tani E. Barlow and Gary J. Bjorge, ed., *I Myself am a Woman: Selected Writings of Ding Ling*, Boston: Beacon Press, 1989.
⑦ Dora Shu-Fang Dien, *Ding Ling and Her Mother—A Cultural Psychological Study*, New York: Nova Science Publishers, 2002.

家文艺出版社出版的《中国文学》，第二章详述了社会题材转换下的丁玲小说及她的长篇小说的价值；1977年，莫斯科大学出版社出版了齐宾娜撰写的《当代东方文学》一书，其第五章"左翼作家联盟时期和抗日战争时期的文学"着重讨论了丁玲初期作品与30年代初期小说的差异与特色。[①]同年，莫斯科大学出版社出版了由 И. 勃拉金斯基和 B. 谢苗诺夫等编辑的《现代东方文学》"左联时期和抗日民族解放斗争时期的文学（1917—1945）"部分，论述了贯穿始终的丁玲文学创作。苏联《文学报》于1979年1月4日发表 M. 施奈德的丁玲研究文章《一位作家的命运》等。[②]

60年代伊始，英语世界的中国文学研究相继取得丰硕的研究成果，出版了一系列极具分量的现代文学研究专著，同时对丁玲表现出极大的关注，扩展了丁玲研究的视阈。其中较早产生影响的是夏志清于1961年出版的《中国现代小说史》，书中分析了丁玲加入左联后的文学创作。[③]夏济安于1968年由华盛顿大学出版社出版的《黑暗的闸门：中国左翼文学运动研究》（*The Gate of Darkness: Studies on the Leftist Literary Movement in China*）的第五章"五烈士之谜"涉及丁玲研究。[④]李欧梵于1973年由哈佛大学出版社出版的《中国现代作家的浪漫一代》（*The Romantic Generation of Modern Chinese Writers*）在"从爱情到革命"章节中对丁玲的作品有所评述。[⑤]1974年，西方的中国学家在美国的马萨诸塞州德达姆举行会议，梅仪慈、杜博妮（Bonnie S. McDougall）、李欧梵等提交学术论文，讨论中国现代文学在五四时期的发展，会后由美国学者梅尔·戈德曼（Merle Goldman）编辑出版了一部研究文集《五四时代的现代中国文学》（*Modern*

---

① H. 费德林：《中国文学》（节录），E. 齐宾娜：《当代东方文学》（节录），见袁良骏编：《丁玲研究资料》，天津人民出版社1982年版，第593—609页。
② 宋绍香：《丁玲作品在俄苏：译介、研究、评价》，载《现代中文学刊》2013年第4期。
③ 夏志清：《中国现代小说史》，刘绍铭、李欧梵、林耀福等译，复旦大学出版社2005年版，第187—194页。
④ 夏济安：《黑暗的闸门：中国左翼文学运动研究》，万芷君、陈琦、裴凡慧等译，香港中文大学出版社2016年版，第145—210页。
⑤ 李欧梵：《中国现代作家的浪漫一代》，王宏志等译，新星出版社2010年版，第280—282页。

Chinese Literature in the May Fourth Era),于1977年由哈佛大学出版社出版。此次会议梅仪慈提交了论文《不断变化的文艺与生活的关系》。①普实克在1940年于捷克斯洛伐克出版的札记《中国——我的姐妹》中,回忆并评价了丁玲的小说在中国文学中的地位。②他日后研究中国文学的重要成果,如《中国现代文学中的主观主义与个人主义》等文章深化了海外的丁玲研究水平。③王德威在其作品《想像中国的方法:历史·小说·叙事》等,对丁玲的小说有所关注。④刘禾的著作《跨语际实践:文学,民族文化与被译介的现代性(中国,1900—1937)》(*Translingual Practice: Literature, National Culture, and Translated Modernity—China, 1900-1937*)于1995年由斯坦福大学出版社出版,其中第六章第四节"女性的自我言说"运用全新的视野考察了丁玲的小说《莎菲女士的日记》。⑤

---

① 梅仪慈:《不断变化的文艺与生活的关系》(节录),戴刚译,见袁良骏编:《丁玲研究资料》,天津人民出版社1982年版,第559—586页。
② 雅罗斯拉夫·普实克:《中国——我的姐妹》,丛林、陈平陵、李梅译,外语教学与研究出版社2005年版。
③ 亚罗斯拉夫·普实克著,李欧梵编:《抒情与史诗——中国现代文学论集》,郭建玲译,上海三联书店2010年版。
④ 王德威:《想像中国的方法:历史·小说·叙事》,生活·读书·新知三联书店1998年版。
⑤ 刘禾:《跨语际实践:文学,民族文化与被译介的现代性(中国,1900—1937)》(修订译本),宋伟杰等译,生活·读书·新知三联书店2014年版,第194—204页。

第二节

域外丁玲研究涉及的主要问题

域外的丁玲研究收获颇丰,在以梅仪慈、夏志清、中岛碧、相浦杲、加里·约翰·布乔治、丁淑芳、刘禾、白露、颜海平、伊罗生等的文章为代表的诸多研究成果中,可以发现他们所持守的重要观点,以及汇聚于丁玲作品之上所提出的新见解、新可能,为本土的丁玲研究提供了不少新思维、新方法。上文介绍了域外丁玲研究的大致分期及其研究共性,现在从问题意识出发,讨论这批域外研究者在丁玲作品之上所围绕的重要话题——真实性问题、两极断裂论以及情感研究方向。

一、真实性问题:作者与人物

对作家丁玲而言,研究者根据其小说中的人物、情节等线索,找寻现实的真实例证,这一现象不知应被作家视作其幸还是其悲。因为,在这样的现实对照中,丁玲收获的不是"艺术的高度真实""亦真亦幻的审美享受"等赞誉,更多的是为找寻"放矢"之地。故此,其悲就在于加身之罪或先验意识是从"真实性"问题中寻得的。

勾连文本内外,讨论真实性问题最为频繁的时期,是在丁玲被打为"右派"的20世纪50年代,这种方法在不少青年批评家那里深受欢迎,认为她延安创作的小说中,女主人公陆萍、贞贞就是影射着莎菲,进而攻击、贬损作家。另外,适逢丁玲以《梦珂》《莎菲女士的日记》等小说崭露头角,20世纪20年代末的中国文坛在苏联拉普无产阶级文艺观的影响下,构建起"革命文学"的批评观点,着意强调文艺的政治效用。故此，一些批评家便展开了对丁玲作品的批判，在丁玲与莎菲之间画上等号，用以证明他们所指认的莎菲身上浓郁的小资产阶级情调。小说中的一个人物便开始跨越时代，成为作家的"原罪"。然而，超脱于中国历史时空之外的域外研究者，他们讨论丁玲文学创作的真实性问题，是想借此开启怎样的话语空间，解决哪些文学问题呢？这值得我们深思。

　　日本学者中岛碧认为，《我在霞村的时候》这部小说中的贞贞，表现了"精神上受伤的人只得沉默忍受。忍受着，向着自己的信念，忠实地锻炼、改造自己，仅此唯一的一条再生之路。作者通过贞贞的生活道路，说出了这番话。而且从想要重新站起来的贞贞身上，看到了人的伟大和尊严。这里也许可以使我们看到，这是作者丁玲的心情的自我写照——特别是有关南京时代的"①。研究者以个人的主观意识介入客观的文学研究，将作家的文学创作进行了现实的投射，讨论其中的现实真实性问题，如此在作家的文本内外达成联结的方法在域外以及中国本土的研究中时常出现。如此看来，中岛碧所认定的锻炼、改造自己，寻求再生的贞贞是丁玲本人的思想意向的暗示。实际上，将作家本人与其笔下的人物等同起来甚至混为一谈，以作家在散文中的自白来解释、类比小说中的人物思想，这显然是一种非客观的解读思路，但是，作为文学研究者的中岛碧何故如此，她建构这种联系的用意何在？

　　中岛碧在文中再次将遭受过国民党牢狱之灾的丁玲与小说中的贞贞之间建立联系，用以说明丁玲作品中的女性意识。她引用作者在《"三八"节有感》一文中的自白——"我自己是女人，我会比别人更懂得女人的缺点，但我却更懂得女人的痛苦"②，借此证明贞贞与陆萍形象所倾吐的女性困惑与人性追问。如此跨越文本边界搭建联系，对文学研究而言无疑是极不严谨的。研究者为证明自己从虚构小说中解读到的作家显在的女性意识，而选择在其散文文体的独白与研究者的主观联想中寻求材料，且试图抓住作家在性别书写、女性意识等方面的全面觉

---

① 中岛碧：《丁玲论》，袁蕴华、裴峥译，见袁良骏编：《丁玲研究资料》，天津人民出版社1982年版，第548页。
② 张炯主编：《丁玲全集》（7），河北人民出版社2001年版，第62页。

悟，将女性的身份意识有所放大、渲染。在对《我在霞村的时候》以及《在医院中》等作品的解读中，性别视角无疑遮盖了小说所展示的复杂内涵。就小说内蕴的深刻思想性来说，仅仅从作家在文本内外发掘其性别意识来解读作品、解读作家，无疑矮化了丁玲，显然在文学研究中存在着被主观性支配的过度阐释现象。

中岛碧认为，丁玲在文章中对陆萍和贞贞等女主人公的描写，表达了"对作为具有被歧视、被压迫的'性'的女人苦痛表示深深的哀伤"①。不得不说，这种观点存在着明显的泛性论嫌疑，将里比多视作人类的原欲。然而，如果欲望仅仅是用以作为阐释文学与作家的一个话语维度，那么欲望叙述对人类本源性的解释历史必然会胀破研究者的阐释空间，进而进入可被无限追溯的阐释系统。弗雷德里克·詹姆逊指出："欲望的观念，即便在其最圆满实现的形式上，与其说是一种阐释模式，毋宁说是一种全面的世界观，一种真正的形而上学，是弗洛伊德后期的元心理学（metapsychology）最能引起共鸣、最有吸引力、最极端、最夸张的表达，充满了死亡和古旧，预示了性爱本能与自我毁灭本能之间的不朽斗争。"②以文学作品中的欲望叙述作为研究入口，试图勾连作者形象与人物形象的精神一致性，无疑会导向形而上与原欲阐释的无限扩张，从而令研究者的文学分析意图终结于欲望话语所携带的巨大能量之中。

小说的人物在某种意义上的确是作家思想、观念、精神等方面的延伸，而且一定程度上存在着潜意识的移情，某些人物确乎是有着作家本人的影子。但是，人物并非全然出自作家亲历的生活内部，也并非绝对地体现着作家的价值判断。断然从作品中所塑造的主人公身上找寻作家本人的痕迹，无疑尚处于简单机械化的原始鉴赏阶段，它不能服务于严谨客观的文学批评与研究领域。日本的中国现代文学研究学者相浦杲，在其《〈莎菲女士的日记〉与〈我在霞村的时候〉》的比较论文中，曾就作家塑造人物的真实性有过论述。他认为，

---

① 中岛碧：《丁玲论》，袁蕴华、裴峥译，见袁良骏编：《丁玲研究资料》，天津人民出版社1982年版，第549页。
② 弗雷德里克·詹姆逊：《政治无意识——作为社会象征行为的叙事》，王逢振、陈永国译，中国社会科学出版社1999年版，第55页。

将莎菲看作作家丁玲内心思想的写照，并反复论证文章主人公和作家之间的同化与联系，"这种简单的提法还有不足之处，因为，这不是衡量文学作品的价值"①。

正如20世纪40年代初的欧洲国家与美国，文学教育与研究领域盛行形式主义流派，其中，美国的"新批评"便是一个典型代表。韦勒克与沃伦的著作《文学理论》作为形式主义流派的重要收获，强调文学作品艺术形式的审美价值，其中对作品的真实性问题有过明确表述："那种认为艺术纯粹是自我表现，是个人感情和经验的再现的观点，显然是错误的。尽管艺术作品和作家的生平之间有密切关系，但绝不意味着艺术作品仅仅是作家生活的摹本。"②即便如此，宣称"所用的批评标准，全以作品的文学价值为原则"③的夏志清，在其论述丁玲的一节中这样说："从丁玲不凡的一生看来，她早期的文名，或者可以说是艳名，并不出人意料。"接着，在介绍丁玲与瞿秋白的交往中，他从沈从文的《记丁玲》中截取信息："根据可靠的资料，一位跟丁玲同来上海的很富裕的四川王姓小姐，公开地跟当时在上海大学教书的瞿秋白教授同居，而丁玲自己跟瞿秋白的弟弟的关系也很密切。"④而后，研究者讲述了丁玲与胡也频的情感关系。针对作家的情感生活所进行的猜测，即便是来自与作家同时代的人，如若将此文本引入文学研究，毕竟还是不可取的。退一步说，即便夏志清是从文学传记的层面试图还原作家创作的心境与思想，也应该是建立在广泛阅读作家生平回忆与多方追忆的基础上，客观地将小说与传记置于相互参照、相互阐释的关系之中。

如果从文学批评的层面看，从作家的角度展开研究的西方文艺理论，大致可追溯到19世纪上半叶，法国批评家圣伯夫所提出的传记式批评。西方19世纪的

---

① 相浦杲：《〈莎菲女士的日记〉与〈我在霞村的时候〉》，胡金定译，载《厦门大学学报》（哲学社会科学版）1985年第3期。
② 雷·韦勒克、奥·沃伦：《文学理论》，刘象愚、邢培明、陈圣生等译，生活·读书·新知三联书店1984年版，第72页。
③ 夏志清：《中国现代小说史》，刘绍铭、李欧梵、林耀福等译，复旦大学出版社2005年版，第319页。
④ 夏志清：《中国现代小说史》，刘绍铭、李欧梵、林耀福等译，复旦大学出版社2005年版，第188页。

文学,"从他起,文学批评才成为专门学问,才与创作并重"。由此,圣伯夫开创了"用历史的方法研究个别作品"①的文学批评理论——传记式批评。他主张,"读书要从知人入手","一方面习闻个人与环境关系密切,而另一方面又濡染了许多自然科学者的方法和精神"②,认为研究作家所身处的历史及其个人的心灵史,是进入文学研究的有效方式。圣伯夫指出:"任何一部伟大作品,只能由一个灵魂、一个独特的精神状态产生——这是一般的规律。如果从历史上去求例证,我可以理解到有些灵魂、某些精神形态是相等的……"③这种从历史角度进入作家本人的精神思想与心灵世界的研究,被随后法国文坛风起云涌的象征主义、自然主义思潮倾覆了。继而,从作家个人气质与内在意识角度进入文学研究,则源于弗洛伊德的精神分析学。然而,两者虽同样注重作家研究,可被视作区别于文本研究之外的另一种方法,但是,圣伯夫引入历史维度作用于文学批评,与弗洛伊德深入人类意识之内进行心理研究,有着根本上的不同。

厘清西方文艺理论中基于作家研究的历史源流之后,我们再次考察夏志清对丁玲作品研究所涉及的"艳名"说,则可谓是借助了片面的历史与失实的心理分析,在传记式批评与精神分析学的边缘,恪守着所谓的直面文本的新批评研究实践。在客观的文学研究中插入对作家情感世界的评断(他所称的"艳名"),这一失却了历史真实性、研究材料全面性、研究态度严肃性的话语,用普实克对夏志清的驳斥之文来说,这来自研究者缺乏对人与历史的尊重,如此观点尚欠敬恕之心。普实克明确指出:"对于作家丁玲的政治观点正确与否,我们或许意见不一,在评价她的不同作品时,也很有分歧,这都是可以理解的;但对夏志清谈及丁玲的生活与性格的方法,我们却不得不表示抗议。在描写到这位女作家的私生活时,夏志清只是一味地重复道听途说的谣言,而且用了最低级的词句,读来着实令人心生厌恶。"④然而,夏志清在其答普实克一文中竟对此回应:"作为一

---

① 朱光潜:《朱光潜全集》(第8卷),安徽教育出版社1993年版,第202页。
② 朱光潜:《朱光潜全集》(第8卷),安徽教育出版社1993年版,第211页。
③ 伍蠡甫主编:《西方古今文论选》,复旦大学出版社1984年版,第216页。
④ 亚罗斯拉夫·普实克著,李欧梵编:《抒情与史诗——中国现代文学论集》,郭建玲译,上海三联书店2010年版,第194—195页。

个将自己的生命当作一场自由实验的现代女性,丁玲肯定不会在意我对她的爱情生活的些许评论。"①

海外文学研究者夏志清,他和中国的一些革命文学批评家的观点相似,认为莎菲就是丁玲。夏志清和钱杏邨等均在各自的文学传统中看待丁玲的前期小说,"直露的性别书写"是他们得到的共同结论。不同的是,夏志清需要祭起女性意识、个人意识解放的思想旗帜,用以声讨所谓的共产主义小说之"束缚";而钱杏邨则需要痛斥女性意识、个人意识解放的社会情绪,用以作为谴责小资产阶级思想的檄文。从这里可以看出,两种认识不但没有真正理解丁玲小说深刻的精神追求,而且各自将小说放置在预设的思想框架与审美体系之中,这都不是从文学作品研究中得到的观点,而是从意识形态分析中得到的答案。从这个角度上看,普实克对夏志清的中国现代文学观的评价——教条式的偏狭②——这个总结还是颇有道理的。夏志清在其研究专著中对丁玲的短篇小说《水》的评价极低,认为它在故事真实的层面上存在硬伤。另一位美籍华裔研究者梅仪慈,在一定程度上也认同夏志清的看法。

我们从作家形象的角度可以提出一个问题:为什么丁玲的一些作品,会造成读者与研究者混淆文本真实与现实真实?这个问题的原因,可以从价值认知与社会环境的真实、人物思想的真实、故事与材料细节的真实、作家的主体意识四个方面加以理解。首先,价值认知与社会环境的真实。作家本人与小说人物对价值体系的认知是统一的,如黑暗社会中的苦闷青年、边区根据地的革命青年等,作家与人物在意识形态层面所呈现的价值判断相对一致。即便丁玲在延安时期写过一些批判现实的杂文,但文中所反映的现象,并非强大到能够与一个延安自足的精神环境相抗衡的另一种独立价值体系,而是被作家寄予希望进行改变、克服的另一种被否定的价值体系。这种为统一、完满的意识形态环境加缀一丝复杂化、

---

① 亚罗斯拉夫·普实克著,李欧梵编:《抒情与史诗——中国现代文学论集》,郭建玲译,上海三联书店2010年版,第238页。
② 亚罗斯拉夫·普实克著,李欧梵编:《抒情与史诗——中国现代文学论集》,郭建玲译,上海三联书店2010年版,第193页。

冲突化的客观真实，是在力图还原一个本质真实与艺术真实的文学世界。从丁玲发表的第一篇小说《梦珂》开始，知识青年所处的社会环境是丁玲作品中的现实背景，大革命时代的落潮、"文学革命"到"革命文学"的论争、左翼文艺运动的发展……现代中国的动荡岁月与思想论战均在丁玲的作品中得到了充分表现，这就为读者与研究者提供了时代与思想环境真实性的前提。

其次，人物思想的真实。丁玲塑造的许多形象都切实体现了时代的征候，呼应并探索了其时人们的思想意识与深层心理。莎菲是作家创作的最为典型的形象，她身上所反映的苦闷感、虚无感与幻灭感，确乎捕捉到了社会中知识青年男女的郁郁感伤，如茅盾所言："莎菲女士是心灵上负着时代苦闷的创伤的青年女性的叛逆的绝叫者。莎菲女士是一位个人主义，旧礼教的叛逆者……是'五四'以后解放的青年女子在性爱上的矛盾心理的代表者！"[1]接着，在丁玲经历一段"在黑暗中"的探索之后，适逢中国文坛活跃的普罗文学运动，她再次以丽嘉、韦护等形象开掘了面对革命与爱情之矛盾的革命青年的心理。接近左翼文化之后，丁玲立刻觉悟到其生活与思想的狭窄，开始从"房间"走向"田间"，创作了表现现实题材的文学作品。在以农民为表现对象的《水》《田家冲》等作品中，丁玲努力践行着无产阶级文学在题材、方法与语言上的创作道路，成为左翼文学创作领域较为成功的尝试。

再次，故事与材料细节的真实。以现实故事为案例所创作的作品，是源自瞿秋白与王剑虹真实爱情的小说《韦护》，以及以丁玲母亲的生平经历与革命生涯作为故事原型的长篇小说《母亲》。包括具有日记体、自传体性质的小说，基于事件与事实的小说表现内容，为作家提供了真实的创作素材，也为读者提供了认识作家、理解作家的更多渠道，由此，在读者内心建构起渐趋清晰的作家形象。而材料的细节真实，主要在于小说的情节和人物，与作家创作谈、杂感等文章中提供的材料细节真实之间所存在的参照与印证关系。例如，《太阳照在桑干河上》中黑妮的形象原型，以及《阿毛姑娘》中阿毛与瞿秋白母亲，均是以吞食火

---

[1] 茅盾：《女作家丁玲》，载《文艺月报》1933年第2期。

柴头自戕①。另外，丁玲囚禁南京时期创作的《陈伯祥》，通过文中的"我"真实再现了作者当时的心境，看守人陈伯祥的形象也颇为生动。在这篇文章中，丁玲描写了"我"的日常生活，吃饭、消遣以及和陈伯祥聊天，谈他的战争经历、《法网》（丁玲入狱前完成的小说）的内容等，这些完全与真实生活细节重合的小说，无疑会为读者带来强烈的真实感，使其充分信赖文本故事是现实事实、主人公形象是作者形象。故事本身、细节材料、情绪感受等方面的真实性书写，使读者、研究者能够勾勒出作家与作品的深层关联，信任作品中所投射的作家个人形象的剪影。

最后，作家的主体意识与全知视角的叙述视角。丁玲为其作品注入的主体意识，主要表现在她对人物外在、举止等方面的模仿，其手法体现了自觉的审美意识与无意识的自我欣赏。被赋予强烈主体意识、自恋与自怜意味的《莎菲女士的日记》可谓典型代表。丁玲在其他小说的创作中，也均显露出对女性形象进行审美性刻画的重视与偏爱。她敏锐地聚焦于人物的面容与神情、衣着的款式与色彩、躯体部分的细微观察等，这种细节是区别于真实性再现的审美性映现，如此倾向来自作家个人的审美观，甚至流露出几分自恋感。同时，丁玲会在表现人物的举止行动中，时常出现一种自我哀怜、自我欣赏的意味。例如，贞贞与"我"谈心时所说的："没有人把我当原来的贞贞看了。我变了么，想来想去，我一点也没有变，要说，也就心变硬一点罢了。"②贞贞对她苦痛经历的自审态度是成熟理性的，也由此生发出对她周遭投来眼光的某种无碍与不屑情绪，因此决然前去延安学习。她说："我可以再重新作一个人，人也不一定就只是爹娘的，或自己的。别人说我年轻，见识短，脾气别扭，我也不辩，有些事情哪能让人人都知道呢？"③贞贞的自尊意识，以及她历经磨难后内心升腾的崇高精神、殉道精神，都通过作者的只言片语流露出来，其中所蕴含的自我疗救与顾影自怜，在一定程度上显示出某种值得玩味的自我欣赏。自我

---

① 张炯主编：《丁玲全集》（6），河北人民出版社2001年版，第39页。
② 张炯主编：《丁玲全集》（4），河北人民出版社2001年版，第224页。
③ 张炯主编：《丁玲全集》（4），河北人民出版社2001年版，第232页。

欣赏的出现，来自作家对其所欣赏对象的肯定与认同，即贞贞抛弃家庭与村庄的原生环境，将昔日情感依托的男人（夏大宝）置换为革命精神，种种选择虽然处在一个不被接受的环境中，但是也正因此凸显出选择的艰难性与崇高性，从而昭示出作家在这个人物身上所赋予的某种自我欣赏意味，由此，塑造了一个具有真实情感的艺术形象。另外，全知视角的运用，从叙述方法上为读者带来了强烈的真实体验。

以上四个方面的真实性书写，是丁玲文学创作的特点之一，也是笔者单从作家的角度出发，讨论本土与域外丁玲研究中时有出现的有关人物真实性研究现象的一个尝试。在这个过程中，我们或许可以发现丁玲小说中更为广阔的艺术空间与丰富的艺术价值，但更为重要的是，这从反面再次论证了，一些研究者着力在作家的文本内外建立联系，以此证明其论点的解读方式是不值得肯定的，也是应该引人深思的。作家的文本是敞开的话语场，而作家本人的生活痕迹、历史遗迹都仅能展现其心灵史中微不足道的一小部分，况且其中的思想变迁、表述策略、历史语境、审查制度等，都会对作家的表达产生极大的影响。换句话说，后来的研究者所占有的作家个人陈迹性的剖白，甚至包括作家的作品本身，都仅仅是浮于水面的冰山，其水下所隐藏的容量与复杂程度，是超乎想象更是超乎所见的。

夏志清曾写道："我认为的更基本的事情是：评价分析某一时期主要的、代表性的作家，简要介绍导致他们成功或失败的时代状况，以使人们更好地理解这一切。"[①]时代的征候固然具有强大的渗透性，但是夏志清的观点存在本末倒置的谬误，似乎文学作品成了认识世界的方式与渠道。这样的文学研究原则，却和他驳斥普实克的观点颇为相近："在普实克的观念中，文学不过是历史的婢女"[②]。

---

① 亚罗斯拉夫·普实克著，李欧梵编：《抒情与史诗——中国现代文学论集》，郭建玲译，上海三联书店2010年版，第231页。
② 亚罗斯拉夫·普实克著，李欧梵编：《抒情与史诗——中国现代文学论集》，郭建玲译，上海三联书店2010年版，第239页。

二、两极断裂论：文学创作转向

研究者汇聚于丁玲作品之上的两极断裂论，至少存在两种表现方式：其一，以时代征候中的某个政治事件、革命要求为界，将丁玲的创作进行分期，划分依据集中于作家在文学标准、主题追求、题材选择、艺术高度等方面的某种转向甚至断裂；其二，将作家个人情感生活的发展路径与文本叙事方向进行简单的并置，将其解读为面临革命追求，作家对情感追求的弃绝与背离，将二者建构为一种断裂关系，由此形成域外中国文学研究界对作品的解读开始服务于先验的"断裂论"现象。实际上，这种两极断裂论都是在所谓现代性的表面思考问题，同时显示出历史与现实的复杂头绪，早已打破了二元对立逻辑的边界。另外，这种以两极断裂论的方法来研究中国延安时期的作家创作之原因，也可以从域外文化界的历史层面予以考虑，如日本文学界套用其本土的转向论思维来理解丁玲的文学生涯等现象。不过，此二元论体系也反映了它对人们思维的框定与局限，认识这其中的限制较之在断裂中找寻有效印证无疑要困难得多。需要说明的是，这里所讨论的两极断裂论，不是旨在否定丁玲文学创作历程中存在的显在变化，而是着意探讨部分域外学者对这种变化进行极端化、孤立性、先验性论证的实践是否具有文学研究的有效性。

夏志清在其《中国现代小说史》一书中，将对丁玲作品的讨论放置在共产主义小说的章节之中，并对比分析了丁玲创作的分期及其阶段性特征。首先，夏志清已经将丁玲指认为一个共产主义作家。他指出："丁玲开始写作的时候是一个忠于自己的作家，而不是一个狂热的宣传家。"[①]研究者在这里所展现的文学批评先验观，其实不单聚焦于丁玲的作品，更是辐射了中国左翼文学思潮与延安文艺中涌现的文学作品的整体，并将这个整体打包放置于上述认知框架中。实际上，夏志清是首先认同了两极断裂论的前提，进而在对所谓的丁玲前期创作施予有限的中肯评价之外，在所谓的后期创作论述中则大展他对作家本人有失风度的

---

① 夏志清：《中国现代小说史》，刘绍铭、李欧梵、林耀福等译，复旦大学出版社2005年版，第187页。

"讥笑"。①

他认为,丁玲的早期创作致力于"大胆地以女性观点及自传的手法来探索生命的意义"②。研究者对丁玲小说内涵的思考,止步于作者所竭力挖掘的,处于黑暗社会中的城市青年内心的迷茫与痛苦。如此论点被诸多域外研究者反复论证过。夏志清写道:"丁玲在1930年的声誉,主要是基于她早期的小说。由于这些小说对性的问题比较开放的缘故,它们遂被认为比谢冰心和凌叔华的较为含蓄的小说优越了。"③如果单以"大胆""开放"的情感描写来看,丁玲并非为其时中国文坛作家中的典型,况且丁玲的早期作品也并非仅仅停留于书写情爱生活,而是已经开始在人性深处与精神追求层面有所开掘。研究者不仅过分贬低丁玲的初期小说,甚至认为丁玲在20世纪30年代之后的创作,连"微带虚无主义色彩的坦诚态度也丧失了。剩下来的,只是宣传上的滥调"④。研究者选择了小说《水》来支持他所秉持的这种两极断裂论。

丁玲创作的第一篇左翼文学作品《水》,上文已对其中的价值与意义有所分析。中国本土研究者如冯雪峰等,对这部小说在题材上所具有的里程碑意义、叙述视点上的创新价值、表现对象的首创性选择等方面曾做出了客观评价。而小说中所存在的问题,如农民人物的语言失真现象、晦涩的文学性叙述的全覆盖、形象塑造的散点化处理等,同样被冯雪峰等明确指出。这部小说,作为作者首次尝试书写以农民群众为表现对象的作品,以及当时文坛第一批书写大水灾事件的小说,最大的价值便在于抓住了时代的题材,"发现"了"群众"这个群体,以及时代与人民自然融合的表现内容,与群体式视点的散点化展示方法的实验性意义。丁玲对这篇小说的自我评价谦虚且恳切:《水》"写农村,写农民,写农民

---

① 夏志清:《中国现代小说史》,刘绍铭、李欧梵、林耀福等译,复旦大学出版社2005年版,第193页。
② 夏志清:《中国现代小说史》,刘绍铭、李欧梵、林耀福等译,复旦大学出版社2005年版,第187页。
③ 夏志清:《中国现代小说史》,刘绍铭、李欧梵、林耀福等译,复旦大学出版社2005年版,第190—191页。
④ 夏志清:《中国现代小说史》,刘绍铭、李欧梵、林耀福等译,复旦大学出版社2005年版,第191页。

的悲惨命运和斗争,同自然斗争,同统治者斗争。发表的当时,较有影响。并不是说它写得很好,主要是题材不同于过去了。过去,一般作家都喜欢写个人的苦闷,对封建社会的不满,大都以小资产阶级知识分子为主。而《水》在当时冲破了这个格格。写了农村,写了农民,而且写了农民的斗争"①。《丁玲作品集》于1953年在日本出版,其译者尾坂德司就针对作品集的编选谈到,《水》这部作品是丁玲加入左联前后那个阶段所创作的"最好作品"。他对《水》的评价很高,认为如果此次文集编选不选入《水》,"就无法介绍出丁玲的精华",这部小说"描写了失去土地的贫苦农民被饥饿和传染病逼迫得走投无路,掀起暴动的过程。虽然有点儿公式化,但可以看出,丁玲描写群众的才能果然名不虚传"。②1980年,法国出版的丁玲选集前言中介绍了此次选译本收录《水》这篇小说的原因,并对此评价道:"尽管时间在不断地向前推移,但作品中焕发出的激情却经久不衰。作品中的人物虽已过世多年,然而他们却成了某种象征。"③

然而,夏志清指出这部小说语言的欧化问题,认为"《水》的文字是一种装模作样的文字"④,这无疑是极其刻薄的。毕竟小说中来自农民的直接话语还是相对浅白的,看得出作家向通俗语言靠近的努力。小说中有关风景、心理活动描写的抒情性与叙述性文字,和农民的直接话语的确存在着明显的不和谐之感,可见作家还原通俗语言、调动生活经验方面的能力未趋圆熟。实际上,语言不够成熟是丁玲小说研究中总会被提出的问题,从《莎菲女士的日记》到《太阳照在桑干河上》都存在。所以,语言问题并非《水》这部小说独特且突出的问题。

通常研究者在进行作品研究时,选取的文本首先是作家的处女作、成名作、代表作,以及具有一定里程碑意义、首创意义、典型特征、风格特性的作品,还

---

① 张炯主编:《丁玲全集》(8),河北人民出版社2001年版,第80页。
② 尾坂德司:《〈丁玲作品集〉日文版后记》,魏励译,见孙瑞珍、王中忱编:《丁玲研究在国外》,湖南人民出版社1985年版,第44页。
③ 尚塔尔·格雷西埃、阿苏:《〈大姐〉(法文版丁玲选集)前言》,陈积盛译,见孙瑞珍、王中忱编:《丁玲研究在国外》,湖南人民出版社1985年版,第95页。
④ 夏志清:《中国现代小说史》,刘绍铭、李欧梵、林耀福等译,复旦大学出版社2005年版,第192页。

有若干服务于某个论点的作品。而夏志清选择对《水》进行细致分析,没有提及其题材的现实性与首创性意义、表现方法的实验性与叙述对象的群体性特征,而是从语言和细节真实的层面评价小说。研究者对文中那群久经压迫的受灾饥民终于奋起反抗的细节,描述道:"他们的领袖是一个半裸的黑脸农民。难得的是虽经过长期的饥饿,他还是够气力爬到一棵树上去,对那群农民们作了一番长篇演说。"①作者在叙述反抗队伍的群起时,作为一种呼应与隐喻,将队伍比喻为"比水还凶猛的",此处的比喻,被研究者冷酷地分析道:"我们应该记得这群愤怒的农民,挨饿已不止一个星期(丁玲没有特别注明日数,可是大致的印象是这群农民已经忍饥受饿超过了一个星期了),而且一直无间息的嘶嚷着:这些农民的呼喊跟步伐仍然能够比水还凶猛,真是一个奇迹。"②

研究者认为,自己秉持着新批评方法,从艺术审美的角度出发分析文本,但是,作家出于艺术性所设计的比喻却被研究者硬生生拉回真实,艺术审美的批评准则在此失效了。夏志清希望文本描写的内容能够从现实中求得证明,证明如此呈现是对群众的美化、理想化。"真实"的群众,就应该只能是奄奄一息、悄无声息地活着?20世纪30年代初期的中国,仅仅在文本中将群众作为一股有限的反抗力量来描述,这在研究者看来是不应该出现的?梅仪慈在其丁玲研究专著中,也就《水》一文中的情节可信性提出质疑③。然而不得不说,丁玲在书写这场灾难时的确未采用自然主义手法再现真实,但是她借助想象和情感的力量,为小说增添了一种生命叙述的抗争意识与未来意识。如果说精神与身体上的弱者,敢于反抗并足以形成洪水般的革命队伍,对于夏志清而言本质上是一种乌托邦叙述的话,那么,底层人民永远缄默、备受压迫的处境,从中国现代革命的历史真实来看,也是一种现实之外的想象。

需要说明的是,在其后与普实克的争论中,夏志清承认自己在撰写此书时,

---

① 夏志清:《中国现代小说史》,刘绍铭、李欧梵、林耀福等译,复旦大学出版社2005年版,第192页。
② 夏志清:《中国现代小说史》,刘绍铭、李欧梵、林耀福等译,复旦大学出版社2005年版,第193页。
③ 梅仪慈:《丁玲的小说》,沈昭铿、严锴译,厦门大学出版社1992年版,第109页。

对丁玲的评价有失公允,但所检讨的仍然仅是针对丁玲的早期作品和在他心中的那条"红线"——《讲话》之前创作的小说而已。"事后看来,我承认自己对丁玲的评价有失公允。这并不是说我错误地评价了她的小说《水》和《太阳照在桑干河上》,而是因为它们并不代表丁玲文学作品的特色。如果更多地关注她的早期短篇小说和在延安写的短篇的话,我对她的文学成就会做出很不一样的描述。"①值得注意的是,在域外中国现代文学研究界颇受关注的《母亲》,早在20世纪30年代便创作出来并介绍至国外翻译出版。这部小说以现实主义手法刻画了丁玲母亲的革命生涯与思想发展,对于域外文学界而言,它的文学价值不仅在于其中的心理分析、女性形象、社会真实与艺术真实等,更在于作家通过素朴的技法反映了社会革命的必要性,以及青年男女革命意识的觉醒及其力量。这部小说的出现,向读者与研究者展示了作为一个作者形象的丁玲的精神意识向左翼与社会主义革命转向的路径与归宿,同时,这并非止于丁玲及其身边人,而是辐射于中国青年与知识分子整体。我们可以说,这部小说可看作丁玲此后创作的《太阳照在桑干河上》这部备受夏志清否定的小说,在思想主题、创作技法、精神理想等方面的逻辑起点。但是,夏志清却并未论及《母亲》这部小说,或许因为他并未关注到它,亦或许源于它根本无法被运用于为研究者所反复证明的断裂论服务,然而这恰恰揭示了丁玲的世界观发展历程中强烈的自觉与主动意识,这完全具备拆解所谓的两极断裂论的力量。

另外,从日本学者中岛碧的研究文章中我们可以看到,丁玲的创作在域外学者的研究中所汇聚的两极断裂论认知的另一个角度。她追溯了丁玲早年的求学生涯,试图抹去其最初的革命发蒙。"丁玲当时并非是妇女解放斗士,相反地,当时的丁玲远远地站在这个圈子的外面。……全国性反帝爱国运动高潮期间,她正在北京,同辈的女学生们率先舍命向军阀政府抗议,她当时却并没有卷入波潮之中。她关起门来,作为一个诗人的幸福妻子,和爱人一起沉溺在文学世界

---

① 亚罗斯拉夫·普实克著,李欧梵编:《抒情与史诗——中国现代文学论集》,郭建玲译,上海三联书店2010年版,第238页。

中。"①一方面,中岛碧携带着显著的先验意识,将丁玲的文学生涯强行撕裂为两个部分;另一方面,研究者对当时中国的革命环境缺乏认识,没有意识到在革命、不革命与反革命三者间所存在的模糊界限与复杂的阐释空间。她似乎认同了那骇人的"不革命就是反革命",以及革命与不革命之间非黑即白、非此即彼、你死我活的对立关系。

接着,她写道:"时代精神并非一定要直接通过政治思想或社会行动表现出来,并非只有这些思想、行动最尖端的事物才能代表时代。"②她认为丁玲早期的作品,之所以深受城市青年知识分子的喜爱,主要就在于学生们能够从她的文字中找到自己的踪影、时代的印迹。这话确实如此,但是,在中岛碧那里,"不革命"的丁玲与"控诉现实"的丁玲两者,无疑是铁板一块,无法渗透或"侵入"任何的"革命"念头。这种观点已经无异于拒绝了丁玲作为一个人的社会属性,显示出了研究者强烈的个人意识。

中岛碧认同革命与恋爱的对立关系,从而进入丁玲的文学研究领域。她引用了茅盾等的观点,但这里的"认同",并非基于对这个论调产生原因的理解,而只是"认同"了这个结论而已,她对此自有另一番见解。她认为,丁玲之所以产生革命的念头,"首先是因为这位最亲密的日常生活的伴侣思想上的变化"③。需要说明的是,在中岛碧的认知中,胡也频与丁玲之间存在着"精神与官能完全一致的情况下才能形成"④的男女之爱。清楚了这个前提之后,便不难理解中岛碧眼中的革命与恋爱之对立指向何方了。她将作家对爱情、欲望的追求与人性解放联系起来,认为丁玲早期作品的最大价值便是通过情爱的解放,抒发了人性的解放。顺着这个逻辑来看,她当然会认为,丁玲的文学道路存在转向,同时认为

---

① 中岛碧:《丁玲论》,袁蕴华、裴峥译,见袁良骏编:《丁玲研究资料》,天津人民出版社1982年版,第528页。
② 中岛碧:《丁玲论》,袁蕴华、裴峥译,见袁良骏编:《丁玲研究资料》,天津人民出版社1982年版,第536页。
③ 中岛碧:《丁玲论》,袁蕴华、裴峥译,见袁良骏编:《丁玲研究资料》,天津人民出版社1982年版,第531页。
④ 中岛碧:《丁玲论》,袁蕴华、裴峥译,见袁良骏编:《丁玲研究资料》,天津人民出版社1982年版,第531页。

转向前后的作品显示出鲜明的高下之分。由此，中岛碧对中国文学中的革命与恋爱所持有的观点呼之欲出。实际上在她那里，丁玲转向前作品之卓越与转向后作品之拙劣的原因如出一辙，革命无疑被认为是限制了作家神思幽远、逸兴遄飞的文学才能。

在中岛碧的认知当中，身处革命与恋爱之抉择位置的丁玲，"理智地"选择了前者。中岛碧写道："从现实来看，由于她清算了这个'恋爱'，而胡也频也成为烈士死去了，再加之她自己的心情也有了转机，这个问题不久就消失了。作为文学上的问题也是这样。要想忠实于左翼文艺理论，以人民和无产阶级的革命斗争为主题，这种心绪就不得不从当前的主要位置退出。但是，这些思想，这些主旋律，尽管没有暴露在表面，至少可以说以后的一段时间里还贯穿在她的人生和文学之中，如同乐曲中的低音部那样流逝过去。"① 中岛碧在中国的大时代洪流中仍寄希望于潜流的愿望，是难能可贵的，但是，处在革命与恋爱对立体系中，企图超脱其间，寻求新变的主观意识，无疑会陷入艰难的困境。

中岛碧在其研究中总是列举种种外力对丁玲思想与创作的巨大影响，她强调了王剑虹对丁玲的启迪，这在本土丁玲研究中是较少被关注到的，显示出研究者的锐利眼光。同时，她意识到胡也频的死是丁玲投身革命的关键性事件，它将"停滞在观念的世界的'革命'带着实感迫近眉睫"②，可见，研究者的认识是颇为深刻的。然而，研究者在为丁玲转向寻找参照的时候，独缺了冯雪峰的位置，这直接导致了她在考察丁玲情感生活与革命恋爱的过程中，所存在的先天不足与必然偏狭。更为主要的是，接下来中岛碧指出，对丁玲的创作追求与革命思想发挥影响的，是她的父亲、母亲，是革命者瞿秋白、胡也频，但唯独不是来自丁玲的自我信念，这无疑忽视了作家本人的主动性。过分强调外力的作用，无非是出于一个策略，即革命引发了作家文学创作的根本性转变，研究者试图孤立政

---

① 中岛碧：《丁玲论》，袁蕴华、裴峥译，见袁良骏编：《丁玲研究资料》，天津人民出版社1982年版，第531页。
② 中岛碧：《丁玲论》，袁蕴华、裴峥译，见袁良骏编：《丁玲研究资料》，天津人民出版社1982年版，第537页。

治与文学间所必然存在的联系。实际上，这种观点在许多域外的中国文学研究成果中都有突出显现，它们致力于发掘中国现代政治、社会、历史与文学之间的失衡关系，而非讨论文学是如何映现着政治、社会与历史。这个根深蒂固的出发点，无疑造成了部分域外研究者对中国现代文学作品鉴赏维度的单一，甚至盲视，而且会因这个来自他们文学传统的成见或偏见，导致其观点缺乏学术研究的独立性。

进入陕北之后，丁玲在1939年写的回忆散文《我怎样来陕北的》中，提到自己前来陕北之初的经历与感想。中岛碧抓住此文末尾一句："我来陕北已有三年多，刚来时很有些印象，曾经写了十来篇散文，因为到前方去，稿子被遗失了，现在大半都忘了。感情因为工作的关系，变得很粗，与初来时完全两样，也就缺乏追述的兴致。"①实际上，这样的表达并非孤例。抗战前夕，身处山东乡村，和生活困苦、热心革命的农民一道生活的何其芳也说："他们那样关心着政治，有几个因为到邻县去作救亡的宣传而被逮捕。和他们在一起，我感到了我并不是孤独的。我和他们一样充满了信心与希望，我的感情粗了起来，也就是强壮了起来"②。然而，研究者中岛碧分析，丁玲所言的情感之"粗"，"难道不就是说'工作'以及边区的状况，在边区的整个生活中，也有使她的感情变得粗暴、生硬的东西吗？"③故此，研究者在将淹没于前线活动、转移等奔途中"粗疏""强壮"的情感演绎为"粗暴"的情感。同时援引《"三八"节有感》《在医院中》《我在霞村的时候》三篇文章，将文章中所呈现的批判意识与反思意味，用作丁玲本人思想变化的印证素材。

进而，中岛碧推演出毛泽东发表的《讲话》对丁玲创作转向的关键性作用。"她不得不选择这一条路，就是，丢掉作为小市民、知识分子的自我意识和感性，用人民群众的意识和感性写出人民中的英雄、人民的斗争，而把她自己作

---

① 张炯主编：《丁玲全集》（5），河北人民出版社2001年版，第130—131页。
② 何其芳著，蓝棣之主编：《何其芳全集》（2），河北人民出版社2000年版，第80页。
③ 中岛碧：《丁玲论》，袁蕴华、裴峥译，见袁良骏编：《丁玲研究资料》，天津人民出版社1982年版，第543—544页。

为一个'革命的螺丝钉'。……她选择了，坚决地使自己与这个方向同一步调地走。或可以说，只有如此，才能允许她作为文学家继续生存，以至于她的文学的本质也不得不从根本上发生变化。"①为证明研究者心中对丁玲创作转向的价值判断而筛取一些文本作为材料的方法，不仅是对一位作家文学成就的另一种遮蔽，更导向了研究者的视域狭窄、观点偏激等种种缺陷。

对于《太阳照在桑干河上》这部小说，在中岛碧看来，是"表现了作家丁玲数年中'自我改造'的一个成就……作品里已经再没有她曾经提出过的那种'革命'和'人的解放'等根本性的问题了。也就是说，她的关于'革命'、'解放'或人的本质的看法已经变化了。在这里，'革命'的意义是自明的，为'革命'努力的人终归是正义的执行者，他们虽有小的迷惑，但没有本质上的矛盾缺陷。……诸如此类的信念和乐观构成作品的基调"②。如此看法是极为主观的。小说中未完成的土改故事，是沿着"人民当家做主"这一潮流而书写的，但的确是与乡村中正在如火如荼展开的运动相适应的，是作家反映现实的结果。同时，丁玲眼中的现实或许还尚不如小说中的现实复杂，通过作家的悉心设计，小说不仅展示了地主在精神层面、情感层面、物质层面对农民的压迫，而且对那些处在地主与农民群体间的交叉地带的人物，如白娘娘、教员等，均着力彰显出其纽带性的复杂张力，甚至于是牵动某些故事线索的叙述动力。小说中的地主钱文贵，不是一个被真实反映出来的、普遍存在于农村中的恶霸，而是来自作者另辟蹊径、用心设计的结果，从这个人物身上，能够激发出长久以来备受精神控制与心理压迫的农民的彻底的反抗意识。书中的反抗主体农民也并非积极分子振臂一呼便揭竿而起的革命者，更多的是彻骨的懦弱者（如侯忠全）、不清醒的年轻跟随者（如王新田）、带有地主意识残留的农民干部（如张正典）等等。小说中的党内干部同样极具个性化，而非脸谱化，人物的成功塑造完全来源于丁玲的洞察力

---

① 中岛碧：《丁玲论》，袁蕴华、裴峥译，见袁良骏编：《丁玲研究资料》，天津人民出版社1982年版，第550—551页。
② 中岛碧：《丁玲论》，袁蕴华、裴峥译，见袁良骏编：《丁玲研究资料》，天津人民出版社1982年版，第551页。

与艺术创造力。

《太阳照在桑干河上》这部小说较之其他解放区文艺作品已经彰显出较强的思想性与复杂性，人物内心的冲突与困惑、土改之初的不成熟等均有所表现。但是，中岛碧恪守着那深深揳入思维的先验意识，认为这部小说"从其根底便产生了这样的人生观：即把一切人都能分成敌我双方、分成好人和坏蛋。人本来就是充满矛盾的，是'无条理的存在'，这种看法从这里消失了。这正是《讲话》的具体实践"[1]。不得不说，如此观点不仅窄化了《太阳照在桑干河上》这部小说的价值空间，更是中岛碧的丁玲研究所留下的遗憾。

另外，伊罗生曾在美国出版中国现代小说选集《草鞋脚》，该书所收辑的篇目最初是由鲁迅和茅盾推荐的。从茅盾为此书写的编辑介绍可知，此书在1974年于美国出版时，其选编篇目与鲁迅、茅盾所推荐的"有了很大的不同"[2]，鲁迅与茅盾为伊罗生提供了丁玲的《莎菲女士的日记》和《水》，而伊罗生最终选择了《莎菲女士的日记》和《某夜》。其中，《某夜》作为丁玲第一篇被介绍到美国的小说，和伊罗生参与创办的刊物《中国论坛》渊源颇深。《某夜》最初于1932年7月由笔名为"水门汀"的乔治·A.肯尼迪翻译，发表于《中国论坛》，译者"晚年成为耶鲁大学著名汉学家"，他在20世纪30年代初翻译中国小说时，"是公共租界一所学校的语文教员"。[3]

但是《莎菲女士的日记》一文的保留，出自伊罗生的意识自觉。在此书的导言中，他明确表示："编选的目的，是想通过实例探索中国的新文学运动从追求人道主义或浪漫主义开始，如何在那些年席卷全国的重大事件压力下，走向具有强烈政治与思想色彩的过程。"[4]如此看来，伊罗生眼中的丁玲小说，正是以

---

[1] 中岛碧：《丁玲论》，袁蕴华、裴峥译，见袁良骏编：《丁玲研究资料》，天津人民出版社1982年版，第551页。
[2] 茅盾：《关于〈草鞋脚〉》，见鲁迅、茅盾选编：《草鞋脚》，湖南人民出版社1982年版，第4页。
[3] 哈罗德·伊萨克斯：《〈草鞋脚〉序言》，见鲁迅、茅盾选编：《草鞋脚》，湖南人民出版社1982年版，第614页。
[4] 哈罗德·伊萨克斯：《〈草鞋脚〉序言》，见鲁迅、茅盾选编：《草鞋脚》，湖南人民出版社1982年版，第589页。

《莎菲女士的日记》和《某夜》为典型，代表中国作家从浪漫主义文学到革命文学的发展路径。不过，伊罗生对中国左翼时期的一些文学作品的评价，较之夏志清等多了几分"理解之同情"。他在选集序言中写道："选集中的某些小说，就显得粗糙，艺术性不高，这些都是初出茅庐，但充满革命激情的一些作家的最初尝试。丁玲的《某夜》就是其中的一篇。但读者必须知道，这批人——五位作家以及其他十九人——正是在这样一个夜晚被杀害，而其中之一就是丁玲的丈夫，她的新生婴儿的父亲。"①

不过，在丁玲研究之转向论中，观点中肯、颇具建树的要数日本学者相浦杲撰写的《〈莎菲女士的日记〉与〈我在霞村的时候〉》一文。他在论述中将丁玲的文学创作分为前后两期，同时指出："我在这里并不是以划分作品发表的时期为目的，仅仅是为了说明作品在作者整个文学发展过程中不同的地位。"中国革命的风云变幻，使"作者的思想以及阅历都加深了。作者的文学修养也加深了"。②相浦杲的研究说明了，从时代与社会的角度入手，从思想、主题与风格层面对丁玲的文学创作进行文学性的分析和比较，秉持艺术、历史等多个维度的考察，才能真正理解中国现代文学的总体发展与作家的个人选择。

三、情感研究：政治追求与爱情追求

日本汉学家中岛碧在《丁玲论》一文中，对丁玲本人的情感生活以及她作品中的情爱书写所行使的叙事功能有过讨论，研究者结合作家的散文《不算情书》与一些回忆杂感，尝试还原作家文本创作与内心情感世界的深层关联。中岛碧此文发表于日本《飙风》杂志1981年第13期。在此之前，她与丈夫中岛长文在1980年4月致信丁玲，请教丁玲与胡也频二人在早年间和沈从文的交往情况③，此信后文佚失，故尚不知晓他们是否就丁玲个人的情感生活有过讨论。不过，从中岛碧

---

① 哈罗德·伊萨克斯：《〈草鞋脚〉序言》，见鲁迅、茅盾选编：《草鞋脚》，湖南人民出版社1982年版，第608页。
② 相浦杲：《〈莎菲女士的日记〉与〈我在霞村的时候〉》，胡金定译，载《厦门大学学报》（哲学社会科学版）1985年第3期。
③ 张炯主编：《丁玲全集》（12），河北人民出版社2001年版，第139—140页。

的这篇研究文章中足见，作家个人的情感历程和精神追求，是被研究者看作进入其文本内部的重要参照与依据。

1985年，研究中国现代文学的日本学生白浜裕美向丁玲致信，询问她的情感经历。丁玲就此回信追忆往事，叙说了她早年间在精神思想层面的追求，但同时写道："这都不过只是个人生活中的小事，没有什么值得研究的。"[①]这种将作家个人情感生活纳入文本研究视域的观点，在王德威[②]那里均为作品研究的重要维度之一，至少是对那些"满带着'五四'以来时代的烙印的"作家，这被视作一个有效的途径。

在《丁玲论》中，中岛碧写道："敢于如此大胆地从女主人公的立场寻求爱与性的意义，在中国近代文学史上丁玲是第一人。"[③]然而，20世纪30年代前后的中国文坛，敢于书写情感生活、充满革新与先锋精神的作家，甚至女作家，远不止丁玲一个。同时，我们应该看到，丁玲早期作品的重大价值不限于此。不过，和冯沅君等止于书写私人化的官能欲望的作品，如《隔绝》《旅行》等小说相比，丁玲确是致力于在情感与革命的某种冲突中寻找结合点的女性作家。如果我们试图借鉴域外学者的这一研究路径，在丁玲作品的文本内外讨论作家个人情感追求与文学创作之间的渗透关系，便可发现，20年代以来，文坛蔚为大观的"革命加恋爱"公式之出现与终结，或许自有其深层的逻辑。

从两性关系的角度对丁玲的个人生活、作品中呈现的作者形象、作品中塑造的人物形象进行文化与心理层面分析的方法，是本土学界也颇为关注的。有学者曾运用弗洛伊德的心理分析理论考察丁玲的个人生活与作家形象的某种互文关系，这可以说是在两性情感领域，对《不算情书》等文本进行开掘之后，以心理分析视角观照丁玲的域外研究成果的延续与深化。在《新文学的心理分析》一书中，首先，研究者认同了《不算情书》所辐射的情感性质是处于两性情感的

[①] 张炯主编：《丁玲全集》（12），河北人民出版社2001年版，第269页。
[②] 王德威：《现代中国小说十讲》，复旦大学出版社2003年版，第49—126页。
[③] 中岛碧：《丁玲论》，袁蕴华、裴峥译，见袁良骏编：《丁玲研究资料》，天津人民出版社1982年版，第529页。

范畴，包括文中的两位男性对象，即用"你"指涉的冯雪峰，与文本内外的"也频"；其次，在这种关系中，两位男性对象所承载的情感维度明显不同，前者属于在"精神恋"维系下"丁玲本我的潜意识中实已出现了不满足的生命躁动"，后者是在"失父"等缺乏男性关怀的现实中所逢着的抒发剩余情感精力的对象，"很大程度上给丁玲带来了她所陌生而又欣往的男性世界，弥补了她少女时代的情感上的亏欠"；再次，研究者扩宽了这种两性情感关系的固化理解方向，结合丁玲早年的真实经历与小说原型中的形象（《韦护》中的丽嘉），将丁玲与王剑虹之间的关系看作"精神性的""纯洁高尚的""同性之恋"，这份看似内涵驳杂且暧昧的同性之恋，一方面作为具有精神力量的情感依托来满足少年丁玲的需要，一方面作为一种"精神恋的惯性""支配着丁玲"此后的情感世界。[1]此认识超越了域外研究者对丁玲创作生涯与情感世界的研究成果，同时引起了21世纪以来的一些中国本土丁玲研究者的强烈共鸣。

然而，通过细读文本，或许可以跳出两性情感关系的层面来理解丁玲情感生活中的某些片段，将爱情的边界拓宽或者说拆解爱情的狭义内涵，从而触摸作家情感世界的别样景观。我们假定认同这个以文本内外的作者形象与人物形象相类比的研究方法，将丁玲与王剑虹的同性情谊作为作家情感依托的起点，那么或许无法解释丁玲本人及其作品中情感呈现的复杂性。因为，从实际情况来看，丁玲与王剑虹的精神联系无疑是脆弱的，这从王剑虹与瞿秋白的爱情发展历程便可一窥究竟，正如丁玲在他们二人相爱相守后所说的那样："我向往着广阔的世界，我怀念起另外的旧友。我常常有一些新的计划。而这些计划却只秘藏在心头。""我要飞，我要飞向北京，离开这个狭小的圈子，离开两年多一天也没有离开过、以前不愿离开的挚友王剑虹。我们之间，原来总是一致的，现在，虽然没有什么分歧，但她完全只是秋白的爱人，而这不是我理想的。"[2]所以，即便丁玲的身边没有王剑虹，也会有杨代诚[3]、瞿秋白、冯雪峰……在与王剑虹等的

---

[1] 李继凯：《新文学的心理分析》，陕西师范大学出版社1991年版，第209—212页。
[2] 张炯主编：《丁玲全集》（6），河北人民出版社2001年版，第41—43页。
[3] 张炯主编：《丁玲全集》（5），河北人民出版社2001年版，第262页。

交往与学习中,丁玲的自我投射与自我认可映现其间。从这个角度来看,这种同性之间的情谊,实际上还是内在于丁玲的社会理想与精神追求之中,与其说它是一个情爱起点,不如说它是一种对象化的自我肯定、自我欣赏的情感。而对于丁玲对胡也频与冯雪峰情感态度的不同,此处暂且搁置不论。

回到中岛碧的研究论文《丁玲论》,她认为《不算情书》是将现代女性的爱情与生存充分关联并置的作品。中岛碧以这篇散文作为进入作者情感世界的重要窗口,确见其颇具洞见的理解力。她指出,在这篇文本中,丁玲是在借用自我剖白的方式,深入挖掘知识分子面对身体与精神双重解放之后的复杂冲突。"《不算情书》里也毫不顾忌地写出了'我'心中浮现的'性'的念头,对神话中的孩子一样天真无疵的'也频和我'的关系,'我'对于'你'的思念总不能与激烈的官能欲求分离开来。"[1]中岛碧的此番见解有其独到之处,她似乎意识到,作家笔下的官能欲望与精神欲望两者存在某种联系。但是,她在所谓的性与文章中的情之间画上了等号,甚至强化了性书写在丁玲的价值追求中所涵盖的精神与意义空间。

中岛碧写道:"敢于如此大胆地从女主人公的立场寻求爱与性的意义,在中国近代文学史上丁玲是第一人。"[2]这段文字似乎显示出研究者的一种潜意识里的倾向,即将性的追求看作对人性追求的表征。中岛碧将《不算情书》里出现的两个情感对象均看作导向丁玲的灵与肉之欲望的客体。她认为的"对神话中的孩子一样天真无疵的'也频和我'的关系,'我'对于'你'的思念总不能与激烈的官能欲求分离开来",明显混淆了丁玲笔下的情谊满足与精神满足两者的不同对象。

她接着写道:"现实社会的道德观肯定要排除'我'的这种思念,但从人的本质来看,不一定'我'的思念就是不对的。'也频和我'的关系与这个问题难

---

[1] 中岛碧:《丁玲论》,袁蕴华、裴峥译,见袁良骏编:《丁玲研究资料》,天津人民出版社1982年版,第531页。
[2] 中岛碧:《丁玲论》,袁蕴华、裴峥译,见袁良骏编:《丁玲研究资料》,天津人民出版社1982年版,第529页。

道是毫不相关的吗？不是在精神与官能完全一致的情况下才能形成真正的男女之爱吗？"①中岛碧把文中流露出的精神欲望和情感欲望之间的复杂联系简化为情感世界中的性与爱之关系，从而弱化了作者试图通过情感书写，告慰自己的精神欲望的潜在意图。同时，研究者基于上述对丁玲情感生活认识的前提，将这看作丁玲在胡也频死后投身革命的内在转机，将上述对丁玲的情感分析运用于证明转向论的隐秘材料。

中岛碧认同了茅盾所言的"革命加恋爱"中恋爱被清算的归宿，以及钱杏邨为丁玲笔下女性人物所概括的"Modern Girl"观念。这两种本土的丁玲研究结论和中碧岛的丁玲研究思路，在某种程度上是殊途同归的，沿着这个路线便可以理解研究者汇聚于丁玲研究中的两极断裂论。

所谓恋爱内容在作品中的消失，笔者认为可以从《不算情书》这篇文章中发现一种潜在"恋爱"的存在方式。因为，它向我们洞开了丁玲情感世界的隐秘镜像，而这个镜像恰恰是理解其情感寄托与幻化的关键。《不算情书》显示了丁玲对恋爱的多重理解，她将两性恋爱向革命情爱的有机转化过程进行了深刻呈现。申言之，这篇文章为狭隘的爱情内涵提供了普泛化、复杂化、深沉化的全新的表达方式。换言之，从这篇文章开始，我们终于可以尝试在小资产阶级"文小姐"成为投身革命的"武将军"——践行着模仿现实、贴近人民创作理路的无产阶级作家的过程中，看到丁玲内心深处沉潜的逻辑顺承线索，即情本体在有机转化、内涵新质、多重向度等方面所导向的作家思维与视野的更多可能性。恋爱在作品中的消失，不代表情爱的全然绝迹，我们是否可以考虑这样一个问题：恋爱以其他情感表现形式，作为潜流，延续着作家的革命热情，告慰了他们的个人选择，并在看似转向之中寻得了一种顺势合宜的解释？

丁玲曾指出："也频接触革命理论，是从一九二八年在上海阅读鲁迅与雪峰翻译的苏联文艺理论开始的。他的革命实践是从一九三〇年春在济南高中教书

---

① 中岛碧：《丁玲论》，袁蕴华、裴峥译，见袁良骏编：《丁玲研究资料》，天津人民出版社1982年版，第531页。

时开始的。"①毋庸置疑，正是在冯雪峰的直接引导下，胡也频开始接触并投身革命。在遇见冯雪峰之后，胡也频阅读了大量的苏联文艺理论书籍与哲学书籍，其相继发表的小说也开始崭露革命锋芒，如《到莫斯科去》与《光明在我们的前面》等。而后，在冯雪峰的建议下，他赴济南教书，向学生传播马克思主义理论，之后在上海加入左联，并在左联举办的暑期讲习班教授中国文学课程。

丁玲在回复日本学生白浜裕美的信中，回忆了自己早年在北京的思想与精神状况："我那时实在太寂寞了，思想上的寂寞。……那时留在北京的文人都是一些远离政治的作家，包括也频在内，都不能给我思想上的满足。这时我遇见一个党员了。我便把他当一个老朋友，可以谈心的老朋友那样对待。我们很谈得来，但我从来没有想离开胡也频，我认为我们三个人都可以长期做朋友生活下去的。雪峰对我也好像只有谈心的要求……我们终身是朋友，是很知心的朋友，谁也没有表示，谁也没有想占有谁，谁也不愿落入一般男女的关系之中。我们都满意我们之中的淡淡的友谊。这些话我向来很少同人谈过，因为一般人不容易理解。"②丁玲也曾在别处写道："冯雪峰一直是关注我的创作的，这在人与人之间的友谊里是少有的。"③虽然这是对往日情感体验的追述，但是不难看出一些时过境迁的冷静与理智之痕迹。我们可以结合丁玲在20世纪30年代创作的散文、诗歌进行对照研究，发掘这份基于思想寂寞与满足的情思是如何与"男女的关系之中"的情感存在差异的。或许这个隐秘的差异是人们所不容易理解的，故而对丁玲而言就是疏于启齿的吧。

在她寄予哀悼、怀念冯雪峰的文字中，如《不算情书》《给我爱的》《悼雪峰》，都是使用人称代词"你"来进行情感表达。如果说如此处理对于《不算情书》这封信而言无可厚非，对于《给我爱的》这首诗歌而言属抒情的常用方式，那么这在作为悼文的《悼雪峰》中，即便与凭吊胡也频、瞿秋白的文章相比，也是确乎绝无仅有的。基于寂寞情怀而相遇，在"畅谈国事、文学"中得到满足，

---

① 张炯主编：《丁玲全集》（6），河北人民出版社2001年版，第61页。
② 张炯主编：《丁玲全集》（12），河北人民出版社2001年版，第269页。
③ 张炯主编：《丁玲全集》（10），河北人民出版社2001年版，第307页。

丁玲与冯雪峰之间的"友谊是难得的,是永远难忘的"。①悼文中使用第二人称指代冯雪峰,这份亲近的距离感无疑来自精神与心理,而非身体上的物理距离。丁玲在陕北接受海伦·斯诺的采访中,谈到生死未卜的冯雪峰,曾坦言"我最纪念的是也频,而最怀念的是雪峰"②。纪念更多的是出于道义与情谊层面的一种形式性或仪式性行为,而怀念重在情义层面所承载的深层情感表现行为。这里揭示出冯雪峰在丁玲内心是作为一个革命导师般的爱恋对象,是一种将情感革命化的具体实践,这里的情感寄托对象实际上是透过对象化的个人而紧靠革命信仰的。

结合一些亲历者后来提供的回忆材料,众所周知,《不算情书》写于胡也频牺牲之后,发表于丁玲被捕后文学界着手出版其作品之际。单从内容来看,《不算情书》中仍显在地存在着两条鲜明的情感线索,分别指向不同的对象。其一,"纯洁无疵的天真"与来自男性单方面"热爱"的情感;其二,裹挟着"不安""幻想""苦痛"的一种"狂炽"的"追求"。③第一种情感的对象,文中明确指出是胡也频,并言明了这种感情中类似孩童般、游戏般天真的无邪乐趣。他们之间所建立的关系,更接近一种基于回忆的单纯且原始的情谊。而第二种情感所指向的"你",明显包含着更多的复杂情愫。

首先,作者对"你"的情感内涵是与普通的两性之爱相分离的。于"你",丁玲已经意识到这是一种超越了两性之间的情感,"我不是说我是因为一个男人才肯好好的活","我们的爱情,这只有我们两人能够深深体会的,没有俗气的爱情"。"我"希望从"你"那里所满足的"欲望",是建立在"相互的理解和默契"之上,"超过了一般人所能理解的境地"。在"我"的幻想之中,虽然也时有出现与"你"的肌肤之亲,但是,这更多的是作为抒发这份情感的一种表达方式,它并非指向本质化的两性欲望,而是蕴藏着巨大情感张力,且凸显出强烈

---

① 张炯主编:《丁玲全集》(6),河北人民出版社2001年版,第13、16页。
② 张炯主编:《丁玲全集》(6),河北人民出版社2001年版,第14页。
③ 此节所参考的《不算情书》中的文字不再一一标记页码。参见张炯主编:《丁玲全集》(5),河北人民出版社2001年版,第20—26页。

的现实性与目的性的复杂的人的"欲望"。"你"并非是一种性别存在,而是一个"我"所追求的另一种情感满足的对象化存在。

其次,于"你"的感情是一种精神性的追求。"永生/永远"这一词语,在短短一文中出现了七次,用以形容这种情感的超物质性、延续性和无限性。在这封信中,"我"对"你"所寄托的复杂情感,拆解了现代意义上已被明显狭隘化的爱情的内涵空间,成为一种超出"你"之外的纯粹精神性需要。作者在这之上加诸的"永生/永远"的时间尺度,必然导向一个将物质性的"你"抛出这段感情之外的境地,超脱于物质性之上,求索某种精神的极致追求,进而将其以精神内核的方式存于"我"的幻想中,从而得以满足、延续、永生。

再次,于"你"的感情具有明确目的性。作者多次以"好"来指涉这份情感的价值核心,如出现的"好好做人"以及"好好的活""更有精神起来""更努力起来""对人生更不放松""生的需要""你的对我的希望""向正确路上去的计划""在我有最大的帮助的""同志间的感情""好好地写一点文章"……一般意义上的单纯爱情通常是无目的的,但是,文中的"我"希望在与"你"的关系中,寻得一种"好好做人"的生命追求,这已将传统意义上的爱情置换为一种精神驱动力和积极引导力的来源或者归宿。

由此观之,在《不算情书》中,作者寄于"你"之上的个人欲求乃至焦虑,分明是一场指涉着精神归宿和革命理想的永生追求。丁玲清楚地认识到肉与灵的矛盾紧张关系,甚至相互分离的可能性。文章中反复谈及的于"你"的需要,无疑是在革命的激进追逐中,将对革命的欲求寓于"你"之上的一种幻化的表达方式。在致徐霞村的信中,丁玲谈到自己的情感时回忆:"也频能爱我,但他在政治上不能做我的向导。我那时也还不能真正理解我自己的苦闷。我只好同情那些我所同情的老朋友,从朋友中凝注出一些不安于现状、不安于流俗的受罪的灵魂。"[1]这里的"同情"是一种共情与理解之同情,是在当革命理想与感情寄托二者形成强烈共振之后所抵达的欲望空间。

---

[1] 张炯主编:《丁玲全集》(12),河北人民出版社2001年版,第229页。

当我们回归历史语境，考察丁玲与冯雪峰之间的革命理想之关联，便更利于证明"飞蛾扑火，非死不止"之"火"的全面渗透力量。丁玲在1931年8月创作的诗歌《给我爱的》，其中的倾诉与回忆对象便是冯雪峰。诗中复现的那句"只有一种信仰，固定着你的心"，这里的"信仰"，便是联系着丁玲与冯雪峰情感纠葛的核心。在后文中，作者将"只有一种信仰，固定着你的心"，置换为"我们只讲一种信仰，它固定着我们的心"，以及"只有一种信仰，固定着我们大家的心"。"你"—"我们"—"我们大家"，显示出"我"对"你"所内在的"我们"的信仰般的追求。同时，诗中明确地将"我们"之间的情感，与"那些所谓的爱情"相区别。的确，在这首典型的抒情诗中，突兀地出现了一批实在物："飞机，炸弹，……/金价，银价，棉花的价……/白人，黑人……/资本主义与殖民地。//兵灾，水灾，旱灾，……/军阀，走狗，屠杀……/斗争，组织……/所有的原则的运用呀！"[①]这些"我们"所讨论和解决的事项当中，两个人之间相互倾诉的细节是缺席的，这无疑显露出作家潜意识中的灵与革命理想的重叠关系。

让我们将目光转向丁玲与冯雪峰的重要会面，那是刚从南京囚禁中逃出的丁玲，终于与革命同志相见的时候，积攒了数年的泪水在那一瞬间喷涌而出，她"尽情地哭起来了"。以为会得到冯雪峰温情安慰的丁玲，不料想竟"只听到一声冷峻的问话。雪峰说道：'你怎么感到只有你一个人在那里受罪？你应该想到，有许许多多人都同你一样在受罪；整个革命在这几年里也同你一道，一样受着罪咧。'……这一盆冷水使我清醒些了。……于是我心胸立刻开阔了，坚强起来了，我更感到惭愧……"[②]这种惭愧感在丁玲致冯雪峰的那封《不算情书》中也曾出现，或许这并非偶然。在信的结尾处，丁玲写道："我真是一个不中用的人，希望你能干，你强，这样我可以惭愧，可以痛苦，可以一切都不管，可以只知好好做人了。勉励我，像我所期望于你的那样；帮助我，因为我的心总是向上的。"此番陈情，可以与弗洛伊德所言的人类产生焦虑的心理机制发生关联。

----

① 张炯主编：《丁玲全集》（12），河北人民出版社2001年版，第314页。
② 张炯主编：《丁玲全集》（10），河北人民出版社2001年版，第92页。

弗洛伊德在他的前期焦虑理论中提出，"焦虑乃是一种情感状态——申言之，即某种苦乐的情感及其相应的外行神经的冲动的混合，和关于这种情感及冲动的知觉"，而作为焦虑的表现形式之一的"焦虑神经症"，它所产生的原因更多是"发泄不了的兴奋"。[①]然而，革命队伍中的人们是已经寻得了发泄其干劲与兴奋之出口的群体，那么，为什么已经参加左联的丁玲会出现"惭愧感"与"焦虑感"？当人的欲望完全投注于革命浪潮之后，一方面，已被满足的欲求不再需要两性关系去维持，一方面，面对两性关系的存在，革命者或许会感到"惭愧"与"焦虑"。这也就引发了"清算恋爱"的论调，以及与革命相比微不足道的"俗气"的爱情所形成的心理机制，甚至导向革命中的斯巴达主义、禁欲主义等。从这个角度看，不得不说，丁玲对冯雪峰所怀有的"惭愧"与"焦虑"，实际上是透过一个对象而直接面对革命信仰所发出的感慨，这种情感状态，或许来源于未能拔除那基于两性关系的肉身存在，是对自己的心灵与精神尚未纯然贯注于革命理想的自怨自艾。

政治与爱情或曰革命与欲望，在文学中存身的方式是多样的。首先，这里包含着关于欲望的疏导问题，由此存在着纵欲与禁欲的分野。其次，是革命与恋爱两者在人的欲望世界中所占据的位置。其一，革命与爱情之间存在的包含与被包含的关系。这种逻辑中的爱情会被包含于革命，所以，当革命与恋爱之间出现矛盾的时候，即个人所抱持的政治之道与爱情追求存在缝隙或裂痕时，结局必然是抛弃产生分歧的症结——爱情，这在诸如《韦护》《幻灭》与蒋光慈等作家那里均可以寻得踪迹。书写这种包含与被包含关系的另一种方式，便是在欲望层面让革命与恋爱保持齐头共进的状态，即将革命情谊与爱情贞操相统一，这在郭小川的《白雪的赞歌》等作品中表现得尤为突出。不过，作家在这里能够意识到革命与爱情之间隐现着更多的可能性，就已经是在其所处的创作氛围、意识坐标之中有了较为深刻的反思。

在《白雪的赞歌》中，作者描写了一位顽强的共产党员的妻子。她的丈夫

[①] 弗洛伊德：《精神分析引论新编》，高觉敷译，商务印书馆1987年版，第63—64页。

在一次战斗中失踪,她带着刚刚降生的婴儿在后方等待丈夫归来。自从她听到这个消息,就从未怀疑过丈夫牺牲或变节,她说:"我听明白了,呵,我听明白了,/这并不是什么可怕的噩耗,/他还没有死,他还活着,/只要活着他就能够逃跑。"①后来,她因为孩子罹患肺炎而与一位医生定期遇见,时间久了,两人的情感都出现了微妙的变化。"然而,我的激动的心还不能平息,/我的面前不断地闪动着他的影子,/呵,这到底是怎么一回事呢?/难道对他的感情已不限于友谊?"而医生那边送来的信件同样写道:"亲爱的同志,你好!/我已经带着医疗队来到了前线。/从此,我永远斩断我的可耻的思想,/抹去我最后见面时的无声的语言。//'愿你安心等待着,爱着孩子,/信守着你的最珍贵的信念,/如果我能在这儿帮助你,/那对我是巨大的幸福和喜欢。……'"②这两位有情人的默契选择,无疑彰显了他们对革命信念的顽强坚守,这位妻子表白道:"我禁不住告诫我自己:/一刹那的摇摆也不能允许!/我自己的人哪,战争都快胜利了,/你为什么还一点也没有消息!//当然,我的信念并没有丧失,/我的心谁也不能夺去,/当我意识到这个隐隐的念头,/它也同时象烟一样飞逝。"③之所以会出现这两种关系,主要是由于爱情在革命中的附属位置造成的,这种不平等的关系使得爱情内在于革命,成为彰显革命姿态的一种显性的方式或者策略。爱情的存在是服务于革命的。

其二,革命与爱情相分离,当革命事业与心灵的终极追求出现矛盾时,爱情之中的人性就会浮出水面,这借由丁玲在《不算情书》中,以"惭愧"的情感指认得到了一定程度上的抒发。所以,在这篇散文中,作者不仅没有让人性中的某种情感潜流缺席,反而以另一种形式将其表达出来。这种处理方式,不仅对我们洞悉丁玲的个人革命信仰与文学追求具有极大的启发意义,也是我们拆解有关丁玲研究中的两极断裂论的方式之一。

---

① 郭小川:《雪与山谷》,中国青年出版社1958年版,第9页。
② 郭小川:《雪与山谷》,中国青年出版社1958年版,第55、56—57页。
③ 郭小川:《雪与山谷》,中国青年出版社1958年版,第55页。

第三节

梅仪慈的丁玲研究

美籍华裔学者费维恺·梅仪慈研究丁玲的专著《丁玲的小说》，是她早在20世纪70年代开始的丁玲文学研究成果，在美国的中国现代文学界产生了一定的影响。正如她在此书前言中所说："我的父亲梅光迪，我写此书就是为了纪念他的。他虽然对二十年代和三十年代中国文学曾持坚决批判态度，但他和丁玲有着共同的观点，即坚信文学对社会所起的重要作用。"[1]正因为梅仪慈的家学渊源以及她对中国文学、中国历史独有的情感和理解，她的中国现代文学观与丁玲研究体系，较之多数域外学者显得相对客观。梅仪慈虽然试图绕开意识形态视域的研究初衷，却因另一种表现形式的研究"局限"留有些许遗憾。她以作者形象及其主观主义思想为视角的研究方法，关注作家的个人意识在作品中的存在方式，进而在小我向大我的变迁[2]中评价丁玲文学创作。下面，笔者将从意识形态的再认识，文学创作变化的内在逻辑，以及疾病、风景的隐喻等叙述手法等三个角度，讨论梅仪慈对域外丁玲文学研究领域的深化、扩展与推进。1974年，梅仪慈参加了在马萨诸塞州德达姆举办的题为"五四时期的中国现代文学"的会议，她提交的会议论文《不断变化的文艺与生活的关系》[3]，代表了中国现代文学研究在美国汉学界的独立地位与发展趋势。

---

[1] 梅仪慈：《丁玲的小说》，沈昭铿、严锵译，厦门大学出版社1992年版，第4页。
[2] 梅仪慈：《丁玲的小说》，沈昭铿、严锵译，厦门大学出版社1992年版，第121页。
[3] 梅仪慈：《不断变化的文艺与生活的关系》（节录），戴刚译，见袁良骏编：《丁玲研究资料》，天津人民出版社1982年版，第559页。

一、意识形态再认识及其局限

梅仪慈在其专著的开篇直言:"在丁玲的作品里,政治永远是一种明显地起着主导作用的因素,我们或者会幻想一下,如果丁玲的一生命运没有如此注定地要受制于政治事件,她的创作才华又会发展到什么地步,可是历史却没给她留下多大的选择余地。事实上正是因为她的一贯坚持写作,尽管政治动荡与思想变革不断地限制着她的创作范围,才使她成为那么一位起示范作用的研究对象。我研究丁玲著作的第一个着眼点并不放在探讨美学水平与政治约束的关系那个复杂的问题上;我只从研究她著作的本身开始,即使政治在创作中所起的作用越来越大,我所要精细观察的是这位小说家的创作成就。丁玲作品独特的地方正在于她对政治影响所作的反应如何在她的作品里显示出来。"①

如此初衷显然是一种拆解文学与政治二元对立的积极尝试,毕竟在20世纪70年代的美国中国现代文学研究界,提出这一观点是颇具胆识的,同时勾勒了域外研究界长久湮没的隐线。由夏济安、夏志清等学者所开启的美国汉学研究,因梅仪慈的丁玲研究成果而更为丰富与中肯,为美国的中国现代文学研究界得以克服意识形态对立性的文艺批评做出了初步探索。自此,域外的丁玲研究开始逐渐丰满、理智,在文学研究中拆解意识形态的思路无疑为域外丁玲文学研究收获了新的话语增长点。

正如梅仪慈所说:"作为一个术语,意识形态本身已是'完全意识形态化'了。可为了分析丁玲的小说,我要把意识形态作为一个中性名词来使用,而不赋予政治的、也许是贬黜的含义。"②在对丁玲作品的研究中,梅仪慈将"意识形态"的概念向外延伸,扩展为一个较之当时美国汉学界而言相对广义的文化概念。她认为,意识形态"可能含蓄地或公开地出现于某部作品中。这种世界观和它有连带关系的价值观、信仰或是成见对作家在选择、归类、解释和再现周围发生杂乱无章、瞬息万变的生活现象是起着指导作用的"。"正是这个意识形态把

---

① 梅仪慈:《丁玲的小说》,沈昭铿、严锵译,厦门大学出版社1992年版,第7页。
② 梅仪慈:《丁玲的小说》,沈昭铿、严锵译,厦门大学出版社1992年版,第24页。

各种混杂的现象整理出头绪，赋于一切偶然事件以一定的涵义；正是它确立了创作的取舍准则，并组织了情节使小说有连贯性。"①从这个角度看，域外研究界对丁玲作品的考察视野便豁然开朗。较之此前域外丁玲研究中所存在的问题如两极断裂论，梅仪慈的研究思路促使域外文学研究界在视角与思维限制上开始松动。

梅仪慈绕开过往域外研究者所关注的中国现代作家创作中的题材选择与思想倾向问题，从作品实际入手，考察作家如何表现内容和思想，注重分析作品中所呈现出的作者形象，探究文本内外作者形象的主观性与个人性，以及作者形象投射于文本创作中的分量与方式。研究者视域的转换，经历了一个从注重"写什么"到"怎么写"的变化，这无疑代表着域外研究思路的成熟。但是，梅仪慈以作家个人意识在作品中的存在方式切入研究，不得不说，这几乎是小我与大我二元辩证研究思路的一个变型。

梅仪慈关注中国现代社会中青年尤其是女性在社会革命、文学活动中的位置转变，他们不但是作家的描述对象，也是进行文学创作活动的主体。"不论是青年作家还是女作家，他（她）们都面临着两个新出现的客观现实，即外部的现实及处在这个外部现实中他们的自我。他们的作品便是他们体现自己为新的自我觉醒而斗争的一种反映。"②研究者通过梳理丁玲初期作品中塑造的梦珂、阿毛、莎菲等形象，着重从形象中挖掘作家个人意识与主观意识的映现。对于没有完全脱离家庭步入社会的梦珂、阿毛等形象，作者以大量的心理描写反映其主观思想。作为学生的莎菲不仅拥有独立的生活空间，同时可以私人化地表达个人内心。所以，梅仪慈认为，这种独白体、自传式的日记文学叙述形式，"由于作者主观性的想象才使小说在扩大人物内心活动的描写范围（包括阴暗面）上出现了'大跃进'"③。丁玲的《莎菲女士的日记》第一人称"我"的主体写作方式、日记体文本的私人化与可信感、作家本人与文本人物之间的同一性别，加之当时

---

① 梅仪慈：《丁玲的小说》，沈昭铿、严锴译，厦门大学出版社1992年版，第24页。
② 梅仪慈：《丁玲的小说》，沈昭铿、严锴译，厦门大学出版社1992年版，第37页。
③ 梅仪慈：《丁玲的小说》，沈昭铿、严锴译，厦门大学出版社1992年版，第50页。

中国文化界思想环境的真实情况，使梅仪慈坚信这样一个文本解读前提，即小说作者丁玲所塑造的对象莎菲是作家自我形象的投射。即便丁玲为中国现代文学创造出的莎菲形象具有强烈的真实感与典型性，人物被塑造的真实与深刻程度也是不与文本中的作者形象构成绝对关系的，这也是梅仪慈所说的"对自我的不作辩解的表白"[1]产生的原因。

研究者在文学创作形式与人物塑造的层面上，申述作家进行个人意识、主观思想抒发的重要价值与文学意义，并援引普实克的文章《中国现代文学中的主观主义和个人主义》[2]的观点，将作家的深刻自审意识作为成就小说的重要表征。同时，她十分看重丁玲所运用的日记体小说形式，认为西方日记体小说的引进为中国文学注入了"新的坦率作风，敢于揭露自身的弱点、情欲、丑闻或丢脸的往事的大胆行为大大促进了中国小说创作中人物的塑造和题材选择的范围的扩大"[3]。但是，应该说西方日记体小说的引入，在丰富了小说叙述以情节为中心的中国文学传统的同时，却不免使创作题材和视野趋于狭窄，从而造成日记体小说创作这一形式在中国现代文学史上的"短命"现象。另外需要说明的是，普实克文章中所论述的"主观主义"与"个人主义"，是在"史诗"与"抒情"的文学审美范畴之间，发现了一个具有灵活性和转化性的面向，这将在后文展开论述。

在梅仪慈看来，极具内省和忏悔意识的个人书写是丁玲文学作品的显著成就，其创作动力来自她的"孤独与痛苦"，这决定了其前期小说的主题，即"重点写'个人的寂寞心灵'，自我独立地与世界对立"，故此她认为，丁玲作品的精神实质是一种"主观性写作"。[4]然而，20世纪30年代丁玲参加革命之后，其创作中心开始由个人转向社会。在梅仪慈看来，丁玲视野的扩大也影响了作品中作者形象的变化，由前期忏悔自省式的内心剖白转变为"理想化"的思想"表

---

[1] 梅仪慈：《丁玲的小说》，沈昭铿、严锵译，厦门大学出版社1992年版，第50页。
[2] 亚罗斯拉夫·普实克著，李欧梵编：《抒情与史诗——中国现代文学论集》，郭建玲译，上海三联书店2010年版，第1—26页。
[3] 梅仪慈：《丁玲的小说》，沈昭铿、严锵译，厦门大学出版社1992年版，第51页。
[4] 梅仪慈：《丁玲的小说》，沈昭铿、严锵译，厦门大学出版社1992年版，第67页。

白","决定人物特色的并非是他的独特和复杂的主观意识,而是限定人物并使人物简单化了的社会和物质环境"①。由此观之,梅仪慈的观点带有显著的理想主义色彩,她眼中的知识分子作家的创作价值,在于自我抒发、剖白、救赎等内向型情感表现,同时,文学的功用属启蒙一路,认为作家应持有一种身份意识。所以,研究者首先陷入了文本解读误区——相信了日记体文本中"我"是作者本人的对象化表述——进而导向了借私人化、个人化的日记与写日记的人"我",作为呈现作家本人的主观主义与个人主义的最佳文本。所以,当丁玲践行文艺大众化的文学道路并创作出生命感大于身份感的作品时,研究者认为,这有违其此前对丁玲作者形象的认识以及对文学的价值判断。

丁玲前期作品中的抗争意识,在梅仪慈那里被本质化了,抗争的姿态性被置换为思想指导性,抗争不是过程,而是结果。故此,梅仪慈得出结论:"丁玲的要求:作家必须把小我融入集体的大我之中",而融入集体的前提是放弃主观式与自省式写作方法与作家的孤独处境,进而"从顾影自怜到献身大业的自我牺牲,从一个自戕的作家到一个殉难的作家"。②然而,一个成熟的作者形象不是单向度的,他不仅可以呈现为梅仪慈所坚持的自省式叩问,也能够以作家的精神追求、情感寄托等形象表现出来。有学者曾就作品中的作者形象谈到,作者形象不是一个一般性的外化的物质形象,"而是他的气质、思想、趣味和世界观等内在的'心象'",所以,读者对作者形象的认识应该是被"感受到"的。③既然如此,研究者对作者形象的解读就应该与作品研究一样,以自由、包容、敬恕之心去触摸、去感受,进而跳出意识形态的思维局限与非此即彼的狭隘判断,切实理解作家的思想意识,并从历史语境中还原作家创作题材转变的原因。从这个角度来说,梅仪慈对其所主张的意识形态中性化之践行,尚留存不少遗憾。

卡尔·曼海姆所说的"意识形态",是"反映了来自政治冲突的一个发现,

---

① 梅仪慈:《丁玲的小说》,沈昭铿、严锵译,厦门大学出版社1992年版,第106页。
② 梅仪慈:《丁玲的小说》,沈昭铿、严锵译,厦门大学出版社1992年版,第121页。
③ 李建军:《作者形象与积极写作——论中国当代小说的主体性与文化自觉》,载《中国社会科学》2017年第11期。

即统治集团可以在思维中变得如此强烈地把利益与形势密切联系在一起,以致它们不再能看清某些事实,这些事实可能削弱它们的支配感。在'意识形态'一词中内含着一种洞悉,即在一定的条件下,某些群体的集体无意识既对其本身,也对其他方面遮掩了真实的社会状况,从而使集体无意识得到稳定"。①新历史主义思潮中的代表学者海登·怀特指出,他所讨论的"意识形态"是"一系列规定,它使我们在当前的社会实践范围内采取一种立场并遵照执行(要么改变,要么保持其当前状态);伴随着这些规定的是,它们都声称具有'科学'或'现实'的权威性"。故此,"伴随着每一种意识形态的是一种特定的历史及其过程的观念,因而,我认为,每一种历史观也伴随着特殊而确定的意识形态蕴涵"。②虽然这一概念的边界被其后的理论家扩宽了,早已不局限于统治集团与权威话语之内,但是,在部分域外中国现代文学研究者那里,意识形态的屏障,仍然横亘于曼海姆所谓的论敌双方,尚未真正抵达去意识形态的理想状态。

二、冲击-反应论的移植和再造

面对丁玲的世界观与文艺观的变迁,梅仪慈尚未给出一个完满的解释。她指出,丁玲"写的一系列的小说,虽然各自经历了不同的发展阶段,又不断探讨了写作的意义并修正了关于作家作用的概念,却仍未能就这条道路提出任何明确的答案。这些小说只是加强了我们的认识:文学为了在一个激烈改变着的世界中取得生存的权利,它本身必须带有相互矛盾、模棱两可、变幻不定的性质。丁玲的创作生涯最终表明,尽管对文学的性质越来越难于捉摸,但对这一事业的责任感还是依旧存在。丁玲的作品不断地适应意识形态的变化,她在创作上取得的一定的成就,这一点也就更加强了我们对文学事业的坚定信念"③。这种观点让人很快联想到费正清提出的关于现代中国发展逻辑的著名论调——冲击-反应论。

---

① 卡尔·曼海姆:《意识形态与乌托邦》,黎鸣、李书崇译,商务印书馆2000年版,第41页。
② 海登·怀特:《元史学:十九世纪欧洲的历史想像》,陈新译,译林出版社2004年版,第28、31页。
③ 梅仪慈:《丁玲的小说》,沈昭铿、严锵译,厦门大学出版社1992年版,第230页。

这一思路早在费正清的专著《美国与中国》中就彰显出来，此书第一版出版于1948年，其后又根据历史演进，经历了三次增改修订。他在书中写道："19世纪40年代和50年代西方的冲击，是使人难以支持的打击。然而，对19世纪60年代到90年代下一代的人来说，西方却成为仿效的榜样，以便更好地加强中国的实力来对付西方。最后，到了20世纪，西方已经成为鼓舞中国进行三次革命的思想来源。这三次革命是：共和革命、民族主义革命（国民革命）和共产主义革命。西方的这个'冲击'，不管是打击、榜样，还是思想鼓舞，显然是性质不同而且有变化的。""同样，中国对西方的'反应'也是一件大事，其中搀杂着许多复杂而互相影响的过程。"①这段文字所论述的冲击-反应论，弥漫着勃勃野心，旨在强调作为一个静止、停滞的封建古国，中国之所以能够成功发动革命全在于经受西方的"冲击"而产生的"反应"。故此他认为，这一机制中的"冲击"是包含着"打击""榜样"或"思想鼓舞"等积极意义的行为，甚至在某种程度上已经被认为是一种所谓的义举。同时，他将这一机制的触角延伸到中国现代的共产主义革命，试图以此作为解释与推演整个20世纪中国现代化革命进程的根由。

这是一个典型的西方中心主义的论调，不仅强行设置了两方对立且不平等的位置，即西方/冲击，中国/反应，同时，将中国视为一个丧失了能动性的、任由西方介入与支配的话语场，变成被拯救的对象。这一观念既包含西方基督文化中的救世主色彩，又体现出科技至上的权力观与文化依附于经济的宿命论意识，同时鲜明地表达了一种强者崇拜的色彩，以及关于历史观的对立性建构倾向。它影响了西方文化底色的形成，为美国与英国文化界所普遍接受。据学者朱政惠考察，冲击-反应论这一认识大量存在于美国历史、政治等社会科学领域的教科书中，如1965年出版的《东亚文明史》（费正清、赖肖尔、克雷格著）与《近代世界中的远东》（梅谷、泰勒著），1966年出版的《远东：西方冲击与回应的历史》（保罗·H.克莱德、伯顿·F.比丘斯主编），1970年出版的《近代中国之兴起》（徐中约著），等等。②需要说明的是，这一理论的形成是基于历史学家汤

---

① 费正清：《美国与中国》，张理京译，世界知识出版社1999年版，第132、134页。
② 朱政惠：《美国中国学发展史：以历史学为中心》，中西书局2014年版，第293—294页。

因比所言的挑战-回应论①，但前者侧重于外部刺激，而后者认为，所谓的挑战并非全部来自外在，故此，以费正清为中心的冲击-反应论支持者，在这一理论之中注入了强烈的文化政治霸权色彩。虽然后来由柯文提出的"中国中心观"②对冲击-反应论进行过批评与回应，但是，不得不说，这一理论确乎影响了一代美国甚至西方的学者对中国的认知思维，同时，可以在梅仪慈对丁玲作品的意识形态拆解机制中窥其一二。

在梅仪慈那里，丁玲小说中所渗透的意识形态成为一种无奈的历史机遇，作家运用文学的暧昧性、复杂性来隐晦地传达个人的意志，进而认为丁玲小说的最大特点就在于，文学如何在时代的变幻中"取得生存的权利"，如何在意识形态中做出适应和改变的同时，映现出作家的主体形象。所以，不难看出，在梅仪慈的观点中，尚未真正如她所期望的把"意识形态"这一术语视作中性概念，而是着重考察并默认了意识形态的存在，且接受它的"冲击"之后，作家是如何权宜且灵活地做出"反应"的。这一观点的基本前提是肯定了作为"冲击"主体的意识形态与做出"反应"的文学，这二者处在不相对等的位置之上。实际上，这个认知前提普遍存在于域外与中国本土的文学研究中，然而，处在真实社会进程内部的文化体系必然呈现出一种相互渗透、纠缠，相互搏斗、伴生的状态，所以，纯粹的文学与美学和毫无文学化与美学化的政治，并不存在。需要说明的是，我们这里所讨论的文化体系内部关系，不是在广义上分析意识形态与文学，而是指一般意义上的政治政策与文学作品。

梅仪慈在其研究中反复提及的丁玲创作中显在的作家主体意识，并非借以阐明作家丁玲的独特创造性，而是以此证明丁玲对意识形态之反应的灵活性与变通性，为的是消解和释放那种当中国现代作家创作与政治政策之间存在某种冲突之后的个人的悲剧性命运与无奈情绪。梅仪慈指出，丁玲"创作大约四分之一的

---

① 在汤因比那里，与文明的起源、生长、衰落、解体等息息相关的"挑战"，不仅来自外部区域政治的压迫，也包括自然挑战、宗教刺激、文化圈影响、民族内部统治阶级等。阿诺尔德·汤因比著，石础缩编：《历史研究》，浙江人民出版社1989年版，第25—28页。
② 柯文：《在中国发现历史——中国中心观在美国的兴起》，林同奇译，中华书局1989年版。

小说作品中，作家不是以中心人物的身份出现就是以重要人物的身份出现。令人深思的是这种现象主要集中于早期的小说中。一当她到了延安，出现于她小说中的作家都成了讽刺的对象或是被用其他方式以缩小其作用"。随着创作视野、题材、表现方式等方面的扩宽，丁玲"反映革命中国壮阔图景的长篇小说，作品中的作家形象就越来越缩小了"。①然而，梅仪慈认为，丁玲创作中的这种转变甚至策略，是出于自我保护意识的自觉隐藏，而非世界观的转变。她认为，丁玲做出了巨大的"牺牲"，在小说创作中极大程度地放弃了作者意识的注入、作者形象的呈现，"纵然这位作家作出了这种艺术上的自我节制，她最终还是被指控为在文学创作上狂妄自大而被下放，直至被迫放弃写作生涯"②。梅仪慈将此归结为"文学的命运"。

梅仪慈认为，延安时期以来，丁玲创作之变化是悲剧般的宿命、文学的必然，这种观点尚未触及丁玲创作转变的内在逻辑。文本中作者形象的渐趋渺小甚至淡出现象，成为文学面对政治之"冲击"的唯一有效的"反应"，难道文学与作家真如研究者所认为的那样缺乏自我意识、丧失主观精神吗？答案当然是否定的。不过，一个明显的现象是，意识形态笼罩之下的人都是难以幸免的，中国现代作家如此，美国等西方国家接受教育的域外学者同样如此。在看待左翼文学以来中国作家的小说创作之时，大量域外学者都无法理解许多知识分子作家对革命的"皈依"、受革命"戕害"之后的那种复杂心理状态。仅仅将其等同于"感时忧国"是不足以全部揭示它的，用"共产主义作家""宣传上的滥调"来描述更是偏激的。延安时期前后，许多作家对革命的追求与信仰心理，是一个极为宏大的话题，但是，需要强调的是，作家的主体性信念是这场征途中不能被忽视的关键。

首先，作家的主体意识是自发自觉的，他们与革命的联结伴随着自发靠近与革命的有意识吸纳，两者缺一不可。其次，小说中作家主体意识彰显程度的趋弱，不是仅仅由外部的政治要求所决定，而是作家通过对自己曾经的世界观、视

---

① 梅仪慈：《丁玲的小说》，沈昭铿、严锵译，厦门大学出版社1992年版，第27页。
② 梅仪慈：《丁玲的小说》，沈昭铿、严锵译，厦门大学出版社1992年版，第27页。

野、创作心境、阅读受众等进行判断之后所做出的主动调整。再次，小说中的作者意识是以另一种方式延续并得以呈现的，如长篇小说《太阳照在桑干河上》中身处艰难境地的黑妮，这个人物显示出的思想独特性与复杂性，以及文采、钱文贵等的心理细节描写，均呈现出作家力求表现时代的波澜壮阔且着力于细笔勾勒人物个性的创造性能力，其中的黑妮便是映射着作者主观意识的生动形象。

但是，梅仪慈认为："《太阳照在桑干河上》一面呈现出雄伟世界的构思，另方面却又是对作家自我形象的压缩。"①研究者指出，丁玲在这部小说中放弃了自己知识分子的立场，将农民的形象与地位太过拔高，同时，这种拔高农民的态度并非仅仅停留在叙述层面，而是形成了完备的价值体系。研究者在这里使用的"作家自我形象"已经不再是作者意识的精神性呈现，而是作家身份与知识权威的社会化位置。梅仪慈从这部长篇小说中的一个细节入手，即刘教员写的黑板报不被乡亲接受，故而向农民求教改进的这一事件，她认为："这个故事似是否定作家有写自己作品的资格，比不上在村街上自发地用自己的话顺口编唱的人。"②这一观点，或许是研究者试图借此暗示延安时期作家在身份地位、社会功能、创作内容方面的彻底转变。

她多次谈到20世纪30年代中期以来丁玲的文学创作是将小我融入大我，然而，她忽视了，丁玲所追随的革命理想与持守的政治信仰才是其真正所投身与熔铸的崇高主体。丁玲在这个主体中实现了创作与人生的意义，面对这个无所不在的想象性主体，它给人带来的崇高感会伴随着惊异与震撼，从而令人信仰、皈依，进而抵达一种忘我与无我的精神状态。故此，以冲击－反应论的思路理解丁玲等中国现代作家的创作起源，是在忽略了作家自觉自发的原生心理机制的基础之上，带着凝滞静态的眼光注视中国现代文学与社会革命发展之间的复杂纠葛，进而发生了对中国文学的功用、话语、风格等有所误解且几近曲解的评判。这里，域外研究者显露出其先验的文学批评观和中外文学认知体系的不对等态度。

---

① 梅仪慈：《丁玲的小说》，沈昭铿、严锵译，厦门大学出版社1992年版，第222页。
② 梅仪慈：《丁玲的小说》，沈昭铿、严锵译，厦门大学出版社1992年版，第222页。

三、隐喻书写：疾病与空间

运用苏珊·桑塔格在《作为隐喻的疾病》一文中的观点，梅仪慈将莎菲的肺病进行了隐喻性的解读，并从中发现肺病所行使的人物塑造功能。《莎菲女士的日记》这部小说的故事背景，在研究者看来是一种有意为之的契合，为了强调"患肺痛者最不适宜的严酷寒冷的隆冬岁月"[①]，作品中浓郁的悲凉晦暗色调被渲染出来，同时，这个为疾病创造的环境可以被视作一种风景或空间的隐喻。然而，研究者是想从解读小说的隐喻内涵中表达何种意图？这种对多重隐喻书写的阐释，究竟为这部小说增加了怎样的研究空间？实际上，如果就"疾病的隐喻"而言，丁玲创造的许多小说人物，如贞贞、陆萍等均极具研究价值，况且，就空间的隐喻来说，村庄/敌营（《我在霞村的时候》）、医院（《在医院中》）较之房间（《莎菲女士的日记》），其叙述张力与隐喻意味无疑更为显著。那么，研究者选择读解这部日记体小说是否因其在疾病与空间的隐喻之外，还存在着其他的隐喻关系？

中国文学作品中，疾病常常用以表现人物的外在面相与性格气质，甚至作为国家肌体的隐喻，其中结核病从19世纪便开始在文化领域被赋予象征意味。从文学的角度看，结核病人的面相特征——"苍白与潮红"[②]均为人物的形象塑造带来了审美意蕴，加之中国古典文人传统审美观较为偏爱弱柳扶风、瘦削憔悴的病态美感，故而，为结核病增添了浪漫主义的符号意义，得以从人物外在的审美层面进入其个性塑造甚至道德判断等领域。正因为文学创作活动长期以来为疾病创造的多重文化象征意味，所以，作家在艺术感受力、人物描画技巧、故事推进动因等方面，均将疾病逐渐演化为一个极具启迪意义的文学符号。茅盾曾回忆他在牯岭休养时遇到的一位"'多愁多病'的云小姐"，她的"肺病第二期"在富有浪漫精神和艺术感受力的作家看来，不单是身体性的病，更具有审美韵味与敏感

---

① 梅仪慈：《丁玲的小说》，沈昭铿、严锵译，厦门大学出版社1992年版，第67页。
② 此节引用苏珊·桑塔格《作为隐喻的疾病》（见苏珊·桑塔格：《疾病的隐喻》，程巍译，上海译文出版社2003年版）一文的诸多观点，所引用文字不再一一标记页码。

气息,"'肺病第二期'对于这位云小姐是很重要的",因为"这'病'的黑影的威胁使得云小姐发生了时而消极时而兴奋的动摇的心情"。[①]这里,疾病与病症的浪漫化与诱惑力,恰好为作家提供了珍贵的创作灵感。

在苏珊·桑塔格的研究中,文化史与文学史中的结核病,因其难以治愈所带来的恐惧感以及在精神上消耗病人的特性而内蕴着某些相互矛盾的象征性意义。结核病人的精神敏感、神经衰弱,可为作品中人物个性的发展提供一个向着极端化演绎的动因,作品中的病人在精神的压抑与放纵间得到了艺术张力的较大释放,由此带来了人物情绪的饱满与高扬。同时,精神涣散、心理虚弱的病症时常导致幻象的出现,而病人在感受周围看护者的态度时,某些被强化的幻象会诱使其出现自觉的自恋与自怜,人物个性的戏剧性、冲突感甚至独特的魅力被充分地彰显出来,从而显现为一种具有创造力的艺术特质。另外,结核病的传播力会在病人与外界之间设置一道无形的屏障,这为病人的形象抹上了一层茕茕孑立的孤独感、流浪漂泊的悲凉感,更具文学艺术上的忧郁色调。

以上盘桓于结核病人头顶的"阴云",不仅营造出结核病在精神层面所带来的可信性,也成为身体性与精神性病症的互文。莎菲身体上的消耗力,非但没有压抑其内心的潜流,反而在精神层面找到了发泄的出口,以及其情感投注的戏剧化发展之可能性。所以,在梅仪慈看来,"作为肺病症状之一的体温上升也被用来渲染《莎菲女士的日记》的狂热和歇斯底里的基调,用以比喻生活经验本身的'升级'"[②]。所以,她认为,作者丁玲是在借用莎菲的情感与欲望抒发,在作者、人物与读者三者间显现一种"表演性"的文学交流。她谈道:"叙述者关于自己所采用的代名词——'我'或是'他'——本身并非关键,然而第一人称的叙述方式确能把自我意识的某些方面,形象地体现于小说中。在表现个人的戏剧里既当'主要演员'又当'有明锐分析并欣赏眼光的观众',那便会引出这自我

---

① 山东大学中文系文史哲研究所编:《茅盾研究资料集》,山东大学中文系文史哲研究所,1979年,第26页。
② 梅仪慈:《丁玲的小说》,沈昭铿、严锴译,厦门大学出版社1992年版,第69—70页。

的角色带着多少'表演'成分的问题……"①

在这里,梅仪慈将作家本人、作品人物、读者三者相联系,认为一部日记体小说中的幻化"表演"将三者的结合导向了一个作家自我意识表达的极致境地。人物(叙述者)内在于情节,而其外在行为经由作者支配而呈现出强烈的矛盾和外化的激情,读者在阅读接受中便难以将作者与人物区分开来,"在任何时刻哪一句话、哪一个姿势才代表一个真实的她。通篇日记中,莎菲女士都在为把自己逐渐塑成一个既可理解又真实可信的自我的形象而努力奋斗"②。莎菲在戏剧冲突和饱满情绪中完善人物的独特个性与精神形象,进而在真切的"表演"中把读者带入一个真假重叠的信任空间,这就为研究者笼罩了一层阅读迷雾。在梅仪慈看来,日记作者"为自己与读者制造并保持一种悬念,把读者深深地吸引到她这次探索人生的旅程中去"③。

研究者将作者、人物、读者三者相统一,就容易出现以作者代替人物或者以人物观照作者的认识,所以,在这层联系中,研究者无疑陷入了真实的镜像,成为她认知中的读者,无从辨认作者和人物,进而将日记体小说的主体性叙述、私人化书写完全视为作者形象之彰显及其主观主义与个人主义之流露。因此她认为,丁玲的"这部作品对当代读者产生的重大影响就来自读者本身把在主人公身上所感受到的极度心理失调看作他们自己生活时代的真实病症"④。这来自研究者的真实阅读体会,并将作者的主体性叙述置换为读者的主体性认同,将作者等同于人物,人物等同于真实。被认为最能体现作者形象或作者主体意识的小说《莎菲女士的日记》,也因此成为梅仪慈选择透视丁玲的作者形象,以及解读其中的隐喻书写的典型文本。同时,梅仪慈建构起的这条跨越文本内外的隐线——作者、人物、读者三位一体——将其视作文学价值判断标准的作者形象发挥至最大化,进而以这条隐线作为作家丁玲的强烈个人主义思想的证明。

---

① 梅仪慈:《丁玲的小说》,沈昭铿、严锱译,厦门大学出版社1992年版,第72—73页。
② 梅仪慈:《丁玲的小说》,沈昭铿、严锱译,厦门大学出版社1992年版,第74页。
③ 梅仪慈:《丁玲的小说》,沈昭铿、严锱译,厦门大学出版社1992年版,第74页。
④ 梅仪慈:《丁玲的小说》,沈昭铿、严锱译,厦门大学出版社1992年版,第69页。

梅仪慈眼中的莎菲以其疾病对环境的要求、性苦闷的表现方式，制造了一道在莎菲与外界、个人与社会间横亘着的深渊，将二者从根本上对立起来。如果从政治修辞学的角度来看，疾病的隐喻也可以联结空间的隐喻，即由疾病造成的空间隔绝，使作为苦闷时代的叛逆绝叫者的莎菲被孤立于社会之外，成为强权社会中的他者[①]，由此完善了这一青年知识女性形象的精神气质修辞。梅仪慈将莎菲个性解放的姿态性表征——欲望书写本质化为与不可抗力的肺病形成同构关系的欲望追求，这无疑颠倒了其中的因果关系，寻求个性解放的呈现方式之一的欲望追求，直接被理解为个性解放的目标与结果。研究者眼中追求欲望的莎菲，在与外界相互隔绝的安全空间中，被理解为作者丁玲实现自我解放、自我形象塑造的中介物，在上述建构的三位一体之隐线中，被黑暗社会压抑的疾病与空间和病人安身的疾病与空间之间，蕴含着强大的叙述张力与文学吸引力，这是梅仪慈以这部小说为隐喻书写解读范本的原因。

导向一个身心、灵肉的破坏甚至毁灭，这样的文学创作，合于梅仪慈的文学价值判断体系，即彰显出极端化的作者主观意识、"深入地探索人的个性"、"揭示人的阴暗面"等。[②]与此相反，倘若一部作品所提供的终极价值是导向积极的文化重构与精神铸造（如丁玲的长篇小说《太阳照在桑干河上》等），那么它会被视作作者形象的失落。从这个角度来说，梅仪慈忽略了疾病与空间隐喻的另一个重要维度，即健全社会的理想。苏珊·桑塔格曾将疾病的隐喻与政治文化修辞联系起来，以丧失活力的结核病来暗示一个充满晦暗与阴郁色彩的旧社会空间，由疾病在事实上引出的画地为牢的空间性限制类比对一种新的政治秩序的呼吁，以此构建新的政治空间。

空间的隐喻与政治修辞的结合，在丁玲的《在医院中》这部小说中得到了深刻的呈现，黄子平在"病的隐喻和文学生产"的话题下，从人类学视角的社会

[①] 查日新、汤黎：《浅析桑塔格对疾病隐喻的文化解读》，载《国外理论动态》2009年第7期。
[②] 梅仪慈：《丁玲的小说》，沈昭铿、严锵译，厦门大学出版社1992年版，第51页。

卫生学切入研究，着重从医院的治疗层面谈文学与政治的关系。[1]然而，《在医院中》这部小说所呈现的隐喻关系是更为丰富的。作者用文末出现的一位积极革命、缺失双脚的"病人"，消解了从空间隐喻的医院所传递出来的消极色彩与隐喻氛围；用这位革命导师（对于陆萍而言）的话语解构了一个福柯意义上作为"在警察和法院之间、在法律的边缘建立的一种奇特权力，是第三种压迫秩序"[2]，即政治文化修辞的医院所发挥的绝对权力影响。从多重的隐喻关系中可以看出，丁玲为小说设置的医院场景，是以一种面对破坏性与创伤性体验而进行的文化重构与精神铸造的积极尝试，这里所运用的隐喻书写营造了多重向度的文学意味。

---

[1] 黄子平：《"灰阑"中的叙述》，上海文艺出版社2001年版，第154—174页。
[2] 米歇尔·福柯：《疯癫与文明：理性时代的疯癫史》（修订译本），刘北成、杨远婴译，生活·读书·新知三联书店2012年版，第43页。

第四节

域外丁玲研究空间的扩展

域外丁玲研究成果丰硕，但在目前研究的基础上，仍存在着丁玲作品研究的新方向。由于丁玲的女性身份以及其小说主要人物多为女性，加之她写过多篇谈论性别话题的随笔与杂文，故此，域外研究者基于西方的女权主义运动与女性文学思潮，着力从性别意识层面对丁玲的作品进行新的解读。同时，域外学者加里·约翰·布乔治运用作家传记研究的方法讨论丁玲的生涯及文本。部分域外丁玲研究者论述丁玲的革命生涯起源，借助的是她与无政府主义思想的早期联系，这也是循着作家传记研究这一思路展开的文学研究。最后，人文心理学的研究视域又为域外的丁玲文学研究提供了新的理论参照，对洞察丁玲的创作与革命心理具有一定的启发意义。

一、女性文学与丁玲小说研究

在较长的一个时期，丁玲的小说创作关注女性的生存状态、精神世界等话题，她笔下的许多女性都以其真实细腻、大胆直露的心理诉说，成为20世纪中国文学的典型人物。作家丁玲也随之为不少域外研究者关注，1983年，法籍华人学者温晋仪女士致信丁玲，为她的博士论题"妇女解放在中国革命的路程中的经历和作用"向作家求教。[①]一些域外研究者从女性文学研究的视角入手，关注丁玲的文学创作与政治生涯的复杂关系，收获了可观的研究成果，诸如顾彬等在丁玲小说中读

---

① 张炯主编：《丁玲全集》（12），河北人民出版社2001年版，第207—208页。

解的中国女性的无名现象,王德威对"倒霉"的女性的讨论,以及将极端的女性主义视作"绝对视域"的美国学者白露的研究等。还有一批执教海外的中国学者如颜海平等,从后结构主义的视角出发,以女性身份、女性书写为起点,观察女作家丁玲笔下的性别政治叙述,为域外丁玲文学研究中极见功力的成果。

"无名"的女性话题,在丁玲的长篇小说《太阳照在桑干河上》于苏联翻译出版后的一次探讨会上被提出,文中的中国妇女为何都没有自己的名字①,这种文化差异很容易与女性主义中的某些偏激观点联系起来并加以延伸,进而遮蔽了作品在身体性别属性之外的广阔研究空间。1980年,顾彬参加在巴黎举办的中国抗战文学讨论会,他所提交的论文评介了丁玲小说《夜》,将这一现象与唐代浪漫主义的作品中写名妓相提并论。②这并非为聚焦小说的深层话语和反思意识的研究,很容易导向探讨中国女性地位的偏执之中。另外一些域外的丁玲文学研究文章,如维尔玛·科斯坦蒂妮的《丁玲和她的"女权"》③等,专注于从作家丁玲的创作与政治生涯中寻找可被作为其女性主义立场的材料,研究者为把丁玲阐释为中国女性主义代表人物,将女性主义方法视作"铁板一块",并作为指导文学研究与思维方式的基本视域,也因此被这一方法所限制。

王德威在其文章《做了女人真倒楣?——丁玲的"霞村"经验》中认为,《我在霞村的时候》这部小说"深具女性主义讯息",因为其中的"挑衅性不在于美化了妓女或丑化了民族正气,而在于根本摇撼了传统文化论述所视为当然的那套女性神话",以及通过贞贞的苦难遭遇,指明"她的压力原来来自于'敌'、'我'双方;而掩藏在爱国爱党前提下的,是她甘对自身肉体的无尽忽视与摧毁"。④这一观点落入了解读文学作品中革命与性的惯常逻辑,将身体作

---

① 张炯主编:《丁玲全集》(5),河北人民出版社2001年版,第366页。
② 沃尔夫根·顾彬:《丁玲延安时期的短篇小说〈夜〉》,郑小英译,见孙瑞珍、王中忱编:《丁玲研究在国外》,湖南人民出版社1985年版,第263页。
③ 维尔玛·科斯坦蒂妮:《丁玲和她的"女权"》,赵秀英译,见孙瑞珍、王中忱编:《丁玲研究在国外》,湖南人民出版社1985年版,第452—457页。
④ 王德威:《想像中国的方法:历史·小说·叙事》,生活·读书·新知三联书店1998年版,第174页。

为放置"敌""我"双方力量争夺的"战场",以女性、身体为窗口透视战争中的革命话语。研究者指出,这部小说"藉着'我'所引出的外围叙事框架,我们隐隐发觉'我'与贞贞间竟有一休戚与共的关系。丁玲的'我'满怀郁闷思绪,并不因为'休养'完毕而结束。贞贞的出现俨然具象化了她'身为女性'所特有的期盼与恐惧、希望与挫折"①。在王德威的认知中,丁玲笔下的贞贞在这里成了作者自观、自审的镜像,文中的"我"不仅实现了对贞贞的观看,而且内缩为一个潜在的作者形象。然而,丁玲对贞贞身体的借用,难道真的是用"'光明'的尾巴"②进行一种自我意识的曲写吗?

  为回答这个问题,首先需要从考察贞贞的自我表达入手,即上文谈到的贞贞的自我欣赏意味。通过文中的"我"与贞贞的双重审视,强化了一个不被身处环境认同却也不求理解、不做辩白、"一点也没有变"的女性形象。"心变硬"的贞贞,其强大的精神力度不是性苦难的经历所能限制的,这也是贞贞在延安寻得精神归属而非与夏大宝终成眷属的原因所在,贞贞的自我欣赏、自我认同是通过对延安的精神信仰与追随而产生的。其次,丁玲在文中设置的场外视角,作为隐性的作者形象在对人物塑造有所助益的同时,适度地传达了作者的个人声音。沿着王德威在贞贞与"我"之间建立的一种"休戚与共"的联系,可以发现,"我"对贞贞身体劫难的见证,恰好可被看作"我"强烈革命精神的自我表达。这通过"我"眼中身患"暗疾"的贞贞仍以红润气色出场为例证,王德威认为这种书写显示出作家的"自矜"与"同情"③,但从丁玲所致力于的性解构意识出发,可以发现这里的"气色"是与"精神"(而非"身体")相关的修辞,通过与人物形成映射关系的场外的"我"的观察,重申了贞贞革命追求的精神向度与情感力度。所以,从丁玲的小说足见她专注于扩展身体与革命的复杂关系,绝非

---

① 王德威:《想像中国的方法:历史·小说·叙事》,生活·读书·新知三联书店1998年版,第176—177页。
② 王德威:《想像中国的方法:历史·小说·叙事》,生活·读书·新知三联书店1998年版,第173页。
③ 王德威:《想像中国的方法:历史·小说·叙事》,生活·读书·新知三联书店1998年版,第177页。

自足于性别视域内部，而是跨越女性与个人的狭窄空间，将革命与身体的话语纠葛建构于民族国家的未来命运之上。

然而，将丁玲视作绝对女权主义在中国的接班人，是不少域外研究者所认同的观点。丁玲在1983年撰文表达了自己的文章被域外学界视为"女性文学"、抒发"女性意识"这一观点的看法，她说，女权"这个问题在美国时兴，在欧洲也很时兴。我在国内遇到过法国、意大利等国的记者，也常常问我这个问题，还有人认为我是女权运动者，我想这是一个误会。这可能是因为过去我的几篇挨批的小说中的主人公都是女性，杂文《"三八"节有感》为妇女说了几句话，十多年后，还遭到批判，引起了他们的注意"①。这里引用丁玲对自己是否是女权主义者的澄清，无意讨论作家身份意识的真实性，而是通过丁玲的观察，论证并强调部分域外研究者囿于文学创作中的女性主义，在某种程度上是聚焦于文学的外部研究。从他们所接触、选择、细读的作家文本可以发现，遭遇批判时期的小说成为域外丁玲文学研究界看来最具吸引力和价值挖掘空间的作品。同时，在这部分作品中，为不少域外研究者所重视的显著特征，集中在女性人物的复现、个人意识的抒发、"疾病的隐喻"等。从女性意识的层面看，他们找到了些许共鸣；从所谓的"个人主义"与"集体主义"，这种简单化的孤立甚至对立中，他们往往基于先验的矛盾论或断裂论，为寻得相应的印证而致力于分析丁玲作品中的差异叙述与性别叙述。

美国学者白露于1989年出版的丁玲选集英译本《我自己是女人：丁玲作品选》"引言"中评价道："作为二十世纪中国文化界的一位人物，丁玲最为独特的重要意义在于其创作的女权主义小说。"②白露完全将丁玲的小说放置在女权主义的绝对视域之下，同时认为其文学作品的最大价值在于她对女权主义的践行，而她的杂文《"三八"节有感》更是被域外批评家视为中国女权主义的大纛。白露细致读解丁玲的短篇小说，挖掘贞贞的身体劫难所昭示的深层内涵，将

---

① 张炯主编：《丁玲全集》（6），河北人民出版社2001年版，第248页。
② "Introduction", Edited by Tani E. Barlow with Gary J. Bjorge, *I Myself Am a Woman: Selected Writings of Ding Ling*, Boston:Beacon Press, 1989, p.1.

"受辱的女性身体作为一个国家被侵占的隐喻"①,并以贞贞身上显露的强烈女性主体意识,即她对延安与学习的追逐,瓦解了革命战争时期作为话语与力量交锋的女性身体场域。白露对丁玲小说的女性主义透视颇具理论锋芒,却也在一定程度上为思维所局限,窄化了丁玲作品在女性意识之外开阔的反思意识。

执教海外的中国学者颜海平对中国现代女作家与革命的考察、对现代革命与文学中的女性主义有着更为深刻且宽泛的领悟,在结合后殖民主义、后结构主义的思考中,在较大程度上打开了女性主义研究的理论视野与空间。颜海平的研究主要基于对社会中先天具有弱势属性的女性进行的本质化理解,即将一种泛化的"弱者问题"延伸到国际社会交往与发展中的中国现代民族命运甚至宿命之上。她在《中国现代女性作家与中国革命,1905—1948》一书中,通过读解秋瑾、冰心、白薇、庐隐、王莹、袁昌英、萧红及丁玲诸位女性作家与中国现代革命的深层关联,将女性主义的本质化特征或社会化属性抽象出来,致力于在文本内外与性别政治的层面上形成互文。如果说白露的研究是将女性主义作为一种绝对视域,那么颜海平的研究则是以女性主义作为讨论中国现代革命历史的一个理论窗口和与历史政治视域的新的结合点。研究者意在探索由"弱者问题"所推及的"现代历史中多种甚或所有形式的人类压迫",将"弱质性别的问题"延伸至"国家、族(裔)性、人种、阶级和殖民地问题的交叉点上"。②研究者以女性的弱势位置为逻辑前提与理论起点,建构一种同构关系,即之于男性具有先天弱势的女性和之于西方处在先天弱势位置的现代中国的关系,借此强化一种文学与革命、身份与政治的必然纠葛状态,并以此昭示中国现代革命反抗宿命的精神动力、超越能量与文学情感性的想象。

不过,这种极具包容力的认知逻辑或许携带着某种研究盲点,即在文学与革命研究中,对身体/身份与场域/政治的对应理解,导向了将主体的革命或反抗根

---

① "Introduction", Edited by Tani E. Barlow with Gary J. Bjorge, *I Myself Am a Woman: Selected Writings of Ding Ling*, Boston:Beacon Press, 1989, p.1.
② 颜海平:《中国现代女性作家与中国革命,1905—1948》,季剑青译,北京大学出版社2011年版,第9页。

源放置于先天弱势的位置之上。这种理解可能会遮蔽研究对象的复杂性,以及特殊时代背景下,革命行为、革命主体的独特性。最为重要的是,所谓的先天弱势位置,实际上是指涉一种物质性与经济性的位置,而非精神性的位置。对于丁玲的个案研究来说,如果我们根据"延安革命"引领中国、走向世界的路径来理解"先天弱势位置"的意义便会发现,在社会物质与经济层面上确乎存在"弱者问题"的延安,由于其精神信仰的向度与情感性的文学想象,使得"先天"与"弱势"的位置丧失其本质性,存在着转化的可能,可见它并不是引发一场革命的起源或根本动力。在此,革命与文学的复杂关系超出其话语边界,更无法涵盖其语境的独特性,这或许是"弱者问题"的研究视角所难以回避的限度。

从性别审美的角度来看,可以从丁玲的小说中发现其人物塑造所采用的去性别审美,以及随之带来的中性意识。这种方式打破了女性作家的个人化审美惯性,为致力于创造更具性别魅力的人物做出了超越性视域的尝试。身为女性的丁玲在小说中深情地描绘女性的容貌与姿态,这与其他女性作家倾向于着力描写男性形象特征存在极大的不同,诸如丁玲笔下的梦珂、阿毛、莎菲、丽嘉、黑妮等。丁玲的小说《夜》是以男性为主人公,文中的女性形象是通过男性人物的审美眼光呈现出来的。在这部延安时期创作的小说里,身为党员干部的男主人公何华明,将其妻子的外在形象描绘为"苍白""瘦小""黄瘦""露顶的前脑"……这些背离了劳动妇女形象的修辞,流露出人物间的情感关系,侧面烘托了这一女性形象的身份,即丈夫入赘的年长妻子。作者从何华明的视角出发,将这里的女性身体与身份修辞作为作家去性别审美的观看对象。但是,此文开篇出现的地主家的女儿清子,当她作为何华明的审美性观看对象时,就被叙述为"发育得很好"、"长而黑的发辫"、"高大的"身材等。同样作为妇女形象,在何华明的观看中却引发了迥异的情绪,这种将女性身体修辞与身份政治修辞相联系的方式,打破了女性人物镜像般的自我欣赏,更突破了女性作为社会人的审美惯性,凸显了丁玲文学创作中的中性意识。

不少研究者曾以文学作品中的情爱叙述作为革命话语的进入与读解方式,进而拔高性别身体在革命中的位置。夏济安曾在讨论丁玲与胡也频等左翼作家创作的文章中,简要分析了情爱与革命的关系。"从旧式婚姻制度中解放出来的整整一代中国青年如何为爱情所困扰?""一言以蔽之,许多热情洋溢的革命家在初期都是热情洋溢的情侣。性爱方面的激情,确实可以扩大至革命的激情"。①也有学者直言:"我们如何讲述'革命'和'性'的问题,同时也是我们怎样阅读'革命'和'性'的问题。革命是用暴力改变社会体系的社会行为,革命也改变了人们在历史时空中的位置,革命改变了人们的身体(头发的故事,三寸金莲的故事),革命也可能改变了人们谈论和阅读自己身体的方式。'性'并非身体的全部,却仿佛成为隐藏在身体深处的某种神秘性和本源性的东西,成为'科学'探测的领域,成为'革命'所要解放或压抑或牺牲的能量。"②

从《我在霞村的时候》这部小说可以发现,这里已经全然悬置了革命与性的争夺书写,跳出了那种让"身体成为政治和意识形态搏斗和争夺的战场"③的创作思维,将性、身体或是更为敏感且极具张力的女性身体,超越于女性的身体性之外,甚至这里的性都不再被作为革命的表征、革命姿态的修辞方式,而是跨过了性别话语,进入民族国家的革命话语范畴。因为贞贞对个人身体的健康追求,进而选择奔赴延安以求得个人身体的治愈,可以被推演置换为一个国家的革命话语,即延安象征的国家身体的革命再造与文化重构历程。

早年间丁玲就说过:"我过去的小说中,主人公常常是女人,这自然因为我自己是女人,对于女人的弱点,比较明了一点。但因此,就引起人们的误解。其实对于女人的弱点,我是非常憎恶的。"④传统观念中被固化的性别形象的内涵属性,是丁玲创作中长久思考与尝试打破的中心。从女人的弱点深入省思,并推及处于弱势的人群甚至国家的位置,其中的反思意识正是以思想性见长的丁

---

① 夏济安:《黑暗的闸门:中国左翼文学运动研究》,万芷君、陈琦、裴凡慧等译,香港中文大学出版社2016年版,第164页。
② 黄子平:《革命·性·长篇小说——以茅盾的创作为例》,载《文艺理论研究》1996年第3期。
③ 黄子平:《革命·性·长篇小说——以茅盾的创作为例》,载《文艺理论研究》1996年第3期。
④ 张炯主编:《丁玲全集》(7),河北人民出版社2001年版,第11页。

玲作品得以在20世纪中国文学的许多时刻闪耀光芒、焕发光彩的原因。诸如丁玲文学生涯中所历经的作品震惊文坛（1930），传至域外（1932），引领文坛（在某种意义上，任《北斗》主编、创作第一部土改题材长篇小说等），斩获大奖（1951），逐渐消隐后携作重登文坛（1979年《清明》杂志登载其作品）……倘若丁玲将其眼光与思维禁锢在女性与女性文学的框架之内，她或许无法以其文学创作（而非女作家身份、政治身份）深入参与民族革命话语与现代性话语之变革的20世纪中国文学的历程。丁玲作品的卓越之处便在于，它带着女性意识出发，但未沦陷于此，而是在与时代变革、社会革命的纠葛中，将女性主义逻辑中的强弱力量关系、上下位置关系等，推及超越性别书写、反思人类群落与国家在世界话语中的处境，以及国家在面对固有世界话语处境之宿命的反抗。

二、作家传记批评与丁玲小说研究

雷·韦勒克与奥·沃伦合著的《文学理论》一书，对欧美的文学研究影响深远，他们将文学研究所涉及的范畴，分为文学的外部研究与内部研究。其中，外部研究是针对文学的背景、环境与外因[①]方面的研究方法。他们所言的"文学的外部研究"，是在传记、心理学、社会、思想与其他艺术这五个层面上，对文学的产生、释义、结果等进行分析与解读的研究。基于如此划分与研究理论，在域外的丁玲研究成果中，可以发现一批以加里·约翰·布乔治等学者代表的，基于作家个性及政治生涯选择与归属的传记研究。下面将以作家丁玲从事文学创作的初衷与革命者丁玲投身政治的缘起为两个核心，考察域外研究界运用作家传记研究方法所取得的成果。

作家传记研究可以解释和阐明艺术作品的创作过程，也有研究者将作家传记与个性心理联系起来，还有将作家传记视作艺术创作的心理学研究资料。"一部文学作品的最明显的起因，就是它的创造者，即作者"，"从作者的个性和

---

① 雷·韦勒克、奥·沃伦：《文学理论》，刘象愚、邢培明、陈圣生等译，生活·读书·新知三联书店1984年版，第65页。

生平方面来解释作品,是一种最古老和最有基础的文学研究方法"。①加里·约翰·布乔治在美国威斯康辛大学取得博士学位的论文《丁玲的早期生活与文学创作(一九二七——一九四二)》②,主要研究丁玲文学创作中的精神与情感书写,讨论作家本人的生活与思想,"目的是想运用她小说中的丰富资料帮助读者更好地了解她的观点、主张以及她在中国共产党内的兴衰沉浮"。布乔治指出,"似乎有理由把丁玲的文学作品看作是她个人在社会里认识深化和她对社会关心与注意的真实反映"。他认为,"丁玲的文学著作是独特的,它们不是作家个人生活的描述,而是社会生活的反映","她的文学作品是本世纪二十年代至四十年代中国文学发展和演变的范例"。

布乔治将丁玲作品中传达的现实真实与情感真实,看作作家作品中反映真实的例证,把丁玲将"写作当作表达她的感情和减轻孤独"之手段的陈情,理解为作家文学真实与社会真实的必然联系。这种观点似乎模糊了"真"与"真实"的边界,将作家以情感真实与反映社会真实的现实主义创作道路,与某种自然主义与民族志的创作方法相混淆。他自己也注意到,文学创作要反映社会真实的现象,在现代中国小说创作中占据主流的位置,"中国作家和批评家都强调作家的'真诚'思想和他的作品一致的重要性"。

的确,丁玲就认为,早年的文学尝试培养了她对文学的兴趣,"使后来我在社会上四处碰壁无路可走的时候,我会想起用一支笔来写出我的不平,和对于中国社会的反抗,揭露统治阶级的黑暗。一直到现在,使我有这支笔为中国人民服务……"③茅盾曾说:"我是真实地去生活,经验了动乱中国的最复杂的人生的一幕,终于感得了幻灭的悲哀,人生的矛盾,在消沉的心情下,孤寂的生活中,而尚受生活执著的支配,想要以我的生命力的余烬从别方面在这迷乱灰色的人生

---

① 雷·韦勒克、奥·沃伦:《文学理论》,刘象愚、邢培明、陈圣生等译,生活·读书·新知三联书店1984年版,第68页。
② 此节所参考的文本为加里·约翰·布乔治的论文《丁玲的早期生活与文学创作(一九二七——一九四二)》,所引用的文字不再一一标记页码。参见孙瑞珍、王中忱编:《丁玲研究在国外》,湖南人民出版社1985年版,第101—166页。
③ 张炯主编:《丁玲全集》(5),河北人民出版社2001年版,第265页。

内发一星微光,于是我就开始创作了"①。何其芳描述抗战以前他的"文艺见解是文艺什么也不为,只为了抒写自己,抒写自己的幻想、感觉、情感。后来由于现实的教训,我才知道人不应该也不可能那么盲目地,自私地活着,我就否定了那种为个人而艺术的错误见解",而早年间所写的《画梦录》,"那本小书,那本可怜的小书,不过是一个寂寞的孩子为他自己制造的一些玩具。它和延安中间是有着很大的距离的,但并不是没有一条相通的道路"。②如此足见,作家个人道路与文学创作轨迹的选择是和外部社会紧密相连的,作家内在于社会的政治变革与意识形态。

然而,文学作品中所呈现的现实性是不能与真实社会中所发生的现实性等同的,正如韦勒克与沃伦所说:"作家的生活与作品的关系,不是一种简单的因果关系。""作家不能成为他笔下的英雄人物的思想、感情、观点、美德和罪恶的代理人。""即使文学艺术作品可能具有某些因素确实同传记资料一致,这些因素也都经过重新整理而化入作品之中,已失去原来特殊的个人意义,仅仅成为具体的人生素材,成为作品中不可分割的组成部分。"③作家对其所描写内容的谙熟,是因为他们对身边人事有深切的悉晓、触感与情动,这才使其作品颇具神韵,故而产生了那句著名的论断,小说中的人物是"最熟悉的陌生人"。需要说明的是,作家创作所倾注最多情感的人物,其身上必然或多或少呈现着作家自身的思想、精神、意识,这种思想精神层面的无意识,便以碎片化甚至矛盾的形式隐现其中,我们可以通过人物来观察作家所反映的时代,但不能由此抵达作家的内在意识,不能以人物对作家进行简单的投射。

布乔治的传记文学研究尝试,其出发点是建基于历史与政治,而非文学艺术,甚至可以说,这在一定程度上表明了研究者希望借助文学来认识甚至证明历

---

① 山东大学中文系文史哲研究所编:《茅盾研究资料集》,山东大学中文系文史哲研究所,1979年,第25—26页。
② 何其芳著,蓝棣之主编:《何其芳全集》(1),河北人民出版社2000年版,第517、72页。
③ 雷·韦勒克、奥·沃伦:《文学理论》,刘象愚、邢培明、陈圣生等译,生活·读书·新知三联书店1984年版,第70、72页。

史的想法。而在这个过程中,汇聚于丁玲文学创作之上的一些研究论断,开始在研究者的借用中脱离了它所产生的原有语境。钱杏邨(钱谦吾)在1930年提出丁玲善于表现"Modern Girl"形象[①]的评语,成为较早一批中国现代文学研究的关键词,这一时期是左翼文学评论史的重要阶段,其评价对中国本土的文学研究与域外的现代文学研究产生了一定影响。然而,对于左翼文学评论语境而言,"Modern Girl"的形象塑造是一种被压抑、被否定的文学创作理路,却被域外的中国现代文学界"发现"并"放大",将其运用为作家创作中"现代主义"的证明。正如布乔治所说,"丁玲小说中没有一篇是以女主人公回归家庭作为结束的。这是值得注意的一个特点。她们思念家庭之爱和孩提时代的安全,象她们梦想罗曼蒂克的爱情和婚姻一样是对沮丧时期的一种暂时的寄托。她们对自己存在的状况进行了选择,但最后都遭到了拒绝。然而她们蔑视所有的困难,坚持选择独立的生活方式,所以钱谦吾(阿英)称这些青年姑娘为'现代的女性'"。"Modern Girl"一词在钱杏邨那里,和布乔治所认知的"现代的女性"含义全然不同,这一指涉"世纪末"的自我、怀疑、厌世等病态表征,被放置在西方现代主义思潮之中,演绎为一种极具反抗姿态的现代的女性形象。这无疑向我们展示出时空界限的阻隔之下所形成的认知谬误的形成过程,它不同于研究者理解作家个人思想的多元性、可阐释性,而是一种立足于研究者自己所处的文化无意识内部所生发的认识,它拒绝了通过作家本人生长与创作的原生环境来理解作家的方式,主张将文学作品进行简单的平行移植,进而使作家研究的结论成为服务于研究者文化体系、政治无意识与价值判断的材料。

讨论丁玲的政治思想与文学创作的关系,可以从一个研究现象入手,即有关丁玲革命思想之起源,在这一点上中国本土与域外的丁玲研究界存在着较大的认识差异。许多域外研究者提出,丁玲政治思想的觉悟应该追溯到早期的无政府主义思想,同时,他们将这一思想作为丁玲内心与之后来自左联和中国共产党的政治思想间相互孤立、相互疏离的论证依据,例如中岛碧、丁淑芳、白露、加

---

① 钱谦吾:《丁玲》,见袁良骏编:《丁玲研究资料》,天津人民出版社1982年版,第226页。

里·约翰·布乔治等。然而，通过阅读《丁玲全集》可以发现，作家对无政府主义思想的发蒙与记叙，并未明确出现在她的随笔、散文、杂感、回忆录中。同时，与丁玲同时期的中国本土研究者的研究文章极少深入讨论其政治思想初期无政府主义的形成与发展，其中，茅盾、钱杏邨、冯雪峰等对此仅有过简要评介，如"有很浓厚的无政府主义的倾向"[①]，"渴望自由与幸福的小资产阶级的个人主义者的思想，有着无政府主义的倾向"[②]，"那倾向的本质，可以说是个人主义的无政府性加流浪汉（lumken）的知识阶级性加资产阶级颓废的和享乐而成的混合物"[③]等。此类观点，大致是将无政府主义思想看作当时深受苏联拉普无产阶级文艺观影响而产生的中国文艺界革命文学批评理论的参照系，同时，以回溯的眼光对此予以观照，仍然强调这一思想与日后丁玲的社会主义归属相割裂的主张。

但是，根据丁玲身边人的回忆与其时社会的思想环境来看，丁玲的确有过接近并认同无政府主义思想的短暂时期。只是，这种思想的存在并非处在一个与共产主义理想相对立的关系上，而恰恰在于，某种程度上两者精神扇面的重叠以及一些元素性思想观念的类似。考察丁玲早期的政治思想可以发现中国现代作家面对社会问题的参与感与使命感，这就揭示了革命战争年代中国知识分子思想意识领域的多元与复杂状态，以及他们对民族国家政治理想的寻觅、叩问与追求。

丁玲曾在延安接受海伦·斯诺的采访，她陈情自己与无政府主义思想的相遇与抛弃，下面这段文字是由海伦以第一人称直接引语的方式呈现出来的："共产党之外，我也认识许多无政府主义者，他们大多从北京大学来的。我受他们的影响，于1922年加入无政府党。我是七个湖南少女中惟一加入的人，我把这事瞒过了她们。""我欢喜无政府主义者，因为他们是理想家，梦想着建立一个乌托

---

① 茅盾：《女作家丁玲》，载《文艺月报》1933年第2期。
② 钱杏邨：《〈在黑暗中〉——关于丁玲创作的考察》，载《海风周报》1929年第1期。
③ 何丹仁：《关于新的小说的诞生——评丁玲的〈水〉》，见袁良骏编：《丁玲研究资料》，天津人民出版社1982年版，第248页。

邦。他们要自由——真是金言！我那时同意他们建立新村和废除政府的理想。学校里的马克思主义者不给我们充分的教育和讨论。他们只说：马克思是正确的，你们必须参加我们，因为我们是惟一正确的党。那时我们出了一个无政府主义的周刊名叫《妇女之声》（指《妇女声》——引者注），编者是王将宏（译音）（指王剑虹——引者注）她是我的好朋友。然而一般内容是共产党决定的，共产党硬要这刊物循着他们的路线，所以我们和共产党有许多争论。"在这之后，"无政府主义者有时经常集会，出一个杂志《自由人》，但他们不做实际工作。连他们的刊物都由别人编辑的，所以我对无政府主义失却兴趣了"。"学生不久都弃绝了无政府党，只有几个官僚留着，所以它成为非常枯燥无味了。我也脱离了党到南京去，一边旅行一边读书。"[1]这则材料是叙述丁玲无政府主义思想之起源与变迁、相遇与弃绝历程的较为翔实、真实且可信的珍贵记录，却长期以来未得到学界的充分重视。

以上经海伦之手所引述的言论，不是供研究者咬文嚼字的材料，毕竟它是来自英语母语记录的访谈的译文，所以在这里尝试推敲丁玲对共产党早期看法的某些修辞，是没有实际意义的。讨论的重点应该落在文本的实处，分析其可靠的表达内容与话语态度，从中挖掘丁玲等中国知识分子在"五四"时期及其后对社会思想观念、意识形态的初探及抉择伴随着怎样的迷惘与冲撞。从过往的历史沉淀中，讨论那些被固化的概念与逻辑，循着这个思路出发，至少可以发现以下几个问题。

首先，丁玲当时加入无政府主义的决定已经清楚地证明了，她早期革命思想的缘起显然不同于诸多域外学者所反复论证的疏离和回避之态度，更不是来自全然的被动与从众心态。人们在面临选择时出现的被动与从众现象，主要因为独立思想与内省意识的缺失，这也是所谓的乌合之众得以形成的原因。但是，当我们回归历史语境，考察丁玲身处的社会背景便可发现，当时实属先锋的无政府主义思想无疑作为一种社会改良与社会革命的途径与中国现代的公共知识分子相遇。

---

[1] 尼姆·威尔斯：《续西行漫记》，陶宜、徐复译，解放军文艺出版社2002年版，第253—254页。

所以，当时的丁玲面临着视界与生活圈的不同，她能够选择跳出生活圈，认同且敢于加入这个对于当时政府与多数中国人民来说显然"叛逆"的小组，确乎是相当先锋和新兴的举动。这无疑反映了丁玲对社会问题的一贯关注，更昭示了她自觉靠近政治思想、介入社会变革的热心与愿望，而这恰好预示着丁玲与中国共产党之相遇、认同、参与、追随、信仰的路径。

其次，在20世纪20年代的中国社会思想领域，无政府主义与共产主义思想不仅有相似之处，而且在实际的宣传与引导工作中发生着某种重叠和缠绕。无政府主义天然携带的本意，如无强权、反权威等，对晚清以来的中国黑暗现实来说是对症的，加之这一理论内部所包揽的许多价值体系本就源于人类伦理观念，这当然是近代以来谋求改革的中国知识分子易于接受的。无怪乎诸多西方学者将其纳入乌托邦主义的行列，如卡尔·曼海姆、海登·怀特等。[1]无政府主义与中国近代革命思想的关系是一个宏大艰深的话题，李怡[2]等研究者已对其有过极为成熟深刻的讨论，蒋俊与李兴芝也认为："无政府主义者打出的是社会主义、共产主义旗号，在马克思主义广泛传播之前，它在中国是一种比较时髦的思潮。"[3]

近些年，部分中国学者分析无政府主义作为一种元素性的思想因子存在于丁玲早期的作品中的论文，如《丁玲与中国无政府主义运动：破解丁玲研究之谜》《"自杀意象"与丁玲的无政府主义思想之探寻》等，一方面证明了意识形态对作家创作所发挥的深刻影响，一方面揭示了丁玲在其逐步靠近中国共产党的历程中所做出的尝试、探索、努力。在这个过程中，无政府主义或许不是通向共产主义的最好路径，但这两者绝对不是无法相通的，许多研究已论证了在特殊的时代背景之下无政府主义思想与中国现代知识分子之间存在的某种联系。所以，通过梳理域外丁玲文学研究可以看出，其研究方法与路径的选择在很大程度上来自意识领域的认知差异。同时，研究者观念的一致性与趋同性，再次证明了群体无意

---

[1] 如卡尔·曼海姆的《意识形态与乌托邦》、海登·怀特的《元史学：十九世纪欧洲的历史想像》等等。
[2] 李怡：《近代中国无政府主义思潮与中国传统文化》，华中师范大学出版社2001年版。
[3] 蒋俊、李兴芝：《中国近代的无政府主义思潮》，山东人民出版社1991年版，第7页。

识对其中国文学研究视野的深层影响。

三、人文心理学与丁玲小说研究

美籍华裔学者丁淑芳近年来发表了多篇有关丁玲的研究文章,着重从文化心理学角度对作家创作的内在机制与意图进行分析。她表示自己从这个角度研究丁玲的原因在于,美国文化观念中的东西方女性形象具有极大差异,美国人对东方女性的性格是"看不起的",他们认为,"不分是日本人还是中国人,都很软弱,被动,好依赖,容易服从"。①为了打破这种认知偏差,丁淑芳选择向美国文学界介绍并分析丁玲及其母亲的形象,进而在美国出版了专著《丁玲和她的母亲——人文心理学研究》。研究者从社会心理学的角度入手,讨论丁玲创作生涯中转向的原因,将作家创作心理与中国革命历史文化环境紧密联系,提出个人身处的社会文化对其选择、信仰、意识的重要作用。从心理学角度来看,丁玲投入中国共产党怀抱的过程伴随着她对当时国民党当局的控诉与绝望、对其丈夫之死的恨意与无助、对黑暗社会强烈的改造与革命意识,以及社会主义追求的艰难条件和自我调适等种种原因,而其中从幻灭到信念的转变是寓于中国共产党的革命追求之上的。丁玲在革命与文学中所经历的磨难、考验、自省、自审与自我改造的历程,因困难而更显珍贵,因危险而更具热情,因革命动力的持续性而内化为更加强大的信念与认同感。

从丁玲早年失父的经历和她母亲的现代革命意识来看,丁玲革命路径的选择呈现出一种必然性。有学者指出,"五四文学的创建主体"与"接受主体和传承主体,同样有着类似的丧父经历",②而作家本人实际上的失父状态所导向的父权缺失,是与现代以来中国的社会征候存在深层联系的。首先,在中国传统文化的语境之中,父权的缺失往往带来个体的解放,易于个体接受并怀抱另一个精神信念的形成,这在丁玲的文学发源中可以发现,她选择靠近的人和

---

① 丁淑芳:《文化心理学视角下的丁玲》,二十世纪中国社会变革的多彩画卷——丁玲百年诞辰国际学术研讨会,2004年。
② 李宗刚:《父权缺失与五四文学的发生》,载《文史哲》2014年第6期。

事，都与社会现实和人生理想密切相连。所以，在这个角度上，研究者李宗刚进一步设问："父权的缺失对其走出家庭、走向更具有社会情怀的文学道路是否有深刻的影响？"①其次，当丧父的丁玲与革命追求发生联结之后，她在其自我意识中所呈现出的信念感与主体性，是经历着面对新的革命文化理想所开始的自我调适、缝合、改造，这和父权的缺失也有着一定关系。在李宗刚看来，这种文化与文学意义上的整体性代际的父权缺失，或许导向了中国现代文化的建构土壤。再次，正如研究者所言，五四文学的创建群体与传承群体在对现实的反抗与希望中，"探寻到自我社会价值的实现方式，那便是在国家面临着危亡的困窘时，传统的士大夫那种'天下为公'的政治情怀，在新式教育为他们所打开的崭新的精神原野上，最终完成了自我文化上的重铸，进而使自己的人生开始升华到了对祖国命运的关注上，使得个体的命运和祖国的命运获得了有机的对接"②。

从这个意义上看，丁玲等一批"满带着'五四'以来时代的烙印的"作家，在"失父"的现实中开启了"寻父"的旅程，进而与社会理想和革命信念相结合，这是研究者理解并解读丁玲文学创作发展逻辑的关键。这种观点在丁淑芳的研究中也有所体现，她指出，丁玲丧父后，"和她母亲相依为命，党变成了她的母亲。为此她甘愿以党员为首、以作家为次地替国家人民服务。这也是一个重要的转折点"③。但是，研究者在这里过度放大了母亲在丁玲思想生命中的作用。在丁淑芳看来，丁玲的母亲不是一个缺失父权力量的代用品，而是对丁玲实现着精神感召的实际的女性形象。丁淑芳更为重视的是，从事文学创作初期的丁玲女性身份的独异之处。性别视野与社会心理学方法两者的"联姻"，成为研究者认识作家的窗口。然而不得不说，研究者是基于女性意识，再将作为女性的作家创作进行心理学层面的考察。

---

① 李宗刚：《父权缺失与五四文学的发生》，载《文史哲》2014年第6期。
② 李宗刚：《父权缺失与五四文学的发生》，载《文史哲》2014年第6期。
③ 丁淑芳：《文化心理学视角下的丁玲》，二十世纪中国社会变革的多彩画卷——丁玲百年诞辰国际学术研讨会，2004年。

丁淑芳的研究中，丁玲的创作道路受以下几个方面影响。其一，特殊时代中，女性作为知识分子、革命主体的稀缺状态使这类女性难以被理解与接近，从而凸显出她们的孤傲，由此带来丁玲"反对中国传统的礼教对妇女的束缚，她追求自由，她要独立，她要和男人并驾齐驱"等种种心态。其二，丁玲追随中国共产党的契机被研究者解读为，因爱人胡也频被杀害而冲出"稳定的"家庭，将"入党"作为一种"报仇"的手段，"复仇"成为作家政治思想与文学创作的驱动力。其三，研究者认为，丁玲革命道路的艰难"导致对那选择的对象的喜爱与推崇"，质言之，在丁玲追求革命理想的选择中，外部原因成为最大的导向性力量。这种认识似乎在暗示某种潜意识的"受虐"感，将革命信仰所聚合的强大与崇高的皈依感矮化为个人在精神欲望领域隐秘的满足感。其四，研究者认为，"向警予的牺牲必定更增强了她对这一选择的正确感"。①这里，大批革命者的牺牲，似乎只是重复论证了一个预设的结论，即殉道精神提升了革命信仰所具有的超越生死的价值。由此观之，研究者对革命理想的认识显然缺乏共情感，总是围绕女性身份的内部思考问题，并着重渲染社会的外部现实对作家创作道路转轨所发挥的影响，从而窄化了作为一个人的作家丁玲的社会使命意识，忽视了作家在追随革命过程中的主动性与主体性。

在丁淑芳的另一篇文章《丁玲与〈莎菲女士的日记〉——青春期特性形成的心理生物学研究》中，研究者从作家的早期成长开始谈起，着力论证丁玲创作中的道路选择与革命发展。她认为，丁玲在追随中国共产党革命事业的过程中，发挥巨大影响的因素主要来自外部，如时代征候、社会需要、母亲引领、朋友导向甚至经济原因等，唯独对作家个人的世界观发展的内部原因缺乏透视。研究者从多个角度考察丁玲与其革命追求之间所发生的联系，恰恰是在两者间建构了某种潜在的鸿沟，或者说这并非一种建立联系的努力而是拉开联系的方法。这篇文章给出了结论：通过莎菲的塑造与作家真实的人生之间的比较可见，"丁玲把它塑造成具有她自己的独特性，从童年到成年的转化过程"，"我们可以从中看到她

---

① 丁淑芳：《文化心理学视角下的丁玲》，二十世纪中国社会变革的多彩画卷——丁玲百年诞辰国际学术研讨会，2004年。

是怎样转化的过程：从与一个她不很喜欢甚至明显没有性关系的人同居，通过读书、写作探寻出爱与性的真谛之后，发展成婚姻关系，这种锻炼也促成了她的事业方向"。①从这个角度来看，是否可以得到这样的一个猜测：这一结论是借由情感选择之名，隐喻着丁玲创作转向中的无奈感、权宜性与疏离意识，是一场通过自我暗示与自我催眠而完成的结合？丁淑芳所说的"锻炼"是否不单单指涉爱情，更暗示着革命的旅程？

1931年，丁玲开始酝酿长篇小说《母亲》。她对这部小说是颇为看重的，曾经多次向致信她求教的域外研究者介绍此书。1983年至1985年，她向法籍华人学者黄育顺②、其时就读于法国里昂第三大学语言学院的中文系学生贾万怡③等，推荐并赠送《母亲》。丁淑芳的著作《丁玲和她的母亲——人文心理学研究》，从心理学的角度叙述并解读作家的文学创作生涯，以丁玲的母亲为视角，考察作家世界观形成的外部环境及其对创作的影响。这部著作是研究者此前研究的扩展与深化。丁淑芳在对丁玲的前期研究基础之上，再次指出："在胡也频可怕的死亡余悸中她加入共产党。她入党的动力看来好像基于个人报仇而不纯粹是思想信念。"④从心理学角度来看，研究者在"认识的不一致""心理的承受力"以及"维护自身的同一性"三个方面对作家的人生抉择进行了解释。丁淑芳的单篇文章对前两者已多有论述，她认为，作家丁玲走向革命之路的原因并非出自自主意识，这种选择和丁玲早期的艺术追求与政治理想（丁淑芳一再强调，丁玲具有显在的无政府主义思想）存在抵触。在她的理解中，心理学视野下基于"认识的不一致"而最终做出的决定，是"在自己继续自我肯定的过程中，对自己所处的困境通过经常做出合理的解释保持自己的自身完善的形象。这正是丁玲在她逐渐转

---

① 丁淑芳：《丁玲与〈莎菲女士的日记〉——青春期特性形成的心理生物学研究》，丁玲与延安——第八次丁玲文学创作国际研讨会，1999年。
② 张炯主编：《丁玲全集》（7），河北人民出版社2001年版，第208—209页。
③ 张炯主编：《丁玲全集》（7），河北人民出版社2001年版，第281—282页。
④ 丁淑芳：《丁玲和她的母亲——人文心理学研究》，范宝慈译，厦门大学出版社2006年版，第182页。

变成一个富有献身精神的共产党员过程中所做的"①。其后,研究者从外部原因方面分析了丁玲所具有的强大的心理承受力。

最后,在维护自身的同一性这个层面,丁淑芳对她此前的论断有所突破,将命运多舛的丁玲所持有的不讨论、不埋怨、不追究等态度,归因于受虐者对施虐者的依赖。她援引斯德哥尔摩综合征的病理现象来讨论丁玲对其过往遭际的态度,实际上,中国本土的文学研究者也曾运用这一病症原理,来理解中国作家在新时期以来的创作,将其称作"受虐型知识分子"或"张贤亮症候群(Zhang Xianliang syndrome)"②。丁淑芳借此论述丁玲时指出,"被监禁的人对扣押人质的人逐步发展成实际的奴隶",并认为,"在不再有自由选择的情况下,丁玲的行为表现很像一个被虐待的孩子坚持抓住施虐的母亲并拼命地取悦于'她'。党毕竟曾经是她亲爱的'母亲'"。③这里所援引的概念——斯德哥尔摩综合征(The Stockholm Syndrome),其名称的由来是1973年8月23日瑞典首都斯德哥尔摩的一所银行中发生的抢劫案所引发的一系列心理学现象与病症。④在这个抢劫案中,绑匪与人质的相处时间近六天,被解救的人质在害怕警察的同时,竟对绑匪产生了感情,而后还为他们辩解,甚至曾自愿和绑匪发生更进一步的关系。这种受虐者对施虐者在肉体与精神上的双重依赖,被犯罪学家称作"斯德哥尔摩综合征"。我们可以发现,这是一组有关受虐者、施虐者、潜在的第三者权力主体三者的关系;同时需要一个前提,即受虐者与施虐者双方有一个较长时间段的积极接触,进而因安抚、合作、同情、补偿等心理原因,使得受虐者的仇恨感消解或者转移。这一病症存在三个基本症状,即受虐者对施虐者的积极情感体验、受

---

① 丁淑芳:《丁玲和她的母亲——人文心理学研究》,范宝慈译,厦门大学出版社2006年版,第183页。
② 朱大可:《国家修辞和文学记忆——中国文学的创伤记忆及其修复机制》,载《文艺理论研究》2007年第1期。
③ 丁淑芳:《丁玲和她的母亲——人文心理学研究》,范宝慈译,厦门大学出版社2006年版,第189页。
④ Dewey Donald, "The Stockholm Syndrome", *Scandinavian Review*, Vol.94, Spring 2007.

虐者对第三者权力主体的不信任与愤怒、施虐者对受虐者的积极情感体验。①

了解这一概念的产生缘由与内涵之后,我们可以发现,丁淑芳得到如此结论的原因是她对中国现代作家思想意识与人生选择的深深误解。毋庸置疑,丁淑芳将作家的苦难遭遇理解为被动经受,并没有意识到其中也包含着作家"飞蛾扑火"的本能等种种主观、主动、自觉的靠近行为。再者,丁淑芳在这里所借用的理论和她的结论间存在着鲜明的矛盾,即"被扣押者"与"监禁者"间的"受虐"与"施虐"关系,在行为事实中所出现的奴役关系,和两者精神内心中的奴役关系的施受方向是相反的,质言之,被扣押者是事实上的奴隶,但其精神层面或许正处在释放与解脱的一方。这种对立关系是不能与经历批斗的丁玲与中国共产党之间的关系进行粗暴类比的,借用丁淑芳的比喻来说,其中的根本原因在于"母亲与孩子"和"被扣押者与被监禁者"两组关系链存在着本质上的区别。这也是第一组关系极具复杂性的根本原因,即第二组关系中的"施虐"与"受虐"位置是流动且具有多重向度的,而第一组关系中,因为"孩子"与"母亲"之间有着关怀、庇护、爱、信仰等情感,这组"施虐"与"受虐"关系中隐含着深沉的缄默与无奈,所以更为特殊和复杂。换句话说,丁玲在20世纪30年代与新中国成立之后均遭受囚禁或拘禁,但是,同样的被监禁处境在丁玲的理解中一定是不同的。30年代,囚禁南京的丁玲是现实中的"受虐者",而其内心或许也因这份经历而收获了救赎感、殉道感以及崇高感,用她心底坚定的信念鞭笞、嘲笑、激怒那个事实的"施虐者",这种心理可以在其《魑魅世界——南京囚居回忆》与《意外集》中的一些小说中寻得踪影。不过,解读《"牛棚"小品》,因情感关系的根本性不同,上述思路已然失效。故此,辨析"虐待"行为施受双方的关系以及施受认知,应该在理解丁玲情感发展的基础之上,避免脱离历史语境、以结论入手进行孤立论证的误区。从这个角度来看,丁淑芳运用人文心理学理论对丁玲作品进行研究,其论点存在明显的不合理性,并且其结合文本的论述力度较之梅仪慈等域外研究者

---

① 参见高明华:《斯德哥尔摩综合症:表现、成因和应对》,载《中国农业大学学报》(社会科学版)2009年第1期。

的成果而言还远远不够。

　　域外丁玲文学研究成果丰厚，这不仅令丁玲享誉世界，成为中国现代作家中被域外文学界长久关注的热点人物之一，更使其成为延安作家中译介与研究热度的焦点。20世纪30年代，自美国开启译介行为以来，国际汉学界对丁玲作品的研究热情持续高涨。随着20世纪50年代后丁玲遭际不幸，恰逢冷战思维所主导的美国的文学文化境遇，故而其后二十多年，是美国汉学界研究中国现代作家的一个高潮阶段。二战后，日本文学界的丁玲作品译介与研究成果层出不穷，主要围绕其文学生涯的转向论与女性主义立场等角度。苏联自20世纪40年代末开启了中国革命作家作品译介的序幕后，延安作家作品与社会主义文艺作品之间频繁互动、热情交流。在苏联学界的引领之下，东欧社会主义国家学界也掀起了争相译介丁玲作品的浪潮，其中长篇小说《太阳照在桑干河上》是最受读者欢迎的作品之一。进入20世纪80年代，国际汉学界对丁玲的关注开始以美国学界为中心，其研究队伍从研究中国革命史的美国历史学家直至如今以华裔学者为核心，其研究态度较之此前也相对中肯客观，同时富有理论深度与反思力度，不少研究成果对于中国本土的丁玲研究也发挥了一定的影响，进而进入了本土与世界研究界的深度互动。从丁玲作品的域外译介与研究现状可以发现，其研究视野阔深而丰富，相继涌现出跨学科的交叉研究角度，同时，史料充分、观点新颖、论述恢宏的文章与专著不在少数，但真正得以切实规避认知偏狭、不落误读窠臼的域外研究仍然有限。可见，域外的延安文艺在关注热度方面还有待提升，亟待出现能够充分还原历史语境的研究成果。需要说明的是，域外学者以其思想的批判性与自由的发散性思维，为中国本土的丁玲文学研究提供了不少深刻的示例，也扩宽了本土学界的文艺理论视野，在跨际研究的积极尝试上提供了更多的可能性。

第五章 重要延安作家的域外研究

延安时期的重要作家在世界各国研究界所收获的研究成果，主要集中在有关赵树理、周立波、艾青等的专题研究上。其中，由于赵树理的小说在日本学界视野中是"人民文学"思潮的研究典型，故而取得了较为丰硕的成果。同时，赵树理小说在苏联学界也收获了不少研究文章，尤其海外学界赵树理小说独异的民族形式等，都是海外延安文艺研究关注的核心。周立波的小说《暴风骤雨》在苏联获奖而引起了一段时期的瞩目，但是尚未在日本学界取得有代表性的研究，故而周立波的个案研究成果较之赵树理单薄。艾青作品的域外传播特点，因其诗歌翻译所涉及的语言、国家较多而具有单一性。苏联学界对艾青诗歌的研究在半个多世纪均持续较高热度，然而其他国家几乎未出现针对艾青的诗歌研究或论述。故此，本章的作家个案研究主要关注赵树理与周立波的作品在域外的接受现状与研究成果。

第一节

赵树理研究在世界

赵树理小说译介与研究在世界的发展概况,首先是以战后日本学界与新中国成立后的苏联学界收获的研究成果为代表。美国对赵树理小说的关注出现在1949年杰克·贝尔登的《中国震撼世界》以及60年代西里尔·贝契编写的《共产党中国的文学》一书中,另外夏志清在其小说史中也有简要讨论。可见,美国的赵树理研究尚未成气候。另外,韩国、法国等国家及地区的学者有关赵树理小说的论述则更为晚近。本节主要就赵树理小说在域外的研究成果及集中讨论的主要问题进行深入分析,并在战后日本学界的"人民文学"的视野下重新观照赵树理小说为世界文学所做出的独特贡献。同时,从传播学的角度,以声音媒介与听觉系统为中介的小说流布视角中,将赵树理与路遥的文学创作进行比较研究,以期在新的场域对赵树理研究有所拓宽。最后,在新时期中国文化界的"文化自信"这一重要命题中重谈赵树理的小说创作,在文化的多维空间中探寻赵树理的创作原则、创作经验为当代文学发展所提供的资源。

一、赵树理作品的域外译介概览

赵树理小说在二战后的日本与苏联学界均得到了广泛的重视,研究成果丰厚,其中日本的赵树理作品翻译工作走到了世界的前列。下面,就赵树理作品在日本与苏联所收获的译本与研究论文、专著做一概览。解放战争之初,侨居中国的翻译家伊藤克最早将赵树理的小说介绍到日本。[1]1946年,鹿地亘便在日本

---

[1] 宋绍香:《中国新文学20世纪域外传播与研究》,学苑出版社2012年版,第72页。

《新世界》杂志8月号上介绍了赵树理的小说创作,并发表《中国的新文艺与赵树理》一文,此为日本学界首次论述赵树理的文章。1954年,三好一翻译的《李家庄的变迁》在东京哈脱书房出版。①1965年5月,驹田信二发表文章《赵树理作品中的政治与文学》,登载于《文学》第33期。其后,冈崎俊夫的《战后的中国〈人民文学〉》、岛田政雄的《中共地区的作家和作品》、釜屋修的《解放区文艺随想》,以及大芝孝的《人民文学的发展》等文章陆续刊载。1949年,鹿地亘的文章《中国的新文艺和赵树理》发表于《新的文艺》第8期。1951年,岛田政雄的文章《谈谈赵树理——在人民中间成长的作家》发表于《中国语杂志》第6期;同年,高仓克己的《赵树理和林语堂》发表于《华侨文化》杂志。1952年,竹内好的文章《中国现代文学——赵树理·丁玲·老舍》发表于《世界》杂志;同年,河盛好藏、丰岛与志雄、竹内好合作完成了文章《评中国的现代文学》。1953年9月,洲之内彻的《赵树理的世界》与竹内好的《赵树理的新文学》发表于《文学》杂志。1954年9月,饭田吉郎的文章《赵树理的〈福贵〉》发表于《中国文化研究会会报》。②1958年,岛田政雄著作《中国新文学入门》由东京八卜书店出版,其中辟专章讨论赵树理的创作。1979年,小野忍发表论文《中国文学与我·中国现代文学运动史略》。1952年至1958年,日本学界翻译的赵树理小说译本达三十余种。及至1972年,日本学界共翻译发表、出版赵树理小说译作逾四十种。③法国学界对赵树理小说的关注始于20世纪50年代。1950年,法国《欧罗巴》杂志登载《李有才板话》的法文译本,紧接着《小二黑结婚》《李家庄的变迁》相继被译介。德国在20世纪50年代出版了《李家庄的变迁》和《李有才板话》两个译本。④

赵树理小说的域外译介,兴起于苏联译介新中国文学的繁盛时期。新中国文学的苏联译介史,便是以赵树理的作品为开端。1949年春,由B. 克里弗佐夫

---

① 严绍璗、王晓平:《中国文学在日本》,花城出版社1990年版,第411—412页。
② 刘庆澄辑译:《日本研究中国文学目录索引(一)》,见刘柏青、张连第、王鸿珠编:《日本学者中国文学研究译丛》(第1辑),吉林教育出版社1986年版,第263—272页。
③ 宋绍香:《中国新文学20世纪域外传播与研究》,学苑出版社2012年版,第72、74、77页。
④ 宋绍香:《中国新文学20世纪域外传播与研究》,学苑出版社2012年版,第103页。

翻译的《李家庄的变迁》，登载于苏联的《远东》杂志第2期。同年，出版单行本，由莫斯科外国文学出版社出版。小说一经译介，在苏联文学界引起了一定的反响，多家重要报纸登载了评论文章，如《伟大的变迁》（P.基姆作，载《文学报》10月26日），《中国作家的两本书》（M.切恰诺夫斯基作，载《文化与生活》10月31日），《描写中国农村的中篇小说》（IO.斯维特洛夫、M.乌克拉英采夫作，载《新时代》第30期）。1950年后，随着赵树理小说广泛的翻译与介绍工作的推进，评论赵树理小说创作的文章纷纷涌现。

赵树理作品译介在苏联掀起了热潮。1950年，《小二黑结婚》分别在苏联《远东》杂志第2期与《星火》杂志第7期刊载，由B.克里弗佐夫翻译。同年，在苏联《青年集体农庄庄员》第2期与《星火》杂志登载了H.帕霍莫夫的《小经理》译本。是年末，苏联真理报出版社出版了以《小二黑结婚》为题的赵树理小说选集，由B.克里弗佐夫翻译，收入《福贵》《小经理》等多篇文章。是年，《李家庄的变迁》由远东出版社出版单行本，B.克里弗佐夫翻译并作序。1951年，由B.罗果夫等翻译的《登记》等短篇小说，分别登载于《世界》杂志第2期与《星火》杂志第23期。是年，以《登记》为题的赵树理小说集，由真理报出版社出版，B.罗果夫等翻译。同年，由B.罗果夫翻译的《李有才板话》，分别发表于苏联《星火》杂志第19期与《新世界》杂志第12期。1951年，以《田寡妇看瓜》为题的小说集由B.斯佩兰斯基翻译并在莫斯科出版。同年，小说《传家宝》由B.斯佩兰斯基翻译并发表于《星火》杂志第13期。1952年，B.罗果夫翻译的《李有才板话》译本由真理报出版社出版单行本。

1953年，由B.克里弗佐夫翻译的《地板》分别发表于《远东》杂志第2期和《接班人》杂志第13期。1953年，《赵树理短篇小说集》哈萨克文译本在苏联哈萨克共和国小说诗歌出版局出版。同年，莫斯科外国文学出版社再次出版《赵树理选集》，由M.卡皮查等翻译，集结了此前已发表的多篇短篇小说译文，如《小二黑结婚》《地板》《小经理》《李家庄的变迁》《李有才板话》《登记》《福贵》《传家宝》《田寡妇看瓜》《邪不压正》等。1954年，由B.斯佩兰斯基翻译的《传家宝》与《孟祥英翻身》分别发表于《东方之星》杂志第4期与第10

期。1954年,《李家庄的变迁》译本在伊尔库茨克的图书出版社再版。1955年,由B. 斯米尔诺夫与A. 季什科夫翻译的《三里湾》发表于苏联《外国文学》杂志第3—5期,其摘选版发表于《莫斯科共青团》10月号。同年,由B. 克里弗佐夫翻译的《求雨》登载于《星火》杂志第4期。

1958年,由A. 贾托夫翻译的《"锻炼锻炼"》发表于《新世界》杂志第11期。同年,B. 克里弗佐夫编译、费德林作序、B. 维利古斯校对的《赵树理选集》在莫斯科国家文艺出版社出版。1959年,《"锻炼锻炼"》由A. 罗果夫翻译,入选中国作家短篇小说集《新风》,并在莫斯科工人出版社出版。同年,以《传家宝》为题的短篇小说集在斯维尔德洛夫斯克图书出版社出版。1963年,由A. 贾托夫翻译的小说集《张来兴》,在莫斯科外国文学出版社出版。1974年,赵树理的中短篇小说集《李有才板话》由苏联科学院东方学研究所编译完成,并于莫斯科科学出版社出版。

关于赵树理研究的单篇文章数量庞大,如E. 布科夫斯基、С. Д. 马尔科娃、Г. 涅克拉索夫、К. 布科夫斯基、B. 克里弗佐夫等苏联学者、翻译家均发表评述文章。1949年,B. 克里弗佐夫将《〈李家庄的变迁〉译者序言并后记》发表在《远东》杂志第2期上。同年,B. 克里弗佐夫于莫斯科外国文学出版社出版了《李家庄的变迁》俄译本,且辑录了其研究文章《论赵树理及其中篇小说》。同年,译者B. 克里弗佐夫创作的专著《论赵树理中篇小说》在莫斯科外国文学出版社出版。1950年,《远东》杂志第2期上登载了B. 克里弗佐夫的文章《〈赵树理的创作〉译者的话》。1950年,苏联学者К. 布科夫斯基的评论文章《评〈李家庄的变迁〉》发表于《星火》杂志第3期。同年,B. 克里弗佐夫撰写的《〈小二黑结婚〉短篇小说集序言》,发表于《星火》杂志第41期。同年,Г. 康德拉舍夫的文章《描写中国人民斗争的真实小说》,登载于12月31日的《列宁格勒真理报》上。

1951年,B. 罗果夫为其编译的《登记》小说集所撰写的《〈登记〉俄译本编者的话》刊登于《新世界》杂志第2期。同年,苏联著名汉学家艾德林与费德林分别于《新世界》杂志第2期与第8期发表评论文章《论赵树理》和《会见中国作家》。1952年12月11日，苏联的《真理报》登载艾德林的文章《评〈李有才板话〉》。1953年，М.卡皮查为《赵树理选集》的俄译本撰写序言并发表。1955年，苏联大百科全书科学出版社出版的《苏联百科辞典》第3卷收入了"赵树理"词条；1957年，该出版社出版的《苏联大百科全书》第47卷收入了"赵树理"词条。1958年，伊凡科撰文《中国农民的歌手》论述赵树理的小说创作，并发表于7月18日的《文学与生活》。同年8月21日，《文学报》登载扎雷金评论赵树理的文章《人民作家》。同年，《赵树理选集》俄译本出版，收入费德林的评论文章《论赵树理的创作》。

1960年，苏联大百科全书科学出版社出版的《苏联小百科全书》第10卷收入了"赵树理"词条。1962年，苏联大百科全书科学出版社出版的《简明文艺百科全书》收入了"赵树理"词条。1963年，赵树理的作品《张来兴》俄译本（莫斯科外国文学出版社）附上了由А.鲍尔夏戈夫斯基撰写的评论文章《艺术家与教师》。1972年，莫斯科科学出版社出版了由东方文学主编的《中国文学与文化》论文集，收入了Н.П.拉扎列娃的文章《赵树理的短篇小说〈张来兴〉》、А.А.安季波夫斯基的文章《在50年代末和"文革"时期对赵树理的批判（以短篇小说〈"锻炼锻炼"〉为例）》。同年，Н.П.拉扎列娃出版了其莫斯科大学学位论文《50年代至60年代末赵树理创作的思想艺术分析》。1974年，И.利谢维奇的文章《论作家赵树理及其创作》附于《李有才板话》俄文译本中，由东方文学主编，并于莫斯科科学出版社出版。次年，苏联大百科全书科学出版社出版的《简明文艺百科全书》第8卷收入了"赵树理"词条。1977年，《远东问题》杂志第6期刊登由安奇波夫斯基撰写的《纪念人民作家赵树理诞生70周年》一文。1978年出版的《苏联大百科全书》第29卷收入了"赵树理"词条。1980年出版的《苏联百科辞典》一卷本，收入了"赵树理"词条。①

苏联学者对赵树理小说中的民族形式十分看重，且给予了很高的评价，如《李家庄的变迁》的译者В.克里弗佐夫认为，这部小说"简洁、朴素，广大群众

---

① 宋绍香：《中国新文学俄苏传播与研究史稿》，学苑出版社2017年版，第40—41、50—72、116—120、139—142、242、247页。

喜闻乐见、通俗易懂,所以,受到了最广泛的欢迎"。故此,赵树理小说"是走向民族形式的一个里程碑","具有现代中国农民特性的完整的农民典型"形象被充分展现在全世界的读者面前,并且在语言上真正做到了"人民语言,形象、生动、朴素和富于表现力的语言"。[①]著名汉学家费德林认为,赵树理的小说具有最为深刻的农民风格与"人民性质",真正揭示了农民语言的艺术性、幽默感与风格化,对于世界读者而言都深具"艺术天赋"与"艺术魅力",且"独具特色的生动而富有新意的观察与思考"均寓于其中,是来自民间、书写民间的"生机盎然的热情、激情与朴实的故事"。[②]

二、赵树理研究的基本问题

赵树理的小说曾在一个历史时期引发世界汉学界的研究兴趣,其中美国学界对其关注较少,但是在俄苏、东欧学界与日本汉学界,有关赵树理的研究则保持着一定的热度,也收获了一些重要成果。同时,中国港台地区从1970年也发表评论文章,讨论赵树理小说的风格特色,并且,赵树理的小说以民族形式等文艺审美新方向进入该地区出版的中国现代文学史著作。对于赵树理的域外研究而言,其关注的核心主要围绕赵树理小说的人物塑造、文艺普及与提高的关系,以及作品的意识形态等问题。

首先,中国港台地区对赵树理的关注与研究,大致从20世纪70年代开始,80年代以来,文化交流日趋频繁,赵树理小说的研究一度趋热,21世纪后,在追逐先锋的新兴文学思潮中呈现出缓慢的发展态势。就目前所能掌握的材料而言,20世纪70年代,港台地区发行出版的期刊与研究专著中出现的赵树理作品评论文章,如曼叔的《略论赵树理的创作》(原载香港《展望》1971年第231期)、玄默的《通俗故事风格》(选自玄默所著《中共"文化大革命"与大陆知识分子》一

[①] 宋绍香译编:《中国解放区文学俄文版序跋集》,中国文史出版社2004年版,第110、116、118页。
[②] 费德林等:《前苏联学者论中国现代文学》,宋绍香译,新华出版社1994年版,第264、266、281页。

书中有关赵树理的章节，本书1973年3月由台湾中共研究杂志社出版）以及杨翼的《赵树理如何崛起文坛》（原载香港《当代文艺》1975年3月号）等。①80年代以来，刘以鬯等香港作家、研究者也撰文讨论赵树理的文学创作特色。研究文学传播的香港学者卢玮銮的《〈小二黑结婚〉在香港》介绍了小说被改编成戏剧后在香港的传播情况。台湾学者张放的《大陆作家评传：赵树理》（选自著作《大陆作家评传》），简述了作家赵树理的沉浮一生，从文学语言与民族形式的角度对其小说予以较高的评价。香港学者璧华在《认定路向、誓不回头——读董大中〈赵树理年谱〉之后》一文中对赵树理小说的创作态度非常认同。璧华是极少数跳出固有观点的独立研究者，他认为："赵树理的作品最能捕捉农民复杂的心态，并用中国农民最喜闻乐见的形式表达出来。遗憾的是过去评论家均把他当作为政治服务的作家，而忽略其作品的艺术价值。"②另外，港台地区出版的文学史著作中，有关赵树理的讨论也颇具典型性。例如李辉英编著的《中国现代文学史》（香港文学研究社1972年再版），以及林曼叔、海枫、程海合著的《中国当代文学史稿（1949—1965大陆部分）》中"赵树理的长篇小说《三里湾》及其短篇"一节。③

曼叔的文章以茅盾评价赵树理小说的民族形式观点④入手，讨论赵树理创作对这一原则的坚持，直至其小说《三里湾》的出版。曼叔认为，作家均未能在文学作品的艺术层面上有所提高。与其他学者认为的赵树理研究涉及文艺普及与提高关系不同的是，曼叔将赵树理对大众化、民族形式的追求理解为这是由"某种强加的概念所决定"的，他认为文学中所坚持的民族形式原则，应该顺应"生活逻辑的发展"，不应该是"绝对不变的"。⑤玄默的文章主要从赵树理运用中国

---

① 黄修己编：《赵树理研究资料》，北岳文艺出版社1985年版，第415—426页。
② 陈荒煤、黄修己等：《赵树理研究文集》（上卷），中国文联出版公司1998年版，第428页。
③ 黄修己编：《赵树理研究资料》，北岳文艺出版社1985年版，第436—444页。
④ 茅盾：《关于〈李有才板话〉》，载《群众》1946年第10期。
⑤ 曼叔：《略论赵树理的创作》（节录），见黄修己编：《赵树理研究资料》，北岳文艺出版社1985年版，第417页。

传统讲故事的叙事方式以及其讲述故事的大众化语言方面,讨论作家的文学叙事风格,认为这种坚持来自他的读者预设意识、自觉的传统继承意识,但也因此造成了他将文学传统置于较之文学艺术而言更重要的位置。[①]

杨翼的文章是将赵树理看作"大陆文学"概念的实践初创者,所以他在这一文学视野中评述作家创作。而"大陆文学"概念的范畴与内涵,在杨翼看来,与中国现代文学即20世纪30年代之前的文学存在着极大的不同,是一种伴随着中国社会的剧烈变革而生的新的文学形态。这一文学形态长期以来影响着中国大陆当代文学(即截至文章发表的1975年之前)的发展,具有与70年代前后的港台文学大异其趣的文学审美风貌。在对这一内涵的具体阐释中,研究者将"大陆文学"的理论起点汇聚于毛泽东的《讲话》中所提出的文艺创作原则。[②]这一视角的赵树理研究仍未跳出普及与提高的关系讨论。通过上述港台地区有关赵树理研究的文章可以发现,曼叔与杨翼的文章在某些方面的认识相似,即二人将中国大陆的现代文学发展与政治政策紧密结合起来加以理解,这主要体现在他们均将毛泽东的《讲话》作为一个贯通内外、跨越语境的强势参照,对左翼作家、延安作家所构筑形成的文艺审美取向与叙述风格,均从来自政治指导的历史观中进行反向推证。总体而言,如此认识尚未脱离对意识形态的历史误解,缺乏语境还原意识,受限于固有历史观的窠臼,因而其研究成果在一定程度上存在着较大的认知误区与审美偏见。

20世纪80年代以来,文学交流活动越发频繁,学者之间的相互理解也渐趋加深。身居香港的著名作家刘以鬯在1981年8月10日举行的文学专题讲座上,讨论了中国现代作家的短篇小说创作问题,其中对赵树理小说语言的创新性给予了较高的评价。他说:"在过去半个多世纪里,像《小二黑结婚》这样具有独创性的创作,是不多的","他走的是一条新路。他的语言是一种活的语言,他的叙述方

[①] 玄默:《通俗故事风格》,见黄修己编:《赵树理研究资料》,北岳文艺出版社1985年版,第421页。
[②] 杨翼:《赵树理如何崛起文坛》,见黄修己编:《赵树理研究资料》,北岳文艺出版社1985年版,第422—423页。

法是利用说唱技巧的叙述方法。新文学运动以来,以他的小说最具民族风格与民族色彩"。①他认为,文学创作一定不能循着样板来写,要适当寻求自我突破,就如同穆时英的小说技巧固然令人目眩,但"终究受日本感觉派的影响太深。比较起来,赵树理的短篇重要得多"②。作家创作首先应该推崇独创,如若文学界氤氲着一股浑然来自借鉴的文学气候,则必然丧失了其文学气度、审美品格与自我更新的生命力。

普实克曾回忆夏济安评价20世纪60年代前后台湾文学的发展状况,对我们思考文学创作中风格独创性与现实主义特性的意义有启示作用。在《抒情与史诗——中国现代文学论集》一书中,夏济安说了这样一段话:"台湾今日的作家,尤其是小说家,摆向了政治钟摆的另一极端,只满足于当空想家。我不知道过去十年台湾出版的长篇小说有哪一部严肃或幽默地描写过农民、工人的生活,或者他们自己几乎毫不例外地所属的教师、公务员等小资产阶级的生活。嘲笑左翼作家的天真妄想和对现实生活缺乏观察的歪曲现在是一件容易的事,但是看多了一成不变的浮夸的作品,我已经心生厌倦了,我有时甚至怀念优秀的左派作品中那种刚硬、粗糙、热切关注社会正义的感觉。"③

其次,除却来自港台地区的研究声音以外,域外学界的赵树理研究存在几个核心问题,即研究者所围绕的作者在人物塑造方面的局限与不足,以及由此引发的叙述动力、人物与故事、普及与提高、艺术水准与手法创新等问题。最早就此展开论述的域外观察者,两次到访中国解放区,并于40年代末创作《中国震撼世界》一书,他就是美国记者杰克·贝尔登。他在解放区与赵树理有过交谈,对赵树理其人的印象是:"他从外面走进来——一位幽灵似的人,身穿棉袍,头戴小帽。他象私塾先生似地鞠了个躬,就在我的炭火盆前找了个凳子坐下"。"他

---

① 刘以鬯:《谈赵树理》,见陈荒煤、黄修己等:《赵树理研究文集》(上卷),中国文联出版公司1998年版,第392、393页。
② 刘以鬯:《谈赵树理》,见陈荒煤、黄修己等:《赵树理研究文集》(上卷),中国文联出版公司1998年版,第393页。
③ 亚罗斯拉夫·普实克著,李欧梵编:《抒情与史诗——中国现代文学论集》,郭建玲译,上海三联书店2010年版,第228页。

怯生生地看了我一会儿，不自然地笑了笑。一个很腼腆的人！""走进我屋里烤火的其貌不扬的这个人，可能是共产党地区中除了毛泽东、朱德之外最出名的人了。"①

那次交谈之中，赵树理曾向他表达了自己对写作的认识。"他不喜欢在作品里只写一个中心人物，他喜欢描写整个村子、整个时代。他笔下的人物是由（有）他所了解的许多人的综合体。"②在贝尔登的认知中，赵树理的作品存在较大的局限，他在创作中"对于故事情节只是进行白描，人物常常是贴上姓名标签的苍白模型，不具特色，性格得不到充分的展开。最大的缺点是，作品中所描写的都是些事件的梗概，而不是实在的感受"③。在贝尔登描写中国人民之战恢宏史诗的作品《中国震撼世界》中，由于其纪实文学体裁的特殊性，故而运用了一种以人物描写推进故事情节的叙述方法，这与赵树理所持守的朴素说书人般的故事中心化叙述手法存在极大的不同，便导致了贝尔登在对赵树理小说的接受与评价过程中所出现的显著认知谬误与审美差异。实际上，"根植于中国乡土社会的'农民作家'赵树理，与贝尔登同样，作品都体现着延安文学的核心价值与精神向度——人民性"④。然而在审美趣味与叙述方式上，赵树理与贝尔登却是大异其趣的，其原因何在？

浦安迪在其《中国叙述学》一书中，从神话原型的层面就中国传统叙述方法与西方叙述学之间的差异有过讨论。他认为，注重细节摹写的西方神话叙述传统，与着力于刻画故事"骨架""神韵"，而非"人物个性和事件细节的描绘"⑤的中国叙述传统存在着显著的不同。一向将"讲故事"视为文学最佳呈现

---

① 杰克·贝尔登：《中国震撼世界》，邱应觉、杨海平、胡代岗等译，北京出版社1980年版，第108—109页。
② 杰克·贝尔登：《中国震撼世界》，邱应觉、杨海平、胡代岗等译，北京出版社1980年版，第117页。
③ 杰克·贝尔登：《中国震撼世界》，邱应觉、杨海平、胡代岗等译，北京出版社1980年版，第117页。
④ 赵学勇、王鑫：《域外作家的延安书写（1934—1949）》，载《中国社会科学》2018年第4期。
⑤ 浦安迪教授讲演：《中国叙事学》，北京大学出版社1996年版，第41页。

方式的赵树理，是以中国传统叙述方法来展开并推进其故事的讲述节奏的。赵树理的小说中，故事呈现是仰赖各具特色的人物间的对话进行情节铺展，将来自外部的干预作为其问题小说创作的情节动力。赵树理小说中的世界是独立自在的，也在一定历史阶段中呈现出乡村伦理、乡情人间，与时代政治、乡土政策存在着极大的重合。贝尔登从赵树理小说中理解到的故事"梗概"，易于在与时代政治的印证与契合间强化其政治说教的时代色彩，而极难领会到赵树理讲述的乡土故事的底蕴，以及乡土中国特殊的历史环境下长期形成的实用理性与述道载道的价值体系。

赵树理的小说因其一贯的人物精神描写的缺席被域外研究者诟病，这究竟是作家对人物的领悟力低，还是作家探索人物内心的手法拙劣，抑或是作家受限于文艺为了谁与怎么为的基本原则而迁就于预设的农民听众与读者的欣赏水平呢？实际上我们可以发现，赵树理在其文学创作中几乎就没有实践如何去挖掘一个人物深层内心，这到底是他的坚持还是他的限制？是他的自觉还是他的无奈？陈思和认为，赵树理的文化观"不是二元文化的超越，而是由民间文化一元立场上的自我提高的观点"①。洲之内彻发出喟叹，赵树理笔下的人物凝聚着时代的、社会的、历史的意义，具有被赋予的意义，而缺乏自我觉醒的斗争历程。"赵树理的世界是一元化价值的世界。不具有人和社会对立的价值。总的说来，具有社会的历史的价值"②。

如果说，最能被农民群众欣赏信服、发挥出特定历史阶段社会效益的小说，应该首推赵树理的小说，但是他的小说是以什么立于人民心中的呢？是一个人物还是一个故事？洲之内彻指出，在赵树理的作品中，"个人"是缺席的，他写道："赵树理创造的人物，只不过具有社会意义、历史价值的影子而已，实际上他们连反对社会权威的战斗都没有参加过。新的政府和法令，如同救世主一般

---

① 陈思和：《鸡鸣风雨》，学林出版社1994年版，第33页。
② 洲之内彻：《赵树理文学的特色》，王保祥译，见黄修己编：《赵树理研究资料》，北岳文艺出版社1985年版，第463页。

应声而到。道路是自动打开的。"①实际上,赵树理自己对这个问题是有过深刻思考的,也并不认同这样的故事动力设计。他在1962年的一次会议上谈道:"《小二黑结婚》没有提到一个党员,苏联写作品总是外面来一个人,然后有共产主义思想,好像是外面灌的。我是不想套的。农村自己不产生共产主义思想,这是肯定的。农村的人物如果落实点,给他加上共产主义思想,总觉得不合适。"②

赵树理的话道出了他对文学的想象,而在这个文学想象空间中,国家政治与意识形态绝不占据一元位置,也并非洲之内彻设定的那个处在与国家政治相对立的二元位置。一个生长于乡土民间内部的乡村伦理图景,才是他文学想象与建构的绝对视域,或如贺桂梅所说的"完整的'文学世界'","一个与大历史共振但却保有自身节奏的特定的想象空间"。③从这个角度来看,或许可以解答赵树理在20世纪50年代后期之后很难再进行文学创作的原因。因为他所收集的乡村资料、所感知的农民变化,很难再支撑他走向预期的未来世界、探索他自我构建自我超越的乡村图景。所以,在他的乡村图景中,乡村伦理、乡土民间在延安时期,尚且能够与当时的解放区社会理想与时代追求相一致。也正是因为这里的重合域,促使不少域外研究者从时代与政治的层面读解赵树理小说所讲述的故事并探寻故事中的时代蕴意。

然而,面对社会结构与国家政治的变化,赵树理无法像从前那样从农民内部去思考农村的政治、经济、文艺问题。正如1962年赵树理所说的:"我们生活在这个时代,怎么给时代以影响","我的作品有时反映不充分,脚步慢一些。自己没看透,就想慢一点写"。④这里无疑道出了赵树理所坚持的文艺观不是源自时代的召唤,或者如一些研究者所言的所谓的党性,他坚持的是朴素完满的家国观,在这个基础之上,他认同的确乎是一个来自民间文化传统的伦理观。也正是

---

① 洲之内彻:《赵树理文学的特色》,王保祥译,见黄修己编:《赵树理研究资料》,北岳文艺出版社1985年版,第463页。
② 赵树理:《赵树理文集》(第4卷),人民文学出版社2005年版,第243页。
③ 贺桂梅:《村庄里的中国:赵树理与〈三里湾〉》,载《文学评论》2016年第1期。
④ 赵树理:《赵树理文集》(第4卷),人民文学出版社2005年版,第263—264页。

在这个层面上,赵树理的小说之所以立于农民群众的心中,不是他笔下的一个个通俗的乡土故事,而是一个极具认同感与感召力的、符合20世纪40至50年代初期中国农村实际状况的、满怀着浓郁家国情怀与乡村伦理的中国农村图景。这个农村图景的理想在赵树理那里的确是一个自足自在的所在,是一个有关乡土中国的未来愿景式的存在。

无论是他作品中的语言还是故事,抑或是一个理应存在的具备自我觉醒意识的人物,都不是作为中国现代文学史中别样存在的赵树理小说的独异之处。在文学创作中尝试创新固然需要勇气,然而,在农民群众话语于延安文学界尚未形成一个方向性创作道路之际,赵树理自觉坚持这一方向同样需要勇气。自觉追求大众化、人民性文学创作旨归的赵树理,在当时的文艺界也曾被视作异类而不被其他作家理解。在1942年1月举行的太行文化人座谈会上,赵树理的发言招致某些作家的批评:"通俗化就是庸俗化","赵树理是旧派云云"。①因此,赵树理在读了《讲话》之后感慨道:"毛主席的《讲话》传到太行山区之后,我像翻了身的农民一样感到高兴。我那时虽然还没有见过毛主席,可是我觉得毛主席是那么了解我,说出了我心里要说的话。十几年来,我和爱好文艺的熟人们争论的,但是始终没有得到人们同意的问题,在《讲话》中成了提倡的,合法的东西了,我心里有一种说不出的高兴。"②而且,在此后的二十多年中,他一直以《讲话》中的文艺观点作为自己创作的指导,种种契合向我们呈现了一个心存独立文艺观的赵树理的作者形象。

最后,从意识形态的角度来看,来自美国、英国、韩国,以及苏联、东欧国家的学者对赵树理小说中的政治书写存在不同程度、不同方向的讨论。美国学者西里尔·贝契于1955年发表的文章,讨论了赵树理小说的大众化农民语

---

① 杨献珍:《从太行文化人座谈会到赵树理的〈小二黑结婚〉出版》,见高捷编:《回忆赵树理》,山西人民出版社1985年版,第200页。
② 戴光中:《黎明时期的歌手——论赵树理在四十年代的崛起》,见陈荒煤、黄修己等:《赵树理研究文集》(上卷),中国文联出版公司1998年版,第65页。

言，认为小说中的人物缺乏自我发展，情节急促缺乏合理展开。①总体上看，研究者是将赵树理的创作放置在政治小说的视域内，如此不仅没有深刻理解小说人物如铁锁生涯发展的逻辑，更以政治视野的介入作为小说情节推进的驱动力。而域外的赵树理评述中最有失公允、存在失当误读的言论，是夏志清在其《中国现代小说史》中的相关论述。②夏志清并未试图将研究的眼光贴近文本，做出理解文本的必要姿态，而是在有限度且缺乏尊重的"肯定"中隐晦地表示自己对赵树理小说的否定态度。即便是面对民族形式的文本语言，夏志清也是语带讽刺、不具风度地显露其偏颇的文学批评立场，以及他受限于意识形态话语的文学评价体系。

另一种意识形态语境中的赵树理研究，主要是从其大众化群众意识、农民口语与民族形式、吻合于政治话语范畴的故事主题等方面讨论，集中体现在苏联与东欧部分学者的论述之中。在实用主义的前提下，苏联学者西维特洛夫、乌克伦节夫的文章把赵树理小说作为观看中国人民革命历程与群众精神风貌的民俗文学或政治文学的材料。③著名汉学家费德林的文章，从社会主义文艺理论与作家生涯传记的视域出发，对赵树理的小说创作在大众化语言形式、现实主义创作手法、人民性叙述立场与社会重大历史题材的表现等方面，均给予很高的评价。④苏联著名翻译家、学者克里夫佐夫也曾撰文介绍赵树理的文学创作。⑤捷克著名汉学家普实克对赵树理小说的语言形式与人民性追求有较深的认识，但是忽略

---

① 西里尔·贝契：《共产党中国的小说家——赵树理》（节选），彭小苓译，见荻野脩二、马若芬等：《赵树理研究文集》（下卷），中国文联出版公司1998年版，第14—22页。
② 夏志清：《中国现代小说史》，刘绍铭、李欧梵、林耀福等译，复旦大学出版社2005年版，第307—308页。
③ 西维特洛夫、乌克伦节夫：《关于中国农村的小说》，金陵译，见荻野脩二、马若芬等：《赵树理研究文集》（下卷），中国文联出版公司1998年版，第227—234页。
④ 费德林：《赵树理的创作》，韩意译，见荻野脩二、马若芬等：《赵树理研究文集》（下卷），中国文联出版公司1998年版，第235—256页。
⑤ 克里夫佐夫：《关于赵树理和他的小说》（节选），刘祖熙译，见荻野脩二、马若芬等：《赵树理研究文集》（下卷），中国文联出版公司1998年版，第257—261页。

了作家农民视野的自觉意识，将其视作对文艺政策的呼应。[1]另外，英国学者约翰·伯耶对赵树理小说《三里湾》及其改编剧本《花好月圆》进行了语境还原分析，从政治视野中考察作家的政治遭遇与文学生涯。[2]韩国学者李珠鲁也就赵树理小说中文学与政治的关系有过讨论。挪威翻译家布里特、罗马尼亚学者罗扬、韩国学者闵惠贞均撰文对赵树理小说的语言与叙述特色给予较高评价。[3]

当然，域外研究者中也有绕开政治话语对文学研究的捆绑，将赵树理的域外文学研究推向了一个相对中肯且颇具深度的方向。美国学者马若芬从《催粮差》与《刘二和与王继圣》两篇文章入手，为我们还原了一个具有独立文学追求的作家赵树理。马若芬认为："无论政治性的表扬有多高，也不能就使赵树理成为一个大众所喜爱的作家。他能够成名，他的作品能够流传下来，是因为他的一些作品在场面描写上、词句上、人物形象塑造上和对一般群众的吸引力上，使人产生美感的。"[4]研究者认为，这才是其作品具有传播生命力与研究空间的原因。马若芬从社会学的研究视域出发，挖掘这两篇文章中来自艺术本身的独异之处，将作者在语言结构、乡土环境结构、社会结构中编织人物性格与故事发展的叙述方式，看作赵树理小说创作的最大贡献。研究者认为，这与鲁迅的《故乡》、茅盾的《春蚕》等小说中同样，为读者绘就的是一幅具有内在审美价值与独立精神追求的乡村伦理图景。

马若芬的另外一篇赵树理研究论文，同样在意识形态视野之外触摸文本，认为"从赵树理的政治立场和政府对作家的要求前提下来探索，这些人物言行的改

---

[1] 雅罗斯拉夫·普实克：《写在赵树理〈李有才板话〉后面》（节选），《赵树理和中国民族文学》（节选），展亮译，见荻野脩二、马若芬等：《赵树理研究文集》（下卷），中国文联出版公司1998年版，第265—278页。

[2] 约翰·伯耶：《〈三里湾〉与〈花好月圆〉之比较》，苏春生译，见荻野脩二、马若芬等：《赵树理研究文集》（下卷），中国文联出版公司1998年版，第279—303页。

[3] 荻野脩二、马若芬等：《赵树理研究文集》（下卷），中国文联出版公司1998年版，第304—345页。

[4] 马若芬：《赵树理笔下的旧乡村人景——谈谈〈催粮差〉与〈刘二和与王继圣〉》，见荻野脩二、马若芬等：《赵树理研究文集》（下卷），中国文联出版公司1998年版，第27页。

善丝毫不牵连政治意识形态的作用",人物思想变化的"来龙去脉"完全来自人物"性格内的启发"与社会文化心理等方面的影响。①这种反映作家独立的乡土社会伦理追求与民间文艺观的创作,在马若芬看来并非一种合乎政治意识形态的书写,正因为这种自我坚持才带来了作家在叙述立场上的某种"不迁就""不牺牲"态度。面对不恰当的时事政策,持守着独立乡土观与文艺观的赵树理,敢于发出与时局相左的声音,寻求真正内在于农民群众的叙述视角,这些都是赵树理小说所表现的自觉的个人意识与独立精神。

马若芬的研究从小说所传达的独立文学风度与文学理想中透视出了赵树理创作的内在精神,这无疑是域外研究成果中极具思维独立性的收获,并在一定程度上冲破了域外赵树理小说研究所笼罩的意识形态迷雾。但是,他仍欠缺一种运用公共知识分子的眼光对赵树理进行观照的敏锐感,并未从赵树理文学的本质追求"与作家本人自觉的艺术理性之间的种种深在的互相指涉性,即未能从一个知识分子的角度看到赵树理从'底层视角'出发而可能引发的悲剧以及甘愿承担悲剧后果的悲壮情怀"②。赵树理小说中强大的农民身份的自我认同的标签,或许遮蔽了域外研究者理解赵树理形象的更多可能。

三、日本"人民文学"视野中的赵树理

整体而言,赵树理域外研究成果中,较为引人注目的是日本在二战后的特定社会文化环境中,在"人民文学"(也称"人民文艺")视野观照下的赵树理研究。20世纪40年代末至50年代,日本文学界译介中国文学的尝试因战争长期受阻,战后终于有限度地稍见松动,加之中国革命的胜利在战败的日本民众心中激起了阵阵触动,并在无产阶级活动的推动下,文学界开始了现代以来最大规模的中国文学引进工作。两国间的文学译介与研究高潮虽持续时间不长,60年代便逐

---

① 马若芬:《意在故事构成之中,赵树理的明描隐示》,见荻野脩二、马若芬等:《赵树理研究文集》(下卷),中国文联出版公司1998年版,第38页。
② 席扬:《多元文化视域中的"价值形象"——半个世纪以来国外赵树理研究评析》,载《文艺研究》2006年第11期。

渐归于沉寂，但作为延安文艺对日译介的典型现象，以及日本学者这一时期涌现的重要研究成果，均具有较大的研究意义。

上文介绍的中国现代文学的日本翻译学者队伍，诸如鹿地亘、实藤惠秀、冈崎俊夫、竹内好、小野忍、武田泰淳、岛田政雄、竹内实等，他们在中日两国战争背景的夹缝中成长起来，不少人曾在中国留学，受中国文学与文化的影响较深，且具有强烈的反战思想与民主意识，不仅对日本军方的战争罪行充满负罪感，更始终对中国现代文学尤其是鲁迅等著名作家怀有深深崇敬之情。竹内实曾写道："日本的中国研究，既有增加与中国的亲近感的责任，同时也得承担着像'战争责任'之类的负面历史遗产。"①"这种赎罪意识，构成了战后中国形象的基本形态。赎罪，可以是宗教的，也可以是政治的。"而被译介的中国小说，诸如老舍的长篇小说《四世同堂》，以及丁玲的短篇小说《新的信念》《我在霞村的时候》等，"都沉痛而强烈地要求日本人做出自我反省。在日本文学作品的旁边，默默地排列着这些新中国的作品。它们冷静的目光，紧紧盯着日本文学的方向"。②可以说，感受到这样"冷静的目光"的不仅是日本的作家，日本的中国现代文学研究者内心也产生了震动与胆寒的心绪，故而在很大程度上，他们将这一文化与文学需要体现在有关中国"人民文学"的翻译、研究工作之中。这与战后日本民众间滋长的自省意识、反思意识、借鉴意识一道，推动着20世纪40年代末以来日本民众与学者对中国"人民文学"的翻译、阅读与研究。

"人民文学"这一概念在1959年12月日本出版的《现代中国事典》中被解释为："抗日战争中以延安为中心的解放区成长起来的文学，是与把五四运动后出现的近代文学称为'新文学'相区别的说法。"实际上，"人民文学"这一概念在1953年菊地三郎的《中国现代文学史——革命与文学运动》一书中就已被提出。③小野忍于1958年出版的中国现代文学史著作尚未接受这一说法，仍旧以重大历史政治事件作为文学分界的依据，故而将赵树理的小说依出版时间的

---

① 竹内实：《回忆与思考》，程麻译，中国文联出版社2002年版，第252页。
② 竹内实：《日中关系研究》，程麻译，中国文联出版社2004年版，第37、40页。
③ 严绍璗、王晓平：《中国文学在日本》，花城出版社1990年版，第405、407—408页。

不同,分别放置在"抗日战争与革命战争的时代"与"中华人民共和国成立以后",并评价其为"新社会·新人间的解放区的文学"中"农民乐"书写的典型代表。①然而,"人民文学"很快得到了日本文学界的肯定,许多中国文学史著作纷纷采用这一概念。小野忍于1972年出版的《中国现代文学的足迹》一书,已借此将中国现代文学分为文学革命、革命文学、抗战文学与人民文学四个时期。②可见,"人民文学"在日本的中国现代文学研究界已经是一个公认的概念。

"人民文学"在战后日本读者中的接受度很高,对延安文艺的阅读渴求较大,许多读者主动靠近人民文学的重要作家作品,如赵树理、丁玲的小说等。这可以从20世纪四五十年代日本创办的两种刊物——《新日本文学》与《人民文学》——文章编选情况中一探究竟。当时,这两个刊物主要以刊登介绍中国"人民文学"作品为主,着力引进中国的新文艺理论与新思想,郭沫若与丁玲等著名作家的作品译本时常在刊物开篇的位置出现。③不过,就"人民文学"的研究成果来看,大部分日本学者是以毛泽东的《讲话》为界,一方面尚未将延安文学与此前的左翼文学联系起来,一方面未从整体上对中国现代文学加以把握,而是从差异性理解的层面入手,以二元对立的视野考察中国"新文学"与"人民文学"。

虽然"人民文学"研究在其兴盛期收获了日本读者与学界的较高评价,但这一思潮的产生受限于日本一时一地的特殊文化语境,初期在读者间存在着不适应的现象。1952年,鹿地亘为赵树理小说《李有才板话》的日文译本撰写了前言《赵树理与他的作品》,其中谈道:"当《小二黑结婚》开始介绍到日本时,有些评论家把赵树理的小说叫做写'好人与坏人斗争的小说'。""对于那些崇拜而且看惯了日本所谓'艺术小说'的人们来说,看赵树理的小说那算是找错了门牌。"④可见,赵树理小说在日本学界引进初期,由于文本中强烈的民族性与群众

---

① 小野忍编:《现代的中国文学》,每日新闻社1958年版,第160—169页。
② 严绍璗、王晓平:《中国文学在日本》,花城出版社1990年版,第409页。
③ 严绍璗、王晓平:《中国文学在日本》,花城出版社1990年版,第448页。
④ 鹿地亘:《赵树理与他的作品》,王保祥译,见黄修己编:《赵树理研究资料》,北岳文艺出版社1985年版,第453—454页。

性，引起了日本读者、研究者在文学作品的审美差异与惯性接受方面的问题。

并且，从20世纪60年代开始，多数学者的研究视域纷纷从人民文学中寻求转向。始于50年代末期，1960年进入京都大学学习中国古典文学，较早在日本研究赵树理的学者为荻野脩二。1987年，在日本召开的一次中国当代文学讨论会上发言时，荻野脩二自称："我属于不用功分子，毕业论文选题是赵树理研究，主要图他有名，而且作品少，省事。当时赵树理算是革命作家，人民作家，我倒觉得他以至整个'山药蛋派'也有不足和枯燥无味的一面。'文革'结束后，总算知道这些想法还算对头，也得以将其公之于众——我是指在日本。"[①]这一细节说明，日本学界"人民文学"研究话语空间的狭小，以及实用主义与理想主义相互纠葛的尴尬。当然，我们也不能由此否定这一时期的研究成果，如竹内好对赵树理小说的研究，不仅影响了日本与中国本土的赵树理研究，更在极大程度上为其此后的反思与批判文学观打下了坚实的思想基础。

日本的中国现代文学研究者选择以最能代表新中国大部分农村地区为叙述背景的赵树理的文学作品，作为学习、借鉴新中国革命与文化成功实现变革的典型范例。赵树理小说的人民性叙述姿态与审美特色最初吸引了日本广大的文学研究者与青年学生，而更为日本普通读者渴望的是从赵树理小说中看到中国乡土故事、革命故事、成功故事。所以，60年代以后，赵树理的小说在日本读者间的热度趋冷，这和他们最初以其为窗口窥看新中国农村与社会发展状况一样，都是从实用主义与理想主义出发，寻找能够服务于日本社会振兴和文化重建的新资源。毕竟赵树理小说的形式特色不仅在翻译中存在难以避免的损伤，更受制于日本文化界对中国现代文学民族形式的认识程度。赵树理的小说在故事的讲述、信息的传达等层面上，难以满足日本读者日趋增长的需要。虽然，赵树理的小说已在日本文化界"人民文学"的接受视野中绽放了繁盛的十年，其后也收获了不少扎实的研究成果，但始终未能延续其文学研究的长久生命力。总体而言，日本学界对赵树理小说的研究热情是渐趋低落的。

---

① 荻野脩二、辻田正雄、夏刚：《当代中国文学隔岸观》，载《当代作家评论》1988年第2期。

求学于中国的日本留学生林千野,向我们展示了赵树理小说最初被介绍到日本时的读者接受情况。1951年,《李家庄的变迁》这部作品打开了日本文艺界的赵树理风潮,当时"这部作品给日本读者的影响较大,书的销路也很不错";而《三里湾》中所讨论的农村经济发展问题,对"日本人来说'农村合作化'是完全陌生的事物,但是通过这部小说,我们自然而然地就了解了它"。"因此在日本为了了解新中国而读赵树理文学作品的人,一定会从他的作品里得到预期的目的。"①

曾翻译赵树理小说的日本学者小野忍,对赵树理小说的民族形式与民间文化色彩评价极高,并从此观点出发,认为丁玲《太阳照在桑干河上》的语言与结构较之赵树理的小说存在较大差距。总体而言,小野忍认为,赵树理的创作在中国现代文学史上具有叙述形式与文化资源上的变革意义。②竹内实也认为,赵树理的作品是"人民文学的一个原型"③。日本学者今村与志雄认为,赵树理小说之新是由于他具备强烈的革命性,颠覆了原有的文化资源而另谋新路,当赵树理的文学创作理论处在一个脱离了它所产生的中国特殊的文化语境,而被放置于一般社会环境且予以实践之际,则会发挥出其"危险性",即社会中原本稳固的文化环境与文化人"被民众文化水准业已提高这一事实所吓倒,轻视象赵树理这样的文学工作者在写作方法上的努力及其成就"④。

竹内好的赵树理研究代表了日本的人民文学研究中最具理论深度与思想拓展的成果,甚至于他的研究是从这一视域出发却对此有所超越的成果。竹内好以现代小说对人物与背景的处理方式作为参照,讨论了赵树理《李家庄的变迁》等作品,将其创作实践中的某种还原与媒介意义作为一种对现代小说的超越。他将

---

① 林千野:《赵树理作品在日本》,载《中国现代文学研究丛刊》1985年第1期。
② 小野忍:《赵树理——二十世纪作家评传之一》,董静如译,见荻野修二、马若芬等:《赵树理研究文集》(下卷),中国文联出版公司1998年版,第90页。
③ 竹内实:《关于赵树理型的小说》,董静如译,见荻野修二、马若芬等:《赵树理研究文集》(下卷),中国文联出版公司1998年版,第92页。
④ 今村与志雄:《赵树理文学札记》,王保祥译,见黄修己编:《赵树理研究资料》,北岳文艺出版社1985年版,第470页。

其时日本文化界的人民文学趋向作为基本语境，指出日本青年学生对文化现状的不满情绪，"他们在学习西欧文学、日本文学时感到不满足，于是就不断摸索，最后终于找到了中国文学这个方向"。然而，真正可以为日本青年解惑且昭示着中国现代文学新意义的小说，竹内好认为，"赵树理恐怕是唯一的一个人了"。在人民文学与现代文学的复杂关系的分析中，竹内好颇具洞见，勾勒出二者间的"一种媒介关系"，他明确反对"把现代文学的完成和人民文学机械地对立起来"，认为二者之间先天地存在着"绝对隔阂"。与此同时，他反对把"人民文学与现代文学机械地结合起来，认为后者是前者单纯的延长"。在他眼中，赵树理的文学创作能最大限度地透视出现代文学与人民文学间存在的复杂媒介关系，并认为它"既包含了现代文学，同时又超越了现代文学"。①

竹内好从多个角度讨论了赵树理小说在现代文学与人民文学之间的创造性互通。现代小说中对典型人物的塑造是已经达成的共识，即个人是环境中的独立个体，他天选般地存在于浊世间，也宿命般地对抗着世界，并注定成为一个个人主义的英雄，实现着无目的却合目的性的社会作用。而巴赫金所说的"成长小说"是现代小说中较为重要的一种，它在不丧失个人的社会属性的同时，以个人作为被选择、被决定的对象，在实现自我成长之中折射出时代的变化。在赵树理的小说《李家庄的变迁》中，作者的叙述视点最初是集中在农民铁锁身上的。当铁锁的足迹从村庄迈入外部世界之后，作为外部新兴革命思想代表的常先生，其存在意义是经过被农民铁锁的肯定、引荐、运用从而实现的，并且当常先生进入农民铁锁的自在封闭的乡村空间，他的意义仍然是通过冷元等农民切实发挥出来的。

从这一点上看，赵树理的小说较之"成长小说"在人的环境性、社会性、伦理性书写中走得更远。个人不再以启智者的形象再现于社会，而是将人物视角集中于农民社会身份中的每个人，他们中的每个人都映现着环境，也都有改变社会的可能。这不是来自作家的社会理想，而是真实农村中原本就存在的革命前

---

① 竹内好：《新颖的赵树理文学》，晓浩译，见黄修己编：《赵树理研究资料》，北岳文艺出版社1985年版，第487、488—489页。

提,也不是作家的书写策略,而是其叙述视角全然内在于农民群众之后的必然呈现。竹内好认为,赵树理的这种处理方法,"是在创造典型的同时,还原于全体的意志",个人与环境之间的关系既不是对立的,也不是部分之于整体的,而是被呈现为"个体就是整体"的统一与同一关系,被选出的个体是以其自在的存在方式融合在整体之中,个体先被选择出来,"再使其还原的这样一种两重性的手法",在其中,个体是"经历了生活的时间,也就是经历了斗争。因此,虽称之为还原,但并不是回到固定的出发点上,而是回到比原来的基点更高的新的起点上去"。①从这个层面上看,人物在被选择的历程中成长,他不仅是创造着自我超越的个体,更是将整体以一个个独立个体的方式呈现出来。所以,赵树理的小说不仅解决了现代文学中的个人与整体关系的对立,也冲破了人民文学中个人不具备独立意识与成长自觉的宿命。

赵树理的小说不以塑造人物为旨归,而是以讲述乡土故事、描绘乡土环境、创造乡土世界为宗旨,将作者与读者间的距离极大地拉近,这在竹内好看来,是对现代小说中在作者与读者间设置屏障的叙述方法的有意识的规避。作者身份与读者身份不仅极大地靠近了,且在赵树理这里,甚至出现了两种身份的某种同一现象,这一现象是以作家的文学理想、叙述姿态与形式方法,以及启用受众听觉系统的传播途径等多种角度表现出来的。竹内好认为,赵树理勾连作者与读者的叙述方法,是在有意识地保持着的"未分化的状态","所以,他就能以此为媒介,成功地超越了现代文学"。②另外,在竹内好看来,赵树理小说还在借鉴并改造中国传统小说叙述手法的尝试上具有超越性。他认为,就《李家庄的变迁》这部小说来看,作者强调书写人物与环境的关系,以这种关系的复杂性变化作为推进小说节奏与情节的重心,这与传统小说叙述的程式化、样板化,以及结构的对称性等均存在着显著不同。

---

① 竹内好:《新颖的赵树理文学》,晓浩译,见黄修己编:《赵树理研究资料》,北岳文艺出版社1985年版,第490页。
② 竹内好:《新颖的赵树理文学》,晓浩译,见黄修己编:《赵树理研究资料》,北岳文艺出版社1985年版,第491页。

正是基于上述种种独特之处，竹内好认为，赵树理的小说具有"本质的新颖"[①]，因此得以超越现代小说。这与上文洲之内彻提出的赵树理一元文学世界的观点形成了对比，后者不是以人民文学视野与现代文学参照之间的深层勾连为出发点，而是认为，赵树理的小说就是在这组二元对立关系中的现代文学的他者，然而，来自人民与时代的明确的历史观也限制了赵树理的创作。竹内好的观点很大程度上代表了日本战后文化界对赵树理人民文学的认识，并在特定历史时期在日本文艺青年间引发热烈关注。竹内好在赵树理的小说创作手法对中国传统小说与现代小说所存在的超越性价值，以及赵树理文艺观的人民性与现实性为中国现代小说创作研究领域开辟了一条新的路径，更以赵树理的文学实践为中国的现代文学与人民文学找寻新的结合点与转化媒介。

竹内好讨论的赵树理实际上是一个现代性的问题，这里的现代文学之"现代性"本身就是丰富多元的概念，这无疑是战后日本赵树理文学研究成果中最为重要的收获，同时，在话语空间与理论资源的层面将日本文学界的"人民文学"内涵有所拓展与深化。当然，"人民文学"这一概念随着日本社会语境的推进很快便被抛弃，但竹内好对现代性文学的思考则长期启发着日本甚至中国的文学研究界。尤其是竹内好后来依据日本被占领的社会现实，在文艺领域提出日本"国民文学"，这一理论理想不仅与其赵树理研究中的许多观点存在显著关联，更有日本学者认为，"竹内好倡导日本国民文学的时候，无疑参照了赵树理的文学"，他的理论建构"重视保留民族意识的中国现代文学，批判没抓住民族意识的日本文学"，"可见竹内好凭借以赵树理为代表的中国文学道路作为榜样来模塑日本国民文学理念"。[②]的确，着力保留民族意识的赵树理，在文学语言资源与文学创作实践上，为竹内好的理论找到了一面中国的镜子与可资借鉴的文学主体。

最后需要讨论的是，日本学者釜屋修在20世纪70年代末创作的赵树理文学

---

① 竹内好：《新颖的赵树理文学》，晓浩译，见黄修己编：《赵树理研究资料》，北岳文艺出版社1985年版，第492页。
② 铃木将久：《竹内好"民国文学论"与中国人民文学的问题》，载《河南大学学报》（社会科学版）2006年第6期。

专论作品单行本,原名《玉米地里的作家》,在日本出版时改名为《中国的光荣和悲惨——赵树理评传》。这部著作的出版虽远远落后于日本人民文学的研究思潮,但其观察视域还是着重从赵树理创作的自我身份认同与读者意识出发。这部著作鲜明地呈现出深受法国年鉴学派与中国考据学影响的日本学术研究特点,资料翔实,考证扎实细腻。研究者采取了对赵树理的生平叙述、文论随笔、同时期旁观者回忆等文本,与作家的小说创作进行交叉互证,并试图从作家面对政治遭遇所表现出的态度,透视其文学创作的独立意识与精神追求。他指出,赵树理执着于书写农民的自觉意识,是与"'下放'、'下乡'那种非义务的意愿完全不同,他是把这种意识作为作家的基准,是一种溶于血肉的执着,远远超出了一般命题的生活源泉论"。但是,在作家的人物塑造方面,日本读者认为其作品让人"常有种善恶分明的纸人戏剧的感觉",釜屋修对此解释道:"赵的读者对象不是日本人。"[①]研究者的这一观点存在一定的视域限制,赵树理小说的读者意识是一种自觉的作家主体意识,为达到这样的创作追求,作家在语言与结构上要求平实、精练,但实际上小说文本并未真正在知识分子读者与农民读者间造成认知上的鸿沟。而日本读者认为具有两极分化感的人物描绘,一方面是因为读者缺乏作品阅读中的语境还原意识,一方面是由于受制于"人民文学""人民作家"的概念,故而难以跳出读者固有语境与社会文化中的农民形象。换言之,读者眼中的农民在作为人物时,是一种被"发明"的状态,他的身上涵盖着所谓知识分子加诸的程式化与想象性元素,而这种被僵化的农民形象属于历史与文化的产物,他们与赵树理笔下自然属性的农民存在着本质的区别。所以,上文所述的日本读者的阅读感受与认知误解,并非来自赵树理读者预设的限制,即釜屋修所言的作家预设读者为中国农民非日本群众,而是日本读者尚未进入赵树理小说的乡土世界所造成的。

另外,日本研究界的赵树理小说研究,在关注民族形式、文化资源、语言风格等方面之外,也开拓了赵树理小说对少数民族作品产生影响的新视角,如日本

---

① 釜屋修:《玉米地里的作家——赵树理评传》,梅娘译,北岳文艺出版社2000年版,第105、106页。

学者柴田孝对于赵树理与朝鲜族作家李根全的比较研究。同时，在细读作家文本的基础上，萩野脩二就赵树理文本中的象声词修辞，以及笑与爱情的描写在文本中所发挥的叙述功能做出了细腻讨论。诸如仓石武四郎、加藤三由纪等多位日本学者还奉献了一批回忆赵树理生平际遇的珍贵文献等。[①]

小说作者对劳苦大众的深情，具有超越语际与文化差异的感知力，世界各国的底层人民与农民群众都可以从中得到慰藉，赵树理的小说在日本读者间广受欢迎的原因则在于此。有研究者向我们提供了日本农民为赵树理作品所深深感动的细节。"作家杉浦明平在《国民文学私论》中曾说他亲眼看到农村里六十岁的老太太和小学生每天晚上性急地等着别人一章一章地给她们朗读《李家庄的变迁》。有的评论文章还谈到日本关东地方农民青年读完《登记》，反映非常强烈，有的青年十分感慨地说：'俺们不也有相同的地方吗？''也有的父母是这样的。'"[②]赵树理的文艺创作理想跨越了语言、时代与地域的限制，以其作品的情感向度与精神引力，在劳动群众间发挥着朴素的心灵安慰作用。赵树理的小说为战后日本农民读者提供了精神抚慰，也因为日本农民的喜爱而形成的小说域外接受与境遇。从这个角度上看，赵树理的小说不仅为深受西欧文学影响的日本文学审美风格提供了一条新的路径，也从受众的层面上真正调动起战后普通群众对延安文艺/人民文艺的兴趣与阅读热情，更为中日两国战后文学与文化交流发挥了积极的推动作用和有益的影响。

四、声音媒介与赵树理作品传播

从文学作品的社会境遇来看，赵树理、柳青、路遥这三位作家的作品，都在学界批评与读者接受之间出现过显著不平衡的现象。而这三位作家在文艺理念与理想等层面上，具有鲜明的相似性，赵树理与路遥更是在作品的传播历史中形成了强烈的对应关系。以听觉系统与声音媒介的视野观照赵树理与路遥的文学创

---

① 萩野脩二、马若芬等：《赵树理研究文集》（下卷），中国文联出版公司1998年版，第97—197页。
② 严绍璗、王晓平：《中国文学在日本》，花城出版社1990年版，第414页。

作，可以从作家的身份意识、读者意识与传播媒介这三个层层推进的维度，考察他们的作品在20世纪中国文学发展过程中的别样存在与独特经历。由此我们向下挖掘，分析作品的传播路径与受众反馈便会发现，以听觉系统与声音为媒介为赵树理与路遥的小说创作、流传、影响研究洞开了一个新的价值空间与文学审美境界。

赵树理与路遥在文学研究界与社会文化界迥异的评价、地位与影响这一现象，首要的主观原因在于两位作家所秉承的创作理念，与其时中国文艺思潮之间存在着显在的疏离、隔阂与抵牾。在这一点上，赵树理作品的境遇呈现出与革命时代相适应的复杂性，主要表现为：赵树理最初的、自觉的创作实践在1947年被标举为方向性旗帜的主流路径，而在此之前，他的文艺理想与毛泽东在《讲话》中所提出的文艺理论指导存在着明显的契合，因此一些文艺理论家认为，赵树理的创作具有时代与政治敏感度，但是，这种观念无法解释赵树理作品在50年代末期与80年代之后的种种遭遇。如果我们将观察的视野拉远，可以看到，赵树理文学生涯所历经的极端性贬誉不仅映现着时代征候与政治话语的喧嚣，同时透视着他自己文学创作理想的坚定与孤独。同样走在坚定与孤独的文学创作路上的路遥，也让我们时时感到，孤灯投射下的暗影中像是隐匿着赵树理的"幽灵"。

首先，从作家创作的身份意识来看，赵树理和路遥都是以农民为主要身份认同的作家。对于路遥坚守自己文艺创作道路的"作者形象"，赵学勇曾做出这样的评语：路遥"从来都不盲目趋时，也不愿置身于瞬息万变的文学潮流之中。但他不是独行侠，他更像一个辛劳而沉默的农民，即使在烈日下挥汗如雨也不会随意找个阴凉地与人搭腔"[1]。在论述中安置一个赵树理的"作者形象"应该是适宜的。可见，一个坚持独立文学创作主张的"作者形象"，有如一个农民的朴素追求，执着于自己的一亩文学园地。在此创作原则的指导下，赵树理与路遥的农民身份认同，表现在小说中则是作家身份的位置与农民身份位置的同一、幻化关系，这是二人所守护的人民文艺创作道路的出发点。

---

[1] 赵学勇：《再议被文学史遮蔽的路遥》，载《小说评论》2013年第1期。

赵树理曾谈及，"在旧社会，我做过小学教员，同时又是农民家庭出身，干过农活，对于种地的活路也还熟悉。那时家境不好，常常受高利贷的盘剥，因此我跟贫苦农民感情上有些沟通，在他们中间有些根子"①。赵树理一贯认为自己是"农民出身而又上过学校的人，自然是既不得不与农民说话，又不得不与知识分子说话"，故而，他长此以往地在两者间做出转化，在小说写作中更是如此。他曾生动举例道："'然而'听不惯，咱就写成'可是'；'所以'生一点，咱就写成'因此'；不给他们换成顺当的字眼儿，他们就不愿意看。"②而路遥更是自称："我是一个血统的农民的儿子"③；"作为一个农民的儿子，我对中国农村的状况和农民命运的关注尤为深切"，"无论政治家还是艺术家，只有不丧失普通劳动者的感觉，才有可能把握住社会生活历史进程的主流，才能使我们所从事的工作具有真正的价值"。④赵树理和路遥的文学作品，都呈现出自己对于时代的敏感，而这种敏感主要来源于他们与人民的深切交融。例如，赵树理创作《三里湾》的初衷，是他在农村发现了一个生产方式的新的可能，即需要"增加更能提高生产的新内容"⑤这一农业问题，从而选择书写农业生产合作社的题材。路遥更是最早关注中国城乡"交叉地带"⑥人们的生存状况，并且在政治时代中，最早将小说写作中的经济单元置换为乡土文化视野，且为后来的寻根文学提供了新思考的作家。

赵树理在毛泽东提出"文艺为工农兵"与"普及与提高"等核心文艺观点之前，就自行摸索且践行了这一文艺思想，这种心灵契合与深层印证，只有长期与农民水乳交融、同呼共吸的文艺工作者才能从生活中体验总结、深刻领悟。况且，赵树理在毛泽东的《讲话》发表几十年后，仍然不断提及、反复论述普及与提高的关系，这一直是他在文艺领域所关注的核心问题，始终认定普及的基础才

---

① 赵树理：《赵树理文集》（第4卷），人民文学出版社2005年版，第291页。
② 赵树理：《赵树理文集》（第4卷），人民文学出版社2005年版，第125页。
③ 路遥：《路遥文集》（第2卷），陕西人民出版社1993年版，第401页。
④ 路遥：《路遥文集》（第2卷），陕西人民出版社1993年版，第376页。
⑤ 赵树理：《赵树理文集》（第4卷），人民文学出版社2005年版，第114页。
⑥ 路遥：《路遥文集》（第2卷），陕西人民出版社1993年版，第400页。

是提高的关键,指出:"毛主席说的从普及基础上提高,我看我们对'基础'二字的含义理解不深。""'普及'固然受到些影响,'提高'也不见得很够——因为不曾都放在'基础'之上"。①

这种行为及其在小说中的呈现为不少当下的研究者所诟病,认为赵树理并未理解《讲话》、并未领会普及与提高在历史中的辩证与灵活转化关系。但是,倘若我们将赵树理的文艺主张,即他时刻强调的普及与提高时着力强调普及的基础这一思路进行考察便会发现,赵树理似乎并未考虑普及与提高之于《讲话》、之于新中国成立以来的中国社会与文学的意义,而是真切深沉地思考着普及与提高之于人民精神文化生活的现实作用。换言之,文艺究竟在普及与提高之间处于何种位置,在赵树理看来,这根本不是政策、政治、时代灌输于他或指导他的一条隐线。他是一位文艺工作者,自视为人民中的普通一员,时刻站在人民的处境中感知时代,故此,他对于普及与提高的关系自有一番见解。从这个角度上看,赵树理或许心怀着更为广阔的文学理想,跨越了时代与政治的特殊性、文艺思潮与审美趣味的限制,致力于在更为纵深的历史眼光中观照,以不变的民本思想为核心,在漫长的等待与沉默的奉献中,冷静面对时代政策的喧嚣与变化。

同样的,虽然《平凡的世界》最终获得专家肯定和至高奖项,但是在小说第一部遭遇了学界的否定时,路遥仍孤注一掷,默默地创作着后面两部作品,从不为作品受到某一领域的人或激赏或冷遇的对待而退缩。作品得奖后,他冷静地写道:"获奖并不意味着一部作品完全成功,因为作家的劳动成果不仅要接受现实眼光的评估,还要经受历史眼光的审视。"②从上述讨论可以看出,赵树理的文艺观是以历史观为长远指导,并在与农民共呼吸、同生活之中,进行着适度的调整,从而使小说发挥出一定的社会影响和实际效用。他的小说语言、文艺诉求、审美理想是长期在农民群众间沉浸而形成的,具有农民看待农业政策的敏感度,更希望以作家的身份为农民的思想意识与精神生活的丰富、提高做出努力,并希冀为农民面对与适应农业工作中出现的问题提供一点帮助。

---

① 赵树理:《赵树理文集》(第4卷),人民文学出版社2005年版,第26、43页。
② 路遥:《路遥文集》(第2卷),陕西人民出版社1993年版,第375页。

在这里，赵树理的身份呈现出复杂的统一性，在文本呈现上也可见其以人民为本位的历史观。对于路遥这样一位出身乡村的青年，携带着沉重的家庭负累，并希望在城市收获属于自己一方天地的知识分子而言，他无疑怀有强烈的责任感与使命担当意识，而这本身就会不自觉地影响路遥的小说创作初衷。赵树理与路遥不单时刻以一个农民的身份意识观察生活，更秉持着长远开阔的历史观进行自我审视与自我要求。这样的作者形象与身份认同必然会使作者在创作中形成强烈的读者意识。甚至可以说，作家已然与一个读者的身份幻化重合，作者形象与读者形象得以在身份、视野、认同的层面上呈现三重的同一性。

其次，从读者意识的层面看，赵勇将赵树理与路遥分别视作当代文学史中读者意识最强与非常明确的作家代表。[1]实际上，若仅以读者意识而言，将赵树理与路遥相提并论并非具有最强的典型性，因为在这两位作家之间还存在着始终坚持"三个学校""六十年一个单元"[2]等文学追求的柳青。柳青的文学创作就是循着朴素的现实主义文艺道路发展起来的，而这条道路的践行者则首推赵树理。同时，柳青作为路遥的文学导师与精神领袖，对路遥的文学创作理念与理想影响巨大。在对这一线索的关注上，已有学者对此有过清晰勾勒，较早地以姚斯的接受美学理论入手，为文学史书写与作品价值判断提供了一个更为开阔的视野。"赵树理之后的柳青，柳青之后的路遥"[3]，这反映了在文学史尚未引入读者视角的建构模式中，必然会带来文学作品考察与估价维度的失衡。

赵树理认为，在创作中"拿起笔来就想到这是为谁写的，读了以后要他们作何观感"。"写作品的人在动手写每一个作品之前，就先得想到写给哪些人读，然后再确定写法"。赵树理曾多次指出："写进作品里的语言应该尽量跟口头上的语言一样，口头上说，使群众听得懂，写成文字，使有一定文化水平的群众看

---

[1] 赵勇：《在大众阵营与"精英集团"之间——路遥"经典化"的外部考察》，载《文学评论》2018年第3期。
[2] 柳青：《柳青文集——铜墙铁壁：小说·散文·文论》，陕西人民出版社1991年版，第819页。
[3] 赵学勇：《再议被文学史遮蔽的路遥》，载《小说评论》2013年第1期。

得懂，这样才能达到写作是为人民服务的目的"。①长期以来，赵树理对中国民间传统文化赞赏不已，认为中国的人民文艺首先要从群众的趣味入手，而后在对传统文化的汲取与再造中，真正创造出为农民群众所欣赏与喜爱的文艺作品。新中国成立之前，中国农民群众的生活境遇非常悲惨，但是，即便遭受着阶级压迫且尚未解决温饱问题，劳动人民仍需要文艺、渴望文艺，寻求精神苦难的出口与心灵慰藉。处在人民内部、想人民所想、思人民所思的赵树理认为，"人民大众所享受的传统文艺作品，大部分是通过戏剧和曲艺艺人口头的传播才领会到的"②，故此，他身怀自觉的民间文化意识，重视并着力继承、实践人民能够于此深受教益的人民文艺。

另外，赵树理的文化格局也不仅仅限于小范围的农民群众，而是将视野扩及中华民族的多元文化传统，极具世界意识、文学眼光与气度。赵树理对我国少数民族的文化形式与情感表现颇为欣赏，并认为少数民族文化的许多方面十分值得全民族保护、学习、推广，他是站在整个中华民族的文化与文学视野之上来思考中国文艺事业的未来的。他曾说："兄弟民族的一些小演唱很值得汉民族学习。他们把自己要传达的感情完全地表现出来了。汉民族受礼教的束缚过久，往往不敢充分地发挥感情，兄弟民族则往往是敢哭敢笑的。"③同时，他极其重视中国的民间口头文学，认为文艺作品一定要充分打开受众的听觉系统，释放出更具感染力与吸纳性的多元文学传播的能量。

路遥，出于作家自我形象与身份意识的将劳动人民与文艺工作者的视角融为一体，认为作家首先需要"具备普通劳动人民的品质，永远也不丧失一个普通劳动者的感觉，像牛一样的，向土地一样的贡献"。同时，"艺术创作这种劳动的崇高决不是因为它比其它人所从事的劳动高贵。它和其它任何劳动一样，需要一种实实在在的精神"。④路遥在作品中时时观照读者，常常幻化为画外音的角色

---

① 赵树理：《赵树理文集》（第4卷），人民文学出版社2005年版，第37、117、27页。
② 赵树理：《赵树理文集》（第4卷），人民文学出版社2005年版，第117页。
③ 赵树理：《赵树理文集》（第4卷），人民文学出版社2005年版，第180页。
④ 路遥：《路遥文集》（第2卷），陕西人民出版社1993年版，第380页。

与听众或读者进行交流,这种以作家形象积极介入文本的创作方式,在强化了与小说中的人物形成身份认同的作者形象的同时,极大程度地传达了文艺精神与文学使命作为作家的自我要求。也正是如此坚定的信念感,即使《平凡的世界》第一部甫一出版便遭遇文艺批评界的孤立,路遥也并未感到孤独,因为听众或读者一直陪伴着他,为广大人民群众创作的基本立场一直被他奉为圭臬。路遥曾说,对于他而言,真正的痛苦是:"如果作品只是顺从了某种艺术风潮而博得少数人的叫好但并不被广大的读者理睬"。"因此,写作过程中与当代广大的读者群众保持心灵的息息相通,是我一贯所珍视的。"①

路遥《平凡的世界》一书饱含着鲜明的读者意识,是具有客观必然性的。对《平凡的世界》而言,作者的创作与听众的反馈是同期进行的。路遥曾坦言,1988年,小说的前两部有幸在中央人民广播电台进行每日播送,这对他创作小说的第三部起到了精神驱动力的积极影响:"在那些无比艰难的日子里,每天欢欣的一瞬间就是在桌面那台破烂收音机上听半小时自己的作品。对我来说,等于每天为自己注射一支强心剂。每当我稍有委顿,或者简直无法忍受体力和精神折磨的时候,那台破收音机便严厉地提醒和警告我:千百万听众正在等待着你如何做下面的文章呢!我不得不一次又一次面对那台收音机庄严地唤起自己的责任感,继续往前行走。"而当路遥将小说第三部的手稿送至广播电台时,看到那里堆积的千余封听众来信,也切实地感受到了自己与广大群众的情感链接,他对此感慨道:"我非常感谢先声夺人的广播,它使我的劳动成果及时地走到了大众之中。"②

最后,在听觉系统与声音传播媒介的视野中,考察赵树理对小说的自我要求与传播理想,以及路遥小说《平凡的世界》的真实传播路径及收获的极大社会效用,可以发现两者之间的深层关联。赵树理的小说语言极为自然、生动、纯朴,并携带着乡间口语独有的俏皮、诙谐,甚至粗野,这是全然源于生活、源于人民的语言,他对语言的加工是极少的,如果存在加工,那就是"加工在更合乎

---

① 路遥:《路遥文集》(第2卷),陕西人民出版社1993年版,第375页。
② 路遥:《我与广播电视》,见叶咏梅编著:《中国长篇连播历史档案·作家作品卷》,中国广播电视出版社2010年版,第20页。

'说'这上头"。赵树理对中国民间口头文学,怀有发自内心的喜爱与由衷的深情赞赏,他说:"我觉得我们的东西满可以像评话那样,写在纸上和口头上说是统一的。这并不低级,拿到外国去绝不丢人。评话便是我们传统的小说,如果把它作为正统来发展,也一点不吃亏。它是广大群众都能接受的。"①

赵树理认为优秀的小说作品,一定是农民"愿意听"且"听得懂"②的,由此才能产生积极的社会效应与深刻教益,所以,他最为看重与听众形成密切与深入互动的传统文艺形式——评书。中国文学史家也将赵树理的小说称为评书体现代小说。③鲁迅在谈论宋人说话时写道:它是"一种平民底小说","这类作品,不但体裁不同,文章上也起了改革,用的是白话,所以实在是小说史上的一大变迁"。④赵树理也持相似观点,他曾谈道:"曲艺的韵文是接受了中国诗的传统的,评话是接受了中国小说的传统的。我觉得把它作为中国文学正宗也可以";"评书是正经地道的小说。我还掌握不了评书,但我一开始写小说就是要它成为能说的,这个主意我至今不变";"写出来不能够说,是我做得不够。好的唱词,应该是诗,写出来还不是诗,是唱词写得不到家。诗歌、戏剧、小说和曲艺都是一家,作家的作品和曲艺是一回事"。⑤不过,赵树理的这种认识,一方面受限于当时解放区与新中国成立后中国社会的客观环境,纸媒传播这一平台的确须仰赖物质资源;一方面他对声音媒介与口头文学的宣传强调不够,且并非出于理论与形式的自觉,故此,小说创作层面的实践尚未得到充分展开。

然而,以声音媒介调动听众的听觉系统,进而极大地推动小说的社会影响力,延续小说所传达的积极奋斗精神,并收获广大群众的认可、欣赏与感动的文学传播案例,在近半个世纪的历史演变中,路遥的小说《平凡的世界》的传播达到了赵树理的小说传播所未能达到的,在读者号召力、社会反响热度与正向能量

---

① 赵树理:《赵树理文集》(第4卷),人民文学出版社2005年版,第250、37页。
② 赵树理:《赵树理文集》(第4卷),人民文学出版社2005年版,第219页。
③ 钱理群、温儒敏、吴福辉:《中国现代文学三十年》(修订本),北京大学出版社1998年版,第372页。
④ 鲁迅:《鲁迅全集》(第9卷),人民文学出版社1981年版,第329页。
⑤ 赵树理:《赵树理文集》(第4卷),人民文学出版社2005年版,第33、47页。

传递等方面现象性与典型性的高度。

中央人民广播电台《长篇连播》节目播送路遥的长篇小说《平凡的世界》长达百余集，真正联络了广大的听众群体。也在小说直面读者之前，经过一百二十六天的播送，得以聚集小说的庞大听众群体。这不仅是当时社会群众间最为活跃的文学文化事件，对当今小说传播方式而言，也是一个文学接受与研究领域的热点现象。据电台统计，《平凡的世界》虽在"60周年60部作品排行榜"中处在第八位，但二十年来，它先后于1988年（播送一百二十六天）、2001年（播送一百五十二天）、2005年（播送一百五十二天）在中央人民广播电台播送三次，为21世纪听众点播排行榜的第一位。听众纷纷来信表示，自己深受作品中所传达的精神鼓舞，并交流他们的奋斗之路。小说的首播造就了80年代听众来信之最，"直接受众达3亿多"[1]。栏目还在路遥六十周年诞辰之际，在网络上发起题为《我与〈平凡的世界〉》的征文活动，同时组织广播原播送团队重新制作长达一百五十集的配乐广播节目，以此缅怀与纪念路遥。[2]可见，中央人民广播电台《长篇连播》节目播送的新中国建立以来的诸多长篇小说作品中，以其文学创作与听众、读者建立起最为紧密的精神联系的作品，非路遥的《平凡的世界》莫属。这不仅是这部小说文本具备独特的魅力，更是它具备能够与广播播送这一声音媒介达成最具情感共鸣，以及朴素、真诚、易懂的可听可说的小说语言魅力。

然而，如果不考察这部小说当时的出版环境与社会评价情况，就很难理解一种媒介传播方式收获成功的关键，以及它对于小说的受众接受、文学界影响、社会效益等方面所产生的重大意义。这也是《平凡的世界》甚至作家路遥被视作一个广播史、文学传播史、文学史的独特现象与成功案例的原因。路遥的长篇小说《平凡的世界》出版于20世纪80年代，其时中国文艺界正值西方文艺新思潮、新方法不断涌入，而路遥的创作采用的是极为朴素的手法，这对当时文艺批评专

---

[1] 叶咏梅编著：《中国长篇连播历史档案·作家作品卷》，中国广播电视出版社2010年版，第34页。

[2] 叶咏梅编著：《中国长篇连播历史档案·作家作品卷》，中国广播电视出版社2010年版，第19页。

家的审美趣味而言无疑是一种挑战。在这样的文学环境中，众多作家、评论家很难如路遥这般在文艺审美方面保持着坚定与执着的信念，因此，小说第一部出版时引发了文学界的普遍否定，这对胸怀远大文学抱负的路遥来说是一个沉重的打击。贾平凹在怀念路遥的一篇短文中，就曾提到小说第一部在"出版后一段时间受到冷落"的不幸遭遇。①

1986年在北京召开小说《平凡的世界》第一部的研讨会，据著名文学评论家白描回忆，"研讨会办得非常失败"。除了少数人对小说表示肯定，如极具本土意识与人文关怀的著名评论家雷达等，更多的人则对其持否定态度，小说的评价极低。②路遥小说的"遇冷"正像开会当天"下着大雪"的天气一样，其时这部三卷本长篇小说仅完成了第一部，"迎头打来这么一棒，把路遥打蒙了。研讨会完了之后，陕西的人马灰溜溜地回陕西了，广东的灰溜溜地回广东了"。所以，在小说遭遇如此文学境况后，是中央人民广播电台的文艺编辑叶咏梅的果敢与决断为这部小说展开的传播路径、发挥的社会影响提供了更为多元的新的可能。③

在这种持续低迷的文学反馈中，得以令路遥的小说与读者直接接触，绕开沉浸在新思潮中的批评家，也不受当时文化界仓皇失措的环境影响，且从根本上突围了20世纪80年代中期以来文学消费固有路径的，是《平凡的世界》文本与《长篇连播》媒介平台两者间难得的际遇。在路遥备受打击的关头，除却朋友间的精神支持与鼓励外，真正为这部小说的传播提供新机遇的，是曾在延安星星沟插队的北京知青，后来在北京从事文学编辑工作的叶咏梅④，是她的决定让小说得以在中央人民广播电台的《长篇连播》节目中播送。路遥正是在这样的机缘中首先重新树立了些许信心，进而在小说播送与创作的同期进行中，从广大受众的感动

---

① 贾平凹：《怀念路遥》，载《华商报》2007年11月18日。
② 白描：《对路遥最大的支持——在20年后新版座谈会上的发言》，见叶咏梅编著：《中国长篇连播历史档案·作家作品卷》，中国广播电视出版社2010年版，第42页。
③ 冯建龙：《身后20年，路漫漫情未遥》，载《西部时报》2012年12月4日。
④ 叶咏梅：《回报》，见北京知青与延安丛书编委会主编：《黄土蕴情：我的精神家园》，中央编译出版社2014年版，第158页。

中得到了极大的精神支持与创作动力。

  白描曾说,给予路遥"最大的支持我认为是叶咏梅,叶咏梅在那种情况下,市场并不像现在这么好,那个时候决定广播这部小说,广播在那个时候是非常重要的传媒,而且听传统的小说连播,也是大家文化消费的重要通道"①。叶咏梅(笔名"叶子")也曾写道:"回想当初,《平凡的世界》第一部问世时,它静静地躺在书店的书架上,也许因平凡而很少有人问津;可一经电台连续播出,叩动了千百万听众的心,竟使作品供不应求,又进行再版……"②"广播的威力推动着印刷厂的轮转机,出版社一印再印,总也满足不了读者,直至它获得茅盾文学奖时已印了几十万册"③。路遥的女儿路茗茗曾做客广播台,与听众共同纪念路遥逝世十周年,她讲道:"中央人民广播电台是最早传播《平凡的世界》的新闻媒体,它以独特的手段,把我父亲创造的这一世界送入千家万户。那时我父亲一边在陕北创作,中央电台一边播出。""我要深深感谢中央电台的叶咏梅阿姨,她是我父亲的朋友,因为叶阿姨也是陕北插队的知青,是她首先发现了《平凡的世界》","十多年过去了,我身边的朋友在说起《平凡的世界》时,有不少人还记得起初是从广播上听来的",④足见这部长篇小说在最初得以吸引、收获庞大的受众群体,和听众的即时沟通与意见反馈,长久以来对中国广大普通民众的精神生活所发挥的积极影响,这一切都要从小说的被"发现"开始,也就是说,与此书的传播媒介存在着千丝万缕的联系。

  在叶咏梅看来,1987年春天她和路遥在北京电车上的偶遇,给了她"回报黄土地的机会"。其时,《平凡的世界》第一部刚刚由中国文联出版公司出版,

---

① 白描:《对路遥最大的支持——在20年后新版座谈会上的发言》,见叶咏梅编著:《中国长篇连播历史档案·作家作品卷》,中国广播电视出版社2010年版,第42页。
② 叶子:《谈听众的审美情趣——从长篇小说〈平凡的世界〉连播引起瞩目说起》,见叶咏梅编著:《中国长篇连播历史档案·作家作品卷》,中国广播电视出版社2010年版,第27页。
③ 顾志成:《广播的威力》,见王大方、叶子主编:《"上帝"青睐的节目:〈小说连播〉业务专著》,中国文联出版公司1995年版,第366页。
④ 叶咏梅编著:《中国长篇连播历史档案·作家作品卷》,中国广播电视出版社2010年版,第33页。

小说遭受了文学批评界的否定之声,而后,在阅读了第一部成书与第二部清样之后,叶咏梅备受震撼,她说:"我不把它看做是路遥个人的作品,我把它看成是黄土地的杰作。""我不再犹豫,立即决定录制这部长篇小说,让它早日同生活在平凡的世界里的平凡人见面。"①以播送《平凡的世界》成名的演播艺术家李野墨,回忆起首次播送的场面时感慨不已,"第一部是成书,第二部是校样,第三部是手稿。这是我有生以来头一回拿着手稿播长篇"②。如果说《平凡的世界》这部小说以其滚烫的文字温暖着读者的心,那么在此之前,无疑是经由演播者手持着留有体温的手稿,口传着作家真挚炽烈的语言,以小说充满光彩与热度的精神引力,吸引了一批忠实且稳固的小说听众群体。小说的第一部遭受"当头棒喝"之后,受到作为文学编辑的叶咏梅的欣赏和支持,可想而知这对路遥而言是何其之大的认可和鼓励。同时,这从另一方面说明了一部文学作品所承载的深情与精神,足以剥蚀并瓦解专业批评家、研究者在理智、技法、知识方面所形成的壁垒与高墙,激起人们复归为婴儿般素朴的乡情人情,进而触及人类共通情感的无限感与天地观。

另外,与其他通过长篇连播的方式令小说大获成功不同的是,路遥的《平凡的世界》是先行以声音媒介与听众发生关联,成就了"中央电台《长篇连播》节目听众来信之最"③,积累了千百万听众的信赖与支持,带着听众的喜爱、感动与深切共鸣,在小说出版之后,忠实的听众随之成为稳定的读者,进而创造了一种"常销书"④的文学生产模式;而非先以纸媒传播方式的成功,召唤起听众的阅读记忆与时代记忆,从而反哺仰赖听众的声音传播媒介。《平凡的世界》在受众间收获成功的路径,呈现为以听众带动读者、以广播带动纸媒、以声音带动文

---

① 叶咏梅:《回报》,见北京知青与延安丛书编委会主编:《黄土蕴情:我的精神家园》,中央编译出版社2014年版,第158—159页。
② 冯建龙:《身后20年,路漫漫情未遥》,载《西部时报》2012年12月4日。
③ 叶咏梅:《回报》,见北京知青与延安丛书编委会主编:《黄土蕴情:我的精神家园》,中央编译出版社2014年版,第159页。
④ 邵燕君:《〈平凡的世界〉不平凡——"现实主义常销书"生产模式分析》,载《小说评论》2003年第1期。

本的互动关系。所以,从这个角度上说,长篇连播的声音传播方式对路遥的《平凡的世界》而言,可以说是开启了文本的新生命,这不仅是选择并受益于《平凡的世界》的《长篇连播》节目的幸运,更是于作家路遥而言,以自我认同的农民身份的平视位置、与作品人物故事相适应的朴素创作手法,以及时时观照的自我预设中农民群众、奋斗青年等读者群体,并得以在最真挚、最温情也最日常化的场景中伴随听众心灵的最为契合的声音传播方式的幸运。

《平凡的世界》传播机制的成功与广大受众群体的形成,一定要经过向上追溯的过程才能全面理解其原因。因为,无论路遥此前创作的《人生》等中短篇小说收获了多大的成功,高加林等人物成为全国青年口中讨论的对象,小说多次斩获全国优秀中篇小说奖,改编小说而拍摄的电影影响了一代青年,在文学界引发过不小的反响与争论,但是,《平凡的世界》第一部甫一推出便遭遇冷落与批评,这也是不争的事实。在这个前提下,借助声音媒介的平台与机遇,在作品传播的起初阶段,它所带来的社会关注与实际意义是不应该被低估的。而通过声音媒介吸引听众、扩大传播的长篇连播事件,却往往被文学研究者援引作为延续路遥作品生命力的证明,而尚未被视作其作品收获庞大受众群体的现实前提与基础。《平凡的世界》第一部出版时评价低、印数少,通过广播播送让更多的听众有机会直接接触作品,由仰赖声音媒介的传播转向纸媒的成功过渡与转轨,首播之后的两次重播,以及21世纪以来有声小说等多元媒介平台的支持,达成了多线联动的新的传播机制,在稳定了小说固有阅读群体的同时,吸纳了更多年轻且文学阅读背景较弱的听众群体与读者群体。

五、"文化自信"的守护者赵树理

中国传统与民间文化视野下的赵树理文学创作,可以被放置于多重文化范畴之内进行考察,如中国传统文化、民间文化、下层文化、通俗文艺等,这主要是相对于古典文化、城市文化、上层文化、精英文化而言。笔者首先从文化形态界定的角度,对文化的不同范畴和含义进行梳理。从人类学与社会学的视野中考察文化的范畴,西方学者曾进行诸多尝试,基于社会中普遍存在的二元呈现形态,在人类学家罗伯特·芮德菲尔德那里，以都市与乡村两种文化产生领域为基础，提出了"大传统"与"小传统"这两个相对的概念。罗伯特·芮德菲尔德认为，"在某一种文明里面，总会存在着两个传统：其一是一个由为数很少的一些善于思考的人们创造出的一种大传统，其二是一个由为数很大的、但基本上是不会思考的人们创造出的一个小传统"[①]，分别对应着古典文化与民俗文化、上流社会传统与通俗传统等。这一理论被后来的西方学者视作人类文明史研究的重要理论源头，进而在西方文化语境中演变为相互对立的精英文化与大众文化。

哈贝马斯的文化观同样是从二元视角切入研究，他从17、18世纪西欧社会的两个体系出发讨论文化孕育的不同来源及其相互对立的价值内涵，即以"公共领域"和与之相对的"市民社会"两种文化空间为代表。哈贝马斯认为，源于国家体系中的政治层面的公共领域，处于文化范畴中的绝对位置，而其他领域如公共权力、公共文学与市民社会，都处在以政治公共领域为中心的次一等位置。然而在此之后，哈贝马斯根据社会结构的演变，在1990年再版其专著时，对这一看法有所修订。他认为，近年来的市民社会与近代社会呈现出越发显著的差异，即市民社会"不再包括控制劳动市场、资本市场和商品市场的经济领域"，它的"核心机制是由非国家和非经济组织在自愿基础上组成的。这样的组织包括教会、文化团体和学会，还包括了独立的传媒、运动和娱乐协会、辩论俱乐部、市民论坛和市民协会，此外还包括职业团体、政治党派、工会和其他组织等"。[②]故此，曾处于边缘位置的市民社会开始进入与公共领域分庭抗礼的新的阐释空间。这一理论转变一定程度上对文化认知的一元化倾向有所撬动，但是仍未打破作为绝对权威的政治力量，也在社会话语中尚未打开一个更为开放的文化可能性。

钟敬文于20世纪80年代提出民族文化建基于"上层文化"和"下层文化"两个体系，它们分别侧重于"为封建阶级所创造的文化"与"过去广大农民、工匠

---

① 罗伯特·芮德菲尔德：《农民社会与文化：人类学对文明的一种诠释》，王莹译，中国社会科学出版社2013年版，第95页。
② 哈贝马斯：《公共领域的结构转型》，曹卫东、王晓珏、刘北城等译，学林出版社1999年版，1990年版序言第29页。

等所创造的文化",而"下层文化"强调"广大群众在长期社会生活中所创造、继承和发展而成的"民间文化,主要由"物质文化、精神文化以及社会组织(如家族、村落及各种形式的社会团体)"等方面构成。[①]这里的民间文化认识是以社会文化史的发展历程为线索,着力凸显民族的文化精神与物质文明两者的辩证统一关系,其中民间文化作为中华民族传统文化的深层文化肌理,是人类进入文明社会进程的重要精神资源。

20世纪90年代,陈思和所论述的"民间文学"的艺术呈现和审美形态,可谓近年来中国学界民间文学研究的典型代表。他指出,民间是"二十世纪中国文学史上已经出现,并且就其本身的方式得以生存、发展,并孕育了某种文学史前景的现实性文化空间",而文学史意义中的"民间"则具备以下几个特点:"一、它是在国家权力控制相对薄弱的领域产生的,保存了相对自由活泼的形式,能够比较真实地表达出民间社会生活的面貌和下层人民的情绪世界;虽然在政治权力面前民间总是以弱势的形态出现,但总是在一定限度内被接纳,并与国家权力相互渗透。""二、自由自在是它最基本的审美风格。""三、它既然拥有民间宗教、哲学、文学艺术的传统背景,用政治术语说,民主性的精华与封建性的糟粕交杂在一起,构成了独特的藏污纳垢的形态。"[②]这里的"民间"观将"民间文化"的内涵与外延做了细腻研究,在民间文化和政治文化两者间显在的二元关系中进行了互动性、关联性的讨论,着力挖掘其中潜在的重合与勾连关系,对民间文化的理论推进与视野拓展做出更进一步的提升,并将民间文化和文学创作之间的借鉴、再造、疏离等文学呈现方式,在极大程度上予以系统性的构建。这里的民间文化与民间文学思考,可以从赵树理的文学创作理念与实践中得到诸多启发。

陈思和以民间文化的视角观照赵树理的小说创作具有极大的典型性。他明确指出,赵树理是一个持有民间文化一元立场的论者,"典型的民间文化正统论者",这也是赵树理反复强调的文艺工作普及与提高的关系中,普及所处的重要

[①] 钟敬文:《话说民间文化》,人民日报出版社1990年版,第16、19页。
[②] 陈思和:《鸡鸣风雨》,学林出版社1994年版,第26、34—35页。

前提位置的原因。陈思和认为，他的这一主张"不是二元文化的超越，而是由民间文化一元立场上的自我提高的观点"。①然而，我们是否可以从赵树理坚持的民间文化理想中考察其历史变形与内涵转化，以及这一坚持影响下的作家叙述姿态与审美志趣，梳理赵树理坚持的人民文艺中内聚的包容性与可阐释性意涵？身怀着对中华民族传统文化与民间文化的执着坚守，并深具"文化自信"的理论自觉，赵树理以其深入生活、融入群众的叙述姿态，追求一种书写农民生活、昭示积极教益的文艺准则，这种文学理想与人民文艺存在极大关联。因此，赵树理的文学创作可被视作近现代以来中国文化界所一贯引以为志业的人民文艺的先觉的文艺践行与历史主体，真正从实践层面成就了人民文艺的实现、拓展与深化。从这个角度上看，以当下的文艺视野来考察"文化自信"与"人民文艺"②的理论内涵，在一定程度上可谓深怀着对中国传统与现代文艺、通俗与精英文艺、城市与民间文艺、文明与落后文艺等种种疏离、抵牾、对抗的文化意涵进行统合的文学文化理想。

"人民文艺工作者"③赵树理，一直守护着整体性、系统性、民族性以及世界性的文艺观，他所关注的文艺类别绝不受限于文学视域，对曲艺、戏剧、音乐、舞蹈、美术等多种文艺的传统资源多有涉猎，呈现出整体性与系统性的文艺自觉意识。同时，赵树理一贯重视中华民族中敢于情感释放、擅长自我表达的少数民族的文艺实践活动，并主张大力保护并积极学习中华各民族文化艺术的优长，得以建构能显现中华文化之丰盈、中华民族精神之广博的人民文艺。赵树理的世界文艺观以坚实的中华民族文艺为基础，并以自己的方式与世界文学达成汇通互动，这是他着力强调口头文学，而非与人民群众相互疏离的精英文艺观的根本原因。

赵树理对中国民间文化、传统文化十分珍视，对中国的农民群众极为尊重，从未自诩精英阶层，对待农民就像对待朋友与家人。他致力于消除知识分子与人

---

① 陈思和：《鸡鸣风雨》，学林出版社1994年版，第33页。
② 习近平：《在文艺工作座谈会上的讲话》，载《人民日报》2015年10月15日。
③ 赵树理：《赵树理文集》（第4卷），人民文学出版社2005年版，第146页。

民大众之间的隔阂,并从这种观点出发,认为文艺所承载的普及工作需要在一个极长的历史时期内讨论,绝非随着社会体制、时事政策而轻易偏废。他曾说:"我们不要把群众看得那么狭隘。群众可以接受知识分子的东西,知识分子的东西至少也是百花中的一花。""不能把群众的文艺风度全部扫掉了。""有些人误以为中国传统只是在普及方面有用,想要提高就得加上点洋味,我以为那是从外来艺术环境中养成的一种门户之见。即使文化普及之后,也不应该辛辛苦苦去消灭我们这并不低级的传统。""一个简单的故事,只要受到人们大众的欢迎,为人民大众真心喜爱,就会被人民大众中的艺术天才们不断地丰富它,使它成为很高级的作品。"而对于提高,他认为"还是要先向群众学习,向传统学习"。①由此观之,赵树理有关普及与提高的文艺主张,是以人民群众的欣赏水平、理解水平、创作水平为转移的,是真正内在于人民来思考人民文学的发展问题。

赵树理以群众为核心、以人民为本位的思想,在美国作家杰克·贝尔登那里得到了较为准确的理解,他对此评述道:"赵树理并不幻想要做个大作家,他也不想把所有的精力都用于写作,那样会使他脱离人民的。"②赵树理与劳动人民的心理距离极近,这反映在他对"身入""心入""情入"③的自觉摸索与践行。他曾谈到自己对乡村生活处境与农民思想状况的熟稔程度,他长期与农民朋友在田间地头一同劳作,同株树下一起休息,同个场院一块吃饭扯闲,已经做到了"无所不晓","当他们一个人刚要开口说话,我大体上能推测出他要说什么——有时候和他开玩笑,能预先替他说出或接他的后半句话"。另外,他主张深入生活需要耐得住光阴,要平心静气地与农民相融,由此提出长期交流的好处,即"久则亲""久则全""久则通""久则约"。④可见,农民、农村、农

---

① 赵树理:《赵树理文集》(第4卷),人民文学出版社2005年版,第36—37、33、40页。
② 杰克·贝尔登:《中国震撼世界》,邱应觉、杨海平、胡代岗等译,北京出版社1980年版,第116页。
③ 习近平:《在文艺工作座谈会上的讲话》,载《人民日报》2015年10月15日。
④ 赵树理:《赵树理文集》(第4卷),人民文学出版社2005年版,第163、221—223页。

业的"三农"问题已然成为赵树理所关注的核心,以及作为一个作家的文学思考对象。

不可回避的是,正因为赵树理对人民的真挚情感,使得其小说人物时而携带着某些封建残余思想等精神局限,而对于这种落后思想,作家大多进行了软化处理,即便小说中也时常借旁人之口对此发出驳斥之音,但总体上仍表现出对农民群众有限度的讽刺与极度的温情。实际上,这是由于作家对农民长期以来的饥馑生活与精神苦难感同身受,太过理解旧社会给农民带来的苦难。因此,在赵树理小说中可以发觉一个鲜明的现象,如《小二黑结婚》《三里湾》《"锻炼锻炼"》等小说,农民思想中萌发的奸猾狡黠与势利投机等缺陷,甚至于《李家庄的变迁》中的地主狗腿、小毛,都在常先生那里被宽恕,并最终逃过受苦农民的惩罚。正如陈荒煤所说,赵树理"对落后的农民也有讽刺,但是同情的,宽大的,希望他们改变的。即便如'二孔明',我们也不能丝毫感到是可'憎'的"[①]。

需要说明的是,农民中残存的某些封建思想不是通过一些性格弱点呈现出来,而是体现在农村政治权利转移与颠覆之后,被压迫的农民是否会再次回返到压迫的阶级层次中间?乡村传统伦理道德与民间人文情怀是否还是由农民群众来守护?或许这也是赵树理笔下,以农民的出身及其苦难经历便得以收获同情和善意的原因。从这个角度来看,作家出自一种苦难关怀意识,在小说书写中往往专意以乐观且充满希望的喜剧作结,在饱含深切的同情与发挥积极教益的前提下,为小说中的乡村民间或乡土社会书写了一个光明的未来。而这并非如一些域外研究者所理解的,源自西方宗教中神圣的劝诫或救赎故事,也不是为图解政治而精心制作的范本,赵树理小说中的这种结构倾向,确乎来自作家对农民群众的深沉情感,是情本体召唤了他对农村与农民的光明热望,并在小说中进行着喜剧结局与乐感修辞的艺术化表现。

杰克·贝尔登曾论述赵树理的作品,认为他的小说对风起云涌的乡村变革缺

---

① 陈荒煤:《向赵树理方向迈进》,见黄修己编:《赵树理研究资料》,北岳文艺出版社1985年版,第198页。

乏宏观上的把握与史诗性的展现，他说："我亲自看到，整个中国农村为激情所震撼，而赵树理的作品中却没有反映出来。"①日本学者洲之内彻的观点与贝尔登的看法不同，他敏锐地指出："这个外国新闻记者不过是过分地追求中国革命中的浪漫色彩罢了。"②的确，造成如此认知误差的根本原因是贝尔登与赵树理两人的观察视角不同。贝尔登作为域外作家，他以乡土中国的外部视野与城市精英的俯观视角理解中国乡村的巨大变革，这种双重局外人身份在观看与书写中呈现为或极度松弛或备受震撼的心理状态。他说："我在看《李家庄的变迁》时，曾经想象过在中国农村中人们看到这本书的兴奋状态，而且被这种想象中的兴奋所感动了"③。

这就像被书写的历史与口述史所呈现的不同情绪相类似，前者倾向于历史结论的渲染、解释与反向推演，后者则表现出一种对内在于日常化场景的沉静甚至冷漠。这一类比足以揭示赵树理小说中平实素朴的乡村革命叙述所产生的原因，这里不单是为了"照顾"作家心中所预设的读者群体，更源于他将农民、农村、农业作为小说叙述的绝对视域，由此带来的一种内在的冷静、平和与顺理成章。

赵树理在其文本叙述中，倾向于以讲述故事为小说的基本单元、发展动力以及表现核心，从而忽略了现代小说创作所注重的人物塑造问题。即便是在其人物传记性作品中，诸如《孟祥英翻身》《福贵》《实干家潘永福》等，他也是在叙述中着力凸显史性与材料性，将真实素朴作为为劳动人民立传的基本要义，而非渲染人物的英雄性与传奇性色彩。他曾在一篇文章中分享文学的创作经验，认为"故事的结构，我也是尽量照顾群众的习惯：群众爱听故事，咱就增强故事性；爱听连贯的，咱就不要因为讲求剪裁而常把故事割断了"，"至于会不会因此就

---

① 杰克·贝尔登：《中国震撼世界》，邱应觉、杨海平、胡代岗等译，北京出版社1980年版，第117页。
② 洲之内彻：《赵树理文学的特色》，王保祥译，见黄修己编：《赵树理研究资料》，北岳文艺出版社1985年版，第457页。
③ 洲之内彻：《赵树理文学的特色》，王保祥译，见黄修己编：《赵树理研究资料》，北岳文艺出版社1985年版，第457页。

降低了作品的艺术性,我以为那是另一问题"。①正如鲁迅所说:"我相信,从唱本说书里是可以产生托尔斯泰,弗罗培尔的。"②的确,文艺形式是没有高低之分的。

赵树理所持守的故事叙述规范,主要来自强烈的民本主义思想以及鲜明的读者意识。他致力于为广大农民群众创作的这一原则,不仅与其后毛泽东在《讲话》中所提及的文艺理论指导相契合,更在为工农兵的文艺信条中创作了为群众所喜闻乐见且能够彰显中国作风、中国气派的文学作品,从这个意义上说,赵树理的小说无疑是延安时期人民文艺创作思潮中最为切合实际,同时极具理论自觉的作品。"文艺为谁服务的问题,在理论上早已解决,在实践中并未解决,至少还没有全部解决"③,昭示着中国作风与中国气派的文学作品最初在赵树理的创作实践中寻得了历史主体。

把握住古典、民间与外国的文艺资源④,是赵树理眼中中国文艺各个领域的共同核心,他不单将视野投注在中国本土的传统与民间文化资源内部,同时认为,立足本土、超越本土方能真正立于世界文学之林。故此,赵树理的文学创作理想与高远抱负,是寄希望于以有效开掘本土的传统文艺矿藏,充分释放民间文艺与群众精神的能量,并以此为基础,在中华民族的多元文化与民族精神中不断汲取,进而以自觉自信的中国文学创作道路与独特精神风貌,为世界文学提供别样的文学经验和文化资源。

惠雁冰曾深刻读解了赵树理的文艺观与人生观中深沉的"乡土中国情怀",认为其"充满了现实温情与传统美学特征的乡土叙事方式,是赵树理民族化风格的深刻显现,也与延安时期乡村建设的策略高度契合,这也正是赵树理在1947年后被誉为解放区方向性人物的重要原因"。最为重要的是,他认为,赵树理小说中渗透的某些"新变",所带来的"矛盾性的确是个问题,但与矛盾性并存的创

---

① 赵树理:《赵树理文集》(第4卷),人民文学出版社2005年版,第125页。
② 鲁迅:《论"第三种人"》,见《鲁迅全集》(第4卷),人民文学出版社1981年版,第441页。
③ 赵树理:《赵树理文集》(第4卷),人民文学出版社2005年版,第37页。
④ 赵树理:《赵树理文集》(第4卷),人民文学出版社2005年版,第167页。

作中的'不变'同样也是一个需要我们不断反思的问题"。[①]该文在此提供的启发性思考提醒我们，在当今文化自信的文艺风度下，重新研究赵树理文艺作品的反思性、必要性与现实性。

当然，需要说明的是，赵树理文学创作中的某些封建文化因子，是经由割裂、转化与变革的中国现代社会革命与文化革命中难以规避的伴生物。当中国以自己的方式逃出封建暗影的笼罩，收获独立自主的国际地位，并步入现代国家的历程中，中国古典与传统文化的新资源业已在新时期以来的作家创作中，开启了全新的话语维度与文化空间。在这个过程中，赵树理的大众化人民文艺创作实践无疑对新时期以来的作家创作、文艺思潮具有一定的借鉴意义，诸如当代文学中被鲜明指称为"底层文学"的这一现象，作为人民文学的一个重要分支和文学表现形态，它的创作视角就需要和赵树理小说的叙述位置无限靠近，其精神承载与社会担当意识，也与赵树理文学创作的格局与气度保持着紧密联系。

由此，倘若我们以当下的文化视野观照赵树理的创作，可以将其读解为中国现代以来最早且最大程度上守护着人民文艺创作理想的重要作家。赵树理的文学创作明确地指出了中国人民在历史中的显著位置，将高远的历史观与质朴的文艺观引入中国现代文学的创作，并在民本主义思想与审美志趣的支持下延续着文艺大众化的创作追求，为其后柳青、路遥等作家的创作精神与文艺境界开辟了极为有益的方向。赵树理是20世纪中国文学中，将时而标高、时而沉潜的人民文艺创作理路进行重要承接、强势率领并引以为志业的践行者与指路人。

---

① 惠雁冰：《从〈三里湾〉看赵树理的"新变"与"固守"》，载《文学评论》2018年第5期。

第二节

周立波研究在世界

　　周立波的小说《暴风骤雨》在20世纪50年代初斩获苏联斯大林文艺奖，故此苏联学界对这部小说的译介与翻译起步较早。而日本学界在"人民文学"的研究思潮之下，对周立波的小说给予了较多的关注，所以小说出版之初便展开了相关的翻译与研究工作，收获不少研究成果。但是较之丁玲与赵树理在世界的研究情况来看，有关周立波的研究文章较少，尚未形成独具特色的研究方向，也并未从问题意识出发留下具有深度的研究，研究大致停留在文本的艺术特色、审美风格、叙述主题，以及民族形式、乡土语言的层面。80年代以来，身居海外的中国学者在相隔半个多世纪之后，将《暴风骤雨》的研究推向一定的深度，发出自己的声音。这与苏联、日本学界在与小说发表同期所撰写的研究文章形成了较大的对比，呈现出不同的研究趋向。针对周立波小说在世界所取得的有限的研究成果，本节主要将周立波小说的译介与研究成果予以简述，并对50年代与80年代的周立波小说研究进行对比研究。

一、周立波作品的域外译介概述

　　作为一位集创作、评论于一身的文艺工作者，周立波早在20世纪30年代就进入中国左翼文学界。他除却这里要谈的作家身份，还以译者身份翻译了不少苏联著名作家的作品，并归纳总结了大量的翻译理论，以记者与翻译的身份和美国军事家卡尔逊一同前往解放区与前线，还以苏联文学教师的身份在延安向学生教授外国文艺课程等。以作家身份从事文学创作的周立波，其长篇小说《暴风骤雨》作为最早一部描写农村土地革命的作品，在苏联斩获1951年度的斯大林文艺奖之后，引起了苏联与日本的中国现代文学研究者的热情关注，他们创作了不少周立波小说创作研究的文章。这不仅得益于周立波此前作为文学翻译家的世界声誉，更来自其小说中独特的文学审美风格及所呈现的时代精神。1950年，由周立波担任文学编剧与顾问，苏联和中国合作拍摄的电影《解放了的中国》荣获大奖。①

周立波的小说在日本与苏联引起了一定影响，一些欧洲国家如波兰、罗马尼亚等也紧随苏联的脚步译介周立波的小说。下面主要介绍日本与苏联学界对周立波小说的翻译情况。周立波的《暴风骤雨》早在1951年便由鹿地亘与安岛彬合译，在东京哈脱书房出版。1952年1月，日本《横滨大学论丛》登载波多野太郎的文章《中国的现代文学和土地改革——从〈白毛女〉到〈暴风骤雨〉》。②1956年，由三好一与池田幸子合译，在三一书房出版了周立波《奔流》的日文译本。③1962年，东京劲草书屋出版了东京大学中国文学研究室编的《中国名著鉴赏与批评》，其中收入了安岛彬评论《暴风骤雨》的文章。④

周立波的小说《暴风骤雨》俄文译本首次出版是在1951年末，作品甫一出版便引发了苏联学者的关注。莫斯科外国文学出版社出版的《暴风骤雨》，由В. 鲁德曼翻译并作序，В. 卡利诺科夫翻译，Б. 舒普列佐夫校对，此单行本内附《出版者的话》以及由周立波撰写的文章《我怎样写〈暴风骤雨〉》。此版本在1952年再版。1957年，周立波的小说《铁水奔流》在莫斯科外国文学出版社出版俄文译本，由С. 伊凡科翻译，Р. 阿法纳西耶夫校对。1960年，莫斯科外国文学出版社出版周立波的长篇小说《山乡巨变》（译为《春到山乡》）俄文译本，由В. 克里弗佐夫翻译，В. 沃叶沃金校对。1962年，同样由莫斯科外国文学出版社出版《山

---

① 李明滨、查晓燕：《中外文学交流史·中国-俄苏卷》，山东教育出版社2015年版，第271页。
② 刘庆澄辑译：《日本研究中国文学目录索引（一）》，见刘柏青、张连第、王鸿珠编：《日本学者中国文学研究译丛》（第1辑），吉林教育出版社1986年版，第268页。
③ 严绍璗、王晓平：《中国文学在日本》，花城出版社1990年版，第412页。
④ 宋绍香：《中国新文学20世纪域外传播与研究》，学苑出版社2012年版，第77页。

乡巨变》续篇，译者为 B. 克里弗佐夫。另外，苏联出版的中国现代小说选多次选入周立波的作品，如1953年，莫斯科外国文学出版社出版了由 Ю. 卡拉谢夫编辑的《中国中短篇小说集》。① 六七十年代，作家周立波的名字便进入苏联各大百科全书。②

1951年，苏联学界的杂志上发表多篇文章评述周立波的著作。如 B. 鲁德曼创作了《暴风骤雨》俄译本第一版序言，H. 霍赫洛夫创作的《描写中国农村伟大变迁的长篇小说》发表于1月27日的《真理报》，阿尼西莫夫创作的《与人民同行的作家》发表于3月19日的《真理报》，B. 克里弗佐夫创作的《新中国上空的太阳》发表于第6期的《远东》，З. 特罗伊茨卡娅创作的《胜利的果实》发表于7月2日的《劳动》杂志，Л. 波兹德涅耶娃创作的《兄弟般人民的形象》发表于7月18日的《乌克兰真理报》，H. 帕霍莫夫创作的《描写伟大转变的书》发表于第8期的《女工》杂志，B. 鲁德曼创作的《新中国文学的旗手们》发表于第11期的《东方之星》杂志，A. 马卡罗夫创作的《在火线上》发表于第18期的《苏联军人》杂志。③

1952年，苏联出版的《1951年优秀文学作品论文集》收入了论述周立波小说的论文《人民巨人的形象》，此文由 И. 叶尔马舍夫与 B. 维什尼亚科娃撰写。1955年，莫斯科国家文艺出版社出版的论文集《人民民主国家作家》，收入了 Л. 艾德林的论文《周立波及其长篇小说〈暴风骤雨〉》。苏联著名汉学家 Л. 艾德林撰写了多部中国文学研究著作，其中包括不少论述周立波小说创作的内容，诸如1952年出版的《描写伟大改造的长篇小说》、1955年出版的专著《论当代中国文学》，以及 Л. 艾德林与 B. 索罗金合著的《中国文学简论》等。④

1960年，《山乡巨变》俄译本译者 B. 克里弗佐夫撰写了文章《周立波及其长篇小说〈春到山乡〉》。克里弗佐夫在文章中写到，周立波的文学创作一贯"密

---

① 宋绍香：《中国新文学俄苏传播与研究史稿》，学苑出版社2017年版，第259页。
② 李明滨、查晓燕：《中外文学交流史·中国-俄苏卷》，山东教育出版社2015年版，第268页。
③ 宋绍香：《中国新文学俄苏传播与研究史稿》，学苑出版社2017年版，第41、53页。
④ 宋绍香：《中国新文学俄苏传播与研究史稿》，学苑出版社2017年版，第260—261页。

切联系人民，积极干预生活"，他"善于在作品中描绘广阔的，令人难忘的人民生活的画面"，"在这些方面，他是我们的卓越的楷模"。1962年，B. 克里弗佐夫为《山乡巨变》续篇撰写序言，他认为，周立波具有极强的绘画才能，小说中的景色描写"构成了一幅幅洒脱、精致的山乡的风俗画"，"用笔渗透而精致，具有中国画的画风"，同时，通过细腻的景致描绘显现出小说人物的性格细节，真正做到了"以景寄情，情景交融"。[①]

二、域外周立波研究的不同趋向

周立波研究在域外学界所取得的成果，较之丁玲与赵树理的关注度与研究深广度，存在着明显的差距。其原因首先在于，作者的文学实践相对较弱，从事文学创作的时间较短。其次，周立波在中外文学文化的译介与交流中做出了突出贡献，故此，他的文学鉴赏与审美风格倾向于知识分子话语。为了践行文艺大众化的现实需要与精神追求，周立波的文本在人物语言方面显示出有意与农民话语靠拢的倾向，致使其小说创作不仅缺乏必要的文学实践，还在知识分子作者的叙述话语与人物的农民话语之间呈现出某种冲突，因而其作品的艺术成就较之丁玲与赵树理的小说稍显逊色。再次，周立波书写《暴风骤雨》的时间不长，紧凑的创作过程虽然可以为作品带来鲜明的现实性、时代性及文本叙述的热情，然而却在很大程度上对土改叙述中作为革命主体的农民的自觉成长性缺乏必要的交代与铺垫，从而显示出外部力量的介入、革命主体性被动呈现、历史与现实的互不融合等局限。

世界范围内的周立波小说研究中，以苏联、日本与执教海外的中国学者近年来所发表的研究成果为主。而将苏联、战后日本的研究与学者唐小兵有关《暴风骤雨》的研究文章进行比照就会发现，它们之间存在着饶有意味的关系。下面首先介绍苏联与日本学者有关周立波小说《暴风骤雨》的评述。由于和贺敬之、丁毅执笔的《白毛女》剧本、丁玲的长篇小说《太阳照在桑干河上》一同荣获了

[①] 费德林等：《前苏联学者论中国现代文学》，宋绍香译，新华出版社1994年版，第285、302、303页。

斯大林文艺奖，周立波的长篇小说《暴风骤雨》较早便被俄苏文学界关注，学者对这部作品给予了较高的评价。加之周立波在俄苏文学向中国的引进与翻译工作中较早做出了实际贡献，使得他的文学作品在俄苏文学界的知名度与声誉较高，学界与读者间的认可度也较高。20世纪40年代以后周立波翻译的第一部文学巨著——肖洛霍夫的《被开垦的处女地》，建构起两国文学界的文艺交流通道。俄苏文学界很早便开始了对解放区文学的研究，汉学家B.索罗金认为，中国解放区文学的总体特征为"新生活，新人物，新思维"①；《暴风骤雨》俄译本的编者在作品前言中写道，此书是"反映土改的第一部著作"，作者周立波是"天才的中国作家"②；著名学者B.鲁德曼曾谈及这部小说，认为它是"以其激动人心的题材的宽广与丰富，明显地区别于中国描写土改生活的其他作品"③；Б.舒普列佐夫指出，周立波小说中的人物形象塑造极为成功，其作品主题正是通过"展现新人的诞生和成长的历程"而得到展现的④；小说中人民所喜闻乐见的民族形式在B.鲁德曼看来，是被充分运用且收获了广泛成功的⑤。

20世纪50年代初期，日本学者鹿地亘为他翻译的周立波小说《暴风骤雨》撰写序文并发表评论。正如上文所讨论的，战后日本文学界掀起了研究新中国人民文学的高潮，这部小说的翻译以及这篇文章的写作便处于这段时期。鹿地亘认为，周立波将自己参加东北土地改革的真实经历，以浓烈真挚的情感进行了叙述，作者看到了农民"暴风骤雨"般的力量，"并看到了这种力量的来源"。同时，研究者有感于中国"民族之力"与"民族的自信"，深深惊讶于那令"人们所注目的中国广大农民竟有如此巨大的威力"。⑥鹿地亘在文章中给予高度评价的正是周立波对于土地改革的激情叙述，这不仅释放出了作家的充沛热情，也令

---

① 宋绍香译编：《中国解放区文学俄文版序跋集》，中国文史出版社2004年版，第301页。
② 宋绍香译编：《中国解放区文学俄文版序跋集》，中国文史出版社2004年版，第67页。
③ 宋绍香译编：《中国解放区文学俄文版序跋集》，中国文史出版社2004年版，第64页。
④ 宋绍香译编：《中国解放区文学俄文版序跋集》，中国文史出版社2004年版，第67页。
⑤ 宋绍香译编：《中国解放区文学俄文版序跋集》，中国文史出版社2004年版，第64页。
⑥ 鹿地亘：《〈暴风骤雨〉使我们看到了一个不寒而栗的真相》，宋绍香译，见刘柏青、张连第、王鸿珠主编：《日本学者中国文学研究译丛》（第4辑），武鹰、宋绍香编译，吉林教育出版社1990年版，第197、199页。

时代此端且身处域外的读者深受触动。对土地改革的如此感知、创作与阅读体验，可以联想到赵树理小说对此显示出的相对静默与淡然的态度，这种态度甚至贯穿于小说最后所书写的反抗地主的"暴力"行为。由此，两人迥异的叙述姿态得到了强化，从而凸显出不同的作者形象。周立波的小说传递出的革命激情与风云变幻的氛围，更多地倾向于一种知识分子的意识与现代小说的叙述姿态。《暴风骤雨》中所体现的现代小说的叙述特征，不仅来自文本中的风景描写，它被作为文学的现代性表征①而行使着情感修辞与心理修辞的功能，更在于作者与叙述对象之间所相隔的一段叙述距离，正因为这段距离，作者才得以脱离叙述对象进行主观创作，进而作为处在叙述主体之外的"他者"位置为革命的激情所震撼。当然，鹿地亘在文章中写到了小说所留有的遗憾，例如偶有出现的"混乱的描写和不自然的缺陷"，以及一些"不妥的急躁和浮浅之处"。②正如上文所说，这类问题多数是受制于有限的创作时间与生活经历。

日本学者安岛彬认为，《暴风骤雨》可谓一部描写中国农村土地改革的百科全书式的作品。小说对于土改中在外国人看来的诸多疑惑均进行了解答，即什么是土改、为什么需要土改、怎样做才能成功等等。同时，小说中的农民表达乃至控诉，让长久沉默的农民开口说话，这些情节令研究者与读者感触良多，安岛彬写道："创造历史的人们，即在历史上伏首低头的人们——农民，静下来，回首往事，想到'创造'过程中充满了痛苦和艰难，一朝胜利，深受感动"，也正因此"使我们正确地认识到了人民的伟大"。③周立波小说《暴风骤雨》中控诉会的场面被多次描写，它不仅是体现农民一步步争得权利的历史过程，更是反映土改斗争进程的最直观的场景。控诉会作为一种集体行为，首先是通过声音传达信

---

① 柄谷行人：《日本现代文学的起源》，赵京华译，中央编译出版社2013年版，第8页。
② 鹿地亘：《〈暴风骤雨〉使我们看到了一个不寒而栗的真相》，宋绍香译，见刘柏青、张连第、王鸿珠主编：《日本学者中国文学研究译丛》（第4辑），武鹰、宋绍香编译，吉林教育出版社1990年版，第199页。
③ 安岛彬：《一部值得阅读的作品〈暴风骤雨〉》，李东来译，见刘柏青、张连第、王鸿珠主编：《日本学者中国文学研究译丛》（第4辑），武鹰、宋绍香编译，吉林教育出版社1990年版，第201—202页。

息，以受害个人遭遇的自我表达，将原本属于村庄中皆知的"秘密"暴露在"我们"之中，个人化主观情感的"伤疤"通过"我们"的反复陈情，上升为客观事实进而在"我们"心中形成共情与共鸣。在一个具有封闭与自足属性的乡村伦理环境中，一次次举行的控诉会以公开的方式，逐渐取消了长期掌握村政权力的施暴者的合法性，而这里的权力关系也在颠覆中重新得以建构。这种以声音的重复、故事的复述、情感的激化来强化苦难遭遇的行为或"仪式"，不仅是在历史真实中发挥着实质性作用，也在周立波的笔下行使着修辞与话语塑造的作用。农民在斗争之后所收获的经济权益，便成为他们得以接受改造、实现改造的基础。通过这个基础将农民的力量整合进入革命力量，甚至在文末以参军的方式进入民族国家的力量组织，进而实现小说的现代性叙述。由此，中国人民的力量从沉默无声而在历史中缺席，到力量被改造、激发、重组，这对于被事实殖民的战后日本人民而言，正是急需组织起来与当局、美国进行抗争的时期，故此，人民的力量无疑是被真挚颂叹的。

而在安岛彬看来，《暴风骤雨》也存在不少缺陷，他认为这和作者浓烈的情感注入不无关系，"过分的激动，有时会产生一定的艺术生命，然而，它会影响对事物的冷静而透彻的观察，有损于忠实地反映生活"①。研究者对于周立波书写的历史真实性与冷静、理智的态度存疑，体现在作家为土改与革命之上笼罩的某种浪漫激情色彩，以及作家为党代言、为农民劝言的显著的作者主体性叙述方法。由此所带来的革命思想与农民思想的脱节，以及作家为两者间设置的人为接轨，在研究者的理解中这些复杂的问题还缺乏充分与真实的展开，致使文本所提供的"历史"与"现实"脱节，"革命"的浪漫成为脆弱的幻象与虚无的泡影，并未得到读者的信任乃至共鸣。安岛彬认为，作品中的普通农民甚至农民干部，在初期表现出犹豫与谨慎，但是"后来就直线上升地成长起来。给人造成一种单

---

① 安岛彬：《一部值得阅读的作品〈暴风骤雨〉》，李东来译，见刘柏青、张连第、王鸿珠主编：《日本学者中国文学研究译丛》（第4辑），武鹰、宋绍香编译，吉林教育出版社1990年版，第204页。

纯的浅薄的形象之感"①。质言之，在安岛彬那里，《暴风骤雨》中运用知识分子语言对时事政治、土地政策、乡村伦理秩序的解读与还原均较为成功，然而，革命干部讲述革命思想的时候，农民或信赖或怀疑的回应，并非真正以革命思想与意识替代了原本的封建观念。所以也可以说，于农民而言，革命意识对其内心的介入甚至占据，并非他们收获主体意识的开始，而是革命支配了他们。在安岛彬那里，这便是周立波在《暴风骤雨》中没能处理好的最大问题。这个没能处理好的问题，在唐小兵的研究中被加以复杂化地铺展开来。

执教海外的中国学者唐小兵在其《暴力的辩证法——重读〈暴风骤雨〉》中，通过重读文本并以此进入其时社会的文化政治，在一种现代小说的视域中对《暴风骤雨》一书的革命与政治话语进行了独特的历史考察。既然是"重读"，研究者首先从作品的接受史与评价史入手，以某种研究话语的"默契""共识"或是"规范"开启"重读"的研究方法。唐小兵发现，《暴风骤雨》甫一出版，文学研究界便进入了一种评价定势，直至1980年出版的中国现代文学史著作也同样如此。实际上，这样的现象存在于苏联、日本对《暴风骤雨》的论述与研究之中，虽客观地指出了其中的不足，但总体而言均将这部小说放置在中国革命的激情与恢宏书写之内，认为它反映了新中国的人民、生活、思维的三重更新。而在唐小兵看来，这部小说在其研究史、语言风格、叙述场景、话语与伦理秩序等诸多层面，显露了多重的"暴力"色彩与权力关系，也正因此，使得这部小说包含着与同时代小说相较更为显著的"现代小说"特性。

小说评价史呈现出相对鲜明的一致性，在唐小兵看来是一种思维缺乏独立性，文学批评成为映现时代与体制的"必要回声"②，进而呈现出第一重的"暴力"关系，即政治时代与文学的一体化、体制化，作为一种权力关系的双方，显露出压制与捆绑的"暴力"，或曰唐小兵所言的"转述式文学"。《暴风骤雨》

---

① 安岛彬：《一部值得阅读的作品〈暴风骤雨〉》，李东来译，见刘柏青、张连第、王鸿珠主编：《日本学者中国文学研究译丛》（第4辑），武鹰、宋绍香编译，吉林教育出版社1990年版，第205页。
② 唐小兵编：《再解读：大众文艺与意识形态》（增订版），北京大学出版社2007年版，第114页。

小说评价史的确存在同质性，但倘若将文学作品的评论生态纳入一个现代国家的文学创作话语与研究话语整合的权力内部，或许言过其实，毕竟同时代及其之后的苏联与日本文学界的评价史也呈现出这样的一致性。由此，文学创作与研究的体制化权力关系无法涵盖的域外周立波小说观，促使我们考察唐小兵所言的"暴力"与权力关系之外的小说复杂性。

研究者认为，周立波在《暴风骤雨》中显现"暴力"的方式为"语言的暴力"与"暴力的语言"两个方面。周立波为追求农民的语言、"农民的气质"[①]，故而在作品中加入了不少农民常说的俗语、民谚，这在唐小兵看来是与真正的农民语言、生活存在极大差距的，文中的农民语言没有传达出农民的劳动经验与思维方式，仅仅成为一种刻意追求农民"气息"所使用的"装饰性的符号"[②]。因为小说的语言虽出自农民之口，但承载小说主题思想的话语却并非通过农民语言进行传达。后者在研究者看来体现了文本的革命语言及其表述者之于原本乡村伦理秩序的意义。唐小兵将革命语言及其表述者看作一个自足的乡村世界的介入者，他们的介入为乡村引入了"历史时间"，并压制了"自然空间"。陈学昭曾在其作品中谈及乡村世界的"空间性"而非"时间性"，即时间概念对农民而言是物质性匮乏，更是精神性缺失。[③]但是，研究者所言的"自然空间"的乡村，并非还原了其"自然"属性，而是从一个乡村之外的视角进行的观看行为，它所带来的才是对乡村"自然性"的拒绝，并将其固定在历史属性与文化属性内部。换言之，自然的乡村，不仅是一个在多个层面上被"暴力"长驱直入的空间，更是一个长久以往近乎麻木但也寻求改变的空间。在研究者看来，为乡村带来"暴力"的外部革命者，实际上是来到了一个本就充斥着无尽"暴力"的空间，进而以另外一个意义上的"暴力"为手段，以"暴力"的终结为目的的引导式过程。

---

① 《周立波文集》（第5卷），上海文艺出版社1985年版，第317页。
② 唐小兵编：《再解读：大众文艺与意识形态》（增订版），北京大学出版社2007年版，第118页。
③ 陈学昭著，朱鸿召编：《延安访问记》，广东人民出版社2001年版，第28、249页。

革命为乡村带来了新的意义，并打破了原本的乡村伦理秩序，然而在研究者的论述中，维系新秩序所需要的"基本策略则是暴力"①。以农民为实践主体的土地改革进程，在周立波的小说中被研究者称为"转述式文学"，一方面体现在文学创作与评论体系之间的语言转述；另一方面是以控诉会上语言与身体的剖白作为革命表征的农民行为，当农民的语言被革命话语置换并用以表达对地主的仇恨时，便成为小说中农民对共产党工作队语言的转述。

在唐小兵的理解中，当周立波以揭示本质的方式进入历史叙述之际，他所运用的话语或许就是内在于一种显在的叙述陈规，或者说，就其《暴风骤雨》的成书时间而言，他就为这样一种叙述做出了示范意义。这一观点的确有其合理与洞见之处，但是考虑到研究者撰写文章的时间为20世纪90年代初期，可以发现，时代环境之于文学话语同样影响着研究者唐小兵的观点与判断。正如他所说："重读《暴风骤雨》应该是一个深入细致的解读过程的一部分。我们需要全面解读的是中国现代文学史上40年代后期至60年代初期的一大批'转述式文学'（从《创业史》到《上海的早晨》，从《青春之歌》到《红岩》），而且也应当包括70年代完全垄断被许可范围内的社会象征行为的'革命样板戏'。"②文章中被鲜明呈现的正是唐小兵的一体化意图，即陷入了将《暴风骤雨》与其后三十年的文学创作相并置的危险，进而造成文本研究的简约化倾向。

乡村土地革命历史发生的见证者周立波与美国观察者杰克·贝尔登，同样描写控诉会、妇女会发动群众等场面，贝尔登的《中国震撼世界》一书中，以纪实的手法对真实的历史一一记述。由于二人分别以纪实性与现实主义的叙述方法再现土地革命，故而在许多故事内容、历史细节的呈现上颇为相近，如发动群众的准备工作、地主最后的"庇护所"等细节。杰克·贝尔登对此总结道："土地革命从两个方面打破了中国农民似乎是千古不变的蛰伏状态：一方面是精神的，

---

① 唐小兵编：《再解读：大众文艺与意识形态》（增订版），北京大学出版社2007年版，第120页。
② 唐小兵编：《再解读：大众文艺与意识形态》（增订版），北京大学出版社2007年版，第126页。

另一方面是物质的;一方面是从内部起作用,另一方面是从外部起作用。在精神方面,土地改革唤起了农民的希望。这是他们生平第一次产生的激情。在物质方面,土地改革给农民提供了与地主进行斗争的手段。"①亲历者与研究者对于革命之"暴力"的不同感知呈现在研究者唐小兵对《暴风骤雨》的"重读"、农民语言的"观看"过程中,总体而言,他是以文本形态"文化大革命"为视野反向考察《暴风骤雨》所提供的群众的组织方式、革命形式,以及这样一种"革命"的不间断性,即唐小兵所言的"维系暴力"。中国现代革命在研究者看来成了静止的阶段性手段甚至本质,革命的本质也被抽象为一种"暴力的辩证法"的深层逻辑。

对于土改书写而言,"暴力"是在权力关系的不平衡中被凸显出来,而革命的引入不是以本质化的"暴力"出现,也不是以革命者对农民话语与身体的征用(如"控诉会"上的集体揭伤疤行为)进而成为"暴力"的介入者或是对"暴力"的重新施用者。革命是以"暴力"的手段瓦解不平衡的权力关系,而非以"暴力"的方式解决问题。用来展示的农民受罪的身体,以及反过来被施暴的地主身体,是指向撕裂旧有权力关系并对身体与精神进行再造的方式,研究者对这种革命中必然携带的"暴力"感到恐怖,来自他带着透视历史的眼睛,从《暴风骤雨》中控诉会场面直接洞穿至三十年后的批斗会幻象。致力于打破一种文学创作与研究的陈规,以重新进入文本的方式触摸历史,此研究初衷在面对《暴风骤雨》中显在的革命话语时,开始陷入历史的后见之明的陷阱,并最终成为以文学作为支撑材料,以所谓小说的现代性来印证革命的现代性,进而在三十年后被极端发展的普通民众的集体"革命"行为与延安时期作家创作的文本之间达成逻辑关联。故此,《暴风骤雨》成为研究者对所谓的社会主义叙述与十七年时期小说叙述以及"文革"叙述之本质逻辑,进行无限上溯之后所找的文学形态的线头。

赵树理与周立波作为延安时期的重要作家,他们的小说译本幸运地与世界各

---

① 杰克·贝尔登:《中国震撼世界》,邱应觉、杨海平、胡代岗等译,北京出版社1980年版,第189页。

地的读者见面。小说中承载着中国传统文学的民族色彩、革命时代的顽强精神、人民战争的集体凝聚力,从而为世界读者带来了中国文学文化的气派和气度。就赵树理的文学创作而言,苏联学者关注其中为文学创作提供全新话语资源的民族形式,日本学者则在被事实殖民的战后社会环境中得到了"人民文学"思潮的精神洗礼与慰藉,为学界在传统通俗文化的资源中汲取养分提供了成功的经验。赵树理对"文化自信"的自觉执守,向我们展示了一位文化守望者的坚持与信念。赵树理以其"身入""心入""情入"的主体践行,让我们领略了一位"人民文艺工作者"的高尚形象与精神境界。同时,在坚持文艺大众化的道路上,赵树理与路遥在文学作品的传播方式中相遇,他们以声音为中介,启用听众的听觉系统,充分调动起文学作品传播的多样化方式,并在大规模的声音传播中、在听众内心播下了延安精神与人民文艺的种子。周立波的小说在世界读者与学者那里收获的影响力虽不及赵树理,但作为延安时期最早从知识分子语言向农民语言进行过渡的作家,其《暴风骤雨》等小说确乎给予了中国当代文学以有益启发与积极影响,更为其时世界文学认识中国文学、民间文化、延安文艺起到了桥梁与中介的作用。

第六章 域外延安文艺研究的反思

世界的延安文艺研究已历时半个多世纪，不同国家与地区的研究者纷纷发表独特的见解，有些呈现出区域性、时代性的共同特色，也有深受文艺思潮影响的研究成果，以及不少以延安文艺为镜，济难域外研究者本国文化困境的现象存在。

面对多彩纷呈的域外延安文艺研究，首先需要对其加以客观看待并肯定其中显现的思想价值。由此，笔者将以跨际文学研究中的主体性理论为出发点，讨论日本研究者竹内好所提出的中国现代文学"回心论"的深层内涵与社会意义，以及执教海外的中国学者王德威的"抒情现代性"的理论张力及其所申说的话语资源。

其次，域外研究界从20世纪70年代末期开始围绕现代性的问题意识对中国现代文学的研究展开了不同层面的深度研究，收获了可观成果的同时引起了本土学者的异质之声。需要说明的是，这部分研究成果绝非一些本土研究者所云——方法论上的创新与所谓的花拳绣腿而已。然而，对于现代性的重新思考，不应该将文学流派的现代主义、国家制度与经济发展的现代化，作为思考文学现代性的必然背景。所以，域外延安文艺研究的局限将在第二节以马克思主义文艺美学指出的"艺术生产同物质生产的不平衡"命题为重新思考文学现代性的研究入口。继而，对域外学界有关延安文艺的现代性问题再做探讨。以域外延安文艺研究为缩影，考察跨文化文学研究的现状可以发现，文化坐标对研究者的整体视域、理论视野、问题方法等均发挥着难以规避的影响，这层阴影不仅笼罩在域外延安文艺研究者上方，在中国本土研究者那里同样存在。这里并非妄求将这个极具悖论色彩与本源性的问题加以彻底解决，而是希望借助文学接受与研究中的敬恕态度，将一些来自意识形态的偏见与傲慢、文化差异的误读与"不见"进行有效规避。

最后，思考文学与政治二元论在延安文艺研究中的多重呈现，以及这一研究立场指导下的延安文艺研究所面临的匮乏趋向。或许可以尝试讨论域外研究者以及时代此端的我们在延安文艺之上所遗存的诸多疑问，即政治美学、意识形态话语内部的疑问。由此，第三节将试图借助"崇高"的理论内涵、实践关系、产生机制、心理影响等，讨论作为中国公共知识分子的现代作家、延安作家，面临一个现代国家的想象共同体的建构过程，从自我身份认同到民族文化认同的精神旅程入手，思考作为现代性文学与文化政治的延安文艺中所内蕴的巨大能量与文化潜力。

第一节

域外延安文艺研究的价值与意义

鲁迅曾在伊罗生于美国出版的《草鞋脚》的序文中谈到中国小说的起源，"小说家的侵入文坛，仅是开始'文学革命'运动，即一九一七年以来的事。自然，一方面是由于社会的要求的，一方面则是受了西洋文学的影响。但这新的小说的生存，却总在不断的战斗中"。"文学革命"十五年以来的小说创作，"因为在我们还算是新的尝试，自然不免幼稚，但恐怕也可以看见它恰如压在大石下面的植物一般，虽然并不繁荣，它却在曲曲折折地生长"。"至今为止，西洋人讲中国的著作，大约比中国人民讲自己的还要多。不过这些总不免只是西洋人的看法。中国有一句古谚，说：'肺腑而能语，医师面如土'。我想，假使肺腑真能说话，怕也未必一定完全可靠的罢，然而，也一定能有医师所诊察不到，出乎意料，而其实是十分真实的地方。"①所以，面对众声喧哗的世界延安文艺研究，中国本土研究者首先需要葆有主体性，以充分的自我认识、自我挖掘为前提，在与域外学界的互鉴与互动中，重新思考延安文艺之于中国当代文学与世界文学的现实价值与独特启发。笔者将从日本二战后文学界的中国"人民文学"研究热潮中，以竹内好带给日本乃至中国学界的别样省思为考察对象，同时就王德威提出的"抒情现代性"重要命题，分析它在中国古典文学传统直至当代文学中的潜伏线索。上述竹内好与王德威的努力，其初心与理论自觉均来自呼唤文学研究的主体意识，它不同于封闭狭隘的"民族主义"起点，而是在充分认识自我、

---

① 鲁迅、茅盾选编：《草鞋脚》，湖南人民出版社1982年版，第1—2页。

发现自我之际，与世界文学共同抵达一个更具独异自我精神的交流空间。

一、"回心型"文化与延安文艺

竹内好"回心论"思想的出发点，是以建构日本人民文化精神、日本人文社会学科学术研究等诸多层面的主体性存在意识为首要基础，在战后日本的特殊社会环境中，希望日本文化各界实现一种通过自觉抵抗精神及实践的自我文化保存与民族精神保存。竹内好在与鲁迅的"相遇"中进入了中国近代的反抗与革命史，又经由对赵树理小说的读解，形成了对新中国"人民文学"的独特认识，并致力于通过中国延安道路与延安文艺济难战后日本文化与文学。虽然，竹内好所身处的文化环境更为严峻，但在文化文学无时不在地发生跨语际交汇的时空中，如何处理自我的位置一直是其根本的前提。对此，季羡林曾说，在东西方文化交流中，"当然以本国文化为主，决不能反客为主或喧宾夺主。以中国为例，我们首先要继承中国传统文化的精华部分，与此同时，分析、接受外来文化的适合于中国国情的精华部分"[①]。这一观点并非等同于朴素的极端民族主义心理，而是一个跨际文化交流中的基本立场。竹内好无疑对文化交流甚至碰撞有着更深的认识，他的观点虽是立足于日本文化问题的实际解决，但其中所绽放的思想启发也对我们讨论延安文艺的现实性与当代性影响有所助益。

竹内好为日本文化所提出的"转向"，是相对于中国的"回心"而言的，指涉一国家之人民面对威胁或挑战之际所呈现出的不同态度，其中，缺乏抵抗意识、失落自我反思与保护意识、尚未形成执着于主体性意识等现象即日本的"转向论"；反之，存在着自我意识保存的自觉性、对主体性观念的深层理解、在绝望中不舍弃抵抗、在文化传统中勇于坚持也敢于拒绝等思想，便是竹内好所言的中国文化的"回心论"。日本文化的"转向"表现为一种把文化思想视作科学技术般的亡命追求，认为文化思想存在着线性优越性的发展逻辑，呈现出更新换代的发展态势。故此，民族的精神肌理在忘我追随中失却了主体性，进而也就缺席

---

① 刘建编：《中国文化与东方文化》，新世界出版社2015年版，第185页。

于历史之中。从明治维新开始，对文化的所谓之新，在向欧洲的学习中，令日本成为最好的学生，显现出"漂亮的转向姿态"①。

在竹内好的理解中，鲁迅代表的是近代中国面对西方国家的入侵所显现的文化人的一个面向，也是扩及中国文化精神的一个面向，而这一面向与胡适、林语堂那样的"进步"文人存在极大的不同。他认为："当所有通向进步的道路都被封闭了，所有新的希望都被粉碎了的时候，才能积淀起鲁迅那样的人格吧。不是旧的东西变成新的，而是旧的东西就以它旧的面貌而承担新的使命——只有在这样一种极限条件下才能产生这样的人格。"②通过鲁迅把绝望的抵抗意识反映在中国内部文化改造与外部文化学习借鉴中，依然能够葆有中国文化精神的强烈主体性，这恰好显示了中国传统文化自我保存意识的自觉性，以及运用文化母体中封建性元素的坚决自戕来反抗宿命，并从文化旧胎出发进行自我赋予、自我重构、谋求新世界，进而实现文化与精神的主体性延续。

竹内好为战后日本文化界带来的最大的问题意识，就是一种自我反思与自我坚持的意识，这看似是一组鲜明的悖论，也在悖论的张力中满含着强烈的矛盾。然而，矛盾与悖论并非指向物我二分的此消彼长，却在凸显这位日本战后思想家的时代性特征的同时，为时代此端的我们带来了深刻的启发。竹内好的思想体系中时刻保持着令人警醒的自我反思，即"我即是我亦非我"，一个作为个体的我要在基于实际生存的需要中自我保存，实现对非我的拒绝，但是，个体的我所走过的我的道路，绝非全然孤立的真空环境，作为社会人的我无法自绝于天地，进而需要形成一种以自我主体性的方式与社会/世界相处的运行机制。由此，这一机制便成为竹内好所说的，"表现在个人身上则是回心，表现在历史上则是革命"③。

---

① 竹内好：《近代的超克》，李冬木、赵京华、孙歌译，生活·读书·新知三联书店2016年版，第286页。
② 竹内好：《近代的超克》，李冬木、赵京华、孙歌译，生活·读书·新知三联书店2016年版，第283页。
③ 竹内好：《近代的超克》，李冬木、赵京华、孙歌译，生活·读书·新知三联书店2016年版，第286页。

所以，运用竹内好所言的"回心论"，即为我们所说的延安道路以非西方的方式进入现代国家，而延安文艺以非西方的方式发展着中国文化与文学。在这里的"非西方"不是指涉为"非"而"非"的抵抗性姿态，而是真正在经济自主、政治独立，与文化、文学实现着主体性发展所带来的自我信念与自信精神。"回心"经由自觉的抵抗行为作为媒介，是现代中国、延安道路得以在革命中成功自主开辟的关键，从这个角度反观日本，竹内好认为，日本文化正是因缺乏自我主体性而导向了不自觉的自我放弃。作为日本战后文化界极具民族担当、文化反思、政治参与意识的思想家，竹内好通过对鲁迅的阅读，试图读懂新中国成立的革命与"回心"经验，并希望以此为方法回返日本文化语境，在某种程度上形成对日的文化触动，甚至文化"输液"。不过，这一理论思考在不少日本学者眼中并无几多创见，认为这不过是一种从以欧洲为中介到以中国为中介的转移。

日本学者沟口雄三便是持与竹内好的这一观点相左的学者之一。他首先将竹内好的近代中国理论安放在一个否定近代日本的中国观的语境中。近代日本的"中国学"对中国现代文学甚至古典文学的确存在着普遍的轻视现象。但是沟口雄三紧接着谈到，竹内好眼中作为方法的"近代中国"，是"寄托了对于亚洲应有的光明未来的憧憬"，这里的"中国"是建基于主观想象的"我的中国"，而非事实"中国"。① 对此，沟口雄三显露出一种迥然于竹内好的"日本观"。在竹内好那里，日本一直是以反思性、自我否定性的方式被解构，旨在"重构"，并以某种文化再造与重组的方式实现，可见，竹内好对战后日本政治环境、日本当局、日本战争历史的深刻批判精神。竹内好的文本内外流淌的是对日本人民、文化、精神、历史的深沉情感，虽然他对政治抱持着谨慎的态度，但在文化与文学的层面上，以一个朴素又天真的公共知识分子（而非他并不认同的日本体制内的学者）的身份积极地介入政治。

然而，在沟口雄三的论述中，日本战争史就是历史性存在，它不应作为日本文化研究的背景，应是日本研究者需要早日摆脱的"包袱"。他还认为，竹内好

---

① 沟口雄三：《日本人视野中的中国学》，李甦平、龚颖、徐滔译，中国人民大学出版社1996年版，第2—3页。

对中国的憧憬是以其作为"'非'欧洲的憧憬"①而成为本质性的"欧洲憧憬"的一体两面,从而被包含在这一悖论性的"憧憬"命题之内。但是正如竹内好所指出的,"那种认为要么是一百要么是零的判断是形式化的"②,故此,作为方法的中国不是以其非欧洲的姿态进入竹内好的视野,而是以一种自觉的主体性意识为前提,经由抵抗作为媒介的行为或曰实践本身。

不过,竹内好的这一思路的确有不尽成熟之处,且存在着否定性批判中无限自我循环的天然弊端,并在论述中以其天真与热情抒发了冲动与不适宜的表达,同时在日本"转向论"的认识中有绝对化倾向等。但是,竹内好的这篇文章所映现的,是一个在绝望中反抗宿命、以对自我的全面批判来召唤重生的熟悉的"鲁迅"的影子,让我们不得不在深层的触动与共鸣中生发出对他的情感性认同。另外,竹内好的思想通过多篇文章得以建构成一个不乏悖论的体系,同时这一理论体系显露着极强的时代性特征,这里只是以其理论思想的一个侧影反观他曾一度念兹在兹的作为方法的中国。身处战后日本文化环境中的竹内好,在以延安文艺为代表的日本"人民文学"研究语境中与赵树理的小说"相遇",并将赵树理的小说作为沟通中国现代文学与人民文学的媒介,这不仅是对日本"人民文学"研究视域的扩宽、理论的深化,更为中国本土的赵树理文学研究提供了较大的启发,并在一定程度上促使我们重新思考延安道路与延安文艺所带来的现代性反思与现实性价值。

二、情本体与抒情传统

钱穆先生认为,中国文化"偏向于内倾",中国文学亦为"内倾"之文学。"中国文化主要在看重当前社会之实际应用,又尚融通,不尚隔别。因此中国文学乃亦融入于社会之一切现实应用中,融入于经史子之各别应用中,而并无分隔

---

① 沟口雄三:《日本人视野中的中国学》,李甦平、龚颖、徐滔译,中国人民大学出版社1996年版,第17页。
② 孙歌:《在零和一百之间》(代译序),见竹内好:《近代的超克》,李冬木、赵京华、孙歌译,生活・读书・新知三联书店2016年版,第73页。

独立之纯文学发展。此正为中国文学之特性，同时亦即是中国文化之特性"。①而其内倾之表现在于作家心怀着"年有尽而文无穷"的不朽观，文学家将文化与文学修养引以为毕生志业与追求，"中国文化体系中本无宗教，然此种自信精神，实为中国文化一向所重视之人文修养之一种至高境界"，如此高度的自信精神，正是中国文化内倾的深刻表征。

将这一精神向内收缩便可推及作家个人，进而达成一种文学家的圣贤意境，文学家怀揣着"忧世深情，立身大节"，从而形成"以作家个人为主"，"上承无穷，下启无穷，必具有传统上之一种极度自信。此种境界，实为中国标准学者之一种共同信仰与共同精神所在"，即表现在文学中的"性情与道德合一""文学与人格合一"的精神境界。如此高远的文学精神，表现在文学创作题材的选择上，便是中国文学家多倾向于"有感而发"，"多注重于共相，少注重于别相"，文学家所关注的"共相"，亦即超乎时空限制而生的情感之"同鸣同感"，这就带来了中国文化中的一种"共有精神"，同时造就了中国传统文学的独异之处，即在充塞着无数别相的混沌众生相中，只有"把握到人心一种超越而客观之同情"，方可抵达中国文学传统理想中的最高境界。②

钱穆先生的观点，不仅道出了中国文学传统的理想境界，更在这一理想境界中得以窥见中国文学家的至真情感精神，由此他感慨道："作家不因于其作品而伟大，乃是作品因于此作家而崇高也。"③所以，从这个角度来说，我们考察文学作品的价值不应止于对作品的语义探微与符号审美，而要在一个更为恢宏广博的视野之上求索作家的文学生涯与精神旅程。由此观之，夏志清所言的"感时忧国"已经无法满足我们对中国现代文学研究的理论需要。

夏志清笔下的"感时忧国"精神，是立足于中国现代文学而言的。他认为，中国的"新文学"时代始于文学革命、终于新中国成立，即1917年至1949年这段时间的文学创作，而1949年以后的文学被他称为"中国大陆文学"。中国"新文

---

① 钱穆：《中国文学论丛》，生活·读书·新知三联书店2002年版，第34、36页。
② 钱穆：《中国文学论丛》，生活·读书·新知三联书店2002年版，第38—39页。
③ 钱穆：《中国文学论丛》，生活·读书·新知三联书店2002年版，第40页。

学","有异于中国大陆文学的地方,那就是作品所表现的道义上的使命感,那种感时忧国的精神"。①这里所说的"感时忧国"精神,首先不是作为中国文学家的文化精神而存在,更不是可以统摄20世纪中国文学自我变革与重构的一条积极的逻辑隐线,而是被视作对现代中国作家的精神限制。夏志清认为"感时忧国"的文化心理,没有在"五四"以来中国文学对西方现代文学的借鉴甚至浸淫中形成一种超乎家国以外的"揭出病苦"的人性冲动,反而在对文化传统的自我保护意识中选择"姑息",进而"变质"为"狭窄的爱国主义"。②在夏志清那里,中国不仅在经济与科技的层面上需要西方的现代化,更需要在旧有的文化传统中"自戕",在西方的文学现代性话语中自我重建。这让我们联想到战后日本文化界纷纷发起的一种唤醒文明、寻觅传统的文学与历史等多个学科的理论思潮。对此,战后日本文化界在殖民危机与文化压抑中积极求索新路的历史实践,揭示了民族救亡与文化危机并不可怕,可怕的是人们身处其中却不自知。

鲁迅曾如此感慨:"没有法,便只能先从觉醒的人开手,各自解放了自己的孩子。自己背着因袭的重担,肩住了黑暗的闸门,放他们到宽阔光明的地方去;此后幸福的度日,合理的做人。"③因袭的重担中可能包裹着难以甄别的负债与遗产,但是,这里所抒发的中国文学家在战争岁月、民族救亡中怀存的时代使命与深挚情感,将中国文化中乐感文化的核心——情本体进行了深刻的呈现。这里的"情本体",是"以'情'为人生的最终实在、根本"④,与一向注重理性的西方文化不同。

虽然西方宗教涉及人的浓烈情感,但是至爱与大爱是诉诸上帝而非人间,原罪与救赎才是与人间有关的极致情感。然而,不论是文以载道、诗言志,还是诗

---

① 夏志清:《中国现代小说史》,刘绍铭、李欧梵、林耀福等译,复旦大学出版社2005年版,第357页。
② 夏志清:《中国现代小说史》,刘绍铭、李欧梵、林耀福等译,复旦大学出版社2005年版,第359页。
③ 鲁迅:《我们现在怎样做父亲》,见《鲁迅全集》(第1卷),人民文学出版社1981年版,第130页。
④ 李泽厚:《实用理性与乐感文化》,生活·读书·新知三联书店2005年版,第55页。

缘情、性灵说，中国文化传统中的情一贯是与政道、伦理、文学、人间息息相关的，由此观之，中国文化与文学中的情本体占据着重要的历史地位。及至中国现代文学，在文学创作中投入强烈的情感以及一个作家的自我形象，并得以令作家在文学中实现其存世之理想，同时在作品中映现作家的深沉与崇高形象，凸显处在民族救亡的现代中国中最具情感力度的文学观与人生观。与所谓的民族主义相较而言，中国文学与文人的理想追求不是一种受制于民族主义的狭窄性理解，而是位于民族话语之上的中国历史观、文化血脉、土地情结、天地境界等。

有关中国文学与抒情、言情的历史，不少学者有过深入的考察，诸如李欧梵对中国现代作家中"浪漫一代"的研究，勾勒了现代以来中国文学界在现实主义传统之外的精彩图景。普实克在讨论抒情与史诗、个人主义与自由主义的文章中，钩沉了作为潜流的中国浪漫主义文学传统，以及一种浪漫化的文艺创作的境界追求。王德威在2008年发表的一篇讨论中国文学的抒情传统的宏文中，于李泽厚所提出的"革命"与"启蒙"之外，梳理了另一条表征中国现代文学之现代性的研究思路。他并非以作品为中心来讨论艺术层面的抒情传统，而是将广义上的"抒情性"指向作家的整个创作生涯与精神旅程。从这个整体性的研究视域出发，将文学作品的焦点推而广之延伸至整个文学行为的思路，与钱穆先生挖掘的内倾型中国文人的观点存在着关联。

王德威的研究针对中国文化与文学独异的情感结构，重新审视中国文学家传统的文学理想。正如上文所讨论的，中国文学精神理想是建立在抒发共相所带来的同鸣同感，并在文学家以自身心灵所灌注的文学作品以外，考察其此在与此际的文学实现，由此得以成就的不仅是文学作品、文学行为，更是文学家所内聚的中国文学的传统精神与信仰。所以，王德威在考察了其与西方文艺追求的根本差异之后，从狭义上将抒情所指涉的文类风格扩至有关"政教论述、知识方法、感官符号、生存情境"的全景式讨论，并将其与西方自启蒙主义、浪漫主义以来的情感抒发传统形成一种对话关系。[①]但是，王德威的研究是否完成了这一宏愿则

---

① 王德威：《"有情"的历史——抒情传统与中国文学现代性》，载《中国文哲研究集刊》2008年第33期。

须我们再做考察。

王德威将中国文学中的抒情传统与抒情旅程,置于中国文学的现代性历史的重要位置。他指出:"本文提议在革命、启蒙之外,'抒情'代表中国文学现代性——尤其是现代主体建构——的又一面向。"① 实际上,正如上文所说,普实克、李欧梵曾分别就中国文学中的个人主义、自由主义、抒情传统与浪漫一代展开论述,夏志清所言的感时忧国也可说是这一方向上的讨论,但是王德威在此开启的抒情现代性尝试,就研究视域和话语维度而言,无疑是对前者的扩展与深化。王德威以沈从文、陈世骧、普实克三人对"情"的语义、范畴、历史、精神的讨论为参照系,以中国文学现代性历程与前人的论述展开新的对话。

中国文学传统的理想追求中,聚合着文学家的自我实现与其心灵抒发的作者形象,故此,"所有的文学传统'统统'是抒情诗的传统"②,这看似是与中国古典文学历史相悖。这里将抒情视作道统的观点,不是指向一种纯然个人与性灵的追求,当然这样的文学路向在中国传统文学史中并不存在。中国文学的诗骚传统、诗缘情传统、"情者文之经"的言情传统、性灵传统等,均不脱离此在此际的时代性,而是以作为公共知识分子文人传统之公共性实现其文人理想。将抒情视作道统,是指向一个容纳着中国文学家的历史存在、精神信仰的文人作者形象及其创作历程的文学构成之整体。从这个角度来看,中国文学传统的重要价值不止于承载着经国大业、不朽盛世之文学实体的物质性文学遗产,更是"古之作者,寄身于翰墨,见意于篇籍","而声名自传于后"③的中国文人形象及其情感抒发的精神性文学遗产。这里,中国文学传统中所倒映的作者形象便是中国抒情传统的独异面向。

正如上文提及的,中国传统文人的精神信仰是以其心灵浇筑而成的文学创

---

① 王德威:《"有情"的历史——抒情传统与中国文学现代性》,载《中国文哲研究集刊》2008年第33期。
② 王德威:《"有情"的历史——抒情传统与中国文学现代性》,载《中国文哲研究集刊》2008年第33期。
③ 魏文帝:《典论论文》,见王焕镳编注:《中国文学批评论文集》,正中书局1946年版,第17页。

作呈现出来的，这里文学家的自我实现必然是与时代政治深深纠葛在一起，所以，文人的抒情传统并非显现在内缩型的小世界之中，而是以济世的气度参与大世界，抒发一种为天地、为生民、为往圣、为万世的精神情感境界与时代本源的生命追求。厘清了中国文学传统与中国文学家精神形象，就可以展开王德威在抒情传统之于中国文学现代性的思路中对现代中国作家的讨论。然而，研究者为抒情的现代性所寻得的文学主体，是从主张诗意抒情的王国维、张扬自省精神的鲁迅，直到浪漫主义诗学视野下的郭沫若、郁达夫、徐志摩、冰心，以及坚持唯心唯美的梁实秋与革命激情话语下的郭沫若、成仿吾、蒋光慈等。从这一系列的文学个案来看，作为抒情传统的理论主体无疑显得含混而驳杂。其中，王德威选择将沈从文的文学生涯作为中国文学抒情传统线索中的重心位置，将沈从文所撰写的《抽象的抒情》一文视作居于抒情传统的核心理论基础，由这篇"抽屉里的文学"来开启中国现代文学的抒情话语论述。

但这是否再次回到了抒情传统中的文艺作品审美性与作家生活美学等情感结构的范畴？以沈从文的抒情文学观、人生观作为中国文学抒情传统的典型个案，是否完成了王德威恢宏的理论构想？而且，当我们为中国现代文学的抒情传统寻得了更为真切的文学与历史主体之后，诸如延安作家在革命与文学相纠葛的自我实现中所汇聚的情感等等，这一思路的逻辑起点也不再处于王德威为其所设置的理论框架之内，即他将抒情传统视作现代中国革命与启蒙之外的另一面向。然而，革命与启蒙在现代中国的抒情话语中存在着显著的重合域，由此带来了我们反思抒情话语理论边界与内涵能指的必要性，更警醒我们反思革命、启蒙等话语的有限性。

或许来自研究者以示自己反思历史的后见之明，而专意选择的作家抒情话语研究个案，为王德威的研究带来了两个方面的视野限制。一方面，抒情史观的泛化，将情作为绝对视域，进而选择观照那些在历史中沉底的文学碎片。诸如，他讨论了作为极具诗性情感想象的诗人海德格尔，与其笔下"最危险"也"最澄明无邪"的诗歌，以及胡兰成等人"文""人"互鉴的历史光影①，此已显露出王德威所论抒情传统之上所笼罩的尴尬阴影。这无疑是一种新的遮蔽，甚至是一种为解构而解构的新的盲视。另一方面，研究者对中国现代革命文学的"有情"历史表现出不恰当的忽略。换言之，现代中国革命情感中凝聚的作家形象，在王德威的考察中沦为一个与沈从文等作家生涯形成参照关系的面目模糊的革命背景，诸如他在谈及沈从文等人的生命轨迹时所说，"曾经糅合晚唐诗风和英、美现代主义的卞之琳、何其芳都选择左转；尤其何其芳在四十年代初摇身一变，成为毛式意识形态的号手"②。由此显示了王德威的文学与政治的先验观念所带来的遗憾，这不仅没能让他回归历史语境重新触摸何其芳的作者形象，更遗忘了文艺风格的抒情传统与革命激情的抒情传统双重视野观照下的何其芳研究个案。而王德威对瞿秋白的个案研究，是在"历史的误会"话题之下进行的讨论，并未在抒情话语下得出更多新见，也未以抒情为视点，深入挖掘其在革命与个人间或抵牾或调和的张力和能量。

　　正如上文所讨论的，王德威在追索抒情现代性的思路中留下的遗憾，对现代中国革命情感与文学情感的考察存在缺失，然而，这在李杨的研究中得到了另一个维度上的解决。正如王德威所说，"从右翼的抒情到左翼的抒情，何其芳所占据的位子值得我们思考"③，李杨以何其芳的诗歌创作历程作为阐释文学抒情或浪漫的灵活转化之例证④。另外，李杨运用丁玲的文学与革命生涯研究打破了沈从文所言的"事功"与"有情"之分野⑤，赓续了"情本体"在延安文艺创作中的别样阐发的一条潜伏隐线。

---

① 王德威：《"有情"的历史——抒情传统与中国文学现代性》，载《中国文哲研究集刊》2008年第33期。
② 王德威：《"有情"的历史——抒情传统与中国文学现代性》，载《中国文哲研究集刊》2008年第33期。
③ 王德威：《"有情"的历史——抒情传统与中国文学现代性》，载《中国文哲研究集刊》2008年第33期。
④ 李杨：《"只有一个何其芳"——"何其芳现象"的一种解读方式》，载《中国现代文学研究丛刊》2017年第1期。
⑤ 李杨：《"革命"与"有情"——丁玲再解读》，载《文学评论》2017年第1期。

王德威的研究反复阐释了"有情"在中国文学的现代性发展中所发挥的胶着、弥合、解构的强大张力和深刻影响，同时，作为中国传统文化结构中的"情本体"，成为维系个人与国家的想象共同体的情感召唤结构，它不是一个本体性的存在，而是必然要与文学创作历程与精神旅程相映现的情感结构。这一理论思路无疑是极具抱负的尝试，王德威希望就此在"只能谈论革命、启蒙、国家，还有佛洛伊德定义下的欲望主体等话题"之外寻求新的话语空间，并反思"我们吝于或怯于'抒情'"，"正是文学之所以为文学的关键"。[①]种种理论尝试与话语资源都为现代中国文学研究提供了极具价值的思路与启发，然而，抒情话语在王德威那里仍然混沌，不少语义范畴尚待厘定，同时在一个与中国本土社会的历史观存在差异的文学研究视野中，以中国文学的抒情传统所开启的对话关系，需要更多学者拓展其研究视域，丰富其研究对象，进而收获更多跨际对话性的新思考。

---

① 王德威：《"有情"的历史——抒情传统与中国文学现代性》，载《中国文哲研究集刊》2008年第33期。

第二节

域外延安文艺研究的损耗与局限

域外延安文艺研究虽为中国学界提供了不少启发与思路,但就整体而言,仍存在诸多有待讨论的观点,这就带来了世界的延安文艺观的局限、误读、损耗与遮蔽。从马克思主义文艺理论出发,运用艺术生产同物质生产的不平衡关系,引入域外延安文艺研究常常出现的中国社会经济现代化与文学现代性对比研究的反思;从现代性与现代化、现代主义的不同范畴入手,重新考察域外研究者提出的延安文艺"反现代性""最不现代的现代性"[①]与"深刻地中国化了的中国现代性"[②]等理论命题的合理性与有效性;最后,从解决文学交流中必然存在的文化差异与接受误区的层面,提出建立一种敬恕的文学批评态度,正视文学批评的尺度与标准问题,力图在自我文化坐标、自我文学背景的反思与批判中,建构一个更为平等、更具气度的文学研究空间。

一、艺术生产同物质生产的不平衡

马克思主义文艺理论中有关艺术生产的理论命题,对于审视延安文艺的艺术价值有所启发,其中艺术生产同物质生产的不平衡关系,给予我们重新思考延安文艺的一个新的角度,即延安文艺理论将文艺的社会理想与民族理想提升至一个

[①] 王德威:《被压抑的现代性——晚清小说新论》,宋伟杰译,北京大学出版社2005年版,第28页。
[②] 李陀:《丁玲不简单——毛体制下知识分子在话语生产中的复杂角色》,见李陀编选:《昨天的故事:关于重写文学史》,生活·读书·新知三联书店2011年版,第153页。

很高的位置。艺术生产同物质生产的不平衡关系，是马克思通过一种相对性的比较而得出的判断，他借助希腊史诗与资本主义当代社会的文学作品之间的云泥之别，讨论文化传统对当代文学与文化的潜在影响，以及文化土壤对文学发展的重大意义。而在这样的对比中，基于历史唯物主义的经济基础与上层建筑结构，以及社会存在与社会意识结构等，马克思在艺术生产理论中引入物质生产维度，认为两者的发展处于相对的不平衡关系之中。这里的"相对"是马克思引导我们理解这一理论的方法，他在《〈政治经济学批判〉导言》中提出，"要研究精神生产和物质生产之间的联系，首先必须把这种物质生产本身不是当作一般范畴来考察，而是从一定的历史的形式来考察"，"如果物质生产本身不从它的特殊的历史形式来看，那就不可能理解与它相适应的精神生产的特征以及这两种生产的相互作用"。[①]从这一点出发可见，在一个相对的语境中讨论物质生产与艺术生产的关系，并以此投射到延安文艺的艺术价值之上，会是一个科学有效的研究路径。

马克思认为："关于艺术，大家知道，它的一定的繁盛时期决不是同社会的一般发展成比例的，因而也决不是同仿佛是社会组织的骨骼的物质基础的一般发展成比例的。"这里的不平衡关系不是绝对性的必然归宿与终极结论，而是在一定历史时期和社会环境中，物质生产与艺术生产关系的呈现形态。平衡与不平衡关系需要进行辩证的考察。由于马克思举例说明的艺术生产之高峰为希腊史诗，故此，这里主要是讨论一个所谓前现代的社会经济环境及其所产生的文艺作品在现代社会仍然延续的艺术价值与艺术光彩。"他们的艺术对我们所产生的魅力，同这种艺术在其中生长的那个不发达的社会阶段并不矛盾。"甚至可以说，"在艺术本身的领域内，某些有重大意义的艺术形式只有在艺术发展的不发达阶段上才是可能的"。[②]这里所谓有重大意义的艺术形式，实际上可以被抽象为一种开启一民族文化想象与话语资源、文学基础与时代影响的深层奠基式的艺术形式和艺术创作实践。而延安文艺恰恰可以从这样的文学影响与社会影响研究出发，可

[①] 董学文编：《马克思恩格斯论美学》，文化艺术出版社1983年版，第122页。
[②] 董学文编：《马克思恩格斯论美学》，文化艺术出版社1983年版，第118、120页。

见其在中国现代文学发展历史中的深层奠基位置。

马克思曾指出:"艺术对象创造出懂得艺术和能够欣赏美的大众,——任何其他产品也都是这样。因此,生产不仅为主体生产对象,而且也为对象生产主体。"①这让我们联想到瓦尔特·本雅明在1936年提出的"讲故事的人"的理论视野,这里,时代环境与文化土壤都对艺术作品、艺术形式有着千丝万缕的影响。在本雅明那里,一个前现代社会中的艺术创作行为及欣赏行为与时代此端的我们隔着一定的距离,"隔着一定距离望去,你会看到,那讲故事的人所特有的非凡而质朴的轮廓在他身上凸显出来"②。这里的审美距离会为延安文艺这样一种前现代的文学与文明带来本雅明意义上的"氛围"(Aura)③,进而凸显出,不少域外研究者仅以西方现代性话语进行的延安文学研究,存在着对文学土壤、文明根基、艺术传统以及时空距离、审美感知距离等维度的"不见"现象。

马克思主义文艺理论对艺术生产与物质生产关系的讨论,对我们研究延安文艺的视域有所扩宽,文化语境与审美距离的重要性被再次强化。马克思所言的艺术生产论也促使我们从一个更加广博与高远的层面再观延安文艺的社会价值与历史价值。从这个角度来看,延安文艺所内聚的审美价值及深化与推进的人民性的内涵,可看作延安文艺理论在当代文学发展中依然无法被替代、被超越的独特存在的根本原因。所以,以现代文学的历史实际入手可以发现,延安文艺为当代文学带来的话语资源与理论生命力仍然在某种转化中得以延续,并成为一种有关文学的社会价值的根本要求与文学审美理想的重要基础。谭好哲明确指出:"如果说,历史唯物主义的视域侧重解决的是艺术生产的社会地位和作用,特别是艺术生产论的研究方法问题,政治经济学主要涉及的是艺术生产论的抽象理论建构和具体历史内容的问题,那么,科学社会主义的理论视域则主要关注的是艺术生产

---

① 中共中央马克思恩格斯列宁斯大林著作编译局编:《马克思恩格选集》(第2卷),人民出版社1972年版,第95页。
② 瓦尔特·本雅明:《讲故事的人——尼古拉·列斯科夫作品随想录》,张耀平译,见陈永国、马海良编:《本雅明文选》,中国社会科学出版社1999年版,第291页。
③ 本雅明:《经验与贫乏》,王炳钧、杨劲译,百花文艺出版社1999年版,第264、265页。

的价值和理想及其与人的解放和自由的关系问题。"①所以，将艺术生产论的研究视域从以资本主义艺术生产的参照中解放出来，才能真正激发这一理论的建构性与当代性。

在中国现代文学史中具有深层奠基意义的延安文艺，以其颇具"重大意义的艺术形式"，形成了一种独具特色的文化气派与文化气度、审美风格与现实追求，并作为传统性的存在延续于中国当代文学的发展之中。这恰好彰显了延安文艺这一文艺生产，首先不能以区域社会发展的现代化程度作为其价值判断依据；其次，这一艺术生产所带来的艺术传统在之后的实践与承续中不断促发新质，正是艺术生产论在社会主义文艺理论中将文艺价值诉诸社会现实、民族解放、精神遗产等层面的绝佳证明。

20世纪80年代以来，在后现代主义思潮与西方文艺理论的冲击下，中国文学界出现了诸如躲避崇高、消解宏大叙事的新写实主义文学与先锋派文学等，它们在很大程度上对延安文艺所携带的审美形态与文学价值表现出鲜明的拒绝态度。但是，毋庸置疑的是，寻根文学、底层文学在某些方面仍葆有对延安文艺的情感联系与深层延伸。寻根文学在中国社会结束了长达十年的文化真空期之后，在80年代循着一种复归中国传统文化母体的冲动，汲取着纷繁多样的民间文化养分。当然，这个过程中也存在着作家面对民间文化驳杂甚至野性的失措，但这里的失措更指引着我们反思"延安"。民间文化及其艺术形式是作家创作的主要来源，这一文学理论思路在十七年文学的极端化演绎或绝对化践行中，的确偶发着有待商榷之处，但如此初衷与思路确乎是延安文艺带给当代文学的一个极具张力的伏笔。底层文学更是以重返文学初心、重构叙述视点的方式，向延安文艺理论提出的大众化、人民性致敬，对长驱直入的西方文艺思潮所导向的书写"一己悲欢、杯水风波、脱离大众、脱离现实"②之风有所扭转，也使一度因缺失传统根基、现实价值、人民青睐而存在断裂的文艺创作传统得以接续。

---

① 谭好哲：《马克思"艺术生产"论的理论视域与当代意义》，载《清华大学学报》（哲学社会科学版）2018年第3期。
② 习近平：《在文艺工作座谈会上的讲话》，载《人民日报》2015年10月15日。

从这个角度来说，延安文艺诞生的本土文化土壤主要有两个来源，一是继承着中国传统文化的形式与底蕴，二是积极汲取民间文化的资源与要素。而延安文艺发展的现实环境，则属于一个所谓的前现代社会，不仅科技、经济极为落后，更不具备初级城市的消费与资本体系。故此，在一个所谓前现代的社会环境中生长并发展而来的延安文艺理念与作品，首先没有与其经济发展程度相适应，它并非诞生于现代化的社会；其次，这一文艺理念所根植的文化传统带有本源性与原生性的力量，它建基于人民大众对时代的理解、对文化认同感的凝结、对文艺娱乐的原始性欣赏、对社会信息交流的需要等，故此须支撑起一个具有民族根基性的文化与文学空间；再次，所谓的经济基础或物质生产是一个历史性的概念，延安文艺作为文艺生产同样是一个历史性的概念，然而，经济生产的历史性会带来线性发展的先进性，延安文艺及其之后的中国文艺却并不是在线性上升的轨迹上位移，文化与文学的价值尺度不同于社会经济的所谓"现代化"。

不少域外研究者带着对社会发展现代化会伴随着文学艺术现代性这组对应关系的认同，来探究延安文艺的艺术局限、理论局限，如此观点不仅缺乏深刻反思，更是放大了中国马克思主义文艺美学对现实社会价值与历史价值的强调，忽视了西方资本主义文化中文学商品化的消费主义、极端自由主义、极端形式主义、崇尚精英主义等诸种弊端。当代以来，身处西方文艺研究环境的诸多学者，如夏志清、唐小兵，他们的研究倾向于政治与文学二分的基本立场，一方面表现为其具体研究往往以《讲话》的发表、"新中国成立"为界限来展开论述，也正是在这样的价值判断中，导向了一种将上自左翼文学下至十七年文学置于文学的边缘位置，故而将这批文学作品安放在"共产主义小说"（夏志清语）的命名之中，或是运用"最不现代的现代性"（王德威语）、"反现代的现代先锋派"[①]（唐小兵语）、"深刻地中国化了的中国现代性话语"（李陀语）等表述。不少细节可以显露出研究者对土改题材作品的某种先验观，如夏志清认为："《太阳照在桑干河上》写得最好的地方，是描写革命干部来到以后村中社会关系的转

---

① 唐小兵编：《再解读：大众文艺与意识形态》（增订版），北京大学出版社2007年版，代导言第6页。

变。"他认为,土地革命中的乡村仍旧存在的"圆滑势利"与"外交手腕",显示出农村社会关系没有在中国共产党的到来中得到转变。①小说中,作家为其书写对象设置的复杂环境,来自一种极力还原土改艰难性的创作初衷,这在丁玲是以文采、章品直到程仁等的重重努力,终于让长期隐忍、被迫形成软弱心理的农民实现了自我解放与自我改造。这才是在本不"平静的乡村",以土改激化"村中社会关系"的矛盾,搅动封建农村社会中本就存在的历史性局限,进而在一个最为艰难的乡村中发动人民群众实现土地革命的成功。不变的农村社会关系是小说的起点,并非终点。另一方面,上述域外学者以延安文艺及其前后的中国文学史为研究对象,启用"重读"机制,其意不在"打捞"被遮蔽的文学,而是始终以西方文学的现代性话语度量延安文艺。虽然他们的研究思路为中国本土的研究提供了一些启发,但西方文化的语境与视域无疑也限制了他们的延安文艺研究。

二、"现代性"复杂而单一的面孔

不少域外研究者都热衷于借用现代性话语对延安文艺做出解读,诸如王德威所言的"最不现代的现代性"、唐小兵的"反现代的现代先锋派"以及李陀所言的"深刻地中国化了的中国现代性话语"云云。但是,倘若我们回到所谓现代性的历史语境与话语意涵,是否可以就"反现代性"的概念提出不同的理解?现代性之于延安文艺究竟意味着什么?延安时期的文学创作与文艺实践,在何种程度上被现代性这一话语体系遮蔽了?延安文艺被驱逐于所谓的知识分子文学之外,然而现代主义文学一定是以精英文学的面目呈现的吗?延安文艺抱守着存旧萌新的创作准则,就一定被冠以文化守成主义而无缘现代主义吗?

李陀曾指出,从现代性话语体系观照指涉中国现代文化与政治话语的毛文体,可见其在现代性意涵中的双重性,分别为"一方面,反对帝国主义和殖民主义,反对以自由主义、个人主义为标志的种种资产阶级的文化价值,反对以工具

---

① 夏志清:《中国现代小说史》,刘绍铭、李欧梵、林耀福等译,复旦大学出版社2005年版,第312页。

理性做支撑的现代资本主义经济组织以及与这体制密切相关的现代政治、法律制度，反对在科学技术和市场经济高度发达的前提下形成的种种对人的支配形式；另一方面，主张民族独立以建设一个现代化的民族国家，主张在传统和现代二分的前提下实现传统社会向现代社会的转化，主张大规模的城市化以消灭'城乡差别'，主张大跃进的、'超英赶美'的高度工业化并且赞美机械化、自动化的物质技术，主张建立以'民主集中制'为基础的高度集中、有效的国家机器以实现社会的组织化等等"[1]。他吸收了李泽厚在论述启蒙/救亡话语中所忽略的西方"启蒙主义形成的批判传统"[2]，从而在第一个方面以多重的"反对"，建构了"深刻地中国化了的中国现代性话语"中的某种批判性色彩。同时，在西方政治体制的现代化、社会经济的城市化路线中，安放一个科学与经济水平发展较高的中国的现代性形象。

通过细读上述观点可以发现，李陀理解中的这样一个具有双重现代性的话语，归根结底是处在一种西方资本主义的现代性规则之内，即这一现代性话语是西方的、体制的、经济的、技术的、城市化的现代性，以及由这种现代性所创造与发明的文化霸权或曰知识权力。由此观之，在研究者那里，毛话语即"深刻地中国化了的中国现代性话语"[3]终归落入了西方启蒙主义思潮的批判意识所指涉的西方的反现代性与建构层面上体制稳固与经济技术提高的西方的现代性，这样一种双重窠臼。换言之，研究者认为，中国现代的革命文化话语无法逃避西方有关国家体制发展的现代化要求，但却拒绝随国家现代化而来的西方的个人主义、自由主义、工具理性等现代性价值体系与文化话语。

的确，中国现代革命文化历程是通过自我反抗、自我超越，在本土文化传统的糟粕中"重生"，从社会封建文化体系的沉疴中"逃离"，寻求"别样"文

---

[1] 李陀：《丁玲不简单——毛体制下知识分子在话语生产中的复杂角色》，见李陀编选：《昨天的故事：关于重写文学史》，生活·读书·新知三联书店2011年版，第155—156页。
[2] 李陀：《丁玲不简单——毛体制下知识分子在话语生产中的复杂角色》，见李陀编选：《昨天的故事：关于重写文学史》，生活·读书·新知三联书店2011年版，第154页。
[3] 李陀：《丁玲不简单——毛体制下知识分子在话语生产中的复杂角色》，见李陀编选：《昨天的故事：关于重写文学史》，生活·读书·新知三联书店2011年版，第153页。

化重构的现代中国的"现代性话语"。但是,这样一种文化现代性并非指向本质化的"反现代",甚至可以说,中国现代革命文化、政治理想与西方现代主义社会的某些国家体制、政治理想存在明显相悖,而这里的"相悖"不是指向它所背离事物的反面,恰恰相反,中国现代革命文化的现代性是完全体现了现代性的内在逻辑。现代性话语的最大特征正在于此:"现代生活就是过一种充满悖论和矛盾的生活","现代生活既是革命的也是保守的",换言之,"完全现代的生活是反现代的"。①现代性话语的复杂性就在于,它是一个包含着每件事物的反面而存在的世界,而不能是"用一种现代化视角反对另一种现代化视角的片面做法勉强遮盖了起来,混淆在人们对问题的或此或彼式的探讨中"②。所以,域外研究者在延安文艺的现代性话语研究中最大的问题就来自这里,何其驳杂的"现代性"理论在不少域外学者的实际运用中,却是以何其片面单一的面貌呈现出来,由此便带来了"现代性"复杂而单一的面孔。

马歇尔·伯曼曾指出:"所谓现代性,就是发现我们自己身处一种环境之中,这种环境允许我们去历险,去获得权力、快乐和成长,去改变我们自己和世界,但与此同时它又威胁要摧毁我们拥有的一切,摧毁我们所知的一切,摧毁我们表现出来的一切。现代的环境和经验直接跨越了一切地理的和民族的、阶级的和国籍的、宗教的和意识形态的界限:在这个意义上,可以说现代性把全人类都统一到了一起。但这是一个含有悖论的统一,一个不统一的统一:它将我们所有的人都倒进了一个不断崩溃与更新、斗争与冲突、模棱两可与痛苦的大漩涡。所谓现代性,也就是成为一个世界的一部分,在这个世界中,用马克思的话来说,'一切坚固的东西都烟消云散了'。"③

---

① 马歇尔·伯曼:《一切坚固的东西都烟消云散了:现代性体验》,徐大建、张辑译,商务印书馆2003年版,第13页。
② 阿瑞夫·德里克:《现代主义和反现代主义——毛泽东的马克思主义》,邓正来译,见萧延中主编:《外国学者评毛泽东》(第1卷 在历史的天平上),中国工人出版社1997年版,第212页。
③ 马歇尔·伯曼:《一切坚固的东西都烟消云散了:现代性体验》,徐大建、张辑译,商务印书馆2003年版,第15页。

因而，现代性指涉一种性质的表达，是绝对性的且无须参照的，而"现代""现代主义"指称一个概念内涵，它是相对的且在表达立场的层面上与"反现代"相对。这样就暂时解决了以下问题，即现代性是一种表征性修辞，而反现代则是一种不否定现代化发展机制与现代性思维，却持反对某种现代社会、文学、生活理想的立场。而一种反对现代社会、文学、生活理想的立场，具体是在反对什么呢？如果从文学角度观之，现代主义是"对纯粹的、自指的艺术对象的追求"，即"现代艺术与现代社会生活的正当关系就是根本没有关系"。[①]然而，与此相对的那种与大众群体相接近并实现着某些意识形态的实用主义理想的文学追求，并非与现代性相悖。现代作家几乎没有人会长期支持那种"没有个人感情或社会联系的艺术"，现代性文学的悖论便在于，在文艺上画地为牢就意味着艺术生命力的丧失，缺失了社会激情的个人自由"只是那种形式美丽、密封的坟墓的自由"。[②]

在一个原本就充满悖论的现代性机制中，没有"反现代主义性"，也没有"反现代主义"，有的只是人们对"反现代"的本质化认识。所以，我们应该思考的是，为什么人们要在延安文艺中寻找"反现代性"？被认定的"反现代性"在延安文艺研究中究竟是针对什么而"反"的？以及这个被"反"的内容，真的是"现代性"所无法涵盖的吗？因为现代性本身的强烈包容吸纳性质与悖论辩证色彩，使我们对现代文学的理解也应该是复杂的。在现代性思维中理解文学与通俗生活、文学与政治意识形态的关系，应该随之呈现出灵活性、包容性、悖论性的特点，在这个层面上看，现代文学所追求的为艺术而艺术的精英式文学与以非精英文学的别样姿态进行的一种大众化、通俗化的创作实践，实际上都是内在于悖论性的现代性。

身居海外的学者唐小兵在《我们怎样想象历史》一文中认为，延安文艺在创

---

① 马歇尔·伯曼：《一切坚固的东西都烟消云散了：现代性体验》，徐大建、张辑译，商务印书馆2003年版，第36页。
② 马歇尔·伯曼：《一切坚固的东西都烟消云散了：现代性体验》，徐大建、张辑译，商务印书馆2003年版，第36页。

作形式与社会实现上,"隐约地反衬出对以现代城市为具体象征的市场经济方式的一种集体性抵抗意识,尤其是对资本主义生产方式所带来的'感性分离'、价值与意义的分割所催发的无机生存的下意识恐慌和否定。因此,延安文艺的复杂性正在于它是一场反现代的现代先锋派文化运动"①。

从延安文艺的产生土壤看,它的确是不同于西方现代化的文学消费与生产方式,而倒相对符合"前现代"的文化空间与文化呈现。不过现代性虽然与政治、经济、科技休戚相关,但文学的现代性不是一个历时性的历史存在,它不会在历史的发展中螺旋上升,永远呈现出文化上的先进性和优越性,而是一个多层面的表征性存在。故此,延安文艺的作品生产与创制对所谓西方式的资本运作机制的拒绝,并不构成它被指涉为"反现代"的症结。研究者反复说明的核心之一,是延安文艺实现了一种将生活艺术化的努力,它来自一种乌托邦冲动,然而,这里的复杂性在于,"生活艺术化"的内涵是被研究者放置在后现代主义理论中解构艺术本身,即"在西欧的先锋派文学和艺术运动中,达达主义同样表现出取消'艺术'这样一个独自存在的'机构'的欲望"②。在研究者那里,延安文艺是一个产生于"前现代"的社会土壤、以建构农民文化认同让文艺实现社会价值与政治价值,并在一个资本缺席的文化交流场中以政治化与机构化进行置换的文学创作与体制,而这整个历程,在唐小兵看来,与后现代主义文学话语有几分相似之处,所以,延安文艺的"反现代"便是在以下几个层面形成的,即文艺创作主体与受众的平民化(双重的非知识分子化)、时而以群体方式创作文艺作品(非孤独的个人创作)、文艺大众化和普及与提高的辩证(非文艺要求深度与离间性)、文艺的实用主义与理想主义(非个人主义、自由主义)、文艺流通的体制化(非市场化)等等。

然而需要明确指出的是,上述延安文艺与所谓现代文学间的种种矛盾,实

---

① 唐小兵编:《再解读:大众文艺与意识形态》(增订版),北京大学出版社2007年版,代导言第6页。
② 唐小兵编:《再解读:大众文艺与意识形态》(增订版),北京大学出版社2007年版,代导言第8页。

际上都是处在悖论的现代性之内。现代性话语的世界,本就是"时刻准备攻击自己,质疑和否定自己说过的一切,时刻准备将自己转变为一系列和声或不和谐的声音,并且超越自己的能力来扩展自身,使自身进入一个无穷的更加广阔的领域,表达和掌握一个每一件事物都包含有其反面的世界"①。所以整体观之,唐小兵研究延安文艺的基本方法就是将其纳入后现代主义视野的大众文艺话语,进而实现一种以"反现代"之名与现代主义文学达成关联的"再解读"。然而,从这个层面上看,文学作品产生、文学体制运行机制的驳杂与新质,如果出现在一个与现代化社会所不同的文化与社会语境中,则需要我们重新思考文学现代性话语的边界,而非在语境以外圈定一个对抗性的位置,显露非此即彼的意图,以"反"之名度身重塑一个延安文艺的专属"现代性",而区别于研究者所自指的"现代性",这一话语策略本身或许违背了现代性话语中肯定张力、能量、新质的基本逻辑。

如果就不少域外研究者所执迷于讨论的文学现代性问题来思考延安文艺为西方语境中的"现代性"所带来的新质与悖论,则应该是以自由的态度拥抱延安文艺,以开阔的视域注视延安文艺,而非焦灼谨慎地热衷于寻找不同,现代性话语最大的魅力在于其内部事物之间的搏斗所带来的张力与能量,而不是用重新命名的热情来指认何为"反"现代性、何为"非"现代性、何为"最不"现代的现代性……在这种思路下对延安文艺进行的"否定性"重构,从其研究结果来看,虽然对现代以来域外与本土文学界形成的延安文艺观的"左""右"二分法有所深化与复杂化,但在另一个层面上形成了围绕现代性/现代主义在其主体内外搭建否定性关系的新的限制。

延安作家中最容易被指认为反现代者就是赵树理,我们可以就赵树理的海外研究状态为例一窥研究者的狭窄视野。赵树理小说的乡土人文理想被夏志清指认为"反封建的主题",就是说处在前现代文化土壤中的作家创作,其文艺思想必然是被时代框定的,即便如上文所讨论的,赵树理小说出现了有关革命道路中

---

① 马歇尔·伯曼:《一切坚固的东西都烟消云散了:现代性体验》,徐大建、张辑译,商务印书馆2003年版,第25—26页。

个人与集体视点的反复位移（铁锁、冷元、白狗等），将个人融于革命背景之内，在这样的书写中并未借助一个外在的革命者（对常先生作用的复杂设计）的介入力量。"道路"非但不是"自动打开"（洲之内彻语），也不是"由别人打开的"，而是以一种新的集体结构的力量打开的，种种新质无疑彰显了赵树理作品中对乡村理想的重建，而这必然不同于"反封建的"、推旧立新的世界，而是以新除旧的世界，这两个世界的区别就是赵树理小说中所呈现的乡村世界的现代性。另外，在小说语言上，由于其大众化、民间性与西方传统文学语言存在极大差异，被认为是反精英、反知识分子、反深度、反智性等，但是却极少思考这里的"独创性"（刘以鬯语），以及它作为贯通整个20世纪中国文学大众话语追求之夙愿的文学主体的"媒介性"（竹内好语）等。诚然，赵树理的文学创作自有其局限性，这在他60年代之后的文艺道路轨迹中已然显现出来，但是，赵树理的文艺观与小说作品就因此无缘现代性，那么暴露的就是研究者对现代性话语理解与运用的单一性。不过，上述基于现代性话语对延安文艺的讨论，并非为了在遭遇现代文学所承受的现代性"阴影"时，躲入一个延安文艺的影子，引以为延安文艺的文学身份"正名"，而是尝试思考文学现代性话语中令不少研究者风声鹤唳的缘由，并且希望在现代性话语内部探讨延安文艺的不同面向，真正在一个相互尊重的公开平台之上，进行知识性的对话。

三、文化差异与接受误区

世界文学界的延安文学观中隐约潜伏着一条来自社会文化坐标或意识形态屏障的界限，如：夏志清对丁玲、赵树理小说的指称"共产主义小说"，就是一种视作"异端"的对话方式；不少日本学者所持有的丁玲小说前后"断裂论"，就是缺乏理解进而走向狭窄化视域的研究；域外赵树理研究中阶段性地普遍存在着对其农民话语与民族形式的较高评价，多数是出于一种异质文化的好奇与兴趣；苏联与捷克不少研究者对延安文艺的审美理想与现实主义追求的认同，则来自政治亲缘性所抱持的共情感；竹内好在赵树理小说中所发现的媒介意义，不仅是之于中国五四新文学与人民文艺两者而言，更是为他在其后提出的"转向"与"回心论"提供了某种思想基础与文学印证:这或许就无意间形成了一种季羡林先生所言的文化"输液"①的事实。上述世界延安文学研究成果一再呈现出社会文化坐标对人们的无意识影响,的确,"没有不受制约的历史,只有受到历史限定,却在限定中有所作为的人类主体;没有能够脱离意识形态的文学,只有因文学参与而绝非单一化的意识形态过程"②。

所以,面对文学交流与跨际文学研究所带来的差异乃至误读,应该于跨际观看中葆有一种敬恕的态度,在敬畏与慎重中展开交流,又宽和地看待差异。心怀敬恕的批评观,不是鼓励在文学批评中持有不置可否的态度,也并非认同无立场、无原则的隔靴搔痒,更不是随群从众的对作品予以"骂杀"或"捧杀",而是在认识到和而不同的前提下,试图在一个更为开阔的思维与文化层面上展开对话。丧失了批判行为的文学批评会带来泥沙俱下的混沌,缺失了批判精神的文学批评如同冢中枯骨虽生犹死,而遗失了敬恕之心的文学批评则是色厉内荏、局促失度的。敬恕并非与批判相对,而是在高扬批判精神的同时,拒绝基于社会与文化差异而引发的批判行为。文学研究中的批判更应该是一种精神性的存在,而非彰显立场、显露坐标、抒发态度的方式。勇于自我警醒、自我反思、自我批判的批判精神才是弥足珍贵的。文学批评的对话不应只是在不同社会与文化间进行,而更应该意识到批评家与其自身携带的文化坐标展开对话的重要性。文学创作、研究、批评中的自我对话会带来自觉的自视、自审与自省意识,也由此得以让跨语际、跨文化的学术交流在更为宏观、更具气度的语境中开启。

M. H. 艾布拉姆斯提出,艺术品涉及的四个要点,即作品(艺术产品)和艺术家(艺术品的生产者)、世界("一个直接或间接地导源于现实事物的主题","由人物和行动、思想和情感、物质和事件或者超越感觉的本质所构成")和欣赏者(听众、观众、读者)。③其中,作品处在几大要点间最大重合

---

① 张光璘编:《东西文化比较》,新世界出版社2015年版,第122—123页。
② 董之林:《关于十七年文学研究的历史反思——以赵树理小说为例》,载《中国社会科学》2006年第4期。
③ M.H.艾布拉姆斯:《镜与灯:浪漫主义文论及批评传统》,郦稚牛、张照进、童庆生译,北京大学出版社2004年版,第4页。

域的位置上,而其起源是世界,虽世界是由无数艺术家个体的小世界所构成,但无疑涵盖着自然、历史、社会的大背景,它可以将艺术家个体的视域囿于其间,也可以在个体的自我超越中达到物我两忘的境地。可见,文学批评家所面临的最大挑战便在于从文化坐标对自我的限制中突围。

这恰好与曼海姆的观点相近,他说:"如果我们把我们的观察只局限于发生在个体的精神过程上,认为个体是意识形态的唯一可能的载体,那我们就永不可能从整体上把握属于特定历史状况中的社会集团的智力领域的结构。虽然这种精神世界作为一个整体从不可能在没有不同个体的经验和生产性反应的情况下产生,但仅仅在这些个体经验的整合中是不能发现精神世界的内部结构的。"① 提出"社会学的想像力"概念的社会学家米尔斯,曾就我们与世界的关系有这样的讨论,他说,"理解作为社会中个人生活历程与历史的结合面上的一个个细小交点"②,是掌握"社会学的想像力"的要义。

这里,社会与历史所构成的世界是形塑人们独立意识的关键,但也是驱使人们形成成见的阴影。这里所彰显的人与世界的相互关系,是需要建立一种上文所谈的竹内好意义上的"我即是我亦非我"③的冷峻与警醒意识,以此作为中介,进而形构有效的对话关系。意识到人们世界观的结构性,尊重并抱持敬畏之心,看待人们的价值和异质文化的世界,这是人们得以跳出其文化坐标的基础。人们与世界的相处形式,亦即人们看待自然与文化的方式,恰是一个个人与他者关系的投射,这里所抵达的极致境界似乎正如李白诗云:"众鸟高飞尽,孤云独去闲。相看两不厌,只有敬亭山。"自我与他者的对看相处,在这首诗中得到了绝妙的呈现。

然而,从另一个角度上看,受制于文化坐标的文学研究自有其局限,不过,文学与文化交流的起点最初也恰好是以文化差异甚至误读而召唤了涉奇之心,进

---

① 卡尔·曼海姆:《意识形态与乌托邦》,黎鸣、李书崇译,商务印书馆2000年版,第60页。
② C.赖特·米尔斯:《社会学的想像力》,陈强、张永强译,生活·读书·新知三联书店2005年版,第6页。
③ 竹内好:《近代的超克》,李冬木、赵京华、孙歌译,生活·读书·新知三联书店2016年版,第286页。

而促进文化互动的深入。20世纪20年代时鲁迅指出:"赞颂中国固有文明的"外国人有两种,"其一是以中国人为劣种,只配悉照原来模样,因而故意称赞中国的旧物。其一是愿世间人各不相同以增自己旅行的兴趣,到中国看辫子,到日本看木屐,到高丽看笠子,倘若服饰一样,便索然无味了,因而来反对亚洲的欧化。这些都可憎恶"。①虽然,近代中国与世界展开交往以来面临过无数险象环生的时刻,遭遇过不少须以最坏的恶意去揣测的人们,但是,就本土与世界的文学交流而言,文化误读的确可以说是在尚未实现全球化密切互动之前,在交流初期发挥其文化刺激与审美刺激的作用。

正如延安文艺在世界的传播与研究,在日本学界与读者那里确乎可被视作一种来自中国本土的文学与文化的对外输出,为日本战后文化提供了诸多新质与资源。《太阳照在桑干河上》的日文版译者坂井德三曾写道:"当时日本民主作家中的大部分人脱离人民群众,而且愈来愈严重。正在我无论如何也说服不了他们的时候,拿丁玲的作品为实例,比讲任何道理都更起作用,可以使他们开阔眼界,打开更为广阔的创作道路。这是我翻译这部作品的原因。"②日本学界对赵树理的介绍与研究,则是从实用主义与理想主义的角度出发,在特定历史时期中对日本文化界起到过积极的理论过渡与文化借鉴作用。在这个过程中,基于文化与政治差异的文学误读必然存在过,然而倘若缺失对异邦文化的尊重,那么真正有效的交流与借鉴关系则始终无法建立。

例如夏志清所著的文学史中,对丁玲、赵树理等延安作家的观点极为偏激,自诩"以作品的文学价值为原则"立论,然而,他在结论处写道,"对于有想象力的作家"的"金科玉律"是"勿为理想消耗光阴,勿为人类但为圣灵写作",并以此反观中国现当代文学,认为其"显得平庸""迷信于理想",且认为之所以如此是在一个"国家巩固起来之时,中国的作家实在别无选择,惟有服务于

---

① 鲁迅:《灯下漫笔》,见《鲁迅全集》(第1卷),人民文学出版社1981年版,第215、216页。
② 坂井德三:《〈太阳照在桑干河上〉日文版后记》,孙瑞珍译,见孙瑞珍、王中忱编:《丁玲研究在国外》,湖南人民出版社1985年版,第40页。

自己的理想"。事实上,这些作家往往是把理想误作圣灵来侍奉。①这很快让人联想到贺拉斯所言的天才诗歌中的"火花为寓于人类的圣灵"②(即"诗人们通过作品传达神谕",其英文译文为as divinely inspired beings或the divines spirit in man等):"杰出的荷马和提尔泰乌斯/用诗句鼓动阳刚的灵魂到沙场磨砺,/诗人们通过作品传达神谕,展示/生命的道路,皮埃里亚式的格律还是/赢得王公恩宠的工具,轻松的娱乐、/劳动的抚慰同样在其中。"③而这恰好昭示出诗歌的意义:"诗人希望诗或者有益,或者有趣,/或者既让人愉悦,也对生活有帮助。……而谁若将道德性和艺术性结合起来,/既愉悦也劝诫读者,所有人都会喝彩。"④

这亦是深受美国新批评流派影响的韦勒克与沃伦,在其著作中提出的文学的作用,在于"整个美学史几乎可以概括为一个辩证法,其中正题和反题就是贺拉斯(Horace)所说的'甜美'(dulce)和'有用'(utile),即:诗是甜美而有用的"。"我们在谈论艺术的作用时,必须同时尊重'甜美'和'有用'这两方面的要求。"⑤所以,西方文论的本源所认为的,文学的作用是来自快感与宣传两方面的辩证,而后世的一些文学研究者在文学的现代性话语、新批评流派带来的文学的纯然审美符号意义等观点的发展中,似乎走向了对有用的偏废,甚至将文学与现实割裂、与真实疏离。这里的"金科玉律"难道不是现代化语境中世界文学交流活动的一种文学视野与文学背景吗?这个先验的文学背景坐标,是否与意识形态畛域一道,成了研究者理解与评判文学作品的"包袱"?

---

① 夏志清:《中国现代小说史》,刘绍铭、李欧梵、林耀福等译,复旦大学出版社2005年版,第319页。
② 伍蠡甫主编:《西方古今文论选》,复旦大学出版社1984年版,第217页。
③ 贺拉斯:《贺拉斯诗选》(拉中对照详注本),李永毅译注,中国青年出版社2015年版,第243页。
④ 贺拉斯:《贺拉斯诗选》(拉中对照详注本),李永毅译注,中国青年出版社2015年版,第239页。
⑤ 雷·韦勒克、奥·沃伦:《文学理论》,刘象愚、邢培明、陈圣生等译,生活·读书·新知三联书店1984年版,第19页。

第三节

域外延安文艺研究的思考与回应

太阳是美的

且是永生的

…………

街上的人

这么多,这么多

…………

在太阳光下

来来去去地走着

——好像他们被同一的意欲所驱使似的

…………

今天

奔走在太阳的路上

我不再垂着头

…………

今天

在太阳照着的人群当中

我决不专心寻觅

那些像我自己一样惨愁的脸孔了

…………

我感谢太阳

太阳召回了我的童年了

…………

我奔驰

依旧乘着热情的轮子

太阳在我的头上

用不能比这更强烈的光芒

燃灼着我的肉体

由于它的热力的鼓舞

我用嘶哑的声音

歌唱了:

　"于是,我的心胸

　被火焰之手撕开

　陈腐的灵魂

　搁弃在河畔……"

这时候

我对我所看见　所听见

感到了从未有过的宽怀与热爱

我甚至想在这光明的际会中死去……

——艾青《向太阳》[1]

艾青于1938年创作的诗歌《向太阳》,将他的革命情感进行了深刻剖白,挥洒着焦灼、痛感、重生般的激情,并将个人的精神与灵魂释放在逐日般的崇高革命旅程中。其中所实现的崇高化自我,为我们开启了一个中国现代革命历程的意义空间。

---

[1] 艾青:《艾青全集》(第1卷),花山文艺出版社1991年版,第199—219页。

一、政治与文学二元论和冲击−反应论

李陀曾撰文提出一个困惑:"一种话语在激烈的话语斗争中,为什么能排斥其他的话语而最终取得霸权地位?""毛泽东在1942年发动的整风运动,把丁玲以及那些有类似丁玲想法的知识分子(丁玲不过是个例子)投入了革命的熔炉真正熔炼了一番。这确乎是个奇迹,一场运动过后,知识分子不仅放弃了对毛文体的抵抗,从此成为毛文体的热情、积极的宣传者、生产者和捍卫者,而且终生不渝。"李陀认为:"毛文体或毛话语从根本上该是一种现代性话语—— 一种和西方现代话语有着密切关系,却被深刻地中国化了的中国现代性话语。"①虽然,李陀注意到了李泽厚提出的"启蒙/救亡这种二元对立的模式",是一种"大大简化他所论及的问题,从而牺牲其复杂性"的研究方法。②但是,他自己将毛话语与现代性话语之间的复杂性进行了模糊化处理,悬置了如下追问:他所言的西方现代话语究竟在哪个层面上与"深刻地中国化了的中国现代性话语"发生了关联?西方现代话语到底能否与"深刻地中国化了的中国现代性话语"存在经济体制与文化传统层面上的相互通约?这里是否也裹挟着遮蔽了中国现代文化重构之独特价值的复杂性?从这个角度来看,从现代性话语中抽象并确认的这个"毛话语"概念本身,或许已将其思路限制在一种现代性话语一体两面的固有理解之中。

其实,想要解决一个二元对立思维的问题,解构、消弭两者间的壁垒和边界,首先要以语境还原入手,若妄图以一条思路冲破限制,无疑会引发滑入另一种话语局限的危险。在许多域外的延安文艺研究者那里,上述观点是普遍存在的,他们以延安文艺为中心、以毛泽东《讲话》为肇始,将中国现代文学史的节点性意义寓于其中,进而为延安文艺抽象出或"共产主义小说"或"人民文学"

---

① 李陀:《丁玲不简单——毛体制下知识分子在话语生产中的复杂角色》,见李陀编选:《昨天的故事:关于重写文学史》,生活·读书·新知三联书店2011年版,第153、148页。
② 李陀:《丁玲不简单——毛体制下知识分子在话语生产中的复杂角色》,见李陀编选:《昨天的故事:关于重写文学史》,生活·读书·新知三联书店2011年版,第154页。

或"最不现代的现代性"或"反现代的现代先锋派"等整体性特征,试图讨论延安时期多数中国作家服膺于文艺大众化等创作理念的根本原因。

然而,研究者中不少人将其原因归结于延安政治对文学的一种禁锢、意识形态之下身居延安的作家的某种屈服、权力主体对审美艺术所造成的局限,政治的所谓功利性取消了文学本身的个人性与自我性等,这总体上是将二者分别孤立为两个对立但不对等的阵营,认定20世纪中国文学发展的内部必然存在着绝对性的断裂与抵牾。如此观点无视了艺术创作者选择道路的自由权利与自主意识,悬置了文学作品时代性与审美性的实用价值,忽略了整个20世纪的中国作家对社会革命话语、人民大众群体的长久注视……这种认识在某种程度上可以被看作对费正清提出的冲击-反应论的移植与变形。费正清那里的冲击-反应论原初是指,"先进的"西方对"停滞的"中国进行的物质性"冲击",故此直接导致中国的"反应",而这"冲击"行为,在西方看来,客观上是他们为"反应"主体带来了精神性的革命与物质性的解放等种种"积极"的历史"机遇"。费正清的这一认识深受英国历史学家汤因比的影响。汤因比从人类文明的角度提出了挑战-回应论,然而两人的观点在根本上存在着较大的不同,费正清的冲击-反应论对汤因比观点的历史演绎是沿着文化政治的需要进行了历史化、体制化的延伸。在汤因比看来,人类文明的起源、生长、繁盛、衰落、解体,是与文明间、区域间、阶层间、环境间的交流互动而引发的摩擦和紧张的张力关系进行推进的。挑战-回应论发生在人类与其区域政治的对立、战争的发生、统治阶层的权力垄断、自然环境的逼仄、宗教文化的教化、差异文化的影响等关系[①]之中,因而,汤因比的观点不是处在"内"与"外"的封闭环境及对立性建构关系之上的,它与弥漫着浓郁的强者崇拜色彩与文化政治霸权意味的冲击-反应论是不尽相同的。

在针对延安文艺研究所引发的政治与文学二元论的讨论中,政治在这里有如强权的西方,成为一个占有绝对的文化领导作用与权威意义的包容物,它带着完

[①] 阿诺尔德·汤因比著,石础缩编:《历史研究》,浙江人民出版社1989年版,第25—28页。

备的文化影响力与吸纳力将文学统摄其间,这种政治观中的中国现代作家与文学终将被导向无可避免的、渐趋消融的共同宿命。所以,在政治与文学二元论的逻辑中,文学同样被视作一个被静止看待的客体、一个任由政治纵贯的话语场、一个以依附属性在历史中存身的审美性"装饰",进而遮蔽了文学之于国家的想象的共同体之构成的重要意义,以及文学在人民那里所收获的实质性主体位置。这里可以借用王斑的观点:"在二十世纪中国,美学思考、美感经验,是政治动员的一部分,甚至是大众政治、万众一心的本质,而不像往常我们想的那样,仅是达到政治目标借用的手段。"①所以,从想象的共同体入手,讨论文学创作活动对这一共同体建构的主体性价值会是一个解构政治与文学二元论、文学之于政治的依附性存在等论调的有效方式,进而重构政治与审美之间相互独立、相互创造的关系。下面将首先讨论国家的想象的共同体和意识形态二者之于延安文艺而言究竟有何不同。

想象的共同体是由本尼迪克特·安德森提出的,它是一个结合了物质、文明、精神三位一体的宏大概念。他认为,中世纪神权统治下的基督教世界瓦解之后,引起"新的想象的民族共同体的出现。在积极的意义上促使新的共同体成为可想象的,是生产体系和生产关系(资本主义)、传播科技(印刷品)和人类语言宿命的多样性这三个因素之间半偶然的,但又富有爆炸性的相互作用"②。安德森的"想象的共同体"概念,在这里被理解为一个民族国家的文化建构历程,而这个历程所具有的历史延展性与文化包容性等特征,在某种程度上扩展了"意识形态"这个概念在时间与内容层面的阐述边界,将一个与民族国家的经济生产关系、政治体制规范等相伴生的,由其悠悠历史长河中所积蕴的精神文化核心、历史文明传统、情感想象空间等方面的价值凸显了出来。这一理论尤其引发了人们对民族国家共同体在器物维度以外,重新思考共同体建构于艺术文化与审美想

---

① 王斑:《历史的崇高形象——二十世纪中国的美学与政治》,孟祥春译,上海三联书店2008年版,中文版前言第2页。
② 本尼迪克特·安德森:《想象的共同体:民族主义的起源与散布》,吴叡人译,上海人民出版社2003年版,第51页。

象之维所具有的隐形却重大的历史意义，进而可以从意识形态的视野之上，重新论述文学艺术与民族国家认同间的相互塑造、相互成就的关系。

美国学者弗雷德里克·詹姆逊曾将文学与文化文本终极语义的社会基础以一组层层铺展与荡开的关系进行呈现，即"政治历史观"在狭义上指历史事件的依次发生，"社会观"指涉的是非历时性的社会阶级较量与搏斗关系，"历史观"所涵盖的是广义上的"一系列生产方式，以及各种不同的人类社会构造的接续和命运，从为我们储存的史前生活到不管多么遥远的未来历史"①，这三者之间的关系可以用同心圆的形态呈现出来。詹姆逊提出上述关系所立足的理论高度，不仅囊括了人类社会从远古到文明的漫长时间，而且跨越了人类社会文明建构的整体视域。

然而，针对政治与文学二元论这一文学研究领域的固有逻辑，我们将眼光聚于文学文本与社会文化文本之间的关系，也可发现一组边缘向外层层扩展的概念。例如："政治"指狭义上的历史事件、文化政策、政治制度等；"意识形态"惯常是指狭义上的民族国家的阶层构造、社会风貌、时代征候、文化环境等，其能指的流变来源于政治体制及其影响下的文化层面，它主要针对一时一地的阶段性影响；而"想象的共同体"为本尼迪克特·安德森对民族国家历史文化体系的建构方法与建构历史所抽象出的概念，其内涵的发展是趋于复义性的，它源自民族传统与精神文化。安德森主张应该"将民族主义和一些大的文化体系，而不是被有意识信奉的各种政治意识形态，联系在一起来加以理解。这些先于民族主义出现的文化体系，在日后既孕育了民族主义，同时也变成民族主义形成的背景。只有将民族主义和这些文化体系联系在一起，才能真正理解民族主义"②。故此，想象的共同体是跨越了一时一地的时空限制、纵贯民族国家的历

---

① 弗雷德里克·詹姆逊：《政治无意识——作为社会象征行为的叙事》，王逢振、陈永国译，中国社会科学出版社1999年版，第63—64页。
② 本尼迪克特·安德森：《想象的共同体：民族主义的起源与散布》，吴叡人译，上海人民出版社2003年版，第13页。

史延展过程的宏观范畴,即安德森所言的"一种特殊类型的文化人造物"①。此处援引这一概念,是为指涉一个国家勾连其历史传统与未来文化重构的精神整合力、族裔与阶层文化认同的统摄力、社会文明引导与建构的逻辑组织力等,侧重一个具有持续延伸感的文化发掘与重组过程,是联结传统与现代的文化精神核心的积极重构概念。

在上述社会关系中,文学是介入其中且与它们发生相互影响、相互作用的重要联系,文学参与政治、意识形态与想象的共同体建构历程,而非与上述三者构成相互对立且不对等的关系。那么,部分研究者所持有的政治与文学二元论逻辑所导引的结论,到底是将这个与文学相对立的政治指向何方?弗雷德里克·詹姆逊已指出:"一切事物都是社会的和历史的,事实上,一切事物'说到底'都是政治的。"②但是,詹姆逊之意不在于构建一种文学用以阐释、表征政治的认识,而是将文学作为解构政治的有效手段。他明确指出,文学文本与政治的关系之核心在于,文学文本"不把政治视角当作某种补充方法,不将其作为当下流行的其他阐释方法——精神分析或神话批评的、文体的、伦理的、结构的方法——的选择性辅助,而是作为一切阅读和一切阐释的绝对视域"③。

二、想象的共同体与崇高

如今讨论文学与意识形态的关系,真正需要论述的不是政治与意识形态如何影响文学、如何借助文学发挥文化效用,而应该是在意识形态的建构中,文学性与审美性活动到底在何种程度上被需要,它们相互之间的文化渗透,文学性与审美性内涵对现代民族国家的文化建构究竟意味着什么。刘禾曾明确指出了中国现代革命与文学之间的关系,她说:"我要做的就是将语言实践与文学实践放在

---

① 本尼迪克特·安德森:《想象的共同体:民族主义的起源与散布》,吴叡人译,上海人民出版社2003年版,第4页。
② 弗雷德里克·詹姆逊:《政治无意识——作为社会象征行为的叙事》,王逢振、陈永国译,中国社会科学出版社1999年版,前言第11页。
③ 弗雷德里克·詹姆逊:《政治无意识——作为社会象征行为的叙事》,王逢振、陈永国译,中国社会科学出版社1999年版,第8页。

中国现代经验的中心,尤其是放在险象环生的中西方关系的中心地位加以考察。如果说中国现代文学破土而出,成为这一时期的重要事件,那么,这与其说是因为小说、诗歌以及其他文学形式是自我表现的透明工具,忠实地记录了历史的脉搏,不如说是因为阅读、书写以及其他的文学实践,在中国人的国族建构及其关于'现代人'幻想的想像的(imaginary/imaginative)建构过程中,被视为一种强大的能动力。"①中国的国族建构与现代中国人的想象两者将中国的文化传统与现代文明予以整合,并在一个想象的共同体的形塑历史中,实现由文学与审美层面上给人带来的皈依感和崇高感,从而完成了对国族共同体的文化认同。

然而,延安文艺在构建现代中国想象的共同体进程中,究竟在哪些层面重新形塑了中国文学的新时代内涵,并得以统合20世纪中国文学发展的内部逻辑?安德森那里很大程度上建基于极具文化传播与普及力量的印刷技术,在延安文艺孕育、成熟的特殊环境与历史经验中,被重新刷新了,一种更具整合性与吸纳性的文艺创造过程被发明出来。延安文艺的口头性、非机械复制性、参与创造与鉴赏的真人性与群体性等,正是将20世纪中国文学所一贯关注的大众化与人民化付诸真正、切实且成功的历史实践,丰富了文艺的传播方式、呈现载体、审美体系、创造意义、内涵功用等层面的新维度。故此,可以从瓦尔特·本雅明在口头文学之上提出的膜拜价值与艺术光晕这一角度,观照延安文艺的诞生、实践与经验。

在巫术、宗教的神秘文化起源中,文学首先呈现着法典的膜拜价值,直至在现代国家中,文学显示的是精神文明价值与情感召唤意义,无疑是国家的文化建构体系中最为隐性却不可或缺的在场性组成部分。正如安德森所论述的那样,语言作为文学的早期表现方式,它首先实现信息沟通的有效性,信息经由语言进行表达、统一与固定,进而通过引入印刷术达成广泛的传播,并奠定信息流布的准确性与权威性。早期的文字印刷品报纸体现并延续着以上现实功用,成就了文学的早期属性,也隐现着其表征性价值的意义空间。随着各区域社会的逐渐发展,在印刷业普及以前,一个稳定的社会结构中的人对信息的需求是难以得到满足

---

① 刘禾:《跨语际实践:文学,民族文化与被译介的现代性(中国,1900—1937)》(修订译本),宋伟杰等译,生活·读书·新知三联书店2014年版,序第2—3页。

的,由此,开始了口耳相传的信息交换行为,口头文学得以诞生。

瓦尔特·本雅明认为在进入"技术复制时代"之前的人类"前现代"社会,"讲故事的人"这一汇聚着经验教益的文学活动主体,"在人们的想象中","就是从远方归来的人"。如果要为讲故事的人划分类型,那么其中一个可以是"当地住户的农夫代表,另一个则是商船上的水手。实际上,可以说每一个生活圈子都会产生其讲故事的人的群体。在几个世纪之后,每一个这样的群体都会保存一些其自身的特色"。[①]这里,本雅明所描绘的讲故事的人的群体,其一,由一个稳定社会的完备生活圈子中所择选的人作为代表,借助讲故事行为行使信息的记录、统一、固化与交换等功能,由此,信息的趋同便得以产生,进而奠定了区域内人们文化认同的基础;其二,一个外来信息源出现,补充、刺激与交换新的信息,同时,这个外来的信息源使区域内部的思想文化的共同感、共通感更为凸显和强化,进而在新与旧、同与异的语言互动中,催生了茁壮成长的口头文学。另外,生活圈子这一共同体业已昭示出文化认同的前提,国家的共同体便开始在群体间的语言、口头文学、印刷品的交换与创造中得以塑造形成。这种文化认同的前提,用安德森的话说是上述语言与文字达成信息交换所导向的结果,"存在着一种颇为人知的双重性,也就是大范围的认同与特殊主义的地方意识交互出现"[②],而这种共存与共享的区域化经历,是一种区域内人们在文化精神层面上的共同宿命。

安德森在论述"想象的共同体"这一概念时,将意识与情感作为共同体想象与建构的重要维度,这种观点启发我们思考,在中国现代国家建构的历史中,艺术创作主体所投注的审美性与情感性倾向是共同体被想象、被记忆、被认同的一个必然前提。国家的文化建构正因为有了文学参与其中,才使其真正触及人民之根本,渗入日常的生活场景,在理性的建构过程中注入源自文学的美感与感性内

---

① 瓦尔特·本雅明:《讲故事的人——尼古拉·列斯科夫作品随想录》,张耀平译,见陈永国、马海良编:《本雅明文选》,中国社会科学出版社1999年版,第292页。
② 本尼迪克特·安德森:《想象的共同体:民族主义的起源与散布》,吴叡人译,上海人民出版社2003年版,第71页。

容，进而形塑了国家文化认同的情感共通性、纯然的皈依感，以及自我实现、自我满足的崇高感。文学的审美性描绘与记录，以具象化、感性化的方式，建构国家的想象的共同体，并创造了属于民族的文化记忆与文化血脉。王斑研究中国现代美学与政治的入口，对我们理解国家共同体建构中文学的独特存在有所启发，他指出："美学与政治的纠葛，在中国现代历史上，更多地集中在崇高、壮美的讨论和实践中。"[①]不同的是，王斑是以被幻化的崇高客体、崇高形象为研究中心，讨论它们的历史塑造和历史呈现问题；这里是以崇高感知主体的自我崇高化过程为研究中心，考察作家的自我崇高化与文学的审美感性呈现在现代国家想象的共同体建构中的存在。

在这里，我们试图以崇高化主体的内在心理逻辑分析中国现代作家尤其是延安作家，在延安文艺塑形、延安精神呈现的过程中，其争相追逐、心醉神往却也顾影自怜、焦灼苦痛的复杂精神历程与政治生涯并轨纠葛的原因。艺术创作者追求崇高这一精神审美境界，是文学参与中国现代想象的共同体建构的独有方式，更是创造并推进中国现代革命历史进程的至为重要的有效实践。然而，共同体建构中的崇高到底是如何调动和激荡起人们的主体性认同意识，又是在何种程度上需要文学的审美性与情感性内涵？

在讨论文学艺术的审美性与情感性究竟是如何参与国家的想象共同体的建构问题时，需要重新寻找并探讨共同体想象性建构与人们想象行为之间的纽带关系，其中特殊的纽带关系是在理性思想的崇高与感知主体的崇高化自我两者间缔结的。当我们将眼光置于20世纪三四十年代中国文学的发展之上，恰恰可以寻得一个读解或论证上面所述的这组纽带关系的有效窗口，同时，恰好以此挖掘本土与域外的文学研究者对这段时期及其后的中国文学有所质疑的深层原因。这需要我们从西方文论中的"崇高"概念说开去。

西方文论中的"崇高"，最初由古罗马时期的哲学家朗基努斯在其所作的《论崇高》一文中提出，其时是用以论述文学作品的一种极高的思想性、情感

---

① 王斑：《历史的崇高形象——二十世纪中国的美学与政治》，孟祥春译，上海三联书店2008年版，中文版前言第2页。

性、审美性判断。其后,"崇高"在指涉文学实体之外,开始被引入一种人们对思想意识、情感境界本身的判断领域,经由诸如埃德蒙·伯克、康德、齐泽克等学者多重释义,它所指涉的价值内涵便愈发丰富广博。18世纪英国哲学家埃德蒙·伯克对"崇高"的论述,曾影响康德对它的认识。伯克认为,崇高首先是在一种极端的情感状态中获得的,而激情被他视作人类最强烈、最炽热的情感。人类所有激情的产生来自两个原则,即自保与社会交往,这两者涉及内外环境的刺激、冲动、冒险与震惊,因而可引发"痛苦、疾病和死亡,让人们心里满怀恐怖感",所以,"个体自保的激情,主要就是痛苦和危险,它们是所有激情当中最有力的"。而这些足以激发人类产生痛苦感与危险意识的精神体验,"那些以某种表现令人恐惧的,或者那些与恐怖的事物相关的,又或者以类似恐怖的方式发挥作用的事物,都是崇高的来源"。[1]惊惧作为崇高的最高效果,它与欣羡、敬畏和崇敬所引发的次级的效果相比最大的不同在于,被诉诸感官的惊惧的心理状态驱逐了人们对审美对象的理性判断,在得以升腾惊惧心理的对象面前,占据人们内心的只有感性的震惊,以及令理性活动骤停的"灵魂的一种状态"[2]。故此,这种来自崇高的力量,会使人们在面对极端理性的对象时,产生因巨大的灵魂震动而引发的纯然感性的、激情的主观情感作为回应。

伯克认为,崇高起源于人们面对理性对象时回应的感性情感;而康德认为,崇高带给人们以剧烈的情感震动,而这更多地借助于想象的力量来获得,想象力所仰赖的自由在面对崇高时,会循着一种被规定的法则生长。所以,康德眼中的崇高是建基于理性且收获着另一种理性作为回应的精神旅程。实际上,当人们面临的崇高作用于自身时,人们经历着崇高的召唤,进而开始了自觉普遍的铸就、信奉与超越,这里所升华的崇高化自我无疑暗示了一场对非理性的情感的极致追逐。康德所认为的源自理性、创造理性的崇高,是相对于崇高本身而言的,因为

---

[1] 埃德蒙·伯克:《关于我们崇高与美观念之根源的哲学探讨》,郭飞译,大象出版社2010年版,第35、36页。
[2] 埃德蒙·伯克:《关于我们崇高与美观念之根源的哲学探讨》,郭飞译,大象出版社2010年版,第50页。

无论人们对崇高的体验是以多么感性的方式表达出来，这些强烈的情感作用于崇高时，都会被凝聚为愈加伟大的理性力量。然而，崇高作为一种情感体验，它之于人们的感知心理而言，则必然是非理性的，而非理性的感性表达，则必然以审美性、艺术性的文化创造物的形式呈现出来。

康德眼中的崇高需要以完成人们对自我的超越为前提，他认为："崇高不存在于自然界的任何物内，而是内在于我们的心里，当我们能够自觉到我们是超越着心内的自然和外面的自然——当它影响着我们时。一切在我们内里引起这类情感的（激动起我们的自然力量的威力属于这一类），因此唤做崇高（尽管不是在原本的意义里）。"①易言之，"崇高"不是一个本质化的概念，它必须经由人们的感知方能实现，所以，从这个角度来说，崇高是人们抵达自我超越、自我崇高化境界的对象化存在，崇高无法自动呈现，它需要在感性的实践中被呈现出来。感性的实践则须诉诸释放情感、承载思想的文学艺术创作活动，由此便厘清并推演出了作为崇高客体的国家的想象共同体与自我崇高化的作家两者间的相互成就、相互塑造关系。

当代哲学家齐泽克对伯克所言的惊惧与康德所言的不愉快感导致崇高的原因进行了探源。他认为："当审美想像紧张到极点时，当有限的决定进行自我消解时，最纯粹意义上的失败出现了"，因此引发了情感的最极端化即崇高。他从后结构主义的整体视域出发，解构了崇高的绝对性与先验性，指出，崇高的意义源自其地位或位置，申言之，"崇高不再是（经验的）客体，它通过其不适当性指明了先验的自在之物（理念）之维；而是这样的客体，它占据了位置，取代、填补了作为空隙和作为绝对否定性的纯粹乌有的原质的空位"。②崇高的地位是由崇高的感知主体对崇高客体进行的赋予与塑造所完成的。故此，作为崇高感知主体的人们，以人们的崇高化自我实现了崇高，以感性的形式对崇高进行了理性显现，所以崇高的升华实际上是由人的崇高化铸造的，而人的崇高化是以文学艺术

---

① 康德：《判断力批判》（上卷），宗白华译，商务印书馆1964年版，第104页。
② 斯拉沃热·齐泽克：《意识形态的崇高客体》，季广茂译，中央编译出版社2002年版，第278—279、283页。

的审美性与情感性进行实践的。

三、崇高与崇高化自我

通过梳理崇高的复合内涵可以发现,作为精神境界、情感意识的崇高与延安时期的中国现代国家的想象的共同体两者间发生着价值扇面上的某种重合。齐泽克的著名观点——意识形态的崇高客体在一定程度上为我们提供了理论启发。然而需要说明的是,本土与域外的文学研究界,无论对延安时期的中国作家创作有怎样的质疑,他们提出异议的逻辑起点大多是把它与所谓的文学孤立起来的对立物视作意识形态。但是,延安时期的中国政治环境实际上并不具备一种可以由作家进行文学实践的绝对视域。其时其地的延安文化背景所面临的首要任务应该是建构文化认同,这是身居延安的中国革命者得以立足的前提,凝聚起解放区的革命者、文化人、农民的认同感是当务之急,而非存在着一种可被践行的、绝对的、巩固的、完备的意识形态。所以,真正可以与延安文艺缔结逻辑上的纽带关系的,不是意识形态,而是一个较前者更具文化包容性、历史延展性与精神皈依性的现代国家的想象共同体。

这里的想象的共同体与意识形态的不同之处,正是它能够与崇高发生联结的关键所在。需要说明的是,在崇高由感性进行显现与实践的过程中,人们的感性情感与艺术审美都是通过文学创作的实践得以实现的,文学是实现崇高之所以为崇高的重要组成部分。以此为前提可以发现,崇高是被其感知主体的人赋形的,人们在经历了自我崇高化之后,也被内在于崇高。一个国家共同体的建构,是以人们文化认同感的形成为前提的。如何形成人们思想的一致性、共同宿命感与共存共享的文化心理,应该从社会学的角度寻找答案。

前文曾提到了学者李宗刚的研究成果,他从父权代际性缺失的视角来讨论五四文学的发生[①],从"家"向"国"的概念向外推演,从而为小我与大我、个人与国家等组合关系搭建了一种新的联系方式。晚清以来,个人从封建社会中解脱,挣开传统中的伦理束缚而走向社会,寻求新的思想、新的出口。在这个追求

---

① 李宗刚:《父权缺失与五四文学的发生》,载《文史哲》2014年第6期。

个人思想独立、意识觉醒、现代革命的开端中，需要被解放的，"首先是观念的革命，是个人和个人主义反抗传统教条的革命"，但是，独立于家族之外的个人，其"自我意识也必须与现实主义并驾齐驱"，同时，"对自我及其存在与意义的觉醒伴随着另一个特征，即对生活悲剧性的感受"。①在此普实克指出，晚清以来的中国思想文化界，个人开始逐渐从家庭、社会、国家中得到解放，希冀发出自由与反叛的声音，而这个反叛与革命本身首先是面对社会而言的，个人所建立的自我意识是与现实主义存在伴生关系的，个人无法自绝于社会而实践解放和批判的行为，个人的自由主义精神与批判现实意识均是建基于一个公共知识分子的自我认知之前提。所以，经历了五四时期思想启蒙运动的中国青年，从自我解放中走向社会，又在寻得精神支持中融入一个革命的共同体，其中的自觉与自由是不能被低估的，更无法将社会化的"我"与安放着"我们"的国家全然分裂。

顺着个人与国家的辩证关系推及文学，并以茅盾和郁达夫的创作为例，可以发现，普实克认为在史诗和抒情之间实际上存在着相互转化的可能，两种潮流并非泾渭分明的对立。普实克指出，通过对这两位作家的对比可以"呈现了中国新小说中两股潮流的基本差异，同时，也揭示了那一代文学的某些特点或症候"。他认为，在中国的文学传统中，"主观主义是古文最主要的特点。作者的个人经历，他的观点、思考和感受，是创作灵感的唯一源泉"，其中文人书信这种"最具私人性的作品"，便是文学之抒情性表现的典型，它"不注重情节、故事和叙述"。普实克认为，郁达夫的文学气质深受源自欧洲的"主情主义"流派的《少年维特之烦恼》等作品的影响，然而，源于公共知识分子的精神底色，其公共性与批判性都是依托于现实社会的，故此，"个人主义的思潮和个人浪漫化的反抗只能是转瞬即逝的东西"，所以，中国"创造社的浪漫主义作家们纷纷转向马克思主义，譬如郭沫若，我们在郁达夫身上也能看到同样的发展趋势"。②

---

① 亚罗斯拉夫·普实克著，李欧梵编：《抒情与史诗——中国现代文学论集》，郭建玲译，上海三联书店2010年版，第2页。
② 亚罗斯拉夫·普实克著，李欧梵编：《抒情与史诗——中国现代文学论集》，郭建玲译，上海三联书店2010年版，第141、173、171页。

至此，可以清楚地看到抒情与史诗之间的鸿沟。在思想解放与社会革命的具体环境中，由于抒情中强烈的自我意识和自由精神，它一方面可以延续着个人的、浪漫的、激进的、独奏般的文学创作潜流，一方面在现实际遇中急转成为革命的、浪漫的、激情的、交响般的文学合唱先锋。故此，浪漫的双重性呼之欲出，它既可以执着地低吟着个人与时代的悲苦，体验孤独浪漫的况味，又可以灵敏地感知崇高，并在对崇高的追求中实现极致浪漫的殉道。所以，情感可以作为勾连中国现代作家文学创作中抒情与史诗、个人与国家的核心，也是寻得二者间得以灵活转化、彼此印证的线索。

有域外学者从心理分析的角度出发，对不少延安作家的文化心理心存疑惑，即那些经历了战时文艺政策对艺术创作理念进行指导、规训甚至强制性修正的延安作家，并未对此表达出埋怨、斥责、背离等鲜明的否定态度，反而时常流露出缄默、缅怀或是依恋的情绪。有的研究者将其中的原因理解为一种类似于自虐与虐恋的"斯德哥尔摩综合征"。然而运用心理分析一维读解这一现象是绝对行不通的，因为，源于痛感与惊惧的极端心理状态正如人们面对崇高客体时的表现一样，人们为崇高所激动，正是为自己所激动。而这或许是处在倾向于躲避崇高的后现代主义文化思潮中的读者与研究者所难以理解的。

同时我们应该看到，即便人们看到了崇高的黑暗和晦涩[①]的褶皱也并未抵抗与退缩，其原因在两个方面。一方面，人们感知崇高客体时常常幻化出的那种"内在于"的无距离感，都仅仅是指心理距离；人们与崇高的实际距离，必然相隔着一段本雅明意义上得以产生"光晕"或"氛围"（Aura）[②]的"深渊"，即对崇高客体的审视与感知距离。另一方面，恰恰因为这种无距离、"内在于"的

[①] 埃德蒙·伯克：《关于我们崇高与美观念之根源的哲学探讨》，郭飞译，大象出版社2010年版，第106页。

[②] 瓦尔特·本雅明以自然事物来描述他所提出的"氛围"。"我们把前者定义为一定距离外的独一无二显现——无论它有多近。夏日午后，悠闲地观察地平线上的山峦起伏或一根洒下绿荫的树枝——这便是呼吸这些山和这一树枝的氛围。"这里，"独一无二"、"距离"以及至关重要的感知主体对客体的观照与显现的物我两忘之境界，进而达成"呼吸"客体的深层互动状态，被认为是一个事物得以出现氛围或光晕的必要前提。本雅明：《经验与贫乏》，王炳钧、杨劲译，百花文艺出版社1999年版，第264、265页。

心理幻象，将对崇高客体的审视与感知距离映现为一种汇通、融合的类似于物我两忘甚至无我的境地，让人们在面对自己所折服、信奉的崇高客体时，无法抽离，无处遁形，因为人们无法面对那个否定崇高的自己。尤其是丁玲的小说《在医院中》，女主人公陆萍最初被组织安排前来医院时，作为一个初来抗大求学一年、富于幻想的知识青年与革命工作者，她原本并不愿意再从事医务工作，文中描述她心理活动的一句话，道出了崇高的革命追求对一个初来乍到的革命者真实的内在规训作用，以及陆萍作为崇高化自我的自我规训。"她是一个富于幻想的人，而且有能耐去打开她生活的局面。可是'党'，'党的需要'的铁箍套在头上，她能违抗党的命令么？能不顾这铁箍么，这由她自愿套上来的？"①

当然，作为有独立意识的个人必然也曾反思崇高的客体，发出一种类似异质化的声音，如延安时期出现的一些杂文与小说。然而，人们的崇高化自我与崇高客体的相遇，恰好会呈现出一种来自自我超越中的痛感与满足的复杂纠葛的状态。"惊惧""不愉快感""消极"这类词汇原本便与崇高有着千丝万缕的联系。许多思想家在对崇高的论述中，都认同力量与崇高的联系，正如伯克所说，"没有什么崇高的事物不是力量的某种变体"。在伯克看来，美所引发的愉悦源于征服，然而崇高所带来的痛苦来自屈服，在这个角度上说，崇高所携带的最强烈的力量，便是一种破坏力。②然而屈服是人们面临崇高时所启用的自我保护机制，它是被最初呈现出来的、诉诸感官的外化表现。人们为了在崇高中进入自我升华与自我超越的状态，寻求那基于痛感体验与破坏性精神的力量，足以自觉选择一种导向，即积极、纯粹地追逐一个精神重生、文化重塑的心灵境界。

由此观之，作为与崇高的表征在很大程度上存在重合域的现代国家的想象共同体或泛化的意识形态，是基于人们对它的赋形，它所具有的崇高的多重属性离不开崇高的感知主体，通过人们的感知与归属，得以令一个想象的共同体拥有实际的物质性力量。所以，我们援引崇高理论，分析其建构的起源与形态，借此讨

---

① 张炯主编：《丁玲全集》（4），河北人民出版社2001年版，第240页。
② 埃德蒙·伯克：《关于我们崇高与美观念之根源的哲学探讨》，郭飞译，大象出版社2010年版，第56、57页。

论一个共同体的想象或政治意识形态的幻象的形成,是为了以话语/文学实践来拆解一个本质化的崇高或本质化的政治。因此,从后结构主义的视野观照不少学者所持有的文学观,便会发现,他们对政治与文学二元论的认识谬误不是将政治与文学的内容相互抽离,而是将后者放置在前者之内并视其为前者的表征,并把这两者理解为行为主体与行为、整体与部分。那些持有政治与文学二元论观点的研究者,对延安时期作家创作观念之扭转、政治环境之"禁锢"的种种质疑,以及由此质疑而引发的对延安文艺的否定,警醒我们不应该以对这一否定的再否定来实现对延安文艺的回应或重估。我们借助话语/文学实践来解构政治与文学的二元关系,不是为了建构一个否定之再否定的循环,而是要"把语言、话语、文本(包括历史写作本身)视为真正的历史事件",并试图发现"话语行为在构造历史真实的过程中所具有的制造合法化术语的力量"[①],以此重建关于文学与政治的历史性讨论。易言之,对于延安文艺的有效研究,或曰对延安文艺被否定境遇的有效回应,需要以建构一种关系研究用以解答延安文艺为20世纪中国文学所带来的革命文化创造及其所释放的现代性张力。因为倘若我们将围绕延安文艺研究之上所谓的政治与文学二元进行相加,便会发现两者之和远远大于部分,而这个被相加的整体也远远超越了部分,其中所存在的复杂空间才是我们研究延安文艺的关键与价值。

  本章就世界延安文艺研究中的价值与意义、局限与损耗、反思与回应三个层面,试图在对域外延安文艺研究的充分认识与深刻理解中,开启一个平等而有效的再研究实践。研究过程中,不少域外学者提供了创新性的理论资源,如竹内好提出的"回心型"文学传统与王德威所言的文学抒情传统,这些都是域外文学界为延安文艺研究所提供的新的意义空间与理论养分。同时存在政治与文学二元论一类意识形态话语。面对延安文艺的现代性问题,政治话语并非是一个需要回避的方向,也不是延安文艺研究的唯一背景。此外,西方文论中用于评述文学作品价值的崇高被运用在一个伟大的作者形象之上,"崇高"在审美中给人带来的惊

---

① 刘禾:《跨语际实践:文学,民族文化与被译介的现代性(中国,1900—1937)》(修订译本),宋伟杰等译,生活·读书·新知三联书店2014年版,第55页。

惧、痛感、自我保护、破坏性力量和积极的精神重生与文化重塑映现着献身革命事业、实现自我崇高的延安作家及其所塑造的延安文艺创作信念。正如钱穆先生所指出的,"在中国传统观念下,可谓始终无一纯文学观念之存在。岂仅无纯文学,亦复无纯哲学,纯艺术,乃至无纯政治"[1]。由此,面对跨语际、跨文化的文学研究,域外研究者首先需要规避的是一种先验的价值判断;对于中国本土研究者而言,同样需要时刻进行自我审视。竹内好作品的译者之一孙歌,为竹内好的著作所撰序言中写道,在竹内好那里,"那种认为要么是一百要么是零的判断是形式化的"[2]。的确,敞开零与一百之间的能量与张力,从极端化判断中挣脱出来,是指引我们重启历史的进入方式,也是重新思考延安文艺的方式。对于延安文艺的有效讨论,不应在一种对抗性关系中展开,而应在建构性的间性关系中进行。对于延安文艺被否定的有效回应,也不应通过对否定的再否定来实现其价值判断的肯定,而应该从它为中国当代文学与世界文学所带来的意义空间出发,进而实现对延安文艺价值的遮蔽、盲视与"不见"的有效回应。

---

[1] 钱穆:《中国文学论丛》,生活·读书·新知三联书店2002年版,第64页。
[2] 孙歌:《在零和一百之间》(代译序),见竹内好:《近代的超克》,李冬木、赵京华、孙歌译,生活·读书·新知三联书店2016年版,第73页。

结语

域外延安文艺研究经历了半个多世纪的发展，已经取得了可观的研究成果，然而于中国本土的延安文艺研究而言，从整体上引入域外视域的研究方法是相对缺乏的。本书以延安时期孕育的多元艺术作品、书写延安的域外作家群体、延安作家的文学创作为主要方面，讨论世界视域中的延安文艺在传播内容、译介行为与创作主体、文学研究等层面上所展开的多元对话与深度互动，试图开启以延安为肇始的中国文学与世界文学交流互鉴的新阶段。

对延安文艺域外研究的再研究，是为了重新思考延安文艺在民族性特征中所汇聚的丰富内涵。延安时期在戏剧、电影、美术、音乐等领域收获的艺术作品，拓宽了民族性的话语限度，吸引了地域意义上世界其他民族的听众与观众，也将中华民族传统的文化资源统摄其中，因而在历史创伤与时代记忆的共鸣之下，呈现了民族话语的普遍适用性，使得域外受众从延安艺术作品中求索一种来自国家的想象共同体、人民凝聚力、国民性情感的力度。令域外观众涕泪纵横的延安戏剧与电影，令域外欣赏者内心颤动的延安木刻作品，将世界听众及合唱者熔铸为一的延安音乐与歌咏活动，均在超越本土的地域民族性之上，在一种大民族的层面实现深层的情感缔结，支撑起延安艺术作品的世界性传播的同时，为当下重新估值中国文艺的民族性与大众性提供了有效的参照。

域外作家的延安文本不仅在译介方式上对传统的文本译介有所扩展，还引入了域外作家亲身前往、自觉书写、考察研究等多样化的译介行为；在国际形象学的理论话语中，探讨了延安形象的世界性及形塑历史；更将域外作家所感知到的延安精神与情感氛围等生命体验，以文学化的形式进行了自我践行与精神重塑。延安经历影响了域外作家所固有的文学创作态度，人民性的精神内核隐现于他们的延安书写之中。部分域外作家的文化心理的内在变迁与情感的深层缔结，既充分还原了延安文学历史的独特景观，也为我们重新认识跨文化、跨时空的延安精神提供了一个延安文艺镜像的世界性坐标。

延安时期的重要作家创作引起了域外学界的广泛讨论与深入研究，将人民文学的理论话语导入作家创作，这为延安文艺与世界的关联提供了话语基础。域外学界在研究丁玲的转向、赵树理的人民性追求、周立波的主体性创作倾向时，始终保持着一种将政治话语与农民话语作为延安文艺研究的固有路径。这一方面造成域外学界被强烈先验观所支配的误区，以拒绝政治话语的方式来否定延安文艺的价值，进而影响了延安文艺研究的客观性，此思路主要出现在20世纪70年代前后的美国学界；另一方面会致使域外学者一味秉持实用主义的目的，将延安文艺的价值简化为政治话语的强力介入，这主要源自域外学界面对"延安道路"成功之后所出现的迷茫心理，表现为战后日本文化界的"人民文艺"研究热潮，因而为域外延安文艺研究带来了某些限度。当然，上述域外延安文艺研究虽然显露了相当程度的极端化与功利性色彩，但也时有迸发辩证思考与反思意识。

域外学者运用多种研究方法与文学理论，为延安文艺研究带来了诸多的新可能，如丁玲研究中白露、颜海平等的女性文学研究视角，约翰·布乔治的作家传记研究，以及丁淑芳的人文心理学研究。同时，从理论创新的层面看，"回心型"文学传统与文学的抒情传统是域外学界为延安文艺研究注入的新资源。当下中国的延安文艺研究应该在这样的氛围中活跃起来，在保持严肃审慎的研究态度的同时，以世界视野进行宏观参照，对某些狭窄僵化的研究思路施以有效解决，进而提高学界对延安文艺研究的重视程度与更新意识。由此观之，域外延安文艺研究的再研究是一个钩沉文学交流事迹、梳理文学传播与研究历史、探究域外学界文学研究的程度与高度、回应域外研究的观点与态度，并反思中国本土研究方法与研究视野的重要话题。

延安文艺研究中存在一个典型论调即政治与文学二元论，以此为中心可以从理论的层面对域外延安文艺研究进行反思与回应。延安文艺研究中存在的一个认知前提，是研究对象与研究者之间相隔着沉重的历史与战争的鸿沟，在当下躲避崇高、消解宏大叙事的时代氛围之下，许多深受西方后现代主义影响的研究者，试图远离自己身处的文化坐标而去理解延安文艺的"崇高"与"光晕"，这或许是极为困难的。也正因此，西方文艺理论家伯克的"崇高"理论，可以作用于为艺术作品带来"光晕"的"崇高"的作者形象。延安作家的使命担当与革命献身意识，促使他们在自我崇高的过程中完成了不断革命的文化更新与积极的精神重生。延安作家崇高的作者形象，以其热情朴素的革命选择、历史发生的日常性解构了历史、战争与革命话语所带来的沉重感，可以成为我们还原并重新认识延安作家的一个角度，也拆解了延安文艺研究中政治话语所占据的必然背景。

　　一种具有建构性且积极有效的研究方式，应该是对话性而非对抗性的。对抗性的非黑即白、非此即彼，造成了显著的价值判断倾向，这为延安文艺研究带来极端化误区的同时，落入了新的遮蔽。正如竹内好所批判的那样，"要么是一百要么是零"的结论是形式化的。发现并探索零与一百之间的无限空间与能量，应该是我们研究延安文艺的基本态度，由此，才能洞开延安文艺所内蕴的现代性张力，进而在延安文艺与世界的密切互动中，从世界视野出发寻得外部参照，反观延安文艺为20世纪中国文学乃至世界文学所带来的民族性与精神性价值。

参考文献

[1] 陈登科，肖马.信念：访丁玲［J］.清明，1979（2）.

[2] 陈国恩."拉普"和中国左翼文学批评的历史反思［J］.重庆三峡学院学报，2004（5）.

[3] 陈榕.西方文论关键词：崇高［J］.外国文学，2016（6）.

[4] 丁玲.关于《在医院中》：草稿［J］.中国现代文学研究丛刊，2007（6）.

[5] 丁毅.歌剧《白毛女》二三事［J］.新文化史料，1995（2）.

[6] 荻野脩二，辻田正雄，夏刚.当代中国文学隔岸观［J］.当代作家评论，1988（2）.

[7] 董之林.关于十七年文学研究的历史反思：以赵树理小说为例［J］.中国社会科学，2006（4）.

[8] 冯建龙.身后20年，路漫漫情未遥［N］.西部时报，2012-12-04.

[9] 冯雪峰.《太阳照在桑干河上》在我们文学发展上的意义［N］.文艺报，1952（10）.

[10] 冯夏熊.丁玲的再现［J］.延河，1979（12）.

[11] 高明华.斯德哥尔摩综合症：表现、成因和应对［J］.中国农业大学学报（社会科学版），2009（1）.

[12] 高华.红军长征的历史叙述是怎样形成的？［J］.炎黄春秋，2006（10）.

[13] 黄彩文.重评《我在霞村的时候》［J］.河北师院学报（哲学社会科学版），1980（3）.

[14] 贺桂梅.村庄里的中国：赵树理与《三里湾》［J］.文学评论，2016（1）.

[15] 何火任.《白毛女》与贺敬之［J］.文艺理论与批评，1998（2）.

[16] 韩日新.半个世纪的脚印：1936年至1989年国外丁玲研究巡礼［J］.中国现代

文学研究丛刊，1993（2）.

[17] 胡淑敏.1940年"中国艺术展览会"在苏联纪实[J].中国博物馆，1991（2）.

[18] 贺玉波.中国女作家[J].现代文学评论，1931（3）.

[19] 惠雁冰，宋剑华.从"延安戏改"到"样板戏"：传统戏曲现代化探索过程中的一种结构性关系[J].中国现代文学研究丛刊，2011（9）.

[20] 惠雁冰.从《三里湾》看赵树理的"新变"与"固守"[J].文学评论，2018（5）.

[21] 黄子平.革命·性·长篇小说：以茅盾的创作为例[J].文艺理论研究，1996（3）.

[22] 季成家.丁玲及其《太阳照在桑干河上》[J].西北师大学报（社会科学版），1979（4）.

[23] 贾平凹.怀念路遥[N].华商报，2007-11-18.

[24] 李成瑞.《白毛女》与青虚山：《白毛女》歌剧创作60周年引起的回忆与感想[J].文艺理论与批评，2006（5）.

[25] 李建军.作者形象与积极写作：论中国当代小说的主体性与文化自觉[J].中国社会科学，2017（11）.

[26] 铃木将久.竹内好"民国文学论"与中国人民文学的问题[J].河南大学学报（社会科学版），2006（6）.

[27] 林千野.赵树理作品在日本[J].中国现代文学研究丛刊，1985（1）.

[28] 李陀.丁玲不简单：毛体制下知识分子在话语生产中的复杂角色[M]//李陀.昨天的故事：关于重写文学史.北京：生活·读书·新知三联书店，2011.

[29] 吕彤邻.美国馆藏中共抗战解密史料汇编：西方见证人眼中的敌后根据地[J].上海交通大学学报（哲学社会科学版），2015（5）.

[30] 梁新桥.读丁玲的《法网》[J].出版消息，1933（18）.

[31] 李宗刚.父权缺失与五四文学的发生[J].文史哲，2014（6）.

[32] 茅盾.女作家丁玲[J].文艺月报，1933（2）.

[33] 茅盾.关于《李有才板话》[J].群众，1946（10）.

[34] 孟庆延.学术史视野下的中国土地革命问题：议题转换与范式变革[J].社会，2013（2）.

[35] 齐凤阁.小野田耕三郎与中日版画交流[J].外国问题研究，1987（3）.

[36] 钱杏邨.《在黑暗中》：关于丁玲创作的考察[J].海风周报，1929（1）.

[37] 钱杏邨.关于文艺批评:《力的文艺》自序[J].海风周报,1929(9).

[38] 钱杏邨.一九三一年中国文坛的回顾[J].北斗,1931(1).

[39] 苏茹.意外集[J].是非公论,1936(27).

[40] 邵燕君.《平凡的世界》不平凡:"现实主义常销书"生产模式分析[J].小说评论,2003(1).

[41] 苏真.如何营救丁玲:跨国文学史的个案研究[J].熊鹰,译.山东社会科学,2014(12).

[42] 谭好哲.马克思"艺术生产"论的理论视域与当代意义[J].清华大学学报(哲学社会科学版),2018(3).

[43] 王德威."有情"的历史:抒情传统与中国文学的现代性[J].中国文哲研究集刊,2008(33).

[44] 王燎荧.丁玲的小说:《在医院中时》的反动性质[N].文艺报,1957(25).

[45] 王燎荧.《太阳照在桑干河上》究竟是什么样的作品?[J].文学评论,1959(1).

[46] 王琦.抗战八年木刻展及其它:《艺海风云》回忆录之二[J].新文化史料,1998(3).

[47] 王琦.抗战八年木刻展及其他:《艺海风云》回忆录之二(续)[J].新文化史料,1998(4).

[48] 吴小美.丁玲和她的《奔》[J].甘肃文艺,1980(3).

[49] 王中忱,孙瑞珍.半个世纪以来的国外丁玲研究[J].外国问题研究,1985(1).

[50] 习近平.在文艺工作座谈会上的讲话[N].人民日报,2015-10-15.

[51] 相浦杲.《莎菲女士的日记》与《我在霞村的时候》[J].胡金定,译.厦门大学学报(哲学社会科学版),1985(3).

[52] 熊权."自杀意象"与丁玲的无政府主义思想之探寻[J].文学评论,2017(1).

[53] 徐翔.政治认同的审美性:兼重审文学在"再政治化"中的本体性建构[J].文艺理论研究,2010(4).

[54] 席扬.多元文化视域中的"价值形象":半个世纪以来国外赵树理研究评析[J].文艺研究,2006(11).

[55] 袁良骏.褒贬毁誉之间:谈谈《莎菲女士的日记》[J].十月,1980(1).

[56] 严家炎.现代文学史上的一桩旧案:重评丁玲小说《在医院中》[J].钟山,

1981（1）.

[57] 余音.纪实文学革命论［J］.浙江师范大学学报（社会科学版），2006（4）.

[58] 毅真.几位当代中国女小说家［J］.妇女杂志，1930（7）.

[59] 中岛健藏.写在聂耳纪念碑重建之时［J］.吉林艺术学院学报，1981（1）.

[60] 朱大可.国家修辞和文学记忆：中国文学的创伤记忆及其修复机制［J］.文艺理论研究，2007（1）.

[61] 张炯，王淑秧.丁玲《意外集》散论［J］.齐鲁学刊，1986（3）.

[62] 张全之.丁玲与中国无政府主义运动：破解丁玲研究之谜［J］.西南大学学报（人文社会科学版），2007（6）.

[63] 查日新，汤黎.浅析桑塔格对疾病隐喻的文化解读［J］.国外理论动态，2009（7）.

[64] 赵学勇.延安文艺研究：历史重评与当代性建构［J］.陕西师范大学学报（哲学社会科学版），2012（3）.

[65] 赵学勇，田文兵.延安文艺与20世纪中国文学论纲［J］.陕西师范大学学报（哲学社会科学版），2013（1）.

[66] 赵学勇.再议被文学史遮蔽的路遥［J］.小说评论，2013（1）.

[67] 赵学勇.天地之宽与女性解放：延安女作家群述论［J］.中国社会科学，2013（7）.

[68] 赵学勇，张英芳.论延安文艺的现代性追求及特征［J］.陕西师范大学学报（哲学社会科学版），2014（4）.

[69] 赵学勇，张英芳.延安时期文学启蒙思潮的历史演变［J］.中国现代文学研究丛刊，2014（9）.

[70] 赵学勇，张英芳.延安文学：现代性与民族性的双重追求［J］.厦门大学学报（哲学社会科学版），2015（1）.

[71] 赵学勇.延安女作家群创作中集体与边缘的双重叙事［J］.中国现代文学研究丛刊，2015（9）.

[72] 赵学勇，王鑫.域外作家的延安书写（1934—1949）［J］.中国社会科学，2018（4）.

[73] 陈涌.丁玲的《太阳照在桑干河上》［J］.人民文学，1950（9）.

[74] 赵园.也谈《太阳照在桑干河上》［J］.芙蓉，1980（4）.

[75] 赵勇.在大众阵营与"精英集团"之间：路遥"经典化"的外部考察［J］.文

学评论，2018（3）.

[76] 朱正明.关于《长征记》和毛泽东赠丁玲词的情况[J].新文学史料，1982（1）.

[77] 丁淑芳.丁玲与《莎菲女士的日记》：青春期特性形成的心理生物学研究[C].丁玲与延安：第八次丁玲文学创作国际研讨会，1999.

[78] 丁淑芳.文化心理学视角下的丁玲[C].二十世纪中国社会变革的多彩画卷：丁玲百年诞辰国际学术研讨会，2004.

[79] 艾克恩.延安文艺回忆录[M].北京：中国社会科学出版社，1992.

[80] 北京大学，北京师范大学，北京师范学院中文系中国现代文学教研室.文学运动史料选[M].上海：上海教育出版社，1979.

[81] 北京知青与延安丛书编委会.黄土蕴情：我的精神家园[M].北京：中央编译出版社，2014.

[82] 白露，方红，周宪.从外部世界看中国：Position杂志20年精粹[M].南京：南京大学出版社，2016.

[83] 本书编辑组.毛泽东国际交往录[M].北京：中共党史出版社，1995.

[84] 陈白尘，董健.中国现代戏剧史稿[M].北京：中国戏剧出版社，1989.

[85] 陈国恩，王德威，方长安.武大·哈佛"现当代中国文学史书写的反思与重构"国际高端学术论坛论文集[C].北京：中国社会科学出版社，2014.

[86] 陈荒煤.周恩来与艺术家们[M].北京：中央文献出版社，1992.

[87] 徐迺翔.中国新文艺大系：1937—1949 理论史料集[M].北京：中国文联出版公司，1998.

[88] 陈辛仁.现代中外文化交流史略[M].北京：中国书籍出版社，1997.

[89] 戴淑娟.文艺启示录[M].北京：中国戏剧出版社，1992.

[90] 方修.马华新文学大系：八[M].吉隆坡：星洲世界书局有限公司，1972.

[91] 高捷.回忆赵树理[M].太原：山西人民出版社，1985.

[92] 海涛，金汉.中国当代文学研究资料：艾青专集[M].南京：江苏人民出版社，1982.

[93] 黄修己.赵树理研究资料[M].太原：北岳文艺出版社，1985.

[94] 孔海立，王尧.海外中国现代文学研究文选[M].上海：复旦大学出版社，2014.

[95] 卡明斯基.中国的大时代：罗生特在华手记[M].杜文棠，等译.北京：中国社

会科学出版社,2003.

[96] 李达三,罗钢.中外比较文学的里程碑[M].北京:人民文学出版社,1997.

[97] 陆建德,赵京华.东西方交汇中的中日文学与思想:共同纪念国际学术研讨会论文集[C].北京:社会科学文献出版社,2016.

[98] 金紫光,靳思彤.外国人笔下的中国红军[M].西安:陕西人民出版社,1996.

[99] 罗钢,刘象愚.文化研究读本[M].北京:中国社会科学出版社,2000.

[100] 李桦,李树声,马克.中国新兴版画运动五十年:1931—1981[M].沈阳:辽宁美术出版社,1982.

[101] 李华盛,胡光凡.周立波研究资料[M].北京:知识产权出版社,2010.

[102] 朱政惠.海外中国学评论:第3辑[M].上海:上海辞书出版社,2008.

[103] 黎军,王辛.抗日战争中的国际友人[M].北京:中央文献出版社,2005.

[104] 李凌,赵沨.音乐艺术博览[M].北京:中国文联出版公司,1988.

[105] 刘力群.纪念埃德加·斯诺[M].北京:新华出版社,1984.

[106] 柳青,侯健飞.再见梅娘[M].北京:人民文学出版社,2014.

[107] 鲁迅,茅盾.草鞋脚[M].长沙:湖南人民出版社,1982.

[108] 李岫.李广田研究资料[M].北京:知识产权出版社,2010.

[109] 斯诺.斯诺眼中的中国[M].王恩光,申葆青,许邦兴,等译.北京:中国学术出版社,1982.

[110] 刘增杰.中国解放区文学史[M].开封:河南大学出版社,1988.

[111] 刘增杰,赵明,王文金,等.抗日战争时期延安及各抗日民主根据地文学运动资料[M].北京:知识产权出版社,2010.

[112] 潘世伟,徐觉哉.海外中共研究著作要览[M].上海:上海人民出版社,2012.

[113] 中共中央文献研究室.毛泽东年谱:1893—1949 中卷[M].北京:中央文献出版社,2013.

[114] 鲁登,爱泼斯坦,等.外国记者眼中的延安及解放区[M].上海:历史资料供应社,1946.

[115] 任文.国际友人在延安[M].西安:陕西师范大学出版总社,2014.

[116] 山东大学中文系文史哲研究所资料室.茅盾研究资料集[M].济南:山东大学中文系文史哲研究所,1979.

[117] 山东省中共党史人物研究会.希伯文集[M].济南：山东人民出版社，1986.

[118] 上海师范大学中文系.中国当代文学研究资料：周而复研究资料[M].上海，1979.

[119] 孙红云，胥弋，巴克.伊文思与纪录电影[M].长春：吉林出版集团有限责任公司，2014.

[120] 孙瑞珍，王中忱.丁玲研究在国外[M].长沙：湖南人民出版社，1985.

[121] 宋绍香.中国解放区文学俄文版序跋集[M].北京：中国文史出版社，2004.

[122] 陕西省音乐家协会，中共河北省定州市委.人民艺术家张寒晖[M].西安：陕西人民出版社，2002.

[123] 孙新元，尚德周.延安岁月：延安时期革命美术活动回忆录[M].西安：陕西人民美术出版社，1985.

[124] 文化部党史资料征集工作委员会.当我们再次相聚：中国青年文工团出访9国一年记[M].北京：文化艺术出版社，2004.

[125] 田伯烈.外人目睹中之日军暴行[M].杨明，译.武汉：国民出版社，1938.

[126] 唐小兵.再解读：大众文艺与意识形态[M].增订版.北京：北京大学出版社，2007.

[127] 王大方，叶子."上帝"青睐的节目：《小说连播》业务专著[M].北京：中国文联出版公司，1995.

[128] 王巨才.延安文艺档案[M].西安：太白文艺出版社，2015.

[129] 伍蠡甫.西方古今文论选[M].上海：复旦大学出版社，1984.

[130] 汪木兰，邓家琪.苏区文艺运动资料[M].上海：上海文艺出版社，1985.

[131] 王晓华，孙宅巍.抗战中的国际友人[M].郑州：河南文艺出版社，2015.

[132] 萧延中.外国学者评毛泽东：第1卷　在历史的天平上[M].北京：中国工人出版社，1997.

[133] 杨桂欣.观察丁玲[M].北京：大众文艺出版社，2001.

[134] 袁良骏.丁玲研究资料[M].天津：天津人民出版社，1982.

[135] 河南省教育厅关心下一代工作委员会，河南省教育发展基金会.纪念抗日战争胜利70周年歌曲集[M].郑州：河南文艺出版社，2015.

[136] 朱成山.侵华日军南京大屠杀史研究成果交流会论文集[C].合肥：安徽大学

出版社，1999.

[137] 曾刚.山高水长：延安音乐回忆录［M］.西安：太白文艺出版社，2001.

[138] 中国大百科全书总编辑委员会《电影》编辑委员会，中国大百科全书出版社编辑部.中国大百科全书：电影［M］.北京：中国大百科全书出版社，1991.

[139] 张功臣.历史现场：西方记者眼中的现代中国［M］.北京：新世界出版社，2005.

[140] 中国人民对外友好协会路易·艾黎研究室，中国建设杂志社.路易·艾黎［M］.北京：中国建设出版社，1988.

[141] 中国人民对外友好协会，中国社会科学院与东南亚研究所.中印友谊史上的丰碑：纪念印度援华医疗队［M］.北京：世界知识出版社，1988.

[142] 中国人民政治协商会议陕西省凤翔县委员会文史资料委员会.凤翔文史资料选辑：第10辑［M］.宝鸡：中国人民政治协商会议陕西省凤翔县委员会文史资料委员会，1991.

[143] 中国史沫特莱、斯特朗、斯诺研究会.《西行漫记》和我［M］.北京：国际文化出版公司，1991.

[144] 中国艺术研究院马克思主义文艺理论研究所外国文艺理论研究资料丛书编委会.读者反应批评［M］.北京：文化艺术出版社，1989.

[145] 朱鸿召.众说纷纭话延安［M］.广州：广东人民出版社，2001.

[146] 朱纪华.外国记者眼中的中国共产党人［M］.上海：上海锦绣文章出版社，2015.

[147] 张静庐.中国现代出版史料：丙编［M］.北京：中华书局，1957.

[148] 张京媛.新历史主义与文学批评［M］.北京：北京大学出版社，1993.

[149] 赵明，王文金，李小为.李季研究资料［M］.北京：知识产权出版社，2009.

[150] 郑生寿.国际友人在延安［M］.西安：陕西旅游出版社，1992.

[151] 张文琳.国际友人与"红色中国"［M］.兰州：甘肃人民出版社，2000.

[152] 赵学勇；郑国友.中国新时期报告文学研究资料［M］.济南：山东文艺出版社，2006.

[153] 张一心，王福生.巨人中的巨人［M］.北京：中共中央党校出版社，1993.

[154] 朱政惠.中国学者论美国中国学［M］.上海：上海辞书出版社，2008.

[155] 朱政惠，崔丕.北美中国学的历史与现状［M］.上海：上海辞书出版社，2013.

[156] 小野忍.现代的中国文学［M］.东京：每日新闻社，1958.

[157] 艾布拉姆斯.镜与灯：浪漫主义文论及批评传统［M］.郦稚牛，张照进，童庆生，译.北京：北京大学出版社，2004.

[158] 斯诺.红色中国杂记［M］.党英凡，译.北京：群众出版社，1983.

[159] 斯诺.漫长的革命［M］.贺和风，译.北京：东方出版社，2005.

[160] 伯克.关于我们崇高与美观念之根源的哲学探讨［M］.郭飞，译.郑州：大象出版社，2010.

[161] 艾克恩.延安文艺史［M］.石家庄：河北教育出版社，2009.

[162] 艾黎.艾黎诗选［M］.王央乐，译.北京：人民文学出版社，1984.

[163] 汤因比.历史研究［M］.杭州：浙江人民出版社，1989.

[164] 霍布斯鲍姆.极端的年代［M］.马凡，赵勇，李霞，译.南京：江苏人民出版社，2010.

[165] 韦勒克，沃伦.文学理论［M］.刘象愚，邢培明，陈圣生，等译.北京：生活·读书·新知三联书店，1984.

[166] 卡尔逊.中国的双星［M］.祁国明，汪杉，译.北京：新华出版社，1987.

[167] 塔奇曼.史迪威与美国在华经验：1911—1945［M］.陆增平，译.北京：商务印书馆，1985.

[168] 塔奇曼.历史的技艺：塔奇曼论历史［M］.张孝铎，译.北京：中信出版社，2016.

[169] 薄复礼.一个被扣留的传教士的自述［M］.张国琦，译.北京：昆仑出版社，1989.

[170] 法兰奇.镜里看中国：从鸦片战争到毛泽东时代的驻华外国记者［M］.张强，译.北京：中国友谊出版公司，2011.

[171] 安德森.想象的共同体：民族主义的起源与散布［M］.吴叡人，译.上海：上海人民出版社，2003.

[172] 托马斯.冒险的岁月：埃德加·斯诺在中国［M］.吴乃华，魏彬，周德林，译.北京：世界知识出版社，1999.

[173] 包瑞德.美军观察组在延安［M］.万高潮，魏明康，等译.济南：济南出版社，2006.

[174] 贝特兰.一个西方记者眼中的西安事变［M］.林淡秋，译.上海：东方出版中心，2000.

[175] 班威廉，克兰尔.新西行漫记［M］.斐然，何文介，吴楚，译.北京：新华出

版社，1988.

[176] 白修德.探索历史：白修德笔下的中国抗日战争[M].马清槐，方生，译.北京：生活·读书·新知三联书店，1987.

[177] 白修德，贾安娜.中国的惊雷[M].端纳，译.北京：新华出版社，1988.

[178] 陈敦德.接触在1944：美军观察组[M].北京：解放军文艺出版社，2004.

[179] 陈国恩.20世纪中国文学与中外文化[M].武汉：长江文艺出版社，2004.

[180] 陈荒煤，黄修己，等.赵树理研究文集[M].北京：中国文联出版公司，1998.

[181] 程季华.中国电影发展史[M].北京：中国电影出版社，1963.

[182] 陈思和.鸡鸣风雨[M].上海：学林出版社，1994.

[183] 陈晓卿，李继锋，朱乐贤.一个时代的侧影：中国1931—1945[M].桂林：广西师范大学出版社，2005.

[184] 陈学昭，朱鸿召.延安访问记[M].广州：广东人民出版社，2001.

[185] 博迪.北京日记：革命的一年[M].洪菁耘，陆天华，译.上海：东方出版中心，2001.

[186] 董桥.新闻是历史的初稿[M].沈阳：辽宁教育出版社，1999.

[187] 丁淑芳.丁玲和她的母亲：人文心理学研究[M].范宝慈，译.厦门：厦门大学出版社，2006.

[188] 费德林，等.前苏联学者论中国现代文学[M].宋绍香，译.北京：新华出版社，1994.

[189] 方方.中国纪录片发展史[M].北京：中国戏剧出版社，2003.

[190] 詹姆逊.政治无意识[M].王逢振，陈永国，译.北京：中国社会科学出版社，1999.

[191] 弗洛伊德.精神分析引论新编[M].高觉敷，译.北京：商务印书馆，1987.

[192] 釜屋修.玉米地里的作家[M].梅娘，译.太原：北岳文艺出版社，2000.

[193] 费孝通.江村经济[M].上海：上海人民出版社，2006.

[194] 费孝通.乡土中国[M].北京：生活·读书·新知三联书店，1985.

[195] 费正清.中国之行[M].赵复三，译.北京：新华出版社，1988.

[196] 费正清.美国与中国[M].张理京，译.北京：世界知识出版社，1999.

[197] 顾棣，方伟.中国解放区摄影史略[M].太原：山西人民出版社，1989.

[198] 伊萨克斯.美国的中国形象[M].于殿利,陆日宇,译.北京:时事出版社,1999.

[199] 贺拉斯.贺拉斯诗选:拉中对照详注本[M].李永毅,译注.北京:中国青年出版社,2015.

[200] 何玉林,刘群.国际友人在中国革命中[M].上海:上海人民出版社,1985.

[201] 葛兰恒,等.解放区见闻[M].麦少楣,叶至美,译.北京:新华出版社,1993.

[202] 顾颉刚.古史辨[M].上海:上海古籍出版社,1982.

[203] 高维进.中国新闻纪录电影史[M].北京:中央文献出版社,2003.

[204] 郭小川.雪与山谷[M].北京:中国青年出版社,1958.

[205] 哈贝马斯.公共领域的结构转型[M].曹卫东,王晓珏,刘北城,等译.上海:学林出版社,1999.

[206] 怀特.元史学:十九世纪欧洲的历史想像[M].陈新,译.南京:译林出版社,2004.

[207] 福尔曼.北行漫记[M].陶岱,译.北京:新华出版社,1988.

[208] 黄可.中国新民主主义革命美术活动史话[M].上海:上海书画出版社,2006.

[209] 黄仁柯.鲁艺人:红色艺术家们[M].北京:中共中央党校出版社,2001.

[210] 黄文达.世界电影百话[M].上海:汉语大词典出版社,2004.

[211] 斯诺.旅华岁月:海伦·斯诺回忆录[M].华谊,译.北京:世界知识出版社,1985.

[212] 黄子平."灰阑"中的叙述[M].上海:上海文艺出版社,2001.

[213] 黄宗贤.抗日战争美术图史[M].长沙:湖南美术出版社,2005.

[214] 金城.延安交际处回忆录[M].北京:中国青年出版社,1986.

[215] 江国珍.我的丈夫傅莱:一个奥地利人在中国的65年[M].北京:中国电影出版社,2015.

[216] 蒋俊,李兴芝.中国近代的无政府主义思潮[M].济南:山东人民出版社,1991.

[217] 贝尔登.中国震撼世界[M].邱应觉,杨海平,胡代岗,等译.北京:北京出版社,1980.

[218] 麦金农 J,麦金农 S R.史沫特莱传[M].江枫,郑德鑫,陈凤丽,等译.沈阳:辽宁人民出版社,1991.

[219] 经盛鸿.西方新闻传媒视野中的南京大屠杀:上册[M].南京:南京出版社,2009.

[220] 矶野富士子.蒋介石的美国顾问：欧文·拉铁摩尔回忆录［M］.吴心伯，译.上海：复旦大学出版社，1996.

[221] 姜智芹.美国的中国形象［M］.北京：人民出版社，2010.

[222] 姜智芹.西镜东像［M］.北京：中央编译出版社，2014.

[223] 康德.判断力批判：上卷［M］.宗白华，译.北京：商务印书馆，1964.

[224] 曼海姆.意识形态与乌托邦［M］.黎鸣，李书崇，译.北京：商务印书馆，2000.

[225] 卡特.延安使命：1944—1947美军观察组延安963天［M］.陈发兵，译.北京：世界知识出版社，2004.

[226] 杰斯普森.美国的中国形象：1931—1949［M］.姜智芹，译.南京：江苏人民出版社，2010.

[227] 休梅克.美国人与中国共产党人［M］.郑志宁，黄际英，高二音，等译.长春：吉林文史出版社，1989.

[228] 柯文.在中国发现历史：中国中心观在美国的兴起［M］.林同奇，译.北京：中华书局，1989.

[229] 芮德菲尔德.农民社会与文化：人类学对文明的一种诠释［M］.王莹，译.北京：中国社会科学出版社，2013.

[230] 李长久，施鲁佳.中美关系二百年［M］.北京：新华出版社，1984.

[231] 李敦白，贝内特.红幕后的洋人：李敦白回忆录［M］.丁薇，译.上海：上海人民出版社，2006.

[232] 刘国霖，铃木传三郎.一个"老八路"和日本俘虏的回忆［M］.刘国霖，译.北京：学苑出版社，2000.

[233] 史迪威.史迪威日记［M］.林鸿，译.哈尔滨：北方文艺出版社，2014.

[234] 刘禾.跨语际实践：文学，民族文化与被译介的现代性 中国，1900—1937：修订译本［M］.宋伟杰，等译.3版.北京：生活·读书·新知三联书店，2014.

[235] 刘禾.帝国的话语政治：从近代中西冲突看现代世界秩序的形成［M］.杨立华，等译.北京：生活·读书·新知三联书店，2014.

[236] 李继凯.新文学的心理分析［M］.西安：陕西师范大学出版社，1991.

[237] 黎利.艾黎在中国［M］.北京：新华出版社，1986.

[238] 陆铿.陆铿回忆与忏悔录[M].台北：时报文化出版企业股份有限公司，1997.

[239] 拉康.拉康选集[M].褚孝泉，译.上海：上海三联书店，2001.

[240] 鲁明.中国电影七十载：亲历·实录[M].北京：中国电影出版社，2012.

[241] 林迈可.抗战中的红色根据地[M].杨重光，郝平，译.北京：解放军文艺出版社，2005.

[242] 李欧梵.中国现代作家的浪漫一代[M].王宏志，等译.北京：新星出版社，2010.

[243] 凌青.从延安到联合国：凌青外交生涯[M].福州：福建人民出版社，2008.

[244] 凯恩.美国政治中的"院外援华集团"[M].张晓贝，史达为，陈功，等译.北京：商务印书馆，1984.

[245] 刘顺利.朝鲜半岛汉学史[M].北京：学苑出版社，2009.

[246] 愤怒吧，富士：日本斗争诗抄[M].楼适夷，译.北京：作家出版社，1956.

[247] 拉铁摩尔.亚洲的决策[M].曹未风，等译.北京：商务印书馆，1962.

[248] 米尔斯.社会学的想像力[M].陈强，张永强，译.北京：生活·读书·新知三联书店，2005.

[249] 李岫.20世纪文学的东西方之旅[M].北京：人民文学出版社，2004.

[250] 路遥.路遥文集[M].西安：陕西人民出版社，1993.

[251] 李效黎.延安情：燕京大学英国教授林迈可及其夫人李效黎的抗日传奇[M].肃宣，译.上海：上海远东出版社，2015.

[252] 李怡.近代中国无政府主义思潮与中国传统文化[M].武汉：华中师范大学出版社，2001.

[253] 艾黎.在中国的六个美国人[M].徐存尧，译.北京：新华出版社，1985.

[254] 艾黎.从牛津到山丹：乔治·何克的故事[M].段津，高建，译.北京：北京出版社，1984.

[255] 李泽厚.实用主义与乐感文化[M].北京：生活·读书·新知三联书店，2005.

[256] 李泽厚.中国现代思想史论[M].北京：生活·读书·新知三联书店，2008.

[257] 麦金农.武汉，1938：战争、难民与现代中国的形成[M].李卫东，罗翠芳，译.武汉：武汉出版社，2008.

[258] 沙勒.美国十字军在中国：1938—1945年[M].郭济祖，译.北京：商务印书馆，1982.

[259] 谢勒.二十世纪的美国与中国[M].徐泽荣,译.北京:生活·读书·新知三联书店,1985.

[260] 中共中央马克思恩格斯列宁斯大林著作编译局.马克思恩格斯选集:第1卷[M].北京:人民出版社,1972.

[261] 董学文.马克思恩格斯论美学[M].北京:文化艺术出版社,1983.

[262] 赛尔登.革命中的中国:延安道路[M].魏晓明,冯崇义,译.北京:社会科学文献出版社,2002.

[263] 迈斯纳.毛泽东的中国及后毛泽东的中国:人民共和国史[M].杜蒲,李玉玲,译.成都:四川人民出版社,1989.

[264] 伯曼.一切坚固的东西都烟消云散了:现代性体验[M].徐大建,张辑,译.北京:商务印书馆,2003.

[265] 福柯.疯癫与文明:理性时代的疯癫史:修订译本[M].刘北成,杨远婴,译.4版.北京:生活·读书·新知三联书店,2012.

[266] 麦克卢汉.理解媒介:论人的延伸:增订评注本[M].何道宽,译.南京:译林出版社,2011.

[267] 马祥林.蓝眼睛 黑眼睛:国际友人援华抗日纪实[M].北京:解放军文艺出版社,1995.

[268] 牛军.从延安走向世界:中国共产党对外关系的起源[M].北京:中共党史出版社,2008.

[269] 威尔斯.续西行漫记[M].陶宜,徐复,译.北京:解放军文艺出版社,2002.

[270] 普列汉诺夫.论个人在历史上的作用问题[M].王荫庭,译.北京:商务印书馆,2010.

[271] 浦安迪.中国叙事学[M].北京:北京大学出版社,1996.

[272] 切尔卡斯基.艾青:太阳的使者[M].宋绍香,译.北京:中国文史出版社,2007.

[273] 钱理群,温儒敏,吴福辉.中国现代文学三十年:修订本[M].北京:北京大学出版社,1998.

[274] 霍夫曼.新闻与幻象:白修德传[M].胡友珍,马碧英,译.北京:新华出版社,2001.

[275] 热奈特.热奈特论文集[M].史忠义,译.天津:百花文艺出版社,2001.

[276] 施爱东.中国龙的发明:16—20世纪的龙政治与中国形象[M].北京:生活·读书·新知三联书店, 2014.

[277] 萨杜尔.世界电影史[M].徐昭,胡承伟,译.北京:中国电影出版社,1982.

[278] 水华,王滨,杨润身.白毛女:电影文学剧本[M].北京:中国电影出版社,1959.

[279] 齐泽克.意识形态的崇高客体[M].季广茂,译.北京:中央编译出版社,2002.

[280] 司马长风.中国新文学史[M].香港:昭明出版社,1978.

[281] 沈庆林.中国抗战时期的国际援助[M].上海:上海人民出版社,2000.

[282] 宋绍香.中国新文学20世纪域外传播与研究[M].北京:学苑出版社,2012.

[283] 宋绍香.中国新文学俄苏传播与研究史稿[M].北京:学苑出版社,2017.

[284] 孙太,王祖基.异域之镜:哈佛中国文学研究四大家——宇文所安、韩南、李欧梵、王德威[M].北京:科学出版社,2016.

[285] 山田晃三.《白毛女》在日本[M].北京:文化艺术出版社,2007.

[286] 斯特朗.人类的五分之一:中国人征服中国[M].傅丰豪,王厚康,吴韵纯,译.北京:新华出版社,1988.

[287] 司徒雷登.在华五十年[M].常江,译.海口:海南出版社,2010.

[288] 宋天仪.中外表演艺术交流史略:1949—1992[M].北京:文化艺术出版社,1994.

[289] 斯坦因.红色中国的挑战[M].李凤鸣,译.北京:新华出版社,1987.

[290] 田嘉谷.抗战教育在陕北[M].武汉:明日出版社,1938.

[291] 毕森.抗日战争前夜的延安之行[M].张星星,薛鲁夏,译.沈阳:东北工学院出版社,1990.

[292] 田森.艾黎的春秋[M].武汉:华中工学院出版社,1983.

[293] 陶文钊.中美关系史:1911—1949[M].上海:上海人民出版社,2004.

[294] 汉密尔顿.埃德加·斯诺传[M].柯为民,萧耀先,等译.沈阳:辽宁大学出版社,1990.

[295] 凯里.知识分子与大众:文学知识界的傲慢与偏见,1880—1939[M].吴庆宏,译.南京:译林出版社,2008.

[296] 严绍璗.日本中国学史稿[M].北京:学苑出版社,2009.

[297] 杨四平.跨文化的对话与想象:现代中国文学海外传播与接受[M].上海:东

方出版中心，2014.

[298] 谢伟思.美国对华政策：1944—1945[M].王益，王昭明，译.北京：中国社会科学出版社，1989.

[299] 王安娜.中国：我的第二故乡[M].李良健，李希贤，校译.北京：生活·读书·新知三联书店，1980.

[300] 王斑.历史的崇高形象：二十世纪中国的美学与政治[M].孟祥春，译.上海：上海三联书店，2008.

[301] 艾柯，斯诺，等.知识分子写真[M].董乐山，译.北京：中央编译出版社，2010.

[302] 武村泰太郎.一个日籍老兵的回忆[M].姜鹤，译.哈尔滨：黑龙江人民出版社，1992.

[303] 王德威.被压抑的现代性：晚清小说新论[M].宋伟杰，译.北京：北京大学出版社，2005.

[304] 王德威.想像中国的方法：历史·小说·叙事[M].北京：生活·读书·新知三联书店，1998.

[305] 本雅明；陈永国，马海良.本雅明文选[M].北京：中国社会科学出版社，1999.

[306] 本雅明.经验与贫乏[M].王炳钧，杨劲，译.天津：百花文艺出版社，1999.

[307] 王琦.美术笔谈[M].石家庄：河北美术出版社，1992.

[308] 汪毓和，胡天虹.中国近现代音乐史：1901—1949[M].北京：人民音乐出版社，2006.

[309] 吴玉章.吴玉章回忆录[M].北京：中国青年出版社，1978.

[310] 香川孝志，前田光繁.八路军内日本兵[M].赵安博，吴从勇，译.北京：解放军出版社，2015.

[311] 斯考切波.国家与社会革命：对法国、俄国和中国的比较分析[M].何俊志，王学东，译.上海：上海人民出版社，2015.

[312] 吉布斯，瓦霍沃.新闻采写教程：如何挖掘完整的故事[M].姚清江，刘肇熙，译.北京：新华出版社，2004.

[313] 小林清.在中国的土地上：一个"日本八路"的自述[M].北京：解放军出版社，1985.

[314] 夏济安.黑暗的闸门：中国左翼文学运动研究[M].万芷君，陈琦，裴凡慧，

等译.香港：香港中文大学出版社，2016.

[315] 波伏瓦.长征：中国纪行[M].胡小跃，译.北京：作家出版社，2012.

[316] 红色贵族春秋：西园寺公一回忆录[M].田家农，庄林，孙华民，译.北京：中国和平出版社，1990.

[317] 夏志清.中国现代小说史[M].刘绍铭，李欧梵，林耀福，等译.桂林：广西师范大学出版社，2014.

[318] 野坂参三.野坂参三选集：战时篇 一九三三年——一九四五年[M].北京：人民出版社，1963.

[319] 野村浩一.近代日本的中国认识[M].张学锋，译.北京：中央编译出版社，1999.

[320] 颜海平.中国现代女性作家与中国革命，1905—1948[M].季剑青，译.北京：北京大学出版社，2011.

[321] 亚里士多德.诗学[M].陈中梅，译注.北京：商务印书馆，1996.

[322] 普实克.中国：我的姐妹[M].丛林，陈平陵，李梅，译.北京：外语教学与研究出版社，2005.

[323] 普实克，李欧梵.抒情与史诗：中国现代文学论集[M].郭建玲，译.上海：上海三联书店，2010.

[324] 伊文思.摄影机和我[M].北京：中国电影出版社，1980.

[325] 岩崎昶.日本电影史[M].锺理，译.北京：中国电影出版社，1963.

[326] 爱泼斯坦.历史不应忘记：爱泼斯坦的抗战记忆[M].沈苏儒，贾宗谊，等译.北京：五洲传播出版社，2015.

[327] 爱泼斯坦.见证中国：爱泼斯坦回忆录[M].沈苏儒，贾宗谊，钱雨润，译.北京：新星出版社，2015.

[328] 爱泼斯坦.中国未完成的革命[M].张立程，付瑶，译.北京：新星出版社，2015.

[329] 爱泼斯坦.我访问延安：1944年的通讯和家书[M].张扬，张水澄，沈苏儒，译.北京：新星出版社，2015.

[330] 叶咏梅.中国长篇连播历史档案：上卷 作家作品卷[M].北京：中国广播电视出版社，2010.

[331] 周爱民.延安木刻艺术研究[M].石家庄：河北教育出版社，2009.

[332] 周斌.融合中的创造：夏衍与中外文化[M].上海：复旦大学出版社，2003.

[333] 赵超构.赵超构文集：第2卷[M].上海：文汇出版社，1999.

[334] 中村京子；沈海平；中国福利会.两个洋八路的中国情缘[M].上海：东方出版中心，2015.

[335] 邹谠.美国在中国的失败：1941—1950[M].王宁，周先进，译.上海：上海人民出版社，1997.

[336] 周而复.新的起点[M].上海：群益出版社，1949.

[337] 周恩来.周恩来选集：上卷[M].北京：人民出版社，1980.

[338] 张庚.论新歌剧[M].北京：中国戏剧出版社，1958.

[339] 张庚.戏曲艺术论[M].北京：中国戏剧出版社，1980.

[340] 郑国良.西方舞台设计史：从古希腊到十九世纪[M].上海：上海人民美术出版社，2016.

[341] 赵京华.日本后现代与知识左翼[M].北京：生活·读书·新知三联书店，2007.

[342] 钟敬文.话说民间文化[M].北京：人民日报出版社，1990.

[343] 周蕾.妇女与中国现代性：西方与东方之间的阅读政治[M].蔡青松，译.上海：上海三联书店，2008.

[344] 克里斯蒂娃.中国妇女[M].赵靓，译.上海：同济大学出版社，2010.

[345] 贝特兰.中国的新生[M].林淡秋，译.北京：新华出版社，1986.

[346] 贝特兰.华北前线[M].林淡秋，等译.北京：新华出版社，1986.

[347] 贝特兰.在战争的阴影下：贝特兰在抗日战争中的经历[M].周苓仲，译.北京：中国和平出版社，2001.

[348] 周宁.龙的幻象[M].北京：学苑出版社，2004.

[349] 周宁.天朝遥远：西方的中国形象研究[M].北京：北京大学出版社，2006.

[350] 周宁.跨文化形象学[M].上海：复旦大学出版社，2014.

[351] 瓦蒂莫.现代性的终结：虚无主义与后现代文化诠释学[M].李建盛，译.北京：商务印书馆，2013.

[352] 佐藤忠男.炮声中的电影：中日电影前史[M].岳远坤，译.北京：世界图书出版公司北京公司，2015.

[353] 张文琳.国际友人援助中国革命史纪[M].北京：中国文史出版社，2007.

[354] 钟文，郑艳霞.见证长征的外国人[M].北京：军事科学出版社，2004.

[355] 朱政惠.美国学者论美国中国学[M].上海：上海辞书出版社，2009.
[356] 朱政惠.美国中国学发展史：以历史学为中心[M].上海：中西书局，2014.
[357] 斯诺.斯诺文集[M].北京：新华出版社，1984.
[358] 艾青.艾青全集[M].石家庄：花山文艺出版社，1991.
[359] 何其芳；蓝棣之.何其芳全集[M].石家庄：河北人民出版社，2000.
[360] 季羡林.季羡林全集：第13卷[M].北京：外语教学与研究出版社，2010.
[361] 李广田.李广田全集[M].昆明：云南人民出版社，2010.
[362] 鲁迅.鲁迅全集[M].北京：人民文学出版社，1981.
[363] 钱中文.巴赫金全集[M].石家庄：河北教育出版社，2009.
[364] 史沫特莱.史沫特莱文集[M].北京：新华出版社，1985.
[365] 萧乾.萧乾全集[M].武汉：湖北人民出版社，2005.
[366] 冼星海.冼星海全集[M].广州：广东高等教育出版社，1989.
[367] 朱光潜.朱光潜全集[M].合肥：安徽教育出版社，1987-1993.
[368] 张炯.丁玲全集[M].石家庄：河北人民出版社，2001.
[369] 周立波.周立波选集[M].长沙：湖南人民出版社，1983.
[370] 竹内实.竹内实文集：第5卷[M].程麻，译.北京：中国文联出版社，2004.
[371] 赵树理.赵树理文集[M].北京：人民文学出版社，2005.

附　录

域外观察者延安交流与创作年表（1925—1987）

自20世纪20年代开始，许多域外观察者开始在国内外报纸上发表有关中国共产党的消息。以1936年埃德加·斯诺的保安之行与《红星照耀中国》的出版为肇始，大批域外记者、学者等人士访问延安及民主根据地，开启了国际社会第一次大规模地自觉靠近中国并书写中国的文化历史景观。这段历史保存着大量的文学作品，蕴藏着丰富的文学价值，但是，由于时代久远与学科界限，这批作品并没有得到应有的重视。仅以新闻和历史的角度对这批域外作家作品进行研究是远远不够的。域外作家的延安书写打开了中国红色历史研究的视域，隐现着中国革命历史中自我认同的心理轨迹，也为中国形象的塑造历史提供了文学镜像。

笔者在阅读大量原始材料的基础上，多方查询国内外电子文献资源，梳理、考证域外作家在中国的社会活动与其文学创作间的关系，力求信息完整、准确，望为文学研究者的深入研究提供方便。

1925年

美国记者安娜·路易斯·斯特朗（Anna Louise Strong，1885—1970）首次来到中国，并在宋庆龄的支持下前往广州采访省港大罢工事件。

1926年

德国共产党人汉斯·希伯（Hans Shippe，1897—1941）来到中国，深入各地采访，并跟随南下北伐军开展新闻工作。而后，创作《从广州到上海（1926—1927）》一书。

1927年

3月,时任美国海军陆战队中尉埃文斯·福代斯·卡尔逊(Evans Fordyce Carlson)随军赴上海驻防。

4月,新西兰人路易·艾黎(Rewi Alley)取道香港来到上海,后任工商局观察员。

4月中旬,美国记者文森特·希恩(Vincent Sheean)到达上海。

是年,安娜·路易斯·斯特朗第二次抵达中国,深入湖南乡村报道中国农民运动。

1928年

6月初,埃德加·斯诺(Edgar Snow,1905—1972)抵达上海。是月至1930年6月,就职于《密勒氏评论报》及《芝加哥论坛报》。

6月,卡尔逊任美国驻上海海军陆战队情报官。

12月末,时为德国《法兰克福日报》记者的美国人艾格尼丝·史沫特莱(Agnes Smedley,1892—1950)来到中国。

是年末至翌年6月,斯诺开始了中国铁路沿线的长期旅行采访。

1929年

是年初秋至1930年,史沫特莱走访农村与工厂,写了多篇反映中国社会的报道并汇集成册。

是年,史沫特莱与鲁迅结识,并参与中国民权保障同盟的活动。

1930年

是年7月至翌年9月,斯诺赴中国沿海与西南地区,以及东南亚、南亚等地旅行采访。

是年7月至1933年,斯诺以美国统一新闻协会驻远东游历记者、驻北平代表身份赴日本、越南、缅甸、印度等地采访。

1931年

九一八事变后,斯诺以战地记者身份前往中国东北地区采访。

美国记者海伦·斯诺(Helen Foster Snow,1907—1997)来到中国,任美国

驻上海总领事馆秘书。翌年,与埃德加·斯诺成婚。

1932年

1月13日,史沫特莱与美国记者伊罗生(原名哈罗德·艾萨克斯,Harold R. Isaacs),在上海创办英文进步周刊《中国论坛》。该刊后改为半月刊,1934年初停刊。

1月28日,斯诺穿梭于中日两军战地实地采访"一·二八"事变的情况。

是年至1941年,斯诺为英国《每日先驱报》特约记者。

是年,汉斯·希伯第二次来到中国,与妻子秋迪寓居上海。

1933年

是年秋至1935年夏,斯诺在燕京大学新闻系执教,教授新闻特写与旅游通讯等课程。

11月,黎巴嫩裔美国人马海德(原名乔治·哈特姆)医学博士毕业后,从瑞士来到中国行医。

是年至1937年,海伦·斯诺为《密勒氏评论报》通讯员兼书刊评论员。

是年,史沫特莱的 *Chinese Destinies: Sketch of Present-day China* 出版,中译本名为《中国人的命运》。

是年,美国记者杰克·贝尔登(Jack Belden)首次抵华。

是年,卡尔逊第二次来华,任美国驻北平公使馆警卫。

是年,斯诺的 *Far Eastern Front* 在美国出版,中译本名为《远东前线》。

是年,斯诺开始为美国《星期六晚邮报》撰稿。

是年,加拿大护士琼·尤恩(中文名于雪莲)护校毕业后来到中国山东等地诊所工作。

1934年

10月,在中国贵州一带传教的瑞士人薄复礼(原名鲁道夫·阿尔弗雷德·博萨哈特·比亚吉特,Rudolf Alfred Bosshardt Piaget),与开拔西征的红六军团相遇,和部队同行十八个月。

是年,史沫特莱在苏联疗养期间撰写的 *China's Red Army Marches* 在苏联出版，中译本名为《中国红军在前进》。此书以她与中国共产党人的交往为材料创作而成。

是年至1937年，斯诺为美国纽约《太阳报》特约记者。

1935年

1月，斯诺在美国《亚细亚》杂志发表《鲁迅——白话大师》一文。

一二·九运动中，斯诺在北平支持中国爱国学生，并向世界报道此次爱国运动。

是年，文森特·希恩的《个人的历史》（*Personal History*）在美国出版。

是年，斯特朗根据此前两次中国经历创作的 *China's Million: the Revolutionary Struggles from 1927 to 1935* 一书出版，中译本名为《千千万万中国人》。该书为其书写中国的第一部著作。

1936年

1月，就学于英国的新西兰人詹姆斯·贝特兰（James Bertram，1910—1993），利用罗兹远东旅行奖金来到北平。他在从事新闻工作的同时，在燕京大学攻读中国汉语文学和远东政治研究，先后为英国《每日先驱报》《曼彻斯特卫报》驻中国特派员。

2月，德国人王安娜同其丈夫中国共产党人王炳南离开柏林，来到中国。3月，到达西安王炳南父母家。

6月初，埃德加·斯诺和马海德医生一同前往保安。斯诺的根据地采访历时四个月。

6月15日，史沫特莱受宋庆龄委托，协助格兰尼奇在上海创办英文半月刊《中国呼声》（*The Voice of China*）。

7月，斯诺编译的中国现代作家短篇小说选集 *Living China: Modern Chinese Short Stories* 在英国出版，中译本名为《活的中国》。

9月，海伦·斯诺启程前往陕北苏区。翌月3日，和张学良在西安谈话，而后返回北平。

11月14—21日，《密勒氏评论报》首先连载毛泽东与斯诺的谈话。

12月27日，詹姆斯·贝特兰抵达西安，发表了第一篇关于西安事变真实情况的对外文稿。随后，和史沫特莱一起用英语向世界实况广播西安事变。翌年2月8日离开，滞留西安四十四天。

西安事变后，王安娜从上海出发前往西安。

是年末，美国摄影记者哈利·邓汉姆（Harry Dunham）辗转从纽约前往陕北，在民主根据地拍摄了大量反映中国抗战情况的电影素材。

是年，薄复礼的回忆录《抑制的手》（*The Restraining Hand*）出版。

是年，埃德加·斯诺与海伦·斯诺在北平创办《民主》杂志。

1937年

1月12日，史沫特莱进入延安。

2月，美国《生活》画报刊登斯诺在根据地拍摄的大量照片。

3月，美国记者维克多·基恩（Victor Keen）与约翰·鲍威尔（John Powell）等一同登上前往西安的飞机。其中，维克多·基恩到达延安后与毛泽东有过会谈。

3月，美国记者李复（原名厄尔·里夫，Earl Leaf）来到西安，准备前往延安。

3月，王安娜从西安启程前往延安。

3月，斯诺的*Red Star over China*中译本首次翻译出版，中译本名为《外国记者西北印象记》。此书由斯诺提供的未公开书稿翻译而成，王福时、李华春、李放、郭达等翻译，在北平出版。

4月21日，海伦·斯诺从北平出发前往陕北，23日到达西安。5月1日，海伦抵达前线彭德怀指挥部，3日到达延安，开始了为期四个月的边区观察。

是年春，哈利·邓汉姆返回美国，与美国进步文艺工作者成立的边疆电影公司合作，完成纪录片*China Strikes Back*，中文译作《中国要给予还击》。

6月20日，"《美亚》小组"的欧文·拉铁摩尔（Owen Lattimore）、托马斯·阿瑟·毕森（Thomas Arthur Bisson）及菲利普·贾菲（Philip J. Jaffe）偕妻子艾格尼丝·贾菲（Agnes Jaffe），以及同行的瑞典汽车技师埃菲·希尔一行抵达延安，24日离开。

7月至翌年3月，美国记者哈尔多·汉森（Haldore Hanson）前往游击区采访。翌年夏，抵达延安。

8月中旬，第三次被派往中国的卡尔逊抵达上海。

10月，斯诺的*Red Star over China*在伦敦出版。

10月，朝鲜人郑律成在李公朴和林伯渠的资助与介绍下到达延安，先后进入陕北公学与鲁艺学习音乐。

12月，卡尔逊启程访问根据地，途经西安、临汾。翌年2月28日，回到汉口。

是年末，安娜·路易斯·斯特朗第三次来到中国，访问山西朱德部队驻地。

是年，贝特兰根据西安事变真实见闻撰写的*Crisis in China:the Story of the Sian Mutiny*在英国出版，中译本《中国的新生》于同年出版。

1938年

1月，安娜·路易斯·斯特朗访问朱德等所在的山西五台山的八路军司令部。

1月，斯诺的*Red Star over China*在美国出版。

1月8日，加拿大医生亨利·诺尔曼·白求恩（Henry Norman Bethune）、护士琼·尤恩和美国医生帕森斯一行人组成的加美医疗队，从温哥华启程前往中国。4月1日，白求恩和尤恩二人抵达延安。

2月，英国作家克里斯托弗·衣修伍德（Christopher Isherwood）和诗人威斯坦·休·奥登（Wystan Hugh Auden），以业余战地记者身份来到中国。

2月，美国记者王公达（George Wang）抵达延安采访。

2月，斯诺的*Red Star over China*，胡愈之等根据英国初版本翻译，以"复社"的名义在上海出版，此全译本名为《西行漫记》。

4月1日，导演尤里斯·伊文思离开汉口，与摄影助理匈牙利战地摄影师罗伯特·卡帕（Robert Capa）筹备纪录片《四万万人民》的拍摄。

4月，美国合众社驻华记者伊斯雷尔·爱泼斯坦（Israel Epstein，1915—2005）跟踪采访台儿庄战役，并协助荷兰纪录片导演尤里斯·伊文思（Joris Ivens）在战场实地拍摄。

4月末，卡尔逊再次前往八路军根据地。5月5日，应邀与毛泽东会谈。5月15

日，启程前往晋察冀边区等地。

是年春，汉斯·希伯经由武汉抵达延安，与毛泽东就《红星照耀中国》一书的评价进行谈话。

5月2日，白求恩医生和加拿大圣公会传教士兼外科医生理查德·弗·布朗启程前往晋察冀抗日根据地服务。

5月初，伊文思经与国民政府反复谈判，得以赴西北地区拍摄，前往西安、兰州等地，并与周恩来谋划去延安，但计划最终搁浅。

6月29日，国际青联访华代表团（又名世界学生联合会代表团）抵达延安。代表团成员包括英国人柯乐曼（团长）、加拿大人雷克南、英国人傅路德、美国人雅德，随行采访的有新加坡华侨胡文虎创办的《星洲日报》的记者黄薇、由陈嘉庚创办而后另立公司的《南洋商报》的记者胡守愚。代表团于7月4日离开。

6月末，英国人乔治·何克（George Hogg）抵达延安，而后致力于中国工业合作协会（简称"工合"）的工作。

7月4日，伊文思在八路军武汉办事处拍摄了一场军事会议，周恩来、朱德等中国共产党领袖均在纪录影片《四万万人民》中出现。而后，他委托周恩来将一台电影摄影机送给延安，此摄影机为延安电影团的第一台摄影机。

8月，从延安回到汉口的卡尔逊举行记者招待会，在国外多家主流报纸刊载有关延安的专讯、照片，在国际社会产生反响。

8月，瑞士记者、摄影师沃尔特·博斯哈德抵达延安，并拍摄纪录影片《通往延安之旅》。美国记者阿契·斯蒂尔（Archibald Steele）与其同行。

是年夏，任教于燕京大学的英国人林迈可（Micheal Lindsey），利用暑假从燕京大学出发前往八路军驻地五台山。

是年夏，朝鲜人方禹镛到达延安，服务于延安白求恩国际和平医院。抗战胜利后，返回朝鲜。

9月1日，印度国大党领袖尼赫鲁派遣的印度援华医疗队从孟买启程前往中国。翌年2月12日，抵达延安。

9月27日，贝特兰到达延安，与毛泽东谈话。随后，继续前往山西八路军前线，采访了周恩来、朱德等领导人。

10月，路易·艾黎、埃德加·斯诺与海伦·斯诺等创办"工合"组织。

是年，英国记者弗雷达·阿特丽（Freda Utley）的Japan's Gamble in China出版，中译本名为《日本在中国的赌博》，由罗稷南翻译，9月于远东画报社出版。

是年，贝特兰的First Act in China: the Story of the Sian Mutiny在美国出版。

是年，史沫特莱的China Fights Back: an American Woman with the Eighth Route Army在美国出版，中译本名为《中国在反击》。

是年，斯特朗的One-fifth of Mankind 出版，中译本名为《人类的五分之一》。

是年，贝特兰在香港积极投身宋庆龄等成立的保卫中国同盟的活动，并参与编辑相关出版物。

是年，爱泼斯坦辗转广州、上海，参与保卫中国同盟的工作，并与贝特兰一同负责对外宣传活动以及英文半月刊《新闻通讯》的编辑工作。

1939年

1月，延安八路军总政治部电影团（简称"延安电影团"）成员赴华北抗日根据地拍摄纪录电影《延安与八路军》。其间，吴印咸随白求恩大夫医疗队在战地生活两个月，创作摄影作品《白求恩大夫》与同名纪录片。

2月上旬，罗伯特·马丁（Robert P. Martin）抵达延安，与毛泽东谈话。

2月，汉斯·希伯与史沫特莱等经由上海抵达皖南泾县云岭新四军总部，采访周恩来、叶挺、项英等。

4月，海伦·斯诺的Inside Red China，中译本名为《续西行漫记》，由胡愈之等翻译，"复社"出版。

4月9日，美国记者白修德（原名西奥多·怀特，Theodore Harold White）来到重庆从事新闻工作。

5月14日，苏联记者罗曼·卡尔曼抵达延安。6月3日，离开。后将其自1938

年9月至次年9月在中国战地拍摄的素材剪辑为两部纪录片《中国在战斗》和《在中国》，并创作电影手记《在中国的一年》。

6月下旬，美国"院外援华集团"成员、美国传教士费吴生（原名乔治·费奇，George A. Fitch），受邀到延安参观。

是年夏，林迈可再次赴晋察冀根据地访问。

9月12日，汉斯·希伯抵达鲁南八路军师部随军采访。

9月，埃德加·斯诺再次到访陕北。24日，与毛泽东谈话。

9月，出生于德国的汉斯·米勒医生到达延安，长期从事医疗救助工作。新中国成立后，定居北京，服务于我国的医疗卫生事业。

9月，白修德到山西抗日根据地进行采访。

11月7日，山西省辽县的八路军总部成立了第一个由日本战俘创办的反战组织觉醒联盟。

11月12日凌晨5点20分，白求恩大夫因在手术中手指受伤感染病毒，引发败血症，不幸逝世。

12月，日本反战人士鹿地亘等在重庆成立在华日本人反战同盟。1944年4月9日，该同盟解散。

12月，路易·艾黎来到延安，和毛泽东、周恩来讨论"工合"的活动情况。

12月21日，毛泽东发表著名文章《纪念白求恩》。

是年，美国记者乔伊·荷马（Joy Homer）到延安采访。1941年，出版作品 *Dawn Watch in China*（《在中国看见曙光》）。

是年，海伦·斯诺（笔名尼姆·威尔斯，又译尼姆·韦尔斯，Nym Wales）的 *Inside Red China*（《红色中国的内幕》）在美国出版。

是年，贝特兰的 *North China Front* 在英国出版。同年，该书在美国改名为 *Unconquered: Journal of a Year's Adventures among the Fighting Peasants of North China* 出版。中译本名为《华北前线》。

是年，杰克·贝尔登访问新四军，撰写大量报道，后汇集为单行本，中文版名为《成为时局中心的新四军》，于1941年出版。

是年，克里斯托弗·衣修伍德和威斯坦·休·奥登合著作品 *Journey to a War* 出版，中译本名为《战地行纪》。

是年，弗雷达·阿特丽的 *China at War* 出版，中译本名为《扬子前线》，石梅林译，由彗星书社于翌年3月出版。

是年，爱泼斯坦根据战场采访材料完成作品《人民之战》。

1940年

1月5日，举行白求恩大夫追悼会。6月21日，白求恩陵墓在河北省唐县军城落成，举行安葬仪式。1953年，政府将白求恩灵柩迁至石家庄华北军区烈士陵园。

4月，日本共产党领袖野坂参三抵达延安。1943年5月末前，他化名林哲在延安秘密活动。共产国际解散后，改名冈野进，在延安公开活动。

7月7日，延安成立在华日本人反战同盟支部。

10月，八路军总政治部主办的日本工农学校在延安成立，野坂参三任校长，李初梨任副校长。

12月，斯特朗从苏联出发，第四次来到中国。

是年末，卡尔逊再次来华，与路易·艾黎考察"工合"的情况。

是年，贝特兰在香港被英国驻华使馆任命为新闻专员。

1941年

皖南事变发生后，斯特朗即时就此事撰写报道，发表于《美亚》杂志。

1月10日，武亭等朝鲜革命青年在晋东南的抗日根据地成立华北朝鲜青年联合会。翌年7月，更名为华北朝鲜独立同盟。而后，成立朝鲜义勇队华北支队，后更名为朝鲜义勇军华北支队。

3月21日，生于奥地利的罗生特（原名雅各布·罗森菲尔德，Jacob Rosenfeld）医生，到达苏北敌后根据地，参加新四军。1942年春，加入中国共产党。1943年，进入八路军山东军区工作。

5月，汉斯·希伯携妻子再次前往新四军根据地采访，与刘少奇、陈毅等谈话。随后，他在苏北完成八万字书稿《中国团结抗战中的八路军和新四军》以及政论报道《在日本战线后面的新四军》等。9月中旬，前往山东滨海区八路军驻地，撰写了两部长篇报告文学《八路军在山东》《为收复山东而斗争》。11月30日晨，希伯与抗日军民一同反"扫荡"，于沂蒙群山中牺牲，时年四十四岁。

12月，林迈可与中国妻子李效黎，英国人克兰尔·班与威廉·班（Claire and William Band），一行四人从将被日军占领的燕京大学逃出，前往中国共产党根据地。

12月间，港英投降后，贝特兰加入香港自愿保卫军，后被日军关押于俘房营。1945年日本投降后被释放。他据此经历于1946年创作 Shadow of a War 一书，中译本名为《在战争的阴影下：贝特兰在抗日战争中的经历》，于2001年出版。

是年末，生于维也纳的医生傅莱（原名理查德·石泰因，Richard Stein），到达晋察冀根据地。1944年，被派遣至延安。新中国成立后，定居中国。

是年，卡尔逊的 The Chinese Army: Its Organization and Mulitary Efficiency（《中国军队：军队组织与军事实力》）出版。

是年，卡尔逊的 Twin Stars of China: a Behind-the-scenes Story of China's Valiant Struggle for Existence by A U.S. Marine Who Lived & Moved with the People 出版，中译本名为《中国的双星》。

是年，斯诺的 The Battle for Asia 在美国出版，此书在英国改名为 Scorched Earth（《焦土》）出版，中译本名为《为亚洲而战》。

1942年

是年3月至1946年，斯诺在美国的《星期六晚邮报》担任世界记者，相继前往印度、缅甸、伊朗、伊拉克、苏联与中国等地采访。

5月11日，苏联医生安特烈·阿洛夫抵达延安，于解放战争胜利后回国。

5月，苏联记者孙平（原名彼得·巴菲诺维奇·弗拉基米洛夫）抵达延安。

5月，美国银行家马特尔·霍尔前往晋察冀根据地观察，滞留六个月。

6月23日，日本战俘在延安创建在华日本共产主义者同盟。

7月中旬，法国军人乔治·武乐文（乌尔曼）抵达延安。

12月1日，华北朝鲜独立同盟在晋冀鲁豫根据地太行山一带创办华北朝鲜青年革命学校。1944年1月底，该校迁至延安，并改组为朝鲜革命军政学校。

是年，萧军作品《八月的乡村》（*Village in August*）被翻译出版，斯诺为此书写作导言。此译作于1944年再版。

1943年

是年秋，美国记者爱金森抵达延安。

10月，克兰尔·班、威廉·班夫妇抵达延安。

是年，史沫特莱的 *Battle Hymn of China* 在美国出版，中译本名为《中国的战歌》。

是年，白修德发表的有关河南饥荒的采访报道产生了较大的社会效应。

是年至1951年，斯诺任《星期六晚邮报》副主编。

1944年

1月11日，克兰尔·班、威廉·班夫妇离开延安前往重庆。

5月下旬，林迈可夫妇抵达延安。

6月9日，中外记者西北参观团一行二十一人抵达延安采访，其中外国记者五人，即英国人冈瑟·斯坦因（Gunther Stein）、美国人哈里森·福尔曼（Harrison Forman）、出生于华沙的伊斯雷尔·爱泼斯坦、美国人武道（Maurice Votaw）与苏联人普金科，还有美国神父夏南汉。

7月12日，中外记者西北参观团中的美国神父夏南汉和中国记者离开延安，其余几位外国记者继续在前线采访。

7月18日，美国第十四航空队中尉飞行员白格里欧到晋察冀军区画报社参观。

7月19日，美军驻延安观察组迪克西使团（Dixie Mission）的第一批成员抵达延安。8月7日，第二批成员抵达延安。

10月下旬，美国外交官约翰·戴维斯、记者白修德与美籍日裔军人有吉辛治抵达延安。

10月末，美国记者布鲁克斯·阿特金森抵达延安。

11月7日，美国总统特使帕特里克·赫尔利飞抵延安。

12月，日本人民解放联盟由日本战俘成立。1946年5月17日，在战后归国的列车上，该联盟宣布解散。

返回重庆后，中外记者西北参观团成员武道在《大美晚报》发表文章《我从陕北归来》。

是年，斯诺的 *People on Our Side* 在美国出版，中译本名为《人民在我们一边》。

是年，爱泼斯坦将据解放区访问经历发表的通讯与随笔集结为 *I Visit Yenan: Eye Witness Account of the Communist-led Liberated Areas in North-west China* 出版，中译本名为《我从延安归来》或《我访问延安》。

1945年

7月22日，乔治·何克患破伤风逝于甘肃山丹。

9月中旬，二百多名日本战俘从延安出发回国，1946年2月回到日本。

11月2日，林迈可与妻子李效黎离开延安。

日本投降后，就学于日本在沈阳所办学校的日本人中村京子等加入八路军，随军参与战地伤员抢救工作。后与医生汉斯·米勒结婚。新中国成立后，二人定居中国。

是年，冈瑟·斯坦因的 *The Challenge of Red China* 出版。中译本由伊吾等翻译，名为《红色中国的挑战》，1946年于晨社出版。

是年，哈里森·福尔曼的 *Report from Red China* 出版，中译本名为《西行漫影》，由上海画报公司于1946年1月出版。由朱进翻译，名为《中国解放区见闻》，由重庆学术社于1946年4月出版。由陶岱翻译，名为《北行漫记》，由燕赵社于1946年8月出版。

是年上半年，美国人韩丁（William Hinton）来华。重庆和平谈判期间，与毛泽东谈话。

是年，乔治·何克的 *I See a New China* 出版，中译本《我看到一个新的中国》于2016年出版。

是年，斯诺的 *The Pattern of Soviet Power* 在美国出版，中译本名为《苏维埃力量的格局》。

是年,爱泼斯坦与妻子赴美国,担任联合劳动新闻社总编,继续撰写有关中国问题的文章。

1946年

6—7月,太平洋关系学院的罗伦斯·罗辛格到延安采访,与毛泽东谈话。

6月,从1943年开始在西南联大任教的英国学者罗伯特·白英(Robert Payne)到延安采访。是年,他在美国出版1941年至1943年在重庆与云南生活期间的日记 Forever China,可译作《永恒的中国》。次年,他在美国出版1944年至1946年的日记 China Awake,可译作《觉醒的中国》。

是年夏,第五次访华的斯特朗到访延安,并将毛泽东在与她谈话中提到的"纸老虎"论第一次向世界发表。翌年3月,离开延安。

9月21日,阿契·斯蒂尔与F.E.泰尔抵达延安,9月29日会见毛泽东,10月1日离开。

9月底,李敦白辗转抵达延安,后被分配到延安新华广播电台工作。

10月28日,时任英国财政大臣、英国统一援华基金委员会会长的克利浦斯夫人及其女儿彼其·克利浦斯,与总会秘书密勒夫人及哈利斯先生一行抵达延安访问。

10月,美国畜牧专家阳早(原名欧文·恩格斯特)抵达延安。新中国成立前,在陕甘宁边区杜甫川光华农场与陕北瓦窑堡农具厂等地工作。

12月,杰克·贝尔登第二次来华。

是年,《读者文摘》记者弗雷达·阿特丽抵达延安。

是年,美联社记者约翰·罗德里克(John Roderick)抵达延安,后创作 *Covering China: the Story of an American Reporter from Revolutionary Days to the Deng Era*(《报道中国:从革命时代到邓小平时代——一个美国记者的故事》)一书,于1993年出版。

是年,法新社记者朱利斯·乔森抵达延安。

是年,白修德与贾安娜(Annalee Jacoby)合著的 *Thunder out of China* 在美

国出版，中译本名为《中国的惊雷》。

1947年

2月，加拿大记者马克·盖恩抵达延安，与毛泽东谈话。

3月11日，美军观察组全员离开延安。

6月，斯特朗到上海后随即着手创作《中国的黎明》一书，而后在印度首发。

是年，斯诺的 Stalin must have Peace 在美国出版，中译本名为《斯大林需要和平》。

是年，爱泼斯坦的 The Unfinished Revolution in China 出版，中译本名为《中国未完成的革命》。

1948年

斯特朗在《中国的黎明》一书的基础上补充材料，完成作品 The Chinese Conquer China，中译本名为《中国人征服中国》。

威廉·班、克兰尔·班夫妇的 Dragon Fangs: Two Years with the Chinese Guerrillas 出版，中译本由斐然、何文介、吴楚翻译，名为《新西行漫记》，时代书局1950年出版。

1949年

是年初，阳早女友、韩丁之妹寒春（原名琼·辛顿）抵达延安。4月，寒春与阳早结婚。新中国成立后，二人在西安、北京等地从事畜牧业工作。

是年初，斯特朗回国，途经苏联时被诬蔑为间谍被捕，而后被驱逐出境。回到美国的斯特朗再次遭受麦卡锡组织的政治迫害。

6月，Red Star over China 于启明书局翻译出版，书名为《长征25000里》。

9月，Red Star over China 于急流出版社出版，亦愚译，书名为《西行漫记》。

是年，杰克·贝尔登的 China Shakes the World 在美国出版。中译本由乐宜翻译，名为《中国震撼着世界》，香港文宗出版社于1952年出版。

新中国成立后，林迈可曾应邀来华访问，在京做学术演讲。

1950年

5月6日，史沫特莱因病于英国伦敦的寓所去世。

是年，爱泼斯坦应宋庆龄邀请来到中国，参与对外英文刊物《中国建设》的筹备工作。

1951年

5月6日，史沫特莱逝世一周年纪念日，在北京八宝山革命公墓举行骨灰安葬仪式。

是年，由于不满麦卡锡主义的打压，斯诺辞去《星期六晚邮报》副主编职务。

1952年

斯诺的《红星照耀中国》日文版《中国の赤い星》，是据1944年modern library出版的 *Red Star over China* 翻译出版的。该书于1962年、1964年出版修订版。1975年，筑摩书房出版松冈洋子翻译的日文全译本《中国の赤い星（増補改訂版）》。

1953年

路易·艾黎离开甘肃，到北京定居。新中国成立后的三十多年中，他相继创作了三十四部关于中国的诗集、散文集、随笔集，以及中国古诗译作与研究著作等。

1954年

是年夏，林迈可作为英国工党访华团的翻译再次来到中国。林迈可一生撰写了多部研究中国的作品，如《关于中国共产党教育问题的笔记 1941—1947》（*Notes on Educational Problems in Communist China 1941-1947*）（1950）、《中国与冷战》（*China and the Cold War: a Study in International Politics*）（1955）、《和平共处是可能的吗？》（*Is Peaceful Co-existence Possible?*）（1960）等。

1956年

史沫特莱的 *The Great Road: the Life and Times of Chu Teh* 出版，中译本名为《伟大的道路——朱德的生平和时代》。

1957年

是年，斯诺任哈佛大学中国政治经济研究会特别顾问。

是年，斯诺的 *Random Notes on Red China: 1936-1945* 在美国出版，中译本名

为《红色中国杂记》。

1958年

9月，第六次来华的斯特朗在周恩来的邀请下定居北京。

是年，斯诺的 Journey to the Beginning 在美国出版，中译本名为《复始之旅》。

是年，伊文思再次来中国拍摄纪录电影《早春》，其后创作了多部以新中国为题材的纪录电影，如《愚公移山》（1972—1975）、《风的故事》（1985—1988）等。

1959年

斯诺举家迁往瑞士。

伊莎白·柯鲁克和大卫·柯鲁克（Isabel and David Crook）的 Revolution in a Chinese Village: Ten Mile Inn 出版，中译本名为《十里店：中国一个村庄的革命》。

1960年

6月28日至11月15日，斯诺在新中国成立后第一次来到中国，与毛泽东、周恩来会谈。

1962年

斯诺的 The Other Side of the River: Red China Today 在美国出版，中译本名为《大河彼岸：今天红色中国》。

1963年

斯诺的《今日红色中国：大河彼岸》（《今日の中国：もうひとつの世界》）由日本筑摩书房翻译出版。

1964年

10月18日至翌年1月19日，斯诺访问新中国，与毛泽东、周恩来、宋庆龄等领导人会谈。

是年，斯诺的《红色中国杂记》由日本未来社翻译出版。

1966年

韩丁的 Fanshen: a Documtary of Revolution in a Chinese Village 出版，中译本名为《翻身——中国一个村庄的革命纪实》。

1968年

斯诺拍摄的纪录影片《四分之一的人类》完成。

1970年

3月29日,斯特朗于北京去世,享年八十五岁。

8月14日至翌年2月,斯诺携妻子洛伊斯·惠勒·斯诺(Lois Wheeler Snow)再次访问新中国。

10月1日,毛泽东、周恩来等国家领导人在天安门城楼上接见斯诺夫妇。

10月8日,就欢迎美国总统尼克松来访中国,毛泽东与斯诺进行长达五小时的重要谈话。

是年,迪克西使团成员包瑞德的回忆录 *Dixie Mission: the United States Army Observer Group in Yenan, 1944* 在美国出版,中译本名为《美军观察组在延安》。

1971年

4月,斯诺将此前与毛泽东的重要谈话发表于美国《生活》杂志。

1972年

2月15日凌晨2点20分,斯诺于日内瓦郊区埃辛斯村去世。

是年,斯诺的未完成作品 *The Long Revolution* 由其妻子整理后在美国出版,中译本名为《漫长的革命》。

1973年

10月19日,遵斯诺遗嘱,将其一半骨灰安葬于北京大学未名湖畔。

是年,毕森的 *Yenan in June 1937: Talks with the Communist Leaders* 出版,中译本名为《抗日战争前夜的延安之行》。

1974年

薄复礼的《舵手》(*The Guiding Hand*)出版。1989年出版《一个被扣留的传教士的自述》,该书为1936年和1974年两本书的选译本。

迪克西使团成员谢伟思的战时报告 *Lost Chance in China: the World War II Despatches of John S. Service* 由 Joseph W. Esherick 编辑出版,中译本名为《在中国失掉的机会:美国前驻华外交官约翰·S. 谢伟思第二次世界大战时期的报告》。

1978年

白修德的 *In Search of History: a Personal Adventure* 在美国出版，中文选译本名为《探索历史：白修德笔下的中国抗日战争》。

1979年

爱泼斯坦被任命为《中国建设》杂志总编辑，为首位主持中国刊物笔政的外国专家。

1987年

12月27日，路易·艾黎于北京因病去世。翌年4月，骨灰安葬于山丹。

后 记

本论著是由赵学勇教授主持的国家社会科学基金重大招标项目"延安文艺与20世纪中国文学研究"的成果之一,也是本人完成的2020年度教育部人文社会科学研究一般项目(20XJC751006)成果、2020年度陕西省社会科学基金项目(2020H016)研究成果。

本书是在本人博士学位论文的基础上修订而成的。本书对延安文艺的域外研究进行了全方位的展示,涉及延安文艺的域外译介与传播、域外作家的延安书写、重要延安作家的域外研究、域外延安文艺研究的再研究、域外延安文艺研究的反思等多个层面,试图在"中国文学在世界"的论题中建立以延安文艺为核心的研究任务。由于研究时间和史料的种种限制,这一课题所涉及的问题尚未彻底展开,研究工作还需继续推进,种种不足还请专家学者不吝批评指正。

感谢我的导师赵学勇教授,感谢他在我求学与研究道路上所给予的悉心培养,没有他的支持与信任,本书的写作和出版都会无比艰难。感谢惠雁冰教授多年来的关心和帮助。感谢陕西师范大学文学院对课题研究的支持,感谢陕西师范大学出版总社及编辑梁菲的辛勤付出。

2021年6月